唐詩之路研究 第二辑

中国唐诗之路研究会首届年会

暨第二次学术研讨会论文集

卢盛江 主编　高平 执行主编

中华书局

图书在版编目(CIP)数据

唐诗之路研究. 第二辑:中国唐诗之路研究会首届年会暨第二次学术研讨会论文集/卢盛江主编;高平执行主编. —北京:中华书局,2024. 4

ISBN 978-7-101-16393-3

Ⅰ. 唐…　Ⅱ. ①卢…②高…　Ⅲ. 唐诗-诗歌研究-学术会议-文集　Ⅳ. I207. 227. 42-53

中国国家版本馆 CIP 数据核字(2023)第 200414 号

书　　名	唐诗之路研究(第二辑)——中国唐诗之路研究会首届年会暨第二次学术研讨会论文集
主　　编	卢盛江
执行主编	高　平
责任编辑	吴爱兰
封面题签	薛天纬
责任印制	陈丽娜
出版发行	中华书局 (北京市丰台区太平桥西里 38 号　100073) http://www.zhbc.com.cn E-mail:zhbc@zhbc.com.cn
印　　刷	三河市中晟雅豪印务有限公司
版　　次	2024 年 4 月第 1 版 2024 年 4 月第 1 次印刷
规　　格	开本/920×1250 毫米　1/32 印张 25⅜　插页 2　字数 657 千字
国际书号	ISBN 978-7-101-16393-3
定　　价	168.00 元

唐诗之路研究的进展与再思考

（代序言）

卢盛江

《唐诗之路研究（第二辑）》，即“中国唐代文学学会唐诗之路研究会首届年会暨第二次学术研讨会、浙江诗路文化带高峰论坛论文集”出版，愿借此机会，对年会作一回顾，对相关问题作一思考。

一

2019 年 11 月成立大会，到 2020 年 11 月首届年会，短短一年时间，研究会在全国范围内联络了更多的唐诗之路研究相关的学者。成立大会之后，很多学者都在积极进行相关的研究，或撰写著作，或发表论文，或申报项目。有的高校开展唐诗之路的其他活动，比如组织学生进行诗路研学考察等。浙江省内诗路沿线各地，正在按照省里的规划积极进行诗路文化建设和旅游开发。这次天台年会，国内各地学者有广泛的交流。

首届年会由台州市委宣传部、台州学院、台州市社科联、天台县人民政府共同承办。

台州是浙东唐诗之路的重要之地，天台更是浙东唐诗之路的目的地。所谓目的地，就是说，唐代很多诗人游浙东，从萧山西兴沿浙东运河到会稽、山阴，经上虞入曹娥江，到剡溪，经唐代剡中，即今绍兴嵊县和新昌,最终而游天台。陈尚君教授在大会发言中,根据宋之问《灵隐寺》之“待入天台路,看余度石桥”,勾画出浙东唐诗之路始发地杭州至目的地天台的路线图。当然,还有海上、浙西等多条诗路通天台。有的游天台之后,还继续往南游临海、永嘉。

台州以境内的天台山而得名。天台山是浙东名山,东晋孙绰《游天台山赋并序》称:“天台山者,盖山岳之神秀也,涉海则有方丈、蓬莱,登陆则有四明、天台,皆玄圣之所游化,灵仙之所窟宅。”山有华顶和石梁飞瀑,有隋禅师智顗所建国清寺。国清寺为佛教天台宗发源地,李邕为寺作记,柳公权书额,《方舆胜览》称“时以齐州灵岩、荆州玉泉、润州栖霞、台州国清为四绝”。唐代三朝帝师司马承祯在此修身悟道,“和合二仙”寒山隐天台寒岩,拾得为国清寺僧。

唐代诗人留下不少游山游寺的诗篇,著名的如孟浩然《寻天台山》、张祜《游天台山》、曹松《天台瀑布》、李绅《华顶》等。李白诗《天台晓望》写道:“天台邻四明,华顶高百越。”《普照寺》诗又称扬:“天台国清寺,天下为四绝。”寒山有诗:“雄雄镇世界,天台名独超。”这些诗都指出宗教圣地天台山在唐代文化版图中的崇高地位。台州“和合圣地”“佛宗道源”“《徐霞客游记》开篇地”等美誉都源于这座文化名山。

后来经过考察我知道,天台还有灵溪驿,在天台县东 30 里。这是天台到临海诗路古道的重要驿站,顾况《从剡溪至赤城》诗写“灵溪宿处接灵山,窈映高楼向月闲”,其他著名诗篇有郑巢《泊灵溪馆》、许浑《发灵溪馆》、卢士衡《游灵溪观》、刘昭禹《灵溪观》、贯休《题灵溪畅公墅》等。

台州学院是一所经教育部批准建立,实行省市共管、以市为主办学体制的综合性普通高校。学校近年发展迅猛,2020 年进入中国应用型大学排行榜前十强,2021 年获批硕士学位授予单位。学校笃定地发展“命运共同体、利益共同体、奋斗共同体”理念,深入实施“人文社科振兴行动计划”,哲学社会科学多个领域的研究蒸蒸日上。

台州市、天台县及台州学院高度重视地方文化的研究。早在1989年,就成立了台州市天台山文化研究会。2017年,台州学院天台山文化研究所升格为“天台山文化研究院·和合文化研究院”。2018年,研究院下辖的“唐诗之路研究所”升格为“唐诗之路研究院”。

台州各界致力于唐诗之路的研究宣传与开发利用,于2018年召开“诗路遗产与魅力廊道——浙东唐诗之路国际学术会议”,这次又成功举办唐诗之路研究会首届年会,同时举办的还有“‘和合文化百场讲坛’走进上海——解码台州:浙东唐诗之路目的地的文化魅力”“和合文化百场讲坛——浙江省诗路文化带建设”活动,将唐诗之路研究推向热潮。台州学院近年承担了天台山和合文化研究、司马承祯研究等浙江省文化研究工程重大项目。

台州学院和台州市、天台县地方,都出版了多部关于天台山和唐诗之路的文献整理和研究专著,发表了多篇论文。天台县重建道教南宗祖庭桐柏宫,恢复桐柏山大瀑布,天台山、神仙居、临海府城相继成功获批国家5A级景区,为唐诗之路文化的宣传奠定了雄厚的物质基础。台州凝聚各种社会力量,勠力同心,和衷共济,创造了政府、高校、民企共同打造诗路文化品牌的样板,为诗路遗产的推广与活化作出了重要贡献。

天台县和台州学院领导高度重视此次年会。天台县安排代表免费住进天台最好的温泉山庄。县委杨玲玲书记不但多次亲临大会指导,而且多次与研究会核心成员宴聚叙谈。台州学院崔凤军书记也多次亲临大会。天台县和台州学院都派出最强的会务团队会务,使会议取得圆满成功。

各地学者克服疫情的困难,参加年会。陈尚君先生抱病而来,尤其令人感动。

二

各地代表提交论文八十余篇,还有几位现场发言。

论题是广泛的。如论文集末附《综述》和论文集编目所示,既有唐诗之路综合研究,主要诗人、诗歌与路线研究,又有唐诗之路沿线文学、艺术、哲学、宗教研究;浙东诗路研究是一个重点,“浙东唐诗之路目的地”天台山文化研究有更多关注,同时也有西域、陇右与川蜀诗路,岭南、湖南诗路,乃至海外诗路研究;有诗路重要作家研究,诗路地域文化与综合思考,也有诗路问题考辨与析疑,诗路诗歌艺术研究,诗路上的佛道研究;提出诗路古道、历史文化遗迹的保护与开发利用,利用传统文化开发诗路文旅等问题;还有诗路学术史,研究诗路资源的学术地图。

论文都能从基本材料的清理入手,清理问题面貌:诗路演变发展、内涵特征,诗路文字书写的来龙去脉,其文学价值;诗路各类诗人各类其他人物,他们在诗路上的活动、体验、创作、思想,其时代特质,入于诗路的动因,如何在诗路上找到别样人生,对诗路有何贡献;诗路诗歌的特点及变化,诗路唱和面貌,诗歌如何描写和展现诗路,有何风格特征,诗路自然山川等如何化为文学意象和文化符号,诗路一些诗歌意象的形成及其特点,与整体唐诗发展有何关系,诗路年表的考订;诗路交通面貌。诗路文化的方方面面:佛教道教等宗教,宗教人物,他们在诗路上的活动,宗教等文化之演进,诗路传说文化和山水文化,诗路文化何以吸引诗人,诗路某一类文化如何影响诗路,其与诗路形成有何关系。追流溯源,系统清理,严谨求实,本色正路。很多学者对材料和问题有长期的学术积累和思考。因此,一些论文写起来游刃有余,对相关问题的清理特别细致,面貌和线索特别清晰,能深入探讨一些问题。

着力解决具体学术问题。诗路诗人身世的考辨,诗路作品的系年,纠正或补证诗题舛讹和名篇误读,考订诗歌名篇诗旨和异文,考订诗路其他重要文献;对诗人诗路行迹、行踪某一计划、在诗路的事迹、某一时期活动空间、诗人诗路交游、诗路作家墓志、贬谪原委、某诗路出入的水陆路线、诗路某一胜迹的方位等问题的考订;对某一诗路的形成、诗人入于某一诗路的动因的考察。诗路诗歌重要词语、诗句的解释,等等。用实实在在的材料,解决实实在在的问题。

善于发现诗路新现象,提出新问题和新视角。一些诗路诗歌起伏变化很大,其原因是什么?考察诗歌的民族学价值。从宗教传道、求学角度,考察诗歌传播,提出另一种诗路形式。考察诗路诗歌刻石和金石遗存,诗路诗人墓志,通过诗刻景观,考察其所彰显的诗路文化。

突出诗路特点。不但考察诗路形成、诗路诗人创作等,而且细致考察交通这一"路"的基础问题,提出唐代交通与文学研究的基本要求,分析其特点;考察某一诗路的进出水陆游线。方法多样化。除传统的考订清理分析的方法之外,有的运用西方地理空间理论,分析诗路唐诗的空间想象;有的图像与文字结合,不同诗路旅途进行比较。

一些论文有大格局,有深度。论文着力于问题的系统清理,将问题充分展开,对诗人诗歌进行综合全面的研究。一些论题虽小,但内涵丰富,能因小见大,深入开掘,提出涉及全局和整体的大问题。有的联系宏阔的文化视野,包括疆域观念与文化胸怀等等。有的发掘诗歌内涵的多元文化建构,着眼整体诗路,着眼某地整体文化发展,考察诗路某点、某人,考察其地位、特色、诗中表现,考察诗路诗人创作变化。有的集中于一位作家而全方位研究观照各条唐诗之路。有的考察某一典籍,而研究诗路生成或唐诗接受的重要问题。有的在诗人生活的大背景下,深入开掘诗路名篇的情感内涵。有的系统分析某种制度。

一些论文和发言观察问题有理论高度。论述诗路诗人某类诗的生命意识及其心理基础。从理论的高度阐述唐诗之路的学术意义。前辈学者论文厚重,境界高,有高屋建瓴的气度。青年学者论文显出朝气和考虑观察问题的敏锐,而在重材料、求实求新方面丝毫不弱。

本论文集精选了会议部分论文。另有一些论文,因各种原因未能入集。要之,唐诗之路研究会首届年会暨第二次学术研讨会气氛融洽,思想活跃,学术严谨,研究水平很高,很有成效。

三

经过几年的实践,我们越来越认识到唐诗之路的意义。

弄清诗路面貌,可以从一个侧面,进一步弄清整个唐诗发展的面貌,进而推进唐代文学的研究。

可以更深层次地了解唐诗内容变化和艺术发展的原因。唐诗繁荣,诗歌艺术成熟,与唐诗之路的兴盛是互动的关系:一方面,唐诗繁荣和诗歌艺术成熟,使诗人们能够娴熟地运用诗歌这一文体,运用成熟的诗歌艺术,去表现诗路生活,描写诗路山水胜迹;另一方面,唐诗之路的出现和兴盛,使唐诗内容有很大变化,唐代山水诗形成诗派,蔚为壮观。唐代山水诗,很多就写在路上。唐诗内容和艺术变化发展的深层次原因,很多就要从唐诗之路去寻找。

实地考察可以实地弄清诗“路”的面貌、古道的面貌。可以设身处地体会唐人诗路生活和创作状况,对一些唐诗描写的意境有更真切的体会,同时可以在学术上纠正一些错误。

可以提供一个新的思路,提出和发现很多新的学术问题,解决这些问题,可以推动相关研究进一步深入发展。比如,感觉文化区的问题,诗路地理意象的问题,弱文化区的问题。

当然,我们知道,唐诗之路可以推动地方文化建设和旅游开发。

浙江是一个典范。其他地方,比如安徽,也有学者提出皖地四条诗路。

几年来,也可以说,自提出“唐诗之路”的几十年来,我们一直在探索,什么是唐诗之路?作为新的学术增长点,怎么做唐诗之路?

我们不要过于纠结于文字上的定义,我们的研究不应该从概念到概念。任何研究,都不应先有理论,才有实践。事物的界定和认识,应该在研究和实践之后,应该建立在研究对象实际的基础之上。就唐诗之路来说,看看诗歌的实际,就可以清楚一些问题。李白一生漫游,杜甫漂泊西南,基本上生活在“路”上。他们的大量诗歌,可以说百分之八九十的诗歌,都写在“路”上。其他诗人,宋之问、张九龄、孟浩然、柳宗元、刘禹锡、李绅、许浑等等,他们人生大量时光都在“路”上,大量的诗写在“路”上。就整个唐诗来说,至少一半多的诗歌写在“路”上。这就是我们研究的对象,这就是我们的研究实际。

如胡可先教授在台州首届年会所作学术总结所说,唐诗之路,学术上定位于“诗”“路”“人”“史”四个字,“诗”是核心,“路”是基础,“人”是主体,“史”是线索。

就“诗”来说,大量的诗写在路上,或者说,有大量诗路的诗。这是我们的研究对象。当然,是从诗路的角度去研究。一条诗路,有多少诗作?有哪些诗作?这些诗作表现了怎样的诗路生活?描写了怎样的诗路山水风物?这些诗歌因诗路而有新的内容,又因诗路有怎样新的艺术表现?诗路怎样影响这些诗歌的艺术风格?反过来,诗歌又给诗路风物带去了怎样新的文化内涵,赋予了怎样新的文化高度?诗路自然物,怎么化为诗歌审美意象?怎样成为诗路地理意象?诗路诗歌怎样影响局部或者整体诗歌史文学史的面貌和发展?

就“人”来说,诗是人写的,路是人走的,所以“人”是主体。当然,也是从诗路的角度去研究“人”。一条诗路,有哪些诗人走过?他们在这条诗路有怎样的生活?有怎样的创作?有怎样的文学活动?

路怎样影响他们的思想心态?在路上,他们有怎样的交游?由个体的人,到群体的人,这条诗路,有哪些文人集团?这些文人集团是怎样形成的?有怎样的集团活动?走过诗路的,有人留下诗歌,也有人没有留下诗歌,有诗人,也有其他人物。这些“人”,对诗路,对诗路文化,对诗歌,有怎样的影响?

就“路”来说,作为诗人走向全国各地的交通,作为自然的“路”,包括水路和陆路,是怎样形成的?水路中的运河,是怎样被人工开掘出来的?自然形态的路,以及人工开掘的水路,是怎样形成为诗路的?路有官道和非官道的分别,“路”是什么时候成为官道的?一条路,是先成为官道,还是先成为诗路?为什么?诗人游走于全国,应该有相当一部分走的是非官道,或者他们行走的时候,这条路还没有成为官道,这个时候,路的情形如何?路是一条线,线是由点组成的。所谓点,就是行路途中的名山名水名寺名村,还有其他胜迹以及普通风物,当然还有沿途的驿站。西陵、会稽、山阴、云门山、东山、天姥山、关岭、天台山,都是浙东诗路上一个一个的点。点由路串连,就成为线,浙东诗路的浙东运河、曹娥江、剡溪、谢公古道、石桥溪、灵溪馆的古道等等、巴蜀则有巴蜀古道。点、线的展开或者幅射,就是面,也就是地域。一条诗路,总是在某个具体的地方地域,或者跨几个地方地域。这些点、线、面本身,诗路沿途的名山名水本身,诗路本身,诗路地域本身,诗路古道,诗路交通,诗路驿站驿传的考察考证,诗路沿途这些山水的变迁,自然环境和生活条件,都是诗路研究的基础性问题。就浙东来说,比如天姥山、天台山、四明山等等,它们的区域范围及其变化,诗人笔下描写的这些山水的范围与实际区域范围的联系与区别。这些诗路自然山水,是怎样被赋予人文内涵和色彩的,沿途有怎样的自然环境和生活条件,路的自然环境变迁和兴废,路上人群的发展与流散等等,都与诗路有关,都可以纳入我们的研究视野。

就“史”来说,既是诗路的历史发展,更是作为大背景的社会历史。政局无疑是影响诗路的重要因素。就浙东来说,没有两晋之际政治格局的大变动,没有永嘉之乱后北方士族的大批南渡,没有会稽一带的名士云集,就不会形成越州的名士文化,就不会有浙东诗路的雏型。初唐浙东诗路虽有发展,但仍不如后来的盛唐和中唐,这恐怕又与初唐文人主要以宫廷为中心的士风政风有关。游浙东诗人和浙东诗歌在中唐达于高峰,这显然与当时不少文人因北方政局而避乱或漫游来浙东有关。就具体事件而言,一些诗路诗人往往聚集于开明有文化的主官周围,形成诗人集团。这也是政治的因素。影响诗路的还有经济。就浙东来说,已有学者分析,从东晋到唐代社会经济的发展,宜居宜游,显然是诗路形成的重要动因。当然还有文化,浙东的名士文化、佛道文化,都与诗路的形成和面貌有关。应该还有制度,如贬谪制度、任宦制度、驿站制度等等。这些,都是诗路值得研究的问题。

这应该是跨学科的研究。诗路研究的核心当然是文学,但同时要有一些基础研究。这是一个有着丰富内容和开阔前景的研究大方向。

四

台州首届年会之后,我们得到新昌资助,在中华书局出版“唐诗之路研究丛书”。第一辑六部正顺利出版,正安排第二辑及以后各辑。我们的研究,要如“丛书”序所提出的,继续进行细致全面的资料清理和整理,继续弄清每条诗路的面貌,清理史料和面貌的同时,也提出、清理和研究问题,有科学严谨的主题界定,体现“诗路”的特点,有大格局,锐意创新,期待从理论的高度进行研究。

我们的研究还不平衡。已有的诗路研究问题研究可以进一步深入,很多诗路很多问题还是空白,需要有人做起来。有学者提出皖地四条诗路,希望能把它做起来。此外就诗路而言,还有两京(京洛)、三晋、齐鲁、湖湘、湘粤、湘漓、岭南、荆楚、陇右等,就问题而言,壮游(漫游)、宦游、与诗路相关的唐代制度等,可以纳入我们的研究视野。还可以提出很多新的问题进行研究。

如胡可先教授在台州首届年会所作学术总结所说,唐诗之路研究要做到高校与地方的结合、基础与应用的结合、学术与普及的结合、文学与跨界的结合、国内与国际的结合。

我理解,我们既要基础研究,也要根据地方文化建设和旅游开发的需要,开展一些应用研究,同时,努力让我们基础研究的学术成果,为地方文化建设和旅游开发所用。我们既要学术研究,也要向大众普及,普及唐诗,普及诗路知识。诗路核心是文学研究,但如前所述,它又是跨学科的,涉及历史、地理,涉及政治、经济、文化、宗教等等。多学科跨界综合,研究才能全面、深入。我们本来就有海外诗路。不论国内的诗路,还是海外的诗路,都要有国际的视野,借助国际的力量,吸收国外先进的学术理念和研究方法。

唐诗之路的研究,离不开地方的研究。唐诗之路不是书斋之路。实地的唐诗之路,总是在某个具体的地方,在浙东、浙西、陇右、西域、川蜀、巴渝、三晋、蓟北、宣歙、荆楚、湘漓、粤西、岭南、大庾岭、两京、齐鲁、大运河。浙东,又具体在越州、台州、明州、婺州(金华)、处州(丽水)、温州、衢州。越州,又具体在山阴、云门、上虞、剡县(今嵊州和新昌)。对“路”的情况,地方比我们在学院清楚。可能我们在书斋里查半天资料,到实地,地方的人一句话就可以解决。我们在学院看来可能是难题,在当地人看来,就是常识。书斋研究、学院研究,要和地方研究结合起来。很多问题,要虚心地向地方的同志学习。

当然,也有另一方面。地方的文史研究,也要有一些学院研究的经验和知识。比如,引文要注明出处,要核对引文。比如,要引用可靠的文献,最好引用权威版本。再比如,传说故事,常常在地方文史研究出现。传说故事有的可靠,有的不可靠。如何让传说故事成为可靠的史料,也要考虑。我觉得重要的一点,是记录下传说的来源。传说来自某地某村,最好记录下叙说这一传说故事人的身份、年龄、居住地、家族历史等,记录下这位村人是从何处听到这一传说的。这是记录口传文献的规范。如果能这样做,我们地方可以在记录传说故事方面做大量工作,可以保存下大量活的珍贵史料。

想补充的一点,是书斋研究和田野调查、实地考察相结合。我们知道,当年竺岳兵先生就曾前后 7 次实地步行考察,将其和学术研究及考证相结合,才首倡唐诗之路。在那前后,也有不少学者考察李白、杜甫和其他唐代诗人行踪,有的足迹遍及国内 15 个省市,有的行程数万里,有的出版了诗人游踪的考察专著。这是诗路研究的一项重要工作。

实地走唐诗之路,可以有各种目的。纯为旅游,是一个目的。有的是旅游兼学术考察。如何利用实地考察作学术研究,是一个值得思考的问题。简单地写写诗人一千多年前到过某个地方,今天我也到过,如果只是为了旅游,那是可以的;如果目的在学术研究,就不要满足于一般的游记和一般的行踪介绍。要考虑它的学术价值,注意利用实地考察解决学术问题,比如,补史之所阙,比如,因实地考察而对诗作内容有重要的新的理解,对诗人诗歌发展有新的认识,对诗人心态变化发展有新的看法。有意识地在实地考察中,体现“诗路”研究。通过行踪点的考察,说明“诗”的特色和发展、“人”的心态思想的发展,对已有学术问题作出新的判断。

唐诗繁荣、诗歌艺术成熟与唐诗之路的兴盛的互动关系,我们有的还没有认真研究。诗路对唐代山水诗有怎样的影响?诗路使山水诗艺术有怎样的变化?丰富多彩的诗路生活和创作题材,给唐诗艺术带来了怎样的变化?丰富多彩的诗路生活和创作题材,怎样促使诗人更为细致深入地探讨诗歌艺术?给艺术表现带来了怎样丰富生动的空间？诗与路怎样相得益彰、融为一体，给唐诗带来了深层次的变化？

我赞成钟振振教授的看法，唐诗之路应理解为以唐诗为代表与典范的中国诗词之路。这是一个新的学术增长点，更是一个中华民族传统文化的巨大宝库。发掘其丰富的学术资源、文化资源和旅游资源，促进学术发展，促进地方文化建设，促进旅游开发，建设我们美丽的诗路大花园，我们应该共同努力！

2022.12.1

目　录

浙东诗路研究

西域、陇右与川蜀诗路研究

岭南、湖南诗路研究

海外诗路研究

诗路重要作家研究

诗路地域文化与综合思考

诗路问题考辨与析疑

诗路诗歌艺术研究

诗路上的佛道研究

诗路学术史

诗路拓展

浙东诗路研究

西陵·渔浦:浙东唐诗之路的起点

胡可先

引　言

唐代以钱塘江为界,分为浙东与浙西。从杭州钱塘江北的樟亭驿出发,渡江到西陵就是浙东了。《水经注·浙江水》曰:“浙江又径固陵城北。昔范蠡筑城于浙江之滨,言可以固守,谓之固陵。今之西陵也。”①有关固陵的记载,最早见《越绝书》卷八:“浙江南路西城者,范蠡敦兵城也。其陵固可守,故谓之固陵。所以然者,以其大船军所置也。”②《宝庆会稽续志》卷三“萧山”:“西兴镇,前志云:西陵城在萧山县西十二里,吴越武肃王以西陵非吉语,遂改曰西兴。今按《越绝书》:‘浙江南路西城者,范蠡敦兵城也。其陵固可守,故谓之固陵。’详此即今之西陵也。《越绝书》所云,图经、前志俱不曾引及,惜哉!”③宋祝穆《方舆胜览》卷六云:“西兴渡,在萧山县西十二里,本名西陵。吴越武肃王以非吉语,改西兴。”④西晋永嘉元年(307),会稽

①王国维校《水经注校》卷四〇,上海人民出版社,1984 年,第 1262 页。

②李步嘉《越绝书校释》卷八,武汉大学出版社,1992 年,第 202 页。

③张淏纂修《宝庆会稽续志》卷三,《宋元方志丛刊》,中华书局,1990 年,第 7123 页。

④祝穆编,祝洙补订《宋本方舆胜览》卷六,上海古籍出版社,1986 年,第 5 页。

内史贺循于西陵渡口起开凿运河,这就是后代所称的萧绍运河或称西兴运河,西陵就成为沟通浙东浙西的重要津渡①。唐代的西陵、五代的西兴与现在的西兴具体位置应该没有太大的变化,就是现在杭州的钱江三桥即西兴大桥的南岸。

渔浦是钱塘江与浦阳江、富春江三江汇合之处。渔浦之名,最早见于晋人顾夷的《吴郡记》:"富春东三十里有渔浦。"②有关宋代以后之渔浦,萧然客先生有《两宋萧山渔浦考》③一书,考论精详。唐代以前的渔浦,因其原始材料有限,也需要通过宋代以后的记载与唐代以前的诗文加以印证与推测。《嘉泰会稽志》卷四载:"萧山县……渔浦驿,在县南三十六里。"④同书卷一〇"水·萧山县":"渔浦,在县西三十里。《十道志》云:'渔浦,舜渔处也。'梁丘希范《旦发渔浦潭》诗云:'渔潭雾未开,赤亭风已飏。'谢灵运诗云:'宵济渔浦潭。'钱起诗云:'渔浦浪花摇素壁,西陵木色入秋窗。'"⑤《宝庆会稽续志》卷三"萧山":"渔浦镇,在县西三十里。梁丘希范、宋谢灵运、唐孟浩然皆称为'渔浦潭'。对岸则为杭之龙山,故潘阆诗云:'渔浦风水急,龙山烟火微。'"⑥然《方舆胜览》卷六"浙江东路"记载:"渔浦,在萧山县西二十里,对岸则为杭之龙山。"⑦与前之"三十里"有异。《大清一统志》云:"浙江,在萧山县西十里,自富阳县流入,与钱塘县接界,又

①陈志富《萧山水利史》,方志出版社,2006年,第184—186页。

②萧统编《文选》卷二六,上海古籍出版社,1996年,第1240页。

③萧然客《两宋萧山渔浦考》,中州古籍出版社,2015年。

④沈作宾修,施宿纂《嘉泰会稽志》卷四,《宋元方志丛刊》,中华书局,1990年,第6780页。

⑤沈作宾修,施宿纂《嘉泰会稽志》卷一〇,第6886页。

⑥张淏纂修《宝庆会稽续志》卷三,《宋元方志丛刊》,中华书局,1990年,第7123—7124页。

⑦祝穆编,祝洙补订《宋本方舆胜览》卷六,第5页。

北接海宁县界,又东北入海。其东西渡口曰西兴、渔浦,为往来之要津。"①渔浦,自古以来文人汇聚,客商云集,具有深厚的历史积淀,形成了特定的区域。此地物产富饶,风景优美,"渔浦夕照"曾为"萧山八景"之一。但渔浦的地点,不像西陵那样稳定,而是从唐代以前一直到当代,都在沧桑变化。这是由于渔浦处于钱塘江、富春江、浦阳江三江交汇,地理变化无常,特别是浦阳江改道造成的自然环境变迁。

在唐代,西陵与渔浦是重要的渡口和驿站。官员的升迁贬谪,文人的寻幽漫游,客商的南来北往,无不经过此地,形成了繁盛的山水文化,在浙东漫长的唐诗之路上,成为重要的起点②。而中国古代山水诗的兴盛,无论从人物、地理还是时间,都要追溯到西陵和渔浦。

一、唐前山水诗的发源地

刘勰《文心雕龙·明诗》云:"宋初文咏,体有因革。庄老告退,而山水方滋;俪采百字之偶,争价一句之奇;情必极貌以写物,辞必穷力而追新。"③魏晋南北朝时期是中国山水诗的勃兴时期,这时产生了很多诗人,谢灵运、谢朓、颜延之、沈约、谢惠连等都各领风骚,而谢灵运对山水诗的发展贡献最大。魏晋南北朝时期的浙东,山水奇胜,钱塘江的西陵、渔浦,文人墨客来往浙东必经此地,留下了众多的名

①和坤等奉敕撰《大清一统志》卷二二六,《景印文渊阁四库全书》本第479册,第206页。

②2012年11月6日,杭州市萧山区举办了"从义桥渔浦出发:浙东唐诗之路重要源头学术研讨会",自此,渔浦作为唐诗之路的重要起点,成为学术界的共识。但渔浦唐诗的深入研究,渔浦在中国山水文学史上的地位,渔浦在唐诗发展史上的作用等方面,还具有巨大的学术空间需要开拓。

③刘勰著,范文澜注《文心雕龙注》卷二,人民文学出版社,1958年,第67页。

篇佳制,成为唐前山水诗的发源地。

(一)西陵

钱塘江大潮千百年来一直引发文人墨客的咏叹,西陵更是观潮的佳地。西晋苏彦《西陵观涛诗》云:“洪涛奔逸势,骇浪驾丘山。訇隐振宇宙,溯磕津云连。”①这首诗写出了钱塘江大潮奔逸的气势,浩瀚磅礴,动人心魄。惊涛骇浪搏击凌驾于丘山之上,涛声震撼宇宙,潮头直击云霄。这是迄今所见最早描写西陵的诗作。

南朝宋时的谢惠连,辞别会稽经过西陵时,写过《西陵遇风献康乐诗》五章:“我行指孟春,春仲尚未发。趣途远有期,念离情无歇。成装候良辰,漾舟陶嘉月。瞻涂意少悰,还顾情多阙。”“哲兄感仳别,相送越垧林。饮饯野亭馆,分袂澄湖阴。凄凄留子言,眷眷浮客心。回塘隐舻栧,远望绝形音。”“靡靡即长路,戚戚抱遥悲。悲遥但自弭,路长当语谁。行行道转远,去去情弥迟。昨发浦阳汭,今宿浙江湄。”“屯云蔽曾岭,惊风涌飞流。零雨润坟泽,落雪洒林丘。浮氛晦崖巘,积素惑原畴。曲汜薄停旅,通川绝行舟。”“临津不得济,伫楫阻风波。萧条洲渚际,气色少谐和。西瞻兴游叹,东睇起凄歌。积愤成疢痗,无萱将如何。”②因为晋惠帝永康(300—301)前后,会稽内史贺循疏凿漕渠即浙东运河,西部从杭州开始,过江即是西陵,西南经过会稽郡城,再东折曹娥江之蒿坝,沿着我们现在所说的浙东唐诗之路主线南行,全长达二百余里。由浙西进入浙东主要选择这条道路。谢惠连辞别会稽北归,经过西陵遇风,就写了这组诗作以赠送谢灵运。谢惠连为谢灵运“四友”之一,二人常常诗歌赠答。第一首描写辞别,孟春辞别会稽,又与谢灵运作别,颇生眷恋之意,又因遇风阻行,流露出

---

①逯钦立辑校《先秦汉魏晋南北朝诗·晋诗》卷一四,中华书局,1983年,第924页。
②逯钦立辑校《先秦汉魏晋南北朝诗·宋诗》卷四,第1193页。

难以言状的伤感。第二首描写惜别,谢灵运相送到越之坰林,在野亭馆饯行,在澄湖阴诀别,惜别之情,跃然纸上。第三首描写献诗,自己登上漫漫长路,悲从中来,无人倾诉,故献诗于谢灵运。第四首描写舟行所见,岸边屯云蔽岭,江中惊风涌流,雨水降落在沼泽,落雪洒遍了林丘,飘动的云雾笼罩着高崖远峰,洁白的积雪下辨不清田畴原野,曲折的江浦驻留着行色匆匆的旅人,大江遇风却绝少见到舟船。第五首描写遇风所感,人在渡口而不能渡江,洲渚萧条气色并不和谐,西望兴发漫游的感叹,东望引起凄凉的哀歌,久积愤懑而忧伤成病,无法忘忧更无可奈何。这组诗采用倒叙的方法写作,时间的推移与感情的变化交织进行,景物描写清新淡雅,感情表达回环往复。

谢灵运得诗后,写了《酬从弟惠连》诗作答:"寝瘵谢人徒,灭迹入云峰。岩壑寓耳目,欢爱隔音容。永绝赏心望,长怀莫与同。末路值令弟,开颜披心胸。""心胸既云披,意得咸在斯。凌涧寻我室,散帙问所知。夕虑晓月流,朝忌曛日驰。悟对无厌歇,聚散成分离。""分离别西川,回景归东山。别时悲已甚,别后情更延。倾想迟嘉音,果枉济江篇。辛勤风波事,款曲洲渚言。""洲渚既淹时,风波子行迟。务协华京想,讵存空谷期。犹复惠来章,祇足搅余思。傥若果归言,共陶暮春时。""暮春虽未交,仲春善游遨。山桃发红萼,野蕨渐紫苞。嘤鸣已悦豫,幽居犹郁陶。梦寐伫归舟,释我吝与劳。"①诗在风景的描绘和情境的交融中表现出二人心心相印的知友之情,既是酬答,又有慰勉。谢惠连既是谢灵运的族人,也是谢灵运的至交,更是谢灵运的诗友。钟嵘《诗品》卷中引《谢氏家录》云:"康乐每对惠连,辄得佳语。后在永嘉西堂,思诗竟日不就,寤寐间忽见惠连,即成'池塘生春草'。故尝云:'此语有神助,非我语也。'"②谢惠连与谢灵运赠答的

①逯钦立辑校《先秦汉魏晋南北朝诗·宋诗》卷三,第1175页。

②钟嵘著,曹旭集注《诗品集注》卷中,上海古籍出版社,1994年,第284页。

这两组诗,是描写西陵渡口的代表作品,作为早期山水诗的佳作,对于唐人游览唐诗之路时描绘浙东山水,具有很大的影响。

(二)渔浦

作为浙东唐诗之路的重要起点,渔浦现存数十首唐诗与数百首古诗。作为山水诗的发源地,渔浦的诗歌文化起源远在唐朝以前。我们现在研究山水诗发展史,一致公认鼻祖是谢灵运,他将山水的美景、心灵的纯净融入到凝炼含蓄的五言诗当中,创立了中国最早的山水诗派,影响了数千年的诗歌发展。他的《富春渚诗》云:"宵济渔浦潭,旦及富春郭。定山缅云雾,赤亭无淹薄。遡流触惊急,临圻阻参错。亮乏伯昏分,险过吕梁壑。洊至宜便习,兼山贵止托。平生协幽期,沦踬困微弱。久露干禄请,始果远游诺。宿心渐申写,万事俱零落。怀抱既昭旷,外物徒龙蠖。"①这首诗是谢灵运永初三年(422)被排挤出朝为永嘉太守时所作。他先是买舟南下,经过故居始宁别墅,作《过始宁墅》诗。始宁墅在今上虞境内,是谢灵运先祖晋车骑将军谢玄所建,而谢灵运承继祖业,也传承祖志。离开始宁别墅之后,谢灵运又沿钱塘江向西南富春渚进发,就写了这首《富春渚诗》。诗的首联直接写明行程,"宵济渔浦潭,旦及富春郭",突出了"渔浦潭"。渔浦潭离富春三十里,经过一夜行船,早晨到达了富春的城郭。诗中的几个地名都与渔浦相关。一是"定山",我们将在下面沈约的《早发定山》中讨论;二是"赤亭",即赤亭山,亦称"赤松子山"。《咸淳临安志》卷二七《山川》六《富阳县》:"赤松子山,在县东九里,高一百五十丈,周回四十里一百步。赤松子驾鹤时憩此,因得名。其形孤圆,

①逯钦立辑校《先秦汉魏晋南北朝诗·宋诗》卷二,第1160页。

望之如华盖,又名华盖山,一曰赤亭山,又曰鸡笼山。"①《文选》所收谢灵运此诗李善注云:"赤亭,定山东十余里。"②其后即录有谢灵运《富春渚》诗。故而行经渔浦潭,南望是定山,北望是赤亭山。至于六朝时渔浦的具体位置,王志邦《六朝渔浦新考》给予了确定的定位:南朝的渔浦是永兴、富阳与钱塘三县交界处——富春江注入浙江——浙江东南侧水域③。谢灵运的这首诗,是迄今所见描写渔浦最早也是最为著名的诗作。它将富春渚附近的渔浦潭、定山、赤亭山的美景惟妙惟肖地描绘出来,表现出浙东唐诗之路起点上奇山异水、天下独绝的山水风貌。又由山水美景的欣赏进而感悟人生,故而"平生协幽期"以下八句,是对自己生活历程的回顾,并且从中顿悟出怀抱超旷,即使如同龙蛇蛰伏以屈求伸也能觉得心地光明。谢灵运的山水诗对唐人的诗歌具有极大的影响,浙东山水又集中了天下的奇景,故而唐人漫游浙东者,无不受到谢灵运的影响。

丘迟《旦发渔浦潭》诗是集中描写渔浦的诗作:"渔潭雾未开,赤亭风已飏。棹歌发中流,鸣鞞响沓障。村童忽相聚,野老时一望。诡怪石异象,崭绝峰殊状。森森荒树齐,析析寒沙涨。藤垂岛易陟,崖倾屿难傍。信是永幽栖,岂徒暂清旷。坐啸昔有委,卧治今可尚。"④诗作于丘迟赴任永嘉太守途中,描写的是从渔浦潭出发,舟行富春江的情景。作者买舟渔浦,平明晓发,时值江雾未开,晨光曦微,而到达赤亭山时,已经风飏雾散,天气晴明。诗以渔浦为起点,重在写天气变化,诗人启航不久,气候就由阴转晴。接着描写旦发渔浦潭后航行

①潜说友纂修《咸淳临安志》卷二七,《宋元方志丛刊》,中华书局,1990年,第3614页。

②萧统编《文选》卷二六,第1240页。

③王志邦《六朝渔浦新考》,《学习与探索》2013年第11期,第150页。

④逯钦立辑校《先秦汉魏晋南北朝诗·梁诗》卷五,第1602—1603页。

于钱塘江的所见所闻:先写江上人物,舟人的棹歌激荡于钱江中流,动听的鞞鼓响彻于江岸山峰,棹歌吸引着村童聚集嬉戏,激发了野老驻足观望。再写山川美景:怪石,呈现出异象;绝峰,呈现出殊状;荒树,森森而齐整;寒沙,析析而丰茂;江岛,因垂藤而易陟;崖屿,因陡峭而难傍。每句突出一景,合之将旦发渔浦后的江上美景如同山水长卷一样展现出来。最后四句见景生情,抒发作者旦发渔浦潭之后的感受:富春江确实是值得永远幽栖之地,不只是见到一时的美景,在这里既遨游山水,又无为而治,就是自己崇尚的境界。诗的最后两句连用了两个典故:一是成瑨坐啸,据《后汉书·党锢传》记载,"后汝南太守宗资任功曹范滂,南阳太守成瑨亦委功曹岑晊,二郡又为谣曰:'汝南太守范孟博,南阳宗资主画诺。南阳太守岑公孝,弘农成瑨但坐啸。'"①二是汲黯卧治,据《史记·汲黯列传》记载,西汉时汲黯为东海太守,"多病,卧闺閤内不出。岁余,东海大治",后召为淮阳太守,不受。武帝曰:"吾徒得君之重,卧而治之。"②诗用这两个典故,表明自己在浙东这山水美景之中委心于无为的心理,也表现出为官要达到政事清简而治理有序的境地。

南北朝时期的渔浦,是山水奇胜的风景胜地,周围有定山、赤亭等重要景点。沈约《早发定山》诗云:"夙龄爱远壑,晚莅见奇山。标峰彩虹外,置岭白云间。倾壁忽斜竖,绝顶复孤圆。归海流漫漫,出浦水溅溅。野棠开未落,山樱发欲然。忘归属兰杜,怀禄寄芳荃。眷言采三秀,徘徊望九仙。"③据《梁书·沈约传》记载,南朝齐隆昌元年(494),沈约由吏部郎出为东阳太守,由新安江东下,经过定山时写了这首著名的诗篇。定山,在杭州城南钱塘江中。《文选》李善注引

①范晔《后汉书》卷六七,中华书局,1965年,第2186页。

②司马迁《史记》卷一二〇,中华书局,1982年,第3105、3110页。

③逯钦立辑校《先秦汉魏晋南北朝诗·梁诗》卷六,第1636页。

《吴郡缘海四县记》云:"钱唐西南五十里有定山,去富春又七十里,横出江中,涛迅迈以避山难。辰发钱塘,巳达富春。"①《咸淳临安志》卷二三"城南诸山"云:"定山,在钱塘。高七十五丈,周回七里一百二步。《太平寰宇记》云:'定山突出浙江数百丈。'又《郡国志》:'江涛至是辄抑声,过此则雷吼霆怒,上有可避处,行者赖之。'"②诗云"归海流漫漫,出浦水溅溅",是早发定山再出江浦,参照谢灵运《富春渚》诗早发渔浦潭即望到定山云雾,这里的"江浦",就是渔浦渡口。定山的山脚与渔浦相连。

定山东十余里就是赤亭,江淹秋日入越,经过渔浦东行到了赤亭,写了《赤亭渚》诗,有"水夕潮波黑,日暮精气红。路长寒光尽,鸟鸣秋草穷"③之句,把深秋日暮的赤亭渚景色写绝了。江淹另有《谢法曹惠连赠别》诗,是离别赤亭之后南行入越之作。诗的开头说"昨发赤亭渚,今宿浦阳汭。方作云峰异,岂伊千里别"④,就是到了浦阳江后,又江湾夜宿而作是诗。但江淹这两首诗,题目都是渔浦附近的景点,而其直接写景的文字很少,大概是诗人元徽二年(474)被贬为建安吴兴令(今福建浦城)时赴任途中所作,因心情郁结,故发之为诗,极为沉痛感伤。《赤亭渚》诗有"一伤千里极,犹望淮海风",《赠别谢法曹惠连》诗有"芳尘未歇席,零泪犹在袂",都是当时心境的流露。

由上述诸诗也可以看出,南朝首都在建康,而当时官员或文人到浙东任职,多是取道新安江东上,到达东阳、永嘉、建安等地,而渔浦潭则是这一水路的必经之地。因为渔浦潭是浙东与浙西的交汇之

①萧统编《文选》卷二六,第1240页。
②潜说友纂修《咸淳临安志》卷二三,第3579页。
③逯钦立辑校《先秦汉魏晋南北朝诗·梁诗》卷三,第1559页。
④逯钦立辑校《先秦汉魏晋南北朝诗·梁诗》卷四,第1578页。

地,故而到此可以眺望赤亭山与定山风景。谢灵运、丘迟、沈约有关渔浦的诗歌,是中国早期山水诗的代表,对唐代山水诗的兴盛起到了很大的引领作用,对后代山水诗更产生了巨大的影响。

二、唐代诗人与西陵

西陵作为唐代京杭大运河的南端,又向越州和明州延伸,成为南北与东西往来的重要枢纽。唐代诗人喜欢漫游,这种风气尤其繁盛于盛唐之后,西陵作为由杭州进入浙东的重要通津,引发诗人们的不断吟咏。

(一)盛唐诗人与西陵

盛唐诗坛泰斗李白,在《送友人寻越中山水》诗中,写下了"东海横秦望,西陵绕越台。湖清霜镜晓,涛白雪山来"①的句子,推想李白在其"四入浙江"的过程中,也是经过西陵渡的。另一伟大诗人杜甫,在《壮游》诗中回忆漫游吴越时,有这样精彩的描绘:"越女天下白,鉴湖五月凉。剡溪蕴秀异,欲罢不能忘。归帆拂天姥,中岁贡旧乡……忤下考功第,独辞京尹堂。放荡齐赵间,裘马颇清狂……快意八九年,西归到咸阳。"②杜甫到浙东漫游大约在开元十九年(731)到开元二十二年(734)之间。他到江南后在湖州停留,因为他的叔父杜登在湖州武康担任县尉。然后就到了杭州,由杭州渡钱塘江,杜甫是经过西陵渡的。他的《解闷十二首》之二云:"商胡离别下扬州,忆上西陵故驿楼。为问淮南米贵贱,老夫乘兴欲东游。"③说明杜甫漫游

①《全唐诗》卷一七五,中华书局,1960年,第1790页。
②《全唐诗》卷二二二,第2358页。
③《全唐诗》卷二三〇,第2517页。

吴越,先是经过扬州的,到了杭州后登过西陵的故驿楼。因为从杭州赴越,要经过西陵渡口,杜甫才有登上故驿楼之举。杜甫这首诗很新颖别致,用的是交错格,即第三句承第一句,都说的是扬州;第四句承第二句,都说的是西陵。

盛唐诗人孙逖,开元二年(714)进士及第,之后担任山阴县尉。开元五年(717)辞别山阴赴京时,写了一首《春日留别》诗:"春路逶迤花柳前,孤舟晚泊就人烟。东山白云不可见,西陵江月夜娟娟。春江夜尽潮声度,征帆遥从此中去。越国山川看渐无,可怜愁思江南树。"①据诗意,孙逖离开越地由钱塘江北行,应是开元五年(717)由山阴尉赴任秘书正字的留别之作。诗有"西陵江月夜娟娟"之语,则是由西陵渡口渡江北上的。

盛唐诗人崔国辅于开元十九年(731)在山阴尉任,有《宿范浦》诗云:"月暗潮又落,西陵渡暂停。村烟和海雾,舟火乱江星。路转定山绕,塘连范浦横。鸱夷近何去,空山临沧溟。"②范浦在钱塘江北岸,崔国辅赴山阴县尉任,傍晚因潮水渐落,暂时不能渡江,故寄宿于范浦。《咸淳临安志》记载有"范浦镇市",属仁和县,并云:"在艮山门外,去县四里。"③范浦在宋时已经设镇,而在唐代崔国辅时是靠近钱塘江边的一个地方。

盛唐诗人薛据有《西陵口观海》诗:"长江漫汤汤,近海势弥广。在昔胚浑凝,融为百川泱。地形失端倪,天色潸滉漾。东南际万里,极目远无象。山影乍浮沉,潮波忽来往。孤帆或不见,棹歌犹想像。日暮长风起,客心空振荡。浦口霞未收,潭心月初上。林屿几邅回,

①《全唐诗》卷一一八,第1188页。

②《全唐诗》卷一一九,第1201页。

③潜说友纂修《咸淳临安志》卷一九,《宋元方志丛刊》,中华书局,1990年,第3550页。

亭皋时偃仰。岁晏访蓬瀛,真游非外奖。”①薛据又有《题丹阳陶司马厅壁》诗,与《西陵口观海》诗均见于《河岳英灵集》卷下。润州天宝元年(742)改为丹阳郡,《河岳英灵集》成书于天宝十二载(753),故而薛据为山阴尉过西陵渡在天宝中,应约在六载(747)或七载(748)。

(二)中唐诗人与西陵

中唐诗人群体中最值得关注的是“大历十才子”,钱起、卢纶、司空曙、韩翃、耿湋、李端、崔峒等人都在浙东留下诗作,其中经过西陵作诗或诗歌涉及西陵者至少有李嘉祐和皇甫冉。

李嘉祐《送朱中舍游江东》诗云:“孤城郭外送王孙,越水吴洲共尔论。野寺山边斜有径,渔家竹里半开门。青枫独映摇前浦,白鹭闲飞过远村。若到西陵征战处,不堪秋草自伤魂。”②诗中“朱中舍”应为朱巨川,《金石萃编》卷一〇二《颜真卿书朱巨川告身》:“朝议郎行尚书司勋员外郎、知制诰朱巨川……可守中书舍人,散官如故。建中三年八月十四日。”③“八月”为“六月”之误。朱巨川还江东,需要行经西陵渡口。诗有“若到西陵征战处”句,既是用典,因为这里曾经是范蠡屯兵征战之地,即《水经注·渐江水》曰:“浙江又经固陵城北。昔范蠡筑城于浙江之滨,言可以固守,谓之固陵。今之西陵也。”④同时也是说经过安史之乱以后,社会动乱战争也连及杭州的情况。

皇甫冉《西陵寄灵一上人》诗云:“西陵遇风处,自古是通津。终

①《全唐诗》卷二五三,第 2853 页。

②《全唐诗》卷二〇七,第 2162 页。

③王昶《金石萃编》卷一〇二,《石刻史料新编》第 1 辑第 3 册,新文丰出版公司,1977 年,第 1701 页。

④王国维校《水经注校》卷四〇,第 1262 页。

日空江上,云山若待人。汀洲寒事早,鱼鸟兴情新。回望山阴路,心中有所亲。"①按皇甫冉至德二载(757)春就任无锡县尉,故而皇甫冉与灵一赠答诗应是至德元载(756)所作。灵一《酬皇甫冉西陵见寄》云:"西陵潮信满,岛屿没中流。越客依风水,相思南渡头。寒光生极浦,落日映沧洲。何事扬帆去,空惊海上鸥。"②即收到皇甫冉诗后的酬谢之作。皇甫冉还有《赋得越山三韵》诗:"西陵犹隔水,北岸已春山。独鸟连天去,孤云伴客还。只应结茅宇,出入石林间。"③是与灵一酬答又关合西陵的诗作。

灵一是著名诗僧,也是浙东唐诗之路上的焦点人物。刘长卿有《西陵寄一上人》诗:"东山访道成开士,南渡隋阳作本师。了义惠心能善诱,吴风越俗罢淫祠。室中时见天人命,物外长悬海岳期。多谢清言异玄度,悬河高论有谁持。"④亦当与皇甫冉、灵一诗同时而作。张南史有《西陵怀灵一上人兼寄朱放》诗:"淮海风涛起,江关忧思长。同悲鹊绕树,独坐雁随阳。山晚云藏雪,汀寒月照霜。由来濯缨处,渔父爱沧浪。"⑤灵一与众多的诗人赠答还往,特别是诸人有关西陵的吟咏,更呈现了作为唐诗之路起点的无限风光。

中唐诗人朱长文《送李司直归浙东幕兼寄鲍将军》诗云:"翩翩书记早曾闻,二十年来愿见君。今日相逢悲白发,同时几许在青云。人从北固山边去,水到西陵渡口分。会作王门曳裾客,为余前谢鲍将军。"⑥该诗一作朱湾诗,"鲍将军"一作"鲍行军"。"鲍行军"就是鲍防,大历中薛兼训镇浙东时,鲍防为行军司马,是大历诗人联唱集团

①《全唐诗》卷二四九,第2794页。
②《全唐诗》卷二〇九,第9123页。
③《全唐诗》卷二五〇,第2819页。
④《全唐诗》卷一五一,第1571页。
⑤《全唐诗》卷二九六,第3358页。
⑥《全唐诗》卷二七二,第3064页。

的领袖人物,“李司直”应该是浙东幕府中的一位文人幕吏,其时从浙西治所的润州到浙东越州赴任,故诗有“人从北固山边去,水到西陵渡口分”之语。中唐诗人严维也有《酬王侍御西陵渡见寄》诗:“前年万里别,昨日一封书。郢曲西陵渡,秦官使者车。柳塘薰昼日,花水溢春渠。若不嫌鸡黍,先令扫弊庐。”①严维是越州人,隐居于会稽,经常往来于浙东浙西,故与人交往诗中涉及西陵。

作为浙东镇帅,元稹是来往于西陵的代表人物。元稹有《别后西陵晚眺》诗云:“晚日未抛诗笔砚,夕阳空望郡楼台。与君后会知何日,不似潮头暮却回。”②白居易酬和之作为《答微之泊西陵驿见寄》:“烟波尽处一点白,应是西陵古驿台。知在台边望不见,暮潮空送渡船回。”③元稹于穆宗长庆三年(823)八月自同州刺史授越州刺史兼浙东观察使,十月途经杭州,拜访杭州刺史白居易,二人颇多唱和。元稹与白居易分别后,到了西陵渡口,就写下此诗,并以竹筒贮诗,递送杭州。白居易收到诗后就酬答了《答微之泊西陵驿见寄》,这样的“竹筒递诗”也就成了文坛佳话。

不仅如此,中唐时期于西陵题诗者也有寒士。宋计有功《唐诗纪事》卷四五“周匡物”条记载:“匡物,字几本,漳州人。元和十一年李逢吉下进士及第。时以歌诗著名,家贫,徒步应举,至钱塘,乏僦船之资,久不得济,乃题诗公馆云:‘万里茫茫天堑遥,秦皇底事不安桥。钱塘江口无钱过,又阻西陵两信潮。’郡牧见之,乃罪津吏。及第后谢座主云:‘一从东越入西秦,十度闻莺不见春。试向昆山投瓦砾,便容灵沼洗埃尘。悲欢暗负风云力,感激潜生草木身。中夜自将形影语,

①《全唐诗》卷二六三,第2914页。
②《全唐诗》卷四一七,第4598页。
③《全唐诗》卷四六六,第4999页。

古来吞炭是何人。'"①表现的是一种较为困顿的应试举子的寒士心态。而其经过西陵渡的过程以及津吏的表现,都惟妙惟肖。

中唐诗中吟咏西陵者,还有刘长卿《送朱山人放越州贼退后归山阴别业》诗:"越州初罢战,江上送归桡。南渡无来客,西陵自落潮。"②皎然《送刘司法之越》诗:"三山期望海,八月欲观涛。几日西陵路,应逢谢法曹。"③张籍《送李评事游越》诗:"未习风尘事,初为吴越游。露沾湖草晚,日照海山秋。梅市门何处,兰亭水尚流。西陵待潮处,知汝不胜愁。"④这些诗句,或描写战乱后的萧条,或描写漫游时的心绪,都无一例外地将西陵渡口与钱江大潮融合在一起。

(三)晚唐诗人与西陵

与元稹一样,李绅也是浙东镇帅往来于西陵的代表人物,只是李绅镇浙东时已经到了晚唐时期。

李绅有《渡西陵十六韵》诗,序云:"七年冬,十有三日,早渡浙江,寒雨方霖,军吏悉在江次。越人年谷未成,霪雨不止,田亩浸溢,水不及穗者数寸。余至驿,命押衙裴行宗先斋祝辞,东望拜大禹庙,且以百姓请命。"⑤诗序中的"七年冬"是指大和七年(833)冬,他赴浙东观察使任从西陵渡江入越州。大和九年(835)七月,李绅离浙东观察使任,入朝为太子宾客,北上时仍然取道西陵,并作《却渡西陵别越

①计有功《唐诗纪事》卷四五,上海古籍出版社,1987年,第689页。

②《全唐诗》卷一四七,第1489页。

③《全唐诗》卷八一八,第9223页。

④《全唐诗》卷三八四,第4315页。按,这首诗一作郎士元诗,题为《送李遂之越》,末二句为"西兴待潮信,落日满孤舟";又作刘长卿诗,题为《送人游越》,末二句为"西陵待潮处,落日满扁舟"。考"西陵",吴越钱镠时才改名"西兴",郎士元诗误。

⑤《全唐诗》卷四八一,第5475页。

中父老》。需要追溯的是,李绅最早渡西陵是在元和四年(809),他有《欲到西陵寄王行周》诗,首句注:“西陵渡在萧山县西二十里。钱王以陵非吉语,改曰西兴。”①李绅元和三年(808)受浙东观察使薛苹之招游浙东,次年返回长安时由西陵渡钱塘江北上,诗即是时寄友人王行周之作。

吴融《西陵夜居》诗云:“寒潮落远汀,暝色入柴扃。漏永沉沉静,灯孤的的清。林风移宿鸟,池雨定流萤。尽夜成愁绝,啼蛩莫近庭。”②诗人夜居西陵,未眠而作诗,突出地表现了西陵的夜景:应该是深秋季节,寒潮在远处的沙洲中回落,夜色渐渐地侵入了柴扉;到了深夜,静谧之中漏声不断,一盏孤灯显得格外明亮;山林之风吹动了宿鸟,池塘的微雨限制了不定的流萤;处于这样的夜色之中,本来就愁肠欲绝,更害怕寒蛩近庭而啼鸣。

罗隐《钱塘江潮》诗云:“怒声汹汹势悠悠,罗刹江边地欲浮。漫道往来存大信,也知反复向平流。任抛巨浸疑无底,猛过西陵只有头。至竟朝昏谁主掌,好骑赪鲤问阳侯。”③这首诗是描写钱塘江潮的名篇,首联描写潮水的声势,颔联描写潮水的变化,颈联描写潮水到达西陵渡口的情景,尾联拓开一笔,写出日夜朝昏是由潮水掌控。

喻坦之《题樟亭驿楼》诗云:“危槛倚山城,风帆槛外行。日生沧海赤,潮落浙江清。秋晚遥峰出,沙干细草平。西陵烟树色,长见伍员情。”④樟亭驿在钱塘江北,西陵渡在钱塘江南,隔江相对,经过樟亭驿渡江就到达西陵渡,渡口也有西陵驿。故诗写樟亭驿,实际上是与西陵渡对照着笔的。首联写江堤之高,好像一道护城的危槛,而船

①《全唐诗》卷四八三,第5493页。
②《全唐诗》卷六八四,第7855—7856页。
③《全唐诗》卷六五八,第7556页。
④《全唐诗》卷七一三,第8199页。

在钱塘江中就好比在槛外航行;颔联描写江潮,以日出与潮落对比,日出时映红沧海,潮落后江面平静;颈联描写深秋时节江岸之景,遥远的山峰秋晚更显苍翠,江边的沙地细草长满呈现一片平芜;尾联特写西陵之景,秋晚烟树苍苍,令人触景生情,更加深了对于伍子胥的怀念。

晚唐江南的送往赠别中,经常提及"西陵"。方干《送吴彦融赴举》诗:"西陵柳路摇鞭尽,北固潮程挂席飞。"①又《贻高说》诗:"西陵晓月中秋色,北固军鼙半夜声。"②又《送王霖赴举》诗:"北阙上书冲雪早,西陵中酒趁潮迟。"③又《送钱特卿赴职天台》诗:"雾昏不见西陵岸,风急先闻瀑布声。"④张乔《越中赠别》诗:"东越相逢几醉眠,满楼明月镜湖边。别离吟断西陵渡,杨柳秋风两岸蝉。"⑤储嗣宗《送顾陶校书归钱塘》诗:"水色西陵渡,松声伍相祠。"⑥春风杨柳,水色松声,中秋晓月,潮迟月早,西陵的四时佳景和盘托出。

三、唐代诗人与渔浦

与西陵类似,唐代诗人在渔浦留下的诗歌,也是以盛唐以后居多。唐人由新安江东下入浙东,一般都要经过渔浦,而到了渔浦再沿浦阳江向诸暨、婺州到达永嘉,这是一条路线;另一条路线是由钱塘江继续东行到了西陵渡转入浙东运河再向越州、嵊州、天台。

①《全唐诗》卷六五一,第7475页。
②《全唐诗》卷六五〇,第7464页。
③《全唐诗》卷六五一,第7473页。
④《全唐诗》卷六五二,第7493页。
⑤《全唐诗》卷六三九,第7326页。
⑥《全唐诗》卷五九四,第6888页。

(一)盛唐诗人与渔浦

唐代诗人有漫游的风气,盛唐时期尤盛。盛唐的大诗人李白、杜甫、王维、孟浩然、常建都曾漫游浙东。李白由广陵、金陵再至越中,杜甫则由姑苏南行,“枕戈忆勾践,渡浙想秦皇”①,其路线经过西陵。而李白《送王屋山人魏万还王屋》诗云:“挥手杭越间,樟亭望潮还。”②参以陶翰《乘潮至渔浦作》诗“樟台忽已隐,界峰莫及睹”③之句,“樟台”即樟亭,是位于钱塘县的驿站,过了樟亭就到了渔浦。可证李白是确实到过渔浦的。

孟浩然入浙东经过渔浦,并且留下了重要的诗作,成为我们研究唐诗之路起点的重要印证材料。其《将适天台留别临安李主簿》诗云:“枳棘君尚栖,匏瓜吾岂系。念离当夏首,漂泊指炎裔。江海非堕游,田园失归计。定山既早发,渔浦亦宵济。泛泛随波澜,行行任舻枻。故林日已远,群木坐成翳。羽人在丹丘,吾亦从此逝。”④这首诗是孟浩然开元十八年(730)赴浙东会稽途中所作。浙东之行的目的地是天台山,而他是先到临安的,在临安出发时给李主簿的诗中说“定山既早发,渔浦亦宵济”,是取道富春的定山,再到渔浦渡口乘船而向浙东进发。到了渔浦时,他又作了《早发渔浦潭》诗:“东旭早光芒,渚禽已惊聒。卧闻渔浦口,桡声暗相拨。日出气象分,始知江湖阔。美人常晏起,照影弄流沫。饮水畏惊猿,祭鱼时见獭。舟行自无闷,况值晴景豁。”⑤作者由临安过了定山,清晨到了渔浦潭,将乘舟出发而作了这首诗。开头四句写早发,夏日晴天,太阳早出,惊动渚

①《全唐诗》卷二二二,第2358页。
②《全唐诗》卷一七五,第1788页。
③《全唐诗》卷一四六,第1476页。
④《全唐诗》卷一五九,第1620页。
⑤《全唐诗》卷一五九,第1628页。

禽,鸣声聒耳,作者卧于舟中,听到隐隐棹声,已觉在渔浦口出发了。接着六句写渔浦之景:长空日出,气象万千,天气晴朗,江面空阔。晚起的美女,照影自怜。惊猿下山饮水,令人望而生畏,水禽捕捉鲤鱼,陈列在岸边。最后两句是作者抒情,富春江夏日清晨,晴空万里,江上舟行轻松畅快,心旷神怡。

盛唐诗人的名篇,还可以举出常建的《渔浦》诗:“春至百草绿,陂泽闻鸧鹒。别家投钓翁,今世沧浪情。沤纻为缊袍,折麻为长缨。荣誉失本真,怪人浮此生。碧水月自阔,安流净而平。扁舟与天际,独往谁能名。”①春日渔浦百草葱绿之景、仓庚和鸣之声,触动了作者隐逸的情怀。“别家投钓翁,今世沧浪情”,用《孟子·离娄上》典:“有孺子歌曰:‘沧浪之水清兮,可以濯我缨;沧浪之水浊兮,可以濯我足。’孔子曰:‘小子听之,清斯濯缨,浊斯缨足矣。自取之也。’”②表现自己不失本真的追求。故而描写渔浦之景也是“碧水月自阔,安流净而平”,月照碧水,渔浦宁静而空阔;江潮未涨,江流安闲而清幽。这样的境界,令人无限向往,乐而忘忧。

盛唐诗人陶翰也有《乘潮至渔浦作》诗:“舣棹乘早潮,潮来如风雨。樟台忽已隐,界峰莫及睹。崩腾心为失,浩荡目无主。豗憧浪始闻,漾漾入鱼浦。云景共澄霁,江山相吞吐。伟哉造化工,此事从终古。流沫诚足诫,商歌调易苦。颇因忠信全,客心犹栩栩。”③诗中的“樟台”,亦即“樟亭”。《乾道临安志》卷二:“樟亭驿,晏殊《舆地志》云:‘在钱塘县旧治之南五里,白居易有《宿樟亭驿》诗。’”④《淳祐临安志》卷六:“浙江亭,旧为樟亭驿。祥符旧经云:在钱塘旧治南到县

①《全唐诗》卷一四四,第1460页。

②赵岐注,孙奭疏《孟子注疏》卷七上,《十三经注疏》,中华书局,1980年,第2719页。

③《全唐诗》卷一四六,第1576页。

④周淙纂修《乾道临安志》卷三,《宋元方志丛刊》,第3232页。

一十五里,府尹赵公与重建。”①陶翰乘舟趁早潮从樟亭出发,樟亭渐远渐没之后,经过界峰,就看到了渔浦。全诗写舟中观望之景,趁早潮过江,大浪席卷而来如同暴风骤雨,顺着惊涛骇浪,到达了波澜荡漾的渔浦。这时波浪擎空,惊涛拍岸,云景澄霁,江山吞吐,大自然鬼斧神工,千古永恒,浪花飞溅令人惊戒,商歌悲凉震人心弦。在这样的环境中行船,心情欢畅,欣喜无比。

(二)中唐诗人与渔浦

中唐诗人漫游浙东经过渔浦者,“大历十才子”非常值得注意,尤其是钱起与韩翃。钱起《九日宴浙江西亭》诗云:“诗人九日怜芳菊,筵客高斋宴浙江。渔浦浪花摇素壁,西陵树色入秋窗。木奴向熟悬金实,桑落新开泻玉缸。四子醉时争讲习,笑论黄霸旧为邦。”②重九佳节,诗人来到杭州,宴于浙江亭。浙江亭就是樟亭。到了樟亭,可以渡江的两个重要渡口渔浦与西陵都可以看到,故诗有“渔浦浪花摇素壁,西陵树色入秋窗”之句。这时正值深秋,是收获的季节,柑橘熟了,枝头垂挂着金黄色的果实,桑葚落了,做成了美味的佳酿。尾联的“四子讲习”用王褒《四子讲德论序》事:“褒既为益州刺史,王襄作《中和乐职宣布》之诗,又作传,名曰《四子讲德》,以明其意焉。”③可见参加宴会者有当时的杭州刺史在场,故而在这果实丰满的深秋季节,笑谈前朝太守治理邦国的情况。钱起还有《渔潭值雨》诗云:“日入林岛异,鹤鸣风草间。孤帆泊枉渚,飞雨来前山。客意念留滞,川途忽阻艰。赤亭仍数里,夜待安流还。”④“渔潭”即渔浦潭。时值秋

①施谔纂修《淳祐临安志》卷六,《宋元方志丛刊》,第3273页。
②《全唐诗》卷一三九,第2670页。
③萧统编《文选》卷五一,第2246页。
④《全唐诗》卷二三七,第2648页。

晚,日入林岛,鹤鸣草间,此时雨来前山,故而孤舟晚泊。因为遇雨,更易引发客子之情,川途之阻也融于字里行间。

韩翃《送王少府归杭州》诗云:"归舟一路转青苹,更欲随潮向富春。吴郡陆机称地主,钱塘苏小是乡亲。葛花满把能消酒,栀子同心好赠人。早晚重过鱼浦宿,遥怜佳句箧中新。"①当时在杭州担任县尉的王姓友人要回到杭州,韩翃相送而作了这首诗。全诗描写了王少府取道渔浦归于杭州的路线,是我们认识渔浦津渡的重要诗篇。王少府大概是由北方回杭州,取道富春江,乘上归舟,随潮进发,所见青苹满路。首句用曹丕《秋胡行》诗:"泛泛渌池,中有浮萍。寄身流波,随风靡倾。"②说明前此王少府游子在外,好像浮萍一样漂流不定,而今要回到家乡,故心境愉悦。接着写出了两个名句:"吴郡陆机称地主,钱塘苏小是乡亲。"运用历史事实,极写杭州的人杰地灵。同时赞美王少府像陆机一样,文采风流,传播乡邦。闻名于钱塘的苏小小也会将自己作为乡亲看待。值得注意的是,作者用苏小小事是关合"西陵"的,因为南朝民歌说苏小小"妾乘油壁车,郎骑青骢马。何处结同心,西陵松柏下"。《乐府诗集》引《乐府广题》云:"苏小小,钱塘名倡也,盖南齐时人。西陵在钱塘江之西,歌云'西陵松柏下'是也。"③接着两句描写送别时的场景,送行饯别,把酒言欢,故以葛花消酒,别时以栀子相赠,以表同心。最末两句是韩翃对于王少府的期待,乘舟归杭,重过渔浦,即兴赋诗,堪多佳句。这首诗将通向浙东的钱塘江中的两个渡口渔浦和西陵都关合进去了。渔浦是富春江、浦阳江、钱塘江的汇合之处,不仅奔赴浙东者要经过,就连回归杭州者也要在渔浦停泊。

---

①《全唐诗》卷二四五,第2751页。

②逯钦立辑校《先秦汉魏晋南北朝诗·魏诗》卷四,第390页。

③郭茂倩编《乐府诗集》卷八五,中华书局,1979年,第1203页。

与“大历十才子”同时且交往颇深的诗人有独孤及,独孤及《早发龙沮馆舟中寄东海徐司仓郑司户》诗云:“沙禽相呼曙色分,渔浦鸣桹十里闻。正当秋风渡楚水,况值远道伤离群。津头却望后湖岸,别处已隔东山云。停舻目送北归翼,惜无瑶华持寄君。”①独孤及在乾元元年(758)侍母如越,六月渡过楚水,七月到达会稽,诗即是年初秋时所作。诗人取道新安江入越,龙沮馆应该是渔浦渡之前的一个驿站,故诗称“渔浦鸣桹十里闻”,也就是说再航行十里就快到渔浦了。这里独孤及想到了身在东海的友人徐司仓和郑司户,故而写诗寄赠,以表出离别之感。

中唐诗人与浙东关系最深者要数严维,严维有好几首诗描写渔浦,其中一首是送“大历十才子”崔峒之作。《送崔峒使往睦州兼寄薛司户》诗云:“如今相府用英髦,独往南州肯告劳。冰水近开渔浦出,雪云初卷定山高。木奴花映桐庐县,青雀舟随白露涛。使者应须访廉吏,府中惟有范功曹。”②崔峒出使睦州,取道新安江,必经渔浦,故有“冰水近开渔浦出,雪云初卷定山高”之句。渔浦与定山相连,故诗人想象到冬日的渔浦、定山之景。睦州治所在桐庐县,故而后四句归结到桐庐的景色和人物。严维还有《书情上李苏州》诗:“东土苗人尚有残,皇皇亚相出朝端。手持国宪群僚畏,口喻天慈百姓安。礼数自怜今日绝,风流空计往年欢。误著青袍将十载,忍令渔浦却垂竿。”③这里的“李苏州”应为李涵,大历七年(772)五月由兵部侍郎为御史大夫出守苏州,故诗有“皇皇亚相出朝端”之语。严维是越州人,长期退隐,故有“误着青袍将十载,忍令渔浦却垂竿”之语,这里的“渔浦”也是渔浦潭。

①《全唐诗》卷二四七,第2776页。
②《全唐诗》卷二六三,第2915页。
③《全唐诗》卷二六三,第2918页。

(三)晚唐诗人与渔浦

晚唐诗人吟咏渔浦的诗歌仍然不少,最为典型者是著名诗人许浑与方干。许浑《寄天乡寺仲仪上人富春孙处士》诗云:"诗僧与钓翁,千里两情通。云带雁门雪,水连渔浦风。心期荣辱外,名挂是非中。岁晚亦归去,田园清洛东。"①"天乡寺"在润州,仲仪上人是作者的朋友。"孙处士"应该是孙璐,许浑同时的诗人项斯有《寄富春孙璐处士》诗可证。因为寄诗的对象之一是"富春孙处士",故而诗歌写到了"渔浦",这是作者的想象。许浑又有《和李相国》诗,序云:"蒙宾客相国李公见示《和宣武卢仆射以吏部高尚书自江南赴阙贶大梨白鹇因赠五言六韵》,攀和。"②诗中"李相国"为李珏,"高尚书"为高元裕。序称"江南赴阙",高元裕会昌末由宣歙观察使入拜吏部尚书,与诗题合。诗为大中元年(847)所作。诗的首联"巨实珍吴果,驯雏重越禽"以吴、越对举,故颔联接着写"摘来渔浦上",可以确证是渔浦潭。

方干为睦州青溪人,长期隐居会稽。他有《送弟子伍秀才赴举》诗,中有"倚棹寒吟渔浦月,垂鞭醉入凤城尘"③句,以"渔浦"与"凤城"对举。其弟子在越中,要赴京应举必须是由钱塘江北上,途中要经过渔浦。"凤城"即长安,是伍秀才应举要去的目的地。方干《别喻凫》诗云:"知心似古人,岁久分弥亲。离别波涛阔,留连槐柳新。蟆陵寒贯酒,渔浦夜垂纶。自此星居后,音书岂厌频。"④喻凫是毗陵人,曾经做过乌程县令,是一位江南才子,故方干为他送行时表现出

①《全唐诗》卷五二八,第6037—6038页。

②《全唐诗》卷五三七,第6132页。

③《全唐诗》卷六五〇,第7464页。

④《全唐诗》卷六四八,第7442页。

知心交契。诗的中间四句是写景之笔,“渔浦夜垂纶”则是方干自喻,说自己隐居于家乡睦州,过着垂纶渔浦的生活,故而这一“渔浦”也是特指渔浦潭。方干又有一首《送人宰永泰》诗有“舟停渔浦犹为客,县入樵溪似到家”①之句,永泰县属福建,由浙东赴永泰,水路须经过渔浦,故诗有“舟停渔浦犹为客”句,而永泰县又是群峰叠翠、山水环绕的优美之地,故诗有“县入樵溪似到家”句。

晚唐五代有关渔浦的诗作,值得重视者还有徐夤的《回文诗二首》,其中第二首提到了“渔浦”:“轻帆数点千峰碧,水接云山四望遥。晴日海霞红霭霭,晓天江树绿迢迢。清波石眼泉当槛,小径松门寺对桥。明月钓舟渔浦远,倾山雪浪暗随潮。”②这首回文诗非常新颖别致,它写出了钱塘江的优美景色:千峰翠碧,轻帆数点,水接云山,四望阔远。晴日海霞映江,霭霭橙红;白天江树夹岸,迢迢翠绿。清泉流出石眼,犹似门槛;小径通向松门,还对溪桥。在这样的风景之下,遥远的渔浦正有明月映照,钓舟往来,而倾山的雪浪也正在钱江暗涌。作者的视线是眺望渔浦,而立足点却在较远的峰边江上,这样的渔浦景色,也堪称独绝了。

四、西陵·渔浦:浙东唐诗之路的起点

浙东唐诗之路是由新昌文人竺岳兵先生1991年首倡与命名的,1993年经过中国唐代文学学会论证并确定的作为中国文学上的专有名词。浙东唐诗之路的自然路线是指渡过钱塘江以后,开始沿浙东运河中段的南向曹娥江溯古代的剡溪经嵊州、新昌、天台、临海,东向余姚、宁波、舟山,西南通向金华、诸暨的道路。这样在由浙西渡钱

①《全唐诗》卷六五〇,第7467页。
②《全唐诗》卷七〇八,第8144页。

塘江之前再到渡过钱塘江之后的津渡或驿站就是浙东唐诗之路的起点。而据《大清一统志》卷二六云:“其东西渡口,西兴、渔浦为往来之要津。”①也就是说,钱塘江上两个渡口极为重要,这就是西兴渡和渔浦渡。西兴在唐代以前称为“西陵”,五代时改为“西兴”。魏晋南朝以后,特别是唐代诗人到浙东漫游,常常取道西陵或渔浦而入浙东。因此,西陵和渔浦就成为浙东唐诗之路的起点。

就渔浦而言,权德舆《送王仲舒侍从赴衢州觐叔父序》云:“新安江路,水石清浅,严陵故台,德风蔼然,渔浦潭、七里濑,皆此路也,二谢清兴,多自兹始。今日出祖,可以言诗。”②可见唐人赴浙东可以取道新安江路,经严陵钓台、渔浦潭、七里濑,而权德舆从王仲舒赴衢州即走此路,而且送别之时,吟诗作饯。有关渔浦的诗作,如孟浩然《早发渔浦潭》“卧闻渔浦口,桡声暗相拨”之句,陶翰《乘潮至渔浦作》“釃懂浪始闻,漾漾入鱼浦”之句,钱起《九日宴浙江西亭》“渔浦浪花摇素壁,西陵树色入秋窗”之句,都将渔浦与西陵融入一首诗中进行对照描写,把钱塘江上的两个渡口都表现出来,成为表现浙东唐诗之路重要起点的著名诗句。而从魏晋南朝到唐代诗人的作品所记载的地点来看,从渔浦入浙东者,大多经过浦阳江入诸暨、婺州、衢州以至永嘉,这条路线上留下了很多诗作,而这条道路是竺岳兵先生所提出的浙东唐诗之路尚未清晰揭示的道路。

就西陵而言,隋唐时期,萧绍运河经过了开凿、发展、完善、繁盛的过程,交通运输、水利建设、文化旅游都能成体系地发展,因而带动了唐代诗人从西陵渡江,经萧山、会稽,沿曹娥江入剡溪,再登天姥山与天台山。因为唐代萧绍运河的繁盛,加以渔浦渡口的变化,诗人的浙东之行取道西陵就较取道渔浦者更多。无论是“诗仙”李白还是

①和坤等奉敕撰《大清一统志》卷二二六,第206页。

②董诰等编《全唐文》卷四九二,中华书局,1983年,第5025—5026页。

“诗圣”杜甫,他们往来于浙东,都经过了西陵。李白有“东海横秦望,西陵绕越台”,杜甫有“商胡离别下扬州,忆上西陵故驿楼”的诗句。盛唐诗人孙逖、崔国辅、薛据任职于浙东,都是由西陵渡江入越,并且留下了脍炙人口的杰作。中唐时期“大历十才子”中的钱起、皇甫冉等人都经过西陵渡。更值得重视的是,中唐以后唐王朝设置浙东观察使,以越州为治所。其长官与幕僚赴任,以取道西陵为多,并且留下了众多的诗篇,这以元稹与李绅最为典型。而作为隐逸诗人,中唐时期的严维、晚唐时期的方干,他们常常往来于浙东浙西,过钱塘江多次经过西陵,留下了不少描写西陵渡口与钱塘江风光的作品。

但西陵和渔浦,历史命运并不相同。渔浦处于钱塘江、富春江、浦阳江三江交汇处,汉魏六朝以及隋唐时期,交通便捷,商贸云集,但由于钱塘江地理变化无常,特别是浦阳江改道造成的自然环境变迁,使得渔浦经历了从繁盛到湮废的过程。近年,萧山义桥镇也在启动渔浦的修复工程,努力再现昔日唐诗之路的山水风景。西陵地处钱塘江要冲,是京杭运河与萧绍运河的连接地带,千百年来交通、商贸、旅游、文化等各方面的交流长盛不衰。直至当代,1996 年西兴大桥的建成,使得古时的西陵渡进入了一个全新发展时期。杭州地铁又专门在当地设了“西兴站”,集中了繁荣便捷的现代城市特点。就在钱塘江南岸地铁“西兴站”附近,还隐藏着一个历史底蕴极为深厚的西兴古镇,历史与现实在这里交融,西兴的魅力将随着时代的发展更加展现异彩。

(作者单位:浙江大学文学院)

浙东唐诗之路上的兰亭诗会刻石

刘重喜

关于浙东唐诗之路的话题，自 20 世纪 90 年代以后逐渐成为学术界研究的一个热点①。近年来，随着浙江省诗路文化带建设和世界文化遗产——浙东运河的保护和开发，对这一“区域文化”②研究的广度和深度日益推进。但相对于古籍文献研究的丰硕成果，学术界对浙东唐诗之路上的石刻文献关注度不高。《西泠丛刊》2020 年第 6 期推出“唐诗之路石刻研究”专栏，这是否可以看作学界对这一问题开始重视的标志呢？作为浙东唐诗之路核心区域的绍兴和台州，自唐代以来便已形成诗歌刻石的传统，诗刻资源十分丰

①关于“浙东唐诗之路”这一名称，傅璇琮《〈从义桥渔浦出发：浙东唐诗之路重要源头学术研讨会论文集〉序》中有所叙述：“‘浙东唐诗之路’的正式提出是在 1991 年。时南京师范大学举行‘中国首届唐诗宋词国际学术研讨会’，新昌的竺岳兵先生正式提出这一概念，引起学术界的重视。时我任中国唐代文学学会会长，即于 1993 年，学会正式发函，同意成立‘浙东唐诗之路’的专称。此后，专门的浙东唐诗之路的研究著作也陆续出版问世，如《唐诗之路综论》《唐诗之路唐代诗人行迹考》《唐诗之路唐诗总集》《唐诗之路唐诗选注》《浙东唐诗之路》等。”沈迪云等主编《从义桥渔浦出发：浙东唐诗之路重要源头学术讨论会论文集》，浙江人民出版社，2013 年。

②傅璇琮《〈从义桥渔浦出发：浙东唐诗之路重要源头学术研讨会论文集〉序》中谈到“区域文化”：“人们已普遍有一共识：浙东唐诗之路与河西丝绸之路并列，同为有唐一代极具人文景观特色、深含历史开创意义的区域文化。”

富,据笔者初步统计,从唐代至民国的绍兴诗刻有 66 种,台州诗刻 49 种①。这一自然地理与历史人文交汇形成的“诗刻景观”,呈现出怎样一幅文学史图景?文化价值何在?这些问题值得深入思考。

《晋书》记载王羲之“尝与同志宴集于会稽山阴之兰亭,羲之自为之序以申其志”②。这次发生在东晋永和九年(353)三月三日,王羲之、谢安等四十二人在绍兴兰亭的修禊雅集是中国文学史和文化史上的一件大事,由此产生的“天下第一行书”——《兰亭集序》、“流觞曲水”诗会、兰亭风物景观,都对后世产生了深远影响。从接受角度来看,兰亭雅集对后世的影响力在石刻文献上的表现十分突出:一是王羲之《兰亭集序》书法碑刻,如著名的唐代《定武兰亭》刻石、北宋《新昌石氏所刻历代名帖》中的《兰亭记》(即《兰亭集序》)、南宋《重刻王右军兰亭序》《唐临本兰亭石刻》、清康熙三十五年(1696)立石的《康熙临兰亭序碑》等;二是兰亭石刻景观,如至今仍然保存在兰亭景区内的清康熙御题“兰亭”碑、乾隆御书《兰亭即事一律碑》、杨恩澍题写“墨池”,民国八年(1919)《兰亭纪事碑》等;三是兰亭诗会刻石。东晋永和九年兰亭修禊形成的《兰亭诗集》不仅被完整地记录于宋代桑世昌《兰亭考》和明人冯惟讷的《古诗纪》中③,还以刻石的

①笔者《“浙东唐诗之路”上的古代诗歌刻石》一文有列表统计,参见 2020 年 11 月浙江天台县举办“中国唐诗之路研究会首届年会暨浙江诗路文化带高峰论坛”会议论文集。另按绍兴和台州在历史地理沿革上存在着古今行政区划的不同。公元 1131 年,南宋升越州为绍兴府,所辖会稽、山阴、萧山、诸暨、余姚、上虞、嵊县、新昌 8 县,此后历经元明清民国,与现在的行政区划略有变化;台州则自明初设府以来,下辖临海、黄岩、太平、仙居、天台、宁海 6 县,与现在的行政区划大体一致。

②房玄龄等《晋书》卷八〇《王羲之传》,中华书局,1974 年,第 2099 页。

③冯惟讷编《古诗纪》卷四三《兰亭集诗》并《序》,《文渊阁四库全书》本。

形式见于元代《右军祠塾重刻兰亭序并诗》①、明代《兰亭图石刻》②、董其昌《戏鸿堂法帖》刻石③和清同治六年(1867)《杨恩澍集晋贤诗碑》中④。受此影响,后世以绍兴为中心产生了元代至正二十年(1360)三月三日《续兰亭会诗碑》和民国十八年(1929)三月三日《兰亭觞咏诗碑》两处兰亭诗会刻石。本文即对东晋兰亭雅集影响下的兰亭诗会刻石所反映的学术思想、书法风格以及诗刻景观的物质观赏性进行考察和论述,以解析浙东唐诗之路上一道别样的人文风景。

一、《续兰亭会诗碑》中的儒家思想

在王羲之等人兰亭雅集1008年后的元代至正二十年(1360)三月三日,在与绍兴会稽县相距不远的余姚县"复制"了一场同样的雅集诗会。钱大昕(1728—1804)《金石文跋尾》卷二〇《续兰亭诗并序》云:

①杜春生编《越中金石记·阙访》,《石刻史料新编》第2辑第10册,新文丰出版公司,1979年,第7100页。

②杨震方编《碑刻叙录·兰亭图石刻》:"刻《兰亭图》于石有多种,但有名者为明周宪王(朱有燉)所刻。图中题各人之诗,具前后之序。"上海古籍出版社,1982年,第264页。

③董其昌编《戏鸿堂法帖》,清拓本。《戏鸿堂法帖》卷六孙绰《兰亭诗后序》,后题"乾封二年十月廿七人日,弘福寺沙门怀仁集写晋王右军书"。又陆柬之书《五言兰亭诗》,董其昌跋云:"据褚遂良《右军书目》:永和九年二十八行,诗二十二行,共五十行,世所传者序耳。陆与褚同时,此诗必临王书也。"《法书要录》卷一〇《右军书记》著录《兰亭序》和五首五言《兰亭诗》,可证董氏之说。又,《戏鸿堂法帖》卷一〇《柳公权兰亭诗并序》著录了比较完整的《兰亭诗集》,逯钦立《先秦汉魏晋南北朝诗》(中华书局,1983年)即据此辑校。

④陈五六主编《绍兴摩崖碑版集成·碑版编》,中华书局,2009年,第617页。

《续兰亭诗并序》,今在余姚县学,邵吉士晋涵拓以遗予。碑分四段:最上一层为图,水石竹树极秀润,中有方池,引以为曲水者也。池上为雩咏亭,其左为高风阁,旁皆有题字;次二层则刘仁本所为《序》;三、四层则诸人诗也。《序》称修禊来会四十二人,今所存者惟仁本以下十二人,诗各二篇,意当时本刻二碑,而亡其一乎?①

清阮元(1764—1849)《两浙金石志·补遗》云:

碑分四层,据《序》称枢密都事谢理以下得四十二人,同修禊事。碑所存止仁本以下十二人,诗各二篇,钱辛楣詹事疑当时本刻二碑而亡其一。朱竹垞《静志居诗话》亦云四十二人,名氏未能悉考,诗仅存者止此十二人,则所见者亦仅此碑矣。碑云"至正庚子",又云"自永和至今,上下宇宙间千有八载",以永和九年下推之,盖元顺帝至正二十年也。②

后出转精,清道光年间杜春生《越中金石记·辑存》③对此碑的著录最为详细,除形制、书体、尺寸外,还考证了参与诗会42人的完整名单,弥补了朱彝尊、钱大昕、阮元诸人的缺憾。东晋王羲之等人的兰亭雅集共有42人参加,其中各成四言、五言诗一首者11人,只完成一首者15人,另有谢瑰、刘密等"诗不成,罚酒三巨觥"者16人。元代刘仁本举办的"续兰亭会",顾名思义,"得四十二人,同修禊事","晋人所咏诗率两篇,若缺一而不足者、若两篇皆不就者,第各占

①《石刻史料新编》第1辑第25册,第19001页上。

②阮元编《两浙金石志》,浙江古籍出版社,2012年,第478—479页。

③杜春生《越中金石记》,第7377—7380页。

其次补之，总若干首，因曰续兰亭会”（刘仁本《续兰亭诗序》），《序》后标明：“补四言、五言诗各一首，凡一十六人。”而钱大昕《金石文跋尾》据拓片仅著录“仁本以下十二人，诗各二篇”，因此推测“当时本刻二碑而亡其一”。杜春生《越中金石记》卷一〇云“今补诗十六人，其实只有十二人，尚缺其四”，则他与朱、钱、阮三人所见拓片是相同的：原碑已刻有“一十六人”，而杜氏所见拓本只有郎中刘仁本、都事谢理、乡贡进士赵俶、天台僧悦白云、前萧山主簿朱右、前帅府都事王霖、萧山教谕朱炯、四明沙门僧阜、前平江儒学正徐昭文、秘图隐者郑彝、前嘉兴路经历张溥、东山僧福报12个人的补诗。幸运的是，陶宗仪（1329—约1412）《游志续编》卷下载有刘仁本《续兰亭诗序》和与会者42人名单①。杜春生据此备载：除以上12人外，赋诗的还有19人：“前两浙运司知事杜岳、余姚学正车权、缙云教谕杨燧、繁昌教谕宋元僖、防御元帅方永、翰林应奉李庚孙、前铅山教授杨瑛、永嘉典史闻人焕、山阴黄本、慈溪主簿黄谦（《游志续编》作黄谏）、余姚景星、四明李复、余姚张克问、天台僧寿智、丹阳山长刘文彬、余姚项矩、枢密都事韩谏、灵源僧净昱、余姚判官夏韶。”“余不赋诗”者11人：“副帅王德华、省宣使杨允、万户陈国安、万户沈思惠、镇抚沈德初、建宁教授周溥、无锡教授赵嵩卿、宁州教授郑大观、余姚杨瑀、余姚郑桐、童子徐士学。”“据此，则当日赋诗者凡三十一人，前辛楣谓刻二碑而亡其一，其说良是。”杜氏在钱大昕、朱彝尊等人基础上，根据比较稀见的文献资料，列举出了其他30位与会者的官职、籍贯或身份，并由此确认了钱大昕“刻二碑而亡其一”的推论。

与钱大昕所见第一块《续兰亭会诗碑》拓片对照，可知陶宗仪《游志续编》记载的42人姓名基本上是按照诗碑内容为次序著录的（只有“前两浙运司知事杜岳”与“东山僧福报”倒其先后），由此可以

①陶宗仪辑《游志续编》，清劳权抄本。

推知另外一块亡佚诗碑上的内容:首先是接续上碑,杜岳、车权、杨燧、宋元僖4人分别补“行参军事印邱髦、行将军羊模、前长岑令华耆、府主簿任儗(一作汪假)”诗各二首;随后是方永以下15人补“散骑常侍郄昙”等15人诗各一首,诗碑或许标作“补诗各一首凡一十五人”;最后是“余不赋诗凡十一人”。

作为一次参会人数众多、规模宏大的续兰亭诗会,韩格平《元代诗刻考述》将《续兰亭会诗》看作是元人唱和诗刻的代表作①。唐朝晖《元末续兰亭诗会及其文学史意义》②,展龙《元末士大夫雅集交游述论》③,邱江宁、宋启凤《论元代“续兰亭会”》④,杨珍妮《诗酒风流,千载余韵——东晋兰亭集会诗与元末续兰亭集会诗之比较》⑤等学者的论文都对这次诗会产生原因、活动情况、成员构成以及诗歌成就诸方面进行了论述,认为“续兰亭会诗”的参与者,从内容到形式再到精神内涵,都有接续东晋“兰亭修禊”的用意,并揭示出元末政治、文化等复杂的社会背景。但略感遗憾的是这些研究多依据朱彝尊《静志居诗话》所录“诗仅存者”12人的情况,未能涉及石刻文献中已经罗列出的其他30位与会者。如果研究者能利用杜氏《越中金石记》的考证成果,对进一步考察元末士人在社会、政治大变局中的心态和人生价值取向等问题必将更加全面和深入。

杜春生对42人的考证,完全印证了刘仁本《序》中之言:“合瓯越来会之士,或以官而居,或以兵而戍,与夫避地而仿,暨游方之外者,若枢密都事谢理、元帅方永、邹阳朱右、天台僧白云以下,得四十二人,同修禊事焉。”本次诗会的参与者有十分相近的地域性,以及各自

①《中国诗歌研究》第16辑,社会科学文献出版社,2018年。

②《兰州学刊》2010年第3期。

③《甘肃社会科学》2012年第5期。

④《江苏社会科学》2013年第6期。

⑤《名作欣赏》2017年第26期。

不同的社会身份、职业和背景。

参与此次诗会的42人，除“山阴黄本”等7人仅标识籍贯外，其他35人皆注明了职务身份：浙江行省郎中刘仁本等文官13人，防御元帅方永等武将5人，僧人悦白云等5人，其余12人皆属州、府、县的儒学官员——这是一个特别值得注意的地方，包括学正（徐昭文、车权）、教谕（杨燧、宋元僖）、教授（杨瑛、周溥、赵嵩卿、郑大观）、训导（郑彝①）等儒学学官，或是书院的山长（刘文彬）或县学秀才（徐士学）。另外还值得注意的是，文官中三位《明史》有传的人物也都有儒学背景：朱右，“以荐授庆元路慈溪县儒学教谕，调萧山，擢主簿”；赵俶，为元进士，洪武初，“请颁正定《十三经》于天下，屏《战国策》及阴阳谶卜诸书，勿列学宫”（《明史》卷一三七《赵俶传》），则亦是儒家中人；同为进士出身，主持本次诗会的刘仁本，传记附见《明史·方国珍传》后，至正年间，受方国珍命在庆元（今宁波）、定海、奉化兴儒学，办黄岩文献书院，修杜范祠，也是儒学的积极倡导者。因此，从参与者的身份不难看出本次诗会的儒学宗尚。

我们还可以将这一历史文本放在浙东唐诗之路石刻文化背景中继续考察，可以看到这次诗会对兰亭雅集思想的继承和变革。对比王羲之《兰亭集序》与刘仁本《续兰亭诗序》发现，后者虽然为“续”作，但主题命意却已迥然有别。王羲之《兰亭集序》表现出强烈的生命意识，感慨人生的短暂，聚散之无常，畅叙幽情，抒发人与自然之间的关系。而刘仁本《续兰亭诗序》的重点则将“兰亭修禊”的思想植根于儒家的“道统”之中，侧重表达“追陈迹，修坠典，讲俎豆于干戈之际”的士人与社会的关系：

---

①杜春生《越中金石记》卷一〇：“郑彝，字元秉，号山辉，余姚人，居家慈孝，以文学教授，有师法，善画兰竹春草，人争购之，曾任本州训导。”（第7380页）

> 盖寓形宇内,即其平居有自然之乐者,天理流行,人与物共,而各得其所也。昔曾点游孔门,胸次直与天地万物上下同流,故其言志,以暮春春服既成,童冠浴沂,舞雩咏归,有圣人气象,仲尼与之。垂八百年而有晋之风流,盖本诸此。自是而莫继焉。后唐宋虽为会于曲江,率皆矜丽,务为游观,曾不足以语此者。

"舞雩咏归"出自儒家经典《论语》"子路曾皙冉有公西华侍坐章"①,仁本认为孔子之所以赞赏曾点,是因为他最具"天理流行,人与物共,各得其所"自然容与的"圣人气象"。而"天理流行"所体现的正是南宋以来程朱理学的思想,尤其是朱熹以程颐"有物有则"为宗旨确立的"理":"天下之物,则必各有所以然之故,与其所当然之则,所谓理也。"这成为程朱理学的核心命题②。而《论语》中"曾点之学"也成为朱熹阐释其"理"学思想的一个重要话题,《四书章句集注》云:

> 曾点之学,盖有以见夫人欲尽处,天理流行,随处充满,无少欠阙。故其动静之际,从容如此。而其言志,则又不过即其所居之位,乐其日用之常,初无舍己为人之意。而其胸次悠然,直与天地万物上下同流,各得其所之妙,隐然自见于言外。视三子之

①《论语·先进》:"(曾点)曰:'莫春者,春服既成,冠者五六人,童子六七人,浴乎沂,风乎舞雩,咏而归。'夫子喟然而叹曰:'吾与点也!'"杨伯峻《论语译注》,中华书局,2007年,第119页。

②陈荣捷《朱熹》第五章《朱子论理气》,三联书店,2012年,第46—58页。又,宋黎靖德编《朱子语类》卷四〇:"盖三子只就事上见得此道理,曾点是去自己心性上见得那本源头道理。使曾点做三子事,未必做得。然曾点见处,虽尧舜事业亦不过以此为之而已。程子所说意思固好,但所录不尽其意。"中华书局,2007年,第1040页。

> 规规于事为之末者，其气象不侔矣，故夫子叹息而深许之。①

由此不难看出，朱熹所阐发的“天理流行”正是刘仁本思想的直接来源。《朱子语类》卷四〇记录了朱熹与弟子问答“曾点之学”几十条，举其一例：

> 曾点见得事事物物上皆是天理流行。良辰美景，与几个好朋友行乐。他看那几个说底功名事业，都不是了。他看见日用之间，莫非天理，在在处处，莫非可乐。他自见得那“春服既成，冠者五六人，童子六七人，浴乎沂，风乎舞雩，咏而归”处，此是可乐天理。②

与子路、冉有、公西华三子“天样大事”之志比较，曾点之志虽看似“针样小事”，但他却能将“理”贯通于“事事物物”的“日用之常”，因此更能体现出“天理流行”的“虽超乎事物之外，而实不离乎事物之中”的特质。“日用之间，莫非天理，在在处处，莫非可乐”的“平常”反而更具有对“凤凰翔于千仞之上”“圣人气象”高度的概括性。

对于元末续兰亭诗会的思想倾向，学界一般都将其归结为玄学，如谓：“‘续兰亭会’力图在精神内涵与‘兰亭会’趋向一致。诚如学界屡有指出的那样，兰亭会实际也是一场玄学大会，体现出非常浓郁的玄学精神主旨，强调人对自然物理的体悟、感喟，注重人与自然和谐适应。”③如果单从诸人补作“诗皆淳雅，绝类晋人”（朱彝尊语）来看确乎如此，但这仅是由彼时彼地“补”诗的规定性决定的，只是字面

①朱熹《四书章句集注》，中华书局，2008年，第130页。

②黎靖德编《朱子语类》卷四〇，第1026页。

③邱江宁、宋启风《论元代“续兰亭会”》，《江苏社会科学》2013年第6期。

之义,我们从与会者大半具有儒学之士身份和刘仁本《续兰亭诗序》主旨来看,这次续兰亭诗会的精神内涵,应该是对"晋之风流"一次理学思想的"嫁接"。《续兰亭诗序》又云:

> 自永和至今,上下宇宙间千有八载,遗风绝响,而今得与士友俯仰盘桓,追陈迹,修坠典,讲俎豆于干戈之际,察鸢鱼于天渊之表,乐且衎衎,夫岂偶然也。是虽未能继志曾点,然视晋人则亦庶几已矣。独未知后之人,又能有感于斯否乎?

"俎豆之事"见于《论语·卫灵公》,为儒家之礼器,指代儒学;"鸢飞戾天,鱼跃于渊"出自《诗经》(《诗经·大雅·旱麓》),喻万物各得其"理"。《续兰亭诗序》最后再次申明本次诗会的宗旨,诸人雅集吟诗的风尚已不再是魏晋风流,而是变为"咸适性情之正"的儒家诗教,即使在干戈之际,士人也要遵守"天理流行"的道德伦理,彰显儒者的"圣人气象",这也是仁本《序》中重点叙述特"作雩咏亭以表之"的原因所在。

二、《兰亭觞咏诗碑》与右军书风

值得惋惜的是元代《续兰亭会诗碑》已经亡佚,已无法窥测其物质形态和书法风格。而另外一块《兰亭觞咏诗碑》则至今嵌于绍兴兰亭风景区王右军祠西廊壁上。诗碑记录了民国十八年(1929)三月三日在兰亭的一次士人的修禊雅集。笔者曾于2021年7月18日到兰亭右军祠访见此刻,据《绍兴摩崖碑版集成·碑版编》著录:《兰亭觞咏诗碑》二石,均高32厘米,宽78厘米。第一石首行隶书题"己巳上巳兰亭觞咏",之后依次刻有袁天庚、孙玉声、姚洪淦、邓春澍、郁葆青五人诗。第二石亦刻诗五首,第一首接续第一石为周大封诗,其后隶书标题"己巳兰觞遥集诸咏"，然后为陈福荫、徐行恭、孙雄、戴振声四人诗，所谓"遥集诸咏"指未能当日亲临兰亭觞咏者的诗作。二石共十诗，皆为七言律诗，字体或楷或行，阴刻，字径一至一点五厘米，各诗款末均钤有作者名章，镌刻者为杭县王宗濂①。

袁天庚（1862—？），字梦白，号无耳尊者，浙江绍兴人。辛亥革命后，在安徽蚌埠倪嗣冲（1868—1924）幕府膺机要多年，善画花鸟，工诗词，著有《八百里荷花词馆诗词》②。孙家振（1864—1939），字玉声，别署海上漱石生、漱石生、退醒庐主人等，以字行，上海人，清末民初著名的报人和小说家，生平著述以小说、札记、诗词为多，代表作有《海上繁华梦》《退醒庐笔记》《退醒庐诗钞》等③。姚洪淦（1867—？），字劲秋，别署苓山心僧，浙江湖州人。民国初年参加郁葆青等人发起的上海"鸣社"，郁氏曾于1935年9月23日在蓬莱路龙门精舍故址招集孙玉声、周大封、姚洪淦等社友42人饮宴话旧，参加者多有诗词咏其事。邓春澍（1884—1954），一名澍，号青城，一号石圣，又号五百石印富翁，江苏武进人，精铁笔，好游历，善诗画，撰有《绘余计草》《四韵堂印存》《胜游图韵》等。郁葆青（1881—1941）名锡璜，号诗龛，又号餐霞、兰耦等，上海人，孙玉声之婿，清末民国间诗人，兼善书法，著有《餐霞吟稿》。周大封，字辨西，浙江绍兴人，鸣社成员。陈福荫（1859—1931），字劭修、绍修，号勉龕、勉安，晚号晚红老人，广西临桂（今桂林）人，书法家，擅制灯谜，清光绪十八年（1892）进士，官户部主事，后任湖南宁乡、石门等地知县，撰有《勉龕

①陈五六主编《绍兴摩崖碑版集成·碑版编》，第709页。

②张处德辑《五十年间绍兴书画家列举》，中国人民政治协商会议浙江省绍兴县委员会文史资料研究委员会编《绍兴文史资料选辑》第1辑，1983年，第230—231页。

③参见段怀清《海上漱石生生平考》，《杭州师范大学学报》2013年第4期；段怀清《海上漱石生著述考》，《明清小说研究》2014年第3期。

灯谜》《古今制谜名人小传》。徐行恭(1893—1988),字颙若,号曙岑,别号竹闲居士,晚称玄叟,浙江杭州人,早以诗名,著有《竹闲吟榭集》,施议对《二十世纪中国填词史话》推重为20世纪第二代作者“十大词家”之首①。戴振声,字鹤皋,号嚣龛,江苏丹徒人,工于吟咏,民国镇江“海门吟社”成员。孙雄(1866—1935),原名同康,字师郑,晚号铸翁,江苏昭文(今常熟)人,光绪二十年(1894)进士,后任吏部主事、京师大学堂监督等,入民国以遗老自居,著有《师郑堂集》《旧京诗文存》《诗史阁诗话》等,汪辟疆《光宣诗坛点将录》比作“地健星险道神郁保四”②。

喜欢游历的邓春澍1929年4月20日在《申报》上发表《上巳兰亭修禊记》一文,记录了这次兰亭觞咏的始末。本次雅集由上海鸣社周大封、郁葆青二人倡议③。4月12日(阴历三月三日)上午七点,诸人乘坐汽艇拖驶的画舫从城里出发,一路行驶在鉴湖水系中,四周秀丽的风景让人感觉如在画中游,“一舸尽属骚人:上海孙玉声、青浦徐慎侯、绩溪胡寄凡、萧山王袖沧、广东陈子英、山阴袁梦白、鄞县张伯崖,皆系鸿宿。(汤)澹然年最少,而亦好学”,向西南行二十多里后,始舍舟登陆,“循山麓以西,并庖人侍者,逾五十余人焉”。最后到达兰亭王右军祠,“祠中池上有‘墨华亭’,祠祀逸少木主,吾侪即集燕于斯”。“一觞一咏暮春天,十八人追册二贤”,现场参加觞咏的有18人④,直至

①施议对《二十世纪中国填词史话》,《长江学术》2006年第3期。

②汪辟疆《光宣诗坛点将录》,见《汪辟疆文集》,上海古籍出版社,1988年,第414页。

③上海《金钢钻报》1930年10月3日《鸣社雅集》有云:“上海鸣社诸诗人,每岁春秋佳日,辄择江浙名胜之区举行雅集,苏之秦淮、焦山,浙之鉴湖、西湖,皆为诸君古锦囊中材料。”

④根据本次社集的召集者郁葆青赋诗“一十九人真放浪,此身如在永和年”,则有19人。当日除了诗碑上的6人外,根据《上巳兰亭修禊记》,还有汤澹然、蒋莲舫、张天汉、青浦徐慎侯、绩溪胡寄凡、萧山王袖沧、广东陈子英、鄞县张伯崖、汪仲山9人。

下午三时方结束，“得诗者十有四人”①。

从最终选刻上石的10首诗内容来看，这次兰亭诗会觞咏的基调是追慕东晋兰亭雅集的诗酒风流。如第一首袁天庚诗：

> 典午而还世几迁，右军一序犹巍然。偶来小筑传觞咏，别有清谈胜管弦。白袷最宜三月节，青山犹认六朝天。中原戎马何时已，怅对斜阳感昔贤。

第一句“典午而还”，是指五马渡江，东晋南迁。第七句“中原戎马”是指当时的国民革命军正在进行的北伐战争。从整首诗来看，虽然有感慨时事，但立意仍然是“觞咏重追三月禊，林亭常驻六朝春”（周大封诗句）、“中原戎马何时已”的喟叹，古典今典并用，顿挫生姿，弥增诗人对《兰亭集序》的赞叹和对东晋风雅的向往。

再如郁葆青诗：

> 山阴驴背驼诗叟，来续兰亭修禊宴。三月莺花春未老，千秋鸿雪迹成烟。情怀寥廓泯今昔，天地穹庐岂变迁。一十九人真放浪，此身如在永和年。

《上巳兰亭修禊记》云：雅集诸人，“有乘舆者、策杖者、御车跨驴者，循山麓以西”，可证首句“山阴驴背驼诗叟”为实录。“来续兰亭修禊宴”，都是为追慕永和九年（353）兰亭修禊的诗酒风流而来，放浪形骸，怏然自足，抒发了与古人若合一契的情怀。

其他八首诗的命意也大致如此。而其中值得关注的是署“上海孙玉声”“集禊帖字”而成的一首七律：

---

①《鸣社杂志》己巳（1929）第三集有《兰觞集》，未见，待考。

兰亭修禊群贤集,风日清和是暮春。曲水畅观觞咏乐,崇山游尽古今人。悟言契合情犹昔,俯仰兴怀迹已陈。此会快然欣得地,相娱一室岂无因。

与其他诗相比,这首诗刻有两个显著的特点:一是全诗56个字全部集自《兰亭集序》,诗的主题也与序文感慨古今、畅叙幽情的思致一致;二是在书法上以《定武兰亭》笔意而成,端正而不失洒脱流丽,可见书写者临摹右军书法的功力。

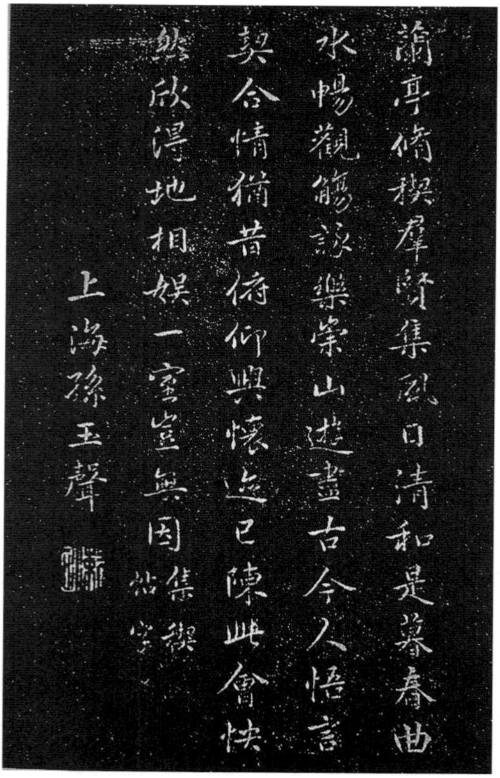

孙玉声《集禊帖字》诗

《定武兰亭》是古代最为著名的王羲之行书《兰亭集序》的石刻摹本。唐太宗推崇右军书法，在得到《兰亭集序》真迹后，命欧阳询临摹后刊刻于石，此石北宋庆历年间流落定州（河北真定县），当时定州设定武军，故此本后世便以“定武”为名。姜夔《续书谱》云：“世所有《兰亭》，何啻数百本，而定武为最佳。”①《定武兰亭》代表右军书法正宗，最为后世书家推崇。

综上所述，在东晋兰亭雅集 1576 年后民国刻石的《兰亭觞咏诗碑》，从其思想内容和书法风格两方面都传递出兰亭雅集的强大影响力，正如戴振声诗中所云“赚得千秋一帖传，至今人说永和年”。

三、“兰亭”文化的物质观赏性

绍兴位于浙东唐诗之路的核心区域，历史悠久，文化繁盛，很早就形成了刊石纪事之风。《越中金石记·辑存》著录的篆书《禹陵窆石残字》刻石，虽然年代不可考，但反映出浙东唐诗之路刻石文化源远流长的特点，从此以后越中金石便形成了一道道独特的人文风景。元末余姚《续兰亭会诗碑》和民国绍兴《兰亭觞咏诗碑》既是一类诗学文献，又是一道历史人文的独特风景，笔者称之为“诗刻景观”。这一“诗刻景观”具有十分鲜明的区域文化特征，即浙东唐诗之路上的“兰亭”文化。

黄宽重《交游酬唱：南宋与元代士人的兰亭雅集》一文指出永和九年（353）之后，兰亭雅集在唐宋以后直至近代，一直被模仿、复制，地域分布十分广阔②。就浙东唐诗之路上的兰亭雅集而论，还有北

①华东师范大学古籍整理研究室编选《历代书法论文选》，上海书画出版社，1981 年，第 390 页。

②包伟民、刘后滨主编《唐宋历史评论》第 2 辑，社会科学文献出版社，2016 年。

宋仁宗景祐中会稽太守蒋堂“修永和故事”;南宋理宗宝庆三年(1227)临安府尹袁韶召集幕僚十三人于上巳日修褉事于西湖;清乾隆五十七年(1792)上巳节,绍兴知府李亨特招集袁枚、钱泳等二十一人,举行“续兰亭修褉”并绘有《续兰亭褉饮图》①等等。虽然在历史的长河里,“情随事迁”,存在着地域和社会背景的不同,但这都可以看作是“兰亭”文化的衍变和发展。

由“兰亭”文化理念催生出物质性的“诗刻景观”。据杜春生所见《续兰亭会诗碑》拓片记载,“碑分四列,上一列为图”,图上绘有“雩咏亭、高风阁、爱莲堂、龙泉寺”等建筑。刘仁本《续兰亭诗序》中提到兴建之缘由:

> 适以至正庚子春,治师会稽之余姚州,与山阴邻壤,望故迹之丘墟,而重为慨叹,于是相龙泉之左麓,州署之后山,得神禹秘图之处,水出岩罅,潴为方沼,疏为流泉,卉木丛茂,行列紫薇,间以篁竹,仿佛乎兰亭景状,因作雩咏亭以表之。

杜春生详细考证了当时修筑雩咏亭、高风阁、爱莲堂、龙泉寺的具体位置:

> 按余姚州署,北负秘图山。《万历府志》云:山高止丈许,上有石如匮,是神禹藏灵秘图之所,山麓有秘图阁,已乃改为翠窦亭,雩咏亭即翠窦亭故址。今图中亭所据之坡陀,盖即秘图山。前有方池,引为曲水,其东竹树森蔚,《序》所谓“仿佛兰亭景状”者也。其西为高风阁,以严徵君得名。阁之南为爱莲堂。更西高峰矗峙,则

①朱则杰、卢高媛《〈履园丛话〉“兰亭”条与李亨特“续兰亭修褉”考论》,《浙江学刊》2015年第5期。

龙泉山，山下为龙泉寺，两山相距一里而近，故图中并列之。

类似于柏拉图的“理念”，东晋永和九年（353）的兰亭修禊，元末刘仁本等人从敬仰出发，“东晋山阴兰亭之会，蔚然文物衣冠之盛，仪表后世，使人景慕不忘也”，通过“复制”实现历史再现的可能：与山阴邻壤，同样四十二人参会，咏诗的五、七言形式，诗集前的序言，等等，并且在地理形态上用亭台建筑和刻石纪念将“兰亭”这一“理念”物质化。可以说，这些“仿佛兰亭景状”的诸多“景观”，无疑是“兰亭”文化理念催生出来的人文景观，成为元末士人群体心态的物质象征。

作为“兰亭”文化的重要组成部分，兰亭诗会刻石不仅具有物质“景观”特征，还具有书法“观赏”价值。

王羲之兰亭修禊的书法，据唐《法书要录》卷三褚遂良《晋右军王羲之书目·行书》著录有“永和九年，二十八行，兰亭序”和“缠利害，二十二行”的兰亭诗，卷一〇《右军书记》著录了《兰亭集序》以及《兰亭诗》五首的具体内容①。明《戏鸿堂法帖》卷六“晋司马孙绰《兰亭诗后序》”后题“乾封二年十月廿七人日，弘福寺沙门怀仁集写晋王右军书”。从这些历史文献来看，兰亭雅集与王羲之的书法是密不可分的。

影响后世的兰亭诗会，书法也成为一个重要构成元素。元至正二十二年（1362），在组织过“续兰亭会”后，刘仁本又主持重刊了王羲之的《定武兰亭帖》，仁本《跋家刊定武兰亭帖后》云：

茧纸玉石久已化去，后来墨本摹刻者，殆数百家。展转相尚，徒事矜炫，且复诡秘……余尝以戎事过山阴，兵燹之余，古迹不可复得，遂于余姚州秘图湖上作续兰亭会，补晋人所缺诗篇。

①张彦远《法书要录》，毛晋辑《津逮秘书》第6集，明崇祯年间毛氏汲古阁刻本。

访得此本刻之，则又存《定武》之仿佛，而差胜于他者尔。①

虽然《续兰亭会诗碑》的书法风格已不得而知，但仁本将《定武兰亭》与续兰亭会并提，或许由此可以推论这一诗碑的书写风格应该是右军书风。

民国《兰亭觞咏诗碑》原石具在，雅集的过程也更加清晰，因此接续兰亭修禊的仪式感和物质性更加明显。首先，据邓春澍《上巳兰亭修禊记》记载，众人觞咏之前，“汪子仲山与余即席各写一《兰亭横卷》，卷首同人咸亲笔题名盖章，以存周大封所”。汪仲山（1877—1946），名琨，以字行，江西婺源人。他是沪上著名的山水画家，邓春澍亦善诗画，《兰亭横卷》当是雅集之前以“兰亭”为题的绘画。其次，《兰亭觞咏诗碑》立于当日的雅集之地——王右军祠，亦即今天《诗碑》所嵌之处，就如同挂在墙壁上的一幅百年前的照相，不仅成为一处“景观”，也是历史的见证，增加了兰亭的人文内涵。最后，在这样一个由历史和现实、时间和空间所营造的浓厚的人文氛围中，孙玉声集定武“禊帖”的诗刻，它的形成不是偶然的，应该是“兰亭”文化影响下的一个必然结果。

绍兴作为书圣王羲之故里，历史上有大量的右军遗迹，如王羲之故居、墓地、祠堂、画像，并有大量王羲之的书法刻石，《越中金石记》记录有晋代《黄庭经》《黄阁铜漏》、唐代集王书《休光寺真法行业赞》、南宋《晋王逸少小字曹娥碑》等；但历史上影响最大的还当属他的书法名篇《兰亭集序》，除了北宋《新昌石氏所刻历代名帖》中的“王右军《兰亭记》”、南宋《重刻王右军兰亭序》和《唐临本兰亭石刻》外，据《南村辍耕录》记载南宋所重刻《兰亭集序》的就有绍兴府治、绍兴仓司、绍兴府学、绍兴古刻、余姚县治、绍兴汤氏、绍兴曾氏、

①刘仁本《跋家刊定武兰亭帖后》，李修生主编《全元文》第60册，凤凰出版社，1998年，第331页。

绍兴石氏等多种①。由此可见,无论是元代的续兰亭诗会,还是民国的兰亭觞咏,都是浙东唐诗之路上“兰亭”文化的重要组成部分,兼具文学性和诗刻景观的物质观赏性。

结　语

中国古代诗歌刻石除了作为文学文本流传外,还具有“观赏性”的物质存在。因其融诗歌于自然和人文中的时空属性,对此类“诗刻景观”不仅要从文学史上理解,还必须从学术思想和人文景观等文化的整体观念上把握其价值和意义。同时,古代诗歌刻石往往与当地的人文景观和自然山水结合在一起,表现出强烈的地域色彩,甚至形成十分独特的区域文化特质。

东晋永和九年(353)发生在绍兴的兰亭修禊,以诗歌、书法和雅集为主要文化元素,千百年来,穿越时空,成为后人不断仿效的对象,在浙东地区形成了十分鲜明的“兰亭”文化特征。“兰亭”文化在形成的过程中,由于受到不同时代学术思想和审美趣味的影响,表现出不同的思想宗尚和审美倾向。以元代《续兰亭会诗碑》和民国《兰亭觞咏诗碑》为代表的兰亭诗会刻石,即在兰亭雅集的重现、学术思想的嫁接、书法风格的接续三个方面表现出各自不同的时代面貌,从而揭示出浙东唐诗之路上“兰亭”文化具有多层次的历史人文内涵。对于这些少有学者关注的诗碑文献的挖掘和探讨,将有助于对浙东唐诗之路这一区域文化研究的深入,有助于厘清区域文化内部的历史发展脉络,对于如何传承和建设地域文化具有重要的参考价值。

(作者单位:南京大学)

①陶宗仪《南村辍耕录》卷六,中华书局,2014 年,第 69—70 页。

唐白居易《沃洲山禅院记》石刻文献考略

徐跃龙

贞石可凭，一千多年来，散落在浙东唐诗之路上的金石遗存，默默地见证了这条诗路的历史变迁，是不可多得的文物和文献。地处唐越州剡中的沃洲山，为历史文化名山，东晋时，佛教大乘般若学在此兴起，为佛教中国化的发祥地。至唐代，大批诗人追慕晋贤，胜会于此。高僧白寂然来兹，得元稹襄助，兴建禅院，乞白居易为禅院记。白居易欣然垂文《沃洲山禅院记》，并请刘禹锡书丹，珠联璧合，成数百年盛事。后因禅院屡兴屡废，名碑失而复得，得而复失。幸碑失文存，可证史迹，成为永远屹立在浙东唐诗之路上的人文丰碑。

沃洲山，在今浙江绍兴新昌县东三十五里。据考证，沃洲山因沃洲而名，最早见于梁慧皎《高僧传》，因东晋高僧支遁买山而隐，养马放鹤而名闻天下。一时，支遁等十八高僧、王羲之等十八名士胜会于此，成为当时佛教大乘般若学研学倡行的中心，是佛教中国化的发祥地，也是剡东士族文化繁衍生息之地。沃洲山与天姥山相对，分别是道家的第十五福地和第十六福地，为晋唐剡中名山。及至唐代，这一带进入了全盛时期，唐代诗人追慕晋贤而纷纷经剡溪往来于此，据唐诗之路发现者和首倡者竺岳兵先生考证，记载在《全唐诗》中的诗人，其中有 451 位游历过这一带，《唐才子传》所载八大诗僧，都亲履于此，“沃洲”一词在唐诗中出现竟有 59 次之多，可知沃洲乃文人之洲①。对此，唐代白居易的《沃洲山禅院记》就写道："东南山水越为首，剡为面，沃洲天姥为眉目。夫有非常之境，然后有非常之人栖焉。"高度肯定了沃洲、天姥在浙东唐诗之路上的历史地位，而随着历史演进，《沃洲山禅院记》也已成为一方承载唐诗之路历史文化的丰碑。

一、碑文与著录

白居易（772—846），字乐天，晚号香山居士，祖籍太原（今山西太原），曾祖时迁居下邽（今陕西渭南），出生于郑州新郑县（今属河南）。白居易 13 岁至 17 岁曾避战乱在越州（今浙江绍兴），处女作《江南送北客因凭寄徐州兄弟书》就作于此时。贞元进士，历任翰林学士、左拾遗、赞善大夫等职，以刚正骨鲠，直谏闻名。元和十年（815），因得罪权贵，以越职言事罪，贬为江州司马。穆宗即位，召回长安，目击宦官擅政、朋党倾轧、政治混乱而自请外出，任杭州、苏州刺史，后又以刑部尚书致仕。白居易以诗著称，早年与元稹齐名，称"元白"。晚年与刘禹锡齐名，称"刘白"。

大和三年（829）春，白居易为太子宾客，称病辞归洛阳香山，自此不复出。《沃洲山禅院记》作于大和六年（832）夏，时年 61 岁。兹据《白居易集》所载，悉录全文如下：

沃洲山在剡县南三十里，禅院在沃洲山之阳，天姥岑之阴。南对天台，而华顶、赤城列焉。北对四明，而金庭石鼓介焉。西北有支遁岭，而养马坡、放鹤峰次焉。东南有石桥溪，溪出天台石桥，因名焉。其余卑岩小泉，如祖孙之从父祖者，不可胜数。

①竺岳兵《天姥山研究》，中国国学出版社，2008 年，第 15—16 页。

东南山水,越为首,剡为面,沃洲天姥为眉目。夫有非常之境,然后有非常之人栖焉。晋宋以来,因山开洞。厥初有罗汉僧西天竺人白道猷居焉。次有高僧竺法潜、支道林居焉。次有乾、兴、渊、支、遁、开、威、蕴、崇、实、光、识、斐、藏、济、度、逞、印凡十八僧居焉。高士名人有戴逵、王洽、刘恢、许玄度、殷融、郗超、孙绰、桓彦表、王敬仁、何次道、王文度、谢长霞、袁彦伯、王蒙、卫玠、谢万石、蔡叔子、王羲之凡十八人,或游焉,或止焉。故道猷诗云:"连峰数千里,修林带平津。茅茨隐不见,鸡鸣知有人。"谢灵运诗云:"暝投剡中宿,明登天姥岑。高高入云霓,还期安可寻?"盖人与山相得于一时也。自齐至唐,兹山寖荒,灵境寂寥,罕有人游。故词人朱放诗云:"月在沃洲山上,人归剡县江边。"刘长卿诗云:"何人住沃洲?"此皆爱而不到者也。大和二年春,有头陀僧白寂然,来游兹山,见道猷、支、竺遗迹,泉石尽在,依依然如归故乡,恋不能去。时浙东廉使元相国闻之,始为卜筑;次廉使陆中丞知之,助其缮完。三年而禅院成,五年而佛事立。正殿若干间,斋堂若干间,僧舍若干间。夏腊之僧,岁不下八九十,安居游观之外,日与寂然讨论心要,振起禅风;白黑之徒,附而化者甚众。嗟乎!支、竺殁而佛声寝,灵山废而法不作;后数百岁,而寂然继之,岂非时有待而化有缘耶?六年夏,寂然遣门徒僧常贽,自剡抵洛,持书与图,诣从叔乐天,乞为禅院记云。

昔道猷肇开兹山,后寂然嗣兴兹山,今日乐天又垂文兹山,异乎哉!沃洲山与白氏,其世有缘乎?①

除白居易《白居易集》等自选集载录《沃洲山禅院记》之外,还有北宋孔延之编定的《会稽掇英总集》卷一八、南宋高似孙编撰的嘉定

①顾学颉校点《白居易集》卷第六八,中华书局,1985年,第1440—1441页。

《剡录》卷五、清代《钦定全唐文》等早期文献收录白居易《沃洲山禅院记》,个别文字略有出入而已。

二、珠联与璧合

白居易撰成《沃洲山禅院记》后是请谁书丹?又是何时镌刻面世?据宋赞宁《宋高僧传》卷二七《唐剡沃洲山禅院寂然传》记载:“大和七年,时白乐天在河南保厘为记,刘宾客禹锡书之。”①可见寂然传为我们提供了十分重要的信息,即《沃洲山禅院记》是白居易请好友刘禹锡书丹后上石镌刻,离唐大和六年(832)记成已相隔一年。近考白居易《白氏长庆集》以外的一通书札《与刘禹锡书》,则向我们揭示了更多的相关信息。

白居易《与刘禹锡书》,是白居易手书寄给苏州刺史任上的刘禹锡的一通书札,编入宋拓《淳熙秘阁续帖》卷五,通行的七十一卷本《白氏长庆集》中未见此文,历来有真伪之辩。1961 年,著名书画家、古典文献学家启功在《文物》杂志发表《碑帖中的文学史资料》一文,认为:“《淳熙秘阁续帖》刻有白居易给刘禹锡的一封长信,不但是集外文,而且可以考证白居易和他朋友的种种关系,是一篇很重要的资料。”“从这封信里可以看到诗人白居易交游聚散的踪迹,和论艺谈谐的风趣。崔群卒于大和六年,这信作于这年冬日,白氏六十一岁。信里可资考证的事很多。”②这是有助于作家作品史实考证的珍贵资料,首先肯定了白居易《与刘禹锡书》的真实性。今人整理校注白氏文集,如顾学颉《白居易集》、朱金城《白居易集校笺》、谢思炜《白居易文集校注》均辑入集外集。

①慧皎等《高僧传合集》,上海古籍出版社,2011 年,第 551 页。
②启功《碑帖中的文学史资料》,《文物》1961 年第 8 期。

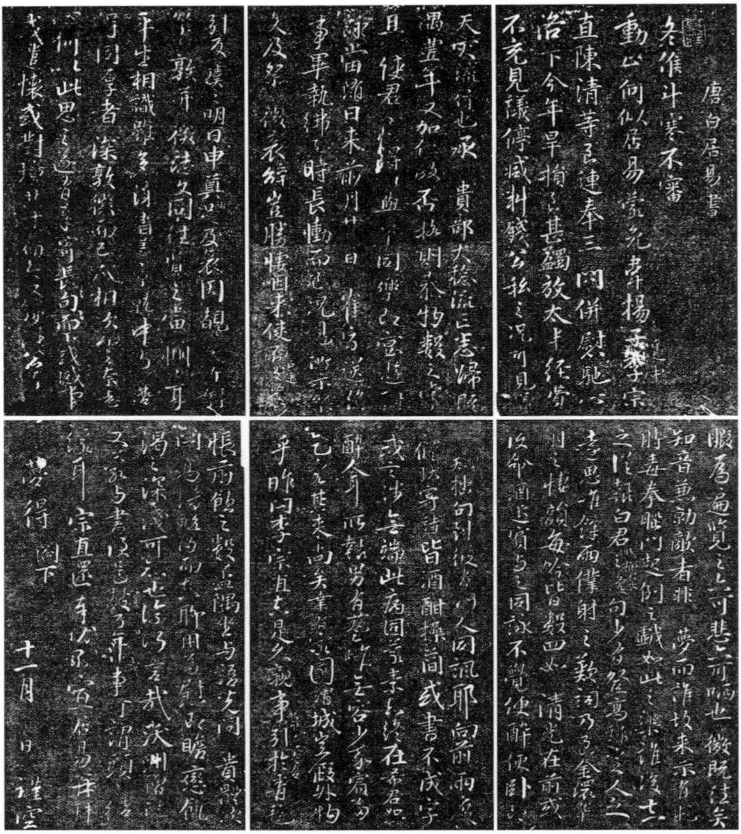

检白居易《与刘禹锡书》,文末正好涉及白居易请刘禹锡为《沃洲山禅院记》书丹一事:“沃洲僧往,又蒙与书,便是数百年盛事,可谓头头结缘耳。”据浙江大学胡可先教授《白居易〈与刘禹锡书〉事实考证》中的所述诗文钩沉,认为所谓“头头结缘”即指自支道林、竺法潜,直至白居易数百年间佛声寝与兴的情况,而白居易又为所作《沃洲山禅院记》,则沃洲山与白氏世有其缘。宋赞宁《宋高僧传》记寂然与禅院来龙去脉甚详。寂然与白居易同姓,也当是白居易为其禅院作记的缘分之一①。我认为，从书札内容来看，还包含承蒙好友刘禹锡为之书丹，也是与禅院结下的缘分之一，正可谓白文刘书，头头结缘，珠联璧合！

至于白居易书札释文中“沃洲僧往”之“往”抑或“记”，对此，著名学者顾学颉先生在1979年的《文物》杂志发表的《白居易所书诗书志石刻考释》一文中有精辟的论述，指出“沃洲僧记(?)，又蒙与书”：“记”，有人释为“往”，似不确。拓本中另有几个“往”字，都不这样写，而且这一个根本不像草书的“往”字。认为是“记”字，摹写刻石，历时既久，笔划稍难辨认。白居易有《沃洲山禅院记》，作于大和六年(832)夏季，下距写此信的时间很近②。的确，“沃洲僧记”正合文意，从书札文末“宗直还，奉状不宣”可知，白居易这通书札是由苏州来的李宗直“还奉”传递，而非自沃洲山禅院而来的白寂然门徒常赟捎去，白居易将《沃洲山禅院记》在书札中简称“沃洲僧记”也在情理之中。而白居易遣白寂然门徒常赟捎回的则是他的《寄白头陀》一诗。诗中写道：“近见头陀伴，云师老更慵。性灵闲似鹤，颜状古于松。山里犹难觅，人间岂易逢。仍闻移住处，太白最高峰。”(见《全唐诗》卷四二二)

三、兴废与存续

自东晋以来，剡东沃洲山寺兴废存亡，已连绵1600余年。据新昌学者陈新宇先生考证，沃洲山建寺始于东晋建元元年(343)高僧支遁“买山而隐”。支遁所建之寺在沃洲山小岭(今称支遁岭)，称小岭寺，也称沃洲寺或沃洲精舍，由支遁及其师弟支法度(也作虔)领众百

①胡可先《白居易〈与刘禹锡书〉事实考证》，《社会科学战线》2018年第5期。
②顾学颉《白居易所书诗书志石刻考释》，《文物》1979年第8期。

余。后支遁应哀帝诏进京,辞朝东还,后止石城山立栖光寺,再未返沃洲,沃洲寺一直由支法度住持。遁卒于太和元年(366),而度先遁而亡。后竺法仰一度来居沃洲寺。支遁卒后二十年,太元十年(385)前后,高僧白道猷来居沃洲,留有著名的《招道壹归隐沃洲》一诗,为后世山水诗滥觞。唐初魏征慕名"荷杖来寻支遁踪",写下《宿沃洲山寺》诗。而后,唐代诗人寻此忆贤、写景而不状寺成为唐诗写沃洲的通例。至唐天宝中有越州称心寺高僧大义"来居支遁沃洲之地,筑北坞之室"。大义于大历己未(779)终于寺,卒后40余年,即大和二年(828)春白寂然至沃洲,得白居易好友越州刺史元稹之助兴建沃洲山禅院,五年(831)禅院成,白居易为之作《沃洲山禅院记》,沃洲山寺一时振兴,成为唐诗之路上的重要地标。14年后遇会昌法难,寺院与碑刻重又毁弃。会昌后再15年,即咸通元年(860)裘甫起义据剡,于沃洲山边建起新昌、沃洲二寨,沃洲山竟成了战争要地,寺院自难免劫难。五代时期,复有真封院。宋仁宗嘉祐间(1056—1063),吴处厚令新昌,游此留下《游沃洲山真封院》诗,附有诗序,记述了当时寺院荒凉情景(见《会稽掇英总集》卷四"剡中")。宋英宗治平三年(1066)寺院改名成风,真封院改名真觉寺。真觉寺沿袭真封院,上溯承沃洲山禅院,为纪念白道猷开山、白寂然建寺、白居易作记,寺内后殿立有"三白堂",祀三人之像,立白居易碑记,至民国未废。新中国成立后建长诏水库,真觉寺基已没入水中。

据胡可先教授《新出土刘禹锡书〈崔迢墓志〉考论》评述:刘禹锡为唐代书法名家,《通志·金石略》《宝刻类编》等金石名著都有记载,惜刘禹锡的书法作品很多已在流传中散佚。近年新出土刘禹锡书《崔迢墓志》正可弥补这一缺陷。从《崔迢墓志》可以看出,刘禹锡书法的特点近于欧阳询和虞世南，在当时亦有一定的地位和声望①。因唐会昌法难，由刘禹锡书丹镌刻的白居易《沃洲山禅院记》已毁坏无存，我们只能从刘禹锡存世的书迹还原其书法风度，聊作慰藉。

近悉，新昌博物馆有旧藏《沃洲山记》残碑拓片，并载入由新昌博物馆编、俞国璋编著的《新昌历代碑刻》，极为珍贵，兹将碑刻（碑文从略）题跋释录如下：

圣宋嘉定四年（1211）季冬初吉宣抚越州绍兴府新昌县主管劝农公事兼弓手寨兵军僣绯丁璹书，住山文耸立石。

"天下佳山水，沃洲独称于东南，晋宋名胜，一时萃集，因人而高，故甚盛也。既而日月消歇，林泉榛芜，来者深有羊太傅登岘山之叹。嗟呼！人生天地间，真若草木之飘风，随时兴灭，本不足较。然欲垂声猷于千载者，独可托于文字，顾香山之记其可泯乎？寺有主僧文耸，能领此意，倾橐中金，规工泐石，载新其传，可谓知所尚矣。耸师且能□志起弊，大有功于兹山，是特其小者尔。沃洲茨隐石宗祁用嘉其能，敬为之跋。"（石宗祁《重刻沃洲山记》，见《越中金石记》卷五，《全宋文》卷七〇四三。注：石宗祁，号沃洲茨隐，理宗时绍兴新昌人。）

"石城以池涵佛窟之奇，而刘勰为之制碑；沃洲以列巘平津之胜，而乐天为之作记。两刹为南明冠，不专在泉石，而在二公之词章矣。会昌中，用道士说毁浮图，刘侍中（刘禹锡）碑乃从而没。后数百年，有□书衲子墨其文于寺壁。至嘉祐己亥（1059），长老宗幼文始镌之翠琰，邑尉吴处厚特纪诗碑阴，美好事也。建炎（1127—1130）间，以草窃发据寺院，白太傅记亦遭其毁。后数

①胡可先《新出土刘禹锡书〈崔迢墓志〉考论》，《刘禹锡研究》第1辑，暨南大学出版社，2017年，第274—277页。

十年,有能文行者书其词于佛殿。至嘉熙庚子(1240),住持耸别峰乃勒之坚珉,里人王梦龙遂与之题跋,重好古也。夫文之显晦系于时,时之淹速系于人。宗解笑□□□□为尔寂寂,随人作计,余岂免□公一抵掌也。"盖此跋乃宝学侍郎王公草授大理守丞丁君为(缺字)人俞□才作□补刻□□□□□□其□□□□□□□乎。时甲辰(1244)七月邑人泉奇刊。

据新昌文物工作者俞国璋先生考证,此碑拓片为博物馆旧藏,测量拓片得高约155厘米,宽80厘米。原碑无存。从拓片文字分析,白文首刊为刘禹锡所书,后重刊于宋嘉祐己亥年(1059),嘉定四年(1211)再刻,嘉熙庚子(1240)王梦龙题跋,甲辰(1244)七月补刊跋。根据明万历《新昌县志》和民国《新昌县志》所载,丁璹,字世珍,号宝斋,宋常州晋陵人,尤工文词,善篆隶;嘉熙己亥(1239)仲冬宰邑,淳祐辛丑(1241)仲秋还朝,后升大理评事;民为其建生祠并立碑以志去思①。

除此碑拓片之外,据新昌文物工作者赵曦先生考察,及至清顺治年间(1643—1661)由庄同生补书重刻白居易《沃洲山禅院记》。至民国时,又莫名佚失。殆至新中国成立大兴水利,乡民于真觉寺旁塘中挑泥,遂又发现已断为两截的清代石碑,由真君殿盛祥和尚补接断缝,保存于真君殿。至20世纪80年代建成长诏水库,发现这方清代石碑又不见了,查询至今,似无着落。近日,幸见清嘉庆年间《真觉寺碑记》残碑再现,细察可睹,碑文所记为寺院历史和修寺缘起,而非白居易《沃洲山禅院记》,但仍可确认为沃洲山禅院至今唯一珍贵的文物遗存。

失而复得,得而复失,不知何时尚能复得否?幸碑失文存,依然可以见证沃洲山寺的兴废。

---

①俞国璋编著《新昌历代碑刻》,文物出版社,2019年,第42—43页。

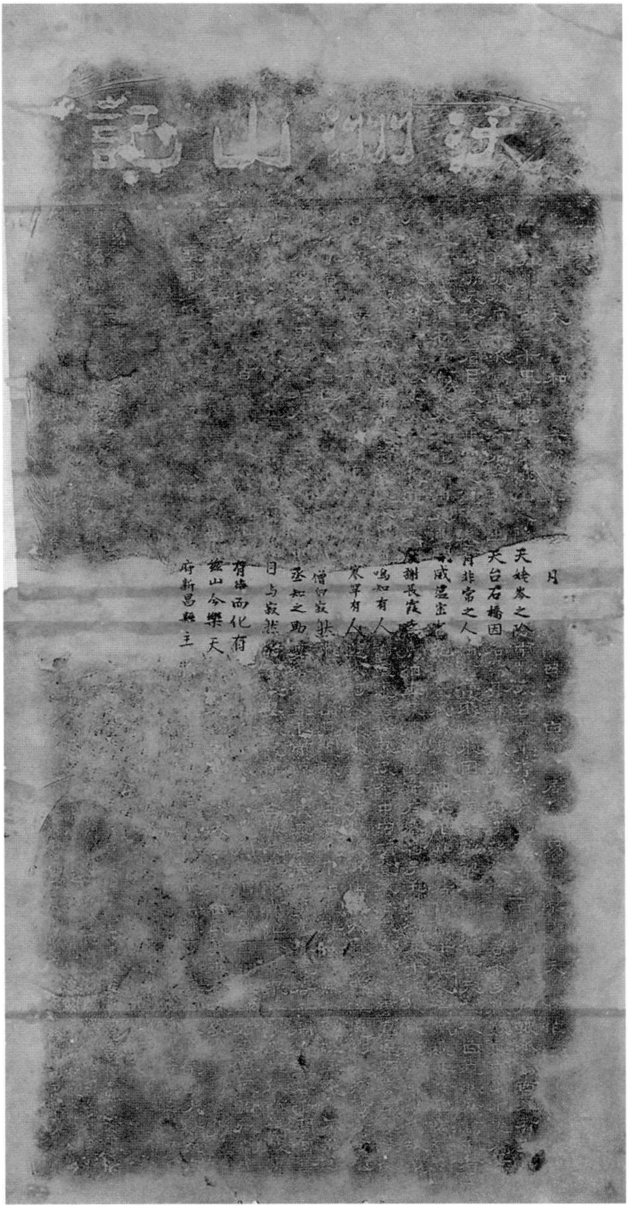

结 语

纵观唐白居易《沃洲山禅院记》石刻文献的形成和流布,从禅院落成到碑刻形成,与三位中唐著名政治家、文学家密切关联,时任浙东观察使兼越州刺史的元稹襄助立寺,太子宾客白居易撰文,苏州刺史刘禹锡书丹,可谓“三绝”,在当时就是一大盛举。三位又都是诗文并擅、风望极高的中唐诗人,为新乐府运动的倡导者和践行者,元稹与白居易齐名,世称“元白”,刘禹锡与白居易齐名,世称“刘白”。元稹曾一度拜相,宫中呼为“元才子”,白居易被誉为“诗魔”,刘禹锡被白居易誉称为“诗王”,都在唐代文学史上享有盛名。他们结友共同参与其事,实乃“数百年盛事,可谓头头结缘耳!”这不仅是禅院之幸,沃洲山之幸,也是剡东新昌之幸。

唐白居易《沃洲山禅院记》,又称《沃洲僧记》《沃洲山记》,从石刻文献形态来看,虽因历史原因而仅存文本,但流传至今,是我们研究浙东唐诗之路山水文化、佛教文化、诗歌文化的宝贵史料。白居易在文中写道:“东南山水越为首,剡为面,沃洲天姥为眉目。”其“东南眉目”已成为后人对浙东山水尤其是剡中山水的经典评述。文中首次提出十八高僧、十八名士相聚沃洲,后人号称“沃洲胜会”,与王羲之兰亭雅集、庐山白莲社齐名。尤其支道林、竺法潜在沃洲立寺、研学、讲席,为东晋般若学“六家七宗”代表人物,又称为“支竺遗风”,在佛教中国化发展史上影响深远。除此之外,与之相关的白居易《与刘禹锡书》手札拓本、宋代补刻《沃洲山记》拓本、清代《真觉寺碑记》残碑等石刻文献,也都是浙东唐诗之路关键节点沃洲山历史文化研究的珍贵史料。

(作者单位:中国唐代文学学会唐诗之路研究会
新昌研究中心、新昌白云书院)

贯休与浙东人士交游考略

张　海

贯休，字德隐，俗姓姜氏，婺州兰溪（今浙江省兰溪县）人，生于唐文宗太和六年（832），他晚年入蜀，依前蜀高祖王建，赐号“禅月大师”，卒于前蜀永平二年（912），年八十一岁。贯休是晚唐五代时期著名的诗僧，他的诗集《禅月集》存诗七百余首。他一生游历四方，交游众广，足迹几乎遍及整个中国南方，和他交游往来的浙东之人数十人之众，其中有诗人文士、释道名流以及朝廷官吏。

一、诗人文士

与贯休交游的诗人文士较多，晚唐五代时期一些著名的诗人大多有诗与其唱和。

（一）李频

晚唐诗人。《新唐书・文艺传》下有传：“李频字德新，睦州寿昌人。”①查《新唐书・地理志》，睦州与贯休故里婺州同属唐江南道，且相距不远，故贯休与李频也可视为同乡，李频诗中无与贯休往还酬唱之作，但两人却交往颇深。《禅月集》卷一四有《秋寄李频使君二

①欧阳修、宋祁《新唐书》卷二〇三，中华书局，1975年，第5794页。

首》,诗题称李频为“使君”,当作于李频任建州刺史期间。《新唐书·李频传》:“表丐建州刺史。既至,以礼法治下,更布条教。时朝政乱,盗兴,相椎夺,而建赖频以安。卒官下。”①《唐诗纪事》卷六〇李频条云:“乾符中,以工部外郎为建州刺史,卒。”②《旧唐书》卷一九下:“(乾符)二年(875)春正月……都官员外郎李频为建州刺史。”③又《旧唐书》卷一九下:“(乾符三年)十一月……度支分巡院使李仲章为建州刺史。”④李频卒于建州刺史任上,乾符三年(876),以李仲章代李频为建州刺史,可见李频卒于乾符三年。由此可知,贯休《秋寄李频使君二首》当作于乾符二年至三年之间。诗中云:“为郎须塞诏,当路亦驱驱。贵不因人得,清还似句无。烧烟连野白,山药拶阶枯。想得征黄诏,如今已在途(其一)。务简趣难陪,清吟共绿苔。叶和秋蚁落,僧带野香来,留客朝尝酒,忧民夜画灰。终朝冒风雪,江上见宗雷(其二)。”⑤从诗中可以看出,二人曾一起赋诗吟酒,交情甚深。

《禅月集》卷一二有《闻李频员外卒》:“苍苍难可问,问答亦难闻。落叶平津岸,愁人李使君。文章应力竭,茅土始天分。又逐东风去,迢迢隔岭云。”李频卒于乾符三年,故此诗也当作于乾符三年。此时贯休正在家乡婺州,噩耗传来,写下此诗以表怀念。

(二)吴融

在晚唐诗人中,吴融与贯休最为投缘,“与贯休上人结方外交,互

①欧阳修、宋祁《新唐书》卷二〇三,中华书局,1975年,第5794—5795页。

②王仲镛《唐诗纪事校笺》,巴蜀书社,1992年,第1639页。

③刘昫等《旧唐书》卷一九,中华书局,1975年,第693页。

④刘昫等《旧唐书》卷一九,中华书局,1975年,第697页。

⑤本文所引贯休诗歌皆据胡大浚《贯休诗歌系年笺注》,中华书局,2011年。后文不再出注。

多酬寄”①。《新唐书》本传云:“吴融字子华,越州山阴人。”②其事迹亦见于《唐才子传》《唐诗纪事》。贯休与吴融交往始于其在荆州依成汭期间,即唐昭宗乾宁年间。《宋高僧传》贯休传云:“比谒荆帅成汭,初甚礼焉,于龙兴寺安置。时内翰吴融谪官相遇,往来论道论诗。”③吴融“坐累去官,流浪荆南,依成汭”④,与贯休相遇,二人志趣相投,谈诗论道,相见恨晚。“每谭论未尝不了于理性,自旦而往,日入忘归,邈然浩然,使我不知放逐之慼。此外商榷二雅,酬唱循还,越三日不相往来,恨疏矣。如此者凡期有半……丙辰余蒙恩召归,与上人别。”丙辰即乾宁三年(896),另贯休《禅月集》卷一三《送吴融员外赴阙》:“汉文思贾傅,贾傅遂生还。今日又如此,送君非等闲。云寒犹惜雪,烧猛似烹山。应笑无机者,腾腾天地间。”诗写冬景,故吴融赴阙在乾宁三年冬,据“凡期有半”可知贯休与吴融在荆南交往有一年半的时间。吴融何时贬官,史无可考。若吴融贬官南行在贯休依成汭之前,则据“凡期有半”可知贯休依成汭在乾宁二年春夏之交;若贯休依成汭在吴融贬官南行之前,则可知吴融于乾宁二年春夏,到达荆南,而贯休到荆南之时最迟亦应在乾宁二年春夏之前。又吴融《唐英歌诗》卷中有《访贯休上人》一诗:“休公为我设兰汤,方便教人学洗肠。自觉尘缨顿潇洒,南行不复问沧浪。”⑤可见,二人相交甚密。吴融在与贯休谈论诗书的同时,也在精神上得到了许多安慰。

---

①毛晋《唐英歌诗跋》,吴融《唐英歌诗》,《文渊阁四库全书》本,第1084册第42页。

②欧阳修、宋祁《新唐书》卷二〇三,中华书局,1975年,第5795页。

③赞宁《宋高僧传》卷三〇,中华书局,1987年,第749页。

④欧阳修、宋祁《新唐书》卷二〇三,中华书局,1975年,第5795页。

⑤本文所引吴融诗歌,均引自彭定求等编《全唐诗》,中华书局,1960年。后文不再出注。

乾宁三年(896),吴融被“召为左补阙”①,贯休以诗相赠:“汉文思贾傅,贾傅遂生还,今日又如此,送君非等闲。云寒犹惜雪,烧猛似烹山。应笑无机者,腾腾天地间。”(《送吴融员外赴阙》)贯休在诗中将吴融比作西汉贾谊,可见对其推崇备至,并“袖出歌诗草一本,曰《西岳集》,以为贶矣”②。这说明贯休将吴融视为知己。吴融对贯休的诗也爱不释手,“切虑将来作者或未深知,故题序于卷之首”③,并对贯休的诗歌作了高度的评价:“上人之作,多以理胜,复能创新意。其语往往得景物于混茫自然之际,然其旨归必合于道。太白、白乐天既殁,可嗣其美者,非上人而谁?”④这段话虽有过誉之嫌,但其对贯休诗歌的欣赏和肯定都是不争的事实。

贯休还有《晚春寄吴融于竞二侍郎》(《禅月集》卷一二)。此诗作于二人分别之后,“天复元年元旦,东内返正,既御楼,融最先至。上命于前座跪草十数诏,简备精当,曾不顷刻,皆中旨。大加赏激,进户部侍郎”⑤。吴融任户部侍郎于天复元年(901)初,故此诗当作于天复元年晚春时节,此时贯休仍在荆南,距二人于乾宁三年分别已整整五年。

另吴融《唐英歌诗》卷上有《寄贯休上人》:“别来如梦亦如云,八字微言不复闻。世上浮沉应念我,笔端飞动只降君。几同江步吟秋霁,更忆山房语夜分。见拟沃州寻旧约,且教丹顶许为邻。”此诗亦作于二人分别之后,但具体时间不可考。诗中表达了吴融对贯休上人的深深思念之情。“八字微言”“山房夜语”使吴融永志在心,终身

①欧阳修、宋祁《新唐书》卷二〇三,中华书局,1975年,第5795页。
②吴融《禅月集序》,《贯休诗歌系年笺注》,中华书局,2011年,第1293页。
③吴融《禅月集序》,《贯休诗歌系年笺注》,中华书局,2011年,第1293页。
④吴融《禅月集序》,《贯休诗歌系年笺注》,中华书局,2011年,第1293页。
⑤傅璇琮主编《唐才子传校笺》第4册,中华书局,1990年,第228页。

难忘。

吴融还有《寄贯休》诗云:“休公何处在,知我宦情无。已似冯唐老,方知武子愚。一身仍更病,双阙又须趋。若得重相见,冥心学半铢。”(《唐英歌诗》卷上)《新唐书》本传云:“凤翔劫迁,融不克从,去客阌乡。俄召还翰林,迁承旨,卒官。”①《新唐书·地理志二》载河南道虢州有阌乡县。诗中有“宦情无”和“冯唐老”的感叹,故此诗当作于吴融客居阌乡之时。据《旧唐书》卷二〇上《昭宗记》,天复元年(901)十一月:“中尉韩全诲与凤翔护驾都将李继诲奉车驾出幸凤翔……”②又《唐诗纪事》卷六八有吴融《壬戌岁阌乡卜居》诗,壬戌乃天复二年。据此可知吴融客居阌乡在天复二年,故《寄贯休》一诗当作于此时。从诗中我们可以看出吴融对贯休的思念之情溢于言表,二人的交情感人至深。

(三)方干

晚唐诗人。两《唐书》皆无传。《唐才子传》卷七云:“干,字雄飞,幼有清才,散拙无营务,大中中,举进士不第,隐居镜湖中。”③贯休《禅月集》中有《怀方干张为》《赠方干》和《春晚访镜湖方干》三诗,可见两人有深厚的交往。《怀方干张为》诗云:“冥搜入仙窟,半夜水堂前。吾道只如此,古人多亦然。萤沉荒坞雾,月苦绿梧蝉。因忆垂纶者,沧浪何处边。”孙郃《方玄英先生传》云:“先生一举不得志,遂遁于会稽,渔于鉴湖。”④僧可朋《赠方干》诗云:“盛名传出自皇

①欧阳修、宋祁《新唐书》卷二〇三,中华书局,1975 年,第 5795 页。

②刘昫等《旧唐书》卷二〇,中华书局,1975 年,第 773 页。

③傅璇琮主编《唐才子传校笺》第 3 册,中华书局,1990 年,第 371—372 页。

④董诰等编《全唐文》卷八二〇,上海古籍出版社,1990 年,第 3828 页。

州，一举参差便缩头。月里岂无攀桂分，湖中刚爱钓鱼休。”①方干《山中》诗云：“未甘明圣日，终作钓渔翁。”②由此可知，贯休诗中的“垂纶者”即指方干，故此诗当作于大中年间，即方干隐居镜湖之时。诗中贯休表达了对方干的思念，也对其隐居镜湖表示了理解和同情。《赠方干》诗云：“盛名与高隐，合近谢敷林。弟子已得桂，先生犹灌园。垂钓侵海介，拾句历云根。白日升天路，如君别有门。”诗后自注：“弟子谓李频也。”《唐才子传》卷七谓李频：“大中八年，颜标榜擢进士。”③《直斋书录解题》卷一九：“（频）大中八年进士。”④从贯休诗中“弟子已得桂”可知此诗当作于李频及弟之后，即大中八年（854）之后。这首诗中既有对方干的敬仰，也有对他的安慰。贯休首先称其为“盛名之士”“高隐之人”，将他和同样在会稽隐居过的谢灵运相提并论，评价甚高。接着贯休对其一生不得志表示了安慰，“白日升天路，如君别有门”一句安慰中亦有劝勉之意。《春晚访镜湖方干》诗云：“幽居湖北滨，相访值残春。路远诸峰雨，时多捉鳖人。蒸花初酿酒，渔艇劣容身。莫讶频来此，伊余亦隐谕。”由此诗可知，贯休曾到会稽镜湖拜访过方干。《新唐书·地理志五》载江南道越州有会稽县。咸通年间，贯休曾游历江苏、浙江一带，故此诗疑作于咸通年间。诗人在暮春时节造访方干，两人酿酒欢饮，泛舟垂钓，其乐融融。使得贯休“频来此”，归隐之心油然而生。贯休与方干的镜湖之会，大大加深了两人的友谊。

此外贯休《禅月集》卷一六有《题方公院寄夏侯明府》：“争地有

①本文所引可朋诗歌，均引自彭定求等编《全唐诗》，中华书局，1960 年。后文不再出注。

②本文所引方干诗歌，均引自彭定求等编《全唐诗》，中华书局，1960 年。后文不再出注。

③傅璇琮主编《唐才子传校笺》第 3 册，中华书局，1990 年，第 382 页。

④陈振孙《直斋书录解题》卷一九，上海古籍出版社，1987 年，第 573 页。

余光,方公道益芳。谁分修藏刀,顶有剃头霜。经勘松风燥,簷垂坞茗香。终须结西社,此县似柴桑。”从此诗所咏之事,所写之物,特别是最后一句“此县似柴桑”来看,“方公”疑即为方干。故此诗可能是贯休与方干镜湖之会时所作,但仍需考证。

另《全唐诗》卷六五〇有方干《赠江南僧》一诗:“忘机室亦空,禅与沃州同。唯有半庭竹,能生竟日风。思山海月上,出定印香终。继后传衣者,还须立雪中。”检方干诗集中无与贯休唱和酬赠之作,疑此“江南僧”似指贯休。

(四)罗隐

晚唐诗人。《旧五代史》有传。《唐才子传》云:“隐,字昭谏,钱塘人也。少英敏,善属文,诗笔尤俊拔,养浩然之气。”[①]《唐诗纪事》卷六九云:“隐与桐庐章鲁封齐名,钱镠初起,以鲁封为表奏孔目官,不就,执之。后以隐为钱塘令,懼而受命,因宴献口号曰:‘一个祢衡容不得,思量黄祖谩英雄。’镠自是厚礼之。”[②]

贯休《禅月集》卷九有《怀钱塘罗隐章鲁封》:“二子依公子,鸡鸣狗盗徒。青云十上苦,白发一茎天。凡涩潮声恶,天寒角韵孤,别离千万里,何以慰荣枯。”诗中二子即指罗隐、章鲁封,所咏即罗隐依钱镠之事。据《唐才子传》,罗隐投奔钱镠在广明年之后,故此诗亦当作于广明年后。罗隐有《和禅月大师见赠》一诗(《全唐诗》卷六五七),诗云:“高僧惠我七言诗,顿豁尘心展白眉。秀似谷中花媚日,清如潭底月圆时。应观法界莲千叶,肯折人间桂一枝。漂荡秦吴十余载,因

---

①傅璇琮主编《唐才子传校笺》第4册,中华书局,1990年,第112—114页。
②王仲镛《唐诗纪事校笺》,巴蜀书社,1992年,第1851页。

循犹恨识师迟。"①由此可知:其一,贯休曾以一首七言诗寄赠罗隐,但检遍《禅月集》并无此诗,可能已亡佚;其二,诗题"禅月大师"乃贯休入蜀后所得法号,故此诗当作于贯休入蜀之后;其三,诗中有"顿豁尘心展白眉"一句,可知罗隐此时已是垂垂老矣,因此"犹恨识师迟",大有相识恨晚的感叹。

(五)罗邺

晚唐诗人,《唐才子传》云:"邺,余杭人也。家赀巨万,父则,为盐铁吏。子二人,俱以之学干进。邺尤长律诗。时宗人隐、虬,俱以声格著称,遂齐名,号'三罗'。"②贯休《禅月集》卷一五有《海昏见罗邺》:"清世诗声出,谁人得似君。命通须有日,天未丧斯文。楚木寒连寺,修江碧入云。相思喜相见,庭叶正纷纷。"《旧唐书·地理志三》云:"建昌,汉海昏县,属豫章郡,后汉分立建昌。武德五年,分置南昌州总管府,管南昌、西吴、靖、米、孙五州。南昌州领建昌、龙安、永修三县……八年,废南昌州及孙州,以南昌州新吴、永修、龙安入建昌县,以孙州之建昌入豫章县,而以建昌属洪州。"③《元和郡县图志·江南道四》"(洪州)建昌县"条云:"东三里故海昏城,即汉昌邑王贺所封,今县城,则吴太史慈所筑。"④故"海昏"即洪州建昌县。《唐才子传》罗邺条云:"咸通中,数下第,有诗云:'故乡依旧空归去,帝里如同不到来。'崔安潜侍郎廉问江西,邺适飘蓬湘浦间,崔素赏其作,志在弓旌,竟为幕吏所沮。既而俯就督邮,不得志。"⑤《禅月集》

①本文所引罗隐诗歌,均引自彭定求等编《全唐诗》,中华书局,1960年。后文不再出注。

②傅璇琮主编《唐才子传校笺》第3册,中华书局,1990年,第474页。

③刘昫等《旧唐书》卷四〇,中华书局,1975年,第1605页。

④李吉甫《元和郡县图志》卷二七,中华书局,1983年,第670页。

⑤傅璇琮主编《唐才子传校笺》第3册,中华书局,1990年,第474页。

卷二三《山居诗序》云:“愚咸通四、五年中于钟陵作《山居诗》二十四章。”《旧唐书·地理志三》云:“钟陵,汉南昌县,豫章郡所治也。隋改为豫章县,置洪州,炀帝复为豫章郡。宝应元年六月,以犯代宗讳,改为钟陵。”①故知钟陵、建昌(海昏)同属洪州,相距不远,应为咸通年间贯休赴钟陵途中,经过建昌遇罗邺而作。诗中对罗邺入崔安潜幕府表示祝贺,并对从“相思”而“相见”深感欣喜,两人交情可见一斑。《禅月集》卷一九有《送罗邺赴许昌辟》:“亏得论心又别离,黯然江上步迟迟。不堪回首崎岖路,正是寒风皴错时。美似郗超终有日,去依刘表更何疑。前程不少南飞雁,聊寄新诗慰所思。”《新唐书·地理志二》载许州颍川郡有许昌县。据《新唐书》卷一一四:“(崔)安潜字进之。进士擢第。咸通中,历江西观察、忠武节度使。”②又据《唐方镇年表》,崔安潜于咸通十三年至乾符二年(872—875)任江西观察使,乾符三年罢江西观察使迁忠武节度使,罗邺为其幕僚,自江西随崔安潜同往许昌。故贯休此诗当作于乾符三年,此时贯休当在江西漫游。诗中倾诉了与罗邺依依惜别之情,对罗邺的前途充满信心,并对他予以勉励。

二、朝廷官吏

(一)段成式

两《唐书》有传。《禅月集》卷二一有《上缙云段使君》。《新唐书·地理志五》:“处州缙云郡,上。本括州永嘉郡,天宝元年更郡名,

①刘昫等《旧唐书》卷四〇,中华书局,1975年,第1605页。

②欧阳修、宋祁《新唐书》卷一一四,中华书局,1975年,第4199页。

大历十四年更州名。"①《唐刺史考》卷一四九考段成式于大中九年(855)任括州刺史,故"段使君"即段成式。诗云:"清畏人知人尽知,缙云三载得宣尼。活民刀尺虽无象,出世文章岂有师。木气芝香粘甕榼。云痕翠点满旌旗。今朝暂到金台上,颇觉心如太古时。"由"缙云三载得宣尼"可知此诗当作于大中十一年左右。此时贯休当游历于江东一带,故与段成式有交往。

(二)冯岩

《旧唐书》有传。《唐刺史考》卷一四七考冯岩于咸通十二年至咸通十四年(871—873)间任睦州刺史。这段时间,贯休漫游于浙江、江苏一带,与冯岩交往甚密,相寄赠的诗歌多达十几首。《禅月集》卷三有《拟齐梁体寄冯使君三首》、卷七有《寄冯使君》、卷九有《上冯使君渡水僧障子》、卷一〇有《寄冯使君》《早秋即事寄冯使君》、卷一三有《上冯使君山水障子》、卷一七有《追忆冯少常》、卷一八有《上冯使君水晶数珠》、卷一九有《别冯使君》、卷二〇有《对雪寄新定冯使君二首》、卷二二有《秋末寄上桐江冯使君》、卷二四有《陪冯使君游六首》。少常,是唐太常寺少卿的别称。"桐江"是钱塘江中游桐庐一段的别称,大部分流经睦州,故此处"桐江冯使君"亦指冯岩。在贯休以诗酬赠的人当中,冯岩是最多的一个。从这些诗当中,我们可以看出贯休对冯岩是十分敬仰和崇敬的。"赖逢富人侯,真东晋谢公","伟哉桐江守,雌黄出金口"(《拟齐梁体寄冯使君三首》),这不仅仅是因为冯岩"忧民切"(《对雪寄新定冯使君二首》)和"盛德方清贵"(《追忆冯少常》),更重要的是冯岩深深地了解贯休的远大志向,"唯有桐江守,常怜志不卑"(《寄冯使君》),可见在与贯休交往的众多达官贵人中,冯岩算得上是贯休的知己和至交,因此当二人分别时,贯

①欧阳修、宋祁《新唐书》卷四一,中华书局,1975年,第1062页。

休发出了“太守门清愿再来”(《别冯使君》)的感叹。

(三)宋震

两《唐书》无传。《唐刺史考》考订宋震在咸通、乾符年间曾任杭州、睦州刺史。此时贯休游历浙江一带,并于乾符年间曾往家乡婺州。婺州与杭、睦皆属唐江南道,相距不远,故贯休极有可能到过杭、睦,与宋震交往。《禅月集》卷八有《寄宋使君》、卷一〇有《上宋使君》、卷一四有《寄杭州灵隐寺宋震使君》、卷一九有《上新定宋使君》。《新唐书·地理志》:“睦州新定郡,上。本遂安郡,治雉山。”① 这些诗皆是与宋震酬唱之作。宋震虽身为朝廷官员,但也通晓佛理,常与贯休论佛谈道。故贯休说:“唯应谢内史,知此道心澄。”(《寄宋使君》)当和宋震分别之后,发出了“禅坐吟行谁与共”(《上新定宋使君》)的感叹。

(四)王慥

据《新唐书》卷七二中《宰相世系表》有太原第二房王氏:王鎡弟慥,历官不详。据贯休《禅月集》卷五《闻前王使君在泽潞居》诗句“乾符初刺婺”,以及卷二二《东阳罹乱后怀王慥使君五首》其一之注“时黄巢奔许,公点土勇救万御押于歃血连西,而渠魁诈降,都将连城为盟,违约,遂于成地,当不与衢、睦、杭守同贬中也”,《唐刺史考》卷一四五考订王慥在乾符、广明间曾任婺州刺史,但具体时间不详。又《旧唐书·僖宗纪》载,乾符三年(876)六月,以荆南节度副使王慥为主客郎中,七月,以金部郎中王慥为户部郎中。故王慥任婺州刺史当在乾符三年之后。又,《闻前王使君在泽潞居》诗中自注云:“东阳古者相传有记云,刺史满一百,即有好刺史来,后大寇至。使君来正当

①欧阳修、宋祁《新唐书》卷四一,中华书局,1975年,第1060页。

一百人,两年后,果有黄贼来,公避地远去。”按《资治通鉴》卷二五三:“(僖宗广明元年)六月……黄巢别将陷睦州、婺州。”①故可推定王慥刺婺当在乾符五年(878)。“乾符”共六年,若将“乾符初”理解为乾符初年,则王慥刺婺在乾符五年,这种说法显然不对。故应将“乾符初刺婺”理解为王慥在乾符年间开始任婺州刺史,这样才符合史实。此时,贯休回到家乡婺州,受到了王慥的礼遇。《宋高僧传》贯休传云:“本郡太守王慥弥相笃重。”②贯休写给王慥的诗除上述两首外,还有几首也同见于《禅月集》,包括卷三《循吏曲上王使君》、卷一二《闻王慥常侍卒》、卷一四《避地毘陵上王慥使君》、卷一五《秋望寄王使君》《寄柱杖上王使君》、卷一八《怀薛尚书寄呈东阳王使君》、卷二四《贺雨上王使君二首》。贯休对这位家乡父母官的卓越政绩大加赞赏:“使君圣朝瑞,乾符初刺婺。德变人性灵,笔变人风土。烟霞与虫鸟,和气将美雨。千里与万里,各各来相附。信哉有良吏,玄谶应百数。”(《闻前王使君在泽潞居》)王慥的“刺婺”使这里民风淳朴、人杰地灵,各地百姓争相来投。王慥为官清正廉洁,深受百姓的爱戴,“为郡无如王使君,一家清冷似云根”(《东阳罹乱后怀王慥使君五首》其三)。因此,当王慥去世时,贯休写了三首《闻王慥常侍卒》以表怀念。在这三首诗中,贯休对王慥给予了高度的评价:“政入龚黄甲,诗轻沈宋徒。”(其二)“谁修循吏传,对此莫匆匆。”(其三)对王慥的去世,贯休发出了“不知千载后,更有此人无?”(其二)的感叹和“令人转惆怅,无路问苍苍”(其一)的悲哀。王慥卒于何时,史无可考,但从“世乱君巡狩,清贤又告亡”(其一)可知王慥卒于黄巢起义攻破长安,唐僖宗逃往蜀中之时。《新唐书·僖宗纪》:“中和元年正

①司马光《资治通鉴》卷二五三,中华书局,1956年,第8226页。
②赞宁《宋高僧传》卷三〇,中华书局,1987年,第749页。

月壬子,如成都……丁丑,次成都。”①故王慥应卒于中和元年(881),此诗亦当作于此时。

(五)卢知猷

两《唐书》有传。《旧唐书》本传云:“登进士第……宰臣萧邺镇江陵、成都,辟为两府记室。入拜左拾遗,改右补阙,史馆修撰,转员外郎。出为饶州刺史。入拜兵部郎中,赐绯鱼,改吏部郎中、太常少卿。出为商州刺史。征拜给事中,转中书舍人。僖宗幸山南,襄王伪署,乃避地金州。”②《唐刺史考》卷一五九考萧邺镇江陵在大中十三年至咸通三年(859—862),镇成都在咸通三年至五年,由于卢知猷历任左拾遗、右补阙、史馆修撰、员外郎等官,故刺饶至少应在咸通六、七年左右。此时贯休正漫游于江西、浙江一带,与卢知猷交往甚密。《禅月集》卷五有《上卢使君》、卷九有《别卢使君》、卷一五有《春晚寄卢使君》、卷二四有《上卢使君二首》、卷二五有《上卢使君》《别卢使君归东阳二首》。这些诗当作于此时。《新唐书》本传云:“(知猷)出为饶州刺史,以政最闻。”③这些诗大多是对卢知猷刺饶的政绩的歌颂,如“苍生得父母,自是天之意。鄱阳气候正,文物皆鲜媚”(《上卢使君》)、“鄱阳黎庶还堪羡,头有重天足有牦”(《上卢使君二首》其一)。同时,对于卢知猷礼贤下士、在生活上给予自己的帮助,贯休也是感激不尽,终生难忘,“幸到膺门下,频蒙俸粟分”“终期陶铸日,再见信陵君”(《别卢使君》)。

卢知猷后来官运亨通,步步高升。贯休常常也有诗相赠。卢知猷任太常少卿,贯休有《上卢少卿觅千文》《谢卢少卿惠千文》两首相

①欧阳修、宋祁《新唐书》卷九,中华书局,1975年,第271页。

②刘昫等《旧唐书》卷一六三,中华书局,1975年,第4273页。

③欧阳修、宋祁《新唐书》卷一七七,中华书局,1975年,第5283页。

寄赠。后卢知猷“征拜给事中”①,贯休有《夜寒寄卢给事二首》和《感怀寄卢给事二首》。后卢知猷“转中书舍人”②,贯休又有《送卢舍人三首》相劝勉,并说“行行珍重寄斯言,斯言不是寻常曲”。由此可见,贯休与卢知猷交往的时间长,感情深,可谓至交。

(作者单位:四川师范大学)

①刘昫等《旧唐书》卷一六三,中华书局,1975年,第4273页。

②刘昫等《旧唐书》卷一六三,中华书局,1975年,第4273页。

独寻台岭闲游去

——论台州在浙东唐诗之路中的意义

何薇薇　马曙明

“浙东唐诗之路”是指唐代400多位诗人穿越浙东七州(越州、明州、台州、温州、处州、婺州、衢州)的山水人文之路,其中主干线是杭州—越州—台州。早在20世纪80年代末,浙江学者就提出了“浙东唐诗之路”的概念,使唐诗与地域文化有机结合,得到了学界的认同。2018年,浙江省政府工作报告明确提出要打造浙东唐诗之路,使这项研究得到了空前的推进与发展。

浙东唐诗之路是继丝绸之路、茶马古道之后的又一条文化古道,是唐代诗人们用诗情画意筑成的山水人文走廊,它不仅具有地理意义,更具有文化意义。台州地处东海之滨,山水秀丽、底蕴深厚,是诗人们游吟的目的地,也是后期诗路发展的枢纽地。

台州之所以在浙东唐诗之路占据着重要地位,成为诗人们心驰神往、纷至沓来的旅游胜地,与台州当时的自然环境、交通位置、社会经济、文化发展都有着密切关系。可以说,台州与浙东唐诗之路是相辅相成,互促互进,缺一不可的。本文试从以下三个方面,分析台州在浙东唐诗之路形成过程中的原因及意义。

一、国势民运为台州带来了发展的机会

晋代以前,台州尚属蛮荒之地。在当时世人的印象里,“被发文身,

错臂左衽,瓯越之民也;黑齿雕题,鳀冠秫缝,大吴之国也”①。由此可知,远离当时中原文明核心地区的台州,呈现出来的是一种原始、蛮荒的状态。

直到西晋灭亡,大量士族与百姓南渡,“洛京倾覆,中州士女避乱江左者十六七”②,尤其是著名的王、谢等望族定居浙东地区,对浙东地区的社会、政治、经济和文化都产生了重要的影响,为之后江南乃至整个南方的大开发奠定了基础。而东晋在建立和巩固政权的过程中,重用了南方士族中的贺循、孔愉等一批人,这其中不少人本来就生活在浙东地区。因此,北方士族与南方士族的交汇融合,主要在浙东地区完成。北方士族之所以选择浙东地区,是因为这里既与政治中心保持着相对便捷的距离,又不会太过纷扰。南方相对稳定的社会环境和北方士族带来的人文优势和经济优势,吸引了大量的文人雅士,或因避难,或因失意,而选择隐居浙东。

台州也正是在这个时期,迎来了文化萌芽。其中最具代表性的事件,就是谢灵运开山辟路到临海。谢灵运(385—433),东晋名将谢玄之孙,我国古代著名的山水诗人,中国文学史上山水诗派的开创者。史料载:“灵运因父祖之资,生业甚厚。奴僮既众,义故门生数百,凿山浚湖,功役无已。寻山陟岭,必造幽峻,岩嶂千重,莫不备尽。登蹑常着木履,上山则去前齿,下山去其后齿。尝自始宁南山伐木开径,直至临海,从者数百人。临海太守王琇惊骇,谓为山贼,徐知是灵运乃安。又要琇更进,琇不肯,灵运赠琇诗曰:‘邦君难地崄,旅客易山行。’”③《登临海峤初发彊中作与从弟惠连可见羊何共和之》一诗

①刘向辑录,范祥雍笺证《战国策笺证》卷一九,中华书局,2012年,第3册第1047页。

②房玄龄等《晋书》卷六五,中华书局,1974年,第6册第1746页。

③沈约《宋书》卷六七,中华书局,1974年,第6册第1775页。

也正是由此而来。因该诗描绘了谢灵运放浪山水、探奇览胜的经历，诗中的“临海峤”成为了典故，后世常以此入诗，用以比喻寄情山水的愿望，如李白《翰林读书言怀呈集贤诸学士》《赠从弟南平太守之遥二首》、孟浩然《题终南翠微寺空上人房》等。

台州文化迎来真正的发展，则是在安史之乱后。这件唐代社会颠覆性的政治事件，在长达七八年的叛乱与平叛过程中，给北方社会造成了致命的打击。其中一个现象就是人口锐减。据统计，天宝十二年（753）河南道户数和人口数在全国十道中均居首位，分别占21%和22%。而安史之乱后的广德二年（764），刘宴给元载的信中说：“函、陕凋残，东周尤甚。过宜阳、熊耳，至武牢、成皋，五百里中，编户千余而已。”①洛阳是唐朝的东都，其人口锐减情况尚且如此，其他地区的状况更是可想而知②。北方人口的锐减，一方面是由于战争的消耗，另一方面也由于大量人口南迁。江南由于远离当时的政治中心长安，几乎没有受到安史之乱的影响，社会相对稳定，经济发展并未受阻。事实上，当时浙江基本处于平稳的社会环境中，即使是发生于唐肃宗上元年间（760—761）的刘展叛乱，虽然给当时经济重镇扬州及周边地区造成巨大损失，却没有影响到浙东的稳定。浙东经济的繁荣为诗人前来游览奠定了坚实的物质基础。此时台州距唐武德四年（621）置州已有百余年，社会逐渐成熟，经济开始繁荣，加之山海水城的旖旎风光，开始吸引文人雅士的目光，诗人们游吟渐多。李白、杜甫、骆宾王、顾况、释皎然等大诗人，先后或因任职台州，或因寓居台州，或因与台州友人往来唱和，而留下诸多名句，如李白的“龙楼凤阙不肯住，飞腾直欲天台去”，杜甫的“台州地阔

①刘昫等《旧唐书》卷一二三，中华书局，1975年，第11册第3513页。

②见陆晓冬《浙东唐诗之路形成的社会经济动因浅析》，《浙江社会科学》2006年第3期。

海冥冥,云水长和岛屿青”,至今为人称道吟诵不止。

二、浓厚的宗教氛围对诗路的渲染

对台州山水的欣赏与赞叹,最早可追溯至孙绰的《天台山赋》。他写道:“天台山者,盖山岳之神秀者也。涉海则有方丈蓬莱,登陆则有四明天台。”①天台山是“台州”之名的由来,也是浙东地区乃至整个江南的宗教名山,尤其在唐代,其宗教文化辐射全国。它是佛教本土化后第一个宗派——天台宗的诞生地,也是唐代三朝国师司马承祯的隐居地,因此也成为诸多诗家寻仙访道、寻幽访胜的目的地。这种独特的文化环境,造就了天台山既包容又执着的特质,表现在具体的文化形式上,就是儒释道三教融合。天台山也因此实现了从宗教名山到文化名山的转变。

作为文化名山,天台山对唐诗以及其后宋词的创作影响很大,使用频率也非常高。“天台”逐渐从一个地名,演变成一种文化的代称。唐宋时期,台州籍文人仕宦,不论里籍何县,均喜好以“天台”冠于名前。如北宋张伯端(临海人,字平叔),自称“天台张平叔”;南宋谢太后(临海人),自称“天台谢道清”;元末文学家、史学家陶宗仪(黄岩人),自称“天台陶宗仪”。而外地诗人寄诗情于在台州的友人时,也常以“天台”代指“台州”,如杜甫写给被贬到台州府任司户参军的郑虔的《有怀台州郑十八司户(虔)》,首句即是“天台隔三江,风浪无晨暮”。以天台山为文化核心的“天台”成为一个意象性的文化符号,这不仅反映了唐诗的写作风格、审美观念等,也与当时的文化背景及台州政治地位的变迁等都有着紧密的联系。

“三界横眠闲无事,明月清风是我家。”唐代诗僧寒山子就是深受

①萧统编《文选》,上海古籍出版社,1986年,第493页。

台州宗教氛围影响的典型人物,并且成为浙东唐诗之路中的代表性诗人。寒山子的诗作,无一不表达着天人合一、以合为贵的思想观念和自然情感,充满着和合的意蕴。如"默知神自明,观空境逾寂""泯时万象无痕迹,舒处周流遍大千"等传世诗句,更表达出物我两忘、天地人和的终极境界。后世为其整理的《寒山子诗集》,更对浙东唐诗之路产生了深厚的影响。

如果说天台山是台州宗教文化的宏观,那么台州府城治所临海城内的巾山就是台州宗教文化的缩影。巾山,又名巾子山,坐落在临海市区东南隅,传说古有皇华真人在此山修炼得道,升天时遗巾于此而得名。巾山的由来,本身就充满了道教的神话色彩。而位于巾山西麓的龙兴寺,则在中日佛教文化交流史上扮演了重要角色。唐鉴真大师第四次东渡时,曾在龙兴寺驻锡。前后十二载,始终六次,最终跟随鉴真大师去往日本的唯一一位中国籍弟子,即是龙兴寺高僧思托,因龙兴寺曾名开元寺,故又称开元思托。日僧最澄入唐求法,开始就是在龙兴寺跟随天台宗七祖道邃大师学法(时道邃大师应台州刺史陆淳之邀在龙兴寺讲经弘法),其间亦曾往来天台山,受教于行满大师。最澄归国时,陆淳、行满等僧俗两界,专门组织了一次送别茶会,并赋有同题诗《送最澄上人还日本国》十余首,这些诗流传至今,成为浙东唐诗之路上清丽脱俗的一笔,也成为中日佛教文化交流之谊的见证。

巾山山虽不高,但极灵秀,山上胜迹甚多,有巾山塔群、南山殿、通翁亭等。《台州府志》《临海县志》俱称"为一郡游观之胜"。历代诗人吟咏巾山的诗作很多,唐著名诗人任翻三游巾子山,皆有所感。其中"绝顶新秋生夜凉,鹤翻松露滴衣裳""野鹤尚巢松树遍,竹房不见旧时僧""惟有前峰明月在,夜深犹过半江来"等名句世代流传,也为巾山的诗词宝库添上了浓重的一笔。历代以来有诸多诗人次韵,诞生了"看遍尘寰兴废事,竹阴千古一禅房"等佳句。而顾况因向往台州山水,为“写貌海中山”而主动求职任新亭监(设在临海),也留下了《临海所居三首》等诗作,成为吟诵巾山的经典。

台州的山水之间,多有寺观与人文景致,这种独特的生态环境,恰好符合了诗人名家对高雅意境的想象。诗人们游览其中,在饱览景秀之时,“以玄对山水”,给台州的山水注入了哲理的内涵,强化了浙东唐诗之路的思想深度,提升了浙东唐诗之路的精神气象,同时也促成了山水诗更趋成熟。

三、浓重的贬谪文化特质

中国的士大夫以“修身齐家治国平天下”为人生的最高价值体现,走上仕途也成为自我价值认可的主要途径。但宦海难测,有功不一定升迁,有过甚至无功无过都可能遭到贬谪。在遭到贬谪的官员中,相当一部分都是才华出众的文士,他们在经历了从理想主义到悲观主义的演变后,文风往往转为怀愤、悲吟,贬谪文化也因此而生。他们成为了中国古代文化传播群体中一个特殊的存在。南方作为远离政治中心的海角边郡、荒远之地,往往成为贬谪首选。对于贬官来说,这样的经历不仅是政治悲剧,更是人生坎坷,但对于民智相对落后的贬谪地来说,这些贬官无疑是文化传播的绝佳载体。

台州的贬谪文化,可以说是由骆宾王而始。调露二年(680),年过花甲的骆宾王被贬为临海县丞,后世又称他作“骆临海”。关于骆宾王被贬的原因,新旧唐书的记载有所出入。《新唐书》记载:“武后时,数上疏言事。下除临海丞。”①《旧唐书》则载:“高宗末,为长安主簿。坐赃,左迁临海丞。”②中宗朝奉诏搜辑骆宾王遗文的郄云卿所撰《骆宾王文集序》则曰:“仕至侍御史。后以天后即位,频贡章疏讽

①欧阳修、宋祁《新唐书》卷二〇一,中华书局,1975 年,第 18 册第 5742 页。

②刘昫等《旧唐书》卷一九〇,中华书局,1975 年,第 15 册第 5006 页。

谏,因斯得罪,贬授临海丞。”①骆宾王在临海期间,泱泱不得志,从他的《久客临海有怀》《秋日山行简梁大官》等诗中,可以看出他被贬后想要寄情山水,却又心有不甘的心境。这种文风在贬官文学中有着普遍现象。

真正对台州文化产生深远影响的贬官,当属郑虔。郑虔(691—759),字趋庭,又作“若齐”“弱齐”“若斋”,郑州荥泽县人,唐代文学家、书法家、画家。唐天宝九载(750),郑虔作山水画一幅,并题诗于上,献于唐玄宗。玄宗大加赞赏,御署“郑虔三绝”(意指诗书画),并特置广文馆于最高学府国子监,诏授郑虔为广文馆首任博士,掌领国子监学生修习进士课业,总领文词,时号“郑广文”。郑虔从此扬名天下,时人称“名士”“高士”。

郑虔晚年受安史之乱牵连,被贬台州任司户参军。至德二年(757)寒冬,郑虔到达台州。当时台州文风未开,百姓与郑虔在衣着、言行上均不相同,互为怪异,所谓“一州人怪郑若齐,郑若齐怪一州人”,郑虔也自叹“著作无功千里窜,形骸违俗一州嫌”②。但郑虔在台州并未颓然自弃,他兴学堂、启民智,开创一代文风,被后世誉为“台州文教之祖”。

郑虔存世的诗作很少,《全唐诗》中仅收录了一首《闺情》。然而1988年,在三门县亭旁南溪村的宋代《梅氏族谱》中,发现了郑虔在台州所作的《丹丘寺佚诗》五首,诗文清丽,意境高远,从“柿树留神迹,鹓雏听佛书”“岂特凤山风景别,丈夫何必泣新亭”等句可以看出,诗人已经坦然接受了贬谪台州的生活,并且从中获得了更为豁达的人生感悟。这五首诗后收录在国家古籍整理“十五”与“十一五”

①骆宾王著,陈熙晋笺注《骆临海集笺注》,上海古籍出版社,1985年,第377页。

②姜宸英《湛园扎记》卷四,《景印文渊阁四库全书》,台湾商务印书馆,2008年,第859册第642页。

重点规划项目结题成果,周勋初、傅璇琮、郁贤皓、吴企明、佟培基所主编的《全唐五代诗》中。

事实上,在诗风盛行的唐代,台州虽远离政治文化中心,但其因山水名胜以及独特的宗教文化属性,反而透露出一种超拔幽爽的意境,由此以一种灵动脱俗的姿态进入诸多诗家的视野。李白以“龙楼凤阙不肯住,飞腾直欲天台去”直白表达了对以天台山为代表的文化意境的向往,引领后世诗人们对台州的无限想象。

然而在郑虔的忘年交、诗圣杜甫的眼里,台州是个荒僻鄙陋的地方,不仅是“台州地阔海冥冥,云水长和岛屿青”,更有着“山鬼独一脚,蝮蛇长如树”的诡谲。据《旧唐书》记载,台州在京师东南四千一百七十七里,至东都三千三百三十里。在诗人的心目中,台州海天茫茫,荒凉寂寥,山高路远,怪兽肆虐——这也确实是世人对“贬谪地”的想象。杜甫对年事已高的老友郑虔的担心可想而知,他在郑虔被贬台州后,共为其作二十余首咏叹、纪念的诗,广为流传的有《有怀台州郑十八司户(虔)》《八哀诗 · 故著作郎贬台州司户荥阳郑公虔》《送郑十八虔贬台州司户》等,这些诗中充满了为郑虔被贬谪鸣不平的抑郁之气、不忿之情。杜甫一向敬重郑虔的学识才干,尊称为“老画师”,赞其“荥阳冠众儒”“文传天下口”,在这样深厚浓烈的情感前提下,台州的僻远荒芜与京城的繁华相比,简直是云泥之别,杜甫所忧心的“穷巷悄然车马绝,案头干死读书萤”,也不能说只是一种想象了。

台州成为唐代官员的被贬之地,并非个例。唐显庆二年(657)八月,来济因反对高宗欲废王皇后而立武则天,为许敬宗所构陷,贬为台州刺史;长庆二年(822)二月,王仲周贬为台州刺史;会昌六年(846),李敬方因事贬台州司马。唐代韦绚所撰的《刘宾客嘉话录》中,也记载了官员被贬台州的事迹:“中书令河东公开元中居相位,有张憬藏者能言休咎。一日,忽诣公,以一幅纸大书‘台’字授公。公曰：'余见居台司，此何意也？'后数日，贬官台州刺史。"①李绰《尚书故实》中也有相同记载。而唐代《玉泉子》则记载了八司马接连被贬的政治变故："元和初，黜八司马：韦执谊崖州，韩泰虔州，柳宗元永州，刘禹锡朗州，韩晔杭州，凌准连州，程异郴州，陈谏台州。"②世事难以以一概全，官员们的不幸，反倒成为了台州之幸，成就了台州的文化发展，台州的文脉亦由此兴盛。

南开大学的卢盛江教授认为，东晋浙东名士所代表的士族文化与山水文化的融合，奠定了浙东唐诗之路的思想文化基础，形成了浙东唐诗之路的基本特点。唐代诗人的活动范围，从早期的杭州—越州—台州，逐渐扩展到整个浙东乃至整个浙江，因此才有了一条与思想文化之路融为一体的诗歌游历之路。台州作为浙东唐诗之路中重要的诗人聚集地、著名佛道文化溯源地和唐诗诗作素材"取景地"，是诗路研究中的重要组成部分与重点文化保护地。

（作者单位：临海市历史文化名城研究会）

---

①李绰《尚书故实》，《景印文渊阁四库全书》，台湾商务印书馆，2008 年，第 862 册第 472 页。

②李昉等辑《太平广记》卷一八九，《景印文渊阁四库全书》，台湾商务印书馆，2008 年，第 1044 册第 250 页。

浙东唐诗之路的兴起、衰落原因及当代意义

何林辉

“浙东唐诗之路”（以下简称诗路）是指唐代形成的，以“杭州—越州—台州”为干线，“杭州—越州—明州—台州—温州—处州”“杭州—越州—婺州—衢州—台州”等为支线的浙东山水人文之路。这些线路是唐代诗人们纷至沓来、摩肩接踵的旅游旺地，今人冠以“诗路”之美名，成为浙江逸兴高情的特色文化地标。考察其所以然，除了唐代大部分时期，浙东地区社会稳定、经济发展这一基本条件外，非常重要的一个原因是其关键节点都在曹娥江、剡溪区域。

一、浙东唐诗之路兴起的三大主因

第一，越州、台州区域特殊的自然地理环境。

越州、台州两处地质历史不长，成山多在侏罗纪之后，分化不充分，故丘陵多，平原少，越州乃山会平原。曹娥江上游承接源自天台山、大盘山、四明山之水，自南向北，在今新昌一带汇合，形成最大坡降，造就该区域奇峰林立、峡谷钩洄、景观资源极为丰富的地貌格局。且从曹娥江、剡溪上天台山这条山水路，唐前基本上是人迹罕至，处于封闭、半闭塞状态，可谓海内荒僻之地，朝廷贬官之所，交通崎岖之路。

曹娥江、剡溪区域水路网布。曹娥江流域水势，恰如谢灵运《山居赋》所言的“洪涛满则曾石没，清澜减则沉沙显”①。上虞百官的海口，潮水昼夜运行，行舟候潮进退。剡县则为四面环山、江水通海的盆地，盆地之原汪洋一片。剡溪流域是李敬芳《登天姥》诗中的景象：“天姥三重岭，危途绕峻溪。水喧无昼夜，云暗失东西。”②连沃洲山似乎也在云水缥缈间，触手可及。正如晚唐诗人方干《路入剡中作》所描写的“截湾冲濑片帆通，高枕微吟到剡中。掠草并飞怜燕子，停桡独饮学渔翁。波涛漫撼长潭月，杨柳斜牵一岸风。便拟乘槎应去得，仙源直恐接星东”③。水路上溯，自然是杜甫《壮游》所述的“归帆拂天姥”④。著名的谢公古道就是史书记载由越州直通台州的最早官道。它的基本走向是在曹娥江乘竹筏或船，沿江而上剡溪，经剡县，入澄潭江、左于江、韩妃江，在千丈幽谷、通天饭甑、穿岩十九峰、倒脱靴一带寻山陟岭，经儒岙，登天姥，上天台，到临海。以后，又有一条由剡县、拔茅、班竹、会墅岭过来的古道也在儒岙与谢公古道衔接，演变为后来者上天姥、天台的游路。

从越中到天台华顶是诗路奇美之段。全程山、水、寺关联。最典型的是云门寺、曹娥江、石城寺、兴善寺、沃洲湖、天姥山、天台山、国清寺、桐柏宫等。杭州出发，水路最便捷。从李白《越女词》《梦游天姥吟留别》《同友人舟行游台越作》、杜甫《壮游》、顾况《从剡溪至赤城》、施肩吾《钱塘渡口》《越溪怀古》等诗作中可以看出，诗人们基本上是顺晋代开凿的西兴运河（今杭州市滨江区西兴街道）进入鉴湖，继而直达曹娥江。此段全长百余里，但对他们早已不构成难题。因

①顾绍柏校注《谢灵运集校注》，里仁书局，2004 年，第 454 页。

②邹志方点校《会稽掇英总集》，人民出版社，2006 年，第 60 页。

③中华书局编辑部点校《全唐诗》（增订本）卷六五二，中华书局，1999 年，第 10 册第 7540 页。

④萧涤非主编《杜甫全集校注》卷一四，人民文学出版社，2014 年，第 7 册第 4083 页。

为他们若从北方南下,大多也是顺运河,走水路早已习惯。曹娥江与剡溪、新昌江等相通,翻越会墅岭、天姥山,可抵天台华顶、石梁。又与明州姚江、甬江相连,翻越桑洲岭,亦可抵天台华顶、石梁。而且,这两路都可经台州到温州、处州、婺州,入富春江、钱塘江,再返回杭州。从李白《送王屋山人魏万还王屋并序》诗并序中,我们可以清楚地看出今人名之为浙东唐诗之路的基本线路。

晚唐以前,越州还是犹抱琵琶半遮面。而台州仍属蛮荒之地,"浙中惟台一郡连山,围在海外,另一乾坤。其地东负海,西括苍山高三十里,渐北则为天姥、天台诸山","其俗犹朴茂近古"①。文献中且常以天台、赤城指代。人类活动范围很小,动静不大。晚唐、五代时,越州、台州开始有了明显发展,杭州则始现繁华。"至残唐钱氏立国,吴越五王继世,两浙始繁"②。宋代柳永的《望海潮》已有这样的描写:"烟柳画桥,风帘翠幕,参差十万人家。""市列珠玑,户盈罗绮,竞豪奢。"③至南宋在临安建都,才第一次出现鼎盛景象。

第二,曹娥江、剡溪区域名士的文化效应。

曹娥江、剡溪区域的低丘缓坡、林茂水丰,造就了当时国内规模最大、品质最高的青瓷窑址聚集地。汉晋青瓷、越窑青瓷畅销国内及日韩,晚唐诗人施肩吾《蜀茗词》赞叹道:"越碗初盛蜀茗新,薄烟轻处搅来匀。"④东晋南迁的北方达官贵族也闻风而动,大规模地迁居此地,几近疯狂地占山侵林造庄园。谢玄、谢灵运寓始宁,王羲之居剡县,谢安隐东山,同时原住民逃离,窑址被毁弃。庄园经济助力浙

---

①王士性撰,周振鹤点校《五岳游草 广志绎》新校本之《广志绎》卷四,上海人民出版社,2019 年,第 299 页。

②《五岳游草 广志绎》新校本之《广志绎》卷四,第 198 页。

③柳永著,陶然、姚逸超校笺《乐章集校笺》卷下,上海古籍出版社,2016 年,下册第 519 页。

④《全唐诗》(增订本)卷四九四,第 5648 页。

东经济发展繁荣。这区域反倒成了北来名士文人承接前朝流风雅韵、登临意趣的赏心乐土。

最值得感谢的是东晋孙绰，其山水玄言赋《游天台山赋》奠定了“天台山者，盖山岳之神秀者也”①的历史地位。其次是谢灵运的开山辟路的实践。《过始宁墅》：“剖竹守沧海，枉帆过旧山。山行穷登顿，水涉尽洄沿。岩峭岭稠叠，洲萦渚连绵。白云抱幽石，绿筱媚清涟。葺宇临回江，筑观基曾巅。”②《登临海峤初发疆中作，与从弟惠连，见羊何共和之》：“顾望脰未悁，汀曲舟已隐……日落当栖薄，系缆临江楼……攒念攻别心，旦发清溪阴。暝投剡中宿，明登天姥岑。高高入云霓，还期那可寻。傥遇浮丘公，长绝子徽音。”③两人的名士广告效应影响巨大。加上当地史事传说和人事逸闻的广泛传播，如与水有关的大禹治水、西施浣纱、曹娥投江、马臻筑湖等；与文有关的王羲之兰亭雅会、谢安东山再起、王子猷雪夜访戴、十八名士等；于有形无形中，左右着诗人猎奇心态和文士从众心理，助推着大唐帝国盛行的全社会漫游之风。唐代几百位诗人硬是被浙东山水活生生地招引过来，留下近2000首诗。于是，有了孟浩然《自洛之越》《将适天台留别临安李主簿》《舟中晚望》《寻天台山》《宿天台桐柏观》等，用脚给诗路画出一个大大的圆；李白《秋下荆门》公开表白“自爱名山入剡中”④，留下20多首诗篇；李白好友魏万追随诗仙脚步，畅游浙东；寒山遁世隐居天台山70年，在山水间写下300余首的白话诗。

众多名士诗人的竞相南下、赋诗吟唱，以至浙东唐诗之路成为日

①萧统编，李善、吕延济等注《日本足利学校藏宋刊明州本六臣注文选》卷一一，人民文学出版社，2008年，第172页。

②《谢灵运集校注》，第63页。

③《谢灵运集校注》，第245页。

④李白著，瞿蜕园、朱金城校注《李白集校注》卷二二，上海古籍出版社，1980年，下册第1282页。

本留学僧的向往之地,因珍贵人生体验而蜚声域外。当然这一切与当时的社会背景、时代风潮有关,但大家蜂拥而上,留诗赠友,于山水中获取慰藉和灵感,恐怕也有跟风攀比的味道。

第三,尊老崇道的社会潮流和司马承祯的登高引领。

如此殊胜的山水形势自然十分适合避乱隐居、吞吐造化、炼丹练气、修真问道。王士性《广志绎》云:“道书称洞天三十六,福地七十二,唯台得之多。”①如盖竹洞、玉京洞、委羽洞、括苍洞、灵墟、桐柏等。

唐代宗教以道教为盛。除了陈隋之际的智者大师创立的天台宗影响深远外,初盛唐之际的尊老崇道无疑仍是社会主流。唐玄宗时期道教更是成为国教。上清派第十二代宗师司马承祯(647—735)往来浙东山水近 30 年,相当长的时间栖居天台山。他致力于强化以王母为中心的道教,开创南岳天台系,曾经五次征召到京师,享受国师礼遇;同时,司马承祯又是诗文书画音乐大家,列入被人们称为“方外十友”②、“仙宗十友”③的高级别圈子,名人效应一时赢得众多朝官名士喝彩唱和、影从云集。

葛玄植茶华顶、陶弘景炼丹天台、刘晨阮肇天台山遇仙、王母天姥、十八高僧、司马悔桥等传说,司马承祯和其他佛道高人频频出入的事实,共同演绎、互相印证了浙东山水是名副其实的精神家园。张籍《送辛少府任乐安》云:“选得天台山下住,一家全作学仙人。”④仙山天台乃“神仙之窟宅,罗汉之道场”⑤。浙东山水声名愈发显赫,自然而然名动朝廷、誉满士林、令人向往。方士柳泌曾向唐宪宗自荐:

①《五岳游草 广志绎》新校本之《广志绎》卷四,第 279 页。

②欧阳修、宋祁《新唐书》卷一一六《陆余庆传》,中华书局,1975 年,第 4239 页。

③黄休复《益州名画录》,《文渊阁四库全书》本,第 812 册第 497 页。

④《全唐诗》(增订本)卷三八六,第 6 册第 4363 页。

⑤释无尽《天台山方外志》卷一《山源考》,《四库全书存目丛书》本,史部第 232 册,齐鲁书社,1996 年,第 648 页。

"天台山神仙所聚,多灵草,臣虽知之,力不能致,诚得为彼长吏,庶几可求。"①许浑《早发天台中岩寺度关岭次天姥岑》亦云:"欲求真诀驻衰颜。"②可见,追慕魏晋风度,寻找名山胜迹,谋求仙道佛隐,行走浙东已逐渐成为时尚。

当然,唐代官员的升迁、谪降的政治制度;浙东社会相对稳定、经济长足发展、特色物产丰富的现状;大运河沟通都城洛阳与杭州,交通因此便利;宗室南渡,人才涌现等因素都大大有利于浙东唐诗之路的形成。自然吸引力、社会可行性、人群虹吸效应等诸多因素在无形中叠加、碰撞、融合,对诗人容易产生特别向心力。最有影响力的当推李白拜师学道,访问司马承祯,和后来的越中之行。在《梦游天姥吟留别》的长诗中,李白依据越人言语而入梦境:"一夜飞度镜湖月。湖月照我影,送我至剡溪。谢公宿处今尚在,渌水荡漾清猿啼。脚着谢公屐,身登青云梯。半壁见海日,空中闻天鸡。千岩万转路不定,迷花倚石忽已暝。熊咆龙吟殷岩泉,栗深林兮惊层巅。""列缺霹雳,丘峦崩摧。洞天石扉,訇然中开。"③

从钱塘江西兴渡口到曹娥江,再沿剡溪、新昌江逆流而上,仰首天台,攀登石梁、华顶,下江南、走浙东者越来越多。"从山阴道上行,山川自相映发,使人应接不暇"④,"千岩竞秀,万壑争流"⑤。面对造化天工的江南自然山水、鲜活生动的历史人文,"传神写照,正在阿堵中"⑥。北方的诗人游子怎不赞叹万千,触景生情,自然下笔琳琅,量

①司马光《资治通鉴》卷二四〇,中华书局,1956年,第7754页。

②许浑著,罗时进笺证《丁卯集笺证》卷六,中华书局,2012年,上册第374页。

③《李白集校注》卷一五,上册第899页。

④刘义庆著,刘孝标注,余嘉锡笺疏,周祖谟、余淑宜、周士琦整理《世说新语笺疏》卷上之上卷二,中华书局,2007年,第172页。

⑤《世说新语笺疏》卷上之上卷二,上册第170页。

⑥《世说新语笺疏》卷下之上卷二一,中华书局,第849页。

多质高。

不管是魏晋名士,还是唐代诗人,海内域外之客,还是方内方外之士,官宦达人,还是商旅行者,其实都是把曹娥江、剡溪、天台山区域的山态水容作为赏胜、探幽、宦游、隐居、清修、疗伤之地的。

天造地设之景,因缘和合之机,使自然地理与人文催生的诗歌一呼百应;更是从正向促其诗人行、壮其诗歌势。经过岁月的沉淀、大众的筛选,日积月累,声名远播,遂成后人心中的浙东唐诗之路。

二、浙东唐诗之路衰退的三大主因

南宋以后,浙东唐诗之路一蹶不振,可谓"其兴也勃焉,其亡也忽焉"。究其原因主要有三:

第一,物质基础有所改变,即曹娥江、剡溪流域的自然地理环境发生了一些变化。唐以前,山浮水中,故天姥亦成小而高的"岑"。舟行水上,路程过大半,登山也较北方方便许多。南宋以后,鉴湖局部湮废,会稽境内湖面缩窄,曹娥江水网剧变、水位降低、丘陵沙土入溪,累积淤塞而改水道。加上浙东地势本来就南高北低,因此,为了东西走向的运河能够方便穿越南北向的自然河流,浙东运河增修建设了许多碶闸和堰坝。"宁绍之间,地高下偏颇,水陡不成河。昔人筑三数坝蓄之,每坝高五六尺,舟过者俱系絙于尾,榜人以机轮曳而上下之,过乾石以度,亦他处所无也。度剡川而西北,则河水平流"①。水路改变后,行旅由此入剡溪、新昌江,上天台山就显得相对不便。从都城临安到辅郡台州,走明州线则变得更为便捷,山水相连、奇险峻峭的谢公古道逐渐冷落。明代游客到天台山,也多从宁海方向骑马而上,徐霞客之道应运而生。

①《五岳游草　广志绎》新校本之《广志绎》卷四,第275—276页。

第二,浙东社会动荡不稳。政权更替,内乱外患,农民起义,海禁迁民,倭寇侵扰,南宋都城的繁华不可避免地烟消云散。山河破碎,画意残缺,文化影响力虽然还在,但文人们已失去了前辈往日的热情,所写的山水诗词量不及唐代之十一,质更是江河日下。

第三,文士漫游之流风转向。元代汉族学子文士地位骤降,自由度受限。明初方孝孺案后,浙东读书种子更是受到严重摧残。他们自顾不暇,诗兴顿失,早已少了呼朋唤友、登山涉水、吟诗作赋的闲情雅致。结社抱团者,也转以经史考据。浙东学派即为典型。

既然诗人们到浙东目的是游玩,方法是自由行为主,宦游为辅。现在山水变迁、社会动荡、游路不便、征途不安,自然兴致受损,故诗路平坦者成官道驿路,险峻者乏人问津、草木蔽径。路逐渐冷落,诗路自然也不再兴。

三、浙东唐诗之路的当代意义

清赵翼《论诗》云:“江山代有才人出,各领风骚数百年。”①今天,我们讨论研究浙东唐诗之路,其意义不仅在于历史文化遗产保护、区域旅游,更重要的是历史人文地理学的当代意义及应用。

类似浙东的山水形胜,全国不胜枚举,为何独独曹娥江、剡溪流域能够深深吸引唐代诗人?台州先贤王士性开创的历史人文地理学,真真切切地告诉我们,这与当时的自然环境、信息传播、国势民运、皇室南迁、社会风尚有关。区域性的自然、地理、政治、人口、气候,不仅能透视出时代意识、社会思潮、文化氛围,而且还包容了地理学上的空间意识、人文意义上的时间概念。例如,哪些人来过?哪段时间最多?从哪里来?为何来?留下什么(诗文、习俗、方志记载)?

①赵翼《瓯北集》,上海古籍出版社,1997年,上册第630页。

有何影响(原住民、物产、交通工具)?社会学的方方面面都可从中观察到。诗路兴衰的当代意义是,我们除了正视大历史规律外,还应该珍惜社会稳定发展的局面,找出诗路兴衰的原因,总结前人经验,制定今天规划:保护自然生态环境,保存历史文化遗存,保留历史地理文献。

浙东唐诗之路的兴起和繁华,是大到唐王朝,小到浙东各府,合力营造、保障的。杭州、越州、明州是江南山水神韵的精髓所在,浙东运河、曹娥江、剡溪是诗路的天然血脉。唐代台州府的行政中心、文化中心、儒学中心均在临海。临海也当仁不让地开创了千年台州文教之淳风浩气,是"台州式硬气"的标志地、南传佛教沿海路登陆台州(临海)向四周辐射的中心地、海外人士(如日本遣唐使)和物资进出台州的通关换牒之所,也理所当然地成为浙东唐诗之路台州段的重要枢纽。天台山是佛教中国化第一个宗派天台宗诞生地、道教南宗创立地和文化中心,浙东唐诗之路重要目的地和自然地理精华之一。其他各州也都对浙东唐诗之路的兴盛做出重要贡献。

作为后人,我们理应当仁不让,承担使命。当务之急是针对衰落原因和当代困境,研究其当代意义和可行性对策。由省里牵头,有关市县统一认识,求大同存小异,明确责任,从而拓展空间研究,实施时间量化,形成资源共享的和合之力。切忌各自为政,各唱各的调,学术不落地,政策在空转,财物无保障。例如,可以浙东联席会议形式,协调保护与发展的整体规划和可行措施,选好点、探好线、铺好面。

千百年来,自然灾害、战争、其他人为破坏,以及当代社会发展,尤其是城镇化、交通建设的需要,如移山填海、削坡造路、打隧道、架飞桥,通高铁、高速,这些都不可避免地造成地形改变。我们当下的学术研究更应该正本清源,谨慎考证,严守学者实事求是的底线,运用多学科知识,对历史地理环境造成的现象做出探源研究和当代解读,避免百年之后贻误后人。研究不作推想与预设演义,不提倡为旅游而拔高粉饰，更忌小说家言的添枝加叶，导游者说的无中生有，资本指挥棒下的话筒。当务之急是要把学术研究的成果精准运用到社会生活中，例如重要节点和景点的历史遗存除了切实保护，还要以诗碑、路标等形式再现史迹名录及文献内容摘要；在当前新一轮的村庄大规模合并中，尽量多地保存历史地理和经典著作中的村庄（包括地名）名；直面历史沿革变化，不宜在归属地上执着，打口水战、搞大辩论。

综上所述，当下的浙东唐诗之路，地形有变，但遗迹尚存，其地理人文的历史和现实意义依然值得我们探索；浙东唐诗之路上千古传诵的诗歌，本身具有的丰富信息、深邃哲理、美妙意境，也同样值得我们学习。

（作者单位：台州学院唐诗之路研究院）

浙东唐诗之路年表（初盛中唐篇）

卢盛江

说明：

一、关于唐诗之路诗人在浙东的行迹，竺岳兵先生有《唐诗之路唐代诗人行迹考》（中国文史出版社 2004 年），仅考越州、台州、明州。笔者进一步全面查考资料，对浙东唐诗之路诗人在浙东的行迹一一重新作了梳理和考证，不少地方提出了新的看法和新的考证依据及资料，将另成考证一书。在这一重新梳理和考证的基础上，编成本年表。

二、本年表所谓“浙东”，据唐李吉甫《元和郡县图志》，包括越州（今绍兴）、婺州（今金华）、衢州、处州（今丽水）、温州、台州、明州（今宁波和舟山）。

三、中唐，一般至穆宗宝历三年（827），本表顺延至元稹罢浙东之任入京之大和三年（829）。

四、本表旨在将初盛中唐诗人在浙江的活动予以编年。凡诗人在浙东生活、隐居、游宦干仕、为仕者，均予编入，虽游浙东而无诗歌存世者不予编入，虽有诗写及浙东而未游浙东者也不予编入。诗人名录，据《中国文学家大辞典》（隋唐五代卷）（中华书局 1992 年）。

五、晚唐部分尚未完成，待完成后，将续编本年表。

六、本年表完成初稿后，蒙胡正武教授细细审读，提出很多宝贵意见。胡教授对浙东史料的熟悉，对学术的严谨，令人佩服。胡教授提出的一些意见,已吸收进来。另一些意见,因涉及面比较复杂,容后细细考证再予吸收。在此对胡教授深表感谢。

618(唐高祖武德元年)

王绩(590—644)《游山寺》:"赤城仙观启,青山梵宇裁。"此赤城若是天台县之赤城山,则王绩曾游,疑隋大业(605—618)中王绩授扬州六合县丞,"以嗜酒不任事",或者其时四处漫游,曾游浙东。

621(武德四年)

孔德绍,会稽山阴人,本年窦建德败灭后被杀。《全唐诗》卷七三三录其诗《南隐游泉山》及《登白马山护明寺》。泉山,亦名泉岭山;白马山,一名丁公山,其境属今仙霞岭,均在衢州。其游浙东,当在隋出仕之前。

高智周约于本年之后补越王府参军。

626(武德九年)

剡人法宣(移住会稽山阴)为常州弘业寺僧,本年撰《释道庆圹铭》。

627(唐太宗贞观元年)

骆宾王(627? —684?)为婺州义乌人,约生于本年。

638(贞观十二年)

越州余姚诗人虞世南(558—638)卒。

639(贞观十三年)

本年之后几年内,传萧翼受太宗之命,以计从越州永欣寺僧、智永弟子辨才处取得王羲之兰亭序真迹。

646(贞观二十年)

康希铣(646—716)生于会稽。

656(显庆元年)

骆宾王于显庆间(656—661)为道王李元庆府属官,时年30岁。

叶法善（614—720），显庆（656—661）前居括州。

657（显庆二年）

来济本年八月贬台州刺史。

659（显庆四年）

越州诗人贺知章（659—744）生。

660（显庆五年）

来济由台州刺史徙庭州刺史。

664（麟德元年）

王勃（650—676?）有《越州秋日宴山亭序》《越州永兴李明府宅送萧三还齐州序》等作，是其曾游越州，时间在本年暮春到晚秋，年15〔一说在上元二年（675）王勃赴交趾探望父亲途中，疑非是〕。

680（调露二年）（永隆元年）

骆宾王于本年秋出为临海丞（一说在明年）。

681（永隆二年）（开耀元年）

沈佺期可能于永隆元年（680）因事系狱，尔后于开耀（681）至垂拱（685）间被贬台州录事军。沈佺期有诗“三霜弄晴岛”，知其在台州三年。

683（永淳二年）（弘道元年）

骆宾王罢临海丞。

684 唐中宗（嗣圣元年）、唐睿宗（文明元年）、武则天（光宅元年）

婺州义乌诗人骆宾王（627? —684?）约卒于本年。

武后朝，有士人陷冤狱，其妻配入掖庭，善吹觱栗，撰曲以寄情，诗写“剡川今已远，魂梦暗相亲”，知家居剡溪。

685（垂拱元年）

司马承祯（647—735）自垂拱年间（685—688）至开元十五年（727），除698年、711年、721年、723年数次受召入京，40年间，基本上隐居天台山。

698(圣历元年)

本年秋或稍前,武后召道士司马承祯入都,及归天台,敕李峤等饯送于洛桥之东,李峤、宋之问、薛曜均有七绝诗相送。

窦怀贞为越州都督在圣历(698—700)至长安四年(704)间。

703(长安三年)

徐浩(703—782),越州剡县人,生于本年,至开元五年(717)明经及第,此前在越州。

705 唐中宗(神龙元年)

贺知章、贺朝与万齐融均越州人,与扬州张若虚、邢巨,湖州包融,俱以吴越之士,文词俊秀,名扬于上京。

707(神龙三年)(景龙元年)

姚崇于本年十月到明年七月,为越州刺史。

贺朝,越州人,神龙(705—707)后为会稽尉(一作山阴尉)。

709(景龙三年)

冬,宋之问贬越州长史,本年已到越州任。

710(景龙四年)唐殇宗(唐隆元年)、唐睿宗(景云元年)(七月改元景云)

宋之问本年春夏,游越州法华寺、云门寺、称心寺及镜湖、若耶溪等胜迹。六月,自越州流徙钦州。

崔日用(673—722)为婺州刺史(《新唐书》谓为婺州长史)。

王琚(685? —746)于本年至先天二年(710—713)间为诸暨县尉。

711(景云二年)

本年秋或稍前,睿宗召司马承祯至京,及还天台,以诗送之,李逋赋诗送行,沈佺期等三百余人和作,徐彦伯编为《白云集》而序之。

712(太极元年)(延和元年)、唐玄宗(先天元年)

张纮本年后出为会稽令。

713(先天二年)(开元元年)

卢象(? —763)于开元中出仕之前曾居江东剡中。

715(开元三年)

康希铣为台州刺史。

孙逖(696—761)为越州山阴尉。

718(开元六年)

徐知仁(生卒年不详)约于本年或次年为衢州刺史。

719(开元七年)

高适(700? —765)可能漫游浙东,时间在本年到开元十八年(730)间。

720(开元八年)

括州括苍人叶法善(614—720)卒于本年。叶法善自曾祖三代为道士,自高宗、则天、中宗历50年,常来往名山。

721(开元九年)

司马承祯再入京,唐玄宗亲受符箓,次年请还,玄宗赋诗送行。

722(开元十年)

徐坚(? —729)约于本年为衢州刺史。

723(开元十一年)

唐玄宗再次召请司马承祯入京。

崔颢进士及第,开元后期,为代州都督杜希望所器重,引至门下。其游越中,当在开元中。

724(开元十二年)

张嘉贞(665—729)贬台州刺史。

725(开元十三年)

本年下半年或明年春,司马承祯返回天台山。

邵升(生卒年不详)为台州刺史。

726(开元十四年)

李白(701—761)于本年秋自广陵第一次入浙。

727(开元十五年)

司马承祯又被召至洛阳,玄宗令其择居于王屋山。本年司马承祯81岁。

729(开元十七年)

綦毋潜游杭、越等州。

730(开元十八年)

本年前后,崔国辅(生卒年不详)在山阴尉任。

孟浩然(689—740)于本年秋,自洛经亳州谯县赴越。

陶翰登进士第,游杭州渡渔浦可能在此前。

732(开元二十年)

郑谔(生卒年里不详)约于本年为婺州刺史。

孟浩然久滞越中,经过两个夏天,两个春天,可能于本年秋冬之季离越返襄。

杜甫(712—770)漫游越中。

735(开元二十三年)

司马承祯卒于王屋山,年89。

李邕(678—747)于本年为括州刺史。

杜甫自吴越返洛阳。

738(开元二十六年)

齐澣(675—746)为越州都督,浙江东道诸使。

房琯(697—763)为慈溪第一任县令。

高僧神邕(710—788)世居诸暨,本年在法华寺出家。

739(开元二十七年)

李白本年曾游杭州,未知是否游越。

741(开元二十九年)

裴光庭(676—733)疑本年贬台州刺史。

742(天宝元年)

台州涌泉寺僧怀玉卒。

段怀然(生卒年里不详)约于本年为台州刺史。

郑绍于天宝初官武进尉,其游越中可能在此之前。

743(天宝二年)

张谓(? —778?)于本年之前曾与僚友游会稽云门山。

744(天宝三载)

玄宗时扬州白塔寺僧法进(709—778),台州开元寺僧思讬(生卒年里不详),鉴真弟子,随鉴真东渡日本共有六次,第三次在本年,在舟山不远处遇风舟破,在宁波上岸,住鄞县阿育王寺。

746(天宝五载)

韦坚(? —746)正月为括州太守,七月被杀。

李白作《梦游天姥吟留别东鲁诸公》拟游天姥,游东越。

747(天宝六载)

李白再次游越中。

748(天宝七载)

薛据(701? —767?)约本年之后曾漫游浙东。

法进、思讬随鉴真第五次东渡日本,至越州界三塔山(定海小洋山)住一月,到暑风山(舟山附近)又住一月,后遭遇风浪漂流到海南。

包何登进士第,或者在此前后游浙东永嘉孤屿。

749(天宝八载)

郭密之任诸暨令。

萧颖士(709—760)于本年至十载(751)游会稽剡中。

751(天宝十载)

顾况(727? —816?)可能第一次游浙东。

752(天宝十一载)

诗僧灵澈(746？—816)为会稽人,自幼出家云门寺,至大历十四年(779)往吴兴何山寺。以6岁为幼,约当在本年。

陈羽(733—?)自本年之前,到建中四年(783),在越中一带漫游。

753(天宝十二载)

赵自勤(生卒年不详)为括州刺史。

李白再游越中。

魏颢访李白于汴州、兖州,不遇,复“南游吴越遍”。

刘昚虚卒于本年之前,开元天宝间曾游越中。

灵一(727—762)追踪谢客,至德二载(757)归杭州宜丰寺之前,隐于会稽云门寺南麻源第三谷,舍于会稽南山之南悬溜寺。

陈羽与灵一上人相聚。

754(天宝十三载)

高僧湛然(711—782)自本年至去世,居天台山国清寺28年。

756(天宝十五载)、唐肃宗(至德元载)

齐抗(740—804)避乱隐会稽,到大历十二年(777)出仕,居剡岭和玉笥20年。

朱放(？—788?)居越中与灵一交往多年,疑朱放因安史之乱而移居越地。

李白于去朝十多年之后,当是本年避乱到浙东。

皇甫冉(717—770)与包佶(727？—792)本年秋避乱越中,宿于严维宅。本年之后,至乾元元年(758),及宝应二年(763)三月不久,皇甫冉在越中都有诗,其时皇甫冉当都在越中。期间皇甫冉曾调无锡尉,此外是否一直在越中,则难以考知。约于广德至大历初(763—766),包佶入刘晏幕,这之前,包佶是否一直在越州,亦难以考知。

皇甫曾(？—785)至少两次游越中,一次在安史乱后,为避乱,其年访神邕上人,作诗《题赠云门邕上人》。

吴筠(? —778)于中原大乱后东游会稽,常于天台、剡中往来,并参加浙东联唱。

陈允初(生卒年不详),越州会稽人,安史之乱中避乱归乡。

李嘉佑避乱赴越。

越州高僧澄观安史乱前乱后可能主要在浙东漫游。

肃宗至德年间(756—758),灵一居越中云门寺,后与刘长卿、李嘉佑、皇甫冉、张南史、朱放、陈羽、张籍、姚合等有交往之诗。

神邕 738 年于法华寺出家后,天宝中居法乐寺,后游学长安。安史兵乱,东归江湖,先到襄阳,数月后返居故乡法华寺,与皇甫曾、张河、严维、吕渭、丘丹、陈允初等赋诗往复。自至德(756—758)迄大历(766—779)中,神邕频受请登坛度戒,起丹阳洎乎金华,又于衢婺愿布法桥,接憩行旅。

灵澈于肃代间(756—779)从严维学诗,当自本年始。

秦系(720? —800?),越州会稽人,天宝末避乱剡溪。自出生至贞元六年(790)张建封曾荐为校书郎,其间,除大历十三年(778)秦系与妻离异获谤曾流寓睦州,建中元年(780)曾隐泉州南安九日山,后于建中三年(782)或明年又归隐越州,期间时出游湖、抚等州。秦系居越中,前后有六十多年。

张志和(约 743—810?),安史乱起时,年幼在东阳金华故乡。

林元籍,台州人,肃代时在世。

司空曙,安史乱起,曾避乱南行,乱平后始北还,未知是否到越地。

757(至德二载)

朱放居越州,本年春,访灵一于云门寺。本年秋,灵一归杭州宜丰寺。

张继(? —779?)游会稽。

独孤及(725—777)自本年至上元元年(760)避乱在越中。

郎士元(？—780?)于天宝十五载(756)进士及第,授校书郎,尔后行迹无考,至宝应元年(762)选京畿县官,诏试中书,补渭南尉。曾游东阳双林寺。有诗写烽火甲兵,避地向南,或者是避乱来南,而游浙东。

严维(716?—780),越州山阴人,进士及第,以家贫亲老,不能远离,授诸暨尉。

诗僧景云安史乱后在世,曾游天台山,具体时间不详,疑在安史乱后。

李翰本年春曾赴浙东幕府,刘长卿在长洲时有诗相送。

柳浑(716—789),至德(756—758)中,曾授衢州司马,未至而召拜监察御史。

758(至德三载)(乾元元年)

独孤峻乾元元年、二年(758—759)间为浙江东道节度使时,皇甫冉于本年有诗写同游法华寺。

越州高僧澄观乾元(758—760)中依润州栖霞寺之前,可能在浙东。

天台道士潘清与曹评、李华、韩拯、刘颖、朱放、李纾、李汤、张继、皇甫冉、张南史、房从心等与灵一相与为尘外之友,当在乾元、上元(758—761)年间。潘清当是隐居天台。

张志和本年约十六岁,游太学,之前在东阳金华故乡。

刘贶为浙东独孤峻大理评事。

郑虔(685?—764?)贬台州司户参军。

759(乾元二年)

吕延之于本年及次年为浙东观察使,其子吕渭(735—800)依其父到越州,后任浙东兵曹参军。

季广琛为温州刺史。

刘贶为浙东独孤峻大理评事。

郑虔于九月二十日卒于台州贬所。

760(乾元三年)(上元元年)

张志和自本年至大历九年(774)游湖州刺史颜真卿幕,14 年间居会稽。

杜鸿渐为浙东观察使兼御史中丞,李翰适越谒杜中丞,刘长卿有诗相送。

李季兰(? —784)曾往来剡中,与皎然、陆羽等游,时间约于上元、宝应间(760—763)。

杜鸿渐(709—769)自湖州刺史改越州刺史。

季广琛为温州刺史。

吕渭和李翰在浙东杜鸿渐幕下,吕渭为左金吾卫兵曹参军,节度掌书记,参与浙东联唱。

张松龄,婺州金华人,为兄张志和筑室会稽。

晁衡(一作朝衡)(698—770),日本遣唐留学生,本年和明年曾游浙东。

761(上元二年)

杜鸿渐自越州刺史征拜尚书右丞。

李嘉祐为台州刺史。

李皋(734—793)出为温州长史。

季广琛为温州刺史。

762 唐代宗(宝应元年)

李嘉祐罢台州刺史任。

吕渭、鲍防本年为浙东薛兼训幕下。鲍防(723—790)先避乱归乡(襄州),于本年到越中,为浙东节度使薛兼训从事,检校殿中侍御史、尚书郎,实为浙东幕府之主事,至大历五年(770)入朝任职方员外郎,期间在越中。

张松龄约于代宗朝任浦阳令。

763(宝应二年)(广德元年)

本年三月袁傪平息浙东袁晁农民起义,皇甫冉有诗《送袁郎中破贼北归》,知本年皇甫冉仍在浙东。

本年浙东袁晁乱平到薛兼训镇越结束的大历五年(770),薛兼训正式开幕府招文士,以鲍防为中心浙东联唱,编成《大历年浙东唱和集》,存诗38首,偈11首,序2首,其作者原有57人,姓名可考知者有:鲍防、严维、刘全白、朱迪、吕渭、谢良辅、丘丹、陈允初、郑概、杜奕、范愷、樊珣、刘蕃、贾弇、沈仲昌、李清、范淹、吴筠、□迴、□成用、吴叔政、周颂、裴晃、徐嶷、王纲、庾骙、贾肃、萧幼和、李聿、杜倚、崔泌、杜奕、任逵、秦瑀、范绛、张著、段格、刘题,共38人,可能参加者有:秦系、朱放、张志和、灵澈、清江、陆羽、李某,共7人。据《会稽掇英总集》卷一四保存浙东联唱诗,张叔政、李清、谢良弼、袁邕、贾全等亦参与联唱。

陆羽(733—?)先避乱居湖州,于本年到薛兼训镇越结束的大历五年(770)曾游越中,可能参加浙东联唱。

李清于天宝十二载(753)与鲍防同科登进士第,闻鲍防之名而来浙东幕。

李嘉祐罢任后本年有越中之游。

李皋贬温州长史,行刺史事。

顾况本年袁晁起义失败后不久到临海任职,为第二次游越中。

764(广德二年)

李翰自越州至扬州,刘长卿有诗《喜李翰自越至》,是此前李翰在越州。

765(永泰元年)

周颂永泰(765—766)中授慈溪令,后参加浙东联唱。

李岘(712—766),六月贬衢州刺史。

766(永泰二年)(大历元年)

清江(? —811?),会稽人,幼于本州开元寺出家,大历初至杭州天竺寺与清源共以华严宗僧人守真为师。

贾弇登大历(766—779)进士第,依其舅鲍防到越州。

袁邕先于永泰元年(765)宣州与刘太真等唱和诗,再到越州。

寒山子早年周游四方,自 30 岁后,长期隐居于台州始丰县翠屏山。丰干、拾得均为台州国清寺僧。三人同时,长期隐居台州,余嘉锡推定其应为先天至大历、贞元间人。

诗僧法振生活在大历年间,曾游越中。

朱湾隐会稽山阴,时间在大历中及其后。

张佐,大历中进士,游天台当在此后。

钱起(710? —782?)曾游浙东覆釜山、云门寺、天台山,钱起与郎士元等十才子的交往,主要是大历年间,故钱起游浙东并与郎士元等的交往作诗,亦当在大历年间。

李岘为衢州刺史,本年七月卒。

耿湋有《登沃州山》诗,可证曾游浙东。大历初,耿湋入朝任左拾遗,与钱起、卢纶等文咏唱和,游于驸马郭暧之门。此后行迹不详,可能即被贬睦州或者越州。

767(大历二年)

李深于大历中为衢州刺史,在衢州与刘迥、李幼卿、羊滔、薛戎、谢勮等游烂柯山,吟诗唱和。

769(大历四年)

鲍防来访隐居越州剡山的秦系。

戴叔伦(732—789)为杭州新城县令,可能曾游越州。

李益(约 748—约 829)有山阴寻道士之行,若为越州之山阴,则曾游越。李益于本年登进士第,游越疑在此前。

770(大历五年)

浙东观察使薛兼训于本年结束镇越,鲍防、严维等文士结束浙东节度幕府生活。

刘长卿（718？—790？）失官而居常州别业，曾游越中，与鲍防同泛舟耶溪，游四明山，过越州僧隐空和尚故居。本年秋，再参淮南幕。

阎伯玙（？—765）为婺州刺史。

第五琦（713？—782？）出为处州刺史。

赵匡和刘太真（725—792）在浙东陈少游幕下，刘太真为掌书记。

清江自杭州天竺寺还越州，住会稽云门寺，当在本年前后。

771（大历六年）

严维闲居越州，至大历十二年（777）入河南幕，兼河南尉。

浙东联唱后，丘丹为诸暨令。

章八元进士登第，此前曾在越中，少从会稽严维学诗。

773（大历八年）

皇甫曾第二次游浙东，在大历五年（770）浙东联唱之后，或大历八年（773）前后。皇甫曾因事贬舒州司马，卸任后闲居丹阳。大历八年至大历十二年（773—777），颜真卿为湖州刺史，皇甫曾游湖州，或者在这期间，皇甫曾就近游越中。

神邕居越州法华寺，约本年，与皇甫曾、丘丹、严维等赋诗往复。丘丹为诸暨令，约本年与秦系有诗赠之。

刘太真随陈少游移镇淮南。

徐浩四月贬明州别驾。

774（大历九年）

张志和游湖州刺史颜真卿幕。

裴士淹为温州刺史。顾况亦在温州。

清江住会稽云门寺。本年前后，曾游中原。

775（大历十年）

耿湋春末至睦州，复至越州，秦系有诗赠之，严维亦有诗赠答。

王建（766？—？）曾游台州，有《题台州隐静寺》诗。其游台州，疑本年进士登第之后,贞元中入淄青等幕之前。

776(大历十一年)

卢纶(737—约798)避乱先到鄱阳,后游浙东。卢纶与宰相王缙友善,王缙得罪,坐累,事在大历十一年(776)三月,三年后,卢纶为昭应令。游浙东或在坐累王缙之时。

章八元本年或明年归睦州时,曾游天台,作诗与刘长卿等唱和。

秦系隐居越州。本年浙东观察使崔昭有书相问,徐浩携酒馔来访。

杨凌(? —790?)曾游剡溪。杨凌于本年登进士第,贞元初(785)官至大理评事,约有二十年时间在江南,曾游滁州、钟陵(即今南昌)、梅里(旧称泰伯城,在今无锡东南)、润州。可能在此期间,各地漫游而至越中。

章八元曾游天台,有诗《天台道中示同行》,时当在本年。

清江游中原,本年还至越中,住会稽云门寺。

777(大历十二年)

齐抗自天宝十五载(756)避乱隐会稽,居剡岭和玉笥20年,于本年出仕。

严维入河南幕,兼河南尉,此前当闲居越州。

王缙(? —781)贬括州刺史。

李纾(731—792)为婺州刺史。

778(大历十三年)

皎然(720? —?)避乱居湖州之后,本年前曾游天台,本年春,访秦系于越州。

秦系与妻离异获谤,流寓睦州。

779(大历十四年)

诗僧清江晚年住襄州辨觉寺,游历各地,曾回会稽一游,时间在本年严维为秘书监之后。

灵澈至吴兴住何山寺,此前出家云门寺,为灵澈居越的第一个时期。

李端曾游浙东兴善寺,有诗作于诸暨。李端大历五年(770)登进士第,后授秘书省校书郎,大历中与钱起、卢纶等文咏唱和,游于驸马郭暧之门,其游越中在建中初卒前不久。

崔峒曾游浙东,在越中送王使君赴江华,时在大历末、建中初(779—780),或者访书至睦州,顺便游越中。

780(建中元年)

柳浑充浙江东西道黜陟使。

戴叔伦五月授婺州东阳令。

顾况为浙江东西观察使韩滉判官,可能入越。

建中年间,清江曾北游上都。

782(建中三年)

湛然居天台山28年,本年去世。湛然居天台山期间,刘商曾游天台山,有诗《与湛上人院画松》。

秦系于建中元年(780)隐泉州南安九日山,本年或明年,又归隐越州,时出游湖、抚等州。

徐浩卒,归葬会稽。

783(建中四年)

皎然于本年到明年再游越中。

陈羽自天宝十一载(752)之前,到本年,在越中一带漫游。

戴叔伦为婺州东阳令,本年初离东阳。

784(兴元元年)

丘丹为检校户部员外郎兼侍御史曾出使浙东,游萧山祇园寺和永嘉石门,时当在贞元初归隐苏州临平山之前。

785(贞元元年)

灵澈约于本年取道庐山、洪州归会稽,数年后复北上,为灵澈居会稽的第二个时期。

朱放来访秦系于会稽山居。

齐顗为德宗贞元(785—804)时人,隐居剡中南岩寺。

清江于建中末(783)离京返越,本年已归至越中,晚年又徙居襄州。

齐推(生卒年不详)于贞元年间居于玉笥山齐抗之旧居。

灵默(747—818)于贞元初入天台山,住白沙道场,又历游东白山,曾到浦阳。

786(贞元二年)

权德舆(761—818)以大理评事摄监察御史充江西观察使李兼判官,因两浙有亲故,故从江西顺道回浙东,而游会稽灵澈上人房,时间当在贞元后期两人在京城相遇之前,一说在本年或更晚一些。

787(贞元三年)

羊士谔(762? —822?)本年在浙东皇甫政幕下,为左威兵曹参军,至贞元十三年(797)皇甫政入朝任职。

788(贞元四年)

神邕卒,此前几年曾游天台。

于良史(生卒年里不详)曾游天衣寺即会稽法华寺。本年张建封为徐、泗、濠节度使,于良史被辟为从事,其游会稽当在此前。

房孺复(756—797)本年前后在杭州刺史任,前妻郑氏卒后再娶台州刺史崔昭女。崔妒悍甚,杖杀侍儿,贞元五年(789)房孺复坐贬连州司马,仍潜与妻往来,房孺复卒于贞元十三年(797)八月,其间当往返台州。

白居易(772—846)父季庚约于本年改除大理少卿,衢州别驾,白居易 17 岁,从父任往衢州。

789(贞元五年)

李岑约本年至明年前后为明州刺史。

790(贞元六年)

秦系为徐泗濠节度使张建封从事、检校秘书省校书郎。此前秦系隐居越州。

韦应物(737? —?)曾游越,题天台山石桥。时间一说在本年,时已经历仕洛阳丞、京兆府功曹、鄠县令、栎阳令、滁州刺史、苏州刺史,本年闲居苏州永定寺。

路应(745—811)为温州刺史。

791(贞元七年)

冯宿(767—837)为婺州人,于贞元八年(792)登进士第,被辟为徐泗濠节度使张建封从事,此前当生活于浙东。

白居易20岁,约于本年随家自衢州返符离。

792(贞元八年)

诗僧元孚(生卒年里不详)游天台建公院登华顶攀琪树观石桥之险绝。

李吉甫(758—814)出为明州员外长史。

李德裕(787—850)6岁,本年到795年随父任到明州。

793(贞元九年)

柳冕(? —804)为婺州刺史。

孟简(? —823)受辟为浙东皇甫政从事,至贞元十三年(797)随皇甫政入朝任职。

795(贞元十一年)

李吉甫为明州员外长史。本年遇赦,起为忠州刺史。

796(贞元十二年)

孟郊(751—814)进士登第,此前或贞元十五年(799)秋之前,曾游浙东。

法常(752—839)于本年之前已隐天台,本年起至开成四年(839)卒,转隐余姚大梅山。

797(贞元十三年)

孟简本年离浙东,随皇甫政入朝任职。

799(贞元十五年)

李翱(774—836)本年曾到浙东。

800(贞元十六年)

李绅(772—846)于本年或贞元十八年(802)以进士客于江浙,游天台。

802(贞元十八年)

贾全(?—805)曾参加浙东联唱,又于本年正月为越州刺史、浙东观察使。

冯宿和凌准入浙东贾全幕下,凌准(?—808)为判官侍御史,冯宿(767—837)旋贬泉州司马而未行。

804(贞元二十年)

凌准在浙东贾全幕下,本年入朝。

陆质(原名淳)(?—805)于本年到明年为台州刺史。

天然(739—824)贞元后期居天台华顶3年。

日本高僧最澄和空海入唐。空海漂至福州,十二月到长安。最澄于九月自长安到台州,九月二十六日到达台州府临海,谒见台州刺史陆淳,入天台山研习天台宗、密宗、禅宗及律宗。

805(贞元二十一年,永贞元年)

灵澈受诬得罪,流窜汀州,曾经越中,约于明年遇赦北还。

贾全十月卒于越州。

日本高僧最澄三月自台州回日本,台州司马吴顗、台州录事参军孟光、台州临海县令毛涣、乡贡进士崔謩、广文馆进士全济时、前国子明经林晕,天台僧人行满、幻梦,以及天台归真弟子许兰赋诗相送。自去年九月到本年三月,最澄在明州、台州有七个月的时间,携回《台州录》《越州录》等,回日本后,创立日本天台宗。

行满(生卒年里不详)栖华顶峰下二十余年。

空海在长安,接受真言宗第七代宗主惠果的灌顶,成为真言宗第八代宗主。

杨於陵(753—830)十月为浙东观察使兼越州刺史。卫中行(?—829)、路黄中(生卒年不详)在杨於陵幕府。

陈谏(生卒年不详)十一月贬台州司马。

崔玄亮(768—833)曾以秘书省校书郎为从事越州,可能在杨於陵在镇时,或者更早,在裴肃、贾全幕。

阎济美(?—825)于贞元末为婺州刺史。

李涉(生卒年不详)约贞元末元和初游越中天台。

武元衡(758—815)有诗写经越州严维故宅,诗有失意之悲,武元衡于本年拜御史中丞,顺宗即位,与王叔文政见不合,改官右庶子,是短暂失意,或者此时有越中之游。

灵默于贞元间隐天台山,约于贞元末移住越州五泄山。

806(元和元年)

空海回日本经越州。三月已在越州,八月登舟启程回日本。向越州节度使杨於陵求内外经书,求“诗赋碑铭”。在越州,有朱千乘、郑壬、越州乡贡进士朱少端、越州沙门昙靖和鸿渐等人赠诗。

杨於陵为浙东观察使兼越州刺史,九月与陈谏、齐推、王承邺、卫中行、路黄中等同游石伞峰并赋诗。陈谏为台州司马。王承邺为宪宗时宦官,于本年任浙江东道中护军。齐推时为秀才,为贞元中宰相齐抗之弟,约贞元年间,齐推居于玉笥山齐抗之旧居。

韦处厚(773—829)游越中剡溪,时间或者在本年登进士第之前不久。

陈寡言(生卒年不详),越州暨阳人,中唐时道士,隐居天台玉霄峰。

汪仲阳(生卒年里不详)与余鼎(生卒年不详)元和间同居越州

上虞县宝泉乡,当是隐居。

诸葛觉(生卒年不详),法名淡然,即淡公,元和长庆间越州人,早年隐居山林,后时游越中。

807(元和二年)

杨於陵四月自浙东观察使兼越州刺史召拜户部侍郎。

裴通(生卒年不详)三月游金庭观,疑在杨於陵幕下。

阎济美本年自福建观察使接任越州刺史,十月征为右散骑常侍。

薛戎(747—821)本年随阎济美移镇浙东。

周匡物(生卒年不详)为入秦应举,自漳州徒步经浙东、西陵。有两条道:一为经由温州、台州、越州之驿道所经路线,由西陵渡江北上;另一为经由衢州、婺州、越州,则由渔浦潭渡江北上。未知周氏经由哪条道。

808(元和三年)

薛苹(746—819)正月自湖南观察使授越州刺史兼浙东观察使。

李绅受薛苹之招游越中。

809(元和四年)

灵澈至庐山,住东林,旋取道润州东归,又先后住湖州、越州。

810(元和五年)

薛苹八月自越州刺史兼浙东观察使移润州刺史兼浙西观察使。

李翱在越州刺史兼浙东观察使李逊(810—814 镇越)幕下。

811(元和六年)

徐放(生卒年不详)以屯田员外郎出为台州刺史。

越州隐僧诸葛觉(淡公)曾还俗,一说在本年,一说在元和十一年(816)。

813(元和八年)

薛戎十月自河南令迁衢州刺史,不周月移刺湖州。

本年或明年,孟郊有诗《送淡公》,写其镜湖剡溪生活,可知诸葛觉时游越中。

814(元和九年)

孟简九月自给事中拜浙东观察使。

孔颙(生卒年不详)曾在越州长街柳阴吟咏,在孟简任越州的元和年间。

徐放为衢州刺史。

王仲舒(762—823)于本年自峡州刺史改婺州刺史。

815(元和十年)

滕迈(生卒年不详),婺州东阳人,元和十年(815)登进士第,此前当生活在浙东。

816(元和十一年)

陈谏十月自台州司马转封州刺史。

817(元和十二年)

孟简八月自浙东观察使入为户部侍郎。

薛戎正月自常州刺史授浙东观察使。

许浑(791?—?)二十多岁,此前初次游越。

818(元和十三年)

柳泌(?—820)十一月为台州刺史。

李繁(?—829)为处州刺史。

灵默隐越州五泄山,本年三月卒。

819(元和十四年)

柳泌九月仍为台州刺史。柳泌为上于天台山采仙药,驱吏民采药于山谷间,岁余无所得,举家逃入山中,浙东观察使捕送京师。

王仲舒自婺州刺史徙苏州刺史。

820(元和十五年)

齐安和尚(生卒年里不详)于元和末年逾七十,游越之萧山法乐寺。

821(长庆元年)

薛戎九月自浙东观察使朝觐赴阙。

韩察(生卒年不详)为明州刺史。

张聿(生卒年不详)自工部员处郎出为衢州刺史。

823(长庆三年)

八月,元稹(779—831)由同州刺史授越州刺史、浙东观察使。

白居易于去年(822)为杭州刺史,本年八月到明年五月,元、白牧邻郡,白居易第二次游越当在此时。

刘采春(生卒年里不详)为俳优季崇妻,元稹牧浙东时,自淮甸而来,与元稹交善,唱《望夫歌》。

张籍(766? —830?)曾游剡溪,一说时间在本年前后,然疑非是。

李德裕(787—850)于上年九月出为浙西观察使之后曾游越。

周元范(生卒年里不详)曾游镜湖,时间在白居易牧杭州游越的本年八月到明年五月。

824(长庆四年)

白居易五月除太子左庶子分司东都,离杭州。

徐凝(生卒年不详)曾游越州云门寺、天台,与天台隐士有交往,约当在本年。

825(宝历元年)

章孝标(生卒年不详)于宝历间曾游浙东谒元稹。

826(宝历二年)

窦庠(766? —828)本年或明年为婺州刺史。

周元范于本年朱庆余及第后再次游越,或者自长庆三年(823)之后一直在越。

827(宝历三年)唐文宗(大和元年)

本年或明年,赵嘏游越中,曾陪元稹游会稽龟山寺和云门寺。

828(大和二年)

元稹刺越期间,窦巩(771—830)曾为其副使。

829(大和三年)

九月,元稹任浙东观察使已七年,本月罢浙东,入京为尚书左丞。

陆亘(764—834)本年迁越州刺史、浙东团练观察等使。

(作者单位:南开大学文学院)

西域、陇右与川蜀诗路研究

唐诗中的庭州、北庭都护府和轮台路[①]

石云涛

一、庭州的设置及其西域交通枢纽作用

庭州是唐代前期在西域所置三州之一，治所在金满城（今新疆吉木萨尔北破城子）。其地在汉代为车师后部，唐初为西突厥浮图城，突厥可汗遣其叶护屯此。“叶护”是草原民族突厥、回纥等官名，仅次于可汗，通常由可汗子弟或宗族中强者担任。浮图城之地与高昌相接，贞观十四年（640）唐平高昌，叶护惧以城降，唐于其地置庭州。文明元年（684）又于庭州置瀚海军。武周长安二年（702）于此置北庭都护府，统辖天山北路西突厥十姓部落诸羁縻府州，最高长官为北庭都护。玄宗先天元年（712）又设北庭伊西节度使，由北庭都护兼领，统瀚海军、天山军（驻西州）和伊吾军共两万人，用以防制突骑施、坚昆。开元年间北庭都护盖嘉运对州城重加修筑，城中有府邸军衙、佛寺道观和贸贩市场。安史之乱爆发，北庭起初仍为唐守，直至德宗贞元六年（790）被吐蕃攻占，9 世纪中叶为回鹘所居。

北庭都护府遗址位于吉木萨尔县城以北的冲积平原上，距县城

①本文为国家社科基金重大项目“汉唐间丝绸之路历史书写和文学书写文献资料整理与研究”（19ZDA261）阶段性成果。

约12公里,清代称“护堡子破城”,当地群众称为“破城子”。清人徐松曾实地考察,指出此地“唐为庭州金满县,又改后庭县,北庭都护治也”。该城发现唐代《金满县残碑》,证明古城为唐代北庭大都护府遗址①。李遇春等对古城进行过考察,发现唐代铜镜、铜钱、莲花纹方砖和瓦当、陶器等②。1980年,中国社会科学院考古所新疆工作队对北庭故城进行了调查③。1988年1月13日,古城遗址被国务院公布为全国重点文物保护单位。古城西接西河坝,东临东河坝。城址平面布局略呈长方形,布局受长安城影响,分内外两城。内城为全城中心所在,位于外城中部略偏东北。外城之北有低矮的羊马城,内外城墙都有马面、敌台、角楼和城门。城外有天然河环绕成护城河,城墙为夯筑,高约5—7米,宽约7—8米。近年来北庭古城考察取得新的进展,证明北庭故城外城为唐代构建。据参加考察的学者介绍:“在夯土底下,和褐土上头,正好出来一块铜钱,开元通宝。这就说明了这座城最早构成年代是唐代,肯定无疑。从夯土堆积看,是一次性筑成,宋代也没有修补过这个城,所以大的问题,年代问题已经解决了,这是我们这次考古一个最大收获。”④

北庭都护府是唐朝在天山以北最高行政设置,因此成为西域政治中心和军事基地。庭州是水草丰美的绿洲,“丰草美水,皆在北庭”⑤,唐朝于此设置屯田。松田寿男指出:“庭州对于东西方贸易以及与北方游牧民族的往来上起着无与伦比的前哨基地的作用,具有

①徐松著,朱玉麒整理《西域水道记》卷三,中华书局,2005年,第172—173页。

②李遇春《新疆吐鲁番、吉木萨尔勘查记》,《文物参考资料》1958年第11期。

③中国社会科学院考古研究所新疆工作队《新疆吉木萨尔北庭古城调查》,《考古》1982年第2期。

④央广网,http://news.cnr.cn/native/city/20160807/t20160807_522905457.shtml,李岸《考古专家确认北庭故城外城为唐代构建》。

⑤张九龄著,熊飞校注《张九龄集校注》卷八,中华书局,2008年,第528页。

极其重要的意义。”①“古城坐落在天山北麓坡前地带与准噶尔盆地古尔班通古特沙漠相接壤的平原上，南依天山，北望沙漠，扼守东西交通要道。”②庭州地处天山北麓草原丝绸之路要道，东连伊州、沙州，南接西州，西通弓月城、碎叶镇。由于北庭都护府的建立，庭州成为西域交通枢纽之一，其地交通四方：

> 东南至上都五千二百七十里。东南至东都六千一百三十里。东南至伊州九百七十里。东至西州五百里。西南至焉耆镇一千一百里。西至碎叶二千二百二十里。北至坚昆衙帐约四千里。东北至回鹘衙帐三千里。③

在诸线上皆置兵驻守，从西州通庭州的道路称为“西州路”，从庭州经神仙镇至西州，故神仙镇在都护府南五十里，当“西州路”；从庭州至碎叶的道路称为“碎叶路”，途经沙钵镇、俱六镇，故二镇当“碎叶路”。从庭州通回鹘的道路称“回鹘路”，途经郝遮镇、盐泉镇、特罗堡子，皆当“回鹘路”④。庭州一时成为东西方贸易的中心。史载裴伷先睿宗时“徙北庭。至徙所，殖货任侠，常遣客诇都下事”⑤，说明这里有许多营商的机会。从此到长安常有商贾往来，故裴伷先能借经商之名遣人入长安刺探消息。安史之乱后回鹘夺取庭州，粟特商人和回鹘人经庭州往来于中原与碎叶贩贸，从庭州西行的碎叶路，成

①[日]松田寿男著，陈俊谋译《古代天山历史地理学研究》，中央民族大学出版社，1987年，第348页。

②中国社会科学院考古研究所新疆工作队《新疆吉木萨尔北庭古城调查》，《考古》1982年第2期。

③李吉甫《元和郡县图志》卷四〇，中华书局，1983年，第1033页。

④李吉甫《元和郡县图志》卷四〇，第1034页。

⑤司马光《资治通鉴》卷二一〇，中华书局，1956年，第6658页。

为“唐代中后期中国通往碎叶的官道”①。清人徐松、法国人沙畹和近人岑仲勉都对庭州至碎叶道里进行过考述②。

二、唐诗中初盛唐时的庭州

庭州地处西域,交通四方,诸胡杂处,因此人情风物富有异域色彩。岑参第二次出塞是天宝十三载(754)夏秋间至至德二载(757)春,在庭州任安西北庭节度使封常清幕府僚佐③。他写了若干关于北庭都护府的诗,反映了庭州作为一个多元文化汇聚之地的面貌。其《奉陪封大夫宴得“征”字时封公兼鸿胪卿》云:

> 西边虏尽平,何处更专征?幕下人无事,军中政已成。座参殊俗语,乐杂异方声。醉里东楼月,偏能照列卿。④

封大夫即北庭节度使封常清。“座参”二句是丝绸之路沿线城镇的共同特点。安史之乱爆发后,陇右、河西和西域大片土地被吐蕃占领,北庭唐军尚苦苦坚守,北庭与首都长安之间信使不断,因此成为中原联结西域的中转站。高僧悟空从北天竺回国,便是经龟兹、北庭回到长安⑤。杜甫《近闻》诗云:“近闻犬戎远遁逃,牧马不敢侵临洮。渭水逶迤白日净,陇山萧瑟秋云高。崆峒五原亦无事,北庭数有关中

---

①许序雅《8—10世纪中亚通往安西之路》,黄时鉴主编《东西交流论谭》,上海文艺出版社,1998年,第62页。

②岑仲勉《西突厥史料补阙及考证》,中华书局,1958年,第179—185页。

③岑参著,陈铁民、侯忠义校注《岑参集校注》前言,上海古籍出版社,1981年,第3页。

④岑参著,陈铁民、侯忠义校注《岑参集校注》卷二,第161页。

⑤赞宁《宋高僧传》卷三《唐上都章敬寺悟空传》,中华书局,1987年,第51页。

使。似闻赞普更求亲，舅甥和好应难弃。”①从诗的描写可知，北庭是直接与长安朝廷进行联系的，只是由于吐蕃阻断河西、陇右的道路，往返于庭州与长安的行人不得不绕道回纥。

在唐人心目中庭州是遥远苦寒之地，赴庭州任职或从事征战是艰苦的，因此赴庭州者有时表现出凄苦之情，诗人对赴北庭任职的人寄予同情。高宗时来济赴任庭州刺史，出玉门关，其《出玉关》诗云："敛辔遵龙汉，衔凄渡玉关。今日流沙外，垂涕念生还。”②来济后即在庭州与突厥交战中阵亡。岑参《寄韩樽》云："夫子素多疾，别来未得书。北庭苦寒地，体内今何如？”③高适《东平留赠狄司马》云："马蹄经月窟，剑术指楼兰。地出北庭尽，城临西海寒。”④据《文苑英华》本此诗题注，狄司马"曾与田安西充判官"，"田安西"即安西都护田仁琬。杜甫《秦州杂诗二十首》其十九云："候火云烽峻，悬军幕井干。风连西极动，月过北庭寒。”⑤这些诗都把北庭与"寒"字联系起来。远离家乡来到这苦寒之地，思家念亲固亦难免。轮台是北庭所属一县，诗中往往以轮台代指北庭。岑参《赴北庭度陇思家》云："西向轮台万里余，也知乡信日应疏。陇山鹦鹉能言语，为报家人数寄书。”⑥题目中的"赴北庭"和诗中的"向轮台"皆言诗人此次行程。

远赴北庭戍守和征战是为了获得建功立业的机会，因此北庭的严寒没有阻挡住唐人西行的脚步。岑参《北庭作》云："雁塞通盐泽，龙堆接醋沟。孤城天北畔，绝域海西头。秋雪春仍下，朝风夜不休。

①杜甫著，仇兆鳌注《杜诗详注》卷一五，中华书局，1979年，第1283页。
②彭定求等编《全唐诗》卷三九，中华书局，1960年，第501页。
③岑参著，陈铁民、侯忠义校注《岑参集校注》卷五，第431页。
④高适著，孙钦善校注《高适集校注》，上海古籍出版社，1984年，第140页。
⑤杜甫著，仇兆鳌注《杜诗详注》卷七，第587页。
⑥岑参著，陈铁民、侯忠义校注《岑参集校注》卷二，第141页。

可知年四十,犹自未封侯。"①为什么不畏北庭的艰苦勇往直前?因为诗人怀抱着立功封侯的理想和抱负。高适诗中的狄司马是在仕途不得意时投身边塞,赴西域入田安西幕府充判官的,"万里赴知己",希望有建立功名的机会,"知君不得意,他日会鹏抟"②。赴北庭从军征战的将士和士人情感是复杂的,世事并不如人们如料那样顺利,历尽艰险未必能如愿以偿。岑参《北庭贻宗学士道别》云:

> 万事不可料,叹君在军中。读书破万卷,何事来从戎?曾逐李轻车,西征出太蒙。荷戈月窟外,擐甲昆仑东。两度皆破胡,朝廷轻战功。十年只一命,万里如飘蓬。容鬓老胡尘,衣裘脆边风。忽来轮台下,相见披心胸。饮酒对春草,弹棋闻夜钟。今且还龟兹,臂上悬角弓。平沙向旅馆,匹马随飞鸿。孤城倚大碛,海气迎边空。四月犹自寒,天山雪濛濛。君有贤主将,何谓泣途穷?时来整六翮,一举凌苍穹。③

这位宗学士的遭遇与狄司马相同,他也曾从军征战,却没有获取功名,因而又来到北庭这遥远艰苦的边塞寻求机会。岑参《临洮泛舟赵仙舟自北庭罢使还京》云:"白发轮台使,边功竟不成。云沙万里地,孤负一书生。"④赵氏从北庭返京,年岁已然不轻,却未获功名,那万里征程和艰苦经历都与他的所得不相称,故云有负于这位读书人。从高适和岑参的诗里可知,那些富有才华的士人远赴西域,目的都是为了获得立功扬名的机会。

①岑参著,陈铁民、侯忠义校注《岑参集校注》卷二,第155页。

②高适著,孙钦善校注《高适集校注》,第140页。

③岑参著,陈铁民、侯忠义校注《岑参集校注》卷二,第157页。

④岑参著,陈铁民、侯忠义校注《岑参集校注》卷二,第143页。

因为怀抱边塞立功的念头，北庭的严寒并未消减志士的雄心和乐观情绪。北庭将士的生活和情感反映到唐诗的描写中，诗里表现出乐观主义精神。岑参《发临洮将赴北庭留别》云："闻说轮台路，连年见雪飞。春风曾不到，汉使亦应稀。白草通疏勒，青山过武威。勤王敢道远，私向梦中归。"①轮台代指庭州，轮台路即庭州路，那里环境艰苦，但对那些立志勤王的志士来说，并不放在心上，挂在嘴边。虽然思念家乡，但只记在心里，梦里归乡，略慰自己牵挂思念亲人之情。岑参《登北庭北楼呈幕中诸公》云：

> 尝读《西域传》，汉家得轮台。古塞千年空，阴山独崔嵬。二庭近西海，六月秋风来。日暮上北楼，杀气凝不开。大荒无鸟飞，但见白龙塠。旧国眇天末，归心日悠哉。上将新破胡，西郊绝烟埃。边城寂无事，抚剑空徘徊。幸得趋幕中，托身厕群才。早知安边计，未尽平生怀。②

唐轮台与汉轮台本非一地，这里以汉轮台代指唐轮台。诗写了这里环境的恶劣，对家乡的深深思念，对主将破胡取得的胜利感到兴奋，与同僚共勉，以安边为怀，在没有实现自己的抱负时决不言归。岑参《北庭西郊候封大夫受降回军献上》云：

> 胡地苜蓿美，轮台征马肥。大夫讨匈奴，前月西出师。甲兵未得战，降虏来如归；橐驼何连连，穹帐亦累累。阴山烽火灭，剑水羽书稀。却笑霍嫖姚，区区徒尔为！西郊候中军，平沙悬落晖。驿马从西来，双节夹路驰；喜鹊捧金印，蛟龙盘画旗。如公

①岑参著，陈铁民、侯忠义校注《岑参集校注》卷二，第142页。
②岑参著，陈铁民、侯忠义校注《岑参集校注》卷二，第159页。

未四十,富贵能及时。直上排青云,傍看疾若飞。前年斩楼兰,去岁平月支。天子日殊宠,朝廷方见推。何幸一书生,忽蒙国士知:侧身佐戎幕,敛衽事边陲。自逐定远侯,亦着短后衣。近来能走马,不弱并州儿。①

诗人身处北庭艰苦的环境中,为封常清的战功而欢欣鼓舞,为自己遇上这样一位将军而欣慰。岑参《陪封大夫宴瀚海亭纳凉》云:"细管杂青丝,千杯倒接篱。军中乘兴出,海上纳凉时。日没鸟飞急,山高云过迟。吾从大夫后,归路拥旌旗。"②北庭有瀚海军,此瀚海亭当为此地湖岸一休闲处所。诗人追求建功立业报效国家,因此路途的遥远、环境的艰苦和军情的紧张都被弃之脑后,将军的英明、战争的胜利和主帅的赏识令诗人心情愉快,开朗乐观。

三、唐诗中安史之乱后的庭州

北庭都护府和北庭节度使兵马本来是安定西域和对付北方草原民族回纥的,但安史之乱发生,吐蕃进占河陇,地处遥远西域的庭州形势日益紧张起来。唐诗反映了这一带军情的紧张。杜甫《秦州杂诗二十首》其十九云:

凤林戈未息,鱼海路常难。候火云烽峻,悬军幕井干。风连西极动,月过北庭寒。故老思飞将,何时议筑坛。③

①岑参著,陈铁民、侯忠义校注《岑参集校注》卷二,第149页。
②岑参著,陈铁民、侯忠义校注《岑参集校注》卷二,第159页。
③杜甫著,仇兆鳌注《杜诗详注》卷七,第587页。

筑坛用汉将韩信的典故，西域形势危急，诗人希望朝廷筑坛拜将，夺取战争胜利，稳定局势。朝廷抽调西域兵马进入中原平定叛乱，北庭兵马入援中原，杜甫见到了从西域赴中原的北庭兵马。他希望这些将士不仅打下邺城，应该打到叛军老巢，把他们完全消灭。《观兵》诗云：

> 北庭送壮士，貔虎数尤多。精锐旧无敌，边隅今若何？妖氛拥白马，元帅待雕戈。莫守邺城下，斩鲸辽海波。①

当时诗人喜欢用“鲸”形容安禄山，如李白《经乱离后天恩流夜郎忆旧游书怀赠江夏韦太守良宰》云：“君王弃北海，扫地借长鲸。”②杜诗“斩鲸”亦是此意。

公元7世纪早期，庭州一带曾是西突厥统治中心，突厥人在这里建立了不少城堡，如贺鲁城、沙钵略城、可汗浮图城等，不少粟特商人前来经商，形成聚落和商贸中心。唐诗有时写到这些城镇。谭用之《塞上》其二云：

> 钵略城边日欲西，游人却忆旧山归。牛羊集水烟黏步，雕鹗盘空雪满围。猎骑静逢边气薄，戍楼寒对暮烟微。横行总是男儿事，早晚重来似汉飞。③

北周宣帝大成元年(579)，突厥沙钵略可汗求亲于北周，宣帝以宇文招之女许之，封为千金公主；令汝南公宇文神庆带领善骑射的侍卫，

①杜甫著，仇兆鳌注《杜诗详注》卷六，第507页。

②李白著，瞿蜕园、朱金城校注《李白集校注》卷一一，第726页。

③彭定求等编《全唐诗》卷七六四，第8667页。

一同护送千金公主前往突厥。诗中的“钵略城”应该就是沙钵略可汗所建之城。谭用之似亲临此地,他向往立功边塞,因此短期的游边活动不能满足他的愿望,立志再来以实现立功异域的志向。

安史之乱发生,唐朝抽调西域兵马入内地平叛,北庭都护府孤悬塞外,贞元七年(791)被吐蕃人攻占。不久,回鹘人夺取北庭,此后北庭在回鹘统治下历时三百多年。当庭州失陷时,在庭州任职的唐朝官员有人被俘入吐蕃,他们的诗表达了失地流落之悲。敦煌诗集残卷伯三八一二所存殷济诗《忆北府弟妹二首》云:

其一

骨肉东西各一方,弟兄南北断肝肠。离情只向天边碎,壮志还随行处伤。不料此心分两国,谁知翻属二君王。艰难少有安中土,经乱多从胡虏乡。独羡春秋连影雁,每思羽翼再成行。题诗泣尽东流水,欲话无人问短长。

其二

与尔俱成沦没世,艰难终日各东西。胡笳晓听心长苦,汉月霄(宵)看意自迷。独泣空房襟上血,孤眠永夜梦中渧(啼)。何时骨肉园林会?不向天涯闻鼓鼙。①

又有《奉忆北庭杨侍御留后》:

不幸同俘絷,常悲海雁孤。如何一朝事,流落在天隅?永夜多寂寞,秋深独郁纡。欲知相忆甚,终日泪成珠。②

①徐俊纂辑《敦煌诗集残卷辑考》卷中(法藏部分下),中华书局,2000年,第385页。
②徐俊纂辑《敦煌诗集残卷辑考》卷中(法藏部分下),第386页。

这首诗也被认为是殷济之作。“北府”“北庭”即北庭都护府，这几首诗分别表达了对滞留北庭的弟妹和一起被吐蕃人俘絷的杨某的思念，表达落蕃的痛苦。“身在异乡为异客，每逢佳节倍思亲”，当节物转换之际更燃起他思亲念友的悲伤。他还有一首《岁日送王十三判官之松州幕》云：“异方新岁自然悲，三友那堪更别离。虏酒未倾心已醉，愁容相顾懒题诗。三边罢战犹长策，二国通和藉六奇。伫听莺迁当此日，归鸿莫使尺书迟。”①“三友”可能指自己和杨侍御、王十三，同为被俘絷之人。《梦归还二首》其一云：“春来乡思每随风，万里关山想自通。梦里宛然归旧国，觉来还在虏营中。”②其他还有《悲春》《奉（春）闺怨》二首、《冬霄（宵）感怀》《叹路傍枯骨》《言怀》《见花发有思》等，都见于同卷，表达的思想情感相同，可能都出于殷济之手。像殷济这样有文化的汉人，常常为吐蕃人所任用。被俘至吐蕃之地的汉人，出于生存的需要，往往接受吐蕃人的任命。殷济在吐蕃时间既久，可能也有这样的遭遇。他大概在第二年春天已经得到任用，但他的心情是矛盾痛苦的，其《梦归还二首》其二表达了他当时的心态：“春来有幸却承恩，花里含啼入殿门。残妆不用添红粉，且待君王见泪痕。”③诗借受到宠幸的宫中妇女之口吻，表达了自己不得已而为之的伤痛之情。这些哀惋的诗不仅仅是在表达殷济个人的感情，也可以看作大唐西域之地丧亡的哀歌。庭州北庭都护府的失陷，标志着唐朝对草原丝绸之路控制力的彻底丧失。北庭先后在吐蕃、回鹘人统治下在东西方贸易中发挥作用，唐朝的丝绸通过回鹘、粟特人的转手贸易输入中亚以及更远的地方。

---

①徐俊纂辑《敦煌诗集残卷辑考》卷中（法藏部分下），第386页。

②张锡厚主编《全敦煌诗》卷五三，作家出版社，2016年，第2737页。

③张锡厚主编《全敦煌诗》卷五三，第2738页。

四、唐诗中的轮台路

贞观十四年(640)唐平高昌,置轮台县,隶属庭州。在写北庭的诗歌中,轮台备受诗人关注①。因为北庭都护府虽在庭州,而都护却常驻轮台。唐诗中提到的"轮台"有时是边塞意象,并不确指何地,但往往用的是汉代的典故;有时是实指,诗人亲历其地,则指唐轮台。唐轮台位于西州和庭州之间,但其遗址在哪里至今未有定论。学术界关于唐代轮台城遗址确切位置的争论,自 20 世纪 70 年代开始。林必成的《唐代轮台初探》②、王有德的《再谈唐代轮台问题》③澄清了过去将唐轮台和汉轮台混为一谈的混乱,明确了唐轮台在北疆。但具体在北疆哪个地方,意见仍不一致。庭州以东四百十二里之内,有唐时夯土旧城数座,其中何为轮台,未有确论。最有可能的所在地有三处,即米泉古城、乌拉泊古城和昌吉古城,有关轮台遗址的争议主要集中于这三座古城遗址。《旧唐书·地理志》"北庭都护府"条云:"金满,流沙州北,前汉乌孙部旧地,方五千里。后汉车师后王庭,胡故庭有五城,俗号'五城之地'。贞观十四年平高昌后,置庭州以前,故(一作胡)及突厥常居之。""轮台,取汉轮台为名。""蒲类,海

①关于轮台地名,需要区别汉轮台和唐轮台。天山南麓西域北道上有轮台国,汉代西域 36 国之一,汉武帝太初三年(前 102)被贰师将军李广利所灭。宣帝本始二年(前 72)复国为乌垒国。神爵二年(前 60),汉朝于其地置西域都护府,统领西域诸国,历时 72 年。汉轮台地处天山之南,唐时属龟兹都督府所辖乌垒州。轮台早已进入诗人的吟咏,唐代以前诗人写到的轮台即此地。唐轮台在天山北,非汉轮台故地,但唐代诗人写诗,喜以汉代唐,故诗中之"轮台"有时实指,有时只是文学意象,字面上的汉轮台,意指唐轮台。

②林必成《唐代"轮台"初探》,《新疆大学学报》1979 年第 4 期。

③王有德《再谈唐代轮台问题——兼与林必成同志商榷》,《新疆大学学报》1980 年第 3 期。

名。”“已上三县，贞观十四年与庭州同置。”①可知唐置庭州时，同置轮台县。

关于唐轮台的地理位置，诗歌作品并不能比考古材料提供更确切的依据，但唐诗能提供比之历史文献和考古资料更多的别样的材料和信息。轮台的自然风貌、边防形势、当年唐军戍守轮台的边地生活以及轮台在唐人心目中的形象、谈及轮台唐人的情感心态，可能只能从当时诗人的创作中寻得丰富而生动的书写。轮台地理位置和战略地位非常重要，因此在唐诗中屡见吟咏，但唐诗中的“轮台”并不能都坐实理解。南朝时“轮台”已经演化为文学典故，成为西域或西北边地的代称。南朝梁简文帝《赋得陇坻雁初飞》云：“高翔惮阔海，下去怯虞机。雾闇早相失，沙明还共飞。陇狭朝声聚，风急暮行稀。虽殄轮台援，未解龙城围。相思不得返，且寄别书归。”②轮台在简文帝诗中不过是边塞的象征。唐代诗人写诗还有以汉代唐的习惯，明明写的是唐事，字面上却写作汉朝，这在唐诗中非常普遍。因此在唐诗里有时确是实指，有时只是泛称，但实指唐代轮台时字面上有时又写作汉，这些是我们必须明白的。对于唐诗中的“轮台”有时可按实指理解，有时不能坐实理解。字面上写的是“汉”，而内容上却是唐；字面上写的是唐轮台，却又用汉代的典故。其意指如何，只能具体情况具体分析。

按照李吉甫《元和郡县图志》的记载，从庭州向东南至伊州、长安、洛阳，向东至西州，向西南至焉耆，向西至碎叶，向北至坚昆，向东北至回鹘，这个交通网络以庭州为中心，又因北庭都护常驻轮台，这一交通网络被称为轮台路③。从唐代诗人的吟咏中，就把从庭州通

①刘昫等《旧唐书》卷四〇《地理志三》，第1646页。

②欧阳询《艺文类聚》卷九一，上海古籍出版社，1982年，第1579页。

③李吉甫《元和郡县图志》卷四〇，中华书局，1983年，第1033页。

往不同方向的道路称为“轮台路”。

从庭州(轮台)向西南至焉耆,进入西域北道,从焉耆向西可至龟兹、姑墨、疏勒。疏勒即今新疆喀什,从疏勒越葱岭进入中亚地区。从庭州(轮台)向东至西州(今吐鲁番一带),从西州通伊州,从伊州至河西走廊,武威是河西走廊重镇,凉州州治所在地。河西走廊是从西域进入中原地区的要道,经河西走廊到长安、洛阳。岑参这首诗写出了轮台路的两个主要方向,一是向内地,一是向域外。在唐诗里写到轮台,最多的还是内地通往轮台的道路,内地最有标志性的地方就是长安,而轮台则是边塞的象征。这条路是唐军将士远赴边塞的道路,是连接长安与西域的道路。郑愔《秋闺》云:

> 征客向轮台,幽闺寂不开。音书秋雁断,机杼夜蛩催。虚幌风吹叶,闲阶露湿苔。自怜愁思影,常共月裴回。①

沈佺期《梅花落》云:

> 铁骑几时回,金闺怨早梅。雪中花已落,风暖叶应开。夕逐新春管,香迎小岁杯。感时何足贵,书里报轮台。②

在这样的诗里,诗人有时把轮台与汉朝联系起来,如郑锡《千里思》云:“渭水通胡苑,轮台望汉关。帛书秋海断,锦字夜机闲。旅梦虫催晓,边心雁带还。惟余两乡思,一夕度关山。”③字面是写汉,实际写

①彭定求等编《全唐诗》卷一〇六,第1107页。

②彭定求等编《全唐诗》卷一八,第197页。此诗一题《花落》,作宋之问诗,见《全唐诗》卷五二。

③彭定求等编《全唐诗》卷二六二,第2912页。

唐。唐前期开拓西域,诗人写当时征夫思妇的两地相思,字面上却写成汉事。

北庭都护府置于庭州,庭州辖有轮台县,唐朝赴任庭州的官员往往来到轮台。在初盛唐诗歌中,写到轮台,他们感叹此地的荒远,但更多的是抒发立功边塞的雄心抱负。骆宾王曾从军出塞,其《西行别东台详正学士》想象途中情景和西域生活:

> 意气坐相亲,关河别故人。客似秦川上,歌疑易水滨。塞荒行辨玉,台远尚名轮。泄井怀边将,寻源重汉臣。上苑梅花早,御沟杨柳新。只应持此曲,别作边城春。①

从诗的描写看,诗人是在渭水告别同僚,远赴西域,他要经过玉门关到庭州轮台。"塞荒"二句用了拆字互文法,把"玉塞"和"轮台"两组词拆开,用"荒""远"形容玉塞和轮台,意思是将要行经玉门关,前往轮台任职,那都是荒远之地。这种修辞方法意在加深读者对"荒远"的印象。"上苑"二句既是写景,又包含着送别时演唱的乐曲,在饯别的宴会上演奏了《梅花落》和《折杨柳》曲,边地没有春天,我将带上这乐曲权作边城的春天。这是初唐诗人,虽远往荒远的西域,却并不伤感。李峤《送骆奉礼从军》大约写在这次送别的活动中,"玉塞边烽举,金坛庙略申……希君勒石反,歌舞入城闉"②。又如岑参《登北庭北楼呈幕中诸公》诗,诗人身在唐代的轮台,但字面上写的却是汉家的轮台,写汉家的轮台,目的是歌颂唐代的将军,以汉朝夺取轮台赞美唐之"上将新破胡"。陈陶《水调词十首》其十云:"万里轮台音

---

①骆宾王著,陈熙晋笺注《骆临海集笺注》卷四,上海古籍出版社,1961 年,第 114 页。

②周勋初等主编《全唐五代诗》卷四八,陕西人民出版社,2014 年,第 958 页。

信稀，传闻移帐护金微。会须麟阁留踪迹，不斩天骄莫议归。”①末句与王昌龄诗“不斩楼兰誓不还”意同。曹唐《送康祭酒赴轮台》云：“灞水桥边酒一杯，送君千里赴轮台。霜粘海眼旗声冻，风射犀文甲缝开。断碛簇烟山似米，野营轩地鼓如雷。分明会得将军意，不斩楼兰不拟回。”②这首诗当是盛唐时的作品。曹唐是晚唐人，懿宗咸通年间累为使府从事。此时西域不在唐朝掌握之中，他送行的这位康某为什么能到轮台，赴轮台是何公干，都不得而知。从诗的后两句看似是入将军幕府，但唐军此时在西域已无军幕，哪里谈得上会将军之意，杀敌立功？因此，颇疑此诗非晚唐诗人作。

唐置北庭都护府之后，轮台是唐军驻守的地方，并有客舍，有的诗人亲履其地。唐代边塞诗中的“轮台”有时确是实指。岑参第二次从军西域，在北庭都护、伊西节度使封常清幕中任职，写有多首“轮台诗”，这些诗中所称“轮台”大部分是实指。如他的《赴北庭度陇思家》云：“西去轮台万里余，也知乡信日应疏。陇山鹦鹉能言语，为报闺人数寄书。”③《轮台即事》诗云：“轮台风物异，地是古单于。三月无青草，千家尽白榆。蕃书文字别，胡俗语音殊。愁见流沙北，天西海一隅。”④诗题明言在轮台有感而作，言突厥故地亦符合史实。据其描写，这里一派异域风情。

轮台路也是在西域奋战的将士们归乡之路，当同僚将回中原故乡和首都长安时，诗人写诗送行，则以轮台为起点。岑参《与独孤渐道别长句兼呈严八侍御》诗云：

---

①彭定求等编《全唐诗》卷七四六，第8491页。

②彭定求等编《全唐诗》卷六四〇，第7343页。

③岑参著，陈铁民、侯忠义校注《岑参集校注》卷二，第141页。

④岑参著，陈铁民、侯忠义校注《岑参集校注》卷二，第156页。

> 轮台客舍春草满，颍阳归客肠堪断。穷荒绝漠鸟不飞，万碛千山梦犹懒。怜君白面一书生，读书千卷未成名……借问君来得几日，到家不觉换春衣……军中置酒夜挝鼓，锦筵红烛月未午。花门将军善胡歌，叶河蕃王能汉语。知尔园林压渭滨，夫人堂上泣罗裙。鱼龙川北盘谿雨，鸟鼠山西洮水云。台中严公于我厚，别后新诗满人口。自怜弃置天西头，因君为问相思否。①

这里写的"轮台客舍"置酒送别的场面是写实的，独孤渐将从北庭归故乡，他的园林在渭水岸边。岑参《天山雪歌送萧治归京》写萧治经轮台路回长安："交河城边飞鸟绝，轮台路上马蹄滑。晻霭寒氛万里凝，阑干阴崖千丈冰。将军狐裘卧不暖，都护宝刀冻欲断。正是天山雪下时，送君走马归京师。"②"轮台路"指自轮台返长安的道路。岑参《白雪歌送武判官归京》写轮台东门送行，也是现实情景：

> 北风卷地白草折，胡天八月即飞雪。忽如一夜春风来，千树万树梨花开。散入珠帘湿罗幕，狐裘不暖锦衾薄。将军角弓不得控，都护铁衣冷难着。瀚海阑干百丈冰，愁云惨淡万里凝。中军置酒饮归客，胡琴琵琶与羌笛。纷纷暮雪下辕门，风掣红旗冻不翻。轮台东门送君去，去时雪满天山路。山回路转不见君，雪上空留马行处。③

从轮台归中原，是远戍西北边塞的将士们日夜盼望的，当朋友能够有机会回归故乡时，他的行程是令朋友们羡慕的。因此，当他启程远行

①岑参著，陈铁民、侯忠义校注《岑参集校注》卷二，第176页。
②岑参著，陈铁民、侯忠义校注《岑参集校注》卷二，第168页。
③岑参著，陈铁民、侯忠义校注《岑参集校注》卷二，第163页。

时,送别的朋友久久地凝望着他远行的身影,轮台路寄托着人们多么强烈的愿望。

都护驻守轮台,他和部下出征或巡行都从轮台出发。岑参《使交河郡郡在火山脚其地苦热无雨雪献封大夫》诗云:“奉使按胡俗,平明发轮台。暮投交河城,火山赤崔嵬。”①诗人接受都护的命令奉使出行,查看民情,一早从轮台出发。封常清率兵出征,诗人写诗送行。岑参《走马川行奉送封大夫出师西征》诗:“君不见走马川行雪海边,平沙莽莽黄入天。轮台九月风夜吼,一川碎石大如斗,随风满地石乱走。”②封常清出征的道路以轮台为起点。这些诗中的“轮台”都可以理解为实写,通过诗人的生动描写让我们感受到这里的自然环境和轮台路沟通中原与西域的重要性。岑参有专咏轮台的诗,咏轮台是为了歌颂唐军将士。《轮台歌奉送封大夫出师西征》云:

> 轮台城头夜吹角,轮台城北旄头落。羽书昨夜过渠黎,单于已在金山西。戍楼西望烟尘黑,汉兵屯在轮台北。上将拥旄西出征,平明吹笛大军行。四边伐鼓雪海涌,三军大呼阴山动。虏塞兵气连云屯,战场白骨缠草根。剑河风急雪片阔,沙口石冻马蹄脱。亚相勤王甘苦辛,誓将报主静边尘。古来青史谁不见,今见功名胜古人。③

这首诗是写唐轮台,封常清从轮台出征,人名和地名都是实指,但诗中称唐军为“汉兵”,称对方为“单于”,单于是汉代匈奴的首领,也是用典和象征。在岑参这两首诗里字面上的汉轮台实际上指唐轮台,

①岑参著,陈铁民、侯忠义校注《岑参集校注》卷二,第152页。

②岑参著,陈铁民、侯忠义校注《岑参集校注》卷二,第148页。

③岑参著,陈铁民、侯忠义校注《岑参集校注》卷二,第145—146页。

既是用典又是写实。

诗中的轮台有时介于亦实亦虚之间。从唐诗中提及的“轮台”分析，薛天纬先生指出：“汉以后，轮台演化为一个典故，成为西北边地的代称。唐轮台为庭州属县，设于贞观十四年，距庭州州治四百二十里。但出现在唐人诗文中的轮台，在许多情况下，并不指轮台县，而是沿用汉轮台的历史典故，以轮台代称西北边地，或用轮台指称西州、庭州一带地区。长安二年庭州改置北庭都护府，轮台更明确地成为北庭都护府辖区的代称。岑参第二次从军西域，在北庭都护、伊西节度使封常清幕中任职期间，写有多首‘轮台诗’，这些诗中所称‘轮台’，实指北庭都护府驻地，而非轮台县。”①认为岑参诗中写到的轮台不是确指其地，往往代指北庭都护府所在地金满城（今新疆吉木萨尔），举例如《首秋轮台》云：“异域阴山外，孤城雪海边。秋来唯有雁，夏尽不闻蝉。雨拂毡墙湿，风摇毳幕膻。轮台万里地，无事历三年。”②《北庭西郊候封大夫受降回军献上》云：“胡地苜蓿美，轮台征马肥。大夫讨匈奴，前月西出师。”③《北庭贻宗学士道别》云：“十年只一命，万里如飘蓬。容鬓老胡尘，衣裘脆边风。忽来轮台下，相见披心胸。饮酒对春草，弹棋闻夜钟。今且还龟兹，臂上悬角弓。平沙向旅馆，匹马随飞鸿。孤城倚大碛，海气迎边空。”④《送李副使赴碛西官军》云：“火山六月应更热，赤亭道口行人绝。知君惯度祁连城，岂能愁见轮台月。”⑤《临洮泛舟赵仙舟自北庭罢使还京》云：“白发轮台使，边功竟不成。云沙万里地，孤负一书生。池上风回舫，桥西雨

①薛天纬《岑参诗与唐轮台》，《文学遗产》2005 年第 5 期。

②岑参著，陈铁民、侯忠义校注《岑参集校注》卷二，第 182 页。

③岑参著，陈铁民、侯忠义校注《岑参集校注》卷二，第 149 页。

④岑参著，陈铁民、侯忠义校注《岑参集校注》卷二，第 157 页。

⑤岑参著，陈铁民、侯忠义校注《岑参集校注》卷二，第 95 页。

过城。醉眠乡梦罢,东望羡归程。”①《赴北庭度陇思家》云:“西向轮台万里余,也知乡信日应疏。陇山鹦鹉能言语,为报家人数寄书。”②这个分析很有道理,岑诗中确有代称。但我们认为岑诗中的“轮台”基本上是写实的,虽然有的包含有用典的意味,有的代指庭州,如果把他笔下的轮台都认为是泛指,可能并不符合岑诗的实际。

安史之乱后,陇右、河西走廊和西域陷入吐蕃,轮台路在沟通唐朝与中亚以及更远的地区发挥了重要作用。唐朝与回鹘关系密切,联手对抗吐蕃,唐朝通过回鹘道,经过草原之路保持着与中亚地区的联系,回鹘和粟特商人转手将来自唐朝的丝绸贩运至中亚以远地区。庭州先是陷于吐蕃,后又被回鹘人夺取,因此庭州成为经回鹘赴西域的交通枢纽。当吐蕃切断河西走廊和吐谷浑之路,这条路成为唐朝与西域取得联系的重要通道。由于吐蕃人的进攻,切断了唐朝与西域驻军的联系,唐德宗建中二年(781)北庭节度使李元忠等,假道回鹘回到长安朝奏。早在天宝年间出使天竺的悟空,于德宗贞元五年(789)回国,随中使段秀明从庭州(今新疆吉木萨尔)出发,越阿尔泰山进入蒙古高原,然后经回鹘牙帐返回长安。

轮台又名“布古尔”,突厥语汉字谐音③,意为“雕鹰”,唐诗中的“雕城”指轮台,用汉代典故和轮台语义。李约《从军行三首》其一云:“看图闲教阵,画地静论边。乌垒天西戍,鹰姿塞上川。”其三云:“候火起雕城,尘沙拥战声。游军藏汉帜,降骑说蕃情。”④诗中“鹰姿”“雕城”都包含着轮台城本来的语义。诗以“乌垒”与“鹰姿”相对都表示地名,说明这两个地方有联系。乌垒是汉代西域小国,汉西域

①岑参著,陈铁民、侯忠义校注《岑参集校注》卷二,第143页。

②岑参著,陈铁民、侯忠义校注《岑参集校注》卷二,第141页。

③柴剑虹《丝绸之路与敦煌学》,浙江大学出版社,2015年,第64页。

④彭定求等编《全唐诗》卷三〇九,第3496页。

都护的治所。“乌垒,户百一十,口千二百,胜兵三百人。城都尉、驿长各一人。与都护同治。其南三百三十里至渠犁”①,乌垒在今轮台县东北,国虽小,但地理位置重要,处于西域中心。据《新唐书·地理志》记载,唐于安西置乌垒州,未说明具体位置,当在汉乌垒国旧地。现在一般认为其地望在今轮台县东境策大雅附近。晚清学者阚仲韩《新疆大记》指出,唐安西乌垒州城应在今新疆轮台县东境策大雅②。建国后谭其骧先生主编的《中国历史地图集》把它划在今轮台县东境的阳霞至策大雅之间。西汉太初三年(前102)李广利伐大宛,途中灭乌垒国。太初四年(前101),汉置使者校尉,于此屯田。宣帝本始二年(前72)复国,为乌垒国。神爵二年(前60),统辖西域的匈奴日逐王先贤掸降汉,汉朝任命屯田侍郎郑吉为西域都护,设都护府于乌垒城,即今轮台。乌垒城位置适中,当西域北路要道所经,由此去龟兹、姑墨、疏勒,逾葱岭可到大宛、康居等国。南通鄯善、且末、于阗、莎车诸国,越葱岭即大月氏、大夏、安息等国。往北经焉耆、车师可去“山后六国”③,而后往西至乌孙、康居,进入草原路。南北朝时地属龟兹,隋时属西突厥,唐时为安西都护府下之乌垒州。故知汉“乌垒国”和唐乌垒州(即今轮台县)实为一地,唐诗中故以“乌垒”与“鹰姿”相对,并以“雕城”称呼之。

唐代诗人都不是专业诗人,他们的创作都不是躲在象牙塔里的产物。他们大都担任政府官职,经常奔波在道途中,他们的很多诗写在途中,写他们途中的见闻和感受,因此诗与路便发生密切关系,相

①班固《汉书》卷九六下《西域传》,中华书局,1962年,第3911页。

②阚仲韩纂《新疆大记》,光绪丁未(1907)版。

③汉魏间天山北东且弥国、西且弥国、单桓国、毕陆国、蒲陆国、乌贪国等,被称为“山北六国”,魏晋时“并属车师后部王”。由此“转西北则乌孙、康居”等草原游牧民族国家。参鱼豢《魏略·西戎传》,《三国志》卷三〇《乌丸鲜卑东夷传》裴松之注引,中华书局,1959年,第862页。

辅相成。唐代有一批边塞诗人,他们从中原奔赴边塞,为保家卫国效命边疆地区。因此从中原到边塞的路成为他们吟诵的对象。当唐朝在天山之北置北庭都护府之后,从长安通往轮台的道路便成为立志在边塞建功立业的人士的行程。这条路留下了他们的足迹,也留下了诗篇。他们的诗篇为我们了解唐朝对西域的经营,了解这条道路的自然风貌,了解唐人的情感心态,提供了生动丰富的资料,也为这条道路平添了丰富的文化意蕴。

(作者单位:北京外国语大学中国语言文学学院)

“丝绸之路”与唐人的疆域观念及文化胸怀①

高建新

经历了东汉西域的“三绝三通”、南北朝的分裂，到了唐初，太宗平定高昌，“丝绸之路”被再次贯通，而且更加繁盛。“丝绸之路”的繁盛，西域文化源源不断的输入，不仅改变了唐人的疆域观念，也成就了唐人阔大的文化胸怀，使国家变得更加开放、富裕和强大，其深远影响一直持续到今天。

一

盛唐诗人高适说：“汉家能用武，开拓穷异域。”（《蓟门行五首》其二）中唐诗僧庞蕴说：“大唐三百六十州，我暂放闲乘兴游。”（《诗偈》其一〇三）早在太宗时期，唐王朝的版图已远非前代可比。《新唐书・地理志一》：“北殄突厥颉利，西平高昌，北逾阴山，西抵大漠。其地：东极海，西至焉耆，南尽林州南境，北接薛延陀界；东西九千五百一十一里，南北一万六千九百一十八里。”②广阔的疆域、强大的国

①本文为笔者主持2020年度教育部哲学社会科学研究重大课题攻关项目“唐代丝绸之路文学文献整理与研究”（20JZD047）阶段性成果。

②欧阳修、宋祁《新唐书》，中华书局，1975年，第4册第959—960页。

力、古老的文明,吸引了周围世界的关注。《新唐书·西域传下》赞曰:

> 西方之戎,古未尝通中国,至汉始载乌孙诸国,后以名字见者寖多。唐兴,以次修贡,盖百余,皆冒万里而至,亦已勤矣!然中国有报赠、册弔、程粮、传驿之费,东至高丽,南至真腊,西至波斯、吐蕃、坚昆,北至突厥、契丹、靺鞨,谓之"八蕃",其外谓之"绝域",视地远近而给费。①

寖,渐渐。修贡,献纳贡品。这些多达百余的从前不与中国交通的地区和国家,不远万里,通过"丝绸之路"进入唐朝,朝贡者接踵而至,络绎不绝。《旧唐书·西戎传》记载:龟兹国"贞观四年(630),又遣使献马,太宗赐以玺书,抚慰甚厚,由此岁贡不绝";焉耆国"贞观六年(632),突骑支遣使贡方物,复请开大碛路以便行李,太宗许之";康国"武德十年(627),屈术支遣使献名马。贞观九年(635),又遣使贡狮子,太宗嘉其远至,命秘书监虞世南为之赋,自此朝贡岁至。十一年(637),又献金桃、银桃,诏令植之于苑囿";疏勒国"贞观九年,遣使献名马,自是朝贡不绝";罽宾国"贞观十一年(637),遣使献名马,太宗嘉其诚款,赐以缯彩";"贞观十七年(643),拂菻王波多力遣使献赤玻瓈、绿金精等物,太宗降玺书答慰,赐以绫绮焉";天竺国"贞观二十年(646),遣使贡方物","开元二年(714),西天竺复遣使贡方物。八年(720),南天竺国遣使献五色能言鹦鹉"②。唐王朝也体谅这些远道而来的国家,会按路途远近提供一定的资助。

①欧阳修、宋祁《新唐书》,中华书局,1975年,第20册第6264—6265页。

②刘昫等《旧唐书》,中华书局,1975年,第16册第5303、5301、5310—5312、5305、5309、5314、5308—5309页。

“大宛来献赤汗马，赞普亦奉翠茸裘”（元稹《西凉伎》），“旧随汉使千堆宝，少答胡王万匹罗”（杜甫《喜闻盗贼蕃寇总退口号五首》其四），随着各国不断的朝贡、晋见以及朝廷的丰厚回馈，唐王朝的声望与影响与日俱隆，王国维先生《咏史》其十七说：

> 南海商船来大食，西京祆寺建波斯。远人尽有如归乐，知是唐家全盛时。①

诗描写了唐王朝的兴盛与开放，南海上的商船来自大食国，波斯人在西京长安建起了祆寺；远方来的人都有宾至如归之乐，这才是唐朝的全盛时期啊！大食，即阿拉伯帝国。唐高宗永徽二年（651），大食哈里发遣使来朝贡，《旧唐书·西戎传》云：“长安（701—704）中，遣使献良马。景云二年（711），又献方物。开元初（714），遣使来朝，进马及宝钿带等方物。其使谒见，唯平立不拜，宪司欲纠之，中书令张说奏曰：‘大食殊俗，慕义远来，不可置罪。’上特许之。寻又遣使朝献。”②大食商人多居于广州和扬州，广州设有蕃坊，以供其居住。祆寺，祆教祭祀火神的寺院，《西溪丛语》卷上云：

> 唐贞观五年（631），有传法穆护何禄，将祆教诣阙闻奏，敕令长安崇化坊立祆寺，号大秦寺，又名波斯寺。至天宝四年（745）七月，敕：“波斯经教，出自大秦，传习而来，久行中国，爰初建寺，因以为名，将欲示人，必循其本。其两京波斯寺，宜改为大秦寺，

①王国维撰，陈永正笺注《王国维诗词笺注》，上海古籍出版社，2011年，第17—18页。

②刘昫等《旧唐书》，中华书局，1975年，第16册第5316页。

天下诸州郡有者准此。"①

宋敏求《长安志》卷一〇"唐京城四"云:"布政坊西南隅,胡祆祠。"注曰:"武德四年(621)立,西域胡祆神也。祠内有萨宝府官,主祠祆神。亦以胡祝充其职。"②萨宝,官名,为梵语音译,北齐置,管理境内波斯商人及掌祆教祠宇祭祀。隋代雍州萨保视从七品,诸州有波斯人二百户以上者置,视正九品。唐代为萨宝府长官,视正五品③。胡祝,当指祆寺中管理祭祀的胡人。《新唐书·百官志一》云:"两京及碛西诸州火祆,岁再祀,而禁民祈祭。"④祆寺、祆祠,祆教祭祀火神的寺院。祆教是波斯帝国的国教。

二

从唐诗的记述与描写中可以看出,"丝绸之路"的贯通与延伸成就了唐人开放的胸怀,让唐人由内转外,极大地促进了唐王朝的开放,增强了对中华文明的自信。张惟俭《赋得西戎献白玉环》云:"当时无外守,方物四夷通。列土金河北,朝天玉塞东。"当时,唐王朝交通便利、四境大开,新奇的思想、新奇的艺术、新奇的物产通过"丝绸之路"蜂拥而入,造就了一个空前开放、强盛的唐王朝,宋人李廌(zhì)在《谢公定所宝蕃客入朝图,贞观中阎立本所作,笔墨奇古,许赠赵德麟而未予廌,作此诗取以送德麟》一诗中充满崇敬地写到:

①姚宽撰,孔凡礼点校《西溪丛语》,中华书局,1993年,第42页。

②宋敏求撰,李好文编绘,阎琦等点校《长安志·长安图志》,三秦出版社,2013年,第188页。

③贺灵主编《西域历史文化大词典》,新疆人民出版社,2012年,第961页。

④欧阳修、宋祁《新唐书》,中华书局,1975年,第4册第1195页。

贞观文皇力驯制，诸蕃君长充王官。玉门不关障无候，驿道入参天可汗。蛮夷邸中诸国使，旃裘椎髻游长安。我恨不为典属国，望古遥集真可叹。①

候，郭候，用以观察、警戒敌情的城堡。由于国门大开、驿道通畅，各国使者竞相进入中原，住在为其专设的府邸中，穿着毡裘、梳着高髻的各民族的人们自由地游览长安城。在李廌看来，平等、开放、包容、不设防的民族政策，是唐王朝强盛的重要原因，所谓“华夷志同，笙镛礼盛”（张说《唐封泰山乐章·豫和六首》其六）、“华夷一轨人方泰，莫学论兵误至尊”（许浑《正元》）、“锦字莫嫌归路远，华夷一统太平年”（刘兼《初至郡界》），“志同”“一轨”“一统”，使“华夷”和谐，共铸大业。历代中原统治者修筑长城不已，却从未能阻止北方游牧民族的南下，唐太宗说：“千里长城，岂谓静边之计?”“使万里之外，不有半烽；百郡之中，犹无一戍。永绝镇防之役，岂非黎元乐见。”（《平薛延陀幸灵州诏》）②所以李益《登长城》诗说：“汉家今上郡，秦塞古长城。有日云长惨，无风沙自惊。当今圣天子，不战四夷平。”

美国学者斯塔夫里阿诺斯说：“唐朝首都长安是一座约100多万人口的大城市，宽阔的大道纵横交错，大道上时常挤满了波斯人、印度人、犹太人、亚美尼亚人和各种中亚人。他们是作为商人、使节和雇佣军来到中国的。对外国人来说，除蒙古人统治下的元朝这段短暂的时期外，唐朝统治下的中国比其他任何时期都更加开放。”③开放国策的制定与实施者唐太宗由此赢得了周边各民族的敬重，被尊

①北京大学古籍文献研究所编《全宋诗》，北京大学出版社，1991年，第20册第13600页。

②董诰等编《全唐文》，上海古籍出版社，1990年，第1册第35页。

③[美]斯塔夫里阿诺斯，吴象婴、梁赤民等译《全球通史——从史前史到21世纪》，北京大学出版社，2005年，上册第257页。

为“天可汗”,《资治通鉴·唐纪九》:“四夷君长诣阙请上为天可汗,上曰:‘我为大唐天子,又下行可汗事乎?’群臣及四夷皆称万岁。是后以玺书赐西北君长,皆称天可汗。”①正是在这个意义上,法国学者勒内·格鲁塞认为:“唐太宗(627—649年)是中国在中亚的威势的真正建立者”,“唐朝的真正建立者”,“一个受到震惊的亚洲从他身上看到了一个陌生的、史诗般的中国。决不向蛮族求和,也不以重金去收买他们撤兵,太宗扭转形势,战胜他们,使他们害怕中国”②。此亦王之涣“汉家天子今神武,不肯和亲归去来”(《凉州词二首》其二)、王维“苜蓿随天马,葡萄逐汉臣。当令外国惧,不敢觅和亲”(《送刘司直赴安西》)所言。

“丝绸之路”的再次贯通使唐王朝变得更加强大,唐朝也因此成为实际意义上的“中亚的主人”③,赢得了当时世界的敬重:“天降贤人佐圣时,自然声教满华夷。英明不独中朝仰,清重兼闻外国知。”(许棠《讲德陈情上淮南李仆射八首》其一)“南面朝万国,东堂会百神。”(陈子昂《奉和皇帝上礼抚事述怀应制》)“万国仰宗周,衣冠拜冕旒。”(王维《奉和圣制暮春送朝集使归郡应制》)“九天阊阖开宫殿,万国衣冠拜冕旒。”(王维《和贾舍人早朝大明宫之作》)“远来朝凤阙,归去恋元侯。”(戴司颜《句》)“千官望长至,万国拜含元。”(崔立之《南至隔仗望含元殿香炉》)“玉座临新岁,朝盈万国人。”(厉玄《元日观朝》)“万国来朝岁,千年觐圣君。”(章八元《元日望含元殿御扇开合》)“开元太平时,万国贺丰岁。”(李肱《省试霓裳羽衣曲》)“千官扈从骊山北,万国来朝渭水东。”(卢象《驾幸温泉》)千官肃立,万国来朝,唐王朝成为当时世界真正的中心,如英国学者杰弗里·巴

①司马光《资治通鉴》,中华书局,2011年,第13册第6185页。

②[法]勒内·格鲁塞撰,蓝琪译《草原帝国》,商务印书馆,1998年,第127、130页。

③[法]勒内·格鲁塞撰,蓝琪译《草原帝国》,商务印书馆,1998年,第140页。

勒克拉夫所言:"唐代中国是一个极度世界主义的社会。"①"极度世界主义"就是包容民族间的差异性,一视同仁,没有异类,以平等开放的态度看待各个国家、地区。"极度世界主义"让世界从中国受益,也让中国从世界受益。

三

唐人的疆域观念离不开"丝绸之路"的导引和"丝绸之路"的游历。"丝绸之路"的拓宽与延伸不仅促进了中西文化交流,也改变了唐人的疆域观念,唐人不把自己的目光局限于传统的中原王朝的疆域,他们看世界的眼光更为远大、辽阔。唐诗中提到的"丝绸之路"(包括"海上丝绸之路")上具体可考的地名与国名、族名就有凉州、阳关、玉门关、龟兹、疏勒、天山、葱岭、莎车、热海、楼兰、播仙、月支窟、月窟、条支、碎叶、勃律、坚昆、黠戛斯、大宛、高昌、康居、乌孙、月氏、月支、安石国、天竺、南天竺、西天竺、竺国、庵摩罗跋国、刹利、恒河、郁林、南海、交趾、贯胸、林邑、安南、扶南、师子国、诃陵国、骠国、新罗、高丽、高句丽、三韩、鸡林、扶桑、日本、东夷、回鹘、犬戎、丁零等等,李白等诗人写到了恒河:"问言诵咒几千遍,口道恒河沙复沙。"(李白《僧伽歌》)"一灯长照恒河沙,双树犹落诸天花。"(刘长卿《齐一和尚影堂》)写到了条支(今伊拉克一带):"洗兵条支海上波,放马天山雪中草。"(李白《战城南》)"定知不彻南天竺,死在条支阴碛中。"(刘言史《代胡僧留别》)"塞垣须静谧,师旅审安危。定远条支宠,如今胜古时。"(贯休《古塞曲三首》其一)杜甫写到了勃律(今克什米尔西北巴尔提斯坦)、坚昆(在今叶尼塞河上游)、大食(古代阿

①[英]杰弗里·巴勒克拉夫《泰晤士世界历史地图集》,生活·读书·新知三联书店,1985年,第126页。

拉伯帝国):“勃律天西采玉河,坚昆碧碗最来多。”(《喜闻盗贼蕃寇总退口号五首》其四)“吁嗟光禄英雄弭,大食宝刀聊可比。”(《荆南兵马使太常卿赵公大食刀歌》)勃律、大食,唐诗中只有杜甫写到过,足见“诗圣”视野的辽阔及对“丝绸之路”的关注。还有多位诗人写到碎叶,王昌龄《从军行七首》其六云:“胡瓶落膊紫薄汗,碎叶城西秋月团。”岑参《冀国夫人歌辞七首》其七云:“碎叶氍毹金烛盘,繁弦急管夜将阑。”①新地名不断出现在唐人的诗文中,代表着唐人视野的扩大和新的发现。

中唐赵嘏有《送从翁中丞奉使黠戛斯六首》,赞扬了唐王朝对黠戛斯采取的友好政策,收到了仅凭战争、修筑长城收不到的成效:

其一

扬雄词赋举天闻,万里油幢照塞云。仆射峰西几千骑,一时迎着汉将军。

其二

旌旗杳杳雁萧萧,春尽穷沙雪未消。料得坚昆受宣后,始知公主已归朝。

其三

虽言穷北海云中,属国当时事不同。九姓如今尽臣妾,归期那肯待秋风?

其四

牢山望断绝尘氛,滟滟河西拂地云。谁见鲁儒持汉节,玉关降尽可汗军?

其五

山川险易接胡尘,秦汉图来或未真。自此尽知边塞事,河湟

①任半塘编《敦煌歌辞总编》,上海古籍出版社,2006年,中册第658页。

更欲托何人?

其六

秦皇无策建长城,刘氏仍穷北路兵。若遇单于旧牙帐,却应伤叹汉公卿。

诗说,以扬雄词赋为代表的汉文化声名在外,影响巨大,仆射峰西的几千骑兵,等待着迎接来自礼仪之邦的汉将军。坚昆环境萧条,气候寒冷,黠戛斯结骨部首领既已接受唐朝皇帝的委任,那也就不用再担心远嫁的公主不能回朝了,如汉代的解忧公主、王昭君。随意扣留使节、迫使苏武牧羊北海的事情早已成为历史。时代不同了,当时从河西走廊上西迁的昭武九姓愿意归顺,急切得都等不到秋风吹起之时。牢山烟尘四起,河西云气拂地,唐王朝仅凭着“偃革兴文”,玉门关下的可汗军队就已被感化征服。秦始皇无对应之策,不得已而修筑长城;刘邦也一样,只凭借武力解决民族关系问题。与此同时,诗人也表达了心中的忧虑,或险阻或平坦的山川与胡地(主要指吐蕃)相接,河湟一带的安全始终不能让人放心。

黠戛斯,古坚昆国,地在今俄罗斯境内的叶尼塞河上游。《资治通鉴·唐纪六十二》云:“初,伊吾之西,焉耆之北,有黠戛斯部落,即古之坚昆,唐初结骨也,后更号黠戛斯。”①李德裕《黠戛斯朝贡图传序》云:“黠戛斯者,本坚昆国也。贞观二十一年(647),其酋长入朝,授以将军印,拜坚昆都督。逮于天宝季年,朝贡不绝。”(《全唐文》卷七〇七)②唐武宗会昌(841—846)商州刺史吕述撰有《黠戛斯朝贡图传》一卷,见《新唐书·艺文志二》③。贞观二十二年(648),唐王朝在

①司马光《资治通鉴》,中华书局,2011年,第17册第8068页。

②董诰等编《全唐文》,上海古籍出版社,1990年,第3册第3218页。

③欧阳修、宋祁《新唐书》,中华书局,1975年,第5册第1508页。

叶尼塞河流域（今俄罗斯西伯利亚中部地区）置坚昆都护府，以黠戛斯结骨部首领为都督，领其部众，隶属安北都护府。《旧唐书·宣宗本纪下》："册黠戛斯王子为英武诚明可汗，命鸿胪卿李业入蕃册拜。"[①]《旧唐书·回纥传》："黠戛斯自称李陵之后，与国同姓。"[②]这就进一步增加了李唐王朝对黠戛斯的亲近感并长期保持友好的关系。黠戛斯，元朝作吉利吉思，清朝作布鲁特，分布于西部天山前后。近代以来，其居地大部分为沙俄侵占，成为俄国的吉尔吉斯，留在中国境内的，译作柯尔克孜族[③]。

这些描写表明，唐人的疆域观念超越了传统的西域三十六国，真正视野辽阔，胸怀天下。西域三十六国主要分布在塔里木盆地周围地区及天山山谷地带，是西汉时期对西域内属诸国及游牧部落的总称，如若羌、楼兰、且末、精绝、于阗、莎车、尉犁、龟兹、姑墨、焉耆、疏勒等[④]。唐人的目光与行政建制已经越过葱岭，直抵中亚、西亚，北至叶尼塞河流域，如安西都护府、昆陵都护府、大宛都护府、姑墨都护府、月氏都护府、条支都护府、安北都护府、坚昆都护府等[⑤]。杜牧《郡斋独酌》诗说："甘英穷西海，四万到洛阳。东南我所见，北可计幽荒。中画一万国，角角棋布方。"甘英，班超经营西域时的佐官，班超曾派其出使大秦；西海，今波斯湾；幽荒，荒远之地，泛指九州之外。诗说甘英西行，一直抵达波斯湾，此地距离洛阳有四万里之遥；从我能看到的东南方一直到看不到的遥远北方，中间地域广阔，应该有数不清的国家像围棋盘上的棋子一样满布。杜牧借"班超遣掾甘英穷

①刘昫等《旧唐书》，中华书局，1975 年，第 2 册第 618 页。
②刘昫等《旧唐书》，中华书局，1975 年，第 16 册第 5213 页。
③周伟洲、丁景泰主编《丝绸之路大辞典》，陕西人民出版社，2006 年，第 359 页。
④周伟洲、丁景泰主编《丝绸之路大辞典》，陕西人民出版社，2006 年，第 125 页。
⑤谭其骧主编《简明中国历史地图集》，中国地图出版社，1991 年，第 39—40 页。

临西海而还”(《后汉书·西域传》)①的历史故事,表达了唐人的疆域理想。

四

从唐诗的记述与描写中可以看出,唐王朝的强大来自于开放的胸襟以及对世界各民族文化的吸收融化,所谓“大业来四夷,仁风和万国”(张衮《梁郊祀乐章·庆休》)。通过“丝绸之路”,中华文明获得更加广泛的传播:“使去传风教,人来习典谟。衣冠知奉礼,忠信识尊儒。”(唐玄宗《赐新罗王》)“执玉来朝远,还珠入贡频。”(张循之《送泉州李使君之任》)“绝域知文教,争趋上国风。”(张惟俭《赋得西戎献白玉环》)“远国通王化,儒林得使臣。”(耿湋《送归中丞使新罗》)“万里求文教,王春怆别离。”(毛涣《送最澄上人还日本国》)唐王朝的高度文明及其超越其所处时代的开放和繁盛,吸引了众多的国家、地区前来朝觐、学习。李泽厚先生说,唐代“中外贸易交通发达,‘丝绸之路’引进来的不只是‘胡商’会集,而且也带来了异国的礼俗、服装、音乐、美术以至各种宗教。‘胡酒’‘胡姬’‘胡帽’‘胡乐’……是盛极一时的长安风尚。这是空前的古今中外的大交流大融合。无所畏惧无所顾忌地引进和吸取,无所束缚无所留恋地创造和革新”②。伊朗学者好麦特在其学术报告《波斯文献中的丝路》中指出,“丝绸之路”在波斯语文献中被称为“中国之路”“东方之路”③,这

①范晔《后汉书》,中华书局,1965年,第10册第2910页。

②李泽厚《美的历程》,文物出版社,1981年,第127页。

③“阿尔山论坛暨第十七届草原文化百家论坛”,内蒙古自治区人民政府主办,内蒙古草原文化保护发展基金会承办,内蒙古阿尔山:2016年8月4日—8月7日。

就更见出“丝绸之路”的起点在东方的中国,同时强调了“丝绸之路”的主体是中国。唐王朝通过“丝绸之路”把中原文化输出去,又把西域文化源源不断地带进来,并由此给整个国家带来了富裕和生机。

唐人是把开放、加强、维护“丝绸之路”作为一项基本国策实行的。就是这条“丝绸之路”,为唐文化、为中华文化的发展壮大发挥了无与伦比的巨大作用,有论者以“大动脉”加以形容,以彰显其异常重要和不可替代。因为是亲历,唐人的相关记述就显得格外珍贵,可以补充史书记载的不足,帮助我们“寻找失落的东西文化交流的轨迹”①。通过唐诗中有关“丝绸之路”及中西文化交流的丰富记述与多角度描写,我们可以了解多元文化是如何碰撞、交流、融合的,唐王朝是如何大开国门、以海纳百川的廓大怀抱接纳当时整个世界的,如何将古代中国一步步推向世界舞台的。曾长时间深入考察过“丝绸之路”的瑞典探险家、地理学家斯文·赫定这样说:

> 可以毫不夸张地说,这条交通干线是穿越整个旧世界的最长的路。从文化—历史的观点看,这是连接地球上存在过的各民族和各大陆的最重要的纽带。
>
> 这样一条世界上最长的公路交通动脉,当然不会仅仅是为了游乐而建筑的。它应该起到比这更伟大的作用。这条路不仅会有助于中华帝国内部的贸易往来,还能在东西方之间开辟一条新的交通线。它将连接的是太平洋和大西洋这两个大洋、亚洲和欧洲这两块大陆、黄种人和白种人这两大种族、中国文化和西方文化这两大文明。②

①余太山《早期丝绸之路文献研究》,商务印书馆,2013 年,第 1 页。

②[瑞典]斯文·赫定撰,江红、李佩娟译《丝绸之路》,新疆人民出版社,2010 年,第 225—226、230 页。

"丝绸之路"的开辟，是人类文明史上的伟大壮举。"丝绸之路"将古代中国与世界联系起来，使中国尤其是长安成为多种文明的交汇之地。

"丝绸之路"见证了古代亚欧大陆人类文明与文化发展交流的基本脉络及其在特定历史阶段中显示的多元文化特征。中华文化恢宏大气、开放包容，最能体现在"丝绸之路"的开拓上；人类文明的发展必须建立在互惠互利、互通有无的基础上；无论是亚洲文明、非洲文明，还是欧洲文明，汇合、交融是完全可能的。只要愿意沟通，交通从来不是问题。"丝绸之路"是一条五彩路，其干线、支线纵横交织，一路向西，如网络一样笼罩了亚欧大陆，世界由此变得可感可知。2014年11月6日—2015年1月4日北京中国国家博物馆举办的"丝绸之路文物展"（七省联展），展览说明这样写道：

> 两千余年来，"丝绸之路"作为中西交通的大动脉，承载着中国与世界的交往、对话，彰显着古代中国开放的文化品格、不朽的文明成果。今天，"丝绸之路"一词早已超越其历史含义，成为一种精神和象征，为当今世界的和平与发展提供了价值典范。①

唐诗中有关"丝绸之路"及中西文化交流的丰富记述与多角度描写，既有大国气象又有文化胸怀，大国气象开阔了文化胸怀，而文化胸怀又增添了大国气象，二者相辅相成，激荡回旋，如宏伟的乐章响彻寰宇，至今犹有回响，我们从中强烈感到："丝绸之路"是那种可以激发我们丰富想象力（关于远方的、异域的、未知世界的）与英雄情怀的古老遗存；"丝绸之路"为古代中国与亚、非、欧各国、各地区、各民族的联系提供了极大便利，将旧大陆的几大文明（黄河流域文明、印

①笔者于2014年12月25日，前往北京国家博物馆参观"丝绸之路文物展"。

度河流域文明、两河流域文明、尼罗河流域文明)连在了一起,由此有力地促进了东西方文化交流和发展。

《史记·大宛列传》“索隐述赞”曰:“大宛之迹,元因博望。始究河源,旋窥海上。条支西入,天马内向。葱岭无尘,盐池息浪。旷哉绝域,往往亭障。”①《隋书·西域传》“史臣”曰:“自古开远夷,通绝域,必因宏放之主,皆起好事之臣。张骞凿空于前,班超投笔于后。”②西域的风土人情,前所未闻,是经过张骞、班超的探究载入史册的;西域的奇珍异宝,是经过张骞、班超的努力进入长安的;中原王朝边境的和平安宁与西向道路的通畅,是经过张骞的凿空、班超的守护而获得的。由此一个全新的世界在“丝绸之路”的开通与延伸中如史诗般呈现,而且愈来愈恢宏壮丽。

(作者单位:内蒙古大学文学与新闻传播学院。本文发表于《内蒙古大学学报》2021年第1期,收入本书时有增补)

①司马迁《史记》,中华书局,1959年,第10册第3180页。

②魏征等《隋书》,中华书局,1973年,第6册第1859页。

清代新疆方志中的唐音回响[①]

——以《三州辑略》“艺文门”为例

夏国强

新疆方志编撰历史久远，早在唐代，就有《西州都督府图经》问世。至于清代，其西北边疆的管理承继汉唐，而方志所具有“资政、教化、存史”功能对治理边疆颇有助益[②]。随着与世界其他国家的进一步接触，清代学者们意识到撰写方志不仅能够了解地方历史掌故，而且可以起到彰明教化、巩固边防之用。一时修史者尤多，著作丰富。成书于嘉庆十二年(1807)的《三州辑略》无疑也承载了这一历史社会功能，编者乌鲁木齐都统和瑛在序文中说：“史馆铭勋，儒林作传，以国书等其韵，辨舌齿于微茫；以汉楷和其声，叶羽宫之巨细。”[③]正是强调了志书的统一教化作用。与清代此前的新疆方志相比，《三州辑略》设有“艺文”一门，与全国性方志和其他区域地方志在体例上保持了一致。这种增设，一方面如编者所云“龙堆瀚海，数千里同轨

①本文系新疆师范大学“十三五”校级重点学科“中国语言文学”招标项目“新疆地方志文学史料价值研究”(17SDKD0103)阶段性研究成果。

②此六字为1982年武汉地方志办公室朱文允提出，是结合古人方志序文及内容总结而出，后有修改，沿用至今。《中国方志通鉴》，方志出版社，2010年，下册第1060页。

③和瑛编撰《三州辑略》，《中国地方志集成·新疆府县志》第5册，凤凰出版社，2012年，第1页。

行车;金岭松塘,几万里置邮传命”[①],在中国境内同轨同治;另一方面也起到了弘扬地方文化的作用。和瑛在“艺文门”小序中强调了在中华文化的宏阔眼界之中,边疆诗歌也将焕发出内在的诗教功能:“盖宇宙间无分遐迩,大而象纬山川,细而虫鱼草木,无往而非文,无往而非诗,即无往而非道也”。因此,他感慨司马迁、李太白虽然未能来疆畅游,但今世贤者亦“提椠怀铅,吟披啸卷”,足以观人文之德,展教化之盛[②]。

和瑛集汉唐至嘉庆十二年(1807)文赋7种42篇,清代诗作106题258首,向我们呈现了文人笔下伊、西、庭三州的文化风貌。入选作者群体身份各异,民族多样,是新疆文化交融特性的具现。所收诗作题材多样,情态繁多,亦可为清代西域文学之阶段代表。14位诗歌作者中,仅有3人没有来过新疆,其余诸家都在新疆任职效力。编者在小序中驰骋想象,使李白“驰驱于万里之外”,必定会在“文教不加之地”发“奇思”,写“奇句”,以尽文德化成天下之功[③]。因此,在他看来,《三州辑略》中选入的诗作应是“青莲之什”的再续,其中的唐诗风韵在丝路之上回响不绝,来自于不同地区的作者们步入新疆,将文章气骨、盛世风华也一并带入,在浩瀚广阔的天地里书写汉唐气韵。

一、续写盛唐气象

“艺文门”中有三位没有亲至新疆却记其作品的作家,在数量上呈现出两个极端。

一者何其多:王芑孙《西陬牧唱词》全文收入,数量达六十首,占

①和瑛编撰《三州辑略》,第2页。

②和瑛编撰《三州辑略》,第234页。

③和瑛编撰《三州辑略》,第234页。

诗歌收录总数的23%，如果加上褚廷璋的十二首，则达27%。之所以选其入集，盖是王、褚两人的作品都与《西域图志》密切相关，一为《西域图志》的作者，另一位则是《西域图志》读者。

乾隆五十三年（1788）夏五月，王芑孙在避暑山庄读完《西域图志》，感慨国家版图辽阔，民众众多，汉唐以来所不能清晰了解的风土人情，在方志之中一一展现，是为“一旦入我版图，登我掌故，於戏盛矣”①。

作为编撰者的褚廷章虽未亲历新疆，但是凭借对文献材料的熟悉而得以纂修图志，《国朝诗人征略》言及褚廷章云：“奉敕纂《西域图志》，又纂《西域同文志》，并通等音字母之学。”②也就是和瑛在总序中所说的“国书汉楷”“等韵和声”之事。《三州辑略》收褚氏西域诗十二首，分咏南北疆名城，自序云：“用志天山南北都会城郭之大略，以补史乘所未备，且藉以咏歌盛烈，窃附于《江汉》《常（武）》之义云。”③《江汉》《常武》之篇，列于《诗经·大雅》之中，是四方安定、文德盛大的象征。时人评褚诗为“初学青丘，既学元、白，旨远词文，卓然大雅”④，所谓“大雅”，显然是唐人关注现实的传统：李白在《古风·大雅久不作》中抒发了躬逢唐代文教兴盛、诗人复作大雅的抱负；樊晃评杜诗为大雅之作⑤，黄庭坚《刻杜子美巴蜀诗序》更称杜诗为“大雅之音”⑥；元、白推崇杜诗，元稹称杜诗“上薄风骚”，白居易则

①和瑛编撰《三州辑略》，第272页。
②和瑛编撰《三州辑略》，第305页。
③和瑛编撰《三州辑略》，第305页。
④顾廷龙编《国朝诗人征略》卷四〇，《续修四库全书》，上海古籍出版社，2002年，第1713册第7页。
⑤周绍良主编《全唐文新编》第3部第1册，吉林文史出版社，2000年，第5601页。
⑥黄宝华选注《中国古典文学名家选集·黄庭坚选集》，上海古籍出版社，2016年，第438页。

以杜诗寓合六义①。褚廷璋踵步元白,其作品中也续写了唐人的伟大志向。

和瑛在编撰的过程中,虽未将两人诗作放在一处,但两位作家诗篇中赞颂国家一统、民族融合功业的时代强音,无疑是唐人大雅文教的传承与延续。这也是两人未履新疆土地,却能在"艺文门"中占有一席之地的重要原因。

一者何其少:另一位编入的作家鄂尔泰仅有诗一首,可在这短短的一首七律之中,却多处体现了盛唐余音的复响。其《送查大冢宰领大将军出嘉峪关》诗云:

> 宣麻西下领诸侯,小驻筹边望戍楼。关塞地连青海曲,营屯人过赤金头。旌旗一变思干羽,挞伐重光问虏首。高筑受降功倍远,期君饮至赴皇州。

川陕总督查郎阿率军维护国家边疆稳定,鄂尔泰赋此诗送行。首句即用唐制诏拜将相的"宣麻"为喻,其后追思唐太宗设安西都护府统管高昌史事,以明大军西征的目的是为了保持汉唐以来的干羽之治,泽及边陲。

唐人诗作多用"干羽"之舞来代表四海恢复和平。张说为创制于贞观时期的唐代乐舞《凯安》写辞云:"戢兵天下安,约法人心改。大哉干羽意,长见风云在。"安史之乱平定后,独孤及《季冬自嵩山赴洛道中作》写有"宝鼎歊景云,明堂舞干羽";石倚《舞干羽两阶》亦有"干羽能柔远,前阶舞正陈。欲称文德盛,先表乐声新"之句。"干羽"是武功与文德并用的象征,用武的目的在于保护人民生活平和安定,和文教互为辅助,使人心向善,文明昌盛,元稹《和李校书新题乐

①廖美玉《元白新乐府研究》,学生书局,1989 年,第 80—81 页。

府十二首·法曲》所云“舜持干羽苗革心”就是此意。

鄂尔泰这首诗的用意也不仅是夸耀武功,更多的是寄望于战斗结束之后的施行德育教化之功。这与唐太宗“武威文德”思想一脉相承,唐太宗论为君之道说,当“以亿兆为心,以万邦为意”,又引孔子之说云:“夫文之所加者深,则武之所服者大;德之所施者博,则威之所制者广。”①并在诗作中表达了“执契静三边,持衡临万姓”“已知隆至道,共欢区宇一”的均同平治理念。他也常常忧虑政治教化不能远及边疆,发出“晨宵怀至理,终愧抚遐荒”(《正日临朝》)、“粤余君万国,还惭抚八埏”(《春日宣武门宴群臣》)的感慨。洪赞称贞观之世出现了“各民族亲密团结、和衷共济的局面”②。

本诗末“饮至”之礼的引用,也是这一主题的复现。“饮至”之礼见于《左传·桓公二年》:“凡公行,告于宗庙。反行,饮至,舍爵,策勋焉,礼也。”③在《孔丛子·问军礼》中记为“天子亲征之礼”④。春秋以后,天子不必亲征,但也会为凯旋的将士举办此礼。《左传·隐公五年》认为其有“数军实,昭文章,明贵贱,辨等列,顺少长,习威仪”的功用⑤。诗歌之中多有吟诵,尤以唐代为多⑥。裴漼在诗中为“饮至”添加了“文德”之用,其诗云:“饮至明军礼,酬勋锡武功。干戈还载戢,文德在唐风。”鄂尔泰诗中的“饮至赴皇州”就是待安定边陲之后,中央政府行文德之礼安抚战乱的表现,和前文“宣麻”以正

①孔子说实为班固《汉书·刑法志》之语。《全唐文》卷一〇,中华书局,1983年,第127页。

②洪赞《唐代战争诗研究》,文史哲出版社,1987年,第47页。

③李学勤主编《十三经注疏·春秋左传正义》,北京大学出版社,1999年,第150页。

④孔鲋《孔丛子》卷六,中华书局,2009年,第265页。

⑤李学勤主编《十三经注疏·春秋左传正义》,第95页。

⑥唐前诗歌以“饮至礼”入诗的有沈约《正阳堂宴劳凯旋诗》,唐人中刘禹锡、许敬宗、裴漼、郭澹皆有诗作,此后宋人多取其“饮酒欢宴”之意。

名,“干羽”行武德,互相呼应。这是一篇延续唐代文治武功精神的清代速写。

霍松林《唐诗精选评注序》评价唐朝说:“国家的统一,南北的融合,日益频繁的国际经济文化交流,民族自信心和民族自豪感空前提高。”①这是唐代杰出诗歌产生的重要基础。褚廷璋、王芑孙、鄂尔泰三人以唐人深广博大的家国情怀创作诗篇,即便他们没有亲至新疆,作为地方志文化记录的《三州辑略》“艺文门”取其精神,录其作品,多者不嫌其多,少者不惮其少,并将王芑孙、鄂尔泰诗作位列于前,以符合编写“艺文门”“爰博采以观乎人文,亦足征化成天下之盛矣”的初衷②。

二、再现漫游精神

唐人的漫游风气,是唐诗骨力的形成动因之一。陈伯海曾说唐人诗歌“发兴多端,视野广阔,表现真切,寄慨深沉,驾轶前朝而雄视后代,同文人长期漫游在外,富于生活实感分不开”③。与六朝文人相比,唐人视野广阔,境界宏大,边塞游历之作自成一派。和瑛在“艺文门”序文中列举了司马迁、李白、张载广泛的行旅经历,认为这些游历构建了作家作品的宏大格局,并且感慨三子没有亲至边疆就写下壮美篇章。

实际上在唐代,岑参就是一位漫游至祖国西北边陲,写下奇丽作品的诗人。岑诗不但以瑰丽峭拔著称,也以叙事写实为文史学者所

①霍松林《霍松林选集 · 序跋集》第六卷,陕西师范大学出版社,2010 年,第 90 页。

②和瑛编撰《三州辑略》,第 234 页。

③陈伯海《唐诗学引论》(增订本),朱易安、查清华主编《唐诗学书系》,上海古籍出版社,2015 年,第 46—47 页。

称道。其诗中见闻都是作者亲历,情感真实,远非以概念描摹的诗作可比。《三州辑略》收录了大量的纪行诗歌,一方面符合地方志记录事实的特色,作品之中岑参的诗歌纪实风格的然昭晰;另一方面也融汇了唐人的漫游精神,是唐诗真情实感的再现。

其一,以路途所见入诗。《三州辑略》入选的清代边塞诗作品,以描述途中景色、记录行程地名为主要特征。我们可以把它们看成岑参诗中漫长道路的时空延伸,是凭借河山之盛汇成诗歌之旅。从单篇入选的作家来看,排在第二位至第六位的作品创作之地呈现出玉门、敦煌、巴里坤、乌鲁木齐的丝绸之路北道东段要地连缀之态。

作家	作品	地理位置	“艺文门”收录顺序
鄂尔泰	送查大冢宰领大将军出嘉峪关	嘉峪关、玉门	2
常　均	题敦煌古寺	敦煌	3
伍米泰	题乌鲁木齐驿壁	乌鲁木齐	4
沈青崖	南山松歌	巴里坤	5
丁　棻	山市	巴里坤	6

其他诗人的组诗之中,也常常出现中国境内丝路三道中城镇河流,除了通都大邑之外,所选作品还保留了以路线描摹和古城遗迹等为诗题的特征,颇具方志特色。如洪亮吉有吟诵天山的《天山赋》,也有细致生动地描述行旅的《从乌兰乌素至安济海雪皆盈丈,十余日不见寸土,因纵笔作》《道白山口取小南路往哈密》。而洪氏沿途所作的《瞭台三老柳行》《节节草店露宿》中的驿路感怀,以及秦承恩《长流水壁》、颜检《长流水二首》、李銮宣《题长流水壁》三人同题长流水驿站,借水之长流吟诵汉唐以来的中华民族农耕社会稳定和平的文化影响,都在不同程度上丰富了驿路文化。同样的诗作在“艺文门”

中处处可见,如和瑛《戈壁道上》、颜检《由安西至白墩》等。

这些作品上承岑参诗作《过碛》《碛中作》《岁暮碛外寄元撝》《经火山》《题铁门关楼》而来,却又增添了更多的细节,放大了唐人漫游的旅途经历。从一个人到一群人,是丝路余音不绝的传递证明。

其二情怀真切。唐人边塞诗中有咏边塞豪情的"长风几万里,吹度玉门关"(李白《关山月》),也有感慨环境寂寞孤独的"阴山苦雾埋高垒,交河孤月照连营"(骆宾王《从军中行路难二首(其二)》)。岑参两次入疆,更是充分体现了情感的高低起伏。从"为言地尽天还尽,行到安西更向西"(《过碛》)的怅惘转为"知君惯度祁连城,岂能愁见轮台月"(《送李副使赴碛西官军》)的豪迈,又有"近来能走马,不弱并州儿"(《北庭西郊候封大夫受降回军献上》)的自信。这些自然流露的情思,在《三州辑略》所收边塞诗中多有展现。颜检《嘉峪关》有云:"极目流沙外,同居化宇中。天山留雪白,边市映灯红。出塞无惆怅,还思塞上翁。"和瑛《驰驿返宿苦水》则说:"遥指北庭心胆壮,再尝苦水是甘泉。"与唐人诗作相比,清人作品中的惆怅意味顿减,用更为写实的笔调,舒展了唐人诗歌中固有的壮阔情怀,又强化了教化边陲、建功立业的自信和勇气。

其三在边陲广阔之地漫游,奇思奇景不断涌现。"瀚海阑干百丈冰""千树万树梨花开"的唐诗妙景在《三州辑略》所收诗作中得以再生。广袤无垠的沙漠,千年不化的积雪,变幻无定的气候对于长期生活在四季分明地区的入疆诗人们来说,既验证了所读唐诗的真实性,也增强了祖国辽阔疆域包容万象的自豪情感。以颜检之诗为例,就可以看出这种情绪的滋生变化。诗人始出嘉峪关时,感慨流沙之外,风景虽异,但同处一宇。虽有理论认识,尚未与实体感知相结合。及至行走在新疆大地之上,迭见风光变幻,才将万里路与万卷书融合一体。他在《由巴里坤至咸泉》中说到了这种感受:"图成西域壮山河,边外严城气概多。蜃海楼台呈色相,汉唐疆宇尽包罗。"

作家的实地实感使得唐诗体验愈加真切,复写唐诗情境也就更为自然。洪亮吉《抵巴里坤》中的"晴天飞雪霰,即已没车轴",与"胡天八月即飞雪"千载相和;和瑛在描述哈密十三间房至鄯善七克台四百余里的风戈壁时,高呼"风穴地轴裂,风门天关冲""石飞轻于絮,辎重飘若蓬",恰是"一川碎石大如斗,随风满地石乱走"的唐音写照。

除此之外,清代的作家们还根据自我感受,写下了新的景观。洪亮吉在松树塘看见万松并立,形态如一,却又不相交联,各自独立。在不奇之中显出其奇,是为"无峰无松松必奇";松树高耸入云,"无松无云云必飞",可能是黄河地脉水的泽润,使之"一一直透星辰宫"。跨越地区的漫游使得平凡的景色在诗人笔下焕发出独特的色彩,在另一种角度下激发出作者的豪迈之情,一扫路途遥远带来的颓气。再看丁棻《山市》笔下的"宝光踅向甘泉浴,凭虚变幻迷长空",摇曳多姿的海市蜃楼已有繁盛之气。这些地理奇观比起唐人诗作更为具体,角度也新颖多变,与地方志记录异闻佳景的特点颇有关联。在《三州辑略》中看这些诗作,可以感受写实中平添的几分浪漫情致。

余　论

在清人宗唐的风气之下,作者们在创作过程中或多或少会受到唐诗影响。曹麟开《温泉夜雨》中的"依稀共话巴山夜,剪烛西窗忆往年",化用了李商隐故事;常均《题敦煌古寺》中的"高城月落飞羌笛,又见春光度玉关"及和瑛《闻城上海螺》中的"春度玉门关外满"之句,有着王之涣"羌笛何须怨杨柳,春风不度玉门关"的影子;褚廷璋《和阗》的末句"唐家风雨汉家烟",又承接王昌龄"秦时明月汉时关"而来。而"瀚海""天山""玉关""寸心"的唐诗地理意象、词句典故等更是频频出现在诗作之中。

我们在清代边塞诗歌中看到这些继承不足为奇,更应该关注的是诗中所蕴含的地域广阔、一统盛大之气象以及漫游式的社会纪实风格。这种唐诗精神的内在延续,在汉唐丝绸之路上代代传承。作者们用写实的笔法、浪漫的精神书写国家强盛、丝路繁荣的记忆。《三州辑略》“艺文门”将这些情感与方志纪实功能相融合,综合展现了清代边塞诗歌结合现实的特征,也使方志的文德教化功用得到了显扬。

(作者单位:新疆师范大学)

李白的越中“梦游”与岑参的陇右“苦旅”

杨晓霭　杨　冰

用诗歌铺成“路”,这是漫游成风的唐代文士成就事业的方式,更是追求功名的唐代诗人必然经历的生活。开天“全盛日”的诗人,真可谓人人怀着“眼前展开一片海边碧绿的沙地”的希望,个个揣着“深蓝的天空中挂着一轮金黄的圆月”的梦想,走出了一条又一条“诗歌之路”。李白从“边地”走来,一路向东;岑参从“首都”出发,一路向西。出生在“西域”的李白,把“梦”寄在东南;生长在中原的岑参,把“志”投向“西域”。一东一西、一西一东的“丈量”,行走了大半个中国,划出了一个盛唐。

一、李白越中之行与岑参陇右之旅

随着近年浙东唐诗之路、钱塘江唐诗之路、浙西唐诗之路研究的全面深入,李白“越中”之行,得到了充分发掘与深入考辨。李白诗中所写山水名胜以及行走路线,有学者通过诗歌分析进行了勾勒,有学者经过实地考察绘成了路线图。绘成的路线图,如竺岳兵《唐代浙江唐诗之路路线简图》①,王兆鹏主持《唐宋文学编年地图》中所附的《李太白年谱补正》,安旗主编的《李白全集编年注释》,郁贤皓《李太

①竺岳兵主编《唐诗之路唐诗总集》,中国文史出版社,2003年。

白全集校注》录入整理的李白游历轨迹图(电子版),查屏球《盛唐诗人江南游历之风与李白独特的地理记忆》①文中的附图,另有网络检得的魏万追寻李白行踪图等,均将李白越中游历路线作了清晰图示。兹据李白诗中歌吟,参考诸家之说,佐以各家地图将其越中漫游路线作一记述。

李白的越中漫游,说法不一。有两次说、三次说、四次说。最新研究成果表明,可以肯定的是:李白开元十四年(726)、天宝六年(747)、天宝十二年(753)三次入越。开元十四年(726)和天宝六年(747)均到达天台山;天宝六年(747)也登上了四明山②。

开元十四年(726)李白首次游越,这为多家所认同。安旗主编《李白全集编年注释》将《别储邕之剡中》列于开元十四年(726),以为“本年李白游扬州后有剡中之行”③;竺岳兵《李白“东涉溟海”行迹考》一文亦以为:“李白第一次来浙东,在开元十四年(726)‘东涉溟海’时。”④游剡中应为李白漫游计划的重要内容,开元十三年(725)秋所作《初下荆门》⑤诗中即有“此行不为鲈鱼脍,自爱名山入剡中”的吟咏,在《别储邕之剡中》作了展望,打算在天姥山过秋了:“舟从广陵去,水入会稽长。竹色溪下绿,荷花镜里香。辞君向天姥,拂石卧秋霜。”⑥诸家系于本次越中之游的诗篇有《越女词五首》《浣纱石上女》《采莲曲》《渌水曲》《西施》《王右军》《天台晓望》《早望海

①查屏球《盛唐诗人江南游历之风与李白独特的地理记忆——李白〈送王屋山人魏万还王屋并序〉考论》,《文学遗产》2013年第3期。

②参见孟诚磊主编《诗路遗珍——浙江诗路沿线文物资源调研报告》,浙江大学出版社,2021年。

③安旗主编《李白全集编年注释》,巴蜀书社,1990年,第77页。

④竺岳兵《李白“东涉溟海”行迹考》,《唐代文学研究》第1辑,山西人民出版社,1988年。郁贤皓《李太白全集校注》以为李白初入剡中在开元十三年(725)。

⑤诗题唐写本作《初下荆门》。

⑥安旗主编《李白全集编年注释》,巴蜀书社,1990年,第77页。

霞边》①,这些诗中写到不少山水名胜,“耶溪”即若耶溪。“由越州城东南出,有若耶溪汇入东鉴湖”,“发源于绍兴市东南 22.5 千米的若耶山,为东鉴湖三十六源水之最大水源”②。东阳,《元和郡县图志·婺州》《旧唐书·地理志·婺州》均记载“取旧东阳郡名”,天宝元年(742)复改婺州为东阳郡,即今金华市;会稽,唐初置越州,玄宗改越州为会稽郡,即今绍兴市③;镜湖,又名鉴湖,今浙江绍兴会稽山北麓。东汉永和五年(140),会稽太守马臻主持修建。以水平如镜,故名。《元和郡县图志》江南道越州:“镜湖,后汉永和五年太守马臻创立,在会稽、山阴两县界筑塘蓄水……堤塘周回三百一十里,溉田九千顷。”④苎萝山,位于浙江诸暨城南隅的浦阳江畔,相传是西施的出生地;山东面的江浒有浣纱石,传为西施浣纱处。唐朝山阴和会稽均属“越州”。“由越州城西南的常禧门(旱偏门)出,跨过鉴湖,往西南方向进入兰亭山区。此段道路称‘山阴道’”⑤。李白要前往的剡中,即剡县,唐时属越州,即今绍兴嵊州市、新昌县地。本次入越中的行程,查屏球《盛唐诗人江南游历之风与李白独特的地理记忆》一文述之甚详:“他先沿江东下入扬州,再沿运河去越州。”“由天台海行至温州,再经丽水到金华。”“他结束游程之后,又回到扬州。”“全程应

①参安旗主编《李白全集编年注释》、查屏球《盛唐诗人江南游历之风与李白独特的地理记忆——李白〈送王屋山人魏万还王屋并序〉考论》,《文学遗产》2013 年第 3 期。

②孟诚磊主编《诗路遗珍——浙江诗路沿线文物资源调研报告》,浙江大学出版社,2021 年,第 73 页。

③参见罗关洲主编《绍兴市交通志》,国际文化出版公司,1996 年;孟诚磊主编《诗路遗珍——浙江诗路沿线文物资源调研报告》,浙江大学出版社,2021 年。

④李吉甫撰,贺次君点校《元和郡县图志》,中华书局,1983 年,第 619 页。

⑤孟诚磊主编《诗路遗珍——浙江诗路沿线文物资源调研报告》,浙江大学出版社,2021 年,第 77 页。

是仲夏出发,深秋返回,费时三个多月。”①

李白再度漫游是天宝五年(746),距离首次游越已有 20 年了。吹响本次漫游号角的是《梦游天姥吟留别》,至越中时已为天宝六年(747)秋天。安旗、薛天纬《李白年谱》②、《李白全集编年注释》系于本次越中之作有:《越中秋怀》《越中览古》《对酒忆贺监二首并序》《重忆一首》《同友人舟行游台越作》《求崔山人百丈崖瀑布图》《古风五十九首》(其十七“金华牧羊儿”)。《梦游天姥吟留别》一诗,盛唐殷璠所选《河岳英灵集》中题作《梦游天姥山别东鲁诸公》。诗中借梦游,夸扬了天姥胜境,叙写到的名胜有:瀛洲、天姥、赤城、天台、镜湖、剡溪。瀛洲,海上仙山。《海内十洲记》云:“瀛洲,在东海中,地方四千里。大抵是对会稽,去西岸七十万里。”天姥,《元和郡县图志》“江南道越州剡县”云:“天姥山在县南八十里。”山在今新昌县境。赤城,山名,《元和郡县图志》“江南道台州唐兴县”云:“赤城山在县北六里,实为东南之名山。”天台,山名,《元和郡县图志》“江南道台州唐兴县”云:“天台山在县北一十里。”剡溪,《元和郡县图志》“江南道越州剡县”云:“剡溪出县西南,北流入上虞县界,为上虞江。”以今之地理观察,即剡溪为嵊州境内主要河流,由南来的澄潭江和西来的长乐江会流而成,至上虞与曹娥江相接。

李白第三次游越中是天宝十二载(753)秋,“其路线是由东鲁经梁园(今商丘市境内)、曹南(今山东荷泽)到宣城,再由宣城入新安江,顺流经杭州到会稽”③,诗有《越中秋怀》等。

李白入越虽然没有具体交待行程,但将其行旅诗连接起来,基本

①查屏球《盛唐诗人江南游历之风与李白独特的地理记忆——李白〈送王屋山人魏万还王屋并序〉考论》,《文学遗产》2013 年第 3 期。

②安旗、薛天纬《李白年谱》,齐鲁书社,1982 年,第 69 页。

③孟诚磊主编《诗路遗珍》,浙江大学出版社,2021 年,第 185 页。

能见其所走路途情况，其天宝十三载（754）所写《送王屋山人魏万还王屋》序云："王屋山人魏万云，自嵩、宋沿吴相访，数千里不遇。乘兴游台越，经永嘉，观谢公石门，后于广陵相见。美其爱文好古，浪迹方外，因述其行而赠是诗。"①"述其行"的确有导游图的效果。魏万是踏着"偶像"的足迹一路游台越的，李白的"述其行"，与其说是写魏万的行旅，不如说是在回忆自己的漫游，字里行间充满自豪与喜悦，情不自禁地流露出"这些地方，你去了，我也去过"的满足与幸福。为全面深入地感受诗人游历越中的"青春记忆"与飞扬的激情，兹录其"逸兴满吴云，飘摇浙江汜"一节如下：

逸兴满吴云，飘摇浙江汜。挥手杭越间，樟亭望潮还。涛卷海门石，云横天际山。白马走素车，雷奔骇心颜。遥闻会稽美，一弄耶溪水。万壑与千岩，峥嵘镜湖里。秀色不可名，清辉满江城。人游月边去，舟在空中行。此中久延伫，入剡寻王许。笑读曹娥碑，沉吟黄绢语。天台连四明，日入向国清。五峰转月色，百里行松声。灵溪咨沿越，华顶殊超忽。石梁横青天，侧足履半月。眷然思永嘉，不惮海路赊。挂席历海峤，回瞻赤城霞。赤城渐微没，孤屿前峣兀。水续万古流，亭空千霜月。缙云川谷难，石门最可观。瀑布挂北斗，莫穷此水端。喷壁洒素雪，空濛生昼寒。却思恶溪去，宁惧恶溪恶？咆哮七十滩，水石相喷薄。路创李北海，岩开谢康乐。松风和猿声，搜索连洞壑。径出梅花桥，双溪纳归潮。落帆金华岸，赤松若可招。沈约八咏楼，城西孤岧峣。岧峣四荒外，旷望群川会。云卷天地开，波连浙西大。乱流新安口，北指严光濑。钓台碧云中，邈与苍岭对。稍稍来吴都，

①李白《送王屋山人魏万还王屋》，安旗主编《李白全集编年注释》，巴蜀书社，1990年，第1143—1144页。标点有改动。

徘徊上姑苏。烟绵横九疑,漭荡见五湖。目极心更远,悲歌但长吁。①

诗中所写越中之行,查屏球分为八站,每一站都相当于一处观光点:第一站钱塘观潮、第二站会稽访古、第三站天台登顶、第四站海行温州、第五站恶溪观瀑、第六站金华寻胜、第七站富春访幽、第八站太湖泛舟。这许多的美景至今令人心驰神往,真是一路风景,全程惊喜。倘若借当代浙东唐诗之路作一次“穿越”旅游的话,孟诚磊主编《诗路遗珍——浙江诗路沿线文物资源调研报告》一书述之甚详,“目前普遍认可的主体线路,是由杭州钱塘江始,经萧山西兴西陵渡进入浙东运河,进一步到达越州(今绍兴市柯桥区和越城区)、上虞(今绍兴市上虞区),再沿曹娥江,上溯至剡溪,经剡县(今嵊州市)、新昌,到达天台山。此外还有些许支线,包括途经今余姚、宁波等地,直到海上舟山群岛的线路。总体而言,可以描述为一条水路为主的文化线路,在水尽处,则改行陆路”②。书中围绕主干线路,分段作了详尽梳理:杭州到绍兴段,绍兴至嵊州段(另含绍兴至诸暨段),嵊州至新昌段,新昌至天台山段,天台至临海、仙居段,入宁波地区相关支路,钱塘江诗路走向,瓯江山水路线走向。结合这些研究成果,寻着李白诗中所写名胜,参照郁贤皓先生主编《李白大辞典》③所录李白诗中地名,将诗歌、地图、实地三者相结合,便有一幅幅“文学地图”“诗歌景观”的生动呈现。越山、越水、越乡、越女、越台在李白诗中闪着“碧绿”“金黄”的光芒;而如杭州、会稽、山阴、东山、东海、东越、浙

①安旗主编《李白全集编年注释》,巴蜀书社,1990 年,第 1142 页。

②孟诚磊主编《诗路遗珍——浙江诗路沿线文物资源调研报告》,浙江大学出版社,2021 年,第 168 页。

③郁贤皓主编《李白大辞典》,广西教育出版社,1995 年。

江、浦阳(水名)、赤城、石桥(石梁)、镜湖、剡中、剡溪、禹穴、兰亭、稽山(会稽山)、若耶溪、天竺寺、四明山、华顶峰、百丈崖、严光濑、天姥山、天台山、金华渡、富春江、新安郡、浣纱石、梅花桥、七十滩、七里濑、八咏楼等,如同粒粒珍珠,山水与诗歌的相互映射,更加使李白的诗、越中的景,充满“碧绿”“金黄”的吸引力、感染力。

与李白的越中水乡文化之旅相比,岑参的陇右之行则呈现了别一番光景。依据岑参两赴“西域”所写的70多首诗,及刘开扬《岑参诗集编年笺证》①,参核闻一多《岑嘉州系年考证》②,李嘉言《岑诗系年》,陈铁民、侯忠义《岑参集校注》③,便可清晰“还原”他在“陇右道”上的行程。

岑参第一次赴西域在天宝八载(749)冬,为安西都护府高仙芝幕府判官,天宝十载(751)春回到长安。往返行走的路线即长安通西域的大道,亦即丝绸之路的主干道,严耕望《唐代交通图考》以文字与地图的形式作了陈述与展示,“岑参由长安逾陇坂,大震关,分水驿,经渭州,临州,兰州,至凉州,又经肃州,玉门关,渡莫贺延碛至西州,亦曾到沙州;西州又经银山,焉耆,铁门关,至安西。全在此道上”④。这条大道中的主要地名连接起来,即是长安—凤翔—陇州—秦州—渭州—临州—兰州—凉州—甘州—肃州—瓜州—沙州—伊州—西州—焉耆—龟兹(安西都护府治所),岑参途中所作,诗题中写明山隘关名的有:《初过陇山途中呈宇文判官》《经陇头分水》《西过渭州见渭水思秦川》《题金城临河驿楼》《过燕支寄杜位》《日没贺延碛作》

①岑参撰,刘开扬笺注《岑参诗集编年笺证》,巴蜀书社,1995年。

②闻一多《闻一多全集》,生活·读书·新知三联书店,1982年。

③岑参撰,陈铁民、侯忠义校注《岑参集校注》,上海古籍出版社,2004年。

④严耕望《唐代交通图考》,上海古籍出版社,2007年,第426页;又参《唐代长安西通陇右河西道唐代河湟青海地区交通网合图》。

《经火山》《银山碛西馆》《题铁门关楼》《安西馆中思长安》①。西出长安城往陇山,至凤翔府的一段路在八百里秦川上,二十里一个驿站,打马扬鞭,真有如岑参诗中所写“一驿过一驿,驿骑如星流”的快意,但一到陇山,便有大震关、陇头水的险峻、艰难,《初过陇山途中呈宇文判官》一诗的书写最为典型:

> 一驿过一驿,驿骑如星流。平明发咸阳,暮及陇山头。陇水不可听,呜咽令人愁。沙尘扑马汗,雾露凝貂裘。西来谁家子,自道新封侯。前月发安西,路上无停留。都护犹未到,来时在西州。十日过沙碛,终朝风不休。马走碎石中,四蹄皆血流。万里奉王事,一身无所求。也知塞垣苦,岂为妻子谋。山口月欲出,先照关城楼。溪流与松风,静夜相飕飗。别家赖归梦,山塞多离忧。与子且携手,不愁前路修。②

陇水呜咽,沙尘扑面,征途遥远,行走艰难,这里也有溪流松风,但“静夜相飕飗”,引发的却是离忧和别愁。岑参就这样一路行走,一路记行,抒发着以身许国的壮怀、离家万里的忧伤、功名难就的悲凉。天宝十年(751),东归途中有《武威春暮闻宇文判官西使还已到晋昌》《寄宇文判官》《河西春暮忆秦中》《武威送刘单判官赴安西行营便呈高开府》《武威送刘判官赴碛西行军》《登凉州尹台寺》《戏问花门酒家翁》《田使君美人舞如莲花北鋋歌》《临洮客舍留别祁四》。再度赴

①岑参西行途中所作诗歌,系年系地,诸家略有差异,此以刘开扬《岑参诗集编年笺注》为主线,参照陈铁民、侯忠义校注《岑参集校注》(上海古籍出版社2004年)、廖立笺注《岑嘉州诗笺注》(中华书局2004年)、徐俊辑《敦煌诗集残卷辑考》(中华书局2000年)作调整。

②岑参撰,刘开扬笺注《岑参诗集编年笺注》,巴蜀书社,1995年,第156页。

西域是天宝十三载（754）夏秋间往北庭都护府，至德二载（757）初冬回到凤翔，所行之路与首次西行大致相同，诗作有《赴北庭度陇思家》《发临洮将赴北庭留别得飞字》《临洮泛舟赵仙舟自北庭罢使还京得城字》《凉州馆中与诸判官夜集》《过酒泉忆杜陵别业》《碛西头送李判官入京》《北庭作》《轮台歌奉送封大夫出师西征》《轮台歌》《走马川行奉送封大夫出师西征》《北庭西郊候封大夫受降回军献上》《使交河郡郡在火山脚下其地苦热无雨雪献封大夫》《献封大夫破播仙凯歌六章》《陪封大夫瀚海纳凉得时字》《灭胡曲》《奉陪封大夫宴得征字》《白雪歌送武判官归京》《奉陪封大夫九日登高》《天山雪歌送萧沼归京》《热海行送崔侍御还京》《火山云歌送别》《胡歌》《赵将军歌》《与独孤渐道别长句兼呈严八侍御》《优钵罗花歌》《首秋轮台》《酒泉太守席上醉后作》《行军雪后月夜宴王卿家得初字》（凤翔）。其间十四载冬，以安西摄监察御史领伊西北庭度支副使“按边储”至玉门关、敦煌，有《玉门关盖将军歌》《敦煌马太守后亭（庭）歌》（《敦煌太守后庭歌》）、《玉关寄长安李主簿》《苜蓿烽寄家人》。

两次往返，六年时间，“自安远门西尽唐境万二千里”①的漫漫征途上，朵朵诗苑奇葩，异彩绽放。寻着岑参的足迹，诵读瑰丽的诗篇，陇山、陇头、渭州、渭水、金城、黄河、燕支山、酒泉、敦煌、莫贺延碛、火山、银山碛、铁门关、安西、焉耆；北庭、轮台、走马川、播仙、天山、瀚海亭、交河郡（城）、热海；玉关（玉门关）、苜蓿烽、武威、晋昌、河西、凉州、尹台寺、花门（花门山）、碛西、临洮、龙兴寺、分水驿、临河驿、凉州馆、酒泉驿、银山碛西馆、铁门关西馆……每一个地名，每一个馆驿，

①司马光《资治通鉴》卷二一六：“是时（唐天宝十二年，癸巳，753）中国盛强，自安远门西尽唐境万二千里，闾阎相望，桑麻翳野，天下称富庶者无如陇右。（哥舒）翰每遣使入奏，常乘白橐驼，日驰五百里。”（中华书局，1965年，第6919页。注曰：“长安城西面北来第一门曰安远门，本隋之开远门也。西尽唐境万二千里，并西域内属诸国言之。”）

每一处风景,均在岑参诗中闪烁着瑰丽神奇的光芒,也充满陇右之旅的艰难险阻与排遣不尽的归梦乡愁。

二、“沧波客”之梦与“取功名”之想

据《唐诗之路唐诗总集》①所录,李白越中诗62首。在这些诗中,剡中、稽山、会稽、剡溪、耶溪、天姥、赤城、天台、镜湖等,总与“借问”“闻道”“遥闻”“梦游”“忽思”联在一起,“借问剡中道,东南指越乡”②、“闻道稽山远,偏宜谢客才”③、“遥闻会稽美,且弄耶溪水”④、“忽思剡溪去,水石远清妙”⑤。而一场天姥“梦游”更是写尽了李白的傲岸、李白的渴望,全诗写得最多的是碧波沧浪。开篇即从“海”入手,写海上的仙山,引出如仙境般的天姥山:“海客谈瀛洲,烟涛微茫信难求;越人语天姥,云霞明灭或可睹。天姥连天向天横,势拔五岳掩赤城。天台四万八千丈,对此欲倒东南倾。”由天姥山写“梦吴越”,紧接其后的便是“镜湖”“剡溪”“渌水荡漾”“岩泉”⑥,在这一场“梦”中,诗人享尽了吴越佳山胜水带来的美好,感受了成为仙人的自

①竺岳兵主编《唐诗之路唐诗总集》,中国文史出版社,2003年。

②李白《别储邕之剡中》,安旗主编《李白全集编年注释》,巴蜀书社,1990年,第77页。

③李白《送友人寻越中山水》,安旗主编《李白全集编年注释》,巴蜀书社,1990年,第1688页。

④李白《送王屋山人魏万还王屋》,安旗主编《李白全集编年注释》,巴蜀书社,1990年,第1142页。

⑤李白《经乱后将避地剡中留赠崔宣城》,安旗主编《李白全集编年注释》,巴蜀书社,1990年,第1272页。

⑥李白《梦游天姥吟留别》,安旗主编《李白全集编年注释》,巴蜀书社,1990年,第769页。

由，以至于当他再进入“越水绕碧山”①的“天境”“画中”景象时，立刻就改变“探禹穴”之心、“归蓬丘”之誓：“何必探禹穴，逝将归蓬丘。”②试看他的《越中秋怀》全诗：

> 越水绕碧山，周回数千里。乃是天镜中，分明画相似。爱此从冥搜，永怀临湍游。一为沧波客，十见红蕖秋。观涛壮天险，望海令人愁。路遐迫西照，岁晚悲东流。何必探禹穴，逝将归蓬丘。不然五湖上，亦可乘扁舟。

周回数千里的越水碧山，如镜似画的美丽山水，就可以实现自己“一生好入名山游”的碧波荡漾的清真之梦了，何必一定要像孙绰“远寄冥搜”，也不必非如谢灵运“观奇经禹穴”，当然更没必要归到蓬莱仙山了！总之，就是沉醉于此山水之中不想再离开③。尽管他“脚着谢公屐”，赞颂王右军，受道箓，入道籍，让人都要认为“李白始终是一个出世的道士”，但“一为沧波客”，优悠山水，沉醉越中，“不然五湖上，亦可乘扁舟”④，功成遨游的范蠡即刻成了偶像，“拂衣携妓入东山”⑤

---

①李白《越中秋怀》，安旗主编《李白全集编年注释》，巴蜀书社，1990 年，第 831 页。

②李白《越中秋怀》，安旗主编《李白全集编年注释》，巴蜀书社，1990 年，第 831 页。

③孙绰《游天台山赋》：“非夫远寄冥搜，笃信通神者，何肯遥想而存之。”谢灵运《游山》诗：“幸游建德乡，观奇经禹穴。”“五湖”一般指古代吴越地区湖泊，但其说不一，李白《书情赠蔡舍人雄》诗亦曰：“我纵五湖棹，烟涛恣崩奔。”均指范蠡功成身退而乘轻舟以隐于五湖之“五湖”，即今蠡湖。“蓬丘”即蓬莱山。李白《悲清秋赋》：“吾将采药于蓬丘。”与此诗所吟同，均指蓬莱山。

④李白《越中秋怀》，安旗主编《李白全集编年注释》，巴蜀书社，1990 年，第 831 页。

⑤李白《携妓登梁王栖霞山孟氏桃园中》，安旗主编《李白全集编年注释》，巴蜀书社，1990 年，第 710 页。

的谢安、圣主亲设华筵欢送归四明的狂客贺知章①,都让他心迷。于是游天姥之梦想、“开心颜”之狂想,全然播撒到了越乡的碧波中,以至于他经安史之乱后,一心也想着要避地剡中,那个他魂牵梦萦的地方:“忽思剡溪去,水石远清妙。雪尽天地明,风开湖山貌。闷为洛生咏,醉发吴越调。赤霞动金光,日足森海峤。独散万古意,闲垂一溪钓。猿近天上啼,人移月边棹。无以墨绶苦,来求丹砂要。华发长折腰,将贻陶公诮。”②

正当经历了“大道如青天,我独不得出”的李白“梦游”之时,小他约十五六岁③的岑参于天宝三载(744)进士高第。“男儿本自重横行,天子非常赐颜色。”④“孰知不向边庭苦,纵死犹闻侠骨香。”⑤天子的号召、时代的呼唤,让他太向往那“功名只向马上取,真是英雄一丈夫”的战功与豪迈了,天宝八年(749)冬即冒着酷寒前往西域戍边。天宝十年(751)六月,岑参东归,途中停留武威,作《送李副使赴碛西官军》:

> 火山六月应更热,赤亭道口行人绝。知君惯度祁连城,岂能愁见轮台月?脱鞍暂入酒家垆,送君万里西击胡。功名只向马

---

①李白《送贺宾客归越》:“镜湖流水漾清波,狂客归舟逸兴多。山阴道士如相见,应写黄庭换白鹅。”《对酒忆贺监二首》其二:“狂客归四明,山阴道士迎。敕赐镜湖水,为君台沼荣。”

②《经乱后将避地剡中留赠崔宣城》,安旗主编《李白全集编年注释》,巴蜀书社,1990年,第1273页。

③岑参生卒年,说法不一,有715—700年、716—770年、717—769年诸说,此处生年从715年说。

④高适《燕歌行》,刘开扬笺注《高适诗集编年笺注》,中华书局,1981年,第97页。

⑤王维《少年行四首》其二,赵殿成笺注《王右丞集笺注》,上海古籍出版社,1961年,第258页。

上取，真是英雄一丈夫。[1]

这首诗的作时，诸家均依李嘉言《岑诗系年》系于天宝十载(751)首度赴西域返回途中。这时的岑参，已经经历了热海、火山、髑髅、鬼哭、萧条、莽茫诸多恶劣环境的磨砺，体验了远离家人的断人肠愁苦，但他仍然充满激情地赞颂李副使长期戍边的英勇，鼓励他不畏艰险、为国立功。这一点，无论他在何地对何人，总是念念不忘。如开元二十八年(740)春在长安送郭乂，劝他及时建功立业：“功名须及早，岁月莫虚掷。”[2]天宝七年(748)游河溯时送费子归武昌，激励他以功业为重：“男儿何必恋妻子，莫向江村老却人。”[3]这一年又在长安送朋友赴安西，夸赞朋友能为国赴边：“上马带胡钩，翩翩度陇头。小来思报国，不是爱封侯。”[4]面对西北边地的恶劣环境及战场艰险，他歌颂朋友：“万里奉王事，一身无所求。也知塞垣苦，岂为妻子谋？”[5]而他自己更是：“丈夫三十未富贵，安能终日守笔砚？”[6]擦干客泪，抹去乡愁，毅然决然冒着“迸人面”的“飒飒胡沙”[7]，踏上“终日风与雪，连

①《送李副使赴碛西官军》，刘开扬笺注《岑参诗集编年笺注》，巴蜀书社，1995年，第214页。

②《送郭乂杂言》，刘开扬笺注《岑参诗集编年笺注》，巴蜀书社，1995年，第59页。陈铁民、侯忠义校注《岑参集校注》，上海古籍出版社，2004年，第32页。

③岑参《送费子归武昌》，刘开扬笺注《岑参诗集编年笺注》，巴蜀书社，1995年，第151页。

④岑参《送人赴安西》，刘开扬笺注《岑参诗集编年笺注》，巴蜀书社，1995年，第146页。

⑤岑参《初过陇山途中呈宇文判官》，刘开扬笺注《岑参诗集编年笺注》，巴蜀书社，1995年，第156页。

⑥岑参《银山碛西馆》，刘开扬笺注《岑参诗集编年笺注》，巴蜀书社，1995年，第179页。

⑦岑参《银山碛西馆》，刘开扬笺注《岑参诗集编年笺注》，巴蜀书社，1995年，第179页。

天沙复山”①的长途,在“为言地尽天还尽,行到安西更向西”②的“黄沙碛里”跋涉,并将自己锻炼成了合格的守边“战士”。他的《北庭西郊候封大夫受降回军献上》一诗,诠释了北庭战地生活及一个书生成为战士的喜悦,更是充满对“未四十”就能建立丰功伟绩“国士”的羡慕。全诗如下:“胡地苜蓿美,轮台征马肥。大夫讨匈奴,前月西出师。甲兵未得战,降虏来如归。橐驼何连连,穹帐亦累累。阴山烽火灭,剑水羽书稀。却笑霍嫖姚,区区徒尔为。西郊候中军,平沙悬落晖。驿马从西来,双节夹路驰。喜鹊捧金印,蛟龙盘画旗。如公未四十,富贵能及时。直上排青云,傍看疾若飞。前年斩楼兰,去岁平月支。天子日殊宠,朝廷方见推。何幸一书生,忽蒙国士知。侧身佐戎幕,敛衽事边陲。自逐定远侯,亦着短后衣。近来能走马,不弱并州儿。”③这一切都是为了“古来青史谁不见,今见功名胜古人”④的理想和抱负。

三、“隐”的象征与“仕”的真实

“我欲因之梦吴越,一夜飞度镜湖月。”⑤李白“飞度”的“梦”中到底“隐”了什么?竺岳兵以为李白四入浙江、三入剡中、二上天台、

①岑参《寄宇文判官》,刘开扬笺注《岑参诗集编年笺注》,巴蜀书社,1995 年,第 187 页。

②岑参《过碛》,刘开扬笺注《岑参诗集编年笺注》,巴蜀书社,1995 年,第 176 页。

③岑参《北庭西郊候封大夫受降回军献上》,刘开扬笺注《岑参诗集编年笺注》,巴蜀书社,1995 年,第 298 页。

④岑参《轮台歌奉送封大夫出师西征》,刘开扬笺注《岑参诗集编年笺注》,巴蜀书社,1995 年,第 310 页。

⑤李白《梦游天姥吟留别》,安旗主编《李白全集编年注释》,巴蜀书社,1990 年,第 769 页。

一上四明山①。李白的“飞度”“梦游”仅仅是为了满足“好入名山游”②的情趣，还是为了效仿谢灵运写一首两首好诗？其实在李白的诗中，游名山、游吴越的背后，还是那挥之不去的“功业”。看看这些诗作：

> 吴会一浮云，飘如远行客。功业莫从就，岁光屡奔迫。良图俄弃捐，衰疾乃绵剧。古琴藏虚匣，长剑挂空壁。楚冠怀钟仪，越吟比庄舄。国门遥天外，乡路远山隔。朝忆相如台，夜梦子云宅。旅情初结缉，秋气方寂历。风入松下清，露出草间白。故人不可见，幽梦谁与适。寄书西飞鸿，赠尔慰离析。③

吴会的山水是自己所钟爱的，可游山玩水的重心在“功业”，当时光飞逝、事业无成时，他即刻觉得自己的漫游如浮云般空虚了。《淮南卧病书怀寄蜀中赵徵君蕤》作于他第一次入剡中、登天姥、上天台山之后。首次入越北回扬州是开元十五年(727)秋季。这时的李白二十七岁，风华正茂，偶遇生病，情绪难安，想想自己漫游的“良图”，心中郁结，抱病给远在蜀中的老师诉苦。所诉第一苦就是告诉老师“功业莫从就”。李白所追求的“功业”，非同一般，他要“申管晏之谈，谋帝王之术。奋其智能，愿为辅弼，使寰区大定，海县清一”④，可现在却不知道自己怎样才能实现这一远大抱负，何从何就，路在

①参见竺岳兵《唐诗之路唐代诗人行迹考》，中国文史出版社，2004 年。

②李白《庐山谣寄卢侍御虚舟》，安旗主编《李白全集编年注释》，巴蜀书社，1990 年，第 1580 页。

③李白《淮南卧病书怀寄蜀中赵征君蕤》，安旗主编《李白全集编年注释》，巴蜀书社，1990 年，第 88 页。

④李白《代寿山答孟少府移文书》，安旗主编《李白全集编年注释》，巴蜀书社，1990 年，第 1053 页。

何方?

再看他的《书情赠蔡舍人雄》:

> 尝高谢太傅,携妓东山门。楚舞醉碧云,吴歌断清猿。暂因苍生起,谈笑安黎元。余亦爱此人,丹霄冀飞翻。遭逢圣明主,敢进兴亡言。白璧竟何辜?青蝇遂成冤。一朝去京国,十载客梁园。猛犬吠九关,杀人愤精魂。皇穹雪冤枉,白日开昏氛。泰阶得夔龙,桃李满中原。倒海索明月,凌山采芳荪。愧无横草功,虚负雨露恩。迹谢云台阁,心随天马辕。夫子王佐才,而今复谁论。层飙振六翮,不日思腾骞。我纵五湖棹,烟涛恣崩奔。梦钓子陵湍,英风缅犹存。彼希客星隐,弱植不足援。千里一回首,万里一长歌。黄鹤不复来,清风愁奈何!舟浮潇湘月,山倒洞庭波。投汨笑古人,临濠得天和。闲时田亩中,搔背牧鸡鹅。别离解相访,应在武陵多。①

这首诗作于他天宝十二年(753)南游入越之际,开篇即歌唱谢安。说我喜爱这个人,不只是因为他有携妓游肆、沉醉楚舞吴歌的风流,更在于他能为苍生之危奋发、谈笑之间安稳天下黎民;我喜爱这个人,也不仅在于他云卧丹霄山麓、心想青云翻飞的高隐,更在于他敢为天下兴亡负责的亮节。与谢安相比,自己真是惭愧,于是从"白璧竟何辜"至"不日思腾骞",抒幽愤,讽现实,寄舍人,无不将国家安危放在心上。说"我纵五湖棹,烟涛恣崩奔",可书写的范蠡、严子陵、屈原、陶渊明,哪一个是能忘怀世事、不要功业的呢?这一点无时无刻不在他的心里,无时无刻不在他的诗中。开元十八年(730),三十

①李白《书情赠蔡舍人雄》,安旗主编《李白全集编年注释》,巴蜀书社,1990年,第1053—1054页。

岁的李白第一次到长安，寓居玉真公主别馆，作《玉真公主别馆苦雨赠卫尉张卿二首》，表白自己"功成拂衣去，摇曳沧洲傍"①；至德元年（756）五十六岁的李白在越中，作《赠常侍御》，仍然希望"一起振横流，功成复潇洒"②。无论在淮南卧病，还是"十载客梁园"；无论是赠常侍御、赠卫尉张卿，还是赠韦秘书子春，他都不忘表白自己内心的"至爱"，他最"爱""有卷舒"的"大贤"③，否则如"谷口郑子真"④，即使"高名动京师"⑤，"苟无济代心，独善亦何益？"⑥"功成"是他游越的真谛。

封建时代文人生命价值的砝码不外乎"仕"与"隐"。以"气"合并儒、仙、侠的李白，访名山，寻胜水，"冥搜""梦游"，只不过就是不能实现"谈笑安黎元"⑦、"相与济苍生"⑧的些许安慰。李白的写法，正如法国著名象征派诗人马拉美所说的，一点一点地把对象暗示出来，用以表现一种心灵状态。这是一种象征手法。

岑参何尝不留恋他的终南别业？

---

①李白《玉真公主别馆苦雨赠卫尉张卿二首》其二，安旗主编《李白全集编年注释》，巴蜀书社，1990 年，第 120 页。

②李白《赠常侍御》，安旗主编《李白全集编年注释》，巴蜀书社，1990 年，第 1296 页。

③李白《赠常侍御》，安旗主编《李白全集编年注释》，巴蜀书社，1990 年，第 1296 页。

④李白《赠韦秘书子春二首》其一，安旗主编《李白全集编年注释》，巴蜀书社，1990 年，第 1314 页。

⑤李白《赠韦秘书子春二首》其一，安旗主编《李白全集编年注释》，巴蜀书社，1990 年，第 1314 页。

⑥李白《赠韦秘书子春二首》其一，安旗主编《李白全集编年注释》，巴蜀书社，1990 年，第 1314 页。

⑦李白《书情赠蔡舍人雄》，安旗主编《李白全集编年注释》，巴蜀书社，1990 年，第 1053 页。

⑧李白《送裴十八图南归嵩山二首》其二，安旗主编《李白全集编年注释》，巴蜀书社，1990 年，第 635 页。

溪水碧于草,潺潺花底流。沙平堪濯足,石浅不胜舟。洗药朝与暮,钓鱼春复秋。兴来从所适,还欲向沧洲。①

这首《终南东溪口作》,写作时间在岑参首度赴西域东归后,地点在长安。同时同地所作尚有《太一石鳖崖口潭旧庐招王学士》《题华严寺环公禅房》《终南双峰草堂作》。岑参被"幽趣倏万变,奇观非一端"的美景深深吸引着,心中不免要生出"偶逐干禄徒,十年皆小官"②的抱怨及"醉酒漉松子,引泉通竹竿"③的向往。终南山的幽美,王维写得真切:"太乙近天都,连山到海隅。白云回望合,青霭入看无。分野中峰变,阴晴众壑殊。欲投人处宿,隔水问樵夫。"高大深幽所构成的美境,令人流连忘返,而由陈子昂、卢藏用、宋之问、李白、孟浩然、王维、贺知章等"仙宗十友"以及司马承祯所讽刺的"终南捷径",作为晚辈的岑参也不是不知晓,他也时不时地在感叹:"敛迹归山田,息心谢时辈。"④"有时逐樵渔,尽日不冠带。崖口上新月,石门破苍霭。色向群木深,光摇一潭碎。缅怀郑生谷,颇忆严子濑。"⑤可是,他在《送人赴安西》诗中仍然写道:"上马带胡钩,翩翩度陇头。小来思报国,不是爱封侯。万里乡为梦,三边月作愁。早须清黠虏,

①岑参《终南东溪口作》,刘开扬笺注《岑参诗集编年笺注》,巴蜀书社,第248页。

②岑参《太一石鳖崖口潭旧庐招王学士》,刘开扬笺注《岑参诗集编年笺注》,巴蜀书社,1995年,第244页。

③岑参《太一石鳖崖口潭旧庐招王学士》,刘开扬笺注《岑参诗集编年笺注》,巴蜀书社,1995年,第244页。

④岑参《终南山双峰草堂作》,刘开扬笺注《岑参诗集编年笺注》,巴蜀书社,1995年,第249页。

⑤岑参《终南山双峰草堂作》,刘开扬笺注《岑参诗集编年笺注》,巴蜀书社,1995年,第249页。

无事莫经秋。”①诗中充满了对友人英姿勃发、舍身报国、不计名利的赞赏，劝勉友人早日立功边疆，荡平虏寇，还边境以安宁。他自己也是身体力行，在回到长安不到两年后，又第二次踏上长达万余里的漫漫征程。在这次的征程中，他把诗笔投向了自然物产、民情风俗，显示了对边地生活的关切。他赴北庭过陇山的第一首诗《赴北庭度陇思家》，即写陇山的鹦鹉，到临洮写《临洮泛舟赵仙舟自北庭罢使还京》，描绘临洮泛舟的美好：“池上风回舫，桥西雨过城。”经凉州作《凉州馆中与诸判官夜集》，叙写“弯弯月出挂城头，城头月出照凉州。凉州七里十万家，胡人半解弹琵琶”的边城富庶。《过酒泉忆杜陵别业》描绘了“黄沙西际海，白草北连天”的壮阔辽远。到北庭后，更是以欣赏赞美的笔触，写胡地的苜蓿、征马、胡歌、游戏，《北庭西郊候封大夫受降回军献上》从“胡地苜蓿美，轮台征马肥。大夫讨匈奴，前月西出师”写起，全诗豪气干云，走马川遮天蔽日的黄沙、刮着大如斗的乱石飞走的狂风、如刀割面的酷寒，都化为了捷报、凯歌，化为了豪迈的精神、英雄的赞歌。

表面的浪漫、梦中的洒脱，李白心中“功成”的激情在燃烧，岑参诗里“逸兴”的暗流在涌动。可钦可佩的是，同样“傲常调”②、“心与沧浪清”③的岑参，踏上了“仕”的征途，亲历了“仕”的真实。伴他行走的是宇文判官、韦侍御、李副使、封大夫、赵将军、张都尉、黑姓蕃王、关西老将，是敦煌太守、玉门关盖将军、酒泉韩太守、关门小吏、花门酒家翁，令他感动的是边疆将士的勇武、地方官员的惠政、

①岑参《送人赴安西》，刘开扬笺注《岑参诗集编年笺注》，巴蜀书社，1995 年，第 146 页。

②岑参《冀州客舍酒酣贻王绮寄题南楼》，刘开扬笺注《岑参诗集编年笺注》，巴蜀书社，1995 年，第 44 页。

③岑参《渔父》，刘开扬笺注《岑参诗集编年笺注》，巴蜀书社，1995 年，第 258 页。

边地军民的生活。走马川、火山云、天山雪、热海、沙碛、胡歌、胡舞,这些令他惊叹的殊方异俗,难以化解他心中块垒,却也赋予了他“千树万树梨花开”的千古绝唱;功业不成的惨淡,时时令他懊恼、徘徊:“云沙万里地,辜负一书生。”①“可知年四十,犹自未封侯。”②“悔向万里来,功名是何物。”③“早知安边计,未尽平生怀。”④这一切却都是真实。

四、“兴来洒笔”的“风流”与“勤王敢道远”的“坚持”

李白的飘逸不群为后世所公认,“俱怀逸兴壮思飞,欲上青天揽明月”,“兴酣落笔摇五岳,诗成笑傲凌沧洲”,可谓写尽了自己的心事。而这一份“逸兴”,最为集中地表现在他的越中诗里。

李白越中诗,反复咏叹“兴”“逸兴”:“兴从剡溪起”⑤、“兴引登山屐”⑥、“虽然剡溪兴”⑦、“试发清秋兴,因为吴会吟”⑧。

①岑参《临洮泛舟赵仙舟自北庭罢使还京》,刘开扬笺注《岑参诗集编年笺注》,巴蜀书社,1995年,第290页。

②岑参《北庭作》,刘开扬笺注《岑参诗集编年笺注》,巴蜀书社,1995年,第321页。

③岑参《日没贺延碛作》,刘开扬笺注《岑参诗集编年笺注》,巴蜀书社,1995年,第171页。

④岑参《登北庭北楼呈幕中诸公》,刘开扬笺注《岑参诗集编年笺注》,巴蜀书社,1990年,第328页。

⑤李白《淮海对雪赠傅霭》,安旗主编《李白全集编年注释》,巴蜀书社,1990年,第785页。

⑥李白《送杨山人归天台》,安旗主编《李白全集编年注释》,巴蜀书社,1990年,第358页。

⑦李白《秋山寄卫尉张卿及王征君》,安旗主编《李白全集编年注释》,巴蜀书社,1990年,第139页。

⑧李白《送鞠十少府》,安旗主编《李白全集编年注释》,巴蜀书社,1990年,第348页。

“兴”可以说因为《诗经》六义之“原始”，而令整部中国文学史都成了“诗之裔”。“兴”也成为与诗歌不能割裂的一个元素。关于“兴”之古往今来的诸多解说均有道理，比如说譬喻，《论语·阳货》云：“诗，可以兴。”何晏《论语集解》引孔安国曰：“兴，引譬连类。”《汉书·刘向传》云：“更生伤之，乃著《疾谗》《擿要》《救危》及《世颂》，凡八篇，依兴古事，悼己及同类也。”颜师古注：“兴谓比喻也。”比如说“因物感触”，宋罗大经《鹤林玉露》卷一〇云：“盖兴者，因物感触，言在于此而意寄于彼。”鲁迅《汉文学史纲要》第二篇云：“赋、比、兴以体制言：赋者直抒其情；比者借物言志；兴者托物兴辞也。是为《诗》之三纬。”比如说兴致，《晋书·王徽之传》云：“乘兴而来，兴尽便返。”王维《终南别业》云：“兴来每独往，胜事空自知。行到水穷处，坐看云起时。”再比如，子曰：“诗可以兴。”钟嵘说：“文有尽而意有余，兴也。”刘勰说“兴隐”，“起情”，“依微以拟议”。总之，“兴”是“真美”，是艺术的直觉，是创作的灵感。创作灵感发生时，艺术直觉得到充分展现，创作主体便浮想联翩，文思泉涌，下笔如有神助。而李白追求的“逸兴”，一遇越中灵山秀水，便瞬间勃发，猛然涌现。“镜湖流水漾清波，狂客归舟逸兴多。”①“此中有逸兴，早晚向天台。”②越中山水的确养育了魏晋名士“乘兴而来，尽兴而归”的“风度”，承接其后的“盛唐诸公，唯在兴趣”，“兴来洒笔”③、“兴酣落笔”④

①李白《送贺宾客归越》，安旗主编《李白全集编年注释》，巴蜀书社，1990年，第624页。

②李白《送友人寻越中山水》，安旗主编《李白全集编年注释》，巴蜀书社，1990年，第1688页。

③李白《酬张司马赠墨》，安旗主编《李白全集编年注释》，巴蜀书社，1990年，第823页。

④李白《江上吟》，安旗主编《李白全集编年注释》，巴蜀书社，1990年，第1553页。

的盛唐气象,被李白挥洒于“我今携谢妓,长啸绝人群”①的浪漫中、“挂席拾海月,乘风下长川”②的飘逸中,寄挂在“何处我思君,天台绿萝月”③的天台山绿萝明月中,寄挂在那“天台邻四明,华顶高百越”④的华顶峰颠上,更是被浸泡在“风流到剡溪”⑤的“风流”中。

“好奇”的“岑参兄弟”也是乘“兴”任性的。知名画家祁乐⑥,性格豪爽,才华横溢,胸怀远大抱负,力图为国建功立业。他曾到骊山温泉宫向玄宗献赋,未能被玄宗召见;他投笔从戎,不畏艰险,在五月火山如云屯般的季节,面对把天地烤得通红、连鸟儿都不敢飞的火山赤云,祁乐却如蓬草飘转一般,履险如夷,勇赴边塞。最让岑参赞叹的是,他还能乘兴作画,所画江上奇峰,气韵生动:

有时忽乘兴,画出江上峰。床头苍梧云,帘下天台松。忽如

①李白《忆东山二首》其二,安旗主编《李白全集编年注释》,巴蜀书社,1990年,第554页。

②李白《叙旧赠江阳宰陆调》,安旗主编《李白全集编年注释》,巴蜀书社,1990年,第877页。

③李白《赠王判官时余归隐居庐山屏风叠》,安旗主编《李白全集编年注释》,巴蜀书社,1990年,第1312页。

④李白《天台晓望》,安旗主编《李白全集编年注释》,巴蜀书社,1990年,第832页。

⑤李白《东鲁门泛舟二首》其二,安旗主编《李白全集编年注释》,巴蜀书社,1990年,第716页。

⑥陈铁民、侯忠义校注《岑参集校注》引《岑诗系年》:“案天宝十载公在临洮有《留别祁四》诗,祁四即祁乐,此谓祁乐从戎,疑即指在临洮之事。祁乐盖继公之后东归,故诗曰:‘前月还长安。’然则此诗当作于天宝十一、二年间。”祁乐即画家祁岳。杜甫《刘少府新画山水障歌》:“岂但祁岳与郑虔,笔迹远过杨契丹。”唐朱景玄《唐朝名画录》空有其名,不见踪迹的画家二十五人,其中有祁岳。又《图绘宝鉴·补遗》谓岳:“工山水。”

> 高堂上，飒飒生清风。①

“有时忽乘兴”之“兴”，既指创作灵感，也包含着一股郁勃不平之气。江上孤傲的奇峰、苍梧山上盘绕不去的愁云，以及天台山挺拔的青松，均生动逼真，挂在厅堂“飒飒生清风”，仿佛如真的一般。这种“兴”来之笔的底蕴正在于人品气概，正是严羽赞美的盛唐诸公的“兴趣”。这种兴趣，他在《终南东溪口作》中写“兴来从所适”②，在《终南山双峰草堂作》中写“兴来恣佳游”：

> 敛迹归山田，息心谢时辈。昼还草堂卧，但与双峰对。兴来恣佳游，事惬符胜概。著书高窗下，日夕见城内。曩为世人误，遂负平生爱。久与林壑辞，及来松杉大。偶兹精庐近，数预名僧会。有时逐樵渔，尽日不冠带。崖口上新月，石门破苍霭。色向群木深，光摇一潭碎。缅怀郑生谷，颇忆严子濑。胜事犹可追，斯人邈千载。③

李白因为“安能摧眉折腰事权贵，使我不得开心颜”，而“梦游天姥”，岑参也一度“唯爱隐几时，独游无何乡”，希企“林卧”，他的《林卧》诗曰：

---

①岑参《送祁乐归河东》，刘开扬笺注《岑参诗集编年笺注》，巴蜀书社，1995年，第252页。

②岑参《终南东溪口作》，刘开扬笺注《岑参诗集编年笺注》，巴蜀书社，1995年，第248页。

③岑参《终南山双峰草堂作》，刘开扬笺注《岑参诗集编年笺注》，巴蜀书社，1995年，第249页。刘开扬诗后注：“《河岳英灵集》《文苑英华》、明正德蜀刻本‘资’作‘恣’，本文取‘恣’。”

偶得鱼鸟趣,复兹水木凉。远峰带雨色,落日摇川光。臼中西山药,袖里淮南方。唯爱隐几时,独游无何乡。①

诗中多处用典,“鱼鸟趣”用嵇康《与山巨源绝交书》语典:“游山泽,观鱼鸟,心甚乐之。”②“臼中西山药”用曹丕《折杨柳行》语典:“西山一何高,高高殊无极。上有两仙童,不饮亦不食。与我一丸药,光耀有五色。服药四五日,身体生羽翼。轻举乘浮云,倏忽行万亿。流览观四海,茫茫非所识。”③“淮南方”用《淮南子》所载有关神仙黄白术事典④。“隐几”取自《庄子·齐物论》,即:“南郭子綦隐几而坐,仰天而嘘,答焉似丧其耦。”成玄英疏:“隐,凭也。子綦凭几坐忘,凝神遐想。”⑤“无何乡”取自庄子《逍遥游》,即:“今子有大树,患其无用,何不树之于无何有之乡。”⑥这表达了希望自己修练,乃至服药而进入忘我的状态,达到无所待的逍遥境界。

岑参也曾有“酩酊醉时日正午,一曲狂歌垆上眠”的狂放经历。开元二十七年(739)春,岑参从长安往游河朔,由古邺城西北行抵邯郸⑦,作《邯郸客舍歌》:

客从长安来,驱马邯郸道。伤心丛台下,一带生蔓草。客舍

①岑参《林卧》,刘开扬笺注《岑参诗集编年笺注》,巴蜀书社,1995 年,第 14 页。
②嵇康《与山巨源绝交书》,《全上古三代秦汉三国六朝文》第 2 册《全三国文》卷四七,中华书局影印本,1958 年,第 1321 页。
③曹丕《折杨柳行四解》,郭茂倩编《乐府诗集》第三十七卷《相和歌辞》十二《瑟调曲》二,中华书局,1979 年,第 547 页。
④参张双棣《淮南子校释》,北京大学出版社,1997 年。
⑤陈鼓应注译《庄子今注今译》引王博说:“齐物的关键其实不在于物,而在于心。”中华书局,1983 年,第 40—41 页。
⑥陈鼓应注译《庄子今注今译》,中华书局,1983 年,第 35 页。
⑦陈铁民、侯忠义校注《岑参集校注》,上海古籍出版社,2004 年,第 22 页。

门临漳水边，垂杨下系钓鱼船。邯郸女儿夜沽酒，对客挑灯夸数钱。酩酊醉时日正午，一曲狂歌垆上眠。①

关于这首诗，徐增《而庵说唐诗》分析得细致准确：“‘客从长安来’，当是关中大侠。‘驱马邯郸道’，驱马而过，意若不欲于邯郸暂一顿足者。见赵武灵王所建之丛台，一旦生此蔓草于其上，霸图已矣，为之伤心。于是觅酒家大醉以消之。乃见客舍，门临漳水，垂杨一带，下系渔船，尽是有酒之处。邯郸女儿当垆，至夜犹沽酒。每对客，挑灯明亮，在光中卖弄数钱之快。邯郸女儿，无检束至此。而此从长安来之客，自午间已在此沽酒，饮至大醉，不知高下，便横卧于垆上。到此挑灯时才醒，一曲狂歌，响若鲸吼，直使女儿手中钱惊落地上，遑知其之夸数钱不夸数钱哉。疏辣爽快，的是汉子语。”②

无论是隐逸，还是狂放，与李白心仪“红颜弃轩冕，白首卧松云”③的孟夫子的“清芬”相比，岑参把自己的“兴趣”放在了“功名只向马上取，真是英雄一丈夫”④的豪迈。这一选择，让他体验了“平沙万里绝人烟”⑤的苦辛、“断人肠”⑥的乡愁、“远行客”⑦的悲伤、“边

①岑参《邯郸客舍歌》，刘开扬笺注《岑参诗集编年笺注》，巴蜀书社，1995年，第42页。

②徐增著，樊维刚校注《而庵说唐诗》，中州古籍出版社，1990年，第143页。

③李白《赠孟浩然》，安旗主编《李白全集编年注释》，巴蜀书社，1990年，第319页。

④岑参《送李副使赴碛西官军》，刘开扬笺注《岑参诗集编年笺注》，巴蜀书社，1995年，第214页。

⑤岑参《碛中作》，刘开扬笺注《岑参诗集编年笺注》，巴蜀书社，1995年，第214页。

⑥岑参《酒泉太守席上醉后作》，刘开扬笺注《岑参诗集编年笺注》，巴蜀书社，1995年，第384页。

⑦岑参《暮秋山行》，刘开扬笺注《岑参诗集编年笺注》，巴蜀书社，1995年，第164页。

功竟不成”①的失意,但诗人始终以“王事”②为己任,以“勤王”③为职责,以“忠义”④为操守。“勤王敢道远,私向梦中归。”⑤“男儿感忠义,万里忘越乡。”⑥“侧身佐戎幕,敛衽事边陲。”⑦这些直白的表达,禁不住令人要嘲笑岑参的不超脱、不飘逸,可是在“朕即国家”的社会里,这何尝不是保家卫国的奉献,又何尝不是爱国情怀的高扬?

一路高歌的创作,在唐代诗人中,或者说在中国古代诗歌史上,恐怕没有比李白“梦游”更逸兴遄飞的了,恐怕也没有比岑参“苦旅”再漫长的了。“梦游”使山水欢快地跳跃在诗人的笔下,“苦旅”让艰险“绽放”在诗人的眼中。东南蓬瀛的“梦游”与陇右边塞的“苦旅”,隐逸的乐土与出仕的征程,包蕴了王维、孟浩然,囊括了高适、王昌龄,还有那一批批或游历越中,或亲涉陇右的知名诗人。他们的诗路书写,展示了“骨气端翔、音情顿挫、光英朗练、有金石声”⑧的唐诗魅

①岑参《临洮泛舟赵仙舟自北庭罢使还京》,刘开扬笺注《岑参诗集编年笺注》,巴蜀书社,1995年,第290页。

②岑参《初过陇山途中呈宇文判官》,刘开扬笺注《岑参诗集编年笺注》,巴蜀书社,1995年,第156页。

③岑参《发临洮将赴北庭留别》,刘开扬笺注《岑参诗集编年笺注》,巴蜀书社,1995年,第288页。

④《武威送刘单判官赴安西行营便呈高开府》,刘开扬笺注《岑参诗集编年笺注》,巴蜀书社,1995年,第201页。

⑤岑参《发临洮将赴北庭留别》,刘开扬笺注《岑参诗集编年笺注》,巴蜀书社,1995年,第288页。

⑥岑参《武威送刘单判官赴安西行营便呈高开府》,刘开扬笺注《岑参诗集编年笺注》,巴蜀书社,1995年,第201页。

⑦岑参《北庭西郊候封大夫受降回军献上》,刘开扬笺注《岑参诗集编年笺注》,巴蜀书社,1995年,第298页。

⑧陈子昂《与东方左史虬修竹篇序》,彭定求等编《全唐诗》,上海古籍出版社,1990年影印扬州诗局本。

力。千年以下,这些诗中的“古迹”、路上的“遗存”,一直是人们盘桓徘徊、咏史吊古、言志抒怀、写景抒情的源头活水、而历代书写所具有的经典传播意义,使唐诗之路更加成为精神的凝聚,千古流播,永放异彩。

(作者单位:兰州理工大学文学院、甘肃政治大学)

“西山白雪三城戍”

——杜甫《野望》诗旨及首句异文再考

徐希平

一、关于《野望》诗问题的重新提出

杜甫被称为诗圣，也被梁启超称为情圣。他关心世上疮痍，同情民生疾苦，也亲近自然山水，喜欢登高望远。诗中咏物抒怀，也常用同样的题目。如题为《望岳》的诗就写了三次，分别写东岳泰山、西岳华山和南岳衡山。他自号杜陵布衣、少陵野老，成都草堂茅屋被称为“野亭”，还有《野老》《野人送朱樱》等诗，其以《野望》为题的诗更多达五首，其中三首是作于四川。

第一首是上元二年（761），在青城山作《野望因过常少仙》：

野桥齐渡马，秋望转悠哉。竹覆青城合，江从灌口来。入村樵径引，尝果栗皱开。落尽高天日，幽人未遣回。①

另一首为宝应元年（762）十一月在射洪拜访陈子昂故居所作《野望》：

①杜甫著，仇兆鳌注《杜诗详注》，中华书局，1979年，第825页。

金华山北涪水西，仲冬风日始凄凄。山连越巂蟠三蜀，水散巴渝下五溪。独鹤不知何事舞，饥乌似欲向人啼。射洪春酒寒仍绿，目极伤神谁为携？①

第三首便是本文所要讨论的《野望》诗，宝应元年（762），或说上元二年（761）杜甫于成都草堂所作，诗云：

西山白雪三城戍，南浦清江万里桥。海内风尘诸弟隔，天涯涕泪一身遥。惟将迟暮供多病，未有涓埃答圣朝。跨马出郊时极目，不堪人事日萧条。②

诗人从落成不久的草堂四围野望，西山锦江尽收眼底，进而联想到兄弟失散，天涯相隔，自己迟暮多病，未能报效国家，表达出深沉的家国忧思。此诗历来为人传诵，广为流播，被选入《唐诗别裁集》③、《唐诗三百首》等多种普及性选本，可见其影响。其首联尤其有名，"西山白雪三城戍，南浦清江万里桥"，可与其著名绝句"窗含西岭千秋雪，门泊东吴万里船"相比美，西岭雪山与锦江舟桥相对，有异曲同工之妙。

这一联著名的诗句中，"三城戍"一词，最初曾有着几种不同的异文。杜诗集大成注的仇兆鳌《杜诗详注》卷十于"西山白雪三城戍"之"城"字下注以小字："一作奇、一作年。"再于诗后注云："唐氏注：西山，在成都府西，一名雪岭。三城戍，即松、维、堡三城。《唐志》注：唐兴有羊灌、田朋、笮绳桥三城。《困学纪闻》：《唐·地理志》：彭州

①杜甫注，仇兆鳌注《杜诗详注》，中华书局，1979年，第944页。
②杜甫注，仇兆鳌注《杜诗详注》，中华书局，1979年，第880页。
③沈德潜编《唐诗别裁集》，中华书局，1981年，第190页。

导江县,有三奇戍。《韦皋传》:大将陈洎等,出三奇西南。《备边录》:所谓三奇营也。钱笺:西山三城,界于吐蕃,为蜀边要害,屡见杜诗,正不必作三奇也。"①仇兆鳌在此既指出三城、三奇、三年等异文,又明确选择"三城"。最后再引朱鹤龄的评语:"按史:是时分剑南为两节度,而西山三城列戍,百姓疲于调役,高适尝上疏论之,不纳。公诗当为此作,故有人事萧条之叹。"《杜诗详注》的这个观点影响很大,清代浦起龙《读杜心解》、杨伦《杜诗镜铨》等通行本均采之,《读杜心解》还特地指出:"三城,一作奇,非。"②可见基本上成为定论,似乎再无讨论的必要。

今天之所以再次提出讨论,源于2020年初在唐诗之路研究会卢盛江会长主持微信学术群的一次活动。首先是中国李白学会原会长薛天纬先生发现中央电视台第五届"中国诗词大会"节目中引用此诗。其荧屏字幕提示的标准答案为"西山白雪三年戍,南浦清江万里桥"。由此生疑,认为是"城"错成"年"了,不知错在哪个环节。学者们也都认为是电视屏幕文字讹误,但该节目文稿学术总负责人李定广先生解释说,屏幕文字并没有错,出题专家是基于版本依据,并且认为"三年"更胜于"三城"。笔者对此不敢苟同,认为杜诗所言"三城"是确指川西松(潘)、维州、保州三城,皆为今羌族聚居区。在藏汉之间,为蜀西防守重镇,故仍应以"三城戍"为是。群内学者兴趣盎然,展开热烈讨论。山东大学孙微、吉林大学沈文凡、西北师大郝润华等教授都提供依据支持笔者观点,但似乎也没有让对方完全接受。考虑到"中国诗词大会"的广泛影响,觉得有必要进一步加以讨论,以利于杜诗的正确传播。

①杜甫注,仇兆鳌注《杜诗详注》,中华书局,1979年,第880页。

②浦起龙《读杜心解》,中华书局,1961年,第624页。

二、关于不当作“三年戍”或“三奇戍”的问题

李定广先生认为:“三城戍”固然合理,“三年戍”也很合理。其理由主要有三:1. 有宋本依据,且宋人亦说“三年戍”是“旧本”;2. 诗意很通畅,吐蕃趁“安史之乱”于乾元元年(758)十二月攻陷河源军东进,唐始于乾元二年(759)在成都西北“西山”戍守,至杜甫作《野望》的宝应元年(762),正好三年,杜甫此诗诸家皆系于宝应元年无异议;3. 此诗首联用对仗,“三年戍”对“万里桥”,以时间对空间,为对仗之上乘,若用“三城戍”对“万里桥”则以空间对空间,下乘矣。

因此本文首先就此三点进行讨论,在此基础上进一步引申展开。

第一,关于底本依据:李定广先生称“三年”之说有宋本依据,确如其言,这是一个很重要的支撑。然而宋代杜集版本众多,现存的宋集就为数不少。最早的宋仁宗宝元二年(1039)王洙编成杜集二十卷,经成都华阳人王琪整理,成为杜集定本和后来各种杜集的祖本。比较著名的就有所谓北宋末吴若《杜工部集》,嘉州赵次公《杜工部诗先后解》,南宋初郭知达《新刊校订集注杜诗》,阙名《分门集注杜工部诗》,南宋蔡梦弼《杜工部草堂诗笺》,黄希、黄鹤父子补注《黄氏补千家集注杜工部诗史》,徐居仁编、黄鹤补注《集千家注分类杜工部诗》,刘辰翁批点《集千家注批点杜工部诗集》等若干种。在这些宋本中,三种异文都有依据。具体情况如下:

1. 上海图书馆藏王洙王琪编订本作“西山白雪三奇戍”,无异文;

2. 蔡梦弼《杜工部草堂诗笺》(中华书局善本再造本据国家图书馆、北京大学图书馆藏宋刻本)卷二二作“西山白雪三奇戍”。且于“奇”字下小字注云:“奇,一作城,西山,即雪山也。戍,谓屯兵以备吐蕃也。”

3. 蔡梦弼《杜工部草堂诗笺》卷五一诗补三(清光绪景刊古逸丛

书覆宋麻沙本)作“西山白雪三年戍”,且于“年”字下小字注云:“年,一作城,西山,即雪山也。戍,谓屯兵以备吐蕃也。”

4. 除了以上两种版本异文之外,现存其余各种宋本皆作“西山白雪三城戍”,且多不注其他异文。

先说“三奇”,分别有两处版本,其实最早编杜集的王洙已经说得很清楚,据黄氏补注《黄氏补千家注纪年杜工部诗史》卷二三:“洙曰:按新史高适传,上皇还京,复分剑南为两节度,百姓弊于调度,而西山三城列戍,高适尝上疏论之,不纳。”①在徐居仁编、黄鹤补注《集千家注分类杜工部诗》中也有这段引文,可见王洙是以“三城”为确。钱谦益《钱注杜诗》正文作“三奇”,小字注:“一作城,一作年。”笺注曰:“《困学纪闻》:《唐书地理志》:彭州导江县有三奇戍,《韦皋传》:遣大使陈埠等出三奇,《西南备边录》所谓三奇营也,当从旧本作三奇为是。按西山三城,界于吐蕃,为蜀边要害,屡见杜诗。正不必作‘三奇’,此穿凿之过耳。”②《杜诗详注》据以采之,故“三奇”之说少有人再提及。

相对而言,“三年戍”仅存于清光绪景刊古逸丛书覆宋麻沙本蔡梦弼《杜工部草堂诗笺》,据蔡梦弼跋语:“梦弼博求唐宋诸本杜诗十门,聚而阅之,三复参校仍用嘉兴鲁氏编次先生用舍之行藏,作诗岁月之先后,以为定本。”应该说对于研究杜诗用功甚勤,功劳很大,该书成书于宋宁宗嘉泰四年(1204),流传过程中又形成多种版本,“有五十卷本、二十二卷本,四十卷附补遗十卷本三种”③,其中五十卷本均为残本,四十卷附补遗十卷本以黎庶昌所刻《古逸丛书》本流布最

①黄希、黄鹤补注《黄氏补千家注纪年杜工部诗史》,刘跃进、徐希平主编《杜集珍本文献集成》第1辑第16册,国家图书馆出版社,2021年,第47页。

②钱谦益注《钱注杜诗》,世界书局,1935年,第268页。

③张忠纲等编著《杜集叙录》,齐鲁书社,2008年,第87—91页。

广。张忠纲先生认为三种版本中以黎刻最劣。傅增湘先生指出其“卷第凌乱,注文脱失,不可胜数”。虽然陈尚君先生认为其讹误“皆是四十卷本产生时既成的错失,并非此次刊刻之”①,黎刻确有保存文献之功,但本身的讹误是客观的,黎庶昌《重刻草堂诗笺跋》交代其来源为“前四十卷南宋本,后十一卷补遗外集高丽本,两本俱多模糊,而高丽本刻尤粗率”。而《野望》“三年戍”这首诗在《草堂诗笺》四十卷版本没有,正好在卷末补遗之中,其异文之可靠性也就大打折扣了。

特别有意思的是,古逸丛书覆宋麻沙本蔡梦弼《杜工部草堂诗笺》载《野望》诗正文作“三年戍”,句下同样注曰:“《新唐书·高适传》,明皇还京,复帅剑南为两道节度,百姓罢于调役,而西三城列防秋三戍,适上疏论之,不纳。”与前引录王洙的注对照,如出一辙,文字略有差异,显然据以改写,而去掉注者姓名。这个注释恰好是为“三城”而作,证明其正文并非为“三年”也。

所以两宋之交的赵次公曰:“西山,在松维州之外,维州,今之威州也。冬夏有雪,号为雪山。所以控带吐蕃之处,时吐蕃方入寇,故须防戍也。高适上疏,可证三城置戍之始,旧本作三年,非。”②

第二,关于唐在成都西北“西山”戍守始于乾元二年(759),至杜甫作《野望》的宝应元年(762),正好三年的问题。

关于这个问题,表面看来确实很巧合,似乎可以成立,其实存在两个疑问,一个是三城开始戍守的时间。一般人多据《新唐书·高适传》这段话加以推断,“始,上皇东还,分剑南为两节度,百姓弊于调度,而西山三城列戍”。唐玄宗乾元元年(758)十一月还京,十二月,

①陈尚君《蔡梦弼〈杜工部草堂诗笺〉版本流传考》,《古籍整理研究学刊》2011年第5期。

②林继中《杜诗赵次公先后解辑校》(修订本),上海古籍出版社,2012年,第469页。

吐蕃陷河源军,以此理解唐朝于次年即乾元二年开始戍守三城。其实,这是一个易于混淆的误区。川西北山区自秦汉即为徼外羌地,蜀西屏障,松州为历代兵家必争的边陲军事重镇,唐武德元年(618)在此地置松州,置翼州,到唐太宗时就曾与吐蕃多次发生大战。武德八年(625)置维州,后来取胜后增加翼州、当州、柘州、松州、恭州、姚州、悉州、奉州、霸州、保宁都护府等,其地常年有军队戍守,统辖天宝军、平戎军、昆明军、宁远军、江南军、澄川军等地,其中有些地点不时陷于吐蕃,或失而复得,还有石臼戍、薛城戍、识臼戍等名称,即可见一斑。《旧唐书·高适传》云:"百姓劳敝,适因出《西山三城置戍》论之。"[①]《全唐文》卷三五六收录,名之为《请罢东川节度使疏》[②],另据《唐方镇年表》载:高适于宝应元年(762)接替严武任剑南西川节度使[③],但上疏时间是在此前。高适于乾元二年(759)五月拜彭州刺使,六月赴任,次年(上元元年)秋由彭州转蜀州刺使。据周勋初先生考订,上疏是在上元元年(760)彭州刺使任上[④]。感于剑南西川辖地有限,财政不足,百姓困窘,同时西山常年戍守,防范吐蕃。因此建议罢置三城戍以减负,或以剑南统辖两川,以增加实力,这里并无明皇回京才开始建立西山三城列戍之意。另据《新唐书·方镇表四》:"至德二载:更剑南节度号西川节度使,兼成都尹,增领果州。以梓、遂、绵、剑、龙、阆、普、陵、泸、荣、资、简十二州隶东川节度。"[⑤]可见早在乾元之前就已经分剑南为东西两川。高适上疏陈述困难而不纳,

①刘昫等《旧唐书》卷一一一,《二十五史》(5),上海古籍出版社影印,1986年,第401页。

②董诰等编《全唐文》卷三五六,上海古籍出版社影印,1990年,第1604页。

③吴廷燮编《唐方镇年表》,中华书局,1980年,第965页。

④周勋初《高适年谱》,上海古籍出版社,1980年,第110页。

⑤欧阳修、宋祁《新唐书》,《二十五史》(6),上海古籍出版社影印,1986年,第192页。

其弊由来已久,如岑参大历元年(766)所作《送狄员外巡按西山得雾字》诗云:“兵马守西山,中国非得计。不知何代策,空使蜀人弊。”①可见西山戍守历时久远,并非乾元二年(758)才于三城置戍也。

至于杜甫作“野望”之时间,李定广先生谓杜甫此诗诸家皆系于宝应元年(762)无异议。也只是相对而言,大多数确实是认为此年所作,但也有个别注家编在上元二年(761)或存疑者。

即使以乾元二年(759)至宝应元年(762),实际上是三周年,这其实也是现代计算习惯,而古人常常是按虚岁计算。杜甫于宝应元年送严武离蜀,广德二年(764)严武再镇蜀,杜甫结束川北梓阆间流离再回草堂,作《将赴成都草堂途中有作,先寄严郑公五首》称:“三年奔走空皮骨,信有人间行路难。”就是两周年三个年头,可见“三年戍”的统计并不确切。

至于第三点认为“三年”与“万里”相对为时间对空间更胜一筹,则完全是来自鉴赏者主观意见。诗圣立意出神入化,各有其妙,无法以后人之见规定其章法之变,时空对应、点面对应没有高下之分,所谓见仁见智,故在此不做更多讨论。但有一点需要指出的是,若作三年,戍字必须是动词,戍守;作三城,戍则成为名词,下句对应的桥字即是名词,二者孰优孰劣?也就不言而明。故莫砺锋、童强《杜甫诗选》解释此联为:“西山白雪三城戍,南浦清江万里桥。前句点明边情警急,后句悲叹思归不能。”就十分精当。

三、从“以杜解杜”及所涉时局等因素论应作“三城戍”

除此之外,杜诗学研究有一条重要原则为“以杜解杜”,即在各种

①陈铁民、侯忠义校注《岑参集校注》,上海古籍出版社,1981年,第337页。

文献之外根据杜集材料提供内部印证。按照这一原则,必须紧密结合当时局势加以考察,知人论世。杜甫广德元年(763)曾作《为阆州王使君进论巴蜀安危表》谓:“吐蕃今下松维等州,成都已不安矣。”陈述观点与高适相近。广德二年(764)在严武幕中有《东西两川说》谓:“顷三城失守,罪在职司,非兵之过也。”“八州之人愿贾勇,复取三城不日矣。”再据《元和郡县志》:“维州……武德七年,白狗羌首领内附,于姜维城置维州以统之。其城甚险固,乾元二年(759)没西戎。”①《资治通鉴》云:“广德二年(764)十二月,吐蕃陷松、维、保三州及云山新筑二城,西川节度使高适不能救,于是剑南西山诸州亦入于吐蕃矣。”又载:“广德二年(764)九月,剑南节度使严武破吐蕃七万众,拔当狗城。”可证包括维州在内的西部边陲重镇戍营多有陷落,后来严武镇蜀曾有所收复,但并未全部成功。由以上材料都可以看出杜甫对西山三城局势发展的掌握和特别关注。《旧唐书·地理志》云:“松州下都督府,天宝元年(742),改松州为交川郡。乾元元年(758),复为松州。”“维州下,武德元年(618),白苟羌降附,乃于姜维故城置维州。天宝元年(742),改为维川郡。乾元元年(758),复为维州。”“保州下,本维州之定廉县。开元二十八年(740),置奉州,以董晏立为刺史。领定廉一县。天宝元年(742),改为云山郡。八载,移治所于天保军,乃改为天保郡。乾元元年(758)二月,西山子弟兵马使嗣归诚王董嘉俊以西山管内天保郡归附,乃为保州,以嘉俊为刺史。”

以上材料说明,此诗所言“戍”字并非动词之“戍守”,而已经演化成名词,即“戍所”“戍营”“戍兵”。钱谦益直接将高适上疏称为“《请减三城戍兵疏》”:“平戎以西数城,邈若穷山之巅,蹊隧险绝,运粮于束马之路,坐甲于无人之乡。”“三城戍”已经形成一个固定词

①李吉甫《元和郡县图志》卷三二,中华书局,1983年,第815页。

语,为大家所习用,与"万里桥"一样,皆为名词,故两相对应,不存在所谓时空相对的问题,也不存在戍守三年的问题。

最重要的还有一条,堪称直接的以杜解杜的材料,杜甫于作《野望》诗后的次年,即宝应二年(763,亦为广德元年)所作《西山三首》,其写作背景与着眼点皆密切关联,十分相近,录之于下:

其一

彝界荒山顶,蕃州积雪边。筑城依白帝,转粟上青天。蜀将分旗鼓,羌兵助井泉。西戎背和好,杀气日相缠。

其二

辛苦三城戍,长防万里秋。烟尘侵火井,雨雪闭松州。风动将军幕,天寒使者裘。漫山贼营垒,回首得无忧。

其三

子弟犹深入,关城未解围。蚕崖铁马瘦,灌口米船稀。辩士安边策,元戎决胜威。今朝乌鹊喜,欲报凯歌归。

《杜诗详注》题注曰:"鹤注:'此广德元年,松州被围时作。'卢注《图经》云:'岷山巉绝崛立,捍阻羌夷,全蜀依为巨屏。'"又分别指出三诗主旨为:"此章记西山时事,次章记松州之围,三章记松州之陷也。"①

钱谦益《钱注杜诗》云:"《元和郡县志》:岷山,即汶山,南去青城山百里,天色晴明,望见成都。山顶停雪,常深百丈,夏月融泮,江川为之洪溢,即陇之南首也。李宗谔《图经》:维州,南界江城,岷山连岭而西,不知其极,北望高山,积雪如玉,东望成都若井底,一面孤峰,三

①杜甫注,仇兆鳌注《杜诗详注》,中华书局,1979 年,第 1045 页。

面临江,是西蜀控吐蕃之要冲。”①

结 语

以上从多种角度对该诗异文予以论述,说明应该以“三城戍”为宜。正如薛天纬先生所说,中国诗词大会既是普及性质,诗歌文本宜从普及本。联系该诗主旨和杜甫对当时局势和蜀西地理及民族关系的熟悉与关注等因素,充分说明,首句应以当今通行杜集以及选本作“西山白雪三城戍”为宜。

(作者单位:西南民族大学中文学院)

①钱谦益注《钱注杜诗》,世界书局,1935 年,第 284 页。

文人入蜀与蜀道唐诗之路的形成

严正道

清代巴蜀诗人李调元曾有“自古诗人例到蜀”之说,形成这一说法的源头应该追溯至有唐。自初唐四杰不约而同相继入蜀之后,举凡唐代重要的诗人,大都具有入蜀的经历,尤其是高适、岑参、杜甫、白居易、刘禹锡、李商隐等大诗人的入蜀,更强烈加深了人们的印象,李调元之说正是基于此。事实上,考察整个唐五代时期,入蜀的文人可谓络绎不绝,他们不畏险途,跋山涉水,往来行走于蜀道,为其隽美雄奇之山水与异域独特之文化所吸引,一路吟咏唱诵,留下无数诗篇,是一条名副其实的唐诗之路。

一、唐五代文人入蜀之动因

唐以前入蜀的文人不多,在蜀道留下诗文的更是屈指可数。其最直接的原因,就是山川阻隔导致的交通不便,《蜀道难》乐府民歌的出现便是这种客观事实的反映,所以像王羲之这样心虽向往之而身不能至的现象就很普遍。然而有唐一代,这种现象却发生了根本性的转变,文人入蜀不绝如缕,也才有了蜀道唐诗之路。分析唐五代文人入蜀的动因,主要有以下几方面:

(一)交通条件的改善。唐五代诗人能够入蜀的一个重要前提,即是交通条件的改善,没有这个前提和客观条件,则唐五代诗人纵有入蜀的豪情与强烈愿望,也只能像前代文人一样望蜀而叹。首先,大一统的政治形势有利于保持巴蜀地区与中原地区的紧密联系,从而长时间维持顺畅的交通。自秦惠王并巴蜀至唐一统巴蜀前,巴蜀地区与中原地区实际上一直处于游离状态,一有风吹草动,则蜀地独立倾向明显,直至新的强力王朝出现,反复如此,因而巴蜀与中原等地的交通也是时断时续。而到了唐代,巴蜀地区始终牢牢控制在唐统治者手中,虽然有过崔旰、刘辟之乱,但也很快平息,即使是在中晚唐中原内乱不断的情况下,唐统治者对巴蜀的控制也不但没有削弱,反而得到进一步强化,成为其依赖的大后方。可以说巴蜀与京洛地区的这种政治经济联系是前所未有的。在这种情形下,出入蜀交通得以保持长久的通畅。

其次,唐代统治者对蜀道有意识地进行维护、修缮,大大改善了出入蜀交通条件,为文人出入蜀提供了方便。唐朝统治者认识到要维持其对庞大帝国的有效管理与统治,顺畅和便利的交通是必不可少的条件,因而在全国建立起超越此前任何王朝的、以关陇为中心辐射四方的庞大交通网络①。其中西南线则是出入蜀的主要通道,穿越陕川崇山峻岭,并延伸至滇黔。但蜀道难自古皆然,要让其成为通途并不易。不过,唐朝驿馆制度的实施,以及对蜀道的修缮和开发却有效地维持了蜀道的畅通。驿的设置,据《新唐书》记载:“凡三十里有驿,驿有长,举天下四方之所达,为驿千六百三十九;阻险无水草镇戍者,视路要隙置官马。水驿有舟。凡传驿马驴,每岁上其死损、肥瘠之数。”②可见唐代驿馆设置之普遍。中唐以后驿馆设置更加成熟,不再采用军事化管理,而由专门机构负责,“至德之后,民贫不堪

①李德辉《唐代交通与文学》,湖南人民出版社,2003 年,第 20 页。
②欧阳修、宋祁《新唐书》卷四六,中华书局,1975 年,第 1198 页。

命，遂以官司掌焉”①。其功能由军事向民用转变，不但为行人提供交通工具，还提供住宿，对象也主要由军事人员变为过往官员、使者，以及进士、举人等。盛唐时期交通的主干道上驿馆遍布，“自京师四极，经启十道，道列于亭，亭实以驷。而亭惟三十里，驷有上、中、下。丰屋美食，供亿是为”②。中唐以后，唐王朝的疆域范围缩小了很多，但据《通典》记载驿站仍有一千五百八十七个，与盛唐时期相去无几，说明中唐对控制区域的驿馆设置不但没有减少，反而有所增加。特别是作为经济命脉和大后方的巴蜀地区，蜀道的繁忙远甚于初盛唐时期，驿馆的设置理所应当会有所增加。如最繁忙的入蜀通道褒斜道，据严耕望先生考证，在唐前期并未置驿站，中唐以后则多次增置驿馆③。在驿馆之外，还有各种具有商业性质的客馆、旅店，为来往旅人提供食宿等服务。馆驿设置的普遍以及各种商业性质旅馆的出现，为唐代上至帝王、下至普通百姓的出行提供了极大的方便，这也在很大程度上促成了唐代文人普遍的游历之风。蜀道上的驿馆，其具体地点与数量，由于史料记载的有限无法具体详考，但从某一段的设置中也可看出一斑。蓝勇《四川古代交通路线史》一书言：“隋唐以前，四川曾有馆驿邮亭之设，但发展极不健全。到了唐代，废督邮，以吏主驿事，各路驿道都得到很大发展，剑阁道在当时尤为突出。据我所考，唐代金牛道上的驿站有十七个……按刘禹锡《山南西道新修驿路记》载‘自褒而南逾利州，至于剑门次舍十有七。’则可知唐代金牛道的驿站远不止十七个，只是史籍遗载，多已无法征考了。”④金牛

①欧阳修、宋祁《新唐书》卷四六，中华书局，1975 年，第 1198 页。

②高适《陈留郡上源新驿记》，《全唐文》卷三五七，中华书局，1983 年，第 3629 页。

③严耕望《唐代交通图考》第 3 卷《秦岭仇池区》，上海古籍出版社，2007 年，第 716—728 页。

④蓝勇《四川古代交通路线史》，西南师范大学出版社，1989 年，第 13 页。

道如此,其余道大约也如此。还有作为驿馆补充的具有商业性质的旅店也同样出现在蜀道边,据《通典》记载:开元期间“东至宋、汴,西至岐州,夹路列店肆待客,酒馔丰溢。每店皆有驴赁客乘,倏忽数十里,谓之驿驴。南诣荆、襄,北至太原、范阳,西至蜀川、凉府,皆有店肆,以供商旅。适数千里,不持寸刃”①。这对于普通百姓,特别是那些没有功名的文人来说是一个极大的方便。中唐以后下第游蜀的士子特别多,如果没有这些店肆提供食宿服务,恐怕会很难成行。可见,虽然唐代驿馆的设置并非针对蜀道,但对于蜀道的影响似乎更为积极与显著,对于蜀道旅行也更具变革意义。相比于唐前有道无馆的现状,以及旅人惶惶而行的旅程,这种改变对于人们的心理影响是巨大的,在解决了食宿问题后,蜀道旅行者不必再忧愁风餐露宿,也不用再在前不着村、后不着店的环境中踽踽独行,而可以用审美的眼光去观赏沿途之风景,用心体会其别样的旅途感受,唐诗之路也就由此形成。

(二)政治影响:宦游与避乱。任何时代任何文化与文学现象都离不开政治的影响,它就像一只无形的巨手,挥袖之间,一幕幕或悲壮、或雄浑、或瑰丽、或浪漫的文化景象就呈现在世人面前,并由此构成各个时代多姿多彩、丰富多样的文学史现象。纵观整个唐五代,几乎每个诗人的入蜀都或多或少与政治有着一定的联系,不同的只是受其影响程度的大小而已。在入蜀诗人中,宦游蜀地是最为普遍的现象,这其中主要是指因仕宦、贬谪、奉使的原因而入蜀的诗人,他们受到唐五代时期各种政治因素,诸如皇权争夺、党派斗争、个人恩怨等政治事件,以及各种政策条文等的直接影响,在政治的直接推动下入蜀。从宦游蜀地的这三类入蜀诗人群数量来看,因仕宦和贬谪而入蜀的诗人数量占据绝大多数,因奉使而入蜀的诗人数量则并不多;

①杜佑著,王文锦等点校《通典》卷七,中华书局,1988年,第152页。

而从其分布的时期看,贬谪在初盛唐时期要多一些,中晚唐以后数量则逐渐减少,反之,仕宦则在中唐以后逐渐增多,成为士人普遍接受的一种常态。

先看贬谪。唐五代的贬谪地点,主要集中在南方,据尚永亮主撰《唐五代逐臣与贬谪文学研究》的统计,贬谪人数最多的依次是:岭南道、江南西道、江南东道、山南东道、剑南道、山南西道、淮南道、黔中道①。不过根据本文对巴蜀的定义,除了主体剑南道外,山南西道的大部分、山南东道及黔中道的一部分也属巴蜀地区,如果这样计算的话,巴蜀地区总共有贬谪人数 344 人②,仅次于岭南道(436 人)及江南西道(402 人),可见巴蜀地区在唐五代时期是贬官首选地之一。其中原因,笔者以为一是巴蜀确实偏远,交通在唐五代虽有较大改善,但与其他地区相比还是显得不便。二是巴蜀地域广阔,且山重阻隔,政治、经济、文化发展极不平衡。成都平原一带自古以来就是巴蜀的政治、经济、文化中心,而其他区域则普遍比较落后,中唐以后政治地位的陡然上升也只惠及成都附近(包括梓州),而对于其他地区并没有带来太大的影响,依然是贬谪的首选地。

贬谪入蜀是对文人的一种政治惩罚,而仕宦入蜀则是一种正常任职,但同样受到政治的影响,不同的是仕宦入蜀遵循正常的政治规则,不针对具体个人,不具有惩罚性质,因而文人也乐于接受,甚至主动求任。初盛唐时,统治者的关注焦点和重心主要集中于关中及西北边疆,在这种政治导向下,文人仕宦蜀地的积极性自然不高。而在中晚唐,在中原地区内乱不断的情况下,蜀地却保持了相对安定,经济也有较大发展,更为重要的是统治者政策的转变,巴蜀地区得到空

①杜佑著,王文锦等点校《通典》卷七,中华书局,1988 年,第 50 页。

②巴蜀地区 344 人中,剑南道 155 人,山南西道除去凤州共 133 人,山南东道的忠州、夔州、万州共 46 人,黔中道的黔州 10 人。

前的重视。为有效控制巴蜀,至德二载(757)剑南道分为东西两川,而西川地位尤为突出,曾平定蜀乱的高崇文就言"西川乃宰相回翔之地"①,唐王朝对西川的重视不言而喻。由此可以想象,当朝廷重臣都纷纷入蜀,出将入相之时,普通文人受此鼓舞,更趋之若鹜,仕蜀的热情高涨。

避乱入蜀是唐五代文人受政治影响的又一例子。唐五代文人大规模的入蜀避乱出现了两次,一次是由安史之乱引起,一次是由黄巢农民起义引起,中原地区的这两次大动乱直接导致帝王的仓惶入蜀,随之而来的则是大量官吏,以及陆续而来的大批文人,继之以普通民众的移民入蜀浪潮。先看安史之乱引发的文人入蜀高潮。陈正祥在《中国文化地理》一书中言:"第二个使汉文化向东南推进的大波澜是'安史之乱',大唐帝国从此衰微。黄河中下游广大地区经过浩劫,残破不堪;继之以藩镇割据,政局动荡,于是居民离散,大量向南迁移;南方的州郡,人口显著增加。此后在经济发展上,南方已超越北方;北方依赖南方的接济,愈来愈殷切。"②巴蜀地区正是由这场战乱引发的文化南移的受益者,不仅在经济上全面赶超关陇地区,在文学上也开始奋起直追,而带来这种变化的正是避乱入蜀的大批文人。唐末黄巢领导的农民起义在攻破潼关后,历史又一次重演,唐僖宗在宦官田令孜挟持之下,狼狈出逃,先至兴元,再奔至成都。玄宗之时,由于部分官员反对入蜀,加之有不少人追随新帝肃宗而去,故入蜀的士人并不很多,主要以内宫官员为主。而僖宗之时,黄巢在长安"尤憎官吏,得者皆杀之"③。群臣只能随僖宗奔蜀,中和二年(881)二

①司马光《资治通鉴》卷二三七,中华书局,1956年,第7641页。

②陈正祥《中国文化地理》,生活·读书·新知三联书店,1983年,第4页。

③司马光《资治通鉴》卷二五四,中华书局,1956年,第8240页。

月,“群臣追从车驾者稍集成都,南北司朝者近二百人”①。可见当时入蜀避难的官吏很多,著名者如王铎、萧遘、张浚、孔纬、卢渥、韦昭度、张祎、孙樵、牛峤、崔凝、孟照图诸人。

(三)文化吸引:游历与观景。盛唐诗人陶翰《送孟大入蜀序》云:“翰读古人文,见《长杨》《羽猎》《子虚》赋,壮哉!至广汉城西三千里,清江夤缘,两山如剑,中有微径,西入岷峨,□有奇幽,皆感子之兴矣。”②巴蜀地区浓厚的文化氛围、壮美奇幽的山川对于文人具有强烈的吸引力,这是推动唐五代诗人入蜀的另一个重要动力。

唐代大一统的政治形势、入蜀交通条件的改善为文人游蜀提供了前提条件,同时,唐代文人开放包容的胸襟、浪漫自由的天性、放荡不羁的个性,也形成了他们乐观进取、追求理想的精神风貌。在这样一种生活态度之下,他们把东晋以来逐渐盛行的游历山水的生活方式推向极致,漫游天下,遍访名山大川、探寻山水之趣成为他们比较普遍的一种生活方式。漫游的目标,一是名山大川,一是通都大邑。蜀中山水的名气及对当时文人的吸引虽还不能与吴越、潇湘等地相媲美,但其影响却在逐步扩大,甚至有后发制人之势,至宋时已是超越其他地区山水,如邵博所言“天下山水之观在蜀”③。唐代文人中选择蜀中山水作为漫游目标的第一人是王勃,其对蜀中山水的评价也极高,“丹壑争流,青峰杂起。陵涛鼓怒以伏注,天壁嵯峨而横立,亦宇宙之绝观也”④。以其在唐五代文坛的地位,想必对唐五代文人有极大的影响,如唐五代诗歌中的一些送人入蜀诗就以王勃之行相

①司马光《资治通鉴》卷二五四,中华书局,1956年,第8248页。

②董诰等编《全唐文》卷三三四,中华书局,1983年,第3381页。

③邵博《清音亭记》,《全宋文》,上海辞书出版社、安徽教育出版社,2006年,第184册第410页。

④王勃《入蜀纪行诗序》,《全唐文》卷一八〇,中华书局,1983年,第1833页。

勉励,徐凝《送马向入蜀》云:“游子出咸京,巴山万里程。白云连鸟道,青壁遭猿声。雨雪经泥坂,烟花望锦城。工文人共许,应纪蜀中行。”期望其在游蜀中像王勃一样诗兴大发。特别是一些落第举子,怀着和王勃同样的失意心情游蜀,或许期望在蜀中山水中释忧排闷,如李频《送于生入蜀》云:“家吴闻入蜀,道路颇乖离。一第何多难,都城可少知。江山非久适,命数未终奇。况又将冤抱,经春杜魄随。”可见于生游蜀的主要目的就是观景销忧。正是由于王勃大张旗鼓对自己游蜀观景的宣扬,才逐渐兴起了唐代文人的游蜀之风,从这个意义上讲,王勃可以说是开创了唐代文人漫游蜀地的先河。

除了山水和都市,发达的宗教文化也是吸引唐五代文人游蜀的一个重要原因。宗教文化往往与名山大川相伴而随,嘉山胜景之处往往有寺庙道观,巴山蜀水,雄奇秀美,正是宗教文化产生和传播的理想环境。这种浓厚的宗教文化氛围肯定是吸引文人入蜀的一个重要原因。如王勃,孙昌武先生就说:“他出身于太原王氏,是北朝信佛著名的氏族。但他本人的信仰,与入蜀有直接的关系。他自陈是‘我辞秦、陇,来游巴蜀,胜地归心,名都憩足。’杨炯称赞他‘西南洪笔,咸出其辞,每有一文,海内惊瞻’,这其中释教碑是重要部分。”①“胜地归心”,说明王勃对巴蜀的山水与佛教早已是虔诚久之。又中唐诗人李嘉佑,其漫游蜀中时多造访佛寺,如《五言登郡北佛龛》云:“石壁江城后,篮舆晚蹔登。古龛千塔佛,秋树一山僧。”②所登为利州(今广元)千佛崖。其实对于大多数入蜀诗人来说,蜀中的佛寺都是他们经常造访的地方,而巴蜀佛教与文学的关系,孙昌武先生已有所论述,此不复述。另外,唐五代文人在入仕前,或隐居山林,或寄宿寺庙、道观以读书。巴蜀本土诗人李白、陈子昂都是如此;入蜀文人,如

①孙昌武《唐代巴蜀佛教与文学》,《社会科学研究》1993 年第 5 期。

②陈尚君编《全唐诗续拾遗》卷一六,《全唐诗补编》,中华书局,1992 年,第 894 页。

段文昌，年轻时随父段成式入蜀，在龙华山寺读书，曹学佺《蜀中广记·名胜记》引《唐诗纪事》云："段文昌，字墨卿，别业在广都县之南龙华山，尝杜门力学于此，俗谓之段公读书堂。"①而对于喜欢漫游名山大川的文人来说，除了山水游赏，寻仙访道、晤僧论禅大概也是一项重要内容，如薛能就曾游昌利观（在今成都金堂县）访道，作《过昌利观有怀》诗，又游峨眉山佛寺，有《咏峨眉圣灯》诗。而像贯休、昙域、杜光庭、吴子来等僧道诗人，其游蜀则直接与巴蜀宗教相关，毋须多论。

以上对推动唐五代文人入蜀动因的分析，是基于推动其入蜀的主因素，但有时诗人入蜀的动因比较复杂，可能受到多种因素的影响，如王勃游蜀，观景是主要目的，但如果不是遭受政治上的挫折，被斥出沛王府，就不会有游蜀之行。不过，综观整个唐五代诗人入蜀的种种动因，政治是其中最根本的因素，任何诗人入蜀的背后，总可以找到政治的影子，只是这种影响的大小不同而已。

二、唐五代入蜀诗人对蜀道山水的书写

山川是构成巴蜀自然地理形态最主要的物质，是唐五代诗人入蜀后所见到的对于巴蜀最初的，也是最直观的印象，同时也是能够代表巴蜀文化特征的重要物象。从入蜀文人踏上蜀道之始，他们的如椽巨笔便与蜀道山水联系在一起。可以说，入蜀文人在蜀道唐诗之路留下最多的就是山水诗。

以金牛道为例，清顾祖禹《读史方舆纪要》卷五六云："由金牛而南至朝天岭，岭地最高。由岭而西，自剑阁趋绵、汉，以达于成都。由岭而南，则自保宁趋潼川，以达于成都。保宁迂，而剑阁捷，故剑阁最

①曹学佺撰，杨世文校点《蜀中广记》卷五，上海古籍出版社，2020年，第56页。

为要冲。"①剑阁道虽较近,但山高路险,无限风光尽在其中,唐五代大多数诗人由此道入蜀,留下的山水诗数量最多。据严耕望先生的考证②,从金牛县至成都,途中山水景观见诸诗文的有:五盘岭、五盘驿、嘉川驿、畤笔驿、龙门阁、朝天岭、望云岭、小漫天岭、深渡驿、大漫天岭、石柜阁、佛龛、嘉陵驿、桔柏渡、望喜驿、泥溪、白卫岭、小剑戍、方期驿、剑门关、开远戍、汉源驿、税人场、上亭驿、奉济驿、巴西驿、万安驿、白马关、鹿头关、金雁驿、五侯津、武侯庙、鸡踪桥、八阵图、天回驿、七里亭、升仙桥等。

在入蜀诗人中,杜甫对这些山水的叙述与描绘最为完整具体和详尽。乾元二年(759),杜甫举家入蜀,自秦州至成都,有感于沿途山川形胜,写下了两组山水行旅诗,具体形象地展现了空间跨度极大的秦陇山水和巴蜀山水,"读这两组诗时,无异于展开了一幅山水长卷,赤谷、铁堂峡、盐井……一一接踵而至,进入眼帘,使我们仿佛跟随着诗人登绝顶、穿峡谷、经栈道、渡急流,最后来到沃野千里的天府之国"③,如《五盘》《龙门阁》《石柜阁》《桔柏渡》《剑门》《鹿头山》《成都府》七首所描写的巴蜀山水。《五盘》为杜甫入蜀后的第一作,前八句写景,"五盘虽云险,山色佳有余。仰凌栈道细,俯映江木疏。地僻无网罟,水清反多鱼。好鸟不妄飞,野人半巢居"。诗中所写为作者登临五盘岭栈道中途时所见四下景色。五盘岭,在今广元市,据仇兆鳌《杜诗详注》引《明一统志》言:"七盘岭,在保宁府广元县北一百七十里,一名五盘岭。鲁訔曰:'栈道盘曲有五重。'"④栈道修筑在峭

①顾祖禹《读史方舆纪要》卷五六,上海书店出版社,1998年,第394页。

②严耕望《唐代交通图考》第4卷,上海古籍出版社,2007年,第903—904页。

③程千帆、莫砺锋《崎岖的道路与伟丽的山川——读杜甫纪行诗札记》,《社会科学战线》1987年第2期。

④杜甫著,仇兆鳌注《杜诗详注》卷九,中华书局,1999年,第713页。

岩陡壁之上，盘旋上升，行至中途，仰视上方栈道则越来越细小，说明登顶还远，下视则嘉陵江流淌而过，江树疏密，江水清澈，群鸟翻飞，四处可见当地百姓之巢居。由此可见五盘山之高峻险峭。此前杜甫已有《飞仙阁》一诗，云："土门山行窄，微径缘秋毫。栈云阑干峻，梯石结构牢。万壑欹疏林，积阴带奔涛。寒日外澹泊，长风中怒号。歇鞍在地底，始觉所历高。"所写为飞仙岭栈道，但侧重点不同，两诗可以互读，有助于理解五盘岭栈道之险峻。在杜甫前后，还有沈佺期和岑参都写到五盘岭。沈佺期诗题为《夜宿七盘岭》："独游千里外，高卧七盘西。晓月临窗近，天河入户低。芳春平仲绿，清夜子规啼。浮客空留听，褒城闻曙鸡。"虽然是比较成熟的五言律诗，但写景雕琢之迹明显，还带有宫体诗的影子，也未能抓住七盘岭景色的特征。与杜诗相比，板滞，生气不足。而岑参的《早上五盘岭》一诗，同样写五盘岭之景，然关注点又不同："平旦驱驷马，旷然出五盘。江回两崖斗，日隐群峰攒。苍翠烟景曙，森沉云树寒。松疏露孤驿，花密藏回滩。栈道溪雨滑，畬田原草干。"杜甫诗立足于一点，以眼光变化写栈道之景，而岑参诗以行踪的移动来写五盘岭之全景，视野更为开阔，但两者景物描写的重点最终都落在栈道和嘉陵江之上，故虽各有千秋，但表现的意境却比较接近。岑参入蜀后的诗歌改变了前期以边塞诗为主的风格，写作了大量山水诗，这首诗就是其蜀中山水诗的开始，故刘开扬先生说："岑参写蜀道景色，自此诗始。"①仅五（七）盘岭这样一个在唐前名不见经传的地方，却能引起唐五代这些著名诗人如此的关注，说明在进入蜀地后，"异域殊方"的新奇感很容易激发诗人的诗情，而这才仅仅是开始，之后杜甫对蜀中山水的诗情一发不可收拾。

沿嘉陵江东岸南行，杜甫又来到龙门山，上有石穴，高数十丈，故

①岑参撰，刘开扬笺注《岑参诗集编年笺注》，巴蜀书社，1995年，第632页。

号龙门,栈道名龙门阁,杜甫有《龙门阁》一诗。阁,曹学佺《蜀中名胜记》卷二六引颜师古注云:“栈即阁也。”①龙门阁,即龙门栈道。《方舆胜览》卷六六云:“(龙门阁)在绵谷县一里。冯钤斡田云:‘其他阁道虽险,然在山腰,亦微有径可以增置阁道。独惟此阁,石壁斗立,虚凿石窍而架木其上,比他处极险。”②杜甫的《龙门阁》诗确实把这样一种奇险无比之状写了出来,诗云:“清江下龙门,绝壁无尺土。长风驾高浪,浩浩自太古。危途中萦盘,仰望垂线缕。滑石欹谁凿,浮梁袅相拄。目眩陨杂花,头风吹过雨。百年不敢料,一坠那得取。饱闻经瞿塘,足见度大庾。终身历艰险,恐惧从此数。”前述飞仙阁栈道、五盘岭栈道与之相比,则又小巫见大巫了。难怪浦起龙言:“‘危途’四句,栈道图未必能尔。太白《蜀道难》,亦未免虚摹多、实际少。”③同样,沈佺期和岑参也都经过龙门,且都有诗歌留存下来。沈佺期《过蜀龙门》云:“龙门非禹凿,诡怪乃天功。西南出巴峡,不与众山同。长窦亘五里,宛转复嵌空。伏湍煦潜石,瀑水生轮风。流水无昼夜,喷薄龙门中。潭河势不测,藻葩垂彩虹。我行当季月,烟景共春融。江关勤亦甚,巇崿意难穷。势将息机事,炼药此山东。”从其地势与瀑水描写龙门洞之“与众不同”,比喻奇特且形象生动,“一‘煦’字写尽山水,幽晦入妙”④。全诗突出龙门之雄奇,与杜甫所写栈道风格相一致。

距龙门阁不远又有石柜阁,这时已是晚冬,《石柜阁》一诗写蜀道晚冬景色颇有特色,与前述奇险之景又不同,诗云:“季冬日已长,山晚半天赤。蜀道多早花,江间饶奇石。石柜曾波上,临虚荡高壁。清

①曹学佺撰,杨世文校点《蜀中广记》卷二六,上海古籍出版社,2020年,第272页。

②祝穆撰,施和金点校《方舆胜览》卷六六,中华书局,2003年,第1156页。

③杜甫撰,浦起龙著《读杜心解》卷一,中华书局,1977年,第86页。

④钟惺、谭元春编《唐诗归》卷三,《续修四库全书》第1589册,上海古籍出版社,2002年,第555页。

晖回群鸥，暝色带远客。”与北方晚冬万物凋敝一片萧杀不同，蜀道还有早花盛开，波涛之上，石柜高悬，天空群鸥南飞，行道之上远客匆匆。这些不同画面组合在一起就构成了一幅晚冬蜀道图，意境平淡，颇具王、孟山水诗的味道。故杨伦《杜诗镜铨》言此诗“入画似小谢佳句”①。如“江间饶奇石”“暝色带远客”，的确类似谢朓。可见巴蜀山水奇险之外，又有秀美平淡的一面。具有同样意境的还有《桔柏渡》一诗：“青冥寒江渡，驾竹为长桥。竿湿烟漠漠，江永风萧萧。连笮动袅娜，征衣飒飘飖。急流鸨鹢散，绝岸鼋鼍骄。”写渡江时江上之景，朦胧飘渺，独见清旷之气，别有一番意趣。

过嘉陵江后西南行，很快就到了剑门。剑门因大、小剑山峭壁中断，两崖相嵌如门之形故称。剑门又称蜀门，“趋蜀之路，必由是山”②。过了剑门才算真正进入蜀地。自西晋张载《剑阁铭》之后，剑门也成为蜀道上最知名的景观，无数文人入蜀争睹其险，因而也留下了大量相关诗文。在所有剑门诗歌中，杜甫所作的《剑门》和李白的《蜀道难》最受后人关注，如曹学佺《蜀中名胜记》卷二六引《本记》云：“按剑门题诗，以太白、子美为重，而世未有并祠之者。会从李参预壁所得所赐阜陵御书‘蜀道难’，又从李左史得赵忠定汝愚大书‘剑门’诗，因建祠刻二诗于侧，榜其堂曰文焰，取韩退之诗语也。”③后人如此推崇二诗，与两人在诗歌史的地位有关，但若论影响，杜甫《剑门》诗显然不及李白的《蜀道难》。杜甫诗云：“惟天有设险，剑门天下壮。连山抱西南，石角皆北向。两崖崇墉倚，刻画城郭状。一夫怒临关，百万未可傍。珠玉走中原，岷峨气凄怆。三皇五帝前，鸡犬

①杜甫著，杨伦笺注《杜诗镜铨》卷七，上海古籍出版社，1980年，第306页。
②于邵《剑门山记》，《全唐文》卷四二九，中华书局，1983年，第4368页。
③曹学佺撰，杨世文校点《蜀中广记》卷二六，上海古籍出版社，2020年，第273页。

各相放。后王尚柔远,职贡道已丧。至今英雄人,高视见霸王。并吞与割据,极力不相让。吾将罪真宰,意欲铲叠嶂。恐此复偶然,临风默惆怅。”杜甫此诗在立意上依张载《剑阁铭》而成,不过笔力雄肆,思虑更为悠远,但若论写景,则此诗只集中在前八句,描写中规中矩,并无特别之处,故王闿运言:“此诗易笏山喜诵之,听之甚佳,阅之仍无奇也。”①所谓“无奇”,说明无论是立意还是写景上都不能眼前一亮,有新奇之感,笔者以为此论有一定道理。

实际上,其他诗人的一些剑门诗反而有写得不错的。如岑参《入剑门作寄杜杨二郎中时二公并为杜元帅判官》写剑门的险峻:“不知造化初,此山谁开坼。双崖倚天立,万仞从地劈。云飞不到顶,鸟去难过壁。速驾畏岩倾,单行愁路窄。平明地仍黑,停午日暂赤。凛凛三伏寒,巉巉五丁迹。”突兀而起,用极度夸张的手法写剑门之高峻、险峭,让人透不过气来,具有他早期边塞诗的特点,令人印象深刻。李德裕的《题剑门》同样写剑门的险峻,但却以气势取胜:“奇峰百仞悬,清眺出岚烟。迥若戈回日,高疑剑倚天。参差霞壁耸,合沓翠屏连。想是三刀梦,森然在目前。”一般的剑门诗都是突出其险,而此诗却突出其雄伟,气魄全然不同。还有杜光庭的七律《题剑门》也写得气势雄浑:“谁运乾坤陶冶功,铸为双剑倚苍穹。题诗曾驻三天驾,碍日长含八海风。”而且蕴含历史的思考。

以上杜甫沿途所作诗歌(包括所举其他诗人)几乎全是描写蜀道栈阁为主的,因为从金牛到剑州这段蜀道,是标志性山水景观,也是诗人入蜀后印象最为深刻的,具有异于其他地区的重要特征。常言“无限风光在险峰”,蜀道之险也造就了其独特的山水风光,这是非入蜀文人所体会不到的,而入蜀文人则得江山之助,故才会产生如此众

①《王闿运手批唐诗选》,转引自陈伯海主编《唐诗汇评》,浙江教育出版社,1995年,第1009页。

多的文学作品,所以严耕望先生说:“剑州至金牛五百里间,途极险峻,多栈阁,是为南栈阁,建设桥阁盖至数万,所谓蜀道之险,全在此段,唐人诗文已尽状摹之能事。”①的确如此。

除了杜甫系统完整地描写了蜀道山水外,其他一些入蜀诗人也留下数量众多的山水诗,如上文提及的岑参、沈佺期、李德裕等人,其他还有不少,下文只列举其中一些稍作论述。总章二年(669),王勃漫游蜀中,对蜀中山水赞美有加。如其《泥溪》一诗即是蜀道中作,诗云:“弭棹凌奔壑,低鞭蹑峻岐。江涛出岸险,峰磴入云危。溜急船文乱,岩斜骑影移。水烟笼翠渚,山照落丹崖。风生苹浦叶,露泣竹潭枝。泛水虽云美,劳歌谁复知。”据严耕望先生考证,泥溪在剑州之东②。诗写作者渡泥溪登岸时所见两岸景色,湍急澎湃的河流、高耸入云的山峰、烟雾笼罩的江岸、赤日映照的山崖,以及小心谨慎的旅人,虽然过程艰难,但能享受如此美景,内心亦知足。王勃《入蜀纪行诗序》云蜀中“丹壑争流,青峰杂起,陵涛鼓怒以伏注,天壁嵯峨而横立,亦宇宙之绝观者也”③,与诗中之景完全一致,可见这确实是王勃亲身体验蜀中山水后的真实感受。

张说曾两度出使蜀中,其入蜀诗大多作于蜀道中,几乎每首诗都涉及巴蜀山水,足见其对巴蜀山水印象之深。如《过蜀道山》云:“我行春三月,山中百花开。披林入峭蒨,攀磴陟崔嵬。白云半峰起,清江出峡来。谁知高深意,缅邈心幽哉。”诗写自己阳春三月在蜀道中行进的情形,满山百花盛开,山林翠绿,生机勃勃,远望白云悠悠,青峰耸峙,清澈的江水穿峡而出,诗人在其中多么惬意,幽情高远,可以看出其初入仕途时的志得意满之情。而随着行程的艰难,也难免流

①严耕望《唐代交通图考》,上海古籍出版社,2007 年,第 4 册第 904 页。

②严耕望《唐代交通图考》,上海古籍出版社,2007 年,第 4 册第 890—891 页。

③王勃《入蜀纪行诗序》,《全唐文》卷一八〇,中华书局,1983 年,第 1833 页。

露出思乡之情,如《深渡驿》:“旅泊青山夜,荒庭白露秋。洞房悬月影,高枕听江流。猿响寒岩树,萤飞古驿楼。他乡对摇落,并觉起离忧。”深渡驿,据胡三省注《资治通鉴》云:“深渡在利州绵谷县北大漫天、小漫天之间。”①这首诗写深秋之夜,诗人泊舟深渡驿,无法入眠,透过船窗,悬月挂空,流萤飞过,耳中传来江流水声,以及岩树猿声,思绪万千,产生离愁思归之情。整首诗写景工整细致,意境深远,已具盛唐山水诗的风貌。特别是三、四句更是为人称道,明人陆时雍《唐诗镜》认为:“语气清高,非追琢可拟。”②其他还有《蜀路二首》《再使蜀道》等,都具有类似特点。张说入蜀诗写巴蜀山水往往显得秀美宁静,意境幽淡,和大多数诗人的奇险雄壮不同,既是因为其观察体验的角度不一样,也是因为巴蜀山水本身具有秀美宁静的一面。

咸通五年(864),薛能应西川节度使李福之辟入蜀,途中有纪行诗多首,往往即景抒情,借物言怀,对蜀中山水的描写颇具特色,如《蜀路》云:“剑阁缘云拂斗魁,疾风生树过龙媒。前程憩罢知无益,但是驽蹄亦到来。”以新奇的比喻夸张手法写剑阁之高峻,山风之迅疾猛烈。写剑阁之高峻很常见,但写山风之迅猛却是首见,大剑山和小剑山之间很容易形成风口,疾风生成应该是可信的,诗人正是敏感地抓住了这一点,所以显得与众不同,而这没有亲身经历也是写不出来的。又《嘉陵驿》云:“江涛千叠阁千层,衔尾相随尽室登。稠树蔽山闻杜宇,午烟熏日食嘉陵。频题石上程多破,暂歇泉边起不能。如此幸非名利切,益州来日合携僧。”写岸边栈阁层层叠叠,如嘉陵江上接连不断的波涛,首尾相接,登堂入室。这时茂林中传来杜鹃鸣叫,山中也升起午时的炊烟,但作者却完全没有诗兴,冥思苦想却题不出任

①司马光《资治通鉴》卷二七三,中华书局,1956年,第8940页。

②陆时雍编《唐诗镜》卷七,转引自陈伯海主编《唐诗汇评》,浙江教育出版社,1995年,第200页。

何诗句，幸好自己心情坦然，并无争名夺利之心。将栈阁比喻成接连的波涛，也确实很生新。另外，《望蜀亭》诗“树簇烟迷蜀国深，岭头分界恋登临”，写得朦朦胧胧，意境深远。不过，薛能的这些诗写蜀中山水虽然新奇，但略显晦涩，有为求创新而刻意为之的痕迹。

以上是唐五代诗人对蜀道山水的展现，以表现奇险雄壮的栈道峻岭为主，这是蜀道最典型也是最令人印象深刻的景观，但也不乏描写蜀道深山幽谷中秀美宁静之景的，表现出蜀道山水中更为常见的一面。正是这些不同风格的山水，缓解了无数入蜀诗人行旅的疲劳，并激发出他们的无限诗兴。

三、蜀道唐诗之路诗歌的主要风格特征

入蜀诗人在描写蜀道山水时，既为其雄奇险峻的壮观景色所震撼，也为其清幽隽秀之美景所吸引，由此形成两种不同风格特征的蜀道诗歌。而正是这两种风格特征的交融构成了蜀道唐诗之路的独特性，不但消解了人们对于蜀道难的固有认识，更引发后人对于蜀道山水的无限遐思，带来宋人蜀道诗创作的繁荣。

（一）雄奇壮美

王勃《入蜀纪行诗序》云：“若乃采江山之俊势，观天下之奇作，丹壑争流，青峰杂起，陵涛鼓怒以伏注，天壁嵯峨而横立，亦宇宙之绝观者也。”①这大概是绝大部分入蜀诗人对巴蜀山水的最直观印象。所谓“绝观”，是指世间罕有之景，是对山水景色的极高赞美，如范成

①王勃《入蜀纪行诗序》，《全唐文》卷一八〇，中华书局，1983 年，第 1833 页。

大《吴船录》云:“盖大峨峰顶,天下绝观,蜀人固有罕游。”①又文同《南康军妙明庵记》云:“此尤天下之胜处,世间不复更有之绝观也。”②其特征是既雄伟险峻,又奇秀壮丽。虽然王勃的入蜀纪行诗大部分已不存,但从现存的《普安建阴题壁》《泥溪》两诗中我们还是可以一窥究竟。《普安建阴题壁》云:“江汉深无极,梁岷不可攀。山川云雾里,游子几时还?”近人刘永济《唐人绝句精华》云:“此诗写山高水深,云雾杳冥之中,游子有四顾茫然之感。”③普安即今广元剑阁县普安镇,这与李白《蜀道难》中“连峰去天不盈尺,枯松倒挂倚绝壁。飞湍瀑流争喧豗,砯崖转石万壑雷”具有相似处,虽让人胆战心寒,却可以从中体会到一种奇险之美。所谓无限风光在险峰,正是如此。《泥溪》一诗亦是如此,“弭棹凌奔壑,低鞭蹑峻岐。江涛出岸险,峰磴入云危。溜急船文乱,岩斜骑影移”,水急浪高,岩壑壁立,高耸云天,船行之上,战战兢兢,如履薄冰,虽紧张凶险,但让人激昂兴奋,无限趣味也尽在其中。诸如此类雄伟奇绝之景,大概就是王勃所说之“绝观”,让人震撼之时,亦不能不为之惊叹赞美。

在其他入蜀诗人的笔下,虽然没有用“绝观”一词来赞美蜀道山水,但在诗歌中所描绘的蜀道山水,不管是从其外在形式来看,还是从其给诗人留下的内心感受来看,大都也是如此,既雄伟险峻,又奇秀壮丽。如骆宾王《畴昔篇》中回忆入蜀时情景云:“玉垒铜梁不易攀,地角天涯眇难测。莺啭蝉吟有悲望,鸿来雁度无音息。阳关积雾万里昏,剑阁连山千种色。蜀路何悠悠,岷峰阻且修。回肠随九折,

---

①范成大《吴船录》卷中,《笔记小说大观》第9册,江苏广陵古籍刻印社,1983年,第136页。

②文同《南康军妙明庵记》,《全宋文》,上海辞书出版社、安徽教育出版社,2006年,第51册第155页。

③刘永济选释《唐人绝句精华》,人民文学出版社,1981年,第5页。

迸泪连双流。”诗人以概述的方式追忆自己入蜀的经历，其中涉及诸多山水景观，如玉垒山、铜梁山、阳关、剑阁、岷山、九折坂、地角石、天涯石等，其目的无非是反复强调蜀道之难，突出其奇险，而唯独以“阳关积雾万里昏，剑阁连山千种色”之句写蜀道壮阔奇美之景，说明蜀道剑阁不但艰险，其景色亦奇绝，因而给诗人留下了极为深刻的印象。杜甫是以组诗形式系统描写蜀道山水风光的，这一点前文已有论述，而这些诗中以表现蜀道山水奇险壮丽为主的占绝大多数，其中不时有杜甫对蜀道“绝观”之赞叹。如《五盘》诗在屈曲盘旋、惊险万状的栈道中看到的却是人间胜境，内心按捺不住惊喜，开篇即言“五盘虽云险，山色佳有余”，连日来的恐惧惊扰和奔波劳累顿时得到舒解，“坦然心神舒”。所以清人蒋弱六评此诗云：“是险极中略见可喜，反因此生出别感来。分明一路恐惧惊忧，万苦在心，俱记不起；至此心神略闲，不觉兜底触出，最为神到。”①《石柜阁》一诗则是杜甫面对蜀道胜景，感叹自己不能像陶渊明、谢灵运那样寻幽访胜，只能“羁栖负幽意，感叹向绝迹”，内心不舍之情溢于言表。这里的“绝迹”与“绝观”表达的是同一意思，说明杜甫与王勃是有同感的。

剑门是蜀道上最具代表性的“绝观”之景，王勃“天壁嵯峨而横立”大概就是指此。唐五代入蜀诗人在此留下的诗文众多，但大多以张载《剑阁铭》为基调，议论较多，而写景较少，有喧宾夺主之嫌。只有中唐政治家李德裕的诗文，始终以写景为主，突出其“绝观”之景。他的《剑门铭》云：“群山西来，波积云屯。地险所会，斯为蜀门。层岑峻壁，森若戈戟。万壑奔东，双飞高阙。翠岭中横，黯然黛色。”注云：“剑门当中有一峰，峻岭横峙，望若列屏，此一峰为最奇，而说者未尝及之也。”②大多数文人在诗文中写剑门时往往偏重说教，所以写

①引自陈贻焮《杜甫评传》，北京大学出版社，2011 年，中册第 488 页。

②李德裕《剑阁铭》，《全唐文》卷七一一，中华书局，1983 年，第 7294 页。

景一笔带过,显得千篇一律。而李德裕此铭不但准确生动地描绘剑门之景,更将其中细节,如"一峰之奇"特意突出,说明李德裕并没有像一般文人那样单纯将其看成是政治说教的工具,而首先将其看成是蜀道上之"绝观",并为其折服。所以他在《剑门铭》中意犹未尽,再题诗一首,与铭文交相辉映,尽情展现其雄伟奇绝之景。岑参的《入剑门寄杜杨二郎中》虽然篇末大量议论,但起首写剑门之景却颇具其边塞诗的风格,以奇语写奇景。作为一位见多识广且见惯奇景的诗人,剑门之景能让他再次震撼,这充分说明剑门为"宇宙之绝观"不虚。当然其他入蜀诗人写剑门之景较少,并非是他们要否认这点,实际上正是因为他们意识到剑门雄伟奇险的特性,才让他们满怀忧虑,担心"所守或匪亲,化为狼与豺"(李白《蜀道难》)。所以入蜀诗人视剑门为"绝观"应该是比较一致的。

(二)隽秀明丽

唐五代时期,随着大量文人的入蜀,巴蜀山水逐渐被发现,其"宇宙之绝观"自然让人惊叹,而其秀美处亦让人"长怀赏心爱"。初盛唐时期是其发现过程,之前文人对巴蜀山水的一些初步印象,如剑阁、巫山多为绝观之景,然入蜀之后才发现巴蜀山水丰富而多样,清新秀美、雅致明丽之景比比皆是,在初盛唐入蜀诗中这类诗的数量实际要比前一类多。初唐四杰是唐五代入蜀诗人中最早关注巴蜀山水的,入蜀的经历也是他们从亭台楼阁走向江山大川,体验自然风光的开始。如王勃在惊叹于蜀道的自然绝观的同时,又流连忘返于成都平原一带的秀美之景,在两年多时间中,先后游历剑州、绵州、汉州、梓州、彭州、嘉州等地,留下了数量众多的山水诗文。杨炯《王子安集序》云:"远游江汉,登降岷峨。观精气之会昌,玩灵奇之肸蠁。考文章之迹,征造作之程。神机若助,日新其业。西南洪笔,咸出其词;每有一文,海内惊瞻。"①其中写景诗如《圣泉宴》《八仙径》《寻道观》《出境游山二首》《观佛迹寺》《上巳浮江宴韵得遥字》《上巳浮江宴韵得址字》等,将蜀中山水清新明秀的一面展现在世人面前。如《圣泉宴》云:"披襟乘石磴,列籍俯春泉。兰气熏山酌,松声韵野弦。影飘垂叶外,香度落花前。兴洽林塘晚,重岩起夕烟。"写景清新流丽、幽雅别致,正如《唐诗选脉会通评林》云:"造语极幽润秀发。大抵子安写景多臻妙境,唐仲言其恨少骨力,秀趣在布景中者也。"②由于王勃在当时"每有一文,海内惊瞻"的巨大影响,可以想象蜀中山水亦会随其影响而引人注目,名气渐起。卢照邻比王勃先入蜀,在蜀时间也更长,他的蜀中山水诗也比王勃更多,但与王勃在山水诗中时时抒发郁勃不平之气不同,卢照邻较少表露个人情感而专注于景物的描写,从中可以看出诗人对蜀中山水的喜爱并已不自觉融入其中。如《葭川独泛》诗:"倚棹春江上,横舟石岸前。山暝行人断,迢迢独泛仙。"诗人完全与山水融为一体,乐在其中。其意境平淡幽远,与后来韦应物的滁州山水诗极为相似,如果不看诗题,很容易误认为是江南之景。葭川在利州(今四川广元),蜀道边上多绝观,然卢照邻独具慧眼,发现此幽胜之景,可见蜀中山水的多样性。

最能反映蜀中秀美之景的是卢照邻在其新都居所所作诗歌,其诗颇具盛唐山水田园诗的特征,如《春晚山庄率题二首》《初夏日幽庄》《山庄休沐》《山林休日田家》等诗。试看《春晚山庄率题二首》其二:"田家无四邻,独坐一园春。莺啼非选树,鱼戏不惊纶。山水弹琴尽,风花酌酒频。年华已可乐,高兴复留人。"诗云"率题",当是乘兴之作,所以没有任何矫饰的成分。描写的都是眼前日常生活之景,但

①董诰等编《全唐文》卷一九一,中华书局,1983 年,第 1930 页。

②周珽编《唐诗选脉会通评林》,陈伯海主编《唐诗汇评》引,浙江教育出版社,1995 年,第 98 页。

正是这种日常之景才真正具有代表性,能够反映诗人的情感和喜好,周珽《唐诗选脉会通评林》云:“鱼鸟忘机,山水风花得兴,总指独坐春园景趣,悠游自在,宁知年华消长。”①情与景的融合自然无间,诗风虽平淡,但诗意诗趣却浓厚。显然,王勃偏爱的是蜀道奇绝之景,而卢照邻则怡然自得于这种秀美风光中,所以当他离蜀时依依不舍的还是锦城美景和同赏此景的同僚,其《还京赠别》诗云:“风月清江夜,山水白云朝。万里同为客,三秋契不凋。戏凫分断岸,归骑别高标。一去仙桥道,还望锦城遥。”在初唐文人还不十分情愿入蜀的情况下,卢照邻却如此不舍,实属罕见,可见其确实对巴蜀情感深厚,而其留下的这些秀美山水诗,对于后来文人入蜀肯定会起到积极影响。其他的诗人,如张说、苏颋、孟浩然、薛登等都有描写此类美景的诗歌,只是数量不多影响也不大。

中晚唐时期大量诗人入蜀,足迹遍及巴蜀各地,除了成都平原外,一些相对偏僻落后地区的山水风光也逐渐被发现,如羊士谔在巴州,元稹在通州,白居易在忠州,游历所及,山水始兴。而足迹最广、诗歌数量最多、影响最大的还是杜甫,他在成都、阆州、绵州、汉州、蜀州等地都有不少描写秀美山水的诗歌。作于成都的,如《江涨》《江村》《梅雨》《江亭》《泛溪》《春水》《江畔独步寻花七绝句》《草堂》《野望》《四松》等等,举凡花草树木、湖光水色、都市荒郊、俗事民情无所不涉。可以说锦城的一草一木、一山一水都给诗人留下了深刻印象,所以一旦离开成都,杜甫对于锦城、锦水总是魂牵梦绕,后来至夔州时诗人还经常想起自己在锦城的生活。阆州也是杜甫留下较多山水诗歌的地方,如《阆山歌》《阆水歌》《滕王亭子二首》《南池》《渡江》等诗。曹学佺《蜀中广记·名胜记》之“川北道保宁府一”云:

①周珽编《唐诗选脉会通评林》,陈伯海主编《唐诗汇评》引,浙江教育出版社,1995年,第48页。

“《胜览》云‘阆州江山奇秀闻天下’。”①杜甫正是其发现者，由此阆州胜景名闻天下。可见由于杜甫的巨大文化影响力，无疑对蜀中山水风物具有广泛的宣传作用，特别是两宋时期，文人对杜甫的崇慕，追循其足迹纷至沓来，把巴蜀山水推向极致。所以宋人葛立方论杜甫草堂时言：“其起居寝处之适，不足以偿其经营往来之劳，可谓一世之羁人也。然自唐至宋已数百载，而草堂之名，与其山川草木，皆因公诗以为不朽之传。盖公之不幸，而山川草木之兴也。”②确实，杜甫对蜀中山水的兴盛居功至伟。

由于前述诸人的贡献，巴蜀山水的秀美也逐渐得到了中晚唐诗人的认可③，成为吸引文人入蜀的又一个原因，这可以从中晚唐众多的送人入蜀诗中看出一些端倪。如李端《送友人游蜀》云：“嘉陵天气好，百里见双流。帆影缘巴字，钟声出汉州。绿原春草晚，青木暮猿愁。本是风流地，游人易白头。”李端有过入蜀的经历，这首诗当作于其入蜀后，故诗中所写蜀中胜景随手拈来，却颇能概括其特色：清淡闲远、清丽秀美，与江南水乡风光极为相似。而从诗人的回忆与介绍中，我们可以看出诗人对蜀中山水的肯定和赞美，并有意为友人游蜀作推荐，让其浮想联翩。又司空曙《送柳震入蜀》诗云：“粉堞连青气，喧喧杂万家。夷人祠竹节，蜀鸟乳桐花。酒报新丰景，琴迎抵峡斜。多闻滞游客，不似在天涯。”唐以前文人对蜀中不甚熟悉，故总是充满好奇，唐代文人也还存在这种情况，即使是杜甫，在初入蜀时还感叹“我行山川异，忽在天一方”（《成都府》），又云“天路看殊俗”

①曹学佺撰，杨世文校点《蜀中广记》卷二四，上海古籍出版社，2020年，第251页。

②葛立方《韵语阳秋》卷六，《丛书集成初编》本，中华书局，1985年，第51页。

③张伟然《唐人心目中的文化区域及地理意象》一文也认为中晚唐时期“巴蜀的人文景观也逐渐博得了外地人的赞赏”。见李孝聪主编《唐代地域结构与运作空间》，上海辞书出版社，2003年，第359页。

(《偶题》)。而司空曙诗中之巴蜀山水虽异于中原,但幽胜秀美处却与中原等地颇为相似,故不但让游蜀之人有“不似在天涯”之感,更长期滞留于此。司空曙亦曾入蜀,这应该就是其入蜀亲历后的真实感受,也与其入蜀诗中描写的巴蜀山水意境是一致的,如《送夔州班使君》云:“鱼国巴庸路,麾幢汉守过。晓樯争市隘,夜鼓祭神多。云白当山雨,风清满峡波。夷陵旧人吏,犹诵两岐歌。”既送人,又写景,婉雅闲淡,清新自然,故徐献臣《唐诗品》评云:“文明诗气候清华,感赏至到,中唐作者前有继躅,后罕联肩,诵之口吻调利,情意触发,可谓风人之度矣。如‘云白当山雨,风清满峡波’、‘澹日非云映,清风似雨余’,景象依然,模写切至。”①其他如《和卢校书文若早入使院书事》《题凌云寺》《发渝州却寄韦判官》等诗,皆情境相若。可见司空曙《送柳震入蜀》一诗中对巴蜀山水的描写实是来源于其亲身经历后的深刻印象,所谓“多闻滞游客,不似在天涯”之情,其实既是写他人,也是写自己。李端和司空曙以自身入蜀经历向友人宣扬巴蜀的秀美风光,说明中晚唐以后巴蜀秀美风光不但得到文人的肯定和欣然接受,更直接吸引了文人的驻足赏玩,正如权德舆《送李十二弟侍御赴成都序》云:“至若铜梁、玉垒之胜践,使轩宾榻之盛集,皆备于歌诗者之说,不能悉数云。”②蜀人李远《送人入蜀》诗亦云:“君今是胜游。”可见文人对于风光旖旎之巴蜀胜景不再好奇,游历赏玩并形诸歌咏已是普遍常态。

(作者单位:西华师范大学)

①徐献臣编《唐诗品》,陈伯海主编《唐诗汇评》引,浙江教育出版社,1995年,第1503页。

②董诰等编《全唐文》卷四九二,中华书局,1983年,第5019页。

岭南、湖南诗路研究

柳宗元永州诗的情感倾向

翟满桂

柳宗元在长安，很少写诗歌。《柳宗元集》中的《省试观庆云图诗》《韦道安》两首诗可定为长安时作。《省试观庆云图诗》系贞元九年柳宗元二十一岁应进士试时所作，是今存柳集写作年代最早的诗。《韦道安》采用五言古风格调，褒彰贞元年间人们传颂的一位忠贞侠义之士，当为来永州之前的长安诗作。永州十年，是柳宗元诗歌创作的主要时期。据统计，柳宗元在永州的诗歌有 79 题 99 首，若加上与永州相关的永贞元年（805）来永州途中以及元和十一年（816）离开永州往返长安途中所作的诗歌 17 首，共有 96 题 116 首，占了整个柳集 138 题 164 首诗歌篇幅的三分之二。

柳宗元是一个感情丰富、意志坚定的人，尽管人生境遇坎坷，但并没有被完全磨去棱角，他的人生基调一直是昂扬向上的。同时，他的性格又呈现出多重性：豁达与抑郁，严肃与随和，孤傲与低沉，脱俗与世俗等等，都在他身上得到有机地统一。柳宗元永州诗歌创作风格的多样性，形成了“今我”与“故我”冲突的融合，丰富了柳宗元真正的“本我”。在中唐诗坛上，柳宗元的诗歌尽管在数量上不如刘禹锡、白居易那样多，但艺术上却达到了相当高的程度。宋人魏庆之说：“人生作诗不必多，只要传远，如柳子厚，能几首诗？万世不能磨灭。”①刘克

①魏庆之《诗人玉屑》卷六引《室中语》，吴文治编《柳宗元资料汇编》，中华书局，2004 年，第 156 页。

庄更是十分推崇柳宗元诗歌:“柳子厚才高,它文惟韩可对垒;古律诗精妙,韩不及也。”并且还借旁人的话赞曰,能如子厚诗,“得一二首似之足矣”①。我们不妨来看看《江雪》:

千山鸟飞绝,万径人踪灭。孤舟蓑笠翁,独钓寒江雪。

这首五言绝句是元和二年(807)柳宗元所写永州雪景。宋人沈括《梦溪笔谈·书画》介绍时人宋迪“工画,尤善为平远山水,其得意者”潇湘八景,其中有“江天暮雪”一景,其实就是用画笔展呈的柳宗元《江雪》诗的写意。短短的四句诗、二十个字,将那山、那径、那舟、那人,与一江独钓的那雪交织,构成一幅绝美无伦的山水画轴,千百年来都是一首脍炙人口的诗章,从蹒跚学步的稚儿口中呀呀溢出,让豆蔻年华的学子琅琅诵读,令一代又一代的人沉迷于此阔大深远的意境,成为人们谈了又谈的隽永话题。有人说,天寒地冻还要去钓鱼,反映了民生之艰辛。有人说,这是一首问题诗,老翁钓的是雪而不是鱼。有人说,“寒江独钓”代表“知其不可为而为之”的抗争精神,寒江纵可钓鱼,此翁志岂在鱼?江上纵可钓雪,此翁志岂在雪?诗境是心境的体现。实际上,和陶渊明不为五斗米折腰而主动挂冠归隐、王维仕途坦顺相比,柳宗元则是因参与王叔文集团政治革新失败,从政坛的高峰被突然摔了下来,不得已而戴罪南荒,心境自是截然不同。因而,它不仅是是否有鱼可钓的问题诗,而且还是表现诗人心境的藏头诗,是苦闷与抗争的矛盾诗。若将《江雪》四句诗的头一个字裁取相连,“千、万、孤、独”的苦闷悄然而出,会让人越看越沉重。然而,尽管诗人寓意“千万孤独”,寒江的独钓则在苦苦地支撑,“利安元元”的理想亦在静静地坚持。此类心境,唯有在柳宗元永州诗歌

①刘克庄撰,王秀梅点校《后村诗话》,中华书局,1983年,第10页。

中才能看到。

那么，柳宗元诗歌的艺术风格，能够用一句什么样的话语来加以凝练呢？我以为，就是山水情怀。然而，这样的提出可能有些犯忌，因为似乎舍弃了抒情、形象的基本要素，也没有体现音乐、意境等美的元素，与文学、美学理论对诗歌欣赏的通常要求偏差太远。

当然，我们完全可以按照常规的理念来赏析柳宗元诗歌的艺术风格。比如，简淡清爽的笔墨与深沉炽烈的内在情感有机统一，运思缜密抒写细腻的写作方式，在生动意境的描写中形成情景交融的贯通等等。对于柳诗而言，这样的评价可以说恰如其分。而且，前人如苏轼就有过对柳宗元诗这样的评价与概括，“发纤秾于简古，寄至味于淡泊”，“外枯而中膏，似淡而实美”①，已经说得十分精到。但是，越是对柳宗元永州诗多读细读，越是对诗歌中的山水体验感到深刻隽永，越是从其“寄情怀于山水”领悟到一种前所未有的情感源泉，以至最终铸成“山水情怀”这样光耀夺目的四个大字。

永州的山水质朴清丽，就像尚未出阁的少女任人装扮。永州的山水胸襟廓大，就像慈祥的母亲默默地听取孩子倾诉。永州的山水坚韧绵延，就像伟岸的父亲那巨大的臂膀给人以力量支撑。柳宗元访遍了永州的山山水水，“以罪贬永州”的心灵阴霾得到了极大的释放。是永州的山水接纳、宽慰了柳宗元，也同时滋润、激发了柳宗元。“北之晋，西适豳，东极吴，南至楚、越之交，其间名山水而州者以百数，永最善”②。柳宗元以他从北至南的广博阅历，认为永州山水最靓丽。宋人汪藻说：“然零陵一泉石、一草木，经先生品题，莫不为后世所慕，想见其风流。而先生之文载集中，凡瑰奇

①吴文治编《柳宗元资料汇编》，中华书局，2004年，第42、47页。

②柳宗元撰，吴文治等点校《柳宗元集》，中华书局，2000年，第235页。

绝特者,皆居零陵时所作。"①还有那夜傍西岩、晓汲清湘的渔翁,将楚竹在山水绿中点燃。染情于物的情景交融,形成山水文章物我和谐、自然诗化的走向。宋人曾季狸说:"柳子厚雪诗,四句说尽。"②

柳宗元是一个善于吸收和传承前人的伟大诗人。"柳学人处便绝似。《平淮西雅》之类甚似《诗》。诗学陶时便似陶"③。永州诗歌的山水情怀可以找到屈原、陶渊明、谢灵运三位诗人的身影。可用这么三句话来表述:沉郁的骚怨之声,凝重的田园之情,俊秀的山水之貌。

一、沉郁的骚怨之声

中国古代士人的"骚怨"情结发端于屈原,并且起手就与政治改革结下不解之缘。屈原是中国政治史上第一个因主张改革而遭放逐的士子,昏庸的楚怀王听信谗言,将屈原左迁为三闾大夫贬出国都,后又放逐至江汉沅湘一带。柳宗元因为参与永贞革新而遭贬,与屈原有着相似的政治遭遇。在相似的个人与社会遭际中,柳宗元与屈原在同样的精神平台上展开超越时空的心灵对话。当他被贬出京城一路行来,在汨罗江边停舟凭吊写下《吊屈原文》,来到永州仿效屈原写下"九赋""十骚",并在《游南亭夜还叙志七十韵》一诗中大声地宣告:

①汪藻《永州柳先生祠堂记》,《浮溪集》卷一九,中华书局,1965年,第217页。

②曾季狸《艇斋诗话》,《历代诗话续编》本,中华书局,1983年,第293页。

③黎靖德编《朱子语类》卷一三九,吴文治编《柳宗元资料汇编》,中华书局,2004年,第121页。

屯难果见凌，剥丧宜所遭。神明固浩浩，众口徒叨叨。投迹山水地，放情咏《离骚》！

投迹于边远荒僻之地，而不丧其神明，亦不为众口所屈，直以坚韧之心性追踪屈骚，沉郁中发为高唱。因此，他在诗歌中大量运用屈原事迹与语言，镶构成融情于山水的诗句。

鸣玉机全息，怀沙事不忘。①

长捐楚客佩，未赐大夫环。②

高冠余肯赋，长铗子忘贫。③

病依居士室，梦绕羽人丘。（《楚辞·远游》："仍羽人之丹丘兮，留不死之旧乡。"）④

楚臣昔南逐，有意仍丹丘。⑤

的砾沉珠渊，锵鸣捐佩浦。（《楚辞·渔父》："捐余佩兮澧浦。"）⑥

南来不作楚臣悲，重入修门自有期。（《招魂》："魂兮来归，入修门兮。"）⑦

诗贵通达。柳宗元与屈原心有灵犀，骚怨之声在永州山水中不再寂寞而沉郁，已经得到了崭新的精神升华。

---

①柳宗元撰，吴文治等点校《柳宗元集》卷四二，中华书局，2000 年，第 1121 页。

②柳宗元撰，吴文治等点校《柳宗元集》卷四二，中华书局，2000 年，第 1128 页。

③柳宗元撰，吴文治等点校《柳宗元集》卷四二，中华书局，2000 年，第 1131 页。

④柳宗元撰，吴文治等点校《柳宗元集》卷四二，中华书局，2000 年，第 1131 页。

⑤柳宗元撰，吴文治等点校《柳宗元集》卷四二，中华书局，2000 年，第 1137 页。

⑥柳宗元撰，吴文治等点校《柳宗元集》卷四二，中华书局，2000 年，第 1147 页。

⑦柳宗元撰，吴文治等点校《柳宗元集》卷四二，中华书局，2000 年，第 1149 页。

二、凝重的田园之情

陶潜对柳宗元的影响很大。柳宗元徜徉于永州山水之间的叙事、咏史,都从陶渊明的诗中吸取了营养。“五言古诗,句雅淡而味深长者,陶渊明、柳子厚也”①。陶渊明具有政治抱负,隐居本非素志,他的十九首《饮酒》诗写出了自己的高尚节操。柳宗元追随其志,关于饮酒的诗也有好几首,其中题为《饮酒》的诗写了他饮酒的全过程,首先写饮酒是为了驱除忧烦;次写饮酒后的感觉,一杯下肚天地都为之改观;再写饮酒所见景物,绿荫可庇;最后写虽已成醉,亦不复辞,描绘出了孤高傲世睥睨一切的形态。

陶渊明诗大部分是写归隐后的农村生活,其中有美好的田园风光,为后世所激赏。同时,这些诗语言简洁,内容含蓄,既无空泛的言辞,又少冗长的描绘,有如钟嵘所说“殆无长语”。陶渊明的这些优点,是他同时的诗人所不可企及的。柳宗元被贬以后,也曾经时兴归隐之念,想同陶渊明一样“躬耕自资”。为避免政治斗争带来的灾祸,他一度不想再入仕途,只愿尽情地享受平淡的山水田园生活。这在柳宗元摹写的田园诗中有过充分的表述:

> 南楚春候早,余寒已滋荣。土膏释原野,百蛰竞所营。缀景未及郊,穑人先耦耕。园林幽鸟啭,渚泽新泉清。农事诚素务,羁囚阻平生。故池想芜没,遗亩当榛荆。慕隐既有系,图功遂无成。聊从田父言,款曲陈此情。眷然抚耒耜,回首烟云横。②

①杨万里《诚斋诗话》,《历代诗话续编》本,中华书局,1983年,第142页。

②柳宗元撰,吴文治等点校《柳宗元集》卷四三,中华书局,2000年,第1212页。

陶渊明归隐后,亲自参加了一些轻微农业劳动,还说"衣沾不足惜,但使愿勿违"①。柳宗元在《溪居》诗中不仅写出了他对劳动的喜爱,还写出了村居生活的闲静:

久为簪组累,幸此南夷谪。闲依农圃邻,偶似山林客。晓耕翻露草,夜榜响溪石。来往不逢人,长歌楚天碧。

陶渊明田居生活时与农民彼此交往密切,感情亦复融洽。在《归园田居》第二首中说:"时复墟曲中,披草共来往。相见无杂言,但道桑麻长。"但面对农民的痛苦,他只是轻轻地说:"山中饶霜露,风气亦先寒。田家岂不苦,弗获辞此难。"②柳宗元在与农民的接触中,不仅建立了朴素深厚的感情,而且淋漓尽致地揭示出当时农民的悲惨遭遇,期望引起当政者的重视而解困。这一境界源自于陶而又高出于陶,与杜甫、白居易对民生的关切相似,成为照耀在中唐诗坛一颗晶莹的明珠。这里从柳宗元《田家三首》各撷取几句:

蓐食徇所务,驱牛向东阡。鸡鸣村巷白,夜色归暮田。(其一)③

这是农家田野辛勤劳作、早出晚归的生活写照。

---

①陶渊明《归田园居》(其三),陶潜著,龚斌校笺《陶渊明集校笺》,上海古籍出版社,1996年,第79页。

②陶渊明《庚戌岁九月中于西田获早稻》,陶潜著,龚斌校笺《陶渊明集校笺》,上海古籍出版社,1996年,第205页。

③柳宗元撰,吴文治等点校《田家三首》,《柳宗元集》卷四三,中华书局,2000年,第1238页。

篱落隔烟火,农谈四邻夕。庭际秋虫鸣,疏林方寂历。蚕丝尽输税,机杼空依壁。里胥夜经过,鸡黍事筵席。各言官长峻,文字多督责。东乡后租期,车毂陷泥泽。公门少推恕,鞭朴恣狼藉。(其二)

到了秋天收获季节的晚上,农家的左邻右舍们聚在一起交谈,疏麻蚕丝都全部拿去交了税,乡里的小吏又来催租,既要宰鸡设宴加以款待,还听说官府十分严峻苛刻,不能拖延缴租的时日,否则将会受到肆意鞭打的皮肉之苦。这是多么地悲惨!

风高榆柳疏,霜重梨枣熟。行人迷去住,野鸟竞栖宿。田翁笑相念,昏黑慎原陆。今年幸少丰,无厌饘与粥。(其三)

好一位田家老翁!在这风高夜黑的晚上,热情地向"我"这迷路的行人念叨邀留,天已昏黑之后在原陆上行走要谨慎,不妨就在这里歇一歇吧,今年幸还小有丰收,不用担心没有饘粥喝哟。这是一番客套吗?非也!柳宗元在此描写的这位田家老翁,既反映了村民与作者的关系融洽,更从热情好客的话语中折射出尽管年成好,农民也没有过上吃饱饭的日子。"今年幸少丰,无厌饘与粥",读出来的仅是百姓的酸楚。

田园归隐后的陶渊明写了一些咏史诗,如《读山海经》第十首与《咏荆轲》等,激昂慷慨,豪迈爽朗,鲁迅称之为"金刚怒目"式的作品,表现出田园诗人并非"浑身是静穆"。柳宗元也写了一些歌咏史事或叙写时事的古风,表达了他对当时政治的隐忧和愤慨。柳宗元《咏荆轲》与陶渊明的《咏荆轲》犹如同一机杼,兹引柳诗:

燕秦不两立,太子已为虞。千金奉短计,匕首荆卿趋。穷年徇所欲。兵势且见屠。微言激幽愤,怒目辞燕都。朔风动易水,挥爵前长驱。函首致宿怨,献田开版图。炯然耀电光,掌握罔正夫。造端何其锐,临事竟趑趄。长虹吐白日,苍卒反受诛。按剑赫凭怒,风雷助号呼。慈父断子首,狂走无容躯,夷城芟七族,台观皆焚污。始期忧患弭,卒动灾祸枢。秦皇本诈力,事与桓公殊。奈何效曹子,实谓勇且愚。世传故多谬,太史征无且。

早在宋时刘克庄就明白地指出:"咏荆轲者多矣,此篇'勇且愚'之评,与渊明'惜哉剑术疏"之语,同一意境。陶、柳诗率含蓄不尽……韩柳交名,然柳乃本色,诗人自渊明没,雅道几熄,当一世竞作唐诗之时,独为古体以矫之。未尝学陶贺陶,集中五言凡十数篇,杂之《陶集》,有未易辨者。其幽微者可玩而味,其感慨者可悲而泣也。"①曾季狸也说:"柳子厚《觉衰》《读书》二诗,萧散简远,浓纤合度。置之渊明集中,不复可辨,予尝三复其诗。"②胡仔则转录蔡百衲絛所撰《西清诗话》中的评语:"柳子厚诗,雄深简淡,迥拔流俗,至味自高,直揖陶、谢;然似入武库,但觉森严。"③对于柳宗元扬弃田园诗人陶渊明的艺术风格,前人已有较深的认识,也是今日人们学习把握与传承发展的基点。

三、清秀的山水之貌

依常人的眼光,永州的山水并不十分奇险。然而,在柳宗元的笔

①刘克庄撰,王秀梅点校《后村诗话》,中华书局,1983 年,第 223 页。

②曾季狸《艇斋诗话》,中华书局,1985 年,第 9 页。

③胡仔辑《苕溪渔隐丛话后集》卷三三,人民文学出版社,1962 年,第 257 页。

下,却将这一山一水、一草一木,写得牢笼百态、俊美秀丽,让人浮想联翩。柳宗元直接描摹山水的五言古诗,多取法于谢灵运。这可以从以下几个方面得见:

先写景后抒情。柳宗元的山水诗,如《界围岩水帘》《游朝阳岩遂登西亭二十韵》《南涧中题》《游石角过长岭至长乌村》《与崔策登西山》《游南亭夜还叙志七十韵》,篇章结构大都前面写景,后面抒情。这与谢灵运的《过始宁墅》《富春渚》《七里濑》《游南亭》《游赤石进泛海》等诗相似。兹各举一例。

柳宗元《与崔策登西山》:

鹤鸣楚山静,露白秋江晓。连袂度危桥,萦回出林杪。西岭极远目,毫末皆可了。重迭九嶷高,微茫洞庭小。迥穷两仪际,高出万象表。驰景泛颓波,遥风递寒篠。谪居安所习,稍厌从纷扰。生同胥靡遗,寿等彭铿夭。蹇连困颠踣,愚蒙怯幽眇。非令亲爱疏,谁使心神悄。偶兹遁山水,得以观鱼鸟。吾子幸淹留,缓我愁肠绕。

谢灵运《游南亭》:

时竟夕澄霁,云归日西驰。密林含余清,远峰隐半规。久痗昏垫苦,旅馆眺郊歧。泽兰渐被径,芙蓉始发池。未厌青春好,已观朱明移。戚戚感物叹,星星白发垂。药饵情所止,衰疾忽在斯。逝将候秋水,息景偃旧崖。我志谁与亮,赏心惟良知。

柳诗自"鹤鸣楚山静"至"遥风递寒篠",写与崔策登西山时经行的途径和登山后所见气象辽阔的景色;自"谪居安所习"至结尾,写被贬后的愁怀和暂得宽解的心情。谢诗自"时竟夕澄霁"至"已观朱明移”，写黄昏雨止后游南亭所见景色；自“戚戚感物叹”至结尾，抒发时光易逝、白发催人、疾病缠身、欲归旧居的心情。两首诗结构布局相似，而柳诗对山水景象的描摹上至九疑、下达洞庭，显得更为阔大，其谪居愁怀的宽缓，也灵巧地融合于山水之中。

句法融于炼意。柳宗元因循变化谢诗的句意，把它融入自己的山水诗篇。如谢灵运的“野旷沙岸静，天高秋月明”（《初去都》），柳宗元则有“木落寒山静，江空秋月高”（《游南亭夜还叙志七十韵》）；又如谢灵运的“池塘生春草，园柳变鸣禽”（《登池上楼》），柳宗元变为“园林幽鸟啭，渚泽新泉清”（《首春逢耕者》），前后两者因循变化的关系，只要认真地细加玩味便可看出。句法与炼意的相融，柳诗与谢诗有不少这样类似的比较。

> 古苔凝青枝，阴草湿翠羽。（柳宗元《再至界围岩水帘遂宿岩下》）
>
> 陵湿繁绿杞，墟囿粲红桃。（谢灵运《入东道路诗》）

> 长捐楚客佩，未赐大夫环。（柳宗元《酬韶州裴使君寄道州吕八大使》）
>
> 空班赵氏璧，徒乖魏王瓠。（谢灵运《永初三年七月十六日之郡初发都》）

> 为农信可乐，居宠真虚荣。（柳宗元《游石角过小岭至长乌村》）
>
> 含情易为盈，遇物难可歇。（谢灵运《邻里相送至方山》）

> 病依居士室，梦绕羽人丘。（柳宗元《酬娄秀才寓居开元寺早秋月夜病中见寄》）

目睹严子濑,想属任公钓。(谢灵运《七里濑》)

食贫甘莽卤,被褐谢斓媥。(柳宗元《酬韶州裴曹长使君寄道州吕八大使》)

倾耳聆波澜,举目眺岖嵚。(谢灵运《登池上楼》)

磴回茂树断,景晏寒川明。(柳宗元《游石角过小岭至长乌村》)

野旷沙岸静,天高秋月明。(谢灵运《初去都》)

抱充敌清觞,掇野代佳肴。(柳宗元《游朝阳岩遂登西亭二十韵》)

憩石挹飞泉,攀林搴落英。(谢灵运《初去都》)

杳杳渔父吟,叫叫羁鸿哀。(柳宗元《湘口馆潇湘二水所会》)

活活夕流驶,噭噭夜猿啼。(谢灵运《登石门最高顶》)

建旗翻鸷鸟,负弩绕文蛇。(柳宗元《同刘二十八院长寄澧州张使君八十韵》)

拂衣遵沙垣,缓步入蓬屋。(谢灵运《过白岸亭诗》)

知眢怀褚中,范叔恋绨袍。(柳宗元《游南亭夜还叙志七十韵》)

弦高犒晋师,仲连却秦军。(谢灵运《述祖德诗》)

柳诗尚有扇对句法,如"楚臣昔南逐,有意仍丹丘。今我始北旋,新诏释缧囚”(《界围岩水帘》);又如“缅慕鼓枻翁,啸咏哺其糟。退想于陵子,三咽资李螬”(《游南亭夜还叙志七十韵》),其第一句与第三句、第二句与第四句都分别相对,比较谢灵运“朝搴范中兰,县彼霜下歇。暝还云际宿,弄此石下月”(《过白亭陟》),属对虽不十分工整,形式上还是有所因袭的。

制题见意醒目。关于这一特点,前人已有论及。清人陈衍说:“柳州五言,刻意陶谢,兼学康乐制题,如《湘口馆潇湘二水所会》、《登蒲州石矶望横江口潭岛深迥斜对香零山》等题,皆极用意。惜此旨自柳州至今,无闻焉尔。”①又说:“长题如小序,始于大谢,少陵后尚有柳州、杜牧之、李义山诸家。”②

因袭发展出新。作为唐代诗人,柳宗元受六朝诗歌影响是明显的。然而,柳诗学习前人既走入大谢,又走出大谢,从而把山水诗推进了一步。宋人苏轼说:“柳子厚诗云:‘鹤鸣楚山静。’又云:‘隐忧倦永夜。’东坡曰:此诗远在灵运上。”③王应麟亦说:“朱文公(熹)云:李、杜、韩、柳初亦学《选》诗,然杜、韩变多,而柳、李变少。变不可学,而不变可学。”④柳宗元山水诗多融合时事及自身遭遇,现实意义更为深厚,有所继承,有所发展创新。

(作者单位:湖南科技学院)

①陈衍《石遗室诗话》,辽宁教育出版社,1998 年,第 71 页。

②陈衍《石遗室诗话》,辽宁教育出版社,1998 年,第 318 页。

③苏轼撰,屠友祥校注《东坡题跋》卷二,上海远东出版社,1996 年,第 98 页。

④王应麟撰,翁元圻注《困学纪闻》卷一八,清通行本,第 634 页。

唐前大庾岭文字书写及其文学价值[①]

吴　强　吴夏平

五岭自古以来被视为中原的南方边界。五岭之称,始于秦。《史记·张耳陈余列传》:"秦为乱政虐刑以残贼天下,数十年矣。北有长城之役,南有五岭之戍。"[②]说明秦始皇将南方五岭与北方长城等量观之。郦道元《水经注》:"五岭者,天地以隔内外。"[③]事实上,大量材料表明,在古人认识中,隔内外之岭者,实只大庾一岭,甚至于五岭之名最开始所指,就只有大庾岭[④]。五岭的文学作品中,亦存在一个奇特现象。自唐以降,开始出现大量与大庾岭相关的作品,而其他四岭的记载却不多见。这表明大庾岭在五岭中具有代表性。

大庾岭本是阻隔南北的天然屏障,至唐代张九龄开大庾岭新路,大庾岭驿道逐渐成为沟通南北最为重要的通道。明人陈琏过庾岭诗云:"天教此岭限南北,公凿一关通往来。"[⑤]即指此。千百年来,无数

①本文为国家社科基金重点项目"中古书籍制度文献整理与文学之关系研究"(21AZW006)阶段性成果;江西省高校人文社科基金项目"唐宋江西赣石流域诗词研究"(ZGW21105)阶段性成果。

②司马迁《史记》卷八九,中华书局,1959 年,第 2573 页。

③郦道元著,陈桥驿校证《水经注校证》卷三六,中华书局,2013 年,第 797—798 页。

④周宏伟《"五岭"新解》,《湘南学院学报》2014 年第 4 期。

⑤陈琏《琴轩集》卷九,上海古籍出版社,2011 年,第 406 页。

文人墨客经由此路,留下数以千计的诗歌作品。可以说,大庾岭是一座不折不扣的历史文化名山,其诗歌蕴藏巨大研究价值。但迄今有关大庾岭文学的系统研究不多,对其文学考源则更为少见。尤其是谈及唐前的大庾岭,给人的感觉总是陌生的、偏僻的、荒芜的,像这样的地方,似是无法开放出文学艺术之花的。但是,我们不禁要问,古代那么多的大庾岭诗歌,难道都是毫无根基渊源的吗?宋之问度岭诗云:"阳月南飞雁,传闻至此回。"①既有"传闻",是听谁说的呢?细味此诗,我们能感觉到宋之问诗中隐藏着一个指向,即唐代之前,一定已经存在对大庾岭的文字书写,这或是大庾岭地域文学的发展之源,也是我们考察南方五岭文学首先应该厘清的重要问题。

一、早期记录大庾岭的文字

在唐前文献中,最早将大庾岭记录下来的,应是陆贾的《南越行纪》。在史料记载中,陆贾至少有两次出使南越,说服赵佗归附西汉,对西汉疆域的稳定有突出贡献。陆贾是有史记载的第一位到达大庾岭区域的文人,其借助出使南越的机会,对这片让中原陌生的土地进行了充分考察。其所著《南越行纪》,是目前已知最早的记录岭南地理的志书。此书已亡佚。嵇含《南方草木状》曾引《南越行纪》两条记载。其中一条是关于罗浮山的:"陆贾《南越行纪》曰:'罗浮山顶有胡杨梅山。'"②李调元《南越笔记》说:"(赵佗)与贾泛舟珠江,溯牂牁而上。"③据此可知,陆贾在南越执行公务期间,还着意考察南越

①本文所引用宋之问、沈佺期诗歌,均出自陶敏、易淑琼校注《沈佺期宋之问集校注》,中华书局,2001年。后文不再出注。

②嵇含《南方草木状》卷下,中华书局,1985年,第11页。

③李调元《南越笔记》卷二,广陵书社,2003年,第112页。

山川,广泛收集材料,并据其见闻撰成《南越行纪》。陆贾曾至罗浮,距庾岭已近。古人认为罗浮山为庾岭余脉,如屈大均《广东新语》:“庾岭之脉凡二支……其一西下惠州至罗浮。”①此外,大庾岭还是进入南越的门户,是五岭中最重要者。无论何种情况,陆贾都理当前往,否则《南越行纪》是不完整的。据此推测,《南越行纪》应是记载大庾岭的早期文献。

真正意义上首次将大庾岭载入书中者是《淮南子》。《淮南子·人间训》记秦始皇南征百越:“乃使尉屠睢发卒五十万,为五军……一军守南野之界,一军结余干之水。”②藉此可了解秦始皇南征百越的具体情形,其中“南野之界”正是指大庾岭。不过,其时大庾岭似乎尚未有一个正式称谓,故《淮南子》以“南野之界”呼之。据此亦可知大庾岭区域的早期边界。

然而《淮南子》对大庾岭的文字记载毕竟太少,只有一句话、一个称谓,无法从中了解更多信息。不过幸运的是,在《汉书·严助传》中,还记载了淮南王刘安的一篇谏文,其中一段文字再次谈到大庾岭:

> 今发兵行数千里,资衣粮,入越地,舆轿而逾领,拖舟而入水……淮南全国之时,多为边吏,臣窃闻之,与中国异。限以高山,人迹所绝,车道不通,天地所以隔外内也。其入中国必下领水,领水之山峭峻,漂石破舟,不可以大船载食粮下也。越人欲为变,必先田余干界中,积食粮,乃入伐材治船……南方暑湿,近夏瘅热,暴露水居,蝮蛇蠚生,疾疠多作,兵未血刃而病死者什二

①屈大均《广东新语》卷三,中华书局,1985年,第91—92页。
②刘安《淮南子》卷一八,中华书局,2012年,第1090页。

三，虽举越国而虏之，不足以偿所亡。①

这篇谏文实际上是淮南王劝谏武帝不要对闽越用兵，而其劝谏最主要的依据，就是赣闽边界的地理环境。刘安告诉武帝，由于有高山的阻隔，越族人想要入侵，很不容易。其所列举的边界环境，“南方暑湿，所夏瘴热，暴露水居，蝮蛇蠚生，疾疠多作”，可谓十分恶劣，因此劝武帝不宜用兵闽越。刘安谏言，思路清晰，层层递进，合情合理，故被武帝采纳。而刘安所言之高山，毫无疑问，就是盘亘于赣越边界的大庾岭山脉。刘安这段谏言，其实就是在谈大庾岭的地理环境与军事作用，其言“舆轿而逾领，拖舟而入水”及“越人欲为变，必先田余干界中，积食粮，乃入伐材治船”，与秦始皇“一军守南野之界，一军结余干之水”的南征百越的策略实同出一辙，可视为刘安对《淮南子》中秦始皇南进军事策略的逆向阐释。淮南王《淮南子》及其对武帝的谏文，是目前可见最早记载大庾岭的文字，由其描述而形成的大庾岭早期边界概念，影响了后世大庾岭书写以及大庾岭文学创作。

二、从《水经注》看唐前大庾岭书写

《水经注》是郦道元撰写的一部综合性地理著作，其中有较多关于大庾岭的文字书写，如卷三六“温水”：“五岭者，天地以隔内外。”②很明显，此句化用淮南王谏文中大庾岭“天地所以隔外内也”之语。又卷三八“溱水”对大庾岭述之甚详：

水出始兴东江州南康县界石阁山，西流而与连水合。水出

①班固《汉书》卷六四上，中华书局，1962 年，第 2779—2781 页。

②郦道元著，陈桥驿校证《水经注校证》卷三六，中华书局，2013 年，第 797—798 页。

> 南康县凉热山连溪。山,即大庾岭也,五岭之最东矣,故曰东峤山。斯则改装之次,其下船路名涟溪。涟水南流,注于东溪,谓之涟口。庾仲初谓之大庾峤水也。东溪亦名东江,又曰始兴水。又西,邪阶水注之,水出县东南邪阶山……水侧有鼻天子城,鼻天子,所未闻也。邪阶水又西北注于东江。江水又西径始兴县南,又西入曲江县……东江又西与利水合,水出县之韶石北山,南流径韶石下,其高百仞,广圆五里,两石对峙,相去一里,小大略均似双阙,名曰韶石……利水南注东江,东江又西注于北江,谓之东江口。溱水自此,有始兴大庾之名,而南入浈阳县也。①

此段文字看似考察大庾岭南北水系情况,实则以水系为纲,对大庾岭地理作了综合考察。其中"斯则改装之次,其下船路名涟溪",则又是对淮南王谏文"舆轿而逾领,拖舟而入水"的进一步解释。但郦道元终其一生并未亲至庾岭,故《水经注》所涉及的南方地理,多为其综合各种史料考证的结果。从上述文字可以看出,郦道元对大庾岭周边地理的考察十分细致。可以推知,当时一定还存在其他关于大庾岭的文献资料。郦道元通过对这些材料的考证,才有可能做到人未至而知其全貌。因此,《水经注》这段文字,可以看作对当时大庾岭文字书写的全面整合。问题是,关于大庾岭,郦道元曾参考过哪些文献呢?

《水经注》说:"庾仲初谓之大庾峤水也。"则郦道元肯定借鉴过庾仲初所写的相关文字。熊会贞《水经注疏》云:"此仲初《扬都赋·注》文,说见《漓水》篇。大庾峤水有二,此峤阳之水也。"②庾仲初即

①郦道元著,陈桥驿校证《水经注校证》卷三八,中华书局,2013 年,第 860 页。

②郦道元著,杨守敬、熊会贞疏《水经注疏》卷三八,江苏古籍出版社,1989 年,第 3182 页。

庾阐,是东晋著名文学家。其所撰《扬都赋》全篇已不存,残篇文字以《艺文类聚》所引较多。《扬都赋·注》为庾阐的自注文,此文今已散佚,只有数条引文散见于其他史料。观《艺文类聚》所引中有“泮五岭而分流”之语①,则仲初之“大庾峤水”应注于此。《水经注》另有数条引《扬都赋·注》,除“涟水”条外,另引庾仲初“大庾峤水北入豫章,注于江者也”释“赣水”②,熊会贞按:“此仲初《扬都赋·注》文……此峤阴之水也。”③据此可知《扬都赋·注》保存了较多对大庾岭南北水系的考证文字。《晋书·庾阐传》云其曾“以功赐爵吉阳县男”④,晋时吉阳属庐陵郡,大庾岭亦在其治下,庾阐或在此间至庾岭,故而对庾岭水系如此熟悉。

《水经注》又云:“水侧有鼻天子城,鼻天子,所未闻也。”未闻而知之,则鼻天子亦是郦道元参考某史料所得。《太平寰宇记》中有关于鼻天子记载:“大庾岭,在(始兴)县北五十六里。按《南越志》云:始兴县去州二百里,东接番禺……界牛鼻之山,去赤岸四十里……鼻天子,未闻也。”⑤以此可知《南越志》中有关于鼻天子的记载。《直斋书录解题》记有《南越志》七卷,为宋武康令吴兴沈怀远撰,并云“此五岭诸书之最在前者也”⑥。《南越志》成书早于《水经注》数十年,惜此书亡佚已久,只能在其他文献中看到一些相关征引文字。尽管自元陶宗仪始,便不断有人辑佚此书,然终疏漏颇多。今人骆伟曾尝

①欧阳询撰,汪绍楹校《艺文类聚》卷六一,上海古籍出版社,1999年,第1109页。
②郦道元著,陈桥驿校证《水经注校证》卷三九,中华书局,2013年,第876页。
③郦道元注,杨守敬、熊会贞疏《水经注疏》卷三八,江苏古籍出版社,1989年,第3228—3229页。
④房玄龄等《晋书》卷九二,中华书局,1974年,第2385页。
⑤乐史撰,王文楚等点校《太平寰宇记》卷一六〇,中华书局,2007年,第3076页。
⑥陈振孙撰,徐小蛮、顾美华点校《直斋书录解题》卷八,上海古籍出版社,1987年,第259页。

试从《太平御览》等17种文献辑录《南越志》,得222条,其中与大庾岭直接相关的文字有2条,一条为上述“牛鼻之山”,一条为《太平寰宇记》所引“大庾清秽之气”①,然引文出现错误。今予以纠正,《太平寰宇记》云:“《南越志》:‘石门之水,俗云经大庾则清秽之气分,饮石门则缁素之质变。即吴隐之酌饮之所也。’”②

《水经注》关于大庾岭的一段文字,先后参考了《史记》《淮南子》《扬都赋·注》《南越志》等古籍,这些都是有迹可循的文献,当然还有可能参考更多其他的文献,但我们已无法知晓,从其所参考的《扬都赋·注》和《南越志》的亡佚就可见一斑。事实上,汉魏六朝时期,曾经有大量地理志书出现,不过多已亡佚。陈振孙说《南越志》为“五岭诸书最在前者也”,亦未必为真。如晋末裴渊《广州记》就是一本专门记录广州区域地理风俗的志书,当同属五岭书之列,其成书时间约在义熙四年(408)③,较《南越志》又早出数十年。《广州记》中同样存在对五岭的考辨文字,《太平御览》卷五四引《广州记》:“有五岭,大庾、始安、临贺、桂阳、揭阳是也。”④而此条也被许多其他文献所征引,并逐渐成为认定南方五岭的主要观点。可惜的是,《广州记》亡佚已久,现在能找到与大庾岭直接相关的文字仅此一条。与《广州记》类似的情况还有三国陆胤《广州先贤传》、西晋张勃《吴录》、嵇含《南方草木状》、南朝顾野王《舆地记》等,这些文献都有关于大庾岭的文字留存。

通过对大庾岭辑佚文字的梳理可以发现,汉魏六朝曾涌现一大批地理志书,其中涉及南方地理的志书中,往往都存在对大庾岭的记

①骆伟《南越志辑录》,《广东史志》2000年第3期。

②乐史撰,王文楚等点校《太平寰宇记》卷一五七,中华书局,2007年,第3012页。

③杨恒平《裴渊〈广州记〉辑考》,《中国典籍与文化》2014年第1期。

④李昉等《太平御览》卷五四,中华书局,1960年,第265页。

载文字,而这些志书作者在编撰过程中,多相互参考借鉴。需要指出的是,在这一批地理志书中,有两种尤需特别注意,亦即《南康记》和《始兴记》,因为这两种与大庾岭紧密相关。

三、《南康记》和《始兴记》中的文字书写

《南康记》并非指某人的某本专著,历史上,曾经有多位学者编撰《南康记》,分别为邓德明、王韶之、刘嗣之和朱端章。其中朱端章为宋朝人,在此不予讨论。而诸本《南康记》,以邓德明所撰最为著名。邓本《南康记》辑本颇多,有涵芬楼《说郛》本(1 则)、宛委山堂《说郛》本(8 则)、清人黄奭所辑《汉学堂知足斋丛书》本(8 则)及今人刘纬毅所辑《汉唐方志辑佚》本(35 则),其中刘氏用力最勤,所辑条目最多。江永红曾对以上各辑本文字进行详细考证,指出刘纬毅本有 6 条误辑,三条漏辑,并予以补正①。综合二者来看,邓德明《南康记》可辑条目应为 32 则,涉及南野、南康、平固、雩都等大部分庾岭以北区域的山川地貌、物产风俗,是了解唐前大庾岭情况极为珍贵的资料。

刘纬毅所辑邓德明《南康记》中,有两则实为刘嗣之《南康记》文字,其在邓德明小传中说:"疑'嗣之'为其字。"②这种怀疑显然缺乏根据,刘嗣之《南康记》在《通典》《舆地纪胜》《太平寰宇记》等多种文献中均有出现,且在《太平寰宇记》中是如此记载:"刘嗣之《南康记》云……《南康记》云。"③两种《南康记》区分明显,刘嗣之当为另外一人。然而,由于诸文献所录刘嗣之《南康记》的文字不多,故并无

①江永红《南朝宋邓德明〈南康记〉考论》,《中国地方志》2018 年第 4 期。
②刘纬毅《汉唐方志辑佚》,北京图书馆出版社,1994 年,第 237—241 页。
③乐史撰,王文楚等点校《太平寰宇记》卷一〇八,中华书局,2007 年,第 2192 页。

专门的辑佚本。兹将相关文字整理如下：

1. 刘嗣之《南康记》云:“昔汉杨仆讨吕嘉,出章郡,下横浦,即今县西南,故横浦废关见在此。”(《通典》)①

2. 刘嗣之《南康记》云:“平亭谓之横亭,热水出聂都山。”(《太平寰宇记》)②

3. 刘嗣之《南康记》云:“汉兵击吕嘉,众溃,有裨将戍是岭,以其姓庾,以其多梅,亦曰梅岭。”(《舆地纪胜》)③

以上辑录文字以文献成书先后排列,后出文献有相同文字则不予列出,如《舆地纪胜》实征引三条,有两条重复,故仅列一条。另外,第三条“以其姓庾”后应有脱字,概为“曰庾岭”。

另外,还有王韶之《南康记》。王韶之,字休泰,为刘宋时人,《宋书》有传,云其为王献之孙,好史籍,博涉多闻,曾任黄门侍郎、著作郎、吴兴太守等职④,尝作《南康记》和《始兴记》,皆亡佚。刘纬毅辑王韶之《南康记》7 则⑤。相比之下,王韶之的《始兴记》更为著名,与《南康记》不同,王韶之《始兴记》是汉魏六朝时唯一一本关于始兴区域的专门志书,故而在诸文献中被征引较多,其辑本有清人曾钊《始兴记》,刘纬毅《汉唐方志辑佚》本,骆伟、骆廷所辑《岭南古代方志辑佚》本。曾钊《始兴记》辑录 29 则⑥,刘纬毅辑《始兴记》32 则⑦,骆伟、骆廷辑《始兴记》40 则⑧。观《始兴记》文字内容,涉及浈阳、含

①杜佑撰,王文锦等点校《通典》卷一八二,中华书局,1988 年,第 4844 页。

②乐史撰,王文楚等点校《太平寰宇记》卷一〇八,中华书局,2007 年,第 2184—2192 页。

③王象之《舆地纪胜》卷九三,中华书局,1992 年,第 2966 页。

④沈约《宋书》卷六〇,中华书局,1974 年,第 1625—1626 页。

⑤刘纬毅《汉唐方志辑佚》,北京图书馆出版社,1994 年,第 242 页。

⑥曾钊辑《始兴记》,中华书局,1985 年,第 1—4 页。

⑦刘纬毅《汉唐方志辑佚》,北京图书馆出版社,1994 年,第 270—273 页。

⑧骆伟、骆廷辑《岭南古代方志辑佚》,广东人民出版社,2002 年,第 181—189 页。

涯、桂阳等地，且有“郡东”“郡西南”等方位词，说明王韶之所著为始兴郡记，而非专门的始兴县记，其中与大庾岭区域直接相关的有灵鹫寺、临沅山、修仁水、任将军城等数条。当然，由于亡佚的原因，无法得知《始兴记》原貌。但可肯定，其中有关于浈江流域的详细记载，因为始兴县本就是始兴郡的重要组成部分。

《南康记》和《始兴记》的出现，一方面说明魏晋南北朝时期私撰地志的兴盛，另一方面，也反映出当时大庾岭区域并非无名之地，而颇受关注，故其南北区域都有专门的志书编撰。可以肯定，在汉魏六朝的地理志书中，存有大量关于大庾岭区域的记载文字，只是由于文献散佚，许多文字今天已无法看到。而这些对于大庾岭的文字书写，是当时人们认识该区域的信息来源，也成为了文人们进行相关文学创作的根基和源泉。

四、唐前大庾岭文字书写的文学价值

从《淮南子》到《南康记》，从一句话到整本书，关于大庾岭文字书写的进步是十分明显的。文字记载与文学发展往往密不可分，我们可以把唐前文献对于大庾岭的文字书写，看作是大庾岭文学的孕育和萌发阶段，其文学价值主要体现在以下三个方面：

其一，成为后世文学创作的素材和依据。秦皇戍五岭、赵佗急绝道、陆贾使南越、吕嘉封使节、杨仆下横浦等等，这些本存于正史及其他文献中的记录性文字，逐渐成为大庾岭文学创作的典故，被文人们反复吟诵。如杜甫《广州段功曹到得杨五长史谭书功曹却归聊寄此诗》：“卫青开幕府，杨仆将楼船。汉节梅花外，春城海水边。”[①]乃以

①本文所引用杜甫诗歌，均出自仇兆鳌注《杜诗详注》，中华书局，1979 年。后文不再出注。

汉征南越事入诗。刘长卿《送徐大夫赴广州》:“上将坛场拜,南荒羽檄招。远人来百越,元老事三朝。雾绕龙川暗,山连象郡遥……画角知秋气,楼船逐暮潮。”①从龙川令赵佗急绝道,到陆贾使越,再到杨仆平南越,皆以汉代庾岭典故隐喻即将上任的岭南节度观察使徐浩。余靖《和王子元过大庾岭》:“秦皇戍五岭,兹为楚越隘。尉佗去黄屋,舟车通海外。”②亦是吟咏秦汉庾岭之典故。明清时期,关于大庾岭的咏史诗更是不胜枚举。

由于唐前文献关于大庾岭的文字多出自地志的记载,故必然会对后世文人的地理认知产生影响,进而反映在他们的文学作品中。事实上,这些记录大庾岭山川的文字,是古代文人了解大庾岭地理的重要媒介和向导,如韩愈元和十四年(819)途经韶州,写诗说:“曲江山水闻来久,恐不知名访倍难。愿借图经将入界,每逢佳处便开看。”③图经即当时的地理志书。韩诗极好地说明了文人登览、创作与志书之间的关系。对于未至大庾岭的文人来说,当其要创作相关作品时,志书则为更重要的参考资料。在大庾岭文学作品中,这样的例子非常多,如邓德明《南康记》中有关于平固湖的记载,云“有石雁浮在湖中”④,唐郑惟忠据此作《古石之歌》:“若非平固湖中雁,定是昆明池里鱼。”⑤《南康记》又载:“南康玉山上有石桃……隐沦之士,将大取其宝实,因变成石焉。”⑥李峤据此作《桃》诗:“隐士颜应改,仙

①刘长卿著,储仲君笺注《刘长卿诗编年笺注》,中华书局,1996年,第283页。

②余靖《武溪集》卷一,《北京图书馆古籍珍本丛刊》第85册,书目文献出版社,1998年,第53页。

③韩愈著,方世举笺注《韩昌黎诗集编年笺注》卷一一,中华书局,2012年,第587页。

④刘纬毅《汉唐方志辑佚》,北京图书馆出版社,1994年,第237页。

⑤董诰等编《全唐文》卷一六八,中华书局,1983年,第1722页。

⑥刘纬毅《汉唐方志辑佚》,北京图书馆出版社,1994年,第239页。

人路渐长。”[①]又如《水经注》关于“鼻天子”的记载：“水侧有鼻天子城……水出县之韶石北山，南流径韶石下。”[②]清屈大均《韶阳恭谒虞帝庙有赋》“象于有鼻称天子，羽亦重瞳作霸王。韶石山连三峡险，曲江水接六泷长”[③]，即根据《水经注》的记载而成。

唐代不少送行诗，其作者往往并未亲至大庾岭，却能在诗中较好地描绘这一空间，如杜甫、李白、白居易等都有相关作品。他们对大庾岭的认知，恐怕都曾借助唐前志书，以此了解该区域的地理环境。如杜甫《龙门阁》“饱闻经瞿塘，足见度大庾”，即表达了诗人多闻大庾岭十分险要的意思，此处的“闻”并非一定是听别人说，更有可能来自文献记载。杜甫还有多首诗写大庾岭区域非常炎热，如《寄杨五桂州谭》“五岭皆炎热，宜人独桂林”。关于大庾岭及岭南环境，《汉书》所载淮南王谏文曾描述为“南方暑湿，近夏瘅热”，不仅如此，还“暴露水居，蝮蛇蠚生，疾疠多作”[④]。元稹《送崔侍御之岭南二十韵》：“遥想车登岭，那无泪满衫。茅蒸连蟒气，衣渍度梅黬……瘴江乘早度，毒草莫亲芟。”[⑤]从首句“遥想”可知，诗中所述实为诗人对庾岭环境的异地想象，其所云“蟒气”“瘴江”“毒草”等，与唐前志书对五岭环境的描写是十分吻合的。

此外，在唐前的文献中，还存在许多对大庾岭人文风俗的记载，如邓德明《南康记》有关螺亭女和山都、木客的记载[⑥]，亦被后世文人

①李峤、苏味道著，徐定祥注《李峤诗注　苏味道诗注》，上海古籍出版社，1995年，第229页。

②郦道元著，陈桥驿校证《水经注校证》卷三八，中华书局，2013年，第860页。

③屈大均著，陈永正等校笺《屈大均诗词编年校笺》卷一〇，上海古籍出版社，2017年，第1517页。

④班固《汉书》卷六四上，中华书局，1962年，第2781页。

⑤元稹著，冀勤点校《元稹集》卷一一，中华书局，2010年，第144页。

⑥刘纬毅《汉唐方志辑佚》，北京图书馆出版社，1994年，第238—240页。

写入文学作品。如唐末诗人陈陶《冬日暮旅泊庐陵》:“螺亭倚棹哭飘蓬,白浪欺船自向东。”①就是取自螺亭女乘船采螺的民间故事。又如皮日休《寄题罗浮轩辕先生所居》“山都遣负沽来酒,樵客容看化后金”②,陈陶《旅泊涂江》“断沙雁起金精出,孤岭猿愁木客归”③,苏轼《虔州八境图八首》(其八)“谁向空山弄明月,山中木客解吟诗”等④,这些诗句则均取材于《南康记》中的描述。“山都”和“木客”本流传于南方民间故事,后人以其为素材,在诗歌中创作出新的志怪形象。

其二,唐前文献中所出现的概念和思想,为后世文学继承和发扬。文字往往承载着某种思想和观念,从最早的《淮南子》开始,大庾岭就已经在文字中被赋予观念,这种观念就是认为大庾岭是“南野之界”,是中国的南方边界。至《史记》云“北有长城之役,南有五岭之戍”,大庾岭再次被明确为与北方长城相对应的南方边界。这种观念同样出现在大庾岭的文学作品之中,西晋陆机《从军行》云“南陟五岭巅,北戍长城阿”⑤,就是对这一观念的直接继承。至唐代,大庾岭作为南方边界的概念已经根深蒂固,宋之问《度大庾诗》云“度岭方辞国,停轺一望家”,认为大庾岭就是国家的边界。白居易则说得更直接,其《清明日送韦侍御贬虔州》云“南迁更何处,此地已天涯”⑥,虔州是大庾岭以北的区域,而白居易认为这已经是天涯了,其实同样

①彭定求等编《全唐诗》卷七四六,中华书局,1960 年,第 8482 页。

②彭定求等编《全唐诗》卷六一四,中华书局,1960 年,第 7081 页。

③彭定求等编《全唐诗》卷七四六,中华书局,1960 年,第 8481 页。

④苏轼著,王文诰辑注,孔凡礼点校《苏轼诗集》卷一六,中华书局,1982 年,第 795 页。

⑤本文所引用陆机诗歌,均出自杨明校笺《陆机集校笺》,上海古籍出版社,2016 年。后文不再出注。

⑥白居易著,谢思炜校注《白居易诗集校注》卷一七,中华书局,2006 年,第 1345 页。

表达的是南方边界的概念。

唐前文献中出现的另外一个重要概念,也来自《汉书》所载淮南王的谏文。淮南王在谏文中分析大汉与百越的关系,提出大庾岭"天地所以隔外内也"的观点,并指出庾岭以北则为中国,以南则是外国。所以,淮南王不仅对大庾岭的地理属性进行了界定,更赋予了大庾岭政治与文化属性,认为大庾岭实为中与外、华与"夷"的分界线。郦道元《水经注》所说"五岭者,天地以隔内外",可视为对这一观念的继承。在唐前文学中,对这一概念也有所表达,如陆机《赠顾交趾公真》"发迹翼藩后,改授抚南裔。伐鼓五岭表,扬旌万里外",含蓄地表达了五岭为南裔的边界。宋之问诗"嵥起华夷界,信为造化力"、沈佺期诗"兹山界夷夏,天险横寥廓"、张说诗"岭路分中夏,川源得上流"①等等,则是对这一概念更为清楚明确的表达。

沈怀远《南越志》中,还记录了一个很有意味的观念,即"俗云经大庾则清秽之气分,饮石门则缁素之质变"②,认为大庾岭是清廉与贪贿的分界线,并因《晋书》记录吴隐之饮石门贪泉而进一步扩大影响。《晋书·吴隐之传》:"朝廷欲革岭南之弊,隆安中,以隐之为龙骧将军、广州刺史、假节,领平越中郎将。未至州二十里,地名石门,有水曰贪泉,饮者怀无厌之欲。隐之既至,语其亲人曰:'不见可欲,使心不乱。越岭丧清,吾知之矣。'乃至泉所,酌而饮之……及在州,清操踰厉。"③吴隐之所云"越岭丧清",即指大庾分清秽之气的观念。据此可知这一俗语由来已久,但具体成于何时,无法考证。吴隐之本为名士,故其饮泉自明之事被广为传颂。大庾岭分清秽之名藉此而愈显,后世诗人多写诗吟咏。如张祜《寄迁客》:"万里南迁客,辛勤

①张说著,熊飞校注《张说集校注》卷九,中华书局,2013年,第452页。
②乐史撰,王文楚等点校《太平寰宇记》卷一五七,中华书局,2007年,第3012页。
③房玄龄等《晋书》卷九〇,中华书局,1974年,第2341—2342页。

岭路遥……瘴海须求药,贪泉莫举瓢。”[①]赵抃《廉泉》:“庾岭中分泉两派,美名人爱恶声嫌。谁云酌后能移性,南有贪兮北有廉。”[②]这些作品都是“越岭丧清”观念在诗歌上的不同表达。

其三,唐前文字书写本身所具备的文学性。通过对唐前文献中大庾岭文字的钩沉和梳理,发现这些文字不仅仅是停留在对大庾岭的简单记录,其中有许多文字往往倾向于表达某种思想、观点或者情感,这就使得这些书写文字本身具有文学性。如《水经注》,本是一部地理书,但其文学性却是公认的。此书对于山水的记载文笔生动,极具审美价值。其写作技巧亦被后世文人广泛学习,如陆龟蒙曾作诗说:“高抱相逢各绝尘,水经山疏不离身。”[③]所以,对于唐前大庾岭文字书写的探讨,不能仅停留于记载的内容,其文学性同样值得关注。

首先是记录文字中有较多山水景物和地理环境描写。如《汉书》所记淮南子谏文:“限以高山,人迹所绝,车道不通,天地所以隔外内也……近夏瘅热,暴露水居,蝮蛇蠚生,疾疠多作,兵未血刃而病死者什二三,虽举越国而虏之,不足以偿所亡。”[④]此段大庾岭环境描写极具文采,语言精练,句式整齐,寥寥数语便将大庾岭的险要和荒蛮刻画得淋漓尽致。在现存文字书写中,邓德明《南康记》较为丰富,其中有不少景物描写。如写雩都峡:“雩都峡,去县百里,两边傍江,江广三十余丈,高岭稠叠,连岩石峙。其水常自激涌,奔转如轮,春夏洪潦,经过阻绝。”写赣县赤石山:“赤石山,大石连耸,灿若舒霞。山角

---

①张祜撰,尹占华校注《张祜诗集校注》卷一,巴蜀书社,2007年,第32—33页。

②赵抃《清献集》卷五,《文渊阁四库全书》第1094册,北京出版社,2012年,第804页。

③陆龟蒙撰,何锡光校注《陆龟蒙全集校注》卷一〇,凤凰出版社,2015年,第611页。

④班固《汉书》卷六四上,中华书局,1962年,第2780—2781页。

多赤石，有玉房琼室。”[①]这些写景状物的文字，用词简练，描写生动，如“奔转如轮”“灿若舒霞”之语，往往能恰当形容景物，又能引发读者遐想，绝非简单的记录文字可比，称其为山水散文亦不为过，因其体现了作者对山水景物的自觉性审美。

其次，这些文字书写有意识地引用文学作品或民间谣谚。如前文所述《水经注》曾多处引用庾阐《扬都赋·注》来解释大庾岭南北水系，这在《水经注》中是屡见不鲜的，以致专门有学者研究《水经注》的赋作引用问题。在《始兴记》中，王韶之也曾引用范云的作品，其“修仁水”条说：“修仁水西南，注连水，北有三枫亭、五渡水。齐范云为始兴太守，至修仁水酌而饮之，赋诗曰：‘三枫何习习，五渡何悠悠。且饮修仁水，不挹阶邪流。’”[②]这本是一条对修仁水地理方位的介绍，因引入了范云作品，从而更具可读性。在唐前文献中，还可见到许多对民间俗语、谣谚的引用。例如《南越志》“俗云经大庾则清秽之气分，饮石门则缁素之质变”[③]，原应是一句俗语或谣谚，经文人加工，句式变得更加工整，体现南朝骈文偶对特征。类似者还有《南康记》对南康玉山的记载：“故老云：‘古有寒桃，生于岭巅。’”显然，这也引用了民间俗语。由此可知，古文献编撰者，为更好地说明所记录事物，往往有意识地收集相关文学作品或民间俗语，使记录文字的可读性得以增强。

最后，这些文献记录文字的魅力，还来自于对于许多民间志怪故事的记载。尤其是在地志文献中，保存了地方传说和奇闻轶事。如《南康记》，在现有辑佚 32 条中，就有 19 条属于奇闻或传说。藉此可推测，原书中所载志怪故事应较多。《南康记》叙事技巧高超，情节紧

①刘纬毅《汉唐方志辑佚》，北京图书馆出版社，1994 年，第 239—240 页。

②李昉等《太平御览》卷六五，中华书局，1960 年，第 312 页。

③乐史撰，王文楚等点校《太平寰宇记》卷一五七，中华书局，2007 年，第 3012 页。

凑。兹举其关于采螺女一条,以见其概:

> 平固水口下流数里,有螺亭临江。昔有一少女曾与伴,俱乘小船江汉采螺。既逼暮,因停沙边共宿。忽闻骚骚如军马行。须臾,乃见群螺张口无数,相与为灾,来破舍啖此女子。同侣诸妪,当时惶怖不敢作声,悉走上岸,至晓方还,但见骨耳。收敛丧骨,薄埋林际,归报其家。经四五日间,近所埋处翻见石冢,穹窿高十余丈,头可受二十人坐也。今四面有阶道,仿佛人家。其顶上多螺壳,新故相仍。乡传谓之螺亭。①

这段描写,情节紧凑,故事曲折。尤其是情景描绘,极具代入感,如群螺来之前,先有声音,“骚骚如军马行”,让读者进入想象,感受到恐惧。对现场的描写,“群螺张口无数”,则不由让人头皮发麻。一小段文字,让读者身临其境,体验感极强。可以说,这一段记载完全可媲美六朝志怪小说。

据上述可知,唐前文献关于大庾岭的文字书写,从一开始就具有文学色彩,随着时代变迁与对传统的模仿和超越,其文学性愈加明显。相关记载多出自地方志书,无论文字本身的文学表现,对于后世文学的影响,还是都具有浓厚的地域性特征。后世如杜甫的“大庾险”,李峤的“梅花”,郑惟忠的“平固湖中雁”,陈陶、苏轼笔下的“螺亭”,皆体现了大庾岭地域文学的渊源与流变。

(作者单位:吴强,赣南师范大学;吴夏平,上海师范大学)

①刘纬毅《汉唐方志辑佚》,北京图书馆出版社,1994 年,第 238 页。

海外诗路研究

司空图隐逸文化的韩国接受[①]

徐婉琦　沈文凡

一、司空图隐逸文化特质诠解

隐逸避世是中国传统文人独特的审美生存方式，其人生观念、道德品行、诗文创作承载的精神内蕴经过后代不断接受和诠释，催生出丰厚的文学、文化，对东亚文人的创作产生了重要影响。

先秦儒家主张“天下有道则见，无道则隐”（《论语·泰伯》），魏晋以来，随着文人个体意识觉醒及以道家文化为核心的玄学的兴起，隐逸文化融合了真率任情的色彩。阮籍“礼岂为我辈设”（《世说新语·任诞》）、张翰“人生贵得适志”（《晋书·张翰传》）、王羲之“我卒当以乐死”（《晋书·王羲之传》）等都是自我精神的集中体现。唐代以前，文人隐逸多以避世的形式追求个体内心的安宁，“仕”与“隐”之间的界限较为分明。

进入唐代，文人的隐逸行为逐渐打通了精神与物质、山林与世俗

①本文为2020年度国家社科基金重点项目“唐宋韵文东亚接受文献缉考与研究”（20AZW008）的阶段性成果、2017年度国家社科基金重大项目“历代古文选本整理及研究”（17ZDA247）子项目的阶段性成果、2018年度四川省区域和国别重点研究基地韩国研究中心重点项目“上梁文文献对韩国建筑民俗影响研究”（HGZX201810）的阶段性成果。

的隔阂。宋之问“宦游非吏隐,心事好幽偏”(《蓝田山庄》)、李峤“若人兼吏隐,率性夷荣辱”(《和同府李祭酒休沐田居》)、杜甫“闻说江山好,怜君吏隐兼”(《东津送韦讽摄阆州录事》)等诗句将“吏”“隐”并举,表明唐代文人对“仕”与“隐”共存性的接受。文人亦仕亦隐,在山野与庙堂的出处间得到了物质与精神的双重满足。白居易“大隐住朝市,小隐入丘樊。丘樊太冷落,朝市太嚣喧。不如作中隐,隐在留司官。似出复似处,非忙亦非闲”(《中隐诗》),认为居庙堂与处山林各有局限,前者太过喧嚣,后者失于冷落。一番权衡后,明确提出了仕隐两全的“中隐”概念,为入世与出世找到了妥善的平衡点,调和了物质与精神的矛盾,也为士人的避世隐逸行为增添了几分政治化的功利色彩。

晚唐时期,战乱频仍、生存环境的恶化使得士大夫“被动隐逸”。面对王朝易主、山河破碎,品性高洁的为官者弃官遁世,却很难再保持“中隐”的平和心态。陆龟蒙“世既贱文章,归来事耕稼”(《村夜》)将出仕归耕的原因归为世道轻贱文人的德行事功;罗隐“高阳酒徒半凋落,终南山色空崔嵬”(《曲江春感》)用讽刺笔调抒发壮志难酬的不平之鸣和目睹山河破碎的骚愁怅恨;郑谷“荆山归不得,归得亦无家”(《闷题》)道出落第隐痛中的矛盾与绝望。晚唐诗人表达隐逸之志,常常或显或隐地流露出对衰世的无奈与哀叹,充溢着愁怨与不平之气,再难如前朝士人般全身心地纵情享受于山水之间。

但司空图与此时期被动隐退的士人在避世的动机和行为表现上尚有区别。就前者来说,虽然其退隐山林客观上是因为黄巢之乱祸及京师,朝廷动荡,但辞官归隐的举动并非因为他被贬谪放逐,而是其主动选择的明哲保身之策。两《唐书》在此处的记载均为贼臣柳璨诏司空图入朝,司空图在朝廷觐见时故意“堕笏失仪”,做乡野之态,表归隐之志，而被柳璨放归山林①。与其说司空图此时隐退是畏惧柳璨的谋害，不如说这是一种全身而退的智慧选择，是对儒家倡导的"邦无道则隐"观念的主动实践，而并非真正畏惧，否则岂有勇气在哀帝被弑后选择不食而卒？

就其隐退后的行为表现来讲，虽然如"漉酒有巾无黍酿，负他黄菊满东篱"（《五十》）、"愁看地色连空色，静听歌声似哭声"（《浙上二首》）、"身世堪惆怅，风骚顿寂寥"（《寄怀元秀上人》）等诗句也充溢着郁郁难平的孤介之气，满载着对王朝末路的无尽哀伤，但他仍可以用儒释道相融的人生智慧进行自我调适，最终超然物外，平和自处："名应不朽轻仙骨，理到忘机近佛心"（《山中》），"不用名山访真诀，退休便是养生方"（《华下》），"酣歌自适逃名久，不必门多长者车"（《归王官次年作》），将佛家忘机修炼禅心、道家访仙追求长生等行为当作儒家出世自适的良方，字句间折射出儒释道调和的人生哲学。这与晚唐文人被动放逐山林、自泣自吟的单纯悲叹是有所不同的。

司空图隐逸思想承载的文化智慧辐射、渗透进韩国文人的诗文作品中，在韩国文坛形成了司空图隐逸文化的接受奇观。韩国文人对司空图不仕二朝、以死殉唐的高义之举充满敬仰。成海应（1760—1839）"其入朝时，佯堕笏而趣意野耄者，不欲与柳璨辈同朝也。及温篡位，征之不起，闻哀帝弑，不食卒，欲不事贰姓也。考唐末之忠，在官者唯张承业；在仕唯表圣也，耿耿乎烈哉！"（《书五代史六臣传后》，《研经斋全集》续集册十二）叙述司空图绝食而卒、不事二朝的

①《旧唐书·司空图传》："柳璨希贼旨，陷害旧族，诏图入朝。图惧见诛，力疾至洛阳，谒见之日，堕笏失仪，旨趣极野。璨知不可屈，诏曰：'……可放还山'。"《新唐书·司空图传》："柳璨希贼臣意，诛天下才望，助丧王室，诏图入朝，图阳堕笏，趣意野耄。璨知无意于世，乃听还。"

刚烈之举,将他与唐朝灭亡后拒绝加官进爵的忠臣张承业类比,赞许其忠义;田愚(1841—1922)“司空图弃官居乡,唐昭宗屡征不起……古今称为高贤”(《答洪约厚》,《艮斋先生文集前编》卷之六),举司空图主动退隐事迹,称其为“高贤”。韩国文人高度认可司空图的隐逸行为,建立在他们欣赏仰慕司空图忠贞傲岸节操的基础之上的,能将司空图区别于历史上其他隐士,深入理解其不忧不惧的高洁人格及明哲保身的人生哲学。

因将隐逸系以忠贞,韩国司空图隐逸文化的接受文献中,并举其他中国历史上较有名望的忠贞隐逸之士亦不鲜见:许愈(1833—1906)“昔有躬耕于乱世者,诸葛武侯之于南阳是也;有贤名而盗不敢近者,司空图之于王官谷是也”(《答赵圣执性璹》,《后山先生文集》卷之四),并举躬耕于南阳、未出茅庐而知天下事的诸葛亮与隐居王官谷,贤名远扬能使盗贼远之①的司空图,说明二高贤因品行高尚深得人心;柳麟锡(1842—1915)为人所撰的墓志铭中提到墓主“尝仿司空图故事,自占生圹,作寿藏序,又次陶靖节自挽诗,命后刻碑”(《觉梦堂朴公墓碣铭并序》,《毅庵先生文集》卷之四七),叙述墓主效仿司空图“豫为冢棺”②,提前为自己备好墓地,次韵陶渊明为自己写挽诗等参透生死的洒脱行为,反映出墓主对司空图、陶渊明高义之举的钦佩敬仰;田愚(1841—1922)“唐司空图,曾被召入京,归隐王官谷。闻哀帝被弑,不食而卒,此犹有职名者。至于明文琼,当崇祯殉社之

①《新唐书》卷一九四《列传第一百一十九》:“时寇盗所过残暴,独不入王官谷,士人依以避难。”司空图所处的时代常有寇盗作乱,到处抢掠,却独不去司空图所居的王官谷。不少读书人都去那里避难。正是司空图忠义安贫的贤名远扬,使得“盗不敢近”。

②《新唐书》卷一九四《列传第一百一十九》载司空图“豫为冢棺,遇胜日,引客坐圹中赋诗,酌酒裴回。客或难之,图曰:‘君何不广邪?生死一致,吾宁暂游此中哉!’”

日,书其身曰:位非文丞相,心是文丞相。痛哭梓宫,触石而死。此是一布衣耳,乃能如此,岂非壮且烈哉!"(《答徐廷世》,《艮斋先生文集前编》续卷之三)将司空图与明代死节之士汤文琼①并举,称赞其不仕二朝、以死效忠行为之壮烈。忠义不能两全时,以死殉国或隐逸不出是历来士人阶层普遍认可的守节途径。

与司空图同时代且有相似经历的韩偓②在韩国文献中与司空图比肩并美的频率较高。申钦(1566—1628)"韩偓,唐季人也……其操节当与司空图并美"(《晴窗软谈·上》,《象村稿》卷之五〇·漫稿上)、田愚(1841—1922)"而无愧为司空图、韩偓之流,则亦何害于遁世之义"(《答李铎谟》,《艮斋先生文集前编》卷之七)将司空图与韩偓避世守贞的节操相媲美,表达肯定与赞赏。诗人咏史时,亦对二位身处动乱而坚贞守节之人称赞有加:李裕元(1814—1888)"进退不污惟一人,辞官韩偓莫相伦。季唐时节高贤在,迹近情疏远要津"(《史咏四十二首·司空图》,《嘉梧稿略》册三)并称韩偓、司空图为"高贤",且以"进退不污"高度肯定了司空图的仕隐选择;郭说(1548—1630)"唐家浮薄已成风,举世滔滔名利中。独有保身明哲者,韩公之后见司空",注云:"司空图、韩偓,以丞相因隐王官谷,不仕。"(《咏史有感四首又八首》,《西浦先生集》卷之四)以滔滔名利的唐末乱世衬明哲保身的司空图、韩偓二公,表达敬慕之意。因二人所处时代与经历相似,我国古典史传、诗话文献往往以"辞荣引去、自爱其身""不

①计六奇《明季北略》:"汤文琼,菜佣也。见先帝梓宫过,恸哭触石死。一云,北京布衣汤文琼,闻煤山之变,感慨自杀,其衣带所藏有云:位非文丞相之位,心同文丞相之心。贼闻之,亦叹其忠义云。南都赠中书舍人,赐祠,额曰旌忠。"

②韩偓(约842—923),晚唐五代诗人,朱全忠篡唐后,韩偓深感仕途险恶,不念功名,隐居于南安葵山,时称"韩寓",所作诗篇感时类悲而能婉,柔中带刚,艺术价值颇高。

受梁官、未食闽禄”并赞司空图、韩偓的忠贞气节①。在韩国文人的记录叙述中,不排除承袭了上述行文习惯,侧面反映出域外文人对中国古典文献解读深入,对中国传统隐逸文化理解深刻。

上述忠贞之士,诸葛为先隐后仕,陶、韩为先仕后隐,汤氏为一菜佣,并未入仕。他们在仕与隐的选择上一如司空图,未取出处两全的“吏兼隐”,而是完全遵从忠贞内心与高尚操守做出抉择,屡屡被效仿赞颂。南朝范晔在《后汉书・隐逸传》中将文人隐居的动因划分为“隐居以求其志”“回避以全其道”“静己以镇其躁”“去危以图其安”“垢俗以动其概”“疵物以激其清”②六种。韩国文人接受中国古代隐逸文化时所认可的隐逸动机更倾向于前两者,同时对纯粹“身隐”的认可度似乎高于“吏兼隐”。这再次证明韩国文人接受司空图隐逸思想是以高度认可其忠贞高洁品行为前提的。

另一方面,司空图清幽澄澈的隐逸之志与抱朴耐辱的人生哲学为他赢得了千古美名。韩国文人创作接受司空图的文献中,常可见其对司空图避世主张、高情逸想的赞美。闵遇洙(1694—1756)“管幼安,司空表圣,区区所尝企慕者也。今得来示,此心又飘然在辽东中条之间。而其高情逸想,何可几及也?”(《答百顺》,《贞庵集》卷之四)真挚地表达了对司空图的高蹈行为与栖息之地心向往之。金进

①如《读通鉴论》卷二七《懿宗》载:“韩偓、司空图处无可救药之时也,君即唯我之是听,而我固无如之何也,去之可也。”《读通鉴论》卷二七《昭宗》载:“司空图、韩偓进不能自靖,而退以免于污辱,其尚瘥乎!”《读通鉴论》卷二七《昭宣帝》载:“温诚诛锄善类不遗余力,而士大夫无可逃之彀中邪?乃于韩偓弗能杀也,于司空图弗能杀也。”《宋论》卷一《太祖》载:“夷考自唐僖、懿以后……其辞荣引去、自爱其身者,韩偓、司空图而止。”《五代诗话》载:“而司空图之不受梁官,韩偓之未食闽禄,例以陶潜称晋,仍是唐人。”《鹤林玉露》乙篇卷六载:“晚唐诗绮靡乏风骨,或者薄之……然气节之士,亦往往出于其间……韩偓在翰林……司空图初为礼部员外郎,弃官隐居王官谷,累征不起……”

②范晔《后汉书》卷八三,中华书局,2005年,第1861页。

洙(1797—1865)有《再呈青士》(《莲坡诗钞》卷下)一首长诗寄托自己的归隐之思,将青山比作高士,极言山水自然之美,其中"寿圹司空图,生挽晋处士。吾今忌讳偏,归养思千里"一句提到司空图自占生圹、超然生死、修心归隐的事迹,明确表达了作者的忠义之心与归隐之志。韩国文人认可司空图忠贞品行,躬身实践司空图的隐逸哲学思想,对中国传统的隐逸文化内涵理解深刻。

二、"王官谷"山水隐逸文学的符号标示

魏晋以来山水文化兴起,自然界的山水田园融入文学审美领域,逐渐内化为文人的人格和情感。隐逸文人群体中,无论以隐求名者、以隐守志者抑或以隐托身者,山水文化都是其文学创作中不可或缺的成分。隐逸避世过程中,文人将志意与节操付诸自然景物,对其进行审美观照,促成了山水文化在人格与理性上的升华,逐渐由"客观自然"过渡到"理性自然"。从陶渊明的柴桑田园、谢灵运的始宁山墅再到王维的辋川别业、岑参的双峰草堂、储光羲的终南幽居,都是山水文化与隐逸文化融合的产物。

随着司空图高节美名的流传,他选择的避世幽居之地王官谷也在这样的时代背景下被赋予了特殊的文化意蕴。后世文人表达隐逸之志的作品中,频频可见对王官谷的向往之情。北宋王午"耐辱幽人不愿名,一丘一壑遂高情"(《游王官谷》),将司空图耐辱守节的素志付诸王官谷的一丘一壑,使山陵溪谷亦富高致;元代袁凉"王官谷里丹阳观,邻着司空表圣像。乔木几番新雨露,高名千古旧烟霞"(《王官谷司空图隐居》),观司空图像而起怀古幽思。韶光流逝,王官谷中花木几番开落,司空图的高名大义仍千古流传;明代许庄"辟开荒地二三亩,结上茅庐一两间。睡到日高犹未起,卧听流水任潺湲"(《王官谷乐隐》),极言王官谷隐居时悠然安睡、卧听流水的自得之乐;清

代王士祯“爱汝王官谷,他年拟借居。三峰当户牖,五姓足樵渔”(《送吴天章归中条·其二》),更直白地表明他日要在王官谷般清幽之地借居的愿望。自宋至清,王官谷多次被精心修缮,文人墨客始终不惜笔墨盛赞王官谷的湖光山色,追忆遥想司空图旧时行迹。焦竑《国史经籍志》①录有《王官谷图集》四卷,专收文人关于司空图故居的佳咏,包罗史传、诗歌、游记、铭赞等众多文学体式。这些文献围绕王官谷展开,呈现出宋代以来司空图隐逸文化接受的洋洋大观。

山明水秀、景色宜人的王官谷“岩洞深邃,泉壑幽胜。旁有天柱、跨鹤诸峰,瀑布、贻溪诸水。山水之胜,甲于河东”②。山水环绕,确为雅士清心隐居胜地。“松础水声,云光野色,环照旌旆”(《全宋文·王官谷题名》),山光水色本就令人心驰神往。择此地栖息的司空图志乐漱流,心轻食禄的隐士节操中充溢着他避世修身的人生哲学,在山水风光与隐士高名的双重作用下,王官谷自然成为了贤人雅士心向往之的理想归宿。

历来凡言及王官谷的文献几乎无不将其描绘成隐逸之士避世守节的理想桃源,放眼东亚也不例外。往来书信中,韩国郭钟锡(1846—1919)屡次提到对王官谷的向往:“今不获已,唤妻孥当来,然伽北亦非王官谷,其突可待黔耶?”又言:“自困扰攘,身心余几。”(《答李器汝》,《俯宇先生文集》卷之二〇)作者化用“墨突不黔”的典故,言自己终日繁忙,四处奔走,席不暇暖,比之自困的“扰攘”,王官谷清幽宁静的环境自然更加令人神往。再如“似闻将问舍于闻喜山中,岂有一区王官谷,可以结翠微之社耶?诚愿膏秣以从,而终吾生而徜徉也”(《答郑舜谐教永·壬子》,《俯宇先生文集续》卷之六),希望在求田问舍时能寻得像王官谷一样青山绿水环绕的佳地,甚至

①焦竑《国史经籍志》,商务印书馆,1959年。

②顾祖禹《读史方舆纪要》卷四一《山西三》,中华书局,2005年,第1896页。

愿意终身徜徉其间。如此执着真挚的愿望必然建立在作者对王官谷文化的深入理解之上。信中所言的“王官谷”当非指司空图隐居之地，或可理解为韩国袭用司空图王官谷命名的清幽佳境，很大程度上可以作为韩国文人表达避世志意的精神象征。郭钟锡其他书信如“世无王官谷，且当据见住处作得某里”（《答河采五·戊申》，《俯宇先生文集》卷之六七）、“顾宇内无桃源别天，且从近可地，做自家王官谷”（《答丁伯崇·辛亥》，《俯宇先生文集》卷之七三）所云，无论是“世无王官谷”的慨叹，还是对“桃源别天”的向往，抑或是“结翠微之社”的期待，表达的情感都与我国古代相关文献具有较大相似性。书信言语真挚，作者深情流露，全身心地接受了司空图的王官谷隐居文化。

韩国汉诗诗句中明确提到“王官谷”者颇多，其所指同样不仅局限于司空图真正的隐居之地，更多是作为诗人心目中理想桃源的比附出现的。姜栢年（1603—1681）“古来名胜地，今作相公家。地压王官谷，庭留隐逸花”（《次崔相溪亭韵》，《雪峰遗稿》卷之七）将崔相府邸比作王官谷，“丰乐亭前频枉过，王官谷里几陪游”（《李参奉之亮挽》，《雪峰遗稿》卷之一五）将“丰乐亭”与王官谷对举，不仅为了言说“相公家”的怡人景色和“陪游”的陶然之乐，字里行间更流露出作者对避世隐逸行为的认可与欣赏。

韩国诗人眼中的王官谷地灵景美，有泉池草木、清风白云，宁静清幽。金锡胄（1634—1684）“莲勺陂堪钓，王官谷可樵”（《复叠前韵》，《息庵先生遗稿》卷之六）写垂钓樵拾，怡然自乐，对王官谷的向往清晰可见；崔鸣吉（1586—1647）“耕蓑宜细雨，钓石傍斜阳。泉洗尘嚣耳，茶浇火食肠”（《次张阳川忠汉韵》，《迟川先生集》卷之二）描绘的绿蓑细雨、热茶清泉远离尘嚣，极富高蹈之趣；尹凤朝（1680—1761）“小池玩纹漪，照影涵群木。源泉道为体，莹净来相续”（《临池玩菊漫迭前韵》，《圃岩集》卷之五）勾画的乔木池塘、光影涟漪充满闲情雅致。这些诗句中叙写的王官谷盛景虽大多并非实指,却几乎与《读史方舆纪要》等国内文献的描述如出一辙。多数诗人在赞美王官谷景致的同时,都明确表达了归隐之志:俞好仁(1445—1494)“从须决定归,终老王官谷”(《咸阳乡校金安国》,《一蠹先生遗集》卷之三“附录”)决意归休,择王官谷终老;沈攸(1620—1688)“休休便即休,将老王官谷”(《漫吟用前韵》,《梧滩集》),权访(1740—1808)“何日蹇驴乘兴出,王官谷里共休休”(《次凡涧韵奉赠金上舍圣得汝弼》,《鹤林先生文集》卷之三)用司空图“休休”概念表出世用心;金寿增(1624—1701)“投老王官谷,避世辽海隅”(《闰三月初八日还华阴,留四十二日。逐日所接所怀山中景色无不形诸楮毫,此不足为诗,而皆是实迹,聊为破闲之资,以自观焉》,《谷云集》卷之二)明言要将避世归隐的去处选在可媲美王官谷的清雅佳境。韩国文人意欲归隐时,都不约而同地选择“王官谷”作为“归去”“投老”的理想隐逸之地,证明司空图的王官谷已在东亚文人的传播接受中逐渐转化成了隐逸幽居、避世守节的文化符号。

韩国文人围绕“王官谷”进行避世隐居、投老求闲叙写时,选取的意象多为“松”“竹”“鹤”等高洁之物,这与中国文学传统在意象上的指代一脉相承。范云“凌风知劲节,负雪见贞心”(《咏寒松诗》)赞美寒松凌风傲雪,刚正贞洁;王安石“人怜直节生来瘦,自许高材老更刚”(《与舍弟华藏院忞君亭咏竹》)感叹青竹直节高材,不惧风霜;王维“花醥和松屑,茶香透竹丛”(《河南严尹弟见宿弊庐访别人赋十韵》)描绘雅静居处,松屑茶香脱俗于尘世,自有高致;张九龄“远集长江静,高翔众鸟稀”(《羡鹤》)表达对仙鹤高飞、脱颖于凡鸟的钦羡。中国文人自古习惯将美好坚贞的品性赋于碧竹青松、鹤唳猿鸣中,这些意象承载的高洁雅趣,亦被渗透进韩国的诗学文化里。涉及的文献在体例上涵盖了绝句、四韵律诗、排律等多种体裁,从精神意境、情感艺术等不同维度呈现出韩国文人对王官谷隐逸文化的创作接受样态。

在韩国文人以“王官谷”述归隐之志的文献中，我们不应否认其情感的主要倾向为郁郁不得志。尽管诗人对王官谷的叙写大多笔触清雅从容，字里行间突出了地理上的“静”，与心理上的“闲”。但这份“闲情”并非真正意义上的安闲适意，而是与司空图“率怕人言谨，闲宜酒韵高”（《漫题三首》）、“闲知有味心难肯，道贵谋安迹易平”（《书怀》）中隐含着对世事哀叹的“闲愁”异曲同工。郑士龙（1491—1570）“牢落王官谷，飘零宫锦袍”（《用昨日水次韵》，《湖阴杂稿》卷之一）用“牢落”形容王官谷，状寂寥荒芜之感；李景奭（1595—1671）“寂寞王官谷，飘零太白才”（《自去冬除命相仍而公多移病不拜辛巳寄仙舟》，《白轩先生集》卷之五）感慨像王官谷般清幽避世之地的寂寞，如李太白般绝世英才的飘零；黄玹（1855—1910）“似闻王官谷，有人无名字”（《岁暮怀人诸作・尹念庵秉绶》，《梅泉集》卷三）表达了诗人避世隐居的愿望，但情感基调与司空图“冲澹从容”的美学旨归有所不同。诗人极言宦途险恶，世路风波，自己却知音难觅，壮志难酬，对归隐的选择是因仕途艰难，不得已而为之。这种情感既不像魏晋文人隐逸单纯地陶醉于自然山水，也没能像初盛唐文人在仕与隐之间得当权衡，更没有达到如陶渊明“心远地自偏”的任真境界，而是与司空图所处晚唐时代的隐逸文化有很大相似性——士人在壮志难酬的无奈与悲愤下被动归隐。

三、“休休亭”园林隐逸文学的文化辐射

魏晋以来，山水隐逸文化逐渐拥有了主体地位，促使文人对自然风光投射了更多关注。私家园林别业的修建自中唐不断兴起，文学创作者把更多目光从自然山水投向写意园林，“亭堂记”“园记”体式的文学作品随之应运而生。唐代的亭园别业作为士人仕途进退中重

要的活动场域,在他们的出处选择间传递出隐逸文化的时代内涵,亭园命名往往寄托着主人的理想与志意。司空图的《休休亭记》即是这样的时代产物,对后世乃至东亚隐逸文化产生了深远影响。

休休亭是司空图在王官谷隐居时所建,按司空图的解释,“休”即为“美”,“既休而且美在焉”(司空图《休休亭记》)。亭成后司空图拟《休休亭记》为其属文以见志:“量其材,一宜休也。揣其分,二宜休也。且耄而聩,三宜休也。而又少而惰,长而率,老而迂,是三者,皆非救时之用,又宜休也。”点明休休亭的命名缘由。“量才”即自我估量才能平庸,“揣分”即审视自身才智不足,“耄而聩”即言年老而昏聩。具备了上述特点,则当归休。

司空图提出的“休休”概念被后代继承并不断加以诠释。宋代孙昉自号“四休居士”,并将其解释为“粗茶淡饭饱即休,补破遮寒暖即休。三平二满过即休,不贪不妒老即休”。他在司空图的基础上进一步诠释了“休”的标准:有粗茶淡饭饱腹,有朴素衣裳保暖,生活过得去,不贪婪、不嫉妒,平安到老即可归休,表明淡薄豁达、知止知足的人生态度。黄庭坚据此作《四休居士诗》三首,提倡安乐延年,乐天长寿,生活朴素,心态达观,养生归休的理念直承司空图“宜休”主张。

司空图《休休亭记》后附有《耐辱居士歌》云:“咄,诺,休休休,莫莫莫,伎两虽多性灵恶,赖是长教闲处着。休休休,莫莫莫,一局棋,一炉药,天意时情可料度。白日偏催快活人,黄金难买堪骑鹤。若曰尔何能,答言耐辱莫。”①从“咄”到“诺”,由抗拒到耐辱,反映出司空图对人生的理性思考过程。他认为天意不可料,真正能得到快活与解脱的办法就是“耐辱”。司空图的“宜休”与“耐辱”融合成他逃禅隐逸的生命哲思,“休休”“莫莫”的概念也在后世的流传中被广为沿

①胡震亨《唐音癸签》卷二三:“咄,拒物之声。诺,敬言也。图隐身不出,其本怀姑为拟议之辞,先叱之,随诺之,因以休休、莫莫自决耳。”

用,尤其在宋词中使用频率颇高。晏几道“休休莫莫,离多还是因缘恶”(《醉落魄》)、黄庭坚“争名争利休休莫”(《醉落魄》)、陈师道“休休莫莫,更莫思量着”(《清平乐》)、辛弃疾“书咄咄,且休休,一丘一壑也风流”(《鹧鸪天》)、吴潜“叹十年心事,休休莫莫”(《满江红》)等,将“休休”与“莫莫”连用,明显接受了司空图的隐逸思想。“莫莫”可释为“昏昧无知貌”,和司空图《休休亭记》所云“耄而瞶”的状态相吻合。词句内涵多为传达仕路风波险恶,当“退”,当“隐”,当“休”,思想情感整体继承了耐辱居士避世隐逸的文化内涵。

唐代的亭园记多以叙事为主,叙述建筑缘由、经过及主人事迹等,议论成分较少,这与“记”的文体写作方式有关。徐师曾“记之名,始于《戴记》《学记》等篇……后之作者,固以韩退之《画记》、柳子厚游山诸记为体之正。然观韩之《燕喜亭记》,亦微载议论于中。至柳之记新堂、铁炉步,则议论之辞多矣。迨至欧苏而后,始专有以议论为记者,宜乎后山诸老是为言也”(《文体明辨序说·记》)①。可见“记”体文发展过程中,在以叙事为主体的基础上,议论成分逐渐增多。至宋代则专有以“议论”为记者,如刘跂的《马氏园亭记》、黄震的《林水会也记》、李纲的《拙轩记》等。司空图的《休休亭记》便是较早显示园记破体特征的一篇。其通篇以“休休”阐发议论,表达避世修身之志,而较少见对亭园周遭景物的描写。

司空图这篇《休休亭记》从亭子命名到志意表达,再到亭记的行文方式,从不同层面广泛影响了东亚韩国的文人雅士。不少作品明确体现出作者对司空图“休休亭”命名涵义的接受:韩国徐命膺(1716—1787)作诗叙述司空图一生事迹,提到“岸帻休休亭,图书连屋聚”(《次杜工部遣兴诗韵五首(其二)》,《保晚斋集卷第二》),诗人读唐史至此则“窃叹知去取”,处世的进退原则深受司空图仕隐观

①徐师曾撰,罗根泽点校《文体明辨序说》,人民文学出版社,1998年,第41页。

启迪。姜献奎(1797—1860)“辞不获则曰古以休名多矣。司空图之三休,黄山谷之四休,未敢知何居焉”(《休斋记》,《农庐集》卷之六),列举司空图休休亭、黄山谷四休亭,说明自古言“休”者多缘于辞不获命。琴辅(1521—1584)“终知图揣分”(《陶山书院董役之暇吟示诸公》,《梅轩先生文集》卷之一)赞美司空图“量才、揣分”的“宜休”理念,以“幸赖邦多士”肯定他知止知足的士人节操。

更有文人直接以“三休”指代司空图。金宗直(1431—1492)“三休亦奇士,肥遁王官谷”(《晋山君录解空语,为头流诗一篇见寄。其意,睹仆头流录,欲继踪以游也。仆一游之后,不复再登,每以为恨,故用安期之语以志余过,且为后日之约云》,《占毕斋集》卷之一〇),提到司空图隐居王官谷的事迹;崔演(1503—1549)“晚年身世拟三休,谁向幽居更说愁”(《金司成彦琚构亭于光州别业名曰风咏诸贤留诗其上即用其韵二首》,《艮斋先生文集》卷之四),明言要效仿司空图的隐逸幽居行为;黄玹(1855—1910)“三个宜休万事闲,品诗时复落人间。中年寿圹营何早?爱是唐家地上山”(《题屏画十绝·王官坠笏》,《梅泉集》卷四),题司空图像,叙述司空图事迹,首句即提到“三宜休”典故,体现出司空图“休休”理念对韩国文人的重要影响。

金安国(1478—1543)《书韩族亲卫硕休休亭诸君诗咏帖后》(《慕斋先生集卷之八》)四首诗,其三云:

> 休休西下即恩休,不禁看云起忆愁。安得扁舟沿月放,楚骚更咏杜蘅洲。

金正国(1485—1541)《次韩硕休休亭韵》(《思齐集卷之二》)云:

> 处世真如石火光,吾行何事自求伤。都将万类休休得,收取

机心到静方。

乌向云林避缴罗，鱼游溟海远矶坡。将身休处同云海，触类长之会得么。

瀼水沿流卜筑深，君休尘迹我休簪。两休亦有休休意，鼓枻相寻可自今。

从亭园的命名来看，由上述诗句可推知韩硕仿司空图避世建亭，并完全仿效司空图命其名为“休休亭”。据金安国诗序，此亭在“西湖废幸州城南，即高丽印学士份旧堂基，西湖在杨花渡下流”（《慕斋先生集》卷之八）。而在韩硕的休休亭下流近处，又有金安国舍弟所建“恩休亭”①。且据上述文献推断，韩硕当有《休休亭诗》，并被多人作为吟诵对象涵咏，并产生了一定数量的次韵之作，是司空图“休休”文化在韩国传播继承的切实体现。这些作品语言明丽清雅，哀而不伤，充满了高蹈绝尘的隐者气质，“收取机心”“避缴罗”“远矶坡”等语可谓是参透世事后悟得，与司空图追求的生命哲学有一脉相承的美感特质。

除休休亭、恩休亭外，像南郭先生的七休亭、姜希孟（1424—1483）的万休亭、李綷（1680—1746）的二宜堂等亦仿司空图休休亭而建。亭堂的命名直接继承了司空图提出的“三休”概念，并根据作者自身的人生经历赋予各具特色的诠释。这些作品传达的“道法自然”“功成身退”等人生理念与中国古典隐逸文化一脉相承。

徐居正（1420—1488）《七休亭记》（《四佳文集》卷之一）是为南郭先生的七休亭而撰。在亭记开篇，作者交代了“七休”之名的由来及内涵，明确“休”之意为“退”，对比司空图《休休亭记》中所谓“休，

①金安国《书韩族亲卫硕休休亭诸君诗咏帖后》作者自注云：“舍弟国弼芒洞居，恩休亭在休休下流甚近。”

休也,美也,既休而且美在焉"更为直白明确。文章举出汉代张良、疏广、疏受,东晋陶渊明,北宋钱若水等具有隐逸思想的名士,肯定其对出处进退的权衡,又以司空图休休亭、孙昉四休亭引出记文主体"七休亭"。体现出韩国文人对中国隐逸文化整体脉络的清晰体认。作者详细阐释了"退"的内涵及人生法则:"功成者退,天之道也。法天之道,功成名遂身退,人事之当然也。"将隐逸作为一种人格自觉和人生追求,其所认可的隐逸之恰当时机应是:"豸冠象笏,正色立朝,一出言一举足,皆有规矱。此可以挂冠拂衣,引去退休之时乎。"衣冠整齐,面色从容,举手投足皆有法度。这种对待隐逸的态度颇有唐代的高士之风。如李白之"待吾尽节报明主,然后相携卧白云"(《驾去温泉后赠杨山人》),杜甫之"非无江海志,潇洒送日月"都是唐代儒道一体的"功成身退"隐逸观之体现。徐文所谓"他日功成名遂,乞骸就养,优游晚节,乐以归休",明显承袭了中国古代隐逸文化的发展脉络,呈现出符合唐代儒道融合、由仕而隐的隐逸观。

姜希孟《万休亭记》则在继承司空图"休休"概念的基础上进一步延伸了自己的理解:"人生一世,事几万端,所可休者,岂特三者而已?"(《私淑斋集》卷之八)感慨人生万世,万千头绪,当休者并不仅有司空图所举的三端。

据李綍《二宜堂记》(《陶庵先生集》卷二四)可知二宜堂主人为老将军左尹吴公之弟,取名亦延续司空图"三休"之意表终老之志,李綍在《左尹吴公神道碑》(《陶庵先生集》卷三〇)中交代了"二宜堂"的命名缘由:"公之从弟海昌都尉泰周尝闻公改筑丙舍,手书之曰'二宜堂',盖取司空图语也。及是公始揭其扁而喜之曰:今而后吾志乃遂矣,属綍以记之。"取司空图"三休"之意,手书"二宜堂"。在《二宜堂记》中,李綍进一步说明了吴公将"三"改为"二"的原因是"去其一则吾年未至"。可见二宜堂在命名、用事、表意等方面对司空图的隐逸文化的继承。

许传"六玩堂"命名方式亦承袭司空图"休休亭"——"三休亭"灵感轨迹而来:"吾面不过楪子大,但得一烱然无垢,如寿光先生朝朝与冠冕者进焉,善恶以古人为镜,得失以古事为镜,则其为古镜也大矣。"(《六玩堂铭并序》,《性斋先生文集》卷之一七)作者在"寿光先生"①处自注:"司空图号镜为寿光先生。"并举《容城侯传》中"古镜"典故。他实际是要以古人为镜,衡量为人处世的善恶得失,而其中司空图很显然是一个非常理想的标准。

南公辙(1760—1840)《金匣镜》诗同样用《容城侯传》典故:

> 锡贡日南国,千磨出冶工。风生初舞凤,月挂欲盘龙。洗玉明泥海,熏金起雾峰。莫逃魑魅状,共照嫱妍容。妙术看修炼,神功验铸镕。保身明且哲,终见就侯封。(《金陵集》卷之一)

全诗语言铿锵,运用舞凤盘龙、洗玉熏金等多种精妙的比喻描述金匣镜的制作过程,在其朗照下,魑魅魍魉都会现出原形。叙写目的是为了以镜喻人,说明作者赞美的对象心如明镜,能参透世事。作者诗后自注云:"司空图作《容成侯传》云:既明且哲,以保其身。"对司空图明哲保身人生哲学表示肯定与欣赏。

---

①司空图作《容城侯传》以镜拟人,谓"容成侯金烱者""烱之远祖,当轩辕时以化服于祝融氏,得荐于上,能强记天象地形草木虫介万殊之状,皆视诸掌握,盖其术亦规摹于洪范耳。物怪遇之,莫不揣息。自废后益亲幸,上晨兴,必先至。则与冠冕者偕进,号为寿光先生"。后因称镜子为"寿光先生",亦省作"寿光"。另,元代任士林有《寿光先生传》。《四库全书总目提要》卷一六六集部十九"松香文集"一条云:"元任士林撰。士林字叔实,号松乡,奉化人。以郝天挺荐,授安定书院山长。是集所录,碑志居多。大抵刻意摹韩愈,而其力不足以及愈,故句格往往拗涩,乃流为刘蜕、孙樵之体。又间杂偶句,为例不纯。其《自然道士传》《正一先生传》《寿光先生传》诸篇,袭《毛颖传》而为之,亦颇嫌窠臼。"

梳理韩国文人效仿司空图修葺亭园的举动,缉考其作记明志的文献,清晰可见以司空图休休亭为代表的中国古代园林别业在隐逸文化东亚传播方面起到的重要作用。

结　语

隐逸避世作为中国古代颇具特色的文化现象,经历了先秦、魏晋的发展,到唐代已积淀了深厚丰富的文化内涵。文人选择隐居的原因不仅仅局限于"不事王侯,高尚其事"(《尚书》)的道德追求,或者"隐居以求其志,行义以达其道"(《论语·季氏》)的处世原则,而是融合了政治、人文思潮等复杂的社会背景。在中唐以前,甚至由于大环境"重贞退之节,息贪竞之风"(《旧唐书·隐逸序》)的隐形推动而成为了一种时尚。中晚唐以后,面对坎坷的仕途及复杂的社会矛盾,文人被动隐居,他们的经历为这一时期的隐逸文化注入了沉郁悲凉的底色。司空图则是这个群体中入而能出的特殊存在。作为一个"遗民隐者",他将隐逸作为一种人格自觉加以实践,他不仕二朝、绝仕殉唐的高义之举深深影响和感动着后世及东亚的文人雅士。隐居之地"王官谷"亦因他的高名大义而被赋予了特殊的文化内涵,频频作为高洁之士避世修身的理想桃源出现在东亚文人的创作接受文献中。《休休亭记》中倡导的"休休"文化渗透着司空图的退隐理念及生命哲学,直接启发了东亚文人的亭堂命名及亭堂记文创作。

司空图的隐逸哲学辐射进文学批评领域,与其诗学审美观相得益彰。在《二十四诗品》中,他首以"意境"论诗,划分出 24 种诗歌风格的艺术表现形式,充溢着生命哲思的审美智慧。他倡导的"辨于味而后可以言诗",追求"味外之旨""思与境偕""不着一字,尽得风流"等审美观念本身亦是旷然超迈的隐逸观的文化体现。东亚日韩文人诗话词话评论中,时有对司空图美学理论的品评及蹈袭化用。如日本国分青崖(1857—1944)在《青厓诗存》中评介《二十四诗品》“列举兴象多标妙境”,并与严羽《沧浪诗话》作比较,得出前者“不若严沧浪标九之简而得要”的结论。韩国韩章锡(1832—1894)《石楼诗卷序》引司空图《二十四诗品》“晴雪满汀,隔溪渔舟”句言境之清远,引“可人如玉,步屧寻幽”句言情之温雅,总结出“有是境必有是情”(《眉山先生文集》卷之七),充分接受了司空图品诗的意境论;金泽荣(1850—1927)“此谓其包含众体,不落偏枯。如司空表圣所云具备万物,横截太空者也”(《诗文全集正娱》,《韶濩堂集》)恰切诠释了《二十四诗品》中“雄浑”一品的审美倾向。

司空图的隐逸哲学思想贯穿在他的文艺理论及诗歌创作中,影响、启发了东亚日韩文人不同体式的文学创作。他们在诗文、游记、砚铭等作品中,或以司空图隐逸哲学慰仕途坎坷,或引司空图美学理论道文艺三昧,或次韵、集句表圣诗抒人生感悟。司空图的隐逸文化内涵丰富,辐射广泛,从不同角度对东亚日韩的文学创作、批评理论及文化观念产生了重要影响。

(作者单位:徐婉琦,青岛大学;沈文凡,吉林大学。
本文原载《古代文学理论研究》2020 年第 2 期)

白居易诗文东传日本考[1]

——以平安时代为中心

文艳蓉

白居易生前已知自己作品流传海外，曾云："集有五本：一本在庐山东林寺经藏院，一本在苏州南禅寺经藏内，一本在东都圣善寺钵塔院律库楼，一本付侄龟郎，一本付外孙谈阁童，各藏于家，传于后。其日本、新罗诸国及两京人家传写者，不在此记。又有《元白唱和》《因继集》共十七卷，《刘白唱和集》五卷，《洛下游赏宴集》十卷，其文尽在大集内录出，别行于时。"[2]指出除诗文中提及自编之集外，还有其他不同版本或传写本流传。白居易诗文在日本流传的复杂性正印证了这段话。本文即以日本平安时代为中心，考察白居易作品东传日本的具体情况，以期对其研究有所裨补。

一、日本汉诗受容白诗之始

从受到白居易作品影响的存世日本汉诗来看，白诗传至日本，比

①本文为国家社科基金项目"唐诗在日本平安时代的传播与受容研究"（17BZW091）的阶段性成果之一。

②白居易著，朱金城笺校《白居易集笺校》外集卷下，上海古籍出版社，1988 年，第 3916 页。

明确的文献记载要早得多。据日本大冢英子考证，成书于弘仁五年（814）的《凌云集》载嵯峨天皇（809—823 在位）弘仁三年（812）于平安京神泉苑初次举办的花宴上作有《神泉苑花宴赋落花篇》诗，其中一联为“芳菲歇尽无由驻，爰唱文雄赏宴来”，源自白居易作于元和五年（810）《新乐府》中的《牡丹芳》“共愁日照芳难驻”①。小野岑守同时所作《杂言于神泉苑侍宴赋落花篇应制》“借问花节有期否，花开花落亿万春”②脱胎于《牡丹芳》诗句“花开花落二十日”。针对此事，即有日本学者指出，此时期并无遣唐使之派遣，白居易《新乐府》诗的东渡，很有可能要归功于此阶段来日的渤海使节③。

巨势识人的《奉和春闺愁》收录在奉敕编撰于 818 年的《文华秀丽集》，其中“空床春夜无人伴，单寝寒衾谁共暖”④与白居易作于元和三年（808）的《长恨歌》句“鸳鸯瓦冷霜华重，翡翠衾寒谁与共”⑤非常相似，新间一美因此认为此诗应该受到了《长恨歌》影响⑥。而编于 827 年的《经国集》卷一一中小野岑守《五言奉和春日作》有句“鸳鸯薄瓦霜”⑦，也被日本学界公认为借鉴了《长恨歌》此句。联系

①白居易著，朱金城笺校《白居易集笺校》卷四，上海古籍出版社，1988 年，第 218 页。

②［日］小野岑守等《凌云集》，《群书类从》第八辑，续群书类从完成会，1991 年，第 453、461 页。

③［日］山口博《宇多・醍醐朝宫廷文学与东亚》，［日］仁平道明编《王朝文学与东亚宫廷文学》，竹林舍，2008 年，第 199 页。

④［日］藤原冬嗣等《文华秀丽集》卷中，《群书类从》第八辑，续群书类从完成会，1991 年，第 476 页。

⑤白居易著，朱金城笺校《白居易集笺校》卷一二，上海古籍出版社，1988 年，第 660 页。

⑥［日］新间一美《白居易的长恨歌》，太田次男编《白居易研究讲座》第二卷，勉诚社，1993 年，第 210 页。

⑦［日］滋野贞主等《经国集》卷一一，《群书类从》第八辑，续群书类从完成会，1991 年，第 515 页。

到唐宣宗对《长恨歌》的评价“童子解吟《长恨》曲，胡儿能唱《琵琶》篇”①，《长恨歌》单篇流传至日本是极为可能之事。还有人认为《文华秀丽集》卷上载嵯峨天皇《江头春晓》“江头亭子人事睽，欹枕唯闻古戍鸡”②，《经国集》载其《七言山居骤笔》“欹枕山风空肃杀，横琴溪月自逍遥”③亦源自白居易作于元和十二年（817）的《重题》中之“遗爱寺泉欹枕听，香炉峰雪拨帘看”④。

此外，由藤原实兼（1085—1112）整理而成的大江匡房（1041—1111）晚年授课语录《江谈抄》卷四“闭阁唯闻朝暮鼓，登楼遥望往来船”条还记载小野篁与嵯峨天皇一事：“故贤相传云：《白氏文集》一本诗渡来在御所，尤被秘藏，人敢无见。此句在彼集，睿览之后即行幸此观，有此御制也。召小野篁令见。即奏曰：‘以遥为空，最美者。’天皇大惊，敕曰：‘此句乐天句也，试汝也，本空字也，今汝诗情与乐天同也者！’文场故事尤在，此事仍书之。”⑤尽管此则材料与史实颇有矛盾，如嵯峨天皇在位时，白居易尚未编辑《白氏文集》；也有其他相同记载云嵯峨为上皇。但二人之间的此段佳话在日本却源远流长。林梅洞悫《史馆茗话》亦载：“嵯峨天皇巧词藻，常与野篁成文字戏。一日，幸河阳馆，题一联曰：‘闭阁唯闻朝暮鼓，登楼遥望往来船。’示篁。篁曰：‘圣作恰好，但改遥为空乎？’天皇骇然曰：‘此句汝知之

①彭定求等编《全唐诗》卷四，中华书局，1960年，第49页。

②［日］藤原冬嗣等《文华秀丽集》卷上，《群书类从》第八辑，续群书类从完成会，1991年，第468页。

③［日］滋野贞主等《经国集》卷一三，《群书类从》第八辑，续群书类从完成会，1991年，第522页。

④白居易著，朱金城笺校《白居易集笺校》卷一六，上海古籍出版社，1988年，第1030页。

⑤［日］大江匡房言谈，［日］藤原实兼笔录《江谈抄》，国史研究会，1914年，第373页。

乎?’对曰:‘不知。’天皇曰:‘是白居易之吟也,本作空。今以遥字换之耳,抑足下与白居易异域同情乎?可叹!可叹!’篁莞尔而退。时《白氏文集》一部初传于本朝,藏在御府,世人未见之。”①文中牵涉诗句选自白居易的《春江》,作于元和十五年(820)其任忠州刺史时,而嵯峨天皇823年退位。如若为真,小野篁应当是从其他渠道得到白居易的原诗,方可答对“空”字。

这几则史料发生的时间,都在白居易生前。从日本文人化用模仿之作与原诗时间差来看,白诗流传至日本极为迅速,而且流传途径众多。这还只是史料记载的零星半点,当时日本传写白居易诗文情况实际上比我们今天想象的要频繁而复杂得多。

二、早期书籍载录

关于白居易诗文最早传入日本的记录,日本学界一致认为是史籍《文德实录》卷三仁寿元年(851)九月所载:“散位从四位下藤原朝臣岳守卒。岳守者,从四位下三成之长子也……(承和)五年(838),为左少辨,辞以停耳不能听受,出为大宰少贰。因检校大唐人货物,适得《元白诗笔》奏上。帝甚耽悦,授从五位上。”②太宰位于九州府,为日本人与唐人通商往来之处,此处检校大唐人货物,应当是贸易往来。

同年,日本官方遣唐使请益僧圆仁(793—864)撰《日本国承和五年入唐求法目录》载:“《杭越寄和诗集并序》一卷、《诗集》五

①[日]梅洞林悫《史馆茗话》,蔡镇楚编《域外诗话珍本丛书》第1册,北京图书馆出版社,2006年,第33页。

②[日]藤原基经等《日本文德天皇实录》,[日]田口卯吉辑《国史大系》第3卷,经济杂志社,1897年,第478页。

卷……大唐开成四年(839)岁次己未四月二十日。天台宗请益传灯法师位圆仁录。”①据《宋史》卷二〇九《艺文志八》载录,《杭越寄和诗集》是元稹、白居易、李谅三人的唱和集,在当时流传十分广泛,在我国《通志》上也有载录。“诗集五卷”疑亦指白居易的诗集。圆仁还云:“其后拟问天台,为行路辽远,往还失时。有敕不许发赴,慨怅难及。所求法门虽未备足,且录卷帙勘定如件。”则本目录为圆仁入唐所搜罗之书目,未知是否寄达日本。承和七年(840)正月十九日,后谥号为“慈觉大师”的圆仁成功向日本国寄达在唐所搜录之书,其书目为《慈觉大师在唐送进录》,载所得“《杭越寄和诗并序》一帖”“《任氏怨歌行》一帖,白居易”②,却未提及《诗集》五卷。承和十四年(847),圆仁归国,有《入唐新求圣教目录》载其在长安所求物件书目中有“《杭越唱和诗》一卷……《白家诗集》六卷”③。同书又将承和五年(838)书目抄录并云:

> 《杭越寄和诗集》一卷、《诗集》五卷……右件法门等,大唐开成三年八月初到扬州大都府,巡诸寺寻访抄写毕。先寄付使下准判官伴宿祢管雄,船已送延历寺讫。然都未具目申官,今谨具录数申上。以前件经论、教法、章疏、传记及诸曼荼罗坛像等,伏蒙国恩随使到唐,遂于扬州、五台及长安等处寻师学法,九年之间,随分访求得者,谨其色目如前,谨录申上谨言。承和十四

---

①[日]高楠顺次郎等辑《大正新修大藏经》第55册,新文丰出版公司,1998年,第1075—1076页。

②[日]高楠顺次郎等辑《大正新修大藏经》第55册,新文丰出版公司,1998年,第1078页。

③[日]高楠顺次郎等辑《大正新修大藏经》第55册,新文丰出版公司,1998年,第1084页。

年月日，入唐天台宗请益传灯法师位圆仁上。①

由此可知，圆仁曾在扬州诸寺寻得并抄录《杭越寄和诗集》，在长安求得《杭越唱和诗》和《白家诗集》，扬州之《杭越寄和诗集》和《杭越唱和诗》应该并非同书，而为当时同时流传之集。

9世纪中旬，白居易诗文在日本已经非常流行，除圆仁为入唐僧代表四处求书之外，圆珍大师探看白居易之墓亦可为一佐证。宽平三年（891）十月二十九日《圆城寺文书》有《（圆珍）大师归朝请弘传官牒款状》载："大中十年（856）正月十三日，与圆觉等回至龙门西岗，寻金刚智阿阇梨坟塔，遂获礼拜，兼抄塔铭。便望伊川东岸，看故大保白居易之墓。"②《寺门传记补录》十二《大师家传下・画赞》云："智证大师俗姓殷，其名圆珍早拔群……东过伊水心无恐，此时遥望白氏冢。承和圣主专天宠，请入紫禁辨泉涌。"③对于一位高僧来说，曾经遥望过白氏之墓竟成为一生的荣耀，而被写入画赞之中，可见白居易在日本有多受崇敬。圆珍有《日本国上都比睿山延历寺僧圆珍入唐求法目录》传世，可惜没有载录白氏诗文。据《天台宗延历寺座主圆珍传》所记，大中十二年（858）六月八日圆珍于台州上商人李延孝船过海回国，携归经论、杂碑、铭文等数千卷，撰《开元寺求得经疏记等目录》《青龙寺求法目录》等五种目录。其中《福州温州台州求得经律论疏记外书等目录》著录白居易《传法堂碑》。

白居易生前曾多次自编诗集，大和九年（835），编成六十卷本

①［日］高楠顺次郎等辑《大正新修大藏经》第55册，新文丰出版公司，1998年，第1087页。

②［日］东京大学史料编纂所编《大日本史料》第1编第1册，东京大学出版会，1901年，第765—766页。

③［日］东京大学史料编纂所编《大日本史料》第1编第1册，东京大学出版会，1901年，第869页。

《白氏文集》奉纳庐山东林寺经藏。会昌二年(841)又编《后集》二十卷,其诗《送后集往庐山东林寺兼寄云皋上人》云:“后集寄将何处去?故山迢递在匡庐。”①庐山东林寺存七十卷本。会昌五年又有《续后集》五卷,其年所作《白氏长庆集后记》云:“白氏前著《长庆集》五十卷,元微之为序。后集二十卷,自为序。今又《续后集》五卷,自为记。前后七十五卷,诗笔大小凡三千八百四十首。”②李商隐大中三年(849)作《白公墓碑铭》载:“集七十五卷,元相为序。”③《新唐书》亦著录七十五卷。宋敏求《春明退朝录》、晁公武《郡斋读书志》等其他公私书目著录白集皆为七十卷本。而白居易大集七十卷传入日本,最早可见于都良香(834—879)《白乐天赞》:“有人于是,情窦虚深。拖紫垂白,右书左琴。仰饮茶茗,傍依林竹。人间酒癖,天下诗淫。龟儿养子,鹤老知音。治安禅病,发菩提心。为白为黑,非古非今。集七十卷,尽是黄金。”④岛田忠臣(828—892)有《吟白舍人诗》:“坐吟卧咏玩诗媒,除却白家余不能。应是戊申年有子(原注:唐太和戊申年,白舍人始有男子,甲子与余同),付于文集海东来。”⑤白居易之子阿催生于己酉年(829),白居易作诗载其诞生与夭折皆为七十卷本第五十八卷,可见此《文集》亦指七十卷本。

昌泰三年(900),菅原道真(845—903)献菅家三代诗文集于醍

---

①白居易著,朱金城笺校《白居易集笺校》卷三六,上海古籍出版社,1988年,第2537页。

②白居易著,朱金城笺校《白居易集笺校》外集卷下,上海古籍出版社,1988年,第3916页。

③李商隐著,冯浩详注,钱振伦、钱振常笺注《樊南文集》,上海古籍出版社,1988年,第475页。

④[日]都良香撰,[日]中村璋八、[日]大冢雅司释《都氏文集全释》,汲古书院,1988年,第32页。

⑤[日]岛田忠臣著,[日]小岛宪之监修《田氏家集注》卷中,和泉书院,1993年,第231—232页。

醐天皇(885—930),天皇撰《见右丞相献家集》诗云:“门风自古是儒林,今日文华皆尽金。唯咏一联知气味,况连三代饱清吟。琢磨寒玉声声丽,裁制余霞句句侵。更有菅家胜白样,从兹抛却匣尘深。”诗注有云:“平生所爱,《白氏文集》七十卷是也。今以菅家,不亦开帙。”①再联系《日本国见在书目录》(891年左右成书)著录的七十卷《白氏文集》,可知白居易卒后几十年内,日本流传的版本也都是七十卷本,未曾见七十五卷本。日本白集的流传情况,可以为白居易集流传提供重要的参考。

9世纪末,藤原佐世(847—898)编撰的《日本国见在书目录》著录不少白氏诗文的书类,在小说、别集、总集类分别存目:“《续座右铭》一,白居易撰”“《白氏文集》七十……《白氏长庆集》廿九卷”“《刘白唱和集》二、《杭越寄诗》二十二”②。此时,白居易作品在平安朝文人中已经非常流行。除了上面提到的《元白诗笔》《杭越寄和诗集》等诗人合集和《白家诗集》《白氏文集》,可能还有不少像《任氏怨歌行》一样的单篇作品流入。另外,早期书籍载录中还有惠萼本与《洛中集》的流传非常重要,以下两节专门论述。

三、惠萼本《白氏文集》

会昌四年(844),日本留学僧惠萼于苏州南禅寺抄写《白氏文集》,其转写本在日本流传至今。金泽文库本《白氏文集》是目前较完整保存白集原始面貌的版本,里面有不少卷帙载录惠萼会昌四年

①[日]菅原道真著,[日]川口久雄校注《菅家文草·菅家后集》,岩波书店,1966年,第471—472页。

②贾贵荣《日本藏汉籍善本书志书目集成》第10册,北京图书馆出版社,2003年,第497、530、534页。

识语。此外,蓬左文库藏本、尊经阁藏天海校本等那波校本亦在校语中转抄了几条惠萼校语。以下表格将目前存世的惠萼校语列出,以其抄写校勘时间为序排列。

序号	时间	内容	集内卷数	藏本
1	会昌四年三月十四日	古本云:大唐吴郡苏州南禅院。日本国裹头僧惠萼自写文集。时会昌四年三月十四日,日本承和十一年也。寒食三月八日断火,居士惠萼九日游吴王剑池、武丘山东寺,到天竺道生法师昔讲涅槃经时五百阿罗汉化现听经座石上,分明今在。生公影堂里影侧牌诗。或本无此诗。元稹。我有三宝一百僧,伟哉生公道业弘。金声玉振神迹远,古窟灵龛天香縢。石龛中置影像。此一首不是集内数①。	11	蓬左文库藏那波本、天海校本
2	会昌四年三月十四日	会昌四年十四日等雁慧白②。	12	金泽文库本
3	会昌四年三月廿三日	本奥云:唐会昌四年三月廿三日勘校了。此集奇绝,借得所以者何?白舍人从东都出下,来苏州,因兹尔来,他难见,叵得之。赀和尚力,此十卷密写得可③。	13	天海校本

①日本蓬左文库藏那波校本《白氏文集》卷一一末。

②[日]川濑一马监修《金泽文库本白氏文集》(影印)第1册,勉诚社,1981年,第221页。

③日本尊经阁文库藏天海校本《白氏文集》卷一三末。

续表

序号	时间	内容	集内卷数	藏本
4	会昌四年四月八日	会昌四年四月八日①。	20	金子彦二郎藏那波本
5	会昌四年四月八日	本云:时唐会昌四年四月八日,写勘了②。	25	林罗山校本、阳明文库校本
6	会昌四年孟夏之月首夏上旬	时会昌四年孟夏之月首夏上旬为书。愿达比国,结当来缘。雁门人议记之③。	31	金泽文库本
7	会昌四祀四月十六日	本云:时会昌四祀四月十六日勘了。日本国居士空无④。	41	金泽文库本
8	会昌四载四月十六日	时会昌四载四月十六日,写取勘毕。日本国游五台山送供居士空无,旧名惠萼。忽然偶着敕难,权时裹头,暂住苏州白舍人禅院,不得东西。毕达本性,随方应物,万法皆心性如是,空门之中何曾忧闷,若有泽潞等宁,国家无事,早入五台,交关文殊之会,拟作山里日本国院,远流国芳名,空无有为境中,虽传痴状,遥奉报国恩。世间之法皆有相对,恶无者,何有善⑤?	50	天海校本

①[日]金子彦二郎《平安时代文学与白氏文集——道真的文学研究篇》第1册,培风馆,1955年,第114页。

②日本东京国立博物馆藏林罗山校那波本卷五十末。

③[日]川濑一马监修《金泽文库本白氏文集》第2册,勉诚社,1983年,第232页。

④[日]川濑一马监修《金泽文库本白氏文集》第3册,勉诚社,1984年,第137页。

⑤日本尊经阁文库藏天海校本《白氏文集》卷五〇末。

续表

序号	时间	内容	集内卷数	藏本
9	会昌四年四月十九日	会昌四年十九日写过。神侯男等白舍人院中设斋。曰僧三百人之勘了。空无申①。	49	金泽文库本
10	会昌四年四月二十日	写本跋云:四月二十日,为过海设斋于白乐天禅院。一勘了。惠萼②。	44	蓬左文库本
11	会昌四祀四月二十九日	时会昌四祀夏四月二十九日,写了。惠萼。南禅院补(营:禅)主房北小亭子得与本一校③。	52	金泽文库本
12	会昌四年夏五月二日	营无。会昌四年夏五月二日(六本营),写得勘了。惠萼。乡人发进,不能再勘之④。	59	金泽文库本
13	会昌四年五月二日夜	本云:会昌四年五月二日夜,奉为日本国僧惠萼上人写此本。且缘匆匆,夜间睡梦,用笔都不堪任,且充草本了。皆疏书内题内也⑤。	33	金泽文库本

白居易《苏州南禅院白氏文集记》云:

唐冯翊县开国侯太原白居易,字乐天,有文集七帙,合六十

①[日]馆藏史料编集会《国立历史民俗博物馆藏贵重典籍丛书·文学篇》第二十一卷《汉诗文》,临川书店,2001年,第187页。

②日本尊经阁文库藏天海校本《白氏文集》卷四四末。

③[日]川濑一马监修《金泽文库本白氏文集》第3册,勉诚社,1984年,第233页。

④[日]馆藏史料编集会《国立历史民俗博物馆藏贵重典籍丛书·文学篇》第二十一卷《汉诗文》,临川书店,2001年,第227页。

⑤[日]天理图书馆善本丛书汉籍之部编集委员会《文选·赵志集·白氏文集》,天理大学出版部,1980年,第515页。

> 七卷,凡三千四百八十七首。其间根源五常,枝派六义,恢王教而弘佛道者,多则多矣。然寓兴、放言、缘情、绮语者,亦往往有之。乐天,佛弟子也,备闻圣教,深信因果。惧结来业,悟知前非。故其集家藏之外,别录三本:一本置于东都圣善寺钵塔院律库中,一本置于庐山东林寺经藏中,一本置于苏州南禅院千佛堂内。夫惟悉索弊文归依三藏者,其意云何?且有本愿,愿以今生世俗文字放言绮语之因,转为将来世世赞佛乘转法轮之缘也。三宝在上,实闻斯言。开成四年二月二日,乐天记。①

开成四年(839),白居易将编好的文集藏于与自己渊源较深的三寺以结来世之缘。苏州南禅院因而保存了六十七卷本的《白氏文集》。从惠萼以上识语可知,五年后的会昌四年(844)三月十四日左右,惠萼在苏州南禅院开始抄写文集,至二十三日,抄写十一、十二、十三卷,“此集奇绝,借得所以者何?白舍人从东都出下,来苏州,因兹尔来,他难见,亘得之。赞和尚力,此十卷密写可”,可见其得到《白氏文集》抄写机会的欣喜。他能得到此集,依靠馈赠或贿赂各和尚,以便秘密抄写此十卷(应指十一至二十卷)吧。他从四月份开始抄写二十卷以后的文集,还聘请了其他人一起抄写,如卷一二、卷三一和卷三三的识语是他人所记。具体在抄写时也不按卷数顺序来,而显得比较混乱,大概是得之即抄。

林鹅峰在《本朝一人一首》里云:

> 《白集》始传,时弘仁帝深秘之,曾与野篁论诗,感篁所言,与白意合。想夫当时朝士,就唐国之便,相争求之。余先考家藏白

①白居易著,朱金城笺校《白居易集笺校》卷七〇,上海古籍出版社,1988年,第3788—3789页。

> 集跋曰:"会昌四年五月,为日本僧惠萼写之。"是当仁明帝承和十一年,萼在唐时也。萼犹如此,况于文人哉。尔来《白集》流传于阖国。不斥"白氏",而唯曰"文集",匪啻为诗家称而已。虽倭歌家,无不读之。其训点,世传菅氏所加也。①

林鹅峰父亲是日本江户初期的硕儒,父子皆曾用金泽文库本对校当时从朝鲜新传入的那波道圆本《白氏文集》,林鹅峰此文将其时惠萼本与白集流传的盛况联系起来。

四、《洛中集》的流传

藤原佐世编撰的《日本国见在书目录》关于白氏诗文的版本比较多,在小说家、别集家、总集类分别存目。然而,10世纪尤为流行的《洛中集》却没有收录。而十二年之后编成于903年左右的《菅家后集》中有《咏乐天北窗三友诗》云:"白氏洛中集十卷,中有北窗三友诗。"②这是日本现存最早载录白氏《洛中集》之文,十卷之数与白居易《香山寺白氏洛中集记》颇合。源高明(914—983)《西宫记》卷一一载:"天庆五年(942)八卅,于殿上,大学头维时初讲《洛中集》,内记文范读发(发为音之误)。"③至11世纪,《洛中集》仍有史料记载。成书于宽弘四年(1007)源为宪(?—1011)编著的《世俗谚文》序云:"本文管见所及且一百一十二门,六百卅一章,勒成三卷,名为《世俗

①[日]小岛宪之校注,[日]林鹅峰编纂《本朝一人一首》,岩波书店,1994年,第435页。

②[日]菅原道真著,[日]川口久雄校注《菅家文草·菅家后集》,岩波书店,1966年,第477—478页。

③[日]源高明《西宫记》(第二),《新增补故实丛书》第十九回,明治图书出版株式会社,1953年,第172页。

谚文》,此外漏略追将编录,后之见者,亦羡裨补,但有讳于代、有惮于言之类,舍而不取,是白氏《洛中集》惯理世安乐之时,除谴逐征戎之作之例也。甚余幽奥征旨满在纶湘,不为言证者,亦无极之矣。"《世俗谚文》卷上"文士数奇,诗人薄命"条还曾引用《洛中集》序中语:"高才不遇,可寻见之……白氏《洛中集序》:'古人有言曰:文士数奇,诗人薄命,诚哉斯言。'"①考《白氏文集》中有"理世安乐""文人数奇、诗人薄命"之语的并非《香山寺白氏洛中集记》,而是作于大和九年(835)的《序洛诗》之文。根据《香山寺白氏洛中集记》,《洛中集》编于开成五年(840)十一月,共十卷800篇诗歌。从日本流传的《洛中集》来看,当是把《序洛诗》一文收录进去,以之为序。

藤原师通(1062—1099)《后二条师通记》卷二宽治六年(1092)十月记载:"晴。厩马见之,随身骑马骄,有兴尤多。《洛中集》一卷,自左大弁所得。殿下御物忌,二个日闭御门,人人不能参仕。"②所载《洛中集》为一卷,不知十卷误,还是此时已佚至一卷。《江谈抄》卷四载:"凤池后面新秋月,龙阙前头薄暮山。白。同裴李文(一作夫)拜纶阁诗。此诗可寻之《文集》欤?《洛中集》欤?见卷集云云。或名《紫集》。"③可见此时《洛中集》尚与《白氏文集》并存流传。金泽文库本中亦有校语引用《洛中集》,如卷六五《池上二绝》"小娃撑小艇"上有校注"撑"字云:"《洛集》及他本作'棹',第六十六云:竹篙撑艇。"④此后不见记载。

关于《洛中集》在国内的流传,反而是比较少,《新唐书》载"《洛

①[日]源为宪《世俗谚文》卷上(影印本),古典保存会,1931年。

②[日]藤原师通《后二条师通记》,《大日本古记录》第2卷,岩波书店,1956年,第298页。

③[日]大江匡房言谈,[日]藤原实兼笔录《江谈抄》,国史研究会,1914年,第372页。

④[日]川濑一马监修《金泽文库本白氏文集》第4册,勉诚社,1984年,第157页。

中集》七卷"①,亦与白居易所言不合,或"七"字为"十"字之误?另据《刘宾客文集》宋敏求旧跋云:

> 世有《梦得集》四十卷,中逸其十,凡诗三百九十二篇。所遗盖称是,然未尝纂著。今裒之,得《刘白唱和集》一百七、联句八,《杭越寄和集》二,《彭阳唱和集》五十二,《汝洛集》二十七、联句三,《洛中集》三十、联句五,《名公唱和集》八十六,《吴蜀集》十七,《柳柳州集》六,《道途杂咏》一。《南楚新闻》四,《九江新旧录》一,《登科文选》一,《送毛仙翁集》一。自《寄杨毗陵》而下五十五,皆沿旧会粹,莫详其出,或有见自石本者。无虑四百七篇,又得杂文二十二,合为十卷,曰《刘宾客外集》,庶永其传云。②

可知宋敏求曾将《洛中集》中三十首刘禹锡诗补入《刘禹锡外集》十卷内。清代赵翼《瓯北诗话》卷四云:"按香山与微之唱和有《元白唱和因继集》,与梦得有《刘白唱和集》。在杭州时,崔元亮在湖州,微之在越州,有《三州唱和集》。在洛时,刘梦得在苏州,有《吴洛寄和集》。又与裴令公等游赏,有《洛中集》。"③称《洛中集》为白居易与裴度等游赏而合,似与白居易自序有差。

五、后期书籍载录

从10世纪末至11世纪初,白居易诗文流入日本的记载资料较

①欧阳修、宋祁《新唐书》卷六〇,中华书局,1975年,第1624页。

②刘禹锡撰,陶敏、陶红雨校注《刘禹锡全集编年校注》,中华书局,2019年,第2516页。

③赵翼《瓯北诗话》,人民文学出版社,1963年,第39页。

为丰富。我国宋庠的《杨文公谈苑》“日本僧奝然朝衡”条载:“公言:雍熙初(984—987),日本僧奝然来朝,献其国《职员令》《年代纪》。奝然依录,自云姓藤原氏,为真连,国五品官也。奝然善笔札而不通华言,有所问,书以对之。国有《五经》及释氏经教,并得于中国。有《白居易集》七十卷。”①《宋史》卷四九一《日本国传》亦载:“雍熙元年(984),日本国僧奝然与其徒五六人浮海而至,献铜器十余事,并本国《职员令》《王年代纪》各一卷。奝然衣绿,自云姓藤原氏,父为真连。真连,其国五品品官也。奝然善隶书,而不通华言,问其风土,但书以对云:‘国中有《五经》书及佛经、《白居易集》七十卷,并得自中国。’”②这是白居易文集在日本流传回馈到我国的最早记载,可惜这样的史料在我国比较罕见,但在日本较多,可让我们一窥白集在历代的流入情况。

藤原道长(966—1028)是当时最有权势的大臣,其任左大臣后不久,就将五位女儿送入宫中,其中彰子、妍子与威子分别为三朝皇后,为其确立了权势熏天的独一无二地位。其《御堂关白记》曾多次提及对白居易作品的收集与狂热追逐。其中“宽弘元年(1004)九月七日”条载:“晚景还来,右大弁(原注:行成)《乐府》上卷新书持来。”③同年九月十五日载:“丙申,天阴。有厅政云云。讲夜部文。右大弁《乐府》下卷持来。”④同年十月三日载:“乘方朝臣《集注文选》,并

①杨亿口述,黄鉴笔录,宋庠整理,李裕民辑校《杨文公谈苑》,上海古籍出版社,1998 年。

②脱脱等《宋史》卷四九一,中华书局,1977 年,第 14131 页。

③[日]藤原道长《御堂关白记》上册,《大日本古记录》本,岩波书店,1954 年,第 106 页。

④[日]藤原道长《御堂关白记》上册,《大日本古记录》本,岩波书店,1954 年,第 107 页。

《元白集》持来,感悦无极,是有闻书等也。”①后者尤其能让人感受他得到《集注文选》与《元白集》的无限喜悦。同书“宽弘三年(1006)八月六日”条载:“丙子。参内,奉《文集抄》《扶桑集》小叶子。是御手筥料也。”②同年十月廿日又载:“己丑。参内,着左仗座。唐人(曾)令文所及苏木、茶院(垸)等持来,《五臣注文选》《文集》等持来。”③可知藤原道长从宋商曾令文处获赠《五臣注文选》和《文集》二书。“宽弘七年(1010)八月廿九日”条又载:“乙亥。雨下。从相扑召合晴日小也,事愁甚多,依触秽无指御祈。作棚厨子二双,立傍,置文书、《三史》《八代史》《文选》《文集》《御览》《道道书》《日本纪》具书等,令、律、式等具,并二千余卷。”④可知藤原道长作书橱,藏《文选》《白氏文集》等汉籍。同时,他也会将自己得到的白集献给天皇。如“宽弘七年十一月廿八日”条载:“癸卯。雨降,参内。行右大臣行幸……次御送物:折本《注文选》,同《文集》,入莳绘筥一双,袋象眼包,五叶枝。事了御入。”⑤“长和二年(1013)九月十四日”条载:“癸卯。入唐寂昭弟子念救入京后初来,志折本《文集》并《天台山图》等。”⑥又“长和四年七月十五日”条载:“壬戌,唐僧念救归朝,从唐天台山所求作祈物送之……又唐僧常智送《文集》一部,其返物貂裘一领送之。”⑦记载他从入宋僧及宋僧中得到白集之事。

据以上史料可知,藤原道长在日记里多次记载自己搜集白居易

①[日]藤原道长《御堂关白记》上册,《大日本古记录》本,岩波书店,1952年,第113页。

②[日]藤原道长《御堂关白记》上册,岩波书店,1952年,第188页。

③[日]藤原道长《御堂关白记》上册,岩波书店,1952年,第196页。

④[日]藤原道长《御堂关白记》中册,岩波书店,1953年,第74页。

⑤[日]藤原道长《御堂关白记》中册,岩波书店,1953年,第82页。

⑥[日]藤原道长《御堂关白记》中册,岩波书店,1953年,第243页。

⑦[日]藤原道长《御堂关白记》下册,岩波书店,1954年,第18—20页。

作品的情况，可谓不遗余力，历时十余年。书籍来源也多种多样，有宋僧念救、常智及同朝官员的献书，也有从宋代商人手里购入的书籍。他收集的作品种类也较多，有《新乐府》《元白集》《文集》《文集抄》等。他还对自己搜罗到的白集放入新书柜一事津津乐道，也会把得来的《文集》献给天皇。他分别从曾令文和念救手上得到两部《文集》，念救本明确说明是折本（即北宋刊本），而曾令文本从其献给天皇时所云“折本《注文选》，同《文集》”，亦可判断为折本，至于二本是否相同版本，目前无法明确判断，但不同版本的可能性更大。由此亦可推知，我国同时期的北宋初期白居易文集的刊印流传应该已经比较普遍。此外，藤原道长献给天皇的《文集抄》，从其与纪齐名的《扶桑集》共同献书来看，应是日本文人从《白氏文集》中抄录部分诗作而编成，非源于东土。从此可知日本文人本土的受容也进一步深入，开始根据自己需要解读或选抄白居易作品。

之后，藤原实资《小右记》“长元二年四月四日”条：“兵库头内位云，关白度祭主辅亲六条宅之后，一日设飱馔，献唐模《广韵》叶子，同《玉篇》叶子、《新书》《文集》叶子、宅券文纳螺钿箱，有悬子云云。”①关白指的是藤原道长之子赖通，此处记其为观看“新渡之书籍”，亲赴藤原辅亲邸宅。后辅亲将宋刊本《唐音玉篇》《白氏文集》等献于天皇。宽治六年（1092）十月，藤原师通自大江匡房处得《洛中集》一卷。藤原忠实（1079—1162）《殿历》卷一还有记载康和三年（1101）十一月廿日事：“今夜五节参也，《文集》一部暂送中宫大夫，许彼大夫此间被住山阶。”②此部《文集》应为皇宫所藏，因当时举行盛大的五节参，大约后宫需要用到，故暂送至中宫大夫处。藤原通宪（1106—1160）《通宪入道藏书目录》著录“一结八帖《白氏文集》，二

①［日］藤原实资《小右记》第3册，日本史籍保存会，1915年，第203页。
②［日］藤原忠实《殿历》，《大日本古记录》本，岩波书店，1954年，第82页。

帙欠、三帙十帖、四帙十帖、五帙十帖、六帙十帖、七帙十一帖”①。藤原通宪是藤原实兼之子,深受鸟羽上皇倚重。因对政治失望,于天养元年(1144)出家,更名为信西。此为其个人入藏汉籍目录。镰仓时代公卿叶室定嗣(1208—1272)的日记《叶黄记》载宝治元年(1247)事:“一日于院与内府令谈之次,语此事,内府示云:文书少少有余本,可预置云云。忽不存,一定之由之处。《文选》《文集》《毛诗》(后日还之),被送之。感悦之余,以诗答之。”②叶室定嗣为藤原北家劝修寺流、叶室光亲的次男,曾受到后嵯峨上皇重用,为其院司,弘长年间(1261—1263)出家,法名定然。《叶黄记》是反映镰仓中期政治的重要史料。此条材料提到叶室定嗣从内府借出《文集》等书籍,后日即还之,即非常喜悦,并对内府令充满感激之情。似乎,至此时,《文集》等书籍都是内府重要财产,并非一般人能搜集得到。

日本元和四年(1618),那波道圆以流入日本的朝鲜本为底本刊刻出《白氏文集》,世称那波本,它是保持了白集原貌的前后续集完整本,成为白集流传至日本的重要版本之一。当时学者多利用那波本来与古抄本相校,形成一时风气,是目前留存下来较多的校本。此外,据《商舶载来书目》载,光格天皇天明三年(1783),中国商船“计字号”载《元白长庆集》一部四帙三十二册抵日本。据《寅十番船持渡书改目录》记载,光格天皇天明六年(1786),中国商船“寅十番船”载《元白长庆集》一部四帙三十二册抵日本。前注曰:“元白二氏集皆以编次于穆宗朝,题曰《长庆集》,惜其传久而不无温漶以伪也。”

①[日]藤原通宪《通宪入道藏书目录》,长泽规矩也《日本书目大成》第1卷,汲古书院,1979年,第54页。

②[日]东京大学史料编纂所编《大日本史料》第5编第24册,东京大学出版会,1975年,第238页。

后又有注曰:“《元集序》一篇缺,无脱纸,间或有补写。”①

由上可知,白居易作品东传日本后流传颇为深远广泛,尤以平安时代为最。通过这些文献载录,我们大致能了解白居易诗文在日本的整个流传情况,对我们认识白居易在东亚的影响力有重要参考价值。

(作者单位:中国矿业大学人文与艺术学院)

①严绍璗《日藏汉籍善本书录》,中华书局,2007年,第1902页。

唐诗在北美的翻译与传播

邓凤鸣　方新蓉

唐诗英译早已有之，早在20世纪之前就有不少传教士进行过诸多唐诗英译尝试，例如詹姆士·理雅各(James Legge,1815—1897)，赫伯特·翟里斯(H. A. Giles,1845—1935)等。1913年，美国诗人庞德(Ezra Pond,1888—1975)翻译的中国诗《华夏集》(*Cathy*,1915)出版，虽说庞氏不懂中文，但其译文却引起热烈反响，启发了更多西方诗人对唐诗的兴趣。根据赵毅衡先生的统计，从1913到1922年，新诗运动代表刊物《诗刊》上发表的"中国诗的翻译和'中国式诗'创作占据第一位"，对中国诗的评论"跃居各国之首位"①。《中国留美学生月报》(*The Chinese Students' Monthly*)(以下简称《月报》)是中国学生在美国创办并出版的第一份英文刊物，也是留美中国学生联合会的官方刊物。从1906到1931年存续了26年的《月报》刊载留美学生与西方人士对中国有关问题与时事热点的讨论，成为留学生在美学习生活的见证者和记录者。看到西方人对中国文学的高度评价后，留美学生也表现出对中国古典文学的强烈认同，积极助力中国文学的译出。于是，《月报》这一公共话语空间可刊登英译的中国古典文学作品和留美学生的中国文学译作，唐诗也由此在北美得到了翻

①赵毅衡《诗神远游：中国如何改变美国现代诗》，四川文艺出版社，2013年，第76页。

译与传播。

一、Catherine Beach Ely 的阅读体验

1919 年 5 月，美国人 Catherine Beach Ely 根据英国汉学家克莱默·宾(L. Cranmer Byng)的中国诗歌集《玉琵琶》(*A Lute of Jade-Being Selection from Classical Poets of China*)，在《月报》上发表了她对中国诗歌的认识即《中国诗歌》(*Chinese Lyric*)①。因为在克莱默·宾的《玉琵琶》编译的 66 首古代诗歌中，唐诗就有 59 首，所以，Catherine Beach Ely 也主要谈唐诗，一共谈论了 17 首。又因为克莱默·宾在翻译时，"更感性、更富于诗意，因而更具有可读性"②，所以 Catherine Beach Ely 也有许多感性体悟。

Catherine Beach Ely 读到了中国诗人对自然的无比喜爱，日常景色信手拈来，诗意盎然。如杜甫的《春夜喜雨》(*The Little Rain*)表露了他对春夜雨后含苞欲放的枝头和翠绿草地的喜悦(The Little Rain expresses the fresh delight of a spring shower bringing in its wake opening buds and emerald lawn)，展现了一位为自然的和谐而情怀激荡的艺术家诗人形象(His poetry shows the artist and poet who vibrates to the harmonious of nature)③。如白居易《草》(*Grass*)和《钱塘湖春行》(*Springtide*)都充满着喜悦的气息(a breath of delight)，对广袤无垠的山峦绿地的热爱(loves the sweep of green meadow, hillside or lawn as it

---

①Catherine Beach Ely, *Chinese Lyrics*, *Chinese Students' Monthly*, Vol. 14, May, 1919, pp. 427-440.

②江岚《唐诗西传史论——以唐诗在英美的传播为中心》，学苑出版社，2009 年，第 107 页。

③Catherine Beach Ely, *Chinese Lyrics*, *Chinese Students' Monthly*, Vol. 14, May, 1919, p. 428.

slopes to meet the spring sky)①。

Catherine Beach Ely 赞叹中国诗人高超的写作技巧,他认为白居易在《琵琶行》(*The Lute Girl*)中,用魔力将韵律与自然相结合,把音乐音调变为诗歌,非常神奇,听曲如听吹奏者的心声(His poem *The Lute Girl* contains a passage which a marvellous transmittance of musical tone into poetry. Under the poet's magic, cadence is wedded to Nature. One hears the soft clanging of the girl's lute as she improvises the songs of her passionate heart)②。

Catherine Beach Ely 读到了中国诗歌精神,如宋之问的《雨从箕山来》(*The Court of Dreams*)表达了两个朋友之间的神圣冥想(holy contemplation),人与人相互陪伴激发了思想,让人从美好的自然中看到不朽之物的庄严和美丽(that moment when inspired by blessed companionship the human mind glimpses in the loveliness of nature the majesty and beauty of the Eternal),现代诗歌都不能在精神层面超越它(No modern lyric reaches a higher spiritual level)③。张志和的 *A World Apart*④ 表明了他是一位道家哲学家。中国的道家是一种冥思的哲学,带着一种精神喜乐的气息,这是佛教所缺乏的(Chang Chih Ho, a Taoist philosopher…… Taoism is a philosophy of contemplation with a

①Catherine Beach Ely, *Chinese Lyrics*, *Chinese Students' Monthly*, Vol. 14, May, 1919, p. 429.

②Catherine Beach Ely, *Chinese Lyrics*, *Chinese Students' Monthly*, Vol. 14, May, 1919, pp. 428-429.

③Catherine Beach Ely, *Chinese Lyrics*, *Chinese Students' Monthly*, Vol. 14, May, 1919, p. 434.

④出自《全唐文》,颜真卿《浪迹先生玄真子张志和碑铭》,原文是:"竟陵子陆羽、校书郎裴修,尝诣问有何人往来? 答曰:太虚作室而共居,夜月为灯以同照,与四海诸公未尝离别,有何往来?"外国人将张志和的回答当成诗了。

tinge of a spiritual joy which Buddhism lacks-Chang Chih Ho's little lyric 'A World Apart' gives us the spirit of its author)①。司空图也是一位哲学家,他带来了另外一种意义的大潮(anther conception of Springtide),他的诗略带精神之美(tinged with an almost spiritual beauty),《二十四诗品·流动》(*Motion*)就展示了一种恢弘灿烂之感(magnificent and almost dizzying)。司空图瞥见了宇宙无与伦比的无尽玄妙,思索实践和永恒的精神答案(The poet here glimpses the eternal mystery in the matchless system of the universe-His mind reaches out for the spiritual solution of time and eternity)②。

Catherine Beach Ely 读到了中国诗人对"情"的抒发,如隐士文人(literary recluse)孟浩然的《采樵作》(*A Friend Expected*)给那些在孤独的深夜中期盼友情的人很大的慰藉,他们会欣赏这首致敬夜幕降临的诗(Those who have longed for sympathetic friendship in the isolation of the twilight hour will appreciate this lovely tribute to the coming of night)③。白居易的《长恨歌》(*Flight*)描绘唐明皇和太真之间的浪漫爱情故事,是超越时空的不朽爱情(the immortality of love-its triumph over time and space)④。其中,战争话题的诗,Catherine Beach Ely 谈

①Catherine Beach Ely, *Chinese Lyrics*, *Chinese Students' Monthly*, Vol. 14, May, 1919, p. 428.

②Catherine Beach Ely, *Chinese Lyrics*, *Chinese Students' Monthly*, Vol. 14, May, 1919, p. 431.

③Catherine Beach Ely, *Chinese Lyrics*, *Chinese Students' Monthly*, Vol. 14, May, 1919, p. 433.

④Catherine Beach Ely, *Chinese Lyrics*, *Chinese Students' Monthly*, Vol. 14, May, 1919, p. 432.

得比较多,诗人高适诗①中描绘了士兵在寒夜的孤独(the cold loneliness of night)②,王昌龄《闺怨》(*Tears in Spring*)描绘了适逢战时年轻的新娘内心的哀愁(the birth of sorrow in the young war-bride's heart),战争精神最强烈(more warlike in spirit than any other of the early Chinese poets)的李白在《子夜吴歌·秋歌》描绘了士兵妻子的忠贞之心(the faithful heart of the soldier's wife)③。李白的战争诗多反映爱国奉献之情(patriotic devotion rather than the wretch aspects of War),《静夜思》用精美的笔墨描绘出家园的梦境(with a delicate stroke of the brush gives us the dream of Home and Fatherland)④。杜甫挽歌式(dirge-like poem)的《石壕吏》描绘了战争肆虐后的乡村只剩下老幼。该诗中老妇人绝望痛苦的悲叹也是今日欧洲亚洲与无数难民的诉苦(a war devastated country where only the old and infants are left. The despairing misery of the old woman's plaint in this lyric is the plaint of millions of refuges today in Europe and in Asian)⑤。

在 Catherine Beach Ely 眼里,中国早期历史中,文学与国家事务

①找不到中文名字。In a silent, desolate spot, In the night stone-frozen and clear, The wanderer's hand on the sail is gripped by the fingers of fear. He looketh afar o'er the waves, Wind-ruffled and deep and green; And the mantle of Autumn lies over wood and hill and ravine; Tis Autumn-time of decay, And the dead leaves' wildering flight; And the mantle of Autumn lies On the wanderer 's soul to-night!

②Catherine Beach Ely, Chinese Lyrics, *Chinese Students' Monthly*, Vol. 14, May, 1919, p. 436.

③Catherine Beach Ely, Chinese Lyrics, *Chinese Students' Monthly*, Vol. 14, May, 1919, p. 437.

④Catherine Beach Ely, Chinese Lyrics, *Chinese Students' Monthly*, Vol. 14, May, 1919, p. 437.

⑤Catherine Beach Ely, Chinese Lyrics, *Chinese Students' Monthly*, Vol. 14, May, 1919, p. 436.

密切联系,诗歌创作者往往也是政客、士兵或外交官。然而,他们在诗歌中得到放松,远离社会的动荡和生活的喧嚣,连小草、夜雨等平凡事物都成了充满哲思的不平凡之物,让自己完全沉醉在诗歌和哲学的喜乐中。他们的诗歌虽有不少战争主题的作品,但是基本上都在歌颂安宁平静的生活,如自然景色、爱情、友谊,个别记录士兵生活的诗歌也是一流之作,给爱诗人士带来了特别的快乐。毋庸置疑,对于刚刚经历第一次世界大战的西方人来说,中国古典诗歌充满了"吸引力",也契合他们的反战心理和欧战后西方人对东方文化的普遍寄望。

二、留美学生的译出

留美学生的译出是多方面的。有简介作者加翻译的,如 1909 年 3 月,《月报》第 4 期刊用了没有署名的一篇文章《西方视角下的东方诗人:李太白》(*An Occidental View of the Oriental Poet Li Tai Peh*)。该文先对李白的生平做了简要介绍和评价,讲述了李母梦见太白星,用"白"作名,用"太白"作字。唐玄宗对李白大为赞赏,欲封其为"桂冠诗人"(poet laureate),但是李白对御用文人生活日渐厌倦,天天纵酒,自愿流放。李白一生本身就是一首浪漫诗,李白能够充分完美地表达出自己的所见所感,即真实经历,能够深入洞见"神秘自然的象征主义"(the mystical symbolism of nature),被中国人称为"诗仙"(Spirit of Poetry),他是中国最伟大的浪漫诗人,是被中国人研究最多的诗人,也是"花间王国的华兹华斯"(William Wordsworth,1770—1850),因为若论对自然之美的热爱和其精神意义的洞见力,英语诗人中只有华兹华斯才能与之相提并论①。该文还强调,中国的文学

①*An Occidental View of the Oriental Poet Li Tai Peh*,*Chinese Students' Monthly*,Vol. 4,March,1909,pp. 336-337.

作品尤其是诗词受到各种规则的束缚,比古典法语或英语艺术的要求更严苛,但是李白完全打破诗歌创作的一切固有格式,其诗歌语言豪迈奔放、浪漫飘逸、清新自然,对后世影响深远。最后引用了来自H. Hsia 和 W. W. Newell 写的《李白诗词》(*Lyrics of Li Tai Peh*)中的《古风 · 孤兰生幽园》(*The Lily of the Wilderness*)①的翻译:

A lily of a desert well,
In lonely sunshine liveth well;
Its blossoms float on water green,
Its leaves in Fall keep glossy sheen.
In vain all fair it doth defeat;
None carrieth its odor sweet.
Time turneth toward the Winter frost,
When crimson will go lost,
No home it hath for comforts' sake;
O, let it trust the Flowery Lake!

有只是诗歌翻译,《月报》编辑评述的。如胡适英译的《兵车行》(*The Song of the Conscript*)努力保存原诗的悲情和力度,并根据原作的韵律变化对译作进行诗节的划分。编辑特意在前文增加了杜甫的简介,并对胡适的英译版本做了简要评价,称其为"基本上直译"(essentially literal)。此外,编辑指出,布茂林(Charles Budd)在其《中国古代诗歌英文译本》(*Chinese Poems*, 1912)译作中也翻译了此诗,共有 22 个诗节,每节 4 行,虽然押韵,但是极其不忠于杜甫的原作②。

---

①*An Occidental View of the Oriental Poet Li Tai Peh*, *Chinese Students' Monthly*, Vol. 4, March, 1909, pp. 336–337.

②Suh Hu, *The Song of the Conscript by Tu Fu* (712–770 *A. D.*), *Chinese Students' Monthly*, Vol. 10, December, 1914, pp. 139–140.

在留美学生的译出中，曾仲鸣（Tsen Chun-ming）的情况有些特殊，他用法语写成了《中国女诗人》（*Chinese Poetesses*），而这书又被布林茅尔学院哲学专业研究员 Flanders Ruth 翻译成英语发表在《月报》第 23 卷第 1—2 期，其中涉及了不少唐代女诗人①，如武后。武后是一位真正的诗人，她的诗歌带有一丝古典意味，其形式朴素纯净，文字优美，悠扬婉转（The verses of Wu-hao are those of a true poet. The form, a little classical, is sober and pure, and the thought has very taking and very melodious charm）。诗句"看朱成碧思纷纷，憔悴支离为忆君"被翻译为：

My cheeks that were once so red are whitened by time.

Of you, my lord, I think always...

As I gaze on this beautiful gown of other years, my head is lowered.

Alas! My tears have flowed long!

如宋若莘诗有一种其他作品中没有的朴实简单（preserved a certain simplicity of form which one does not find in works of antiquity）。一首在国内已经失传的诗翻译为：

The sun is setting,

The birds are flying away...

Everywhere, I seek you,

Alas, you do not come.

Everywhere, I think of you,

I sing sweetly, sadly...

How can I live without you?

I pray that my body and my soul

①Tsen Chunming, *Chinese Poetesses* (translated from the French by Ruth Flanders), *Chinese Students' Monthly*, Vol. 23. December, 1927, pp. 13-14.

Will follow you always...

如相貌出众、天资聪颖、生性浪漫、诗才过人、爱雅谑、众人倾慕的(a radiant beauty and a genial wit which, in spite of her fickle nature, yielded to her the fidelity of several of her numerous admirers)李冶(Li Ya),其《相思》(人道海水深,不抵相思半。海水尚有涯,相思渺无畔)翻译为:

They say that the sea is deep,

But it does not equal the half of my love.

For the sea has its horizons,

And my love has no shore!...

与李冶齐名的还有"交际花"女诗人:鱼玄机和薛涛〔Contemporary with her were two other courtesan-poetesses: one, Yu Yuan-ki or Yu Wei-lin(鱼玄机)whose success is not worth being pointed out; the other, Sie-to(薛涛)celebrated for her works and for her relations with the poets of her period, such as Po Chu-i(白居易), Chang Tsi(张籍), Yuan Tain(元稹), etc〕,鱼玄机的成就不值一提,薛涛因其作品与白居易、张籍等著名诗人的往来而名声在外。薛涛的作品显现出一种惊人的新鲜感和迷人的甜蜜感,她的作品主要的兴趣是展现出当时的山水美丽,有的表达出她的遭遇、欲望、遗憾以及她与真诚的爱人分离前的恐惧等个人情感(she had impressions and emotions of an astonishing freshness, of an attractive sweetness. Her works offers the primary interest of being the picturesque painting of beautiful landscapes of this period. Her poems have other merits: they interpret her sufferings, her desires, and sometimes her regrets. Here is a little piece which expresses her terror before separation from a sincere lover)。她的《送友人》(水国蒹葭夜有霜,月寒山色共苍苍。谁言千里自今夕,离梦杳如关塞长)被翻译为:

Oh! Lovely lake, quivering night, boundless skies!

Oh! Laughing little hills! Oh! Harmonious surge!

Save for us these sublime moments!

Already, our dream plunges into somber abysses...

如歌舞妓杜秋娘，其《金缕衣》（劝君莫惜金缕衣，劝君惜取少年时。花开堪折直须折，莫待无花空折枝）被翻译为：

his little piece in a toast drunk to him：

Do not regret your robe embroidered with gold,

Regret rather the time of your youth.

Gather, gather the flowers while they are still far,

Do not wait till, on the bare branches, they are withered!

总之，留美学生译者虽然缺乏专业的翻译知识背景，在作品选择方面也呈现出不同的风格，但与《月报》上刊登的西方人的译作相比，有一个特点非常突出，那就是大多留美学生在翻译中国文学作品时，往往会对原作者及文化背景进行简要介绍，简评诗文要义，有时也将翻译、考据以及评论融为一体，并在译作后提供译文注释，介绍重要的人物和典故，以帮助读者领会原文。对于中国读者而言，这是基本的文学常识，自然无需多费口舌，但留美学生的做法，表明他们的目标读者定位是西方人士，注释、脚注等副文本的使用也是为了减少因中西文化及表达方式的不同带来的困惑，进而可以帮助西方读者更好地理解中国古代文学的独特魅力。在翻译方式上，除了胡适英译的《兵车行》中仅提及“直译”外（胡适英译的《兵车行》中增加了主语“I”作为主语，让读者感受到“我”作为叙事者的视角），其余留美学生翻译时兼顾使用增译、减译、音译，等等。换言之，留美学生的古典诗词英译活动虽然在艺术成就上可堪斟酌，但是其翻译实践中展现出译者主体性倾向以及对民族文化及古典文学的认同情感，也有助于加强留美学生彼此之间的联系，有利于推动中国古典文学的向外传播。

三、留美学生点评西方人士翻译的唐诗

中英文是两种截然不同的语言,释义容易,翻译实难,诗歌翻译更甚。何杰才认为英国汉学家阿瑟·韦利(Arthur Waley)的无韵自由体汉诗译作《汉诗一百七十首》(*One Hundred And Seventy Chinese Poems*,1918)与原诗的格律押韵有出入,但是注重词序、词义与原诗的对应,准确地传达了原诗的内容和意境,坚持了对原文的"忠实"(faithfulness),也成功地保留了诗歌的灵魂,给中国读者带来了一种独特的享受,因此,何杰才认为韦利的作品值得嘉奖,也赞同该书出版商的评价:韦利先生能够用英语创造出,至少是我们这一代人的中文诗歌标准选集①。

张歆海认为洛威尔(Amy Loywell)和艾思柯(Florence Alyscough)的《松花笺》(*Fir-flower Tablets*)的汉诗翻译是自由诗体的美,而不是中国诗歌的美。对中国读者而言,它充满了不可原谅的粗糙生硬(inexcusable crudities),译诗"形式"(form)"非常怪异"(very queer),难以让人满意②。如李白的《饯校书叔云》"少年费白日,歌笑矜朱颜。不知忽已老"译为"When I was young,I spent the white days lavishly. I sang-I laughed-I boasted of my ruddy face. I do not realize that now,suddenly,I am old"。李白的原诗没有出现明确的主语,但是《松花笺》上的译文多次出现主语"I"。因为古诗中大量存在无主语、无

---

①H. H. C, *Fir-flower Tablets by Florence Alyscough and Amy Loywell*, *Chinese Students' Monthly*,Vol. 17,February,1922,p. 351.

②H. H. C, *Fir-flower Tablets by Florence Alyscough and Amy Loywell*, *Chinese Students' Monthly*,Vol. 17,February,1922,pp. 351-352.

人称代词的诗句，正如程抱一先生所言："这种尽量避免使用三种语法人称的意愿，显示为一种自觉选择；它造就了这样一种语言，这种语言使人称主语（主体）与人和事物处于一种特殊的关系中。通过主体的隐没，或者更确切地说通过使其到场'不言而喻'，主体将外部现象内在化。"①这一中国特色丝毫不影响汉语语境中的读者对诗句的阅读和理解，但是英语的句子必须成分齐全，所以译者在翻译过程中也必须对原文中缺失的人称进行补充，使之符合英语的语法和表达习惯。对此，张歆海认为这会给西方读者造成误解，觉得中国诗人活在"狭小的"（small）、"以自我为中心的"（egocentric）世界中，洛威尔带来了"更加猛烈的美国主义"（Americanism even with a vengeance）。所以，这样的作品并非对中国诗歌的"真实呈现"（true representation）。可以看出，张歆海并不赞同自由体诗的汉诗英译，认为其形式怪异，不能传递中国古典诗歌的真实魅力。中国古诗鲜有自由诗体，但是洛威尔的翻译却是十足的自由诗体，彷佛为了证明自由体诗人早在数千年前就出现在异国他乡了②。

综上所述，在《月报》的话语空间中，中国留美学生和西方人士不仅直接把唐诗介绍到西方，而且还有积极点评，充分展现了二种文化的碰撞、交流。虽然，留美学生不知如何将格律翻译为英文，西方人更不懂中国古典诗歌格律，往往误认为汉诗就是一种自由体诗，并且对此进行大肆宣扬，"美国新诗运动诗人认为中国诗是充分现代化的，甚至题材上都是充分现代的……中国诗用友谊来代替追求恋人激情，用离愁代替失恋时要自杀的痛苦，用日常事务和自然景色来带

①［法］程抱一著，涂卫群译《中国诗画语言研究》，江苏人民出版社，2006年，第31页。

②H. H. C, *Fir-flower Tablets by Florence Alyscough and Amy Loywell*, *Chinese Students' Monthly*, Vol. 17, February, 1922, pp. 351-352.

起半神式的英雄”①,“20 世纪初美国的‘中国诗运动’,其倡导者们进一步吸取了中国古典诗歌的意境理论和表现手法,从而突破了在此以前欧美占统治地位的维多利亚时代诗风的束缚,在诗歌表现时代精神和现代人的深层心理方面取得了新的突破”②。于是,最终,这些翻译与传播形成了唐诗在形式和思想上的现代化转变。

附录 《月报》空白处所刊载的唐诗

洛威尔(Amy Lowell)英译汉诗 1921 年 12 月:李白《蜀道难》(*The Perils of the Shu Road*)
阿瑟·韦利(Arthur Waley)英译汉诗 1923 年 11 月:白居易《宿溪翁·众心爱金玉》(*Lodging with the Old Man of the Stream*)、王建《闻故人自征戍回》(*Hearing That His Friend Has Coming Back from the War*)、白居易《梦与李七、庾三十三同访元九》(*Dreaming That I Went with Lu and Yu to Visit Yuan Chen*) 1923 年 12 月:王维《山中与裴秀才迪书》(*Prose Letter-To the Bachelor-of-Art P'ei Ti*)、元稹《梦井》(*The Pitcher*)、白居易《观刈麦》(*Watching the Reapers*)、白居易《冬夜》(*Winter Night*)、白居易《咏慵》(*Lazy Man's Song*) 1924 年 1 月:白居易《及第后归觐留别诸同年》(*After Passing the Examination*)、白居易《狂言示诸侄》(*A Mad Poem Addresses to My Nephews and Nieces*)、李白《春日醉起言志》(*Waking from Drunkenness on A Spring Day*)、白居易《早送举人入试》(*Escorting Candidates to The Examination Hall*)、白居易《失婢》(*Losing A Slave-Girl*)、白居易《伤宅》(A. D. 829)译文无题 1924 年 2 月:李白《月下独酌四首(其一)》(*Drinking Alone by Moonlight I*)、《月下独酌四首(其二)》(*Drinking Alone by Moonlight II*)、《月下独酌四首(其三)》(*Drinking Alone by Moonlight III*)、白居易《渭上偶钓》(*Fishing in the Wei River*)、白居易《嗟发落》(*On His Baldness*)、李白《立春后五日》(*Parting from the Winter Stove*)、李白《题元丹丘山居》(*To Tan Ch'iu*)

①赵毅衡《诗神远游:中国如何改变美国现代诗》,四川文艺出版社,2013 年,第 192 页。

②许苏民《危机与探寻——“中学西渐”的分期、特点及其规律》,《学习与探索》1992 年第 6 期。

续表

1924 年 3 月：白居易《闻早莺》(*Hearing the Early Oriole*)、白居易《思旧》(*Thinking of the Past*)、白居易《寄行简》(*To His Brother Hsing-Chien, Who Was Serving in Tung-Ch' uan*) 1924 年 5 月：白居易《首夏》(*The Beginning of Summer*)、白居易《春游二林寺》(*Visiting the Hsi-Lin Temple*)
小畑薰良(Shigeyoshi Obata)英译汉诗 1924 年 5 月：李白《白云歌送刘十六归山》(*A Farewell Song of White Clouds*)、李白《长相思》(*The Long-Departed Lover*)、李白《清平调三首》(*Lady Yang Kuei-Fei at the Imperial Feast of the Peony*)、李白《送友人入蜀》(*To His Friend Departing for Shuh*)、李白《怨情》(*The Night of Sorrow*) 1924 年 6 月：李白《秋登宣城谢朓北楼》(*On Ascending the North Tower One Autumn Day*)、李白《戏赠杜甫》(*Addresses Humorously to Tu Fu*)、李白《夏日山中》(*A Summer Day*)、李白《秋浦歌十七首(其十三)》(*Nocturne*)、李白《劳劳亭》(*Lao-Lao Ting, A Tavern*)、李白《夜宿山寺》(*The Summit Temple*)、李白《玉阶怨》(*The Sorrow of The Jewel Staircase*)、李白《长门怨二首》(*Sorrow of The Long Gate Palace*) 1924 年 11 月：李白《巴女词》(*The Girl of Pa Speaks*)、《越女词五首》(*The Women of Yueh I*)(*The Women of Yueh II*)(*The Women of Yueh III*)(*The Women of Yueh IV*)(*The Women of Yueh V*)
陈逵(Chen Kwei)英译汉诗 1928 年 1 月出现在当期的《中美诗歌》(*Chinese and American Poetry*)栏目 孟浩然《春晓》(*Spring Morning*)、张祜《集灵台(其二)》(*Princess Kuo*)、王维《竹里馆》(*A Cottage in Bamboo Grove*)、韦应物《秋夜寄邱员外》(*To A Friend on An Autumn Evening*)、元稹《酬乐天八月十五夜禁中独直玩月见寄》(*The Bright Moon of the Fifteenth Night*)、李益《江南曲》(*The Wife of a Merchant*)、崔颢《长干曲》(*Asked of A Stranger*)

(作者单位：邓凤鸣，西北农林科技大学；
方新蓉，西华师范大学)

诗路重要作家研究

论和合精神观照下的寒山禅诗

王　正

寒山开一代白话禅诗新风，诗中的禅修思想和山水意境别具一格，作为一种“寒山体”广为禅林和诗界拟作，且引发风靡海外的“寒山热”和影响深远的“寒山现象”。而在历史上，寒山又是和合文化的象征，自雍正敕封寒山、拾得为“和合二圣”之后，这两位“和合神”更是从民间、民俗的层面跃升为官方化、合法化和经典化的典型形象，成为和合精神的化身。那么，和合精神的本质内涵是什么？寒山与和合精神又有着怎样的特殊关系？寒山又是在怎样的意义上能够代表和象征和合精神的？

一、和合探源：“融化—和合”与“差异—冲突”，同样是天下万物的特性与本质

言及和、合二字，我们不妨先考察一下它们的文字学本义。在甲骨文中，“和”是定音编管的乐器形状，其吹奏出来的是音乐中的标准音，它的本义是音律和谐；“合”是容器与盖子合拢之形，它的本义是器皿吻合，既有契合、匹配的含义，又有将众元素汇合纳入，覆盖发酵、酝酿、生发出新形态之意。张立文认为，和合是自然、社会、人际、心灵、文明中诸多元素之间的相互冲突与融合，并在这一动态过程

中,超越冲突与融合,融化为一种新生命的现象①。这是天下万物的本质特性之一,也是为人处世的根本义理和价值之所在。万物除了个性差异产生的矛盾冲突之外,还有相互和合的性能,如天地、阴阳、夫妇的和合而滋生整个世界。钱穆也认为,和合性,才是中国传统文化独特的精神品质②。

中国传统文化一直重视对"和合性"的彰显与阐发。在人与自然的维度中,主张"天人合一"、道法自然的准则;在人与社会的维度中,强调"和而不同"、以和为贵的理念;在人与生命的维度中,昭示阴阳冲和、"和实生物"的原理;在人与天道的维度中,追求"神与道合"、圆融彻悟的境界。这些和合文化的精神内涵,在儒道释三家思想中也有具体表现,儒家的礼乐教化,崇尚纯朴真诚、中正平和,这也是"中庸"的基本含义;道家的齐物论,认为万物齐一,浑然一体,都以元气为本,《黄帝内经》的精髓就在于达到"阴平阳秘"的阴阳平衡;佛学禅宗的理想,既认为因缘和合是世界万物的起因,又强调观照冥想,心境澄澈,不生不灭,无我无执,了悟人生,达到"心境如白莲"的圆融境界。和合文化在传承发展的过程中,形成了一整套与现实社会息息相关的实践体系,其当代价值就在于:一是贡献了中国特色的人生观、价值观;二是贡献了治国理政的基本方略;三是贡献了应对文明冲突重建世界秩序的东方智慧。

二、寒山身世再考辨:从"人—世"冲突到"身—心"和合

作为"和合二圣"之一的寒山,他的生平事迹,本就是一个从苦痛

①张立文《和合学概论》,北京师范大学出版社,1996 年,第 71 页。

②钱穆《中国文化史导论》,上海三联书店影印本,1988 年,第 162 页。

到解脱、从纷乱到澄澈、从冲突到和合的人生轨迹。

自近代学者余嘉锡考证《寒山子诗集》中闾丘胤的序言是伪作，认为寒山子在天台生活的主要时间是在大历至贞元年间以来[①]，学界对寒山生活年代的判断开始从初唐转向中唐。中唐说的依据，在《太平广记》引杜光庭《仙传拾遗》的记载中也有述及："寒山子者，不知其名氏，大历中，隐居天台翠屏山，其山深邃，当暑有雪，亦名寒岩，因自号寒山子……"[②]可见，诗人寒山应是中唐大历年间隐居天台寒岩，寒山之名也是源于隐居地，而今天学界作为研究对象之"寒山"，则应包括诗人、隐居地和修行之境界这三重含义。

今人认同中唐论的，除了项楚《寒山诗注》外，比较有代表性的，一是钱学烈的观点。他根据《仙传拾遗》的记载"大历中隐居……十余年忽不复见"，和沩山（灵佑，771—853）见寒山的时间是在贞元九年（793），因此推测寒山的生卒年当在691—793[③]。而史料中还有赵州从谂在灵佑之后数年见寒山的记载。关于这一点，胡适在《白话文学史》中认为，《赵州语录》是辽金时代一个妄人所作，可信度不大，但也有学者根据《五灯会元》和《祖堂集》等史料互为参证，认为寒山见从谂仍属实。寒山说"这厮儿宛有大人之作"，既然是"这厮儿"，可见是在弱冠之前。从谂生于778年，因此从谂见寒山应该在798年前后。后来，钱学烈因为两个理由将寒山生卒年限做了推迟。第一个理由是寒山诗《个是》中说："个是何措大，时来省南院。年可三十余，曾经四五选。"唐代启用南院选拔人才是734—740年间的事，寒山"曾经四五选"，即从15岁开始科考，寒山的生年也应该在725年之后。第二个理由是根据台湾学者陈慧剑对《全唐诗》的全面检

①余嘉锡《四库提要辨证》第4册卷二〇，中华书局，2007年，第1250—1264页。
②李昉等编《太平广记》第2册卷五五，中华书局，1961年，第338页。
③钱学烈校注《寒山诗校注》，广东高等教育出版社，1991年，第5页。

索,发现了徐凝的一首《送寒岩归士》诗,诗中的“寒岩归士”极可能就指寒山子①,其诗云:“不挂丝纩衣,归向寒岩栖。寒岩风雪夜,又过岩前溪。”徐凝与白居易属于同时代人,主要生活于元和、长庆年间,他与寒山相见应在820年之后,因此钱学烈认为寒山的卒年应在825—830年间②。

二是罗时进的观点。他根据两个时间节点来推测寒山的生卒时间:其一是《寒山诗集》应该是寒山去世后由徐灵府所编。徐灵府在宝历元年(825)撰写的《天台山记》里未提到《寒山诗集》,而且这之前徐灵府也一直致力于修葺桐柏宫,应该没有时间精力编辑《寒山诗集》,由诗集编辑时间推断,寒山的生卒年在726—826。其二是寒山有一首诗作叫《少年》,以前归入拾得诗,后来发现拾得一生没有成边经历,所以认为是寒山的诗歌窜入了拾得诗。这和寒山诗中写到的“行江青草合,入塞红尘起”是一致的。诗中有“闻伐匈奴尽”一说,据查,唐朝和少数民族的大冲突只有746年的大战吐蕃,而寒山出塞担任幕僚,应该是弱冠之年,据此向前推20年,恰好在726年左右,与第一条的推断基本上是吻合的③。

我们认为,考察寒山的生卒年,应该根据学界已经达成共识的两个时间节点:

一是大家共同认为《太平广记》引用杜光庭《仙传拾遗》的记载前半部分可信,寒山是大历年间(766—779)隐居在天台翠屏山,又根据寒山的诗歌“出生三十年,常游千万里……今日归寒山,枕流兼洗耳”得出结论,寒山是三十来岁来到天台的,那么,寒山的生年应该是

①陈慧剑《寒山子研究》,台湾东大图书有限公司,1984年,第39页。

②钱学烈《寒山子年代的再考证》,《深圳大学学报》1998年第2期。

③罗时进《寒山生卒年新考》,《唐代文学研究》第9辑,广西师范大学出版社,2002年,第333—345页。

766之前的三十年,即735年左右。徐光大认为《仙传拾遗》所载“十余年忽不复见”,并非寒山百岁之后去世,而是“昨来访亲友,大半入黄泉”,为访亲友离开过天台,后又回到寒岩生活了四十多年①。此说合乎情理。

二是大家共同认为徐灵府整理寒山诗集时,表明寒山已不在世。他在825年撰写《天台山记》时未提及寒山诗,而在会昌初年(841)“绝粒”,不久便去世,那么,他整理寒山诗集应该在826—840年之间。我们根据以上两点推测,寒山的生卒年应该在735—835年左右。这与陈慧剑的720—840、钱学烈的725—830、罗时进的726—826都比较接近。

其实,寒山诗歌的“内证”中,也隐伏着生存时代的线索(下文引用寒山诗,均依项楚《寒山诗注》排序加括号说明)。这从诗中表现的禅宗思想可以佐证。“不念《金刚经》,却令菩萨病”(139),由阐扬《楞伽经》转向《金刚经》,是惠能“南宗”确立以后的事。而“一念了自心,开佛之知见”(168)、“回心即是佛,莫向外头看”(213)、“一佛一切佛,心是如来地”(241)等,也都渗透着“南宗禅”顿悟见性的观念。尤其是“用力磨碌砖,那堪将作镜”(97),用的是南岳怀让与马祖道一谈论“磨砖作镜”的典故,则显然是唐玄宗开元年间的事了。既然寒山引之入诗,那么,寒山隐居和写诗的时间必然在此之后。就南宗禅思想史的发展脉络而言,寒山诗完成于神会荷泽宗由兴盛而式微和“马祖道一——百丈怀海——沩山灵佑”一系的洪州宗崛起这段时间,因而诗歌由“无念”“空寂”的“清净心”,融入到“无为”“无事”的“平常心”。孙昌武认为王维、白居易分别得益于荷泽宗和洪州宗的禅学理念②,而寒山诗恰处于禅宗思想圆熟纯粹而尚未被世

①徐光大《寒山子诗校注》,陕西人民出版社,1991年,第4—5页。
②孙昌武《禅思与诗情》,中华书局,1997年,第179页。

俗化消解之时,介于王维与白居易之间,因而成为禅诗的艺术典型。

就偈颂诗体向白话禅诗的进化过程而言,寒山诗处于王梵志的“俗白诗”和诗僧贯休的“清雅诗”之间,也是处在中唐这样一个禅诗体式的嬗变转型期。关于这一点,胡适、孙昌武均已指出寒山诗的形成晚于王梵志诗,在不少诗中带有王梵志偈颂体的风格,而贯休自己直言“予爱寒山子,歌惟乐道歌”,其诗明显受到寒山的影响。寒山诗善于呈现寒岩的幽美意象和空寂境界,富有禅趣生机和文人气质,语言俚俗浅易又不乏精巧雅致,超脱了王梵志、庞蕴居士多以议论说禅教化的窠臼,在禅诗艺术上具有“蝉蜕”一般的创新性,从而开启了兼具禅学思想与文学韵味的禅诗。

也有学者根据寒山诗歌内涵的驳杂和风格的多样,认为这些诗歌非“寒山”一人所作,而是存在着一个寒山诗的集体创作群,“这特殊的作品群被冠以‘寒山’这样一个作者”①,但我们立足《仙传拾遗》《宋高僧传》《五灯会元》等相关史料,以及寒山诗集中的自述诗,认为在发现新的更为确凿的史料之前,还是认可有诗人寒山这一事实。

关于寒山的身世,台湾陈慧剑在《寒山子研究》中,根据寒山诗中自述,总结为少年、书判、流落、隐居、证道等八个组曲。笔者通过对寒山自述生平的41首诗歌的整理,认为寒山的一生,经历了从“联翩骑白马,喝兔放苍鹰”(101)的优裕环境到“囊里无青蚨,箧中有黄绢。行到食店前,不敢暂回面”(120)的落魄境地,从“可惜栋梁材,抛之在幽谷”(10)、“行江青草合,入塞红尘起”(302)的漂泊生活到“奈何当奈何,托体归山隐”(251)的栖居选择,从“林幽偏聚鸟,溪阔本藏鱼。山果携儿摘,皋田共妇锄”(27)的隐逸田园到“性月澄澄朗,廓而照无边”(228)的修禅悟道的漫长过程。

①孙昌武《禅思与诗情》,中华书局,1997年,第258页。

不像陶渊明那样，是因为“爱丘山”的天性，最终压倒了“逸四海”的猛志在诗中处处流露出一种返璞归真、适性生存的陶然感。寒山归寒山，却是家道变故、人生多劫、走投无路之后的无奈之举，“奈何当奈何，托体归山隐”（251），具有“风霜刀剑”将之“逼上”寒山的味道。乍看之下，这是一种人生避难的苦闷象征，有愤世嫉俗的痛苦意味在。而痛苦随着栖隐而归于不执、化为无形，这当然不是隐居生活方式本身所能完全化解的。与隐逸生活朝夕相伴的，除了春花秋月、疏风闲云等自然化育，还有那种沉浸式的居山修行方式，那种闭关式的经典阅读和林下冥想，这最终成为寒山从郁闷烦恼走向自由解脱，从“人——世”冲突走向“身——心”和合的人生转折点，是他放下执念、由悲转喜、与山林同化而涅槃重生的质变关隘。换言之，这是寒山发现真我、与最美自己相逢的人生际遇，是他忘情山水、坐云邀月、步入诗境的重要契机，也是他一生叩问究竟、彻悟禅机、心证菩提的妙法因缘。

三、寒山的禅修心路：从观照的空无寂冷到妙悟的和合圆满

寒山的诗歌写作，是处于盛唐风流已逝、乱后生机未复的中唐沉寂期，文人士大夫为抚慰心灵创伤，舒解情怀惆怅，多走上一条寄情山水、参禅访道的精神解脱之路，顾况诗中所说“野人本自不求名，欲向山中过一生”，即代表了诗人心声。隐士寒山，便是其中的一个缩影，同时，他的独特诗风，也开启了唐代禅诗的另类面目。

寒山的诗歌，首先呈现给我们的是一种寂静、旷远、明亮的禅修境界，“碧潭清皎洁”（51）、“寒山月华白”（81），这是空明澄澈的心境对文学意象所做的选择。纵观寒山禅诗，始终贯穿着一种“寂冷”的格调，葛兆光认为“清、幽、寒、静”的审美趣味最适合表达空灵淡远、

澹泊无为的禅思和禅境①。因为,禅者始终将守望一颗“清净心”置放于修行的终极地位。而要修得这样一颗清净无染的本心和真心,实非一日之寒。寒山在诗中叙述了自己坐观空寂、“了自心”“见自性”和妙有显真的心路历程。

寒山以“默知神自明,观空境逾寂”(81)作为观照的基本方法,这也是禅宗特色。“神自明”即精神自觉,或称“本性自觉”,在“自觉”的前提下作空观,则境界尤为深远幽寂,即“境逾寂”。而“万丈岩前一点空”(201)、“云路在虚空”(257)等,就是寒山静坐观空时的心理体验。花开花谢,云聚云散,世间万物都是因缘和合而生、无常迁流而变。“美人颜似玉”(294)、“还成甘蔗滓”(13)、“恰似春日花”(265)、“一朝成萎黄”(21),富儿一夜成贫士的现象比比皆是,到头来终归是“今日风流都不见,绿杨芳草髑髅寒”,所有的良辰美景都不过是刹那烟云、梦幻泡影。寒山诗中足足有 20 首,专写无常的流变生灭,可见无常思想在寒山禅诗中的份量。万物无法固化为永恒不变的实体——自体,经不起时间的摧残,终将朽坏漏尽,因此无常恰证明了“空性”才是一切事物的本性。“色即是空”,不是我们要把“色”给看“空”了,而是“色”的本身即无自性(“空性”)。依此类推,受想行识所产生的种种意念和法,也同样是空无自性的。

既然万物随缘起而生灭、随无常而迁流,无法主宰自己的命运,那么,人生是否就因此而万念俱灰、消沉厌世呢?那当然不是,寒山提出了“了自心”“见自性”的方法,以自我禅定修行、圆证菩提的彻悟,启示世人明心见性,去妄存真,以达到精神的圆满。禅宗一向有“即心即佛”的思想传统。可是,许多世人不明白修禅首先要“了自心”这个道理,“不知清净心,便是法王印”(217)、“为心不了绝,妄想起如烟”(228),在自己的身外求佛保佑,去身外寻求一个天神一般的

①葛兆光《禅宗与中国文化》,上海人民出版社,1986 年,第 122 页。

"佛",如此做法,是人的攀缘心、分别心滋生了妄想与执着,结果就遮蔽了自己的真心真源,"不识心中无价宝,犹似盲驴信脚行"(196)、"可贵天然无价宝,埋在五阴溺身躯"(202),由此修行,无异于竹篮打水、水中捞月,因此,寒山唤醒世人"回心即是佛,莫向外头看"(213)。

寒山强调"修心",是要修一颗"挂在青天是我心"的"空明心","心中无一事,水清众兽现"的"无为心"。这样的"心悟",在寒山诗中也提到了很多方便的法门,如需要从缘起、无常契入空性,实现从妄想、执着到无我、不执的转变,这显然不是靠理论的逻辑推导所能完成的,语言文字也难以传达其中"只能意会"的言外之意,甚至整日的打坐、修证也不过是"磨砖作镜",白费功夫,无法替代顿悟的禅机。这倒不是说,平日的苦修冥想都毫无意义,遵规守戒,都是为了隔绝俗世的纷扰,安住真心正见,为"悟入"提供宁静心境和一方净土,一旦遇到禅机的触发,遇到了善的种子,就能发芽开花,即所谓"体究练磨","一朝自省"。通过"悟入",将自心的颠倒梦想"了"掉,恢复"心"的本真面目。这也是寒山禅诗所揭示的重点。寒山的禅诗中,共有 28 首以"真心""真性""天然物""法王印""衣中宝""摩尼珠"(心珠、明珠)等核心范畴及其喻象,强调修禅不在身外求,而是寒山诗中所说的"明珠元在我心头"(199)。

《坛经》中说,"世人性净,犹如青天""自性常清净,日月常明",只是被妄念的浮云覆盖,无法彰显,一旦遇到"善知识","吹却迷妄,内外明彻,于自性中,万法皆见"①。可见,人人身上自性——佛性具足,只是被妄念的浮云压住,尚未发现尚未觉悟而已。这就需要像海德格尔说的那样,让"存在者"的遮蔽性走向"存在"的敞亮性,让自性重新回到"日月常明"的状态。如同云散月明,妄念一消,善性与善智慧就可以无遮蔽地完美地敞现出来,像迎风开放的白莲花,所以是

①郭朋校释《坛经》,中华书局,1983 年,第 40、60 页。

"自性具足"。寒山的诗中,就充溢着这种"天真元具足"(239)、"一得而永得"(215)的禅意光辉,具有豁然顿悟、永不退转的明彻性与圆满性。因此,寒山诗中的月亮意象,就不会是那种如勾的弯月,而是处处青天圆月。"石床孤夜坐,圆月上寒山"(227)、"岩前独静坐,圆月当天耀"(279)、"白云朝影静,明月夜光浮"(283),以月亮的浑圆澄明,象征自性具足和精神超脱。

寒山诗中的圆月意象表明,寒山在静坐观空和明性见性之后,并没有沉滞于心性的清净澄明,并没有将"自性——佛性"框在一个静止、封闭的禅境中,当作沉思默想的本体对象来赏玩,他没有沉溺在"空"与"净"的相上,而是"悟入"了"空"与"净"的心源与本体,统一了"真空"与"妙有"、"真心"与"妙明"之间的体用关系,达到"空有不二""妙有显真"的圆融境界。

综上所言,寒山诗中所述静坐观空、明心见性、妙有显真的禅修心路历程,实现了由"外"向"内"、由"有"转"无"、由"空"融"真"的三个转变,即由身外求佛到心内悟禅的转变,由静坐清修向无我见性的转变,由契入空寂向融入妙法的转变,当寒山彻悟禅意、圆满具足、空明澄澈之时,我们再也见不到当年那个愁容满面、悒郁不平的寒山了,呈现在我们眼前的寒山,是一个身无尘垢、心无挂碍、无为无染、自在自由的青山老客。他在悟到禅法无上妙旨获得妙智慧之后的心灵静悦,流泻出来的,却是一种比获得无价珍宝还要开心的感觉,"逍遥实快乐"(247)、"快活长歌笑"(303),这是一种人生通透无碍的潇洒与欢乐。他曾经自信地预言过自己的诗歌:"若遇明眼人,即自流天下。"(305)

四、寒山诗的山水禅境:从执念的冰锁"不通"到彻悟的消融"和合"

以山水寄寓禅思的"山水诗",在唐代臻于成熟,并超越了此前的文化传统。诗骚时代,“秩秩斯干,幽幽南山”和“山峻高以蔽日兮,下幽晦以多雨”,山水只是人物活动的衬景,而不是独立的审美意象。而儒学文化中的“乐山”“乐水”,又浸染着以山水象征人格的“比德”色彩,尚未形成对“自然”的审美自觉。老庄主张“道法自然”和“心斋”“坐忘”,徜徉山水中追求精神的欣然忘怀、超然放旷和逍遥自在,发现了“山水有清音”的自然美,也形成了澹泊宁静的独特审美趣味。钱钟书认为“山水方滋,当在汉季”,汉赋以“画意”铺陈山水,充满了对山水的瑰丽想象。此后,经过魏晋南北朝禅僧支道林、慧远的“畅游”山水和心灵“寂照”,以及孙绰、陶渊明、谢灵运等人的创作实践,山水终于成为修身悟道的重要载体和人生审美的精神寄托。宗炳提出“山水以形媚道”,自然中蕴含着生机和神韵,山水画家应该以无心无念的“澄怀味象”,艺术地呈现自然美,达到修身、悟道、审美的统一。这一时期,禅与山水与诗,都结下了不解之缘。当禅境一旦化入山水诗,诗歌便生出一种新的审美原则,具有清寂玄远、透彻玲珑之美,无怪乎钱穆在《中国文化史导论》中指出,中国文学艺术“一切活泼自然空灵脱洒的境界”,“几乎完全与禅宗的精神发生内在而很深微的关系”。

这里不妨略作比较。陶渊明一扫东晋“玄言诗”抽象乏味的玄谈哲理风气,还原诗歌的意象性和抒情性,“暧暧远人村,依依墟里烟”,就赋予田园具象以明净温暖的家园感。同时,又以老庄的自然哲学为底蕴,坐忘山水,“采菊东篱下,悠然见南山”,在素朴真淳之中渗透着一种沉静、旷达、悠远的味道。所以,苏东坡认为晋唐诗人之作“皆莫及也”。王维的诗歌被人称为“得山林之神髓”,叶维廉说他的诗最能体现“以物观物”,传释出自然物象那种“原始的新鲜感”①,像“人闲桂花落,夜静春山空”,就是一幅自然之象“自呈自现”的唯美

①叶维廉《中国诗学》,生活·读书·新知三联书店,1992 年,第 89、97 页。

画面。而木芙蓉在寂静无人的山涧“纷纷开且落”,自开自谢,刹那生灭,更具有一种幽寂的禅境。顾随称之为“静穆”,袁行霈称之为“空寂”,这也代表了唐代山水禅诗的一种审美倾向。王维自身具有乐师、画师的经历,为他的诗歌又平添了音韵和视觉的美感,前者如“红豆生南国”所吸收的民间小调,后者如“大漠孤烟直,长河落日圆”“日落江湖白,潮来天地青”,在空间构思上错落有致,在色彩晕染上单纯明丽,而且给人一种夕阳照水、光影浮动的感觉。可见,王维山水诗的艺术是非常精致圆熟的,总体上是澄明、空灵、隽永的风格。

陶渊明的诗素朴自然,王维的诗唯美精巧,而寒山诗可以用八个字形容,即“超逸清绝、虚灵淡远”。不少诗评者都对寒山巧借谢灵运的诗句“白云抱幽石”(2)叹赏不已;而“凋梅雪作花,杌木云充叶”(154)的意象互融,被项楚誉为“似有神助”;“杳杳寒山道”(31)这首诗,钱钟书认为通篇叠字,而不觉得它“堆垛”,是因为寒山的诗歌“妥贴流谐”①;“微风吹幽松,近听声逾好”(20),完全写出了山居闲适,无事侵扰,只以谛听风声、松声为乐,而且心境空明,正所谓“三界横眠闲无事,明月清风是我家”(198)。寒山诗30首写月、50首写云,孤月松月的寂静超脱,闲云烟云的自由飘逸,无不给人以圣洁而美妙的禅境。入矢义高等人,以日本的“幽玄”美学,解读“寒山多幽奇”的诗句,认为寒山的诗境在幽雅、朦胧、深远中,还带有一种梦幻般的空灵感和神秘性,给人一种含味隽永的禅意。

像307这首诗:“寒山寒,冰锁石。藏山青,现雪白。日出照,一时释。从兹暖,养老客。”写了三个层次的境界。第一层是冰天雪地。寒山被冰雪裹挟,险峻而高冷。一个“锁”字更凸显了寒冰的厚实、坚硬和冰冷。“寒山”一词的出现,可以追溯到《楚辞·大招》的“北有寒山,逴龙赩只”。在古典诗词中,“寒山”一般指“秋冬之际寒冷的

①钱钟书《谈艺录》,中华书局,1984年,第225页。

山”，给人以萧瑟、寂寥之感，李白的“寒山一带伤心碧”、柳宗元的“木落寒山尽，江空秋月高”，就是其中范例。而在寒山诗中，提到“寒山”（含“寒岩”与“重岩”）共 43 首，其中 11 首指诗人寒山，其余 32 首专写自己长期栖隐之山。古代隐士选择险峰幽林作为隐居之所和修行兰若，主要是因为山林不受红尘浸染，也无俗世纷扰，清幽静寂，与隐者超逸尘外、孑然独立、任性逍遥的自由追求，具有内在的契合，所以既是身体栖息之地，又是心灵安顿之所。日本白隐禅师等人就认为，与其说“寒山”是隐逸的栖居地，倒不如说是悟禅时的心境①。第二层是美好风景。蕴藏着一个山青水秀的寒山，“藏”和“现”相对应，藏一座美丽的青山，外面看上去却是一片白雪皑皑。寒山擅长运用清冷的色调，诗歌中多用“青”“白”二色，像“下望青山际，谈玄有白云”（229）等，表达纯净澄明的意境，基本上没有喧嚣繁杂的浓艳色彩。这种清寂之色，给人一种古旧、单纯、朴素、清瘦的颜色感，和孤高、空寂、淡泊的心境。所以，“寂色”特别吻合离群索居、寂然独立，不执着、不胶着的隐士人生态度，可以让寂静的精神状态如风筝般自由放飞②。第三层是温暖世界。“日出照，一时释”，太阳一出来，冰雪刹那间就融化了。这对于“其山深邃，当暑有雪”的自然环境而言，未必说得通。但在诗中，它是一个隐喻，人生顿悟之后，无相、无执着，一切幻象错觉和烦恼纠结都随之烟消云散。“从兹暖，养老客”，清净无染的自性，如阳光之下寒山的清澈澄明，滋养着自己的心田，如李白诗所言，“相看两不厌，只有敬亭山”。

再看第 9 首诗：“人问寒山道，寒山路不通。夏天冰未释，日出雾

①郑文全《白隐与寒山诗解读——以〈人问寒山道〉为例》，《日语学习与研究》2012 年第 2 期。

②王向远《论“寂”之美——日本古典文艺美学关键词“寂”的内涵与构造》，《清华大学学报》2012 年第 2 期。

朦胧。似我何由届,与君心不同。君心若似我,还得到其中。”诗中的“寒山道”既是山路,又是禅路、心路。为什么人们要登上寒山道,寒山就路不通了呢?诗里写得很明白:“夏天冰未释,日出雾朦胧。”一是因为高山寒冷,冰雪难以融化;二是因为山雾缭绕,看不清方向,容易迷路。这和上一首诗歌所写的“日出照,一时释”发生了矛盾。所以,我们欣赏诗歌,就要善于从矛盾、错位、疑惑的地方入手,去体味诗歌的意蕴。从人的心境来考察,当悟到了人生真谛之后,一切冰消雪融,所以是“日出照,一时释”,而那些仍然在人生迷途中彷徨的人,心中的郁结痛苦难以消除,对人生还有无数的感伤和迷茫,所以是“夏天冰未释,日出雾朦胧”,关键就是心境完全不一样。而诗中的意象,冰的凝结和雾的飘忽,既为寒山蒙上了一层变幻万千的神奇色彩,又为禅修的心境平添了一种迷离恍惚的困境。“似我何由届,与君心不同”,我为什么能够抵达,能够通向寒山之巅,而你们却是“路不通”?日本释交易曾为此诗作注,他认为诗歌通过“我”与“君”的对比,昭示出这样一个道理:寒山高胜,有人能进入,而有人却不能,其间的差异就是心境不同。如果自性清净,不为声色、名利等欲望所动,心无执着,念念不住,自然就入得“寒山”这一禅境;而一旦被声色、名利所诱惑而陷入迷惘,那么禅悟之路就充满险阻,无法抵达通透的境界。美国赤松就将其中的“心”翻译为“mind”而不是“heart”,以表示“禅心”与“凡心”的区别。“君心若似我,还得到其中”,如果你(君)的心也能做到清澈纯净,那么,你也照样可以进入“寒山”这一禅境的真如门。所以,朝着寒山走去的寒山道、寒山路,就成为人生心性自我修炼、自我修行的一种象征。

而到了第28首,诗人的心境更为超脱自由,“谁能超世累,共坐白云中”。诗中的“云”意象,素有澹泊清净、随缘不执、自由飘逸等意蕴。《五灯会元》卷四载志勤禅师诗云“青山元不动,浮云任去来”,以“青山”指证清寂无为的自性,以“浮云”隐喻心无所住、妄念不起的心境。"行到水穷处,坐看云起时",那种如行云流水般的自在观瞻,人已经完全化入山水之中,"云""水"就成了空明无碍的纯自然。而在寒山的心头,更有一片纯净不染的禅云。"白云常自闲"(165)、"且枕白云眠"(297)、"黄叶落,白云扫"(306)等诗境,呈现出恬淡悠然、空寂澄明的气象。而"谁能超世累,共坐白云中",则是一种禅悟之后,超脱尘累,跃升到自由飘逸的"白云"境界的轻松感。

崔小敬认为,寒山诗歌具有多样性和复杂性,作为一种极其独特的"异样的用语与表达",形成了学界公认的"寒山体"①。关于这种"异样"的语体,清朝王士祯在《居易录》里称之为"有工语,有率语,有庄语,有谐语。至云'不烦郑氏笺,岂待毛公解',又似儒生语",是白话诗和文人诗的融合,看似洒脱随意之中,又有很深的意境。如果说王梵志的白话禅诗始终没有脱离民间视角,以质朴明快为主要风格,那么,寒山的诗歌则以其深厚的文化底蕴而显得"更文雅、更含蓄"②,禅理的审美化、诗化的意味也更浓,他将禅悟境界与山水意境高度融合所创作的诗歌,被公认为在寒山所有诗中具有最高价值,且被项楚评价为"具备了民间诗歌、文人诗歌与佛教诗歌的多重性格,是佛教思想在中国诗歌领域中结出的最重要的果实"③。如果单纯就文学意象而言,寒山的诗或许还不能像王维那样完全达到淡而无痕的"以物观物",但在以山水之境传达幽玄之思,在禅悟的彻底和深邃方面,在表现禅趣的满目生机方面,在心灵的自足、和合、圆融方面,却比其他诗人都更加澄澈通透,他仿佛就是"禅的化身"。

①崔小敬《寒山及其诗研究》,复旦大学中国语言文学系中国古代文学博士论文,2002年。

②张锡原校辑《王梵志诗校辑》,中华书局,1983年,第299页。

③项楚《唐代的白话诗派》,《江西社会科学》2004年第2期。

五、寒山禅诗域外传播的变异与还原：回归荒野的叛逆精神与山水入禅的和合诗意

关于寒山诗的影响，曾有学者认为，在国内是"雪藏"千年，被"边缘化"，在国外却是文化"宠儿"，被"经典化"，言下之意，寒山诗是"墙内开花墙外香"。这个结论并不完全确切。

早在唐代，寒山诗就引起张继、刘长卿、贯休等诗人关注，晚唐李山甫《山中寄梁判官》一诗也提及"寒山子亦患多才"。至于某些传闻，像杜甫"一览寒山诗结舌"(《寒山诗阐提记闻》)，"寒山诗乐天多效之"(《义门读书志》)之类，或许是偏爱寒山诗之人的夸饰，但从另一侧面，也折射出寒山诗在历史上并非籍籍无名。至宋代，王安石曾拟寒山拾得二十首，黄庭坚称自己是"前身寒山子，后身黄鲁直"，陆游诗云："掩关未必浑无事，拟遍寒山百首诗。"可见寒山诗在文坛的反响。禅林中"拟"与"和"的诗作更是络绎不绝，自善昭禅师首开"拟寒山诗"之风，至元代楚石梵琦和明末石树道隐"二石"的和诗①，寒山诗一直受到青睐。因此，寒山诗并不像西方译介学所想象的那样，是敦煌学研究中与王梵志一起被挖掘出来，在写入胡适《白话文学史》之后，才得以重见天日，而是在古代就作为一种"寒山现象"而"在场"。当然，诗评家对寒山诗褒贬不一，刘克庄认为属于"巧匠""良冶"，方回称其"诗律精妙"，但明代王衡等人却斥之为"不歌不律，鸟鸣泉流而已"，如果仿拟不善，将落得满纸"蔬笋气"。相对于寒山在国外被当作顶礼膜拜的一代宗师和偶像而言，国内缺少那种趋之若鹜的狂热性，这也是事实。

---

①陈耀东《寒山诗之被"引"、"拟"、"和"——寒山诗在禅林、文坛中的影响及其版本研究》，《吉首大学学报》1994 年第 6 期。

寒山诗在域外的传播,随着近年来大数据和外文资料的叠显,许多线索浮出水面,其传译路线和事件节点更为脉络清晰。

宋神宗熙宁五年(1072)五月,日本僧人成寻拜谒天台山,22 日受国清寺主持弟子禹珪赠予《寒山子诗》一帖①,由其弟子赖缘带回翻译后付梓,成为首部日文版寒山诗集。连山交易、白隐慧鹤、大鼎宗允等禅师都曾为寒山诗作注,而松村昂(与入谷仙介合著)、入矢义高、西谷启治等人的注译亦为善本。文学家坪内逍遥、森鸥外、夏目漱石、井伏蹲二等都发表过以《寒山拾得》为题的作品。高丽现存最早的寒山诗集,是元代仁宗三年(1314)朴景亮根据宋东皋寺本覆刻的版本②。解读者首推慧谌法师,文坛拟诗有《益斋乱稿》《雪谷先生集》等。

在日本和高丽的禅师那里,浅显俗白又富含禅理的寒山诗,具有禅学教材的意义,往往成为禅门讨论的"话头",譬如"饶邈虚空写尘迹,无因画得志公师"(193),为什么画家张僧繇和吴道子画不出禅师宝志的形象——就成为僧人追问——思悟的禅机。白隐禅师就认为,寒山诗的根本精神就在于超脱名利与生死的束缚,放下妄念,复归清寂,"一片灵心高明如秋月,清洁如碧潭,应物如秋风,不动如巨岳,是名寒山"。他借"寒山路不通"一句指出,如果只是表面化、形式化地模仿寒山衣衫褴褛、蓬头垢面、憔悴枯槁等形相,实际上仍沉溺于逐声色、爱憎会的生活,那是梦不到寒山,当然也是无法真正进入"寒山"的。

解读过程中,日本人从自身文化中"幽玄"和"寂"的审美维度,切入寒山的生存物境和禅修心境,从而勾勒一个无欲无求、随性自

①王丽萍《新校参天台五台山记》,上海古籍出版社,2009 年,第 74 页。

②[韩]李钟美《高丽时代文学中的寒山》,见秋爽、姚炎祥主编《第四届寒山寺文化论坛·国际和合文化大会论文集》(2010),上海三联书店,2011 年,第 92 页。

然、空寂澄明的寒山形象,也不在少数。江户时代画家长泽芦雪所绘寒山像,挟有其一贯的奇妙趣味和诡异风格,在保持寒山"笑口常开"的同时,还给他配了一副歌舞伎的白脸。这样的"诡异",就是要将寒山与凡俗区别开来,赋予他超越性的"另类"和"怪异"的特质,正像寒山诗中所言"时人见寒山,各谓是风颠"(221)。作家芥川龙之介有两篇散文小品《寒山拾得》和《东洋之秋》,从寒山拾得至今活着、永远不会消逝的理念出发,也为我们勾画了"面相怪异"的寒山,头发乱如鸟窝,衣不蔽体,长着"与兽爪难以区分的长指甲",乌鸦盘旋落在肩上、头上,他挥动竹帚在清扫公园落叶。作家笔下的寒山,物境孤寂、萧索,但精神丰满、飞扬。这,也是西方青年为之着迷、狂热的根本原因。

美国最初介绍寒山诗歌的,是亨利·哈特于1933年翻译的《城北仲家翁》(140),其后,日本早稻田大学冈田哲藏于1937年英译出版了6首寒山隐逸诗,但均影响不大。直至1950年后,寒山诗通过日本铃木大拙对中国禅宗的推崇而传到美国①,在美国才逐渐升温。真正掀起美国"寒山热"的,是1955年史耐德(Gary Snyder)翻译的24首寒山诗,后刊于《常春藤评论》,被白之的《中国文选》(1962)全部收入,在该文选中,寒山成为与王维、李白相提并论的唐代诗人,而且诗歌占比更多,由此开启了寒山诗在美国的"经典化"之路。寒山诗之艺术成就,未必可与王维、李白相匹,但其精神趣味却与那个年代的美国青年更为投合。1983年,赤松出版了寒山诗的第一个全译本《寒山诗歌集》,他又在经历十数年禅修深悟之后,于2000年重译寒山诗,譬如"朝朝不见日,岁岁不知春"(31),省略了人称和动词,改写成"no sun"和"no spring",消泯时空维度,进入自性清寂的深层

①卞东波《寒山诗日本古注本的阐释特色与学术价值》,《南京大学学报》2016年第3期。

禅境；“身上无尘垢，心中那堪忧”（283），摒弃“body”和“mind”前面的主体词“my”，而替换上不定冠词“a”，破除了人与自然之间的主客对立，从而达到“无我”之境①。译文因为吸纳了禅语言质朴凝练、意象鲜明的特点，不仅简洁流畅，还给人一种陌生化的清新感，真正实践了“翻译即禅修”的理念。

在诸多译介者中，最具影响力的当然是史耐德他翻译的底本是1928年日本东京审美书院出版的宋刻影本《寒山诗集》②。虽只译了24首，却风靡整个美国。24首中未出现“寒山”一词的只有2首，6首属于自述身世和解读禅理，其余均为山水诗。可见史耐德的审美选择，主要是以“寒山”的山水意境和诗人的禅修心境为标准的。他的译文，虽然也存在望文生义之处，譬如将“可笑寒山道”（3）中的“可笑（可爱）”译为“滑稽可笑”，将黄泉（地下）、红尘（俗世）翻译为黄色泉水、红色尘土，但总体上多为符合禅意的精妙译文，譬如将“缘”翻译成源自梵语的“karma”（羯磨），表示因果福报的“业”，就比较准确。他尝试在译文中保留“杳杳”“落落”这些叠音词的汉化特征，而且将“钟鼎家”这一极为中国古典式的名称作了本土化处理，翻译成“银餐具”和“小车”，贴近读者生活，不失为一种创新。而对“碛碛风吹面”（31）、“风吹草猎猎”（154）中的“吹”字，又用“whip”“swish”之类表示鞭打、风啸的“冷硬”词语，以烘托寂冷的荒野意象。史耐德译文中的“寒山”，那沉寂的“荒野”与另类的“自我”，像一道清冷之光，直击美国青年迷惘、躁动的心灵。

在1950、1960年代，美国的“垮掉的一代”（The Beat Generation）和“嬉皮士”（Hippes）正在推行文化逆行运动，他们背弃美国生活中

①秦思、陈琳《论赤松的寒山诗翻译对经典的建构》，《复旦外国语言论丛》2016年春季号，第176—182页。

②许明《加里·斯奈德英译寒山诗底本之考证》，《中国比较文学》2019年第3期。

的主流价值观和中产阶级的梦想,回归自然,希望通过"民族幻象",从极具东方情调和神秘色彩的佛学禅宗中汲取中国智慧和精神灵感,而寒山"冷然"的心境和"放旷"的性情,化作他们传统中睿智的"男巫",成为他们渴望模仿的偶像①。甚至连寒山那一身"头发蓬乱,拖着木屐,敝袍飞扬"的标志性打扮,也成为美国青年追捧的生活方式。"浑然天成的寒岩美景,坐拥青山白云的东方诗人","抚慰了他们充满动荡感、空虚感的心灵"②。史耐德的寒山诗翻译,以及1957年前后杰克·凯鲁亚克以史耐德为原型创作的小说《达摩流浪汉》,都是这场文化逆行运动的有力推手。

法国继吴其昱、戴密微的寒山研究之后,1975年,雅克·班巴诺(中文名"班文干")翻译并出版了《达摩流浪汉:寒山诗25首》,其标题明显受到凯鲁亚克小说的影响。1985年卡雷·帕特里克的《云深不知处:流浪汉诗人寒山作品集》,较完整地收入311首寒山诗。至此,寒山诗经由法国的译介,传播到德国、比利时、荷兰、瑞典和捷克诸国,在各国的际遇虽有分殊,却"如摩尼珠,体非一色,处处皆圆"。

值得一提的是,查尔斯·弗雷泽小说《冷山》,它的扉页题了一句寒山诗"人问寒山道,寒山路不通"(9),可见与寒山之间的渊源。史耐德当初翻译寒山诗集即用 *Cold Mountain Poems*(《寒山诗》)为题,而小说和电影的译者因为对"寒山"的隔膜,而将 *Cold Mountain*(寒山)误译成"冷山"。同名电影以木匠英曼和牧师女儿艾达的爱情故事为主线,配乐中渗透进蓝草音乐那种迷茫的怀旧感,衬托男女主人公在历经磨难的"漂泊——回归"和"等待——守望"中,对人生的谛悟。犹如电影歌词所唱"我的死就是我的重生",那通向寒山小镇的漫漫长路以及白雪皑皑的幽深山谷,昭示我们:人生修道之路,须上

①钟玲《史耐德与中国文化》,首都师范大学出版社,2006年,第169—172页。
②何善蒙《荒野寒山》,江西人民出版社,2015年,第303页。

下求索才能超越生死，进入心灵净化和精神救赎的澄明之境。

寒山的异国形象，概言之，由三个维度构成，即放浪形骸的叛逆狂人、回归荒野的孤寂个体，以及在风雪掩埋中依然不动的“禅定”姿态。读者们通过心中的“寒山”，目睹到了中国禅的冰山一角。即便是一角，也足以让他们晕眩与热狂。而他们所执之一角，显然是要疏离现实适彼大荒，成为那个另类和怪异的寒山，而不是寻其真心、净其自性，就能超脱世累闲坐白云的寒山，不是那个随性自然、澄澈无碍的寒山，不是那个心境和合、智慧圆融的寒山。真正的禅，真正的寒山，是任何凡俗平庸的生活，都能化作一首首明月诗的。正因如此，寒山的山水诗境和深蕴的禅意，最能给人生感悟以澄明之光。

寒山的禅诗，也像智者大师的天台宗、司马承祯的《坐忘论》一样，在云霞明灭的天台山，在山水焕然的浙东唐诗之路，在烟波渺茫的大洋彼岸，都散发出超逸清绝、虚灵淡远的幽香！

（作者单位：台州学院）

寒山子诗的老学意蕴

韩焕忠

我们读《寒山子诗集》,很容易感受到其间蕴含着丰富的老子思想和强烈的佛道融合色彩,这集中体现在寒山子努力学习老子经典、大力推崇老子境界、灵活运用老子思维以及坚决反对神仙之论等几个方面。

一、努力学习老子经典

即便是在物质生活条件极为艰苦的情况下,寒山子依然保持着浓厚的学习兴趣。特别是对老子经典《道德经》的研读,他至老不衰,真正实践了“活到老学到老”的古训。这在他的诗集中体现得非常明显。正如他在一首诗中所说:

> 欲得安身处,寒山可长保。微风吹幽松,近听声逾好。下有斑白人,喃喃读黄老。十年归不得,忘却来时道。①

在他人也许有所不堪,但在寒山子看来,荒凉的寒山上却是一处可以长久保持下来的非常不错的安身之地。那里的松林特别安静,

①《景宋本寒山子诗集》,苏州寒山寺,2017 年,第 6 页。

微风吹来,近听阵阵松涛声,会产生一种极其美妙的感觉。头发已经花白的寒山子坐在松树之下,口中喃喃不休地念诵着黄老道家经典。众所周知,两汉以后凡言黄老者,主要指《黄帝内经》和老子《道德经》。但《黄帝内经》为养生和医疗之书,实践之须具相当的物质条件,似非寒山子所宜,而老子《道德经》不过五千言,这部经典按其内容分为《道经》和《德经》两部分。一以提高思想境界和加强精神修养为主,最是适合寒山子作为日课。寒山子居住于此至少已有十年多了,他已忘记来时的路径。这实际上就是在向他的读者们表白,他将以这种生活方式终老于这座荒凉的寒山之上。

在另一首诗中,寒山子明确表达出他所努力学习的就是老子《道德经》:

> 寒山有裸虫,身白而头黑。手把两卷书,一道将一德。住不安釜灶,行不赍衣裓。常持智慧剑,拟破烦恼贼。①

人类虽然也是一种动物,但却没有鳞介毛羽以覆体,故而称为“裸虫”,与一般虫子身首一色不同,人是一种黑头而白体的虫子。寒山子以荒野寒山之上的一只黑头而白身的裸虫自居,实寓有必须解决穿衣吃饭问题的一种无奈,由此亦可知他过着一种贫乏无以自给的流浪生活。就是在这样极端贫乏的情况下,他仍然手不释卷,认真阅读老子《道德经》。他不会为定居此地置办生火做饭的锅灶,也不会为离开这里准备衣衫行装。佛教将般若类经典所说的智慧比喻为宝剑,这里显然是在比喻老子《道德经》,将给人带来烦恼的无明贪嗔等比喻为盗贼。寒山子说他经常抱持着智慧的宝剑,准备去击破给他带来人生烦恼的盗贼。此论既表明他非常熟悉佛教经典的说法,

①《景宋本寒山子诗集》,苏州寒山寺,2017 年,第 25 页。

又显示出他对老子《道德经》内容的热爱和作用的信服。

寒山子对于自己今生能够阅读和学习老子《道德经》是感到无比庆幸的。他说：

> 竟日常如醉,流年不暂停。埋著蓬蒿下,晓月何冥冥。骨肉消散尽,魂魄几凋零。遮莫咬铁口,无因读老经。①

在寒山子看来,总有一些人终日里浑浑噩噩,像喝醉了酒一般,他们不晓得时光如同流水,不会有片刻的停留。一旦生命结束,尸体被埋葬土中,上面很快就长满了蓬蒿,从而堕入到无边无际的黑暗之中,再也见不到一丁点儿的光明。骨肉很快就会腐烂,最后消散得无影无踪,而作为精神的魂魄,也几乎要完全地凋零了。下一世如果投胎到驴胎马腹之中,出生后口里整天衔着一块铁嚼子,那就没有办法再读老子《道德经》了。其言下既有庆幸之意,又有自励之情,还有劝勉大众共同努力读诵老子《道德经》之心,这几乎就是佛教所说的发心生生世世都努力学习老子《道德经》了。寒山子对老子《道德经》的痴迷和用心,由此可见一斑。

老子《道德经》在观察和论述世界事物的运行时,有一种特有的冷静。寒山子的诗虽然多说佛义和禅理,但却时刻透露出老子式的冷静,这自然是他坚持长期努力学习老子《道德经》的结果。在某种程度上甚至可以说,由于长时间地浸润其中,老子《道德经》已经内化为他的生命底色了。

---

①《景宋本寒山子诗集》,苏州寒山寺,2017 年,第 10 页。

二、大力推崇老子境界

老子《道德经》强调无为。其表现于内在心性的修养上，便是要做到第十章所说的“涤除玄览，能无疵乎”①，努力保持自己内心世界的空灵和净洁；其表现于外在的事物上，就是要做到第六十章所说的“致虚极，守静笃”②，尽量保持内心世界的淡泊和清静，避免一切不必要的作为。寒山子诗对老子《道德经》无为境界的这两个方面都是非常推崇的。

玄览，有的版本作“玄鉴”，即主体所具有的奇妙深玄的观察能力，消除其前见、偏见和成见，最有利于形成对事物全面、正确和深刻的认识，这当是老子所说“涤除玄览”的本意之所在。寒山子曾以诗自述其心境云：

吾心似秋月，碧潭清皎洁。无物堪与比，教我如何说。③

寒山子自谓其心像秋天晴朗夜空的月亮一样皎洁，像碧波荡漾的潭水一样清澈，其清明和净洁是世间任何事物都无法比拟的，因此无法用语言将其描述和表达出来。由此我们也可以看出，寒山子非常自信自己的“涤除玄览”已经达到了“无疵”的状态和境界。秋月和碧潭作为诗歌的意象都具有冷清和寂寞的特点，因此这首诗颇给人一种静谧、孤独和寒意凛冽的感觉。同样的意境，还展现在如下的一首诗中：

①老聃《老子》，《老子·庄子》，广陵书社，2009年，第2页。
②老聃《老子》，《老子·庄子》，广陵书社，2009年，第13页。
③《景宋本寒山子诗集》，苏州寒山寺，2017年，第10页。

千年石上古人踪,万丈岩前一点空。明月照时常皎洁,不劳寻讨问西东。①

千年石上古人留下的踪迹是寂寞的,万丈岩自然也是人迹罕至的地方,只有皎洁的月光时常照临,那些平时在红尘中奔忙的世俗之人费心费力地打听这些又有什么意义呢!

而在另一首诗中,寒山子则将其心境描述为:

一住寒山万事休,更无杂念挂心头。闲书石壁题诗句,任运还同不系舟。②

自从来到这座荒凉、寒冷的山上安居下来之后,对于往常生活中的各种事情,寒山子都已经统统放下,彻底作罢,再不将任何的杂念和妄想挂在心上。若有闲空,他就在石壁上题写一些精辟的诗句。他就像一只没有拴系的船儿一样,一切听从风的飘拂和水的流动,没有任何预定的方向。依然是净洁和孤寂,但无论是石壁上的题诗,还是流水中飘浮的不系之舟,都具有动的特征,从而使这首诗具有了更多的灵动性感觉。

寒山子有时还将尘世的喧嚣与自己内心的净洁相互对照,在批判世俗中展现出自己"涤除玄览"所至境界的美妙:

世间何事最堪嗟,尽是三途造罪楂。不学白云岩下客,一条寒衲是生芽。秋到任他林落叶,春来从你树开花。三界横眠闲

①《景宋本寒山子诗集》,苏州寒山寺,2017年,第32页。
②《景宋本寒山子诗集》,苏州寒山寺,2017年,第29页。

无事，明月清风是我家。①

此处“生芽”二字，当为“生涯”的误写或借用。在寒山子看来，世间至为可惜、殊堪叹息的就是，许多的所谓作为，都不过是在造作堕落到地狱、饿鬼和畜生道三恶道的业因而已。世人们真该学一学那些栖身于白云之间、山岩之下隐逸之士，他们仅有的物质财富，也许就是身上所披的那件破旧的衲衣，但却足以度过有限的人生。他们似乎超越了时空的限制，无论是秋天到来后林间树叶的飘落，还是春天降临时枝头鲜花的绽放，都好像与他们无关一样。他们自由自在地出入欲界、色界和无色界，即现代人们通常所说的物质的、情欲的和精神的世界之中，没有感受到任何的限制，安享着清风明月的美妙和恬静。在这里，世人的胡作非为必然要堕落到三恶道之中，与隐居无为之士的悠游自在形成了鲜明的对比，寒山子的价值取向由此得到了充分地体现。

有时，寒山子还将老子《道德经》对有为的批判和无为的推崇运用到对佛教历史和现实的评论之中：

自闻梁朝日，四依诸贤士。宝志万回师，四仙傅大士。显扬一代教，作时如来使。造建僧伽蓝，信心归佛理。虽乃得如斯，有为多患累。与道殊悬远，折西补东尔。不达无为功，损多益少利。有声而无形，至今何处去。②

四依，据天台宗圆教义理，是指那些严格按照佛教经典进行修持的凡夫（五品弟子为外凡，六根清净为内凡），进入十住、十行、十回向

①《景宋本寒山子诗集》，苏州寒山寺，2017年，第31页。
②《景宋本寒山子诗集》，苏州寒山寺，2017年，第28页。

和十地阶位的修行者,乃至获证等觉的法身大士,堪为众生之依祜,故称四依。寒山子认为,像南朝梁代以来的宝志、万回、傅大士等人,无不是大力弘扬释迦如来一代圣教的高僧大德,堪作众生依怙的菩萨,是释迦牟尼佛在中土的真正代表。不过有些人却不像他们那样重视真实的内在修行,而是通过建造佛寺的方式来显示自己对佛理的信仰,他们虽然具有这样做的福报和能力,但这样的有为之法却造成了非常多的过患和连累,与真正的修道反而越来越远,其实质不过是俗话所说的"拆东墙补西墙",即以现在已经获得的福报追求未来的福报而已。这些通过建造寺院做有为功德的人们无法理解无为的功德,他们的所作所为造成的损失很大,所获得的利益很小,虽然由此可以获得做功德的显赫声名,但却没有做功德的实质内容。寒山子慈悲为怀,从佛教轮回的立场上考察,不禁很为他们的未来归宿担忧。在这里,老子《道德经》中所说的无为之益和有为之害就成为寒山子用来评价不同佛教修行方式的基准。

当然了,上引寒山子诗不仅体现了道家老子的清静无为思想,而且还是佛教追求清净寂灭的体现,而这正好可以诠释寒山子诗中佛道融合的特征,是寒山子将道家无为和佛教寂灭两种价值观念融会贯通起来的体现。

三、灵活运用老子思维

老子对自己的载道之言具有高度的自信,但对世人不能接受和理解自己的观点和主张又能够予以理解和接受。寒山子熟读老子《道德经》,从老子那里学会了如何看待社会大众对其诗的理解和评论。

寒山子从老子那里学来了对自己作品的自信。老子《道德经》第八十一章云:"信言不美,美言不信。善者不辩,辩者不善。知者不博，博者不知。”[1]面对世人可能以“不美”“不辩”“不博”等种种理由指责自己的作品，老子坚信自己的《道德经》是载道之言，具有可信性、向善性和真知性等特点。寒山子听到过不少关于其诗的负面评价，如：

有个王秀才，笑我诗多失。云不识蜂腰，仍不会鹤膝。平侧不解压，凡言取次出。我笑你作诗，如盲徒咏日。[2]

有个姓王的读书人，就经常嘲笑寒山子的诗，说他的诗毛病非常多，不仅不知道如何避免“蜂腰”“鹤膝”之类的失误，而且也不知如何保持平仄押韵，还经常运用一些过于通俗的口语。寒山子对这些批评一概置若罔闻，反而讥笑这位王秀才作的诗就像盲人在歌咏太阳一样，都不过是别人的陈词滥调，其中完全看不到他自己的任何见地。

不能欣赏寒山子诗的大有人在，这位王秀才不过是代表而已：

多少天台人，不识寒山子。莫知真意度，唤作闲言语。[3]

天台山下的天台县，不知有多少人，都无法理解寒山子诗的妙处，不能知道其中的真意所在，他们都将寒山子的诗看作没有意义和价值的闲言碎语。这多少令寒山子有些沮丧，但他还是非常自信的。他不仅自认为是写诗的好手，而且还提出自己的诗具有极高的文学价值和思想价值。

---

①老聃《老子》，《老子·庄子》，广陵书社，2009年，第17页。

②《景宋本寒山子诗集》，苏州寒山寺，2017年，第45页。

③《景宋本寒山子诗集》，苏州寒山寺，2017年，第29页。

> 五言五百篇,七字七十九。三字二十一,都来六百首。一例书岩石,自夸云好手。若能会我诗,真是如来母。①

寒山子这首诗,是对自己六百篇诗的总结和概括。就体裁来说,寒山子这六百篇诗包括五言诗五百首,七言诗七十九首,三言诗二十一首。由于条件非常艰难,寒山子只能将自己创作的这六百篇诗书写在山岩石壁之上。寒山子不无自夸地认为,自己绝对有一把写诗的好手,如果有人理解这些诗,肯定可以从中获得大智慧,就如同佛教中培育了三世诸佛的般若类经典一样。可以说,寒山子这些自评其诗的诗,在反映他的文艺主张的同时,也透露出他对自己作品具足"信""善""知"等艺术品格的高度自信。

寒山子还从老子那里学会了对自己的读者进行分类评述的思维方式。老子《道德经》第四十一章云:"上士闻道,勤而行之;中士闻道,若存若亡;下士闻道,大笑之。不笑不足以为道!"②老子将自己的读者分为三类:能辛勤实践其思想学说的为上士,能思考其学说意义和内涵的为中士,对其学说横加嘲讽的为下士。寒山子将此法学过来,也将自己的读者分为三类。他说:

> 下愚读我诗,不解却嗤诮。中庸读我诗,思量云甚要。上贤读我诗,把著满面笑。杨修见幼妇,一览便知妙。③

在寒山子看来,那些下愚之人读了他的诗,不仅不能理解,而且还加以嗤笑嘲讽。那些中等水平的凡庸之辈读了他的诗,考虑来思

①《景宋本寒山子诗集》,苏州寒山寺,2017年,第42页。

②老聃《老子》,《老子·庄子》,广陵书社,2009年,第9页。

③《景宋本寒山子诗集》,苏州寒山寺,2017年,第21页。

量去，认为是非常简明扼要的作品，但却不知其好在什么地方。而那些上等根机的贤明之士一读之下，便能立即发出会心的微笑，就像三国时期的杨修看到曹操留下来“黄娟幼妇”几个字，便知其为“绝妙好辞”一样。

在另一首诗里，寒山子对自己的这三类读者进行了更为深入的评论，特别是对其中下士展开了深刻但又不乏悲悯之意的批评：

> 上人心猛利，一闻便知妙。中流心清净，审思云甚要。下士钝暗痴，顽皮最难裂。直得血淋头，始知自摧灭。看取开眼贼，闹市集人决。死尸弃如尘，此时向谁说。男儿大丈夫，一刀两段截。人面禽兽心，造作何时歇。①

在寒山子看来，上等根机的贤明之人由于根性聪明，智慧猛利，所以他们一读到，或者听说寒山子的诗，便能真正体会到其中的奥妙，这既包括诗中道理的深奥，也包括艺术形式的美妙。中等水平的人们由于内心清净，心地善良，他们会对寒山子的诗进行深入的思考和探索，认为是非常精当和扼要的作品。而那些下等根机的人由于思维反应非常迟钝，心灵世界极其阴暗，内心想法十分愚痴，思想观念顽固不化，因此其错谬观念也是最难破除和改造的。非要鲜血淋头的时候，他才会明白是自己走上自我毁灭的不归之路的。由于对国家禁令的明知故犯，最终被押赴闹市斩首示众，其尸体像尘土一样被丢弃，此时还能向谁去讲说那些做人的道理呢！明明是个男子汉大丈夫，却被一刀砍成两段，实在是太可惜了。至此，寒山子不忘借机提醒那些长着一副人的面孔却怀有禽兽心肠的人们，一辈子造恶作业，终究会有彻底休歇的那一天，他实在不愿意看到那些愚痴之士

①《景宋本寒山子诗集》，苏州寒山寺，2017 年，第 38 页。

继续走向这样的下场。在这里,寒山子充分彰显了自己的诗在个人成长过程中所具有的社会教育意义。

寒山子从老子那里学来了对自己作品的自信,学会了对自己读者的分类,这应当非常有利于他保持自己的创作兴趣,坚持自己的写作风格,从而给后世留下一部带有佛道融合色彩的通俗诗集,使今天的人们可以由此考见唐代中晚期社会下层民众的心理状态。

四、坚决反对神仙之论

寒山子虽然非常热爱老子及其《道德经》,对老子《道德经》所揭橥的无为境界推崇备至,并从中获得了许多有益的启发,但他对那些自居于老子后学的修仙之士却甚无好感,对那些据说传自老子的修仙之术也殊无好感。

寒山子曾在一首诗里详细描述他参访道观的所见所闻和所感所思:

> 昨到云霞观,忽见仙尊士。星冠月帔横,尽云居山水。余问神仙术,云道若为比。谓言灵无上,妙药必神秘。守死待鹤来,皆道乘鱼去。余乃返穷之,推寻勿道理。但看箭射空,须臾还堕地。饶你得仙人,恰似守尸鬼。心月自精明,万像何能比。欲知仙丹术,身内元神是。莫学黄巾公,握愚自守拟。①

有一天,寒山子来到云霞观,去拜访那些学道修仙的道长们。寒山子看到这些道长们头戴星冠,身披月帔,都说居住在人迹罕至的山水之间。寒山子就向他们请教神仙之术,这些道长们都说其殊胜性

①《景宋本寒山子诗集》,苏州寒山寺,2017 年,第 39 页。

是无可比拟的，非常灵验，他们修炼的灵丹妙药非常神秘，不能轻易示人。他们一直守候在这里，等待着最终乘鹤或者乘鱼而成仙。寒山子就此进一步开展诘责和问难，认为他们讲的不合道理。在寒山子看来，追求长寿成仙就像仰箭射空一样，用不了多久，那支箭就会坠落在地上。即便是真的成了仙人，可以长生不老，也不过是个守尸鬼而已；人们的内心就如那一轮皎洁的明月，是世间任何事物都不可比拟的，要获得真知的修仙炼丹之术其实也没有什么玄妙的，就是自身本有的元神，即人人本具的灵明知觉。寒山子劝导人们不要学习那些头戴黄巾的道士们，怀抱着愚痴之念不肯丢弃，梦想着有朝一日能够得道成仙。在今天看来，寒山子跑到道观里头向道士们宣讲修仙的荒谬性是极不可取的，但这确实反映了他对道教神仙之术的不理解和不认同，这也许就是他学习老子而最终走入佛门的重要原因。

寒山子对秦始皇和汉武帝的寻仙求药之事持一种非常严厉的批判态度：

> 常闻汉武帝，爰及秦始皇。俱好神仙术，延年竟不长。金台既摧折，沙丘遂灭亡。茂陵与骊岳，今日草茫茫。①

寒山子经常听说汉武帝以及秦始皇的故事，这两位著名的帝王都非常喜欢神仙方术，他们无不希望延年益寿，但却都没有得享长生。汉武帝为了求仙，曾不惜黄金建造高台，最后摧折倾倒，没有任何的结果。秦始皇寻仙求药，巡游天下，行至沙丘，最终落得个暴病身亡的结局。当年何其显赫，而他们葬身的茂陵和骊山，如今都覆盖在茫茫丛生的荒草之下。很显然，作为佛教徒的寒山子对于仙道长

①《景宋本寒山子诗集》，苏州寒山寺，2017 年，第 43 页。

寿之类的说法保持着高度的清醒和冷静,这也是佛道两种宗教思想观念不同之处的集中体现。

寒山子喜欢老子,从老子中获取了丰富的思想文化资养,最终进入佛教的殿堂,因此他的诗中体现出浓郁的佛道融合的色彩。但他对于作为老子正统传承思想的道教的神仙长生之说又极为排斥,则体现出佛道两种宗教在价值追求上的相互差异和排斥,因此寒山子的诗在一定程度上又彰显了老子与道教的不同。从寒山子朴实的诗句中,我们可以看到佛道之间既相互吸收又相互排斥的复杂关系。

(作者单位:苏州大学)

论寒山山水诗的情愫、境界与时代特质

何方形

寒山多结合自我精神生活而作,随缘得句,使自己的生活最后都成为诗。其中山水诗本是一个颇具意义的话题,可惜少有论之者,即使寒山早已成为一个文化符号。实际上,从山水诗角度切入,也许可以成为解读寒山现象的门径之一。换言之,山水诗应该成为人们观照寒山其人其事其诗的极好视窗。

一、人间逐胜游——寒山融入自然的人生之路

由于资料缺乏及相互矛盾等原因,寒山其人其事至今仍不甚了了,生卒年及字、号等均不详,成为诗歌史上难以定论的悬案。就目前条件而言,人们还很难强予落实。但从其诗还是能够找寻到时代风云的印记,脉络也还算清晰。诗人本来有志于天下,但一番"学文兼学武,学武兼学文"(《一为书剑客》)①之后,屡试不售,一事无成,于是绝意仕宦,不再随世沉浮,而生活渐趋穷困潦倒,终于体悟到读书误人与人情浇薄,如《雍容美少年》《少小带经锄》《我住在村乡》等,叙写富有生活气息。傅雷:"真正的艺术家,名副其实的艺术家,

①项楚《寒山诗注》,中华书局,2000 年,第 35 页。本文凡引用寒山诗,均出自此书,后文不再出注。

多半是在回想中和想像中过他的感情生活的。唯其能把感情生活升华才给人类留下这许多杰作。”①所言确是。寒山坎坷不偶之后有逃禅习道之举,一度醉心于黄老典籍之中,借以消解内心苦痛,并进而希望修炼成仙:“生为有限身,死作无名鬼。自古如此多,君今争奈何。可来白云里,教尔紫芝歌。”(《手笔大纵横》)后又感悟神仙之事缥缈虚幻,长生难求:“徒闭蓬门坐,频经石火迁。唯闻人作鬼,不见鹤成仙。念此那堪说,随缘须自怜。回瞻郊郭外,古墓犁为田。”(《徒闭蓬门坐》)于是泯灭功名之念,转而栖心于佛禅玄理与自然山水中,并且到天台山下岩居穴处,选取“白云四茫茫”(《极目兮长望》)之地安然住下,陶乐在“下危须策杖,上险捉藤攀。涧底松长翠,溪边石自斑”(《自在白云闲》)的日子里,因为此地有“碧涧泉水清,寒山月华白”(《碧涧泉水清》)的神奇景致,可以目睹“杳嶂恒凝雪,幽林每吐烟。草生芒种后,叶落立秋前”(《山中何太冷》),不复念人世险恶与无常,以道自持,年复一年,直至终老。据诗人自叙,当年就有过“乐山登万仞,爱水泛千舟。送客琵琶谷,携琴鹦鹉洲”的“人间逐胜游”(《忆昔遇逢处》)生活,而《出生三十年》诗则说:“出生三十年,当游千万里……今日归寒山,枕流兼洗耳。”这些都显现了生命历程中的南北游历及由此引发的情感变化,着一“归”字,表明安于当下生活、回归心灵的宁静与幽意,见出心性的通达与超然,在一定的意义上可以说是陶渊明归隐精神的唐代版,韵味无限。

辛文房《唐才子传》卷三所论,并不完全切合寒山,但有一定参照意义:“故有颠顿文场之人,憔悴江海之客,往往裂冠裳,拨矰缴,杳然高迈,云集萧斋……青峰瞰门,绿水周舍,长廊步屧,幽径寻真,景变序迁,荡入冥思。”②寒山出仕无途,但绝非随波逐流之辈,对世界也

①傅敏编《傅雷家书》(增补本),生活·读书·新知三联书店,1994年,第171页。
②傅璇琮主编《唐才子传校笺》(一),中华书局,1987年,第533页。

不作苍白凝视，在现实多重压迫与激发下，不再关注通都大邑易见之景，而是另取他径，远避山林，选择融入自然的人生之路，将天台山水作为怡情对象，找到安顿心灵的居所，修道习静，终得不受外物之累而恬适，而不是一般意义上所谓获得心灵慰藉，亦非追慕前代的魏晋风流。从先秦、汉初一些创作来看，栖身山林本是一种痛苦选择，魏晋以后玄风始畅，士人之心逐渐得以反转。寒山之所以扬弃卢藏用之流的以隐为进，而是全身心实现向隐之意并落脚于此，居以求志，终身其间，是否与经过孙绰、谢灵运的履迹或揄扬而使天台山在有唐一代成为文士向往的绝胜佳境相关，以及是否经历从最初的无奈、挣扎、凄凉到最后真正发现山水之美而陶乐的过程，尚难完全判断。但无论如何，自此而后，对于前人极少关注的尚属偏僻之地的山水景观，寒山满怀热情地去品味山林神韵，对山水之美别有会心；并且利用地缘之便，“闲于石壁题诗句”（《一住寒山万事休》），写景之时创作个性得以高扬，也给唐代浙东文化带来全新的异质因素。所谓空诸一切，才能心无障碍，“寻究无源水，源穷水不穷”（《惯居幽隐处》），也偶有“梦去游金阙，魂归度石桥”（《独卧重岩下》）的时刻。

二、野情便山水——寒山山水诗的情愫之真

“千云万水间，中有一闲士。白日游青山，夜归岩下睡。倏尔过春秋，寂然无尘累。快哉何所依，静若秋江水。”（《千云万水间》）这大概就是生活在一种自我营建的诗性状态而定格了的寒山，将山水作为纯粹审美对象而自娱。寒山以乐观心态走向天台山水，不与外人相接，落寞之际而能自适于时，人与山水天然契合，实参实悟，迥异时流，比较完美地实现了现世与遁世的切实转换，较为接近庄子的理想，“独与天地精神往来而不敖倪于万物，不谴是非，以与世俗处”

(《天下》)①,是一种质的提升;然后以诗歌记述经历,写心明志,展现山林隐逸真趣,有一定的情感深度与厚度,往往从个人情怀升华为一种社会意识,又散发着宗教意味,别具精神与风采;又"勤苦探幽文"(《世有聪明士》),所作之诗真情真景,作品整体上有清晰的意脉贯穿。前贤今哲少有论及寒山山水诗者,至为可惜。寒山诗也叙写到社会生活的方方面面,容量宏博,内涵丰厚,诗中山水皆有情,其创作可以视作一生心史。《自见天台顶》:"自见天台顶,孤高出众群。风摇松竹韵,月现海潮频。下望青山际,谈玄有白云。野情便山水,本志慕道伦。"作品传达出质朴而真率的性情,具有特定的象喻功能,融汇佛理,却又是满心而发,肆口而成。"野情便山水",诗意本在情深处,自然妙谛冥然自在,更具韵外风致。《层层山水秀》:"层层山水秀,烟霞锁翠微。岚拂纱巾湿,露沾蓑草衣。足蹑游方履,手执古藤枝。更观尘世外,梦境复何为。"就生命体验而言,诗心与禅意往往相通,眼前的层层山水清幽寂静,足以韬养性情,令人忘却或摒弃怨情及种种不快,真正达到以物畅情。《寒岩深更好》:"寒岩深更好,无人行此道。白云高岫闲,青嶂孤猿啸。我更何所亲,畅志自宜老。形容寒署迁,心珠甚可保。"诗人通过具体事件和生存境况的叙写表现生活体验,但又往往包含着更深的寓意和象征,直探生命本真。也就是说,既重形似,更满情思。表面上看,视点偶有重复,但实际上,境界各自不同。

寒山诗立足于真情,多展现林泉隐逸意趣以及自由的精神境界,真诚而且充沛,是其生命的表现与寄托,诸多物象有深蕴之意,并非一时猝然兴会,实为心血凝结之作,富有真实的人间味,是对广阔的社会现实变化的曲折反映。《杳杳寒山道》是代表性作品:"杳杳寒山道,落落冷涧滨。啾啾常有鸟,寂寂更无人。淅淅风吹面,纷纷雪

①陈鼓应注译《庄子今注今译》(下),中华书局,2009年,第939页。

积身。朝朝不见日，岁岁不知春。”诗人久居乡邑，写出寒石山一带山水的荒寒与幽冥景象，进而展露内心的复杂情怀，但已滤去了伤悼意绪，可谓触目会心，更多地抒写自适之乐。又如《今日岩前坐》：“今日岩前坐，坐久烟云收。一道清溪冷，千寻碧嶂头。白云朝影静，明月夜光浮。身上无尘垢，心中那更忧。”诗歌所写固然切乎实境，但并不是一般地直书所见，而是捕捉山水美学特征，突出其柔缓趣味，并蕴藏万法皆空之境。脱尽繁华，纯乎写景，却又充满深情。尾联与慧能大师的偈语有异曲同工之妙，带有禅宗独有的机锋，亦见出内心之修持。《时人寻云路》：“时人寻云路，云路杳无踪。山高多险峻，涧阔少玲珑。碧嶂前兼后，白云西复东。欲知云路处，云路在虚空。”语言自然而又简洁，无意求工而能自工，有睿智的理趣。《寒山栖隐处》：“寒山栖隐处，绝得杂人过。时逢林内鸟，相共唱山歌。瑞草联溪谷，老松枕嵯峨。可观无事客，憩歇在岩阿。”憩歇岩阿，畅达性情，与草木禽鸟共处，自乐无极。这些实际上是作者不满污浊社会的曲折反映。情真，景真，真切感人。《可贵一名山》：“可贵一名山，七宝何能比。松月飕飕冷，云霞片片起。匼匝几重山，回还多少里。溪涧静澄澄，快活无穷已。”心境殊胜，观万物皆具佛性（拾得诗《松月冷飕飕》与此诗近似，未知孰是，当是传抄与流传过程中产生的一诗二传现象：“松月冷飕飕，云霞片片起。匼匝几重山，纵目千万里。溪潭水澄澄，彻底镜相似。可贵灵台物，七宝莫能比。”）又如《吾心似秋月》：“吾心似秋月，碧潭清皎洁。无物堪比伦，教我如何说。”此诗山水与佛理各一联，重点似乎在后半，以山水喻佛性，属于最具个性化的精彩之笔。洪迈《容斋四笔》卷四“老杜寒山诗”条：“人亦有言，既似秋月、碧潭，乃以为无物堪比，何也？盖其意谓若无二物比伦，当如何说耳？读者当以是求之。”①可谓至言。《报汝修道者》之类禅悟诗

①洪迈著，穆公校点《容斋随笔》，上海古籍出版社，2015 年，第 373 页。

完全不可同日而语。

三、心静如白莲——寒山山水境界的浓与淡

荆浩《笔法记》:“似者得其形遗其气,真者气质俱盛。”①寒山山水诗无论浓淡,自是“气质俱盛”,率性而为,表现真我,以心会景,以情取胜,得山林清幽之气,道家格调与佛禅之味圆会,具空明虚静之境。《自乐平生道》:“自乐平生道,烟萝石洞间。野情多放旷,长伴白云闲。有路不通世,无心孰可攀。石床孤夜坐,圆月上寒山。”常人眼中的寂寞空山,却诱发寒山产生物我交融的心境,觉得生机一片,纯美的艺术世界得以营造。作品没有丝毫雕琢之痕,纯然是思想感情的自然流泻,得情景融合之妙,首尾相应,言尽情遥。寒山诗多浑然直下,毫无挂碍;一气连属,自然畅达,从而营造出浑融的意境,尾句“圆月上寒山”是神来之笔。《盘陀石上坐》:“盘陀石上坐,溪涧冷凄凄。静玩偏嘉丽,虚岩蒙雾迷。怡然憩歇处,日斜树影低。我自观心地,莲花出淤泥。”诗歌写山水依傍的凄迷之丽,景色之间有一定关联性,旨意含蓄,内蕴丰厚。主体构想较为接近的有《隐士遁人间》:“隐士遁人间,多向山中眠。青萝疏麓麓,碧涧响联联。腾腾且安乐,悠悠自清闲。免有染世事,心静如白莲。”山情水态,均显恬淡平和。又如《平野水宽阔》:“平野水宽阔,丹丘连四明。仙都最高秀,群峰耸翠屏。远远望何极,矹矹势相迎。独标海隅外,处处播嘉名。”首句主体写实,清新流畅,但山峦绵延之势有适度夸饰,以突出景色的延展,那是因为幽独心灵迎来舒畅的时刻。全诗仍有盛唐气象余韵。《迥耸霄汉外》也别出新意,凸显主旨:“迥耸霄汉外,云里路岧峣。

①俞剑华编著《中国古代画论类编》(修订本),人民美术出版社,1998年,第605页。

瀑布千丈流，如铺练一条。下有栖心窟，横安定命桥。雄雄镇世界，天台名独超。”写景与议论杂糅。既有高度的概括力，又有很强的形象性。

寒山诗在谋划意象方面也有独到之处，逐步形成特定的意象群落，又以动态而细密的变化各呈异姿，岩花涧草等一一得见，处处让人们感受到新的气息。诗歌展现了以寒石山为中心，旁及华顶、石梁等较为全面的天台山景象，这些景象不再是一般文人所谓失意心灵的认同对象，而是成为诗人钟情之所在，以寒石山为主体的天台山自然景观成为诗人的艺术创作空间；而从原先人们多描写华顶、石梁、国清寺等核心到以寒石山为主体，则是寒山对天台山题材书写对象不经意却极富原创意义的转移。寒山与寒石山的关系，人们已经很难分辨到底是“江山之助”还是“人助江山”了，或者是互为因果了。陈耆卿《嘉定赤城志》卷二一“寒石山”载：“寒石山，在县西北七十里，寒山子尝居之，今呼为寒岩。前有盘石，曰宴坐峰，上有拊石洞，世传赤城山神避昙猷徙居此。由宴坐西有石如植笋，萝蔓萦缀。其西有石梁，可数尺，架两崖间，险峻不可陟。南有泉如屋霤，寺僧縻竹绠引之。前距山腹一里，有道人洞。转西二里，乱泉斸流岩窦间，散若虬髯，因号龙须洞，盖台山绝胜处也。《临海记》云：‘石室前有立石，参差五色，远望如绶带，旧传为绶带山。’”①既居寒山，朝夕晤对，诗人自然多选择寒山（寒岩）作为基本意象，而这一意象的个性面貌也最为突出，《寒山无漏岩》诗所谓“我自遁寒岩，快活长歌笑”，甚至有《寒山道》《寒山寒》《寒山中》等较成系列的作品。《寒山唯白云》：“寒山唯白云，寂寂绝埃尘。草座山家有，孤灯明月轮。石床临碧沼，虎鹿每为邻。自羡幽居乐，长为象外人。”寒山意象往往集幽奇之景，高下相谐，突出幽深之境，《栖迟寒岩下》所谓“栖迟寒岩下，偏

①齐硕修，陈耆卿纂《嘉定赤城志》，上海古籍出版社，2016年，第639—640页。

讶最幽奇”,因为以当时的客观环境而言,寒山所居所行,可谓已涉幽僻之地。《以我栖迟处》:“以我栖迟处,幽深难可论。无风萝自动,不雾竹长昏。涧水缘谁咽,山云忽自屯。午时庵内坐,始觉日头暾。”动态意象与静态意象组合较为完美。《寒山多幽奇》:“寒山多幽奇,登者皆恒慑。月照水澄澄,风吹草猎猎。凋梅雪作花,杌木云充叶。触雨转鲜灵,非晴不可涉。”诗歌叙写出积淀在心中的别一种山水物态,努力使丰厚的情感容量突破有限的篇幅,意境清寂而空灵。《登陟寒山道》:“登陟寒山道,寒山路不穷。溪长石磊磊,涧阔水濛濛。苔滑非关雨,松鸣不假风。谁能超世累,共坐白云中。”最后一问,含蓄有致,余韵远扬。陈耆卿《嘉定赤城志》卷二一“明岩”突出幽险与深邃的一面:“明岩,在县西北七十里。旧名暗岩,周显德中更今名。岩前峭壁屹立,亦号幽石。其下窍穴逶邃,日光穿漏,中有僧全宰栖真洞。转北数步,怪石森然,上有两峰倒侧,号合掌岩。西有泉蔽崖而下,涣若垂箔。寺僧用竹绠引之,从高下坠,号曰水索。由其北扪萝而下,至重岩,盘石品列,即三隐啸咏之地。常有光如月,号石月,寒山子诗所谓‘重岩我卜居,鸟道绝人迹’是也。寺东有响岩,或云扣之声铿然。”①寒山诗于整座寒石山多写寒岩,亦有写到明岩者,如《重岩我卜居》。审美者的心境和视点是创作的重要因素。

寒山作品描写山水风光总体上手法随便,并不重炼饰,心口相应。寒山作品有对古人诗歌体貌的借鉴。《可笑寒山道》主体构想明显源于陶诗:“可笑寒山道,而无车马踪。联溪难记曲,叠嶂不知重。泣露千般草,吟风一样松。此时迷径处,形问影何从。”诗歌从精神实质到具体词句都有陶诗的影子。《重岩我卜居》:“重岩我卜居,鸟道绝人迹。庭际何所有,白云抱幽石。”诗歌即目所得,但其中的“庭际何所有”借得陶弘景句,“白云抱幽石”更直接全句引用谢灵运《过始

①齐硕修,陈耆卿纂《嘉定赤城志》,上海古籍出版社,2016年,第648—649页。

宁墅》诗。

寒山多以佛家眼光观察世界，其山水诗固然多涉释道，但并不给人以枯寂无味之感，而是句意浑古，别具气格。寒山既有诗人的激情，又有道家的清净与禅家的恬淡，在山水中灌注浓郁深厚的感情，却呈现清超脱俗的孤迥气息，清淡而又杳远，发生着新的嬗变，深得后人推崇。吴乔《围炉诗话》卷一："唐诗固有惊人好句，而其至善处在乎澹远含蓄，宋失含蓄，明失澹远。"①寒山诗应该属于这等至善的作品。天然妙句，意境明净，貌似浅直，实不寡味。这既与社会剧变的时代风貌有关联，也与作家自身的个性气质分不开。项楚在《寒山诗注》一书的《前言》中说："在寒山的世界里，只有寒岩与白云，细草和青天，还有一个任运栖迟的诗人。任随天地变改，他枕石而眠，快活自在，在与自然的融合中，诗人似乎已经化为了寒岩的灵魂，而进入了永恒的境界。"②评价得当。李东阳《麓堂诗话》说："诗太拙则近于文，太巧则近于词。"③而寒山诗无论巧拙，都是圆通无碍，可谓神矣。

四、天地任变改——寒山山水诗出现的意义及影响

寒山心中有"留名传远"之念，期盼有真正了解自己的人，三言诗《寒山深》所谓："寒山深，称我心。纯白石，勿黄金。泉声响，抚伯琴。有子期，辨此音。"寒山山水诗颇多佳制，对景物的感受颇为敏

①郭绍虞编选，富寿荪校点《清诗话续编》上册，上海古籍出版社，1983年，第504页。

②项楚《寒山诗注》，中华书局，2000年，第14页。

③丁福保辑《历代诗话续编》下册，中华书局，1983年，第1379页。

锐,亦更加重视自我表现,从其较为成熟的形态包括选材、意象等方面综合判断,寒山当为中唐时期的作家,较为显明地体现了中唐特征,试述如下。

就人与自然的关系或者是对山水的认同与回归而言,寒山比王维等人意识更为亲近,融入也更为彻底,因为寒山无需借归隐而寻求任何名位。如果寒山生当孟浩然(689—740)、王维(701?—761)之前而有如此成熟的山水诗,则中国山水诗及其山水田园诗合流诸问题都须重新探讨及定位。人们熟知的以王维《辋川集》为代表的山水诗,被赋予了与众不同的韵味,充满佛家禅意,自然之境与心理之境完全映合,以近指远,空中见有,神韵悠悠,如著名的《鸟鸣涧》,诗歌细微地传递出物我两忘的高妙境界而意味澹远。寒山名篇《闲游华顶上》与之神似:"闲游华顶上,日朗昼光辉。四顾晴空里,白云同鹤飞。"撇开五绝这种格式方面的选择相同处,澄澈空明的精神实质与王诗也没有多少距离。诗歌表面上看通篇写景,但这些已不再是单纯的自然景物,而是融合了诗人在谛观宇宙人生后的价值判断,把人生之思表现得很生动。自成面目,空灵飘渺,即拾得(生卒年不详)《我诗也是诗》所谓"诗偈总一般,读时须子细"。如果《闲游华顶上》这样的作品问世肯定早于王维《鸟鸣涧》等诗篇,则王诗的原创意义就会大打折扣,价值自然暗色不少。再往前溯,王绩(585—644)创作以《野望》为代表作。诗歌留下山水诗与田园诗初步合流的痕迹,具备山水诗的基本品格,通过秋日山野中萧瑟苍茫的黄昏图景的勾画、渲染,表达出惬意中蕴藏着几缕淡淡的寂寞与惋惜的心情。写景清新淡远,抒情质朴自然,语言洗净浮华。有情有景,情与景会。但这样兴发性情的山水之作,《东皋子集》只是偶尔一现。当然,最具比较意义的还是寒山与王梵志(生卒年不详)的创作。《王梵志集》没有纯粹的、真正意义上的山水诗,略迟于王梵志的四杰等人的创作也是如此,因为,初唐时期的山水审美意识还不是特别强烈。一般认为:

"盛唐山水诗的昌盛,首先应该归功于孟浩然和王维。"①如果寒山诗确定创作于孟浩然和王维之前,这样的结论就会动摇。寒山山水诗展示了与王、孟等相比独特而细腻的心理感受,才是价值核心之一;而当这一心理感受形诸笔墨之时,随手的创作模式保存已难,远离政治经济中心而流传不广,致使影响有限。

王维山水诗多五律,寒山山水诗固然亦多五律,但有七律及五古等。五古《粤自居寒山》:"粤自居寒山,曾经几万载。任运遁林泉,栖迟观自在。寒岩人不到,白云常叆叇。细草作卧褥,青天为被盖。快活枕石头,天地任变改。"诗人盘桓日久,感悟到大自然深情,人与自然怡然而乐,落笔时造句又自工稳。七律《云山叠叠连天碧》:"云山叠叠连天碧,路僻林深无客游。远望孤蟾明皎皎,近闻群鸟语啾啾。老夫独坐栖青嶂,少室闲居任白头。可叹往年与今日,无心还似水东流。"人与山水融为一体,而景象本身又动静成趣。《丹丘迥耸与云齐》颇具气势,写到"五峰""赤城""中岩"等有天台特征的地名:"丹丘迥耸与云齐,空里五峰遥望低。雁塔高排出青嶂,禅林古殿入虹蜺。风摇松叶赤城秀,雾吐中岩仙路迷。碧落千山万仞现,藤萝相接次连溪。"《余家本住在天台》:"余家本住在天台,云路烟深绝客来。千仞岩峦深可遁,万重溪涧石楼台。桦巾木屐沿流步,布裘藜杖绕山回。自觉浮生幻化事,逍遥快乐实善哉。"疏密有致,可达澄明之境。《久住寒山凡几秋》固然后半部分涉及佛道信息,但前半的山水描写还是成功的:"久住寒山凡几秋,独吟歌曲绝无忧。蓬扉不掩常幽寂,泉涌甘浆长自流……"《昔年曾到大海游》初看诗题误以为是山水诗,实际是一首以形象阐述佛理的作品。在唐代,以杜甫(712—770)为标杆,七律的数量及艺术水准是判断一个作家创作时代及历史地位的重要依据之一。宋以后,则因个人喜好等因素难以一概而

①李文初等《中国山水文化》,广东人民出版社,1996年,第231页。

论,但七律压舱石一般的地位还是难以撼动。杜甫是中国诗史上第一个大量创作七律的诗人,现存151首。胡震亨《唐音癸签》卷一〇:"少陵七律与诸家异者有五:篇制多,一也;一题数首不尽,二也;好作拗体,三也;诗料无所不入,四也;好自标榜,即以诗入诗,五也。此皆诸家所无。其他作法之变,更难尽数。不善学者,多歧为惑,每至失步;善学者一体各占,尽足成家。"①胡震亨把"篇制多"作为杜甫七律"诸家所无"的杰出成就之一加以突出,应该是在与王、孟等名家对比中得出的结论,数百年来也无人否定。如孟诗现存263首,其中五律129首,五古63首,五排37首,五绝19首,共计248首,其他15首。王维七律26首,其中属于山水诗范围的约6首。寒山七律共6首,而七律如此成熟的寒山生当少陵之前,则诗圣的地位甚至都有所动摇。总体考察可以得知,寒山诗已经缺少盛唐那种特定时代才有的广大气象,山水诗也是如此。《今日岩前坐》:"身上无尘垢,心中那更忧。"亦从一个侧面印证寒山诗应该产生在禅宗尤其是南宗禅被社会初步接受以后。笔者《中国山水诗审美艺术流变》一书考虑到各种因素,少有论及寒山诗创作情况,只是在最后以《杳杳寒山道》为例,简述山水诗自然美②。

寒山作品基本可确定为山水诗的约30首。固然有个别作品稍显稚拙,但总体上看,滤尽了记游式的结构方式,景物有机联系而非割裂,技巧圆熟,属对工切,格调雅化,格律也较为规范,与洞悉世态之后所作的其他题材的寒山诗(即所谓口语体白话诗)从艺术到风格都有极大差异,甚至迥然有别,与人们一般印象中所谓嬉皮士形象有很大不同。口语体创作有意摆脱书写方法而自成一体,与随意性比较明显的王梵志诗最为接近,部分近体诗亦往往以古气行之。寒山亦有远绍风、骚及《古诗十九首》等各种类型的作品。现存寒山诗对传统诗教文化既有

①胡震亨《唐音癸签》,上海古籍出版社,1981年,第95页。

②何方形《中国山水诗审美艺术流变》,广西师范大学出版社,2006年。

接受与弘扬的地方，也不无偏离甚至讥刺之处。诗因时因境而变，作家风格亦与诗人生活时代有关联，反映出一定的时代特色；风格多样性固然是一个作家艺术成熟的标志，但由于寒山诗歌风格误差太大，难以据此推断出极为准确的时代（只是相对来说，身处唐代中叶的可能性更大一些），更兼作品中所展现的文化向度多维，夹杂诸多思想，援佛而又征道，展现了主体对佛、道二氏之学均有超乎常人的悟性，又抨击世俗，有着极为严厉的解剖与批判气质，很难想象能够为一人所为，后世众说纷纭，歧见纷呈，莫衷一是，导致有部分学者怀疑历史上是否真的存在过实实在在的寒山子这么一个具体的人。论者有言："（僧诗）虽说入于空灵但仍出于实际，虽说发生在过去、发生在那个充盈着彼岸智慧的迷幻世界里，但它毕竟又联结着此岸世俗社会，贯通着历史传统，折射着现实精神。因此，这种存在就有着它不可抹杀的文化、文学价值，值得我们今天去深入思考、认真研究。"①但寒山诗内容驳杂，不是一般意义上的超凡脱俗，亦非纯粹意义上的所谓僧诗。

寒山虽称不上方外的诗坛宗主之类，但其诗无意中于表现领域有所突破，自创一片天地，具有永恒的审美价值，传颂千古。寒山身后不久，就有较大的影响，自此历千年而不衰。

寒山在展露对自然、人生及社会的深刻体验时，将天台诸多胜迹形诸文字，无形中显扬山水之美，并传诸不朽。但需要指出，寒山毕竟蛰居一隅，限制了自身更为开阔的生活视野与审美视野。寒山诗多短章，没有长篇，难以通过时间不同较为充分地显示出山间光影变化，缺乏大气开合的气势，山水形象的完整性方面亦有所不足。

（作者单位：台州学院人文学院）

①覃召文《禅月诗魂——中国诗僧纵横谈》，生活·读书·新知三联书店，1994年，第2页。

司马承祯及天台派道教对浙东唐诗之路的影响

林家骊　何玛丽

浙东唐诗之路，是唐代诗人游览浙东山水而形成的文化与诗歌之路。而山水主题在唐代诗歌中的兴盛，与道教文化的勃兴密切相关。司马承祯是初唐至盛唐时期最具代表性的高道，受到当时统治者与文人的一致推崇。他在天台山修道数十年，使天台山这一道教名山重回唐人的视野。司马承祯成为连接道教、浙东山水与唐代诗歌的纽带，以独一无二的影响力推动唐代诗人将求仙问道之路与游山玩水之路相叠合，使浙东山水成为他们心向往之的目的地，成就了浙东唐诗之路的璀璨。

一、司马承祯与天台山的复兴

李唐王朝溯其祖于李耳，奉道教为国教，历任统治者无不尊崇道教，优宠道士，道学炽盛。初唐时期，道士司马承祯在崇道的政治浪潮中，提振道教，成为一时之秀。在他的道学之路上，浙东名山——天台山有着独一无二的地位，天台山的道学底蕴滋养了司马承祯，司马承祯也整合天台山的道教资源，复兴了天台山的名山地位。司马承祯与天台山的道学互振，是道教史上的重要事件，而由此带来的文化效应，亦给唐诗史带来了重大的影响。

(一)司马承祯的天台岁月与出处选择

天台山,位于浙江省台州市,是我国重要的道教名山,其峰峦叠嶂,云蒸霞蔚,以"佛宗道源、山水神秀"而享誉海内外。东晋著名道学家葛洪在《神仙传》中曰:"葛玄,字孝先,丹阳人也。生而秀颖,性识英明,经传子史,无不该览。年十余,俱失怙恃,忽叹曰:'天下有常不死之道,何不学焉!'因遁迹名山,参访异人,服饵芝术,从仙人左慈受九丹金液仙经。玄勤奉斋科,感老君与太极真人,降于天台山,授玄《灵宝》等经三十六卷。"①葛玄是葛洪的从叔,汉末著名道学家。他有志于道,遍历名山以求道的行为感动了道教老祖,老祖遂在天台山传授了仙法。当然,这一道教神仙故事已然成为无法考证的传说,但天台山早在东晋时期就已成为著名的道教圣地则是无疑的。东晋文学家孙绰在《游天台山赋》中盛赞天台山:"涉海则有方丈、蓬莱,登陆则有四明、天台。皆玄圣之所游化,灵仙之所窟宅。"②赋中亦称天台山为神仙洞府之类。至南朝著名道士陶弘景撰《真诰》,则更构建出完整的天台山与道教之渊源:"桐柏山高万八千丈,其山八重,周回八百余里。四面视之如一。在会稽东海际,一头亚在海中。金庭有不死之乡,在桐柏之中。"③桐柏山是天台山一支脉,是以司马承祯的弟子徐灵府在《天台山记》中引上文《真诰》语,视桐柏山为天台山,曰:"天台山高一万八千丈,周回八百里。山有八重,四面如一,当

①葛洪撰,胡守为校释《神仙传校释》卷八,中华书局,2010 年,第 269 页。

②严可均辑《全上古三代秦汉三国六朝文 · 全晋文》卷六一,中华书局,2012 年,第 1806 页。

③[日]吉川忠夫等编,朱越利译《真诰校注》卷一四,中国社会科学出版社,2006 年,第 465 页。

斗牛之分，以其上应台宿，光辅紫宸，故名天台，亦曰桐柏。”①也就是说，天台山是传说中的著名仙人王子乔，或称桐柏真人的道场。与此同时，南朝著名文人沈约亦在南齐明帝永泰元年（498）来到天台桐柏山，写下了《桐柏山金庭馆碑》，称之为“桐柏所在，厥号金庭，事昺灵图，因以名馆”②。由此而言，天台山是六朝时期备受推崇的道教名山，尤其是道教茅山宗的祖庭所在，与道教有不可分割的渊源关系。

作为茅山宗传人的司马承祯，在其师潘师正去世后遍访名山，最终选择止于天台修真，至开元十五年（727）受唐玄宗召入京师，终居王屋山。以此可见，司马承祯几乎有四十年时间都与天台山密不可分。司马承祯的这一段天台岁月，不仅承载着他的道学思想，也是他出处选择的重要见证。

司马承祯修道天台山的四十年中，屡次被征召入京，而又屡次请还天台，正史记载有四。一在武则天朝，“则天闻其名，召至都，降手敕以赞美之”③。史又载“及将还，敕麟台监李峤饯之于洛桥之东”，可知司马承祯当未在京城久居，即辞还天台。二在唐睿宗景云二年（711），唐睿宗追召司马承祯入京以问阴阳术数，司马承祯应对以后“固辞还山”。三在唐玄宗开元九年（721），唐玄宗遣使迎司马承祯入京。开元十年（722），司马承祯又请还天台山。凡此三召三还，直至开元十五年（727），唐玄宗复诏司马承祯入京，令其于王屋山置坛，此次出山，司马承祯未能返回天台。

在道教盛行的唐朝，如嵩山、王屋山和终南山等皆远比天台山受

---

①徐灵府、潘瑊撰，胡正武校点《天台山记　天台胜迹录》，浙江大学出版社，2010年，第1页。

②严可均辑《全上古三代秦汉三国六朝文 · 全梁文》卷三一，中华书局，2012年，第3130页。

③刘昫等《旧唐书》卷一九二，中华书局，1975年，第5127页。此段所引皆出于司马承祯本传，后再引不注。

欢迎，这些距京畿不远的名山，更有利于随时与政治中心保持互动。司马承祯也曾修道嵩山，也曾终老王屋，但是他将自己最辉煌的道学生涯都落脚于天台。天台山是他“道”的象征，也是他的仕隐选择。司马承祯在有唐一朝所受的追捧在道学家中无出其右，然而他面对诸位统治者示好时，都展示出一样的姿态：接受，但是并不沉迷。因此，在朝廷有召之时，司马承祯皆会应召入京，但他没有如其他隐逸名士一样借此平步青云，在入京不久之后，他就会请还天台。若非唐玄宗以王屋山置观固留，可以想见司马承祯亦当如前次一般请还天台。司马承祯的“天台”选择，是对唐代文人仕隐观念的一次形塑，他这与众不同的“真隐”姿态，使之成为令人追捧的楷模。

（二）天台山对司马承祯道学思想的滋养与熏陶

司马承祯师承潘师正，是茅山宗自陶弘景以来的第四代传人。而天台山，正是茅山宗的祖庭之一，蕴藏着肥沃的道教文化土壤。司马承祯在此四十年岁月，受到天台山的文化滋养自不言而喻。

1. 天台山早在六朝时期就已是道教名山，民间信道力量雄厚，具备提振道教的文化前提。台州的道教活动早在东汉末年葛玄炼丹活动之后就有所萌发，更在吴主孙权的支持下修建了桐柏宫作为道教活动场所。此后，葛玄从侄葛洪亦在天台山隐居并传道。后又有天师道宗师孙恩起义到台州，“聚众二十余万”，可见道教信徒之众。魏晋南北朝时期，文化名流隐居台州修道者众。修道历史悠久、氛围浓厚的天台地区，是司马承祯修道与传道的上佳选择。

2. 天台山不仅有着深厚的道教文化土壤，也有着丰富的佛教文化熏陶，是一个理想的方外之地。天台山不仅是道教祖庭，亦有着佛教天台宗祖庭之一国清寺，司马承祯四十年天台岁月，熏习于此，其影响是潜移默化的。众所周知，佛教进入中国以后，以其完备的理论体系对本土宗教——道教造成了强烈的冲击。在司马承祯的道教理论中,可以看到佛教天台宗止观理论的影子。易言之,司马承祯正是在对天台佛教理论体系的吸收中,创立了其道教理论,重振道教,使之具备与佛教抗衡的可能性。

3. 天台山清幽的自然环境滋养了司马承祯的性灵。他在《素琴传》中描绘了一床名曰“清素”的琴:“桐琴字清素,临海桐柏山灵虚之木也。”“清素者,以山名桐柏,而桐树生焉;地号灵墟,而灵气出焉。故有将遽长佳材,则成雅器;调高方外,弄送邱中。同心之言,得意于《幽兰》矣;岁寒之操,全贞于《风松》矣。相与为冥寂之友者,淡交于琴乎!”①司马承祯以琴自况,因天台山之“灵气”而才得成“佳材”,才能有别于他人而“调高方外”。其嘲讽以卢藏用为代表的终南仕途捷径,认为只有天台山这样远离政治中心的世外桃源,才是他坐忘、静心之地。

(三)司马承祯道学思想对天台山的贡献

历代名道见于正史者多,但往往见事而已。道教影响力的拓展,最终离不开思想理论建设,以理论著作与儒、佛势力抗衡。司马承祯作为一个具有高度文化素养的传承人,撰写了《太上升玄消灾护命妙经颂》《服气经义论》《修真密旨》《坐忘论》等道学理论之作,其著作是隋唐五代道教哲理化进程中的重要一环,对天台山道教体系建设具有不可磨灭的作用。

1. 天台山桐柏观以司马承祯之影响而得以重建并代代加以维护。天台山道教虽然在六朝时期有过兴盛之势,然至唐朝,逐渐凋零,几乎没有持续而有组织的道教活动。景云二年(711),入京面圣的司马承祯请还天台,唐睿宗遂下《复建桐柏观敕》,曰:“台州始丰

①吴受琚辑释,俞震、曾敏校补《司马承祯集》卷二,社会科学文献出版社,2013年,第11页。

县界天台山废桐柏观一所……更于当州取道士三五人,选择精进行业者,并听将侍者供养。仍令州县与司马炼师相知,于天台山中辟封内四十里,为禽兽草木长生之福庭,禁断采捕者。”①桐柏观的重建,为天台山道教活动提供了一个官方场地,足以重新凝聚当地的道教信徒与力量。而司马承祯去世后,他的天台派弟子们对桐柏观代有维护,使之影响力得以不断延续。

2. 司马承祯在道学方面的思想理论建设,对天台派道教影响深远。他所著的《坐忘论》《服气精义论》《天隐子》等著作,提出了三戒、五渐、七阶炼养理论,是道教史上具有开创意义的一笔。一者,司马承祯在道学修炼上提出了人人可以成仙的说法,其《天隐子·序》曰:“神仙之道,以长生为本,长生之要,以养气为先。夫气,受之于天地,和之于阴阳,阴阳神虚谓之心。心主昼夜寤寐,谓之魂魄。如此人之身,大率不远乎神仙之道。”②这种人人可以成仙的思想基点,极大拓展了道教信仰的受众,这也是他能推动天台道教兴盛的重要基础。二者,司马承祯对道家炼养理论进行完善,使其完成了从五渐到七阶的进化,从而给予道教修炼具体指导。五渐即是“斋戒”“安处”“存想”“坐忘”“神解”,七阶即是“信敬”“断缘”“收心”“简事”“真观”“泰定”“得道”。司马承祯的理论构建,批驳了当时普通民众中风行的“舍形之道”,主张以修心、修性的方式来得道。这一理论体系以庄子“坐忘”为根基,同时又吸收天台宗“止观”方法论,提出了道教修行的新路径,进一步促使唐代道教从外丹修炼转向内丹修行。

3. 司马承祯在天台山的足迹与洞天福地体系建设对天台山道教圣地的构建具有奠基作用。司马承祯在《上清侍帝晨桐柏真人真图

①董诰等编《全唐文》卷一九,中华书局,1983年影印本,第224页。

②吴受琚辑释,俞震、曾敏校补《司马承祯集》卷一二,社会科学文献出版社,2013年,第329页。

赞》中曾写道:“灵墟信奇,丹水济成神之域;福地旌异,黄云霭不死之乡。林宇岩房,存诸栖憩;石梁峰阙,纪其登游。所以负笈幽寻,为室静处;希夷尚閟,视听罕通。”①在他隐居天台山的岁月里,用足迹丈量了天台山的风景名胜。其撰写的《洞天福地天宫地府图》②,对道教洞天福地作了系统整理,其中有天台的不少踪迹。如十大洞天中的委羽山、赤城山,三十二小洞天中的盖竹山,七十二福地中的东仙源、西仙源、灵墟、桐柏山、司马悔山等,皆位于台州境内。司马承祯以道教福地洞天为意图开发的一系列天台山水资源,为后世文人的天台山山水之游提供了指南,是道教与山水结合的实践尝试,对天台山唐诗的发展意义重大。

司马承祯以其广泛的社交与理论的构建为保障,大大提升了天台山作为道教圣地的活跃度与知名度。在他的影响下,天台山涌现出一批颇具影响力的道教人物,如徐灵府、杜广庭等,他们将天台山道教推向全盛时期。

二、司马承祯交游圈与“司马承祯效应”的表现及影响

司马承祯出身河内司马氏,是西晋皇室的后裔,及至唐朝,世代为官。司马承祯“捐公侯之业,学神仙之事”,并以一个世家子弟的文化优势整合道教资源,推动道学发展。司马承祯受过良好的文化教育,家世优渥,博学多才,周旋于各阶层之间,在统治者与修道之徒中,皆有交

①吴受琚辑释,俞震、曾敏校补《司马承祯集》卷五,社会科学文献出版社,2013年,第33页。

②吴受琚辑释,俞震、曾敏校补《司马承祯集》卷五,社会科学文献出版社,2013年,第44—54页。

游。司马承祯的活跃让他在各个群体之中都备受肯定与推崇,堪称一时明星,由此而引发的“司马承祯效应”给浙东唐诗之路带来了重要影响。

(一)帝王之宠:司马承祯的政治定位

李唐王朝以道教为国教,历代统治者对道教的尊崇自不必多言,优宠道士非为鲜见。其中,茅山宗作为道教正宗,历代传人皆受统治者之尊崇。司马承祯之师潘师正,“高宗与天后甚尊敬之”①;司马承祯之师祖王远知,亦深受唐太宗敬重②。司马承祯被李唐统治者奉为座上宾,可以说是顺理成章。但是,如司马承祯历三代而盛宠不衰者甚为罕见,而其中之政治意图与政治影响仍值得一论。

武则天是第一个对司马承祯投以关注的君主,《旧唐书·司马承祯传》载:“承祯尝遍游名山,乃止于天台山。则天闻其名,召至都,降手敕以赞美之。及将还,敕麟台监李峤饯之于洛桥之东。”③武则天出于特殊的政治目的,崇信佛教,但是她从未抛弃李唐立国以来重视道教的传统,曾追赠司马承祯师祖王知远,也曾追思司马承祯之师潘师正,茅山宗的尊荣与她的态度密不可分。对潘师正的继任者,她也不吝关照,由此开启了司马承祯优宠三朝的不二地位。

武则天的继任者唐睿宗对司马承祯的青睐有过之而无不及,史传载:“景云二年(711),睿宗令其兄承祎就天台山追之至京,引入宫中,问以阴阳术数之事。”④司马承祯与唐睿宗李旦进行了一场关于“理国无为”的问对。此时,李旦已分权李隆基,一年后即禅位,这场问对,可视作李旦对无力把握朝政的精神排遣。李旦对“道”是有所

①刘昫等《旧唐书》卷一九二,中华书局,1975年,第5126页。
②刘昫等《旧唐书》卷一九二,中华书局,1975年,第5125页。
③刘昫等《旧唐书》卷一九二,中华书局,1975年,第5127页。
④刘昫等《旧唐书》卷一九二,中华书局,1975年,第5127页。

寄托的,因此对司马承祯也无吝恩宠,在他“固辞还山”后,“仍赐宝琴一张及霞纹帔而遣之”。

至唐玄宗即位,对司马承祯的推崇更是臻至顶峰,屡召入京,并建观固留。“开元九年(721),玄宗又遣使迎入京,亲受法箓,前后赏赐甚厚”,“十五年(727),有召至都”。唐玄宗以王屋山固留司马承祯,为之置坛室,挽留司马承祯的意愿十分强烈。最终,司马承祯在王屋山仙逝,唐玄宗为之下制,并亲制碑文,恩赏可见一斑。唐玄宗对司马承祯的厚爱还绵延至其弟子李含光,“元宗知先生偏得子微之道,乃诏先生居王屋山阳台观以继之”①。李含光以得司马承祯之真传,且肖似司马承祯之故,被钦点为司马承祯的继承人,继续享受他的特殊待遇。

与李淳风、袁天罡一类为李唐统治者收入麾下的术士不同,司马承祯一派的茅山道士并未承载推演国运的“国师”职责,自王远知至司马承祯,皆无一官半职在身,并未介入政治,这大概是李唐与茅山道教达成的政治默契。李唐需要“高道”,来代表国教尊荣,引领宗教气象。司马承祯出生于初唐,逝世于盛唐,正处于初盛唐统治者需要政治与宗教的媒介以安定国本的政治诉求时期。为了巩固司马承祯的这一政治定位,历代统治者毫不吝啬地给出独一无二的待遇,以官方意志为司马承祯背书,这是司马承祯影响力能够全面覆盖政治界、宗教界与文化界的根本动力。

(二)文人之游:司马承祯的文坛影响

唐代文人在以道教为国教的政治导向与统治者搜隐求贤的政治诉求下,掀起了求仙问道、隐居修真的表演热潮。在文人群体或真或

①董诰等编《全唐文》卷三三九《有唐茅山元靖先生广陵李君碑铭并序》,中华书局,1983年影印本,第1521—1522页。

假的向道之风中，高道司马承祯毫无意外地成为了文人们推崇与交游的对象。

1. 方外十友与司马承祯的文人名望。方外十友之说见载于《新唐书·陆余庆传》："余庆……雅善赵贞固、卢臧用、陈子昂、杜审言、宋之问、毕构、郭袭微、司马承祯、释怀一，时号'方外十友'。"①这是北宋时期对初唐爱好方外之游的文化团体的总结。而据《旧唐书》所载，"方外十友"中陆余庆、陈子昂、宋之问、卢臧用、司马承祯之间是有明确交往痕迹的。这一文人群体与司马承祯的交往是从嵩山时期开始的。司马承祯之师潘师正在嵩山修道，甚受唐高宗与天后武则天的尊敬。潘师正仙逝，由陈子昂作《续唐故中岳体玄先生潘尊师碑颂》。此后不久，武则天上嵩山封禅，由陈子昂、宋之问等文人随侍，陈子昂因有《别中岳二三真人》②以赠司马承祯。

此时的司马承祯主要追随师傅潘师正修道，尚未获得统治者的直接嘉赏，可以说处于名声大噪的前夕。他以嵩山为中心，与这些同具方外思想的著名文人结识，是他文人名望积累的前期阶段。而这些方外之友，与之交谊甚笃，在其远游天台后，仍保持往来。如宋之问即有《送司马道士游天台》《寄天台司马道士》《冬宵引赠司马承祯》等诗，而司马承祯仅存的一首诗歌，也正是与宋之问的赠答诗《答宋之问》。

2. 诗仙李白的仰慕与司马承祯的偶像化。司马承祯在文坛地位的飙升，一定程度上得益于狂热粉丝李白的敬仰与推崇。李白《大鹏赋》中即提到："余昔于江陵，见天台司马子微，谓余有仙风道骨，可与神游八极之表。因著《大鹏遇希有鸟赋》以自广。"③此时是唐开元十

①欧阳修、宋祁《新唐书》卷一一六，中华书局，1975 年，第 4239 页。

②董诰等编《全唐文》卷二一四，中华书局，1983 年影印本，第 955 页。

③李白著，王琦注《李太白全集》卷一，中华书局，2017 年，第 2 页。

三年(725),24岁的李白出蜀游历,偶遇司马承祯,得其"仙风道骨"的夸奖,李白欣喜到要写赋来纪念这一刻,可见他对这位年近八旬的道学前辈的嘉许是如何地珍而重之。此后,唐玄宗留司马承祯在王屋山修道,"以承祯王屋所居为阳台观,上自题额,遣使送之"①。司马承祯最终在这里去世。天宝三年(744),李白与杜甫、高适游王屋山阳台观,见司马承祯之遗作,睹物思人,挥毫泼墨,写下著名的《上阳台帖》以寄仰慕与悼念之情。帖曰:"山高水长,物象万千。非有老笔,清壮可穷。十八日,上阳台书,太白。"②李白不仅盛赞了王屋山山水景致,更是对司马承祯的作品倍加推崇。惜司马承祯的作品今已不见,无法直观感受到他的"老笔"之美,但是从李白的评价中,已可得见其在文人群体中的影响力。

李白作为当时文人中的领军人物,对司马承祯的重视与推崇代表了与他相类的文人群体对司马承祯的态度。他们将司马承祯作为一个道学上的偶像,敬仰于他的成就,信服于他的理念,追随于他的脚步。

(三)道徒之众:司马承祯效应的余响

司马承祯修道数十载,培养的弟子数量庞大,其中秉承天台一脉,将南岳天台派发扬光大的弟子即为数不少,对此,已有学者考索详细的师承脉络③。有信史可考者,如弟子李含光、焦静真、薛季昌,再传弟子田虚应、冯惟良、徐灵府、杜光庭、闾丘方远等。司马承祯的道徒们先后于天台山修真,一方面延续统治者优宠的尊荣,另一方面

①刘昫等《旧唐书》卷一九二,中华书局,1975年,第5128页。

②《李白草书上阳台帖》,现藏于北京故宫博物院。释文引自常保立《上阳台帖卷》,《紫禁城》2014年第8期。

③详见徐永恩《司马承祯与天台山》,上海古籍出版社,2020年,第133页。

开拓与文人群体的交往渠道,将司马承祯与天台派推向了持续的繁荣。

在天台派道徒对天台派道源史的建设下,司马承祯在唐代就已被推上天台派宗师之地位。唐代元稹应天台派徐灵府之请作《重修桐柏观纪》,概述天台派发展史曰:

> 有葛氏子,昔仙于吴。乃观桐柏,以神其居。葛氏既去,复芜以墟。墟有犯者,神犹祸诸。实唐睿祖,悼民之愚。乃诏郡县,厉其封隅。环四十里,无得樵苏。复观桐柏,用承厥初。俾司马氏,宅时灵都。马亦勤止,率合其徒。①

司马承祯是"率合其徒"、重振天台派的划时代人物。而天台派弟子,莫不以"复贞一先生之迹"为旨归。

司马承祯不仅被奉为宗师,更进一步在道教文化中被仙化。唐代李渤在给司马承祯高徒李含光作传时写道:"先生门徒甚众,唯李含光、焦静真得其道焉。静真虽禀女质,灵识自然,因精思问,有人导至方丈山,遇二仙女,谓曰:'子欲为真官,可谒东华青童道君,受三皇法。'请名氏,则贞一也。乃归而诣,先生欣然授之。"②在李渤的笔下,司马承祯已然成为受到方丈山仙女认可且位列仙班之仙人了。这一说法在其后得到众多仙道故事的沿袭与演绎,如《续仙传·司马承祯传》:"先生得道,高于陶都水之任,当为东华上清真人。"③又如《太平广记》:"又蜀女谢自然泛海将诣蓬莱求师,船为风飘,到一山,

①董诰等编《全唐文》卷六五四,中华书局,1983 年影印本,第 2944 页。

②董诰等编《全唐文》卷七一二《茅山元静李先生传》,中华书局,1983 年影印本,第 3243 页。

③李剑雄译注《列仙传全译 续仙传全译》,贵州人民出版社,1999 年,第 253 页。

见道人指言,天台山司马承祯,名在丹丘,身居赤城,此真良师也。”①这些故事,无不将司马承祯视为仙界在人间的使者。

如此,司马承祯的徒众们借其超凡的地位迅速推高了天台派的仙道地位,而众多出色的继承者们也由此吸引了唐代文人圈持续的交往热情。李白、王维、玉真公主、李泌、方干、陆龟蒙、皮日休、贯休等众多唐代著名诗人与文化名流,皆与天台派弟子来往密切,且有相应的诗歌创作流传于世,可谓盛极一时。

在司马承祯本人及其道徒的推动下,逐渐在唐代形成了一阵司马承祯效应:凡求仙问道者,无不知司马承祯;凡知司马承祯者,无不知天台山。这一效应使天台山在司马承祯去世后仍可持续繁荣,并将大批向道文人的足迹引向天台山乃至浙东山水。

三、司马承祯对浙东唐诗之路的影响

以司马承祯为精神领袖的天台派,自司马承祯伊始繁盛了整个唐代,天台山因而一跃成为炙手可热的道教名山,在司马承祯三去三还的归隐故事中为诗人群体投射了一个缥缈的印象,甚至成为一个仙道符号。追随着司马承祯而来的诗人脚步真切地踏上天台山,他们不仅完成了对司马承祯与道的朝圣,更领略了天台山乃至浙东山水的千变万化,他们由访仙求道而纵情山水,将浙东山水文化推向了六朝以降的新辉煌。

(一)司马承祯修真地带来的天台印象

自司马承祯择天台修真,数次被召入京,又数次请还天台,这位受到统治者荣宠的高道,以他一心向归的实际行动,将大唐诗人的目

①李昉等编《太平广记》卷二一,中华书局,2000年,第144页。

光引向了天台山。尤其当司马承祯每次返程天台时，统治者都或亲自或代笔赋诗以赠，并引发朝臣群体性赠诗行为，成为一时文学之盛。史载，唐睿宗景云二年（711），“承祯固辞还山，仍赐宝琴一张及霞纹帔而遣之，朝中词人赠诗者百余人”[①]。《旧唐书·李适传》中更详细地记载了此次唱和情况：“睿宗时，天台道士司马承祯被征至京师。及还，适赠诗，序其高尚之致，其词甚美，当时朝廷之士，无不属和，凡三百余人。徐彦伯编而叙之，谓之曰《白云记》。”[②]唐玄宗开元十年（722），“驾还西都，承祯又请还天台山，玄宗赋诗以遣之”[③]。虽未记载其他文人的应制情况，但是以睿宗时事度之，当非为玄宗个人的创作行为，极有可能是范围极广的群体诗文赠别。

以此而论，司马承祯“请还天台”的背后是不容忽视的大量诗歌创作，且创作群体的文学水平与文学地位皆不容小觑。可惜这些诗歌的绝大部分都佚失在历史烟海中，存者则可见如唐玄宗李隆基《王屋山送道士司马承祯还天台》[④]，曰：

> 紫府求贤士，清溪祖逸人。江湖与城阙，异迹且殊伦。间有幽栖者，居然厌俗尘。林泉先得性，芝桂欲调神。地道逾稽岭，天台接海滨。音徽从此间，万古一芳春。

诗以“送别”为主题，难免怀想友人的目的地——天台山。“地道逾稽岭，天台接海滨”，唐玄宗并未到过天台山，只能从有限的常识中勾勒远在缥缈云海间的天台。在如此大型的送别诗作中，天台山给大

①刘昫等《旧唐书》卷一四二，中华书局，1975 年，第 5128 页。
②刘昫等《旧唐书》卷一九〇，中华书局，1975 年，第 5027 页。
③刘昫等《旧唐书》卷一九〇，中华书局，1975 年，第 5128 页。
④彭定求等编《全唐诗》卷三，中华书局，1985 年，第 35 页。

唐诗歌的印象正如沈如筠《寄天台山司马道士》诗中所言:“白云天台山,可思不可见。”①这种遥远感在送别司马承祯的诗歌中不为少见,李峤《送司马先生》:“蓬阁桃源两处分,人间海上不相闻。”②薛曜《送道士入天台》:“洛阳陌上多离别,蓬莱山下足波潮。碧海桑田何处在,笙歌一听一遥遥。”③遥远不仅是都城洛阳与东海之滨的天台之间地理距离的遥远,诗人们更是在其中寓言了问道的自己与得道的司马承祯在“道”之一途上的遥不可及。但是,正是这种遥远的天台印象埋下了探寻的冲动,他们将在合适的条件下走上旅途,变“不可见”而为“可见”。

(二)天台的符号化与天台山之热

在司马承祯“请还天台”引发的文学盛况之外,他久居天台的生活也持续吸引着文人群体与他诗歌往来。这些寄往天台山的诗篇,是友人对远游他乡的司马承祯的问候与思念,同时也在字里行间流露着他们对司马承祯天台山修真生活的猜想与向往。如宋之问《冬宵引赠司马承祯》④、《寄天台司马道士》⑤、《送司马道士游天台》⑥等诗,这些诗歌赋予了司马承祯“童颜且自持”的神仙形象,诗中出现了大量如“羽客笙歌”“蓬莱”“西山药”“东海期”等仙道典故。又如张说《寄天台司马道士》曰:“世上求真客,天台去不还。传闻有仙要,梦寐在兹山。朱阙青霞断,瑶堂紫月闲。何时枉飞鹤,笙吹接人

①彭定求等编《全唐诗》卷一一四,中华书局,1985年,第1164页。

②彭定求等编《全唐诗》卷六一,中华书局,1985年,第729页。

③彭定求等编《全唐诗》卷八七,中华书局,1985年,第870页。

④彭定求等编《全唐诗》卷五一,中华书局,1985年,第629页。

⑤彭定求等编《全唐诗》卷五二,中华书局,1985年,第636页。

⑥彭定求等编《全唐诗》卷五三,中华书局,1985年,第656页。

间。”①再如沈如筠《寄天台司马道士》曰：“河州花艳爚，庭树光彩蒨。白云天台山，可思不可见。”②还如崔湜《寄天台司马先生》：“尚惜金芝晚，仍攀琪树荣。”③在这些诗歌中，天台山近乎成为玉树琼花般蓬莱仙境的投影。而天台山也正是此类文学话语的反复构想中，逐渐凝固成符号化的意象，延续至后来的诗歌中。

司马承祯——天台山——仙道之间形成了固定的文学勾连，天台山成为诗人笔下仙界的象征，而天台山的桐柏观、金庭、赤城、华顶、石梁等风景名胜，皆成为大唐诗人的归隐与游仙意象。如欧阳炯《大游仙诗》④曰：

> 赤城霞起武陵春，桐柏先生解守真。白石桥高曾纵步，朱阳馆静每存神。囊中隐诀多仙术，肘后方书济俗人。自领蓬莱都水监，只忧沧海变成尘。

诗自然地将天台山赤城、桐柏与仙术、蓬莱形成联想关系。再如张佐《忆游天台寄道流》：“忆昨天台到赤城，几朝仙籁耳中生。”⑤诗僧贯休也在《寄天台道友》中称天台山是“仙有遗踪在”，并“寄言桐柏子，珍重保之乎”⑥。前蜀太后徐氏《题金华宫》曰：“再到金华顶，玄都访道回。云披分景象，黛锁显楼台。雨涤前山净，风吹去路开。翠屏夹流水，何必羡蓬莱。”⑦唐代各个时期、阶层与信仰的诗人群体，在诗

---

①彭定求等编《全唐诗》卷八〇，中华书局，1985年，第870页。

②彭定求等编《全唐诗》卷一一四，中华书局，1985年，第1164页。

③彭定求等编《全唐诗》卷五四，中华书局，1985年，第664页。

④彭定求等编《全唐诗》卷七六一，中华书局，1985年，第8640页。

⑤彭定求等编《全唐诗》卷二八一，中华书局，1985年，第3196页。

⑥彭定求等编《全唐诗》卷八三五，中华书局，1985年，第9341页。

⑦彭定求等编《全唐诗》卷九，中华书局，1985年，第83页。

歌中无不将天台山作为仙界、蓬莱的替代。蓬莱仙山只存在于传说之中,而天台山却可到可访,怎不令心向仙道的唐代诗人趋之若鹜。而这种天台山向“仙”“道”符号化的进程,正是由司马承祯的修真带来的。

(三)司马承祯之道与浙东山水、游仙之盛

天台山向仙、道的符号化愈发吸引了唐代文人,文人墨客慕名而来,完成他们“道”的朝圣。当诗人们的真实足迹迈向天台山,自然而然地被天台山激发出了丰富的灵感。被“道”与“仙”主题笼罩的天台山诗歌,由“访道”“游仙”到“山水”“田园”,宗教名胜、仙道故事与山水风光水乳交融,道与山水在此重新遇合,开启了浙东游仙山水诗歌之盛。

道与山水的融洽,在司马承祯再传弟子陈寡言《玉霄山居》①一诗中展现得淋漓尽致:

> 醉卧茅檐不闭关,觉来开眼见青山。松花落处宿猿在,麋鹿群群林际还。

该诗是陈寡言对自己天台山生活的描绘。他笔下的天台山修行,是道与自然的互相问候。醉卧闲居,醒来即是满目青翠,松花纷落,猿宿不惊,群鹿归林,一派静谧安详的田园景色,人与自然毫无隔阂,你中有我,我中有你。陈寡言此诗由道而自然,展示了道教诗歌不仅可以围绕玄理、哲思,而且可以与山水一体,道即是自然,自然即是道的内蕴力量。

司马承祯本人对山水的关注从他整理道教洞天福地的事业中即

①潘瑊纂,胡正武点校《天台胜迹录》卷三,浙江大学出版社,2010年,第146页。

有所展现，而他于山水的情感体悟，在他与宋之问的赠答诗中可略寻踪迹。宋之问《冬宵引赠司马承祯》[①]诗曰：

> 河有冰兮山有雪，北户墐兮行人绝。独坐山中兮对松月，怀美人兮屡盈缺。明月的的寒潭中，青松幽幽吟劲风。此情不向俗人说，爱而不见恨无穷。

司马承祯《答宋之问》[②]曰：

> 时既暮兮节欲春，山林寂兮怀幽人。登奇峰兮望白云，怅缅邈兮象欲纷。白云悠悠去不返，寒风飕飕吹日晚。不见其人谁与言，归坐弹琴思逾远。

宋之问将怀念知己司马承祯的深厚情感寓于严寒寥落的冬夜，谱写成诗寄于司马承祯。而司马承祯亦寓情于景，以诗回赠。他的答诗没有探讨道教哲理，而是描绘了幽寂的山林中，凄清缅渺的景色与独坐弹琴的怀人。

道与山水，在李白的浙东诗歌中即有多样复合的表现。唐玄宗开元十五年(727)，李白从广陵至浙东，在此前不久，李白与司马承祯在江陵有过一次会面。李白这次浙东之游，很难说不是受到司马承祯的鼓舞与吸引。他来到天台山，写下《天台晓望》[③]，他说："安得生羽毛，千秋卧蓬阙。"天台山承载着他对道的渴望与狂热是无疑的。

---

①彭定求等编《全唐诗》卷五一，中华书局，1985年，第629页。

②吴受琚辑释，俞震、曾敏校补《司马承祯集》卷一，社会科学文献出版社，2013年，第1页。

③李白著，王琦注《李太白全集》卷二一，中华书局，2017年，第1133页。

但是与此同时,他也在诗中描绘了他登览天台山的胜景:“凭高登远览,直下见溟渤。云垂大鹏翻,波动巨鳌没。风潮争汹涌,神怪何翕忽。”李白极写脚下的风起浪涌,波诡云谲,壮阔的天台山与羽化升仙的愿景相互交织,由美景而生求仙之情是那么自然而然,极致浪漫。李白的《早望海霞边》①,于天台赤城山登高揽霞,《求崔山人百丈崖瀑布图》②,在琼台仙谷临峭赏瀑,更有《梦游天姥吟留别》这样游仙与山水极致契合的名作。

同一时期的孟浩然,也同样在大量浙东山水诗中表现出了如此倾向。孟浩然在唐玄宗开元晚期畅游浙东,他在来到天台之前,在《将适天台留别临安李主簿》一诗中表白了自己游览天台有“羽人在丹丘,吾亦从此逝”③的向道心理。但是当他真正面对天台山时,他的诗歌中又不吝笔墨铺叙着天台山的胜景,如《寻天台山》:“高高翠微里,遥见石梁横。”④又如《宿天台桐柏观》:“鹤唳清露垂,鸡鸣信潮早。”⑤再如《越中逢天台太一子》:“上逼青天高,俯临沧海大。”⑥还如《玉霄峰》:“上尽峥嵘万仞巅,四山围绕洞中天。秋风吹月琼台晓,试问人间过几年。”⑦唐代诗人的目光由道而转向道的载体——天台山,天台山的山水风光不负众望地散发出独特的魅力。在由天台而浙东的游览中,道这一引子逐渐隐于幕后,山水开始成为主角。

道与山水的遇合,是唐代浙东诗路成为一时之盛的重要契机之一。浙东有天台山这样的道教名山,在司马承祯及天台派道教的经

①李白著,王琦注《李太白全集》卷二一,中华书局,2017 年,第 1135 页。
②李白著,王琦注《李太白全集》卷二四,中华书局,2017 年,第 1325 页。
③孟浩然撰,李景白校注《孟浩然诗集校注》卷一,中华书局,2018 年,第 78 页。
④孟浩然撰,李景白校注《孟浩然诗集校注》卷三,中华书局,2018 年,第 270 页。
⑤孟浩然撰,李景白校注《孟浩然诗集校注》卷一,中华书局,2018 年,第 7 页。
⑥孟浩然撰,李景白校注《孟浩然诗集校注》卷一,中华书局,2018 年,第 64 页。
⑦孟浩然撰,李景白校注《孟浩然诗集校注·补遗》,中华书局,2018 年,第 449 页。

营下声名鹊起,吸引着司马承祯的崇拜者们的朝圣与膜拜。而浙东还有名山如天姥山,名水如富春江,具备与北方迥异的山水资源。浙东自六朝以来,即是山水诗的滋养之地。唐代道教的风靡孕育了司马承祯,而司马承祯的个人魅力成就了天台山,道与山水在浙东完美融合,重新打开了浙东山水之盛的篇章。

从此,浙东山水开始大面积进入到唐代诗人的视野。有学者统计,在浙东唐诗之路上留下过足迹的诗人达 450 位,而曾到访天台山的即有 312 位,所处年代贯穿初盛晚唐,留下了诗歌 1322 首①。这些大多生长生活于北方的诗人们,不远千里来到天台山,这如朝圣一般的诗途盛况,绝离不开司马承祯的开拓之力。而其在浙东唐诗中所占比例之大,甚至说是因司马承祯带动了天台山,因天台山而带动了浙东唐诗之路,亦不为过。

司马承祯是唐代“道”的化身,在大唐以隐求仕的道文化主流下,他用天台山的数十年修行,传承了茅山派的衣钵,更以一己之影响,将“道”在唐代诗人心目中的吸引力进一步放大。作为一个道学家,他传世的文学作品十分有限,但是他带来的文学影响不可磨灭。天台山成就了司马承祯的修道之路,而司马承祯成就了天台山的唐诗之路,司马承祯与天台山就此成为浙东唐诗之路上令人心驰神往的缥缈仙境,余响至今。

(作者单位:浙江树人大学)

①吕新景《天台山诗画选·序言》,浙江古籍出版社,2018 年。

司马承祯与浙东唐诗之路关系考论

李建军

唐诗之路是近年来热议的学术话题,而浙东唐诗之路又是诸多唐诗之路中提出最早、影响最大的一条,被傅璇琮先生誉为"可与河西丝绸之路并列,同为有唐一代极具人文景观特色、深含历史开创意义的区域文化"①。关于浙东唐诗之路的区域界定、文化遗产、重要价值、海外影响、文旅开发,学界已有诸多探讨并取得一些共识,但关于其形成原因及主要特色这一根本问题,学界的现有研究还可以更为深入。笔者在现有研究基础上②,力图通过司马承祯这位对浙东唐诗之路成型具有关键影响的人物,探寻浙东唐诗之路的形成动因及主要特质,以溯源观流、执一驭万,推进相关研究。

---

①傅璇琮《走出唐诗的"唐诗之路"》,《中华遗产》2007 年第 9 期。

②邹志方《浙东唐诗之路》,浙江古籍出版社,1995 年;竺岳兵主编《唐诗之路综论》,中国文史出版社,2003 年;竺岳兵《唐诗之路唐诗总集》,中国文史出版社,2003 年;竺岳兵《唐诗之路唐代诗人行迹考》,中国文史出版社,2004 年;胡正武《唐诗之路唐诗选》,中国文史出版社,2004 年;胡正武《浙东唐诗之路与隐逸文化》,中国社会科学出版社,2006 年;张敬梅《司马承祯:从服气炼形到坐忘虚心》,华文出版社,2008 年;吴受琚辑释《司马承祯集》,社会科学文献出版社,2013 年;安祖朝《天台山唐诗总集》,浙江古籍出版社,2018 年;胡正武《浙东唐诗之路论集》,浙江工商大学出版社,2019 年;徐永恩《司马承祯与天台山》,上海古籍出版社,2019 年。

一、上清宗师:初盛唐主流道派的中枢人物

唐代是中国道教的黄金时代。李唐帝王崇道,既有借助本家李耳的影响自高门庭的考量,又有祈求“大圣祖玄元皇帝”和道教神灵福祐的动因,还有帝王们重用道士采药炼丹企图服食成仙的因素。唐高祖定下“老先、次孔、末后释”①的祖宗家法后,除了武则天扬佛抑道、唐懿宗佞佛之外,唐代20余位皇帝中的绝大多数都尊老崇道,唐玄宗更将道教抬升至国教,将道教带入极盛时代。茅山派是从齐梁到北宋的道派主流,在唐代更是大放异彩。王远知、潘师正、司马承祯、李含光、吴筠等唐代的上清派宗师,都受到君王的极高礼遇,都是“国师”级高道,其中司马承祯尤其值得关注。

司马承祯(647—735),字子微,法号道隐,自号白云子、天台白云子、白云道士、中岩道士、赤城居士,河内温人(今河南温县)。出生于官宦世家,晋宣帝司马懿之弟司马馗之后。祖父司马晟,仕隋为亲侍大都督,父亲司马仁最,仕唐为朝散大夫襄州长史,可谓“名贤之家,奕代清德”②。

司马承祯自幼好学,但“薄于为吏”③,喜方外之游。唐高宗乾封二年(667),二十一岁的司马承祯赴嵩山,师体玄先生潘师正,“服巾褐入道”④。司马承祯精勤修道,“神凝用简,情汰事落,其秉操不可

①唐高祖《先老后释诏》,周绍良主编《全唐文新编》卷三,吉林文史出版社,2000年,第24页。

②崔尚《唐天台山新桐柏观颂》,周绍良主编《全唐文新编》卷三〇四,第3470页。

③刘昫等《旧唐书》卷一九二《司马承祯传》,中华书局,1975年,第5127页。

④卫凭《唐王屋山中岩台正一先生庙碣》,周绍良主编《全唐文新编》卷三〇六,第3492页。

渎,其执勤不知倦”[①],史载“初学仙时,以瓦砾百片置于案前,每读一卷《度人经》,则移瓦一片于案下,每日百刻,课经百卷。如此勤苦”[②]。司马承祯的精勤赢得了潘师正的赏识,潘“传其符箓及辟谷导引服饵之术”,“谓曰:‘我自陶隐居传正一之法,至汝四叶矣。’”[③]

司马承祯学成后,遍游名山,寻找修真之所。大约于武则天万岁登封元年(696)止于天台山[④],“庐天台,构层轩于坛上,目为众妙台”[⑤],自称天台华峰白云道士。武则天圣历年间(698—700),“则天闻其名,召至都,降手敕以赞美之。及将还,敕麟台监李峤饯之于洛桥之东”[⑥]。圣历二年(699),司马承祯曾入嵩山书《中岳体玄先生潘尊师碣》。

唐睿宗景云二年(711),司马承祯被征至京师。《旧唐书·司马承祯传》云:“睿宗令其兄承祎就天台山追之至京,引入宫中,问以阴阳术数之事……承祯固辞还山,仍赐宝琴一张及霞纹帔而遣之,朝中词人赠诗者百余人。”[⑦]又《旧唐书·李适传》云:“睿宗时,天台道士司马承祯被征至京师。及还,适赠诗,序其高尚之致,其词甚美,当时朝廷之士,无不属和,凡三百余人。徐彦伯编而叙之,谓之《白云记》,

①卫凭《唐王屋山中岩台正一先生庙碣》,周绍良主编《全唐文新编》卷三〇六,第3492页。

②白玉蟾《学道自勉文》,曾枣庄、刘琳主编《全宋文》第296册,上海辞书出版社、安徽教育出版社,2006年,第217页。

③刘昫等《旧唐书》卷一九二《司马承祯传》,第5127页。

④唐代徐灵府《天台山记》曰:“先生住经二十八载。”(徐灵府《天台山记》,浙江大学出版社,2010年,第8页)司马承祯于开元十二年(724)遵唐玄宗之命,从天台山移居王屋山,倒算回去,约696年止于天台山。

⑤赵道一《历世真仙体道通鉴》卷二五,《传世藏书·子库·道典》本,海南国际新闻出版中心,1996年,第1073页。

⑥刘昫等《旧唐书》卷一九二《司马承祯传》,第5127页。

⑦刘昫等《旧唐书》卷一九二《司马承祯传》,第5127—5128页。

颇传于代。"①可见司马承祯已德高望重、名动京师。同年,唐睿宗敕建桐柏观于桐柏山(天台山)以居司马承祯。

唐玄宗开元九年(721),司马承祯又被征至京师。《旧唐书·司马承祯传》云:"玄宗又遣使迎入京,亲受法箓,前后赏赐甚厚。十年,驾还西都,承祯又请还天台山,玄宗赋诗以遣之。"②《唐会要》云:"开元九年十二月,天台山道士司马承祯上言:'今五岳神祠,山林之神,非正真之神也。五岳皆有洞府,有上清真人降任其职,山川风雨,阴阳气序,是所理焉。冠冕章服,佐从神仙,皆有名数。请别立斋祠之所。'"③

唐玄宗开元十二年(724),司马承祯再次被征至京师,《唐王屋山中岩台正一先生庙碣》云:"开元十二年,天子修明庭之祀,思接万灵,动汧水之驾,奖邀四子。乃征尊师入内殿,受上清经法,仍于王屋山置阳台观以居之。师以王屋小有之天,总真之府,景气幽欻,神祇会昌,矧吾道苟行,奚适不可,翻飞投足,遂有终焉之志。"④此后,司马承祯不再返回天台山,而是移居王屋山阳台观,其缘由如徐灵府《天台山记》所云:"帝以天台幽远,难以迎请,遂于王屋山选形胜,特置阳台观居之。"⑤

唐玄宗开元十五年(727),司马承祯最后一次来到京师。唐玄宗采纳了司马承祯开元九年(721)"五岳各置真君祠一所"的建议,"因敕五岳各置真君祠一所,其形象制度,皆令承祯推按道经,创意为之"⑥。同时,唐玄宗"令以三体写《老子经》,因刊正文句,定著五千

①刘昫等《旧唐书》卷一九〇《李适传》,第5027页。

②刘昫等《旧唐书》卷一九二《司马承祯传》,第5128页。

③王溥《唐会要》卷五〇,中华书局,1955年,第879页。

④卫凭《唐王屋山中岩台正一先生庙碣》,周绍良主编《全唐文新编》卷三〇六,第3492—3493页。

⑤徐灵府《天台山记》,胡正武校点本,第8页。

⑥刘昫等《旧唐书》卷一九二《司马承祯传》,第5128页。

三百八十言为真本以奏上之”①。另外,唐玄宗“以承祯王屋所居为阳台观,上自题额,遣使送之。赐绢三百匹,以充药饵之用。俄又令玉真公主及光禄卿韦縚至其所居修金箓斋,复加以锡赉”②。

唐玄宗开元二十三年(735),司马承祯卒于王屋山,时年八十九。制赠银青光禄大夫,谥曰贞一,“上自制碑,申宠章也”③。

司马承祯著述甚多,有《修真秘旨》十二篇、《修真秘旨事目历》一卷、《坐忘论》一卷、《修生养气诀》一卷、《服气精义论》一卷、《采服松叶等法》一卷、《洞玄灵宝五岳朝仪经》一卷、《上清天地宫府图经》二卷、《太上升玄经注》《太上升玄消灾护命妙经颂》一卷、《上清含象剑鉴图》一卷、《上清侍帝晨桐柏真人真图赞》一卷、《道体论》一卷等,其中《坐忘论》《服气精义论》《上清天地宫府图经》等对后世有重大影响。另外,司马承祯还有一些诗文传世。

司马承祯先后被武则天、唐睿宗、唐玄宗共五次征至京师,或被君王“降手敕以赞美”,或“问以阴阳术数之事”,或授君以上清经法,受到君王及朝中大臣的极高礼遇,仙化后又赠以银青光禄大夫,君王亲自撰写碑文,可谓名动朝野、生荣死哀的“国师”级高道。

司马承祯能成为“国师”级高道,其中一个重要因素是其乃初盛唐之际主流道派——茅山派的中枢人物,在道教思想、道教炼养、道教地理诸方面皆有重大贡献。道教思想方面,著《坐忘论》,融会道家的“心斋坐忘”、儒家的“乐天知命”、佛家的“止观”“定慧”“色空”等思想精髓,自出机杼,构建“敬信”“断缘”“收心”“简事”“真观”“泰定”“得道”的修道成仙进阶,在道教由外丹转向内丹的重大转折中

①刘昫等《旧唐书》卷一九二《司马承祯传》,第5128页。

②刘昫等《旧唐书》卷一九二《司马承祯传》,第5128页。

③卫凭《唐王屋山中岩台正一先生庙碣》,周绍良主编《全唐文新编》卷三〇六,第3493页。

发挥重要作用,成为宋元道教内丹学的理论先导,并给宋明理学以一定影响。道教炼养方面,著《服气精义论》,以阐述服食五牙(五方五行之生气)滋养精气、通润五脏、摄养治病为宗旨,详细叙述化服五行、五方生气的具体步骤,服食草药、安和脏腑、行气导引、宣通经脉的具体方法,以及辨析气色、诊断病候、吞符诵咒、禁忌慎养、治病益气、保全元气的具体做法,形成较为成熟的以神驭气、服气长生的修炼法门,给后世道教以极大影响。道教地理方面,著《天地宫府图》,对"洞天福地说"进行系统总结,胪列十大洞天、三十六小洞天、七十二福地共 118 处洞天福地,成为道教文化地理的基本范式,促成洞天福地体系的定型。

司马承祯作为道教宗师,还开出了上清派南岳天台系这一重要支系。司马承祯作为上清派第十二代宗师,其弟子薛季昌、再传弟子田虚应一脉,多居住于南岳、天台山,或在南岳、天台山受道,被后世称为上清派南岳天台系。南岳天台系作为从盛唐到中晚唐的上清派支系,影响力丝毫不逊于同时期的上清派茅山系。该系道徒众多,涌现了如田虚应、冯惟良、陈寡言、徐灵府、应夷节、叶藏质、闾丘方远、杜光庭等修道于天台的高道,极大地扩大了天台山的影响力,为天台山成为浙东唐诗之路主要目的地奠定了基础。

二、文化名流:修道文人群体的思想领袖

司马承祯不仅是道教宗师,还是文化名流。司马承祯博学能文,有精到的诗文造诣。司马氏现存诗仅一首《答宋之问》①,诗云:"时既暮兮节欲春,山林寂兮怀幽人。登奇峰兮望白云,怅缅邈兮象郁

①另有一首五言古诗《山居洗心》,明代幽溪传灯《天台山方外志》卷二七署名司马承祯,但《全唐诗》卷八五二题名《洗心》,署名司马退之,两诗文字一致。该诗是否为司马承祯之作,待考。

纷。白云悠悠去不返,寒风飕飕吹日晚。不见其人谁与言,归坐弹琴思逾远。”[①]该诗乃回赠宋之问所作,宋之问赠诗题为《吟冬宵引赠承祯》,云:“河有冰兮山有雪,北户瑾兮行人绝。独坐山中兮对松月,怀美人兮屡盈缺。明月的的寒潭中,青松幽幽吟劲风。此情不向俗人说,爰而不见恨无穷。”[②]宋之问赠诗前四句用楚辞体,后四句用七言诗体,以幽寂之景为衬,抒发对司马承祯的怀念之情。司马承祯的回赠诗用宋之问赠诗的格式,前四句亦用楚辞体,后四句亦用七言诗体,亦用幽寂之景为衬,抒发对老友的怀念。宋之问的赠诗与司马承祯的回赠诗都是以幽景衬逸人、写思情,情景交融,可谓珠联璧合,于此可见司马承祯的文学造诣。

司马承祯传世的著述不少,但单篇文章并不多,较著者有《茅山贞白先生碑阴记》《素琴传》。《茅山贞白先生碑阴记》乃唐玄宗开元十二年(724)司马承祯“将归衡岳,暂憩茅山”之际,为其太师祖陶弘景树碑所撰文字并亲书于碑阴。文章以四字句为主,写得典雅厚重,有汉魏古碑之风。《素琴传》乃司马承祯隐居天台山灵墟之际,“有桐生于阶前”“得七岁而材成端伟”,于是“取其元干”“手操斤斧,自勤斫削”制琴一张,并著此文以记之。文章流畅活泼、韵味悠扬,充溢高远之志、隐逸之乐。《茅山贞白先生碑阴记》之典雅厚重,《素琴传》之清音幽韵,反映出司马承祯能熟稔地根据对象和文体进行贴切写作,具有较高的文章造诣。

司马承祯的书画造诣也可圈可点。司马承祯擅长篆书、隶书,沈汾《续仙传》云其“博学能文,攻篆迥为一体,号曰金剪刀书”[③]。开元

---

①计有功《唐诗纪事》卷一三,上海古籍出版社,1987 年,第 193 页。
②计有功《唐诗纪事》卷一三,上海古籍出版社,1987 年,第 193 页。
③沈汾《续仙传》卷下,《文渊阁四库全书》本,第 1059 册第 606 页。

十五年(727),唐玄宗曾“令以三体写《老子经》”①。上文提及的《茅山贞白先生碑阴记》,乃司马承祯亲自撰文并用篆体书写。另外,圣历二年(699),雍州司功王适为司马承祯师父潘师正所写《中岳体玄先生潘尊师碣》,是由司马承祯篆额并用隶书写成,现存部分拓片,字体古朴端庄、遒劲有力,可谓大家手笔。司马承祯还擅长绘画,唐代张彦远《历代名画记》指出司马承祯是“工篆隶”的书家,又指出其居王屋山阳台观时“尝画于屋壁”,还指出张彦远的高祖父河东公张嘉贞曾受教于司马承祯②。张嘉贞在武则天主政时期曾为相,是初唐的书画收藏家,其曾孙张彦远记载其受教于司马承祯,书画艺术应是重要内容,于此可见司马承祯的书画造诣。

另外,司马承祯还精通音乐,从所撰《素琴传》即可知其为抚琴高手,《答宋之问》“不见其人谁与言,归坐弹琴思逾远”句,幽远绝尘,颇有琴韵。《新唐书·礼乐制》云:“帝(指唐玄宗,引者注)方浸喜神仙之事,诏道士司马承祯制《玄真道曲》,茅山道士李会元制《大罗天曲》,工部侍郎贺知章制《紫清上圣道曲》。”③唐玄宗是通晓音律的方家,能将制作《玄真道曲》的任务交给司马承祯,可见司马承祯的音乐造诣。

司马承祯的道教宗师、文化名流身份使其成为当时修道文人群体——“方外十友”和“仙宗十友”的核心人物。“方外十友”的说法,最早的现存文献来源于《新唐书·陆余庆传》:“(余庆)雅善赵贞固、卢藏用、陈子昂、杜审言、宋之问、毕构、郭袭微、司马承祯、释怀一,时

①刘昫等《旧唐书》卷一九二《司马承祯传》,第5128页。

②张彦远《历代名画记》卷九,《丛书集成初编》本,商务印书馆,1936年,第1646册第299—300页。

③欧阳修、宋祁《新唐书》卷二二《礼乐制》,中华书局,1975年,第476页。

号‘方外十友’。”①“仙宗十友”的说法,最早的现存文献来源于北宋初年黄休复《益州名画录》。该书卷中记载,五代后期、北宋初年的知名画家石恪,有“陈子昂、卢藏用、宋之问、高适、毕构、李白、孟浩然、王维、贺知章、司马承祯《仙宗十友图》”②,可见至迟在北宋初年已有“仙宗十友”的说法。后来,叶廷珪于南宋绍兴年间编著《海录碎事》,云:“唐司马承祯与陈子昂、卢藏用、宋之问、王适、毕构、李白、孟浩然、王维、贺知章为仙宗十友。”③《益州名画录》与《海录碎事》中“仙宗十友”的名单有九人相同,惟《益州名画录》中的“高适”,在《海录碎事》中作“王适”。据学者考证,武周时期的王适与道教关系密切,“仙宗十友”中列“王适”更为合适,《海录碎事》的十人名单更为妥当④。

“仙宗十友”中的成员,与“方外十友”相同者有陈子昂、宋之问、司马承祯、毕构、卢藏用五位。“方外十友”与“仙宗十友”的成员,大多结缘道流,其中多人还与司马承祯有千丝万缕的联系,详见下表:

“方外十友”与“仙宗十友”成员一览表

“方外十友”与“仙宗十友”	具体成员	结缘道流、与司马承祯交往情况
方外十友成员	陆余庆	史书记载其“少与知名之士陈子昂……司马承祯等交游”(刘昫等《旧唐书》卷八八《陆余庆传》)。
	赵贞固	陈子昂《昭夷子赵氏碣颂》提及司马承祯等“咸痛君中夭”,可见赵贞固与司马承祯应有交往。

①欧阳修、宋祁《新唐书》卷一一六《陆余庆传》,第 4239 页。

②黄休复《益州名画录》,《文渊阁四库全书》本,第 812 册第 497 页。

③叶廷珪《海录碎事》卷八下,《文渊阁四库全书》本,第 921 册第 369 页。

④高丽杨《“仙宗十友”:盛唐气象的一个表符》,《中国道教》2014 年第 5 期。

续表

“方外十友”与“仙宗十友”	具体成员	结缘道流、与司马承祯交往情况
方外十友成员	杜审言	从陈子昂《送吉州杜司户审言序》可知杜审言在贬谪之际，亦曾有隐居林泉、返耕饵术的求仙愿望。
	郭袭微	曾任左拾遗，其与道教之关系、与司马承祯之交往，暂无史料参稽，阙疑待考。
	释怀一	俗姓史，即史怀一，初盛唐时期的高僧，其与道教之关系、与司马承祯之交往，暂无史料参稽，阙疑待考。
成员重叠者	陈子昂	陈子昂“晚爱黄老之言”，曾为司马承祯之师潘师正撰写《续唐故中岳体玄先生潘尊师碑颂》。
	宋之问	曾师从潘师正学道，乃司马承祯同门师兄弟。宋有《送司马道士游天台》《寄天台司马道士》《冬宵引赠司马承祯》三首诗赠司马承祯，司马承祯亦有诗回赠。
	司马承祯	初盛唐之际的道教宗师、文化名流。
	毕　构	武则天朝至唐玄宗朝的达官显宦，其与道教之关系、与司马承祯之交往，暂无史料参稽，阙疑待考。
	卢藏用	文献记载其与司马承祯有关于仕与隐的精彩对话（刘肃《大唐新语》卷一〇）。
仙宗十友成员	王　适	曾为司马承祯之师潘师正撰写《潘尊师碣》，而该碣乃是由司马承祯亲笔书写的，两人在此事上有交集。
	李　白	资深道教徒，曾于江陵与司马承祯相遇，并得到后者的褒扬。
	孟浩然	有诗《寻天台山》，曾上天台山寻访修仙的太乙子。
	王　维	信佛，但与道教徒亦有密切交往，写有《赠焦道士》《赠东岳焦炼师》两首诗赠给司马承祯的徒弟焦静真。
	贺知章	早年与道教徒多有交往，晚年皈依道门。

据葛晓音先生的研究，“‘方外十友’交游的时间，大致可考定在公元685—696年这十年间，而地点则以嵩山为主……当是以司马承祯所在道观为中心，求仙问道，论文采药……但主要还是以学仙为

主……热衷于道教炼丹采药之事,是他们结交的重要原因”①。于此可以看出司马承祯在“方外十友”中的核心影响。“仙宗十友”的命名,即可看出其群体特质在修仙,《海录碎事》记载“仙宗十友”,用“司马承祯与……为仙宗十友”的句式表达,将司马承祯列为首位,居于主导,可谓洞悉了“仙宗十友”的特质与司马承祯的贡献。于此可见司马承祯在“仙宗十友”中的核心地位。

总之,“方外十友”与“仙宗十友”都是初唐后期至盛唐时期热衷于修仙问道的文人群体,在这些文人群体中,司马承祯都居于核心地位,发挥着核心影响,可以说司马承祯已是这个时期好仙文人群体的思想领袖。

另外,司马承祯于武则天圣历年间(698—700)、唐睿宗景云二年(711)、唐玄宗开元九年(721)被征召赴京,在京和离京返天台时,文人名士乃至皇帝多有赠诗。唐玄宗有《王屋山送道士司马承祯还天台》,宋之问有《吟冬霄引·赠承祯》《送司马道士游天台》《寄天台司马道士》,沈佺期有《同工部李侍郎适访司马子微》,李峤有《送司马先生》,崔湜有《寄天台司马先生》,张说有《寄天台司马道士》,沈如筠有《寄天台司马道士》,等等。这些诗篇多出自诗坛巨擘,或赞颂司马承祯“闻有三元客,祈仙九转成”“长生术何妙,童颜后天老”的高深道行,或想象其于天台“尚惜金芝晚,仍攀琪树荣”“凭崖饮蕙气,过涧摘灵草”的隐修场景,扩大了司马承祯在士林中的影响,也扩大了天台山和浙东在修仙群体中的影响。

①葛晓音《从“方外十友”看道教对初唐山水诗的影响》,《学术月刊》1992 年第 4 期。另,胡旭《方外十友与盛唐文学》〔《厦门大学学报》(哲学社会科学版)2013 年第 1 期〕可以参看。

三、东入台岳:天台山成为主要栖居地

以天台山为名者,全国有 20 余座,其中最负盛名的可能应属浙江天台山,本文所论天台山即专指此山。天台山之名,现存文献中最早的记录是成书于秦汉时期的《内经·山记》。《昭明文选·游天台山赋》李善注引支遁《天台山铭序》云:“余览《内经·山记》云:‘剡县东南有天台山。’”①至于因何得名,中唐道士徐灵府《天台山记》引齐梁道士陶弘景《真诰》云:“天台山高一万八千丈,周回八百里。山有八重,四面如一。当牛斗之分,以其上应台宿,光辅紫宸,故名天台。亦曰桐柏栖山。”②南朝顾野王《舆地志》云:“天台山,一名桐柏,众岳之最秀者也。”③

天台山作为“上应台宿”的名山,因其偏而不僻的地理方位和“可以精思合作仙药”④等方面的自然禀赋,汉魏以降逐渐变成“神仙之窟宅,罗汉之道场”⑤,积淀了极为丰富的佛道底蕴,而道更胜于佛。黄帝、浮丘公、王子晋、魏华存等大仙降临天台山的神话传说,葛玄、顾欢、陶弘景、徐则、王轨等隐士高道纷至沓来的历史因缘,葛洪、孙绰等名士的礼赞歌颂,使得天台山积淀了深厚的道教底蕴,成为六朝以降最为知名的仙山之一。

---

①萧统编,李善注《文选》,上海古籍出版社,1986 年,第 493 页。

②徐灵府《天台山记》,胡正武校点本,第 1 页。

③陈耆卿纂,徐三见点校《嘉定赤城志》卷二一引顾野王《舆地志》,中国文史出版社,2004 年,第 315 页。

④葛洪著,王明校释《抱朴子内篇校释》卷四《金丹》,中华书局,1985 年,第 85 页。

⑤释无尽《天台山方外志》卷一《山源考》,《四库全书存目丛书》本,史部第 232 册,齐鲁书社,1996 年,第 648 页。

司马承祯对天台山的仙山地位有真切体认,并最终"雅惬素尚""东入台岳"。他曾撰文指出天台山"丹水济成神之域""黄云霭不死之乡"①,乃"养真之福境,成神之灵墟",是王子晋"金庭宰职"之处,是"五岳是司,群神所奉;八洞交会,诸仙游集"之山②。著《天地宫府图》,又将天台山的赤城山洞列为全国十大洞天的第六位,可见天台山在其心目中的崇高地位。

司马承祯在嵩山师从潘师正学道有成后,曾遍游名山寻找修真之所,最终选中天台山,至少有以下两方面的原因:一是天台山乃六朝以降最为知名的仙山之一,司马承祯的太师祖陶弘景等高道都曾登临;二是天台山是天下仙山中远离政治中心但又偏而不僻、适于避乱隐居的绝佳之地,司马承祯的师叔王轨就曾于隋末动乱之际隐居此山。徐灵府《天台山记》云:"先生早岁从道,始居嵩华,犹杂以风尘,不任幽赏。乃东入台岳,雅惬素尚,遂此建修真之所。"③明确点出司马承祯离开嵩山是因为该处"犹杂以风尘,不任幽赏"。众所周知,嵩山靠近洛阳,而洛阳是唐朝的东都,更是武周时期的首都。武周时期,江山易主,拥护李唐王朝的势力曾数次发动兵变。聪慧颖悟的司马承祯所以离开"犹杂以风尘"的嵩山,大约于武则天万岁登封元年(696)止于天台山,可能有远离政治中心寻找"幽赏"之地隐居的深层考量。

司马氏入天台山,先前可能居于灵墟,后来居于玉霄峰,景云二年(711)后居于桐柏观。司马氏于天台山"住经二十八载,频奉敕诏,先生多不就",可见其"逊远"于此山"修真"的心志和对此山的钟情。

---

①司马承祯《上清侍帝晨桐柏真人真图赞》,吴受琚辑释《司马承祯集》,社会科学文献出版社,2013年,第32—33页。

②司马承祯《上清侍帝晨领五岳司右弼桐柏真人王仙君图赞》,吴受琚辑释《司马承祯集》,第40—41页。

③徐灵府《天台山记》,胡正武点校本,第6页。

四、纷入天台：诗人寻访浙东“乐彼长生道”

天台山的自然禀赋和道教积淀吸引了司马承祯前去隐修，而司马承祯的天台隐修又吸引了李白前去访道。承祯的桐柏栖居、李白的天台访道，两人的浙东情缘产生了巨大的名人效应，吸引了众多的文人名士纷至沓来，寻访浙东，问道天台，为浙东唐诗之路的形成发挥了重要作用，为浙东唐诗之路主要目的地（天台山）的形成奠定了重要基础。

（一）李白的天台访道与浙东情缘

李白是唐代诗人中深受道教影响的典型代表，其学道修仙与道教宗师司马承祯及其弟子有密切关联，与道教名山天台山亦有交集，并对后世产生了深刻影响。

李白生活于道教影响如日中天的盛唐时期，其一生轨迹都有鲜明的修仙烙印。青少年处于道教氛围甚浓的蜀中时期，李白就喜好仙道之事，有“家本紫云山，道风未沦落”①、“五岁诵六甲，十岁观百家”②、“十五游神仙，仙游未曾歇”③的自述；寻访过峨眉山、戴天山、紫云山等道教名山，留下《登峨眉山》《访戴天山道士不遇》等诗作，写下“倘逢骑羊子，携手凌白日”④之类企慕白日飞升、轻举远游的诗

①李白《题嵩山逸人元丹丘山居》，郁贤皓校注《李太白全集校注》卷二二，凤凰出版社，2015年，第3216页。

②李白《上安州裴长史书》，郁贤皓校注《李太白全集校注》卷二五，第3696页。

③李白《感兴八首》之五，郁贤皓校注《李太白全集校注》卷二一，第3063页。

④李白《登峨眉山》，郁贤皓校注《李太白全集校注》卷一八，第2559页。

句;结交了元丹丘这位道士挚友①。玄宗开元十二年(724),李白“杖剑去国,辞亲远游”②,遍游名山大川,其重要原因之一即是“寻仙”,其诗有云“此行不为鲈鱼脍,自爱名山入剡中”③,又云“五岳寻仙不辞远,一生好入名山游”④。

开元十三年(725),李白在江陵拜会了司马承祯。开元十二年(724),栖居天台山的司马承祯“将归衡岳,暂憩茅山”⑤,可能于次年从茅山前往衡岳,路过江陵。此时,李白经巴渝,出三峡,过荆门,亦抵达江陵。两人在江陵见面,李白得到了一代宗师司马承祯的褒扬,非常兴奋,当即写下《大鹏遇希有鸟赋》,广传于世。中年后李白将此赋改定为《大鹏赋》,序云:

> 余昔于江陵见天台司马子微,谓余有仙风道骨,可与神游八极之表。因著《大鹏遇希有鸟赋》以自广。此赋已传于世,往往人间见之。悔其少作,未穷宏达之旨,中年弃之。及读《晋书》,睹阮宣子《大鹏赞》,鄙心陋之。遂更记忆,多将旧本不同。今腹存手集,岂敢传诸作者?庶可示之子弟而已。⑥

李白被司马承祯赞为“有仙风道骨,可与神游八极之表”,于是作赋,以大鹏自比,以“希有鸟”比司马承祯,并称赞“希有鸟”“跨蹑地络,

①详参郁贤皓《李白与元丹丘交游考》,收入其论文集《李白丛考》,陕西人民出版社,1982年,第97—113页。

②李白《上安州裴长史书》,郁贤皓校注《李太白全集校注》卷二五,第3699页。

③李白《秋下荆门》,郁贤皓校注《李太白全集校注》卷一九,第2741—2742页。

④李白《庐山谣寄卢侍御虚舟》,郁贤皓校注《李太白全集校注》卷一一,第1669—1670页。

⑤司马承祯《陶弘景碑阴记》,周绍良主编《全唐文新编》卷九二四,第12704页。

⑥李白《大鹏赋》,郁贤皓校注《李太白全集校注》卷二四,第3527页。

周旋天纲"的气势，表示仰慕和追随之情。李白在序中提到"天台司马子微"，可见在李白心目中，司马承祯虽然栖居过嵩山等众多名山，但天台山才是其最主要的栖居地，"天台"才是其最显著的标识。应该说，江陵相会，李白结识司马承祯，爱屋及乌，必然会激起前去探访一代宗师主要栖居地——天台山的意愿。

江陵拜会司马承祯的次年即开元十四年(726)，李白即有越中之行、天台之游。该年李白从广陵出发前往越中时曾赋诗赠别储邕，其诗为《别储邕之剡中》，云："借问剡中道，东南指越乡。舟从广陵去，水入会稽长。竹色溪下绿，荷花镜里香。辞君向天姥，拂石卧秋霜。"①尾联"辞君向天姥，拂石卧秋霜"表达欲在天姥隐居之意。天姥，即天姥峰、天姥山，乃天台山脉中西北方向的著名山峰。李白从广陵到会稽，经剡中，上天台，登上了天台山脉的主峰华顶，写下《天台晓望》，云："天台邻四明，华顶高百越。门标赤城霞，楼栖沧岛月。凭高远登览，直下见溟渤。云垂大鹏翻，波动巨鳌没。风潮争汹涌，神怪何翕忽。观奇迹无倪，好道心不歇。攀条摘朱实，服药炼金骨。安得生羽毛，千春卧蓬阙？"②此诗前四句写华顶之高，中六句写凭高远览所见壮阔景象，后六句自然地由壮阔之景引发游仙之思，表达"攀条摘朱实，服药炼金骨。安得生羽毛，千春卧蓬阙"栖居此山、服药成仙的意愿。与此诗同时，李白还写了《早望海霞边》，云："四明三千里，朝起赤城霞。日出红光散，分辉照雪崖。一餐咽琼液，五内发金沙。举手何所待？青龙白虎车。"③此诗前四句写赤城山、瀑布峰(雪崖)之壮美景色，后四句抒发服食成仙的渴慕。需要指出的是，李白于江陵拜会司马承祯的次年即登天台，很大的可能是拜师学道，

①李白《别储邕之剡中》，郁贤皓校注《李太白全集校注》卷一二，第1830页。
②李白《天台晓望》，郁贤皓校注《李太白全集校注》卷一八，第2568—2569页。
③李白《早望海霞边》，郁贤皓校注《李太白全集校注》卷一八，第2572页。

可惜的是司马承祯此时已奉唐玄宗之命移居王屋山了，故而未能再次晤面请教。但天台山天姥峰、华顶峰、赤城山、瀑布峰之壮景，给他留下了极深的印象，而天台山“朱实”“琼液”等触手可及的修炼服食之物，更让他产生了栖居此山修仙的情思。

开元十四年（726）上天台山寻访司马承祯而未遇，之后李白与道士元丹丘等同行，先后寻访司马承祯的弟子焦静真和再传弟子胡紫阳。开元十九年（731），李白来到嵩山，栖于元丹丘颍阳山居，有《题元丹丘颍阳山居》等诗。同时，李白又赠诗于司马承祯弟子焦静真，表达“紫书倘可传，铭骨誓相学”①的拜师学道心愿。开元二十年（732），李白与元丹丘、元演同游随州，拜访司马承祯再传弟子胡紫阳，有诗《题随州紫阳先生壁》，表达“终愿惠金液，提携凌太清”②的学道修仙、希冀提携之意。本年，李白有《冬夜于随州紫阳先生餐霞楼送烟子元演隐仙城山序》，云：“吾与霞子元丹、烟子元演，气激道合，结神仙交。殊身同心，誓老云海，不可夺也。历行天下，周求名山，入神农之故乡，得胡公之精术。胡公身揭日月，心飞蓬莱。起餐霞之孤楼，炼吸景之精气。延我数子，高谈混元。金书玉诀，尽在此矣。”③于此可见李白与元丹丘、元演同师胡紫阳，“得胡公之精术”，宽泛地讲，李白亦可谓司马承祯的三传弟子（司马承祯——李含光——胡紫阳——李白）。后来天宝年间，胡紫阳仙逝，李白为作《唐汉东紫阳先生碑铭》，云：“陶隐居传升元子，升元子传体元，体元传贞一先生，贞一先生传天师李含光，李含光合契乎紫阳……余与紫阳神交，饱餐素论，十得其九。弟子元丹丘、王□等，咸俵鸾凤之仪羽，想

①李白《赠嵩山焦炼师》，郁贤皓校注《李太白全集校注》卷八，第1183—1185页。

②李白《题随州紫阳先生壁》，郁贤皓校注《李太白全集校注》卷二二，第3192页。

③李白《冬夜于随州紫阳先生餐霞楼送烟子元演隐仙城山序》，郁贤皓校注《李太白全集校注》卷二六，第3837—3838页。

珠玉之云气。洒扫松月，载扬仙风，篆石颂德，与兹山不朽。”①清晰地梳理出“陶弘景（陶隐居）——王远知（升元子）——潘师正（体元）——司马承祯（贞一先生）——李含光——胡紫阳——元丹丘”的传承脉络，同时指出自己“与紫阳神交，饱餐素论，十得其九”，即使没有师徒之名，亦有授受之实。

天宝元年（742），李白因唐玄宗之妹——道士玉真公主之荐，做了翰林供奉②。天宝三载，李白“候间上疏，请还旧山。玄宗甚爱其才，或虑乘醉出入省中，不能不言温室树，恐掇后患，惜而遂之”③。该年秋，李白与杜甫、高适同游于梁宋。可能就在此期间，李白来到了司马承祯最后的栖息地——王屋山阳台观。司马承祯已于开元二十三年（735）仙逝，李白面对司马承祯绘制的山水壁画，睹物思人，挥毫写下“山高水长，物象千万。非有老笔，清壮何穷？十八日上阳台书。太白”④，褒赞司马承祯的丹青“老笔”，穷尽清壮之景，绘出“物象千万”。这是目前发现的李白唯一书法真迹。于此可见李白与司马承祯的情缘。该年秋冬之际，李白在齐州师从高尊师，接受道教符箓，成了名副其实的道士。李白有诗记其事，云：“道隐不可见，灵书藏洞天。吾师四万劫，历世递相传。别杖留青竹，行歌蹑紫烟。离心无远近，长在玉京悬。”⑤李阳冰《草堂集序》亦言及此事，云：“天子知

①李白《唐汉东紫阳先生碑铭》，周绍良主编《全唐文新编》卷三五〇，第3999—4000页。

②魏颢《李翰林集序》：“白久居峨眉，与丹丘因持盈法师达。白亦因之入翰林，名动京师。”（周绍良主编《全唐文新编》卷三七三，第4316页）其中的持盈法师即玉真公主。

③范传正《赠左拾遗翰林学士李公新墓碑》，周绍良主编《全唐文新编》卷六一四，第6946页。

④李白《题上阳台》，郁贤皓校注《李太白全集校注》卷三〇，第4182页。

⑤李白《奉饯高尊师如贵道士传道箓毕归北海》，郁贤皓校注《李太白全集校注》卷一四，第2089页。

其不可留,乃赐金归之,遂就从祖陈留采访大使彦允,请北海高天师授道箓于齐州紫极宫。将东归蓬莱,仍羽人驾丹丘耳。"①

天宝五载(746)秋冬之际,李白自东鲁启程前往越中,行前赋《梦游天姥吟留别》。该诗意旨,正如陈沆《诗比兴笺》所云:"太白被放以后,回首蓬莱宫殿,有若梦游,故托天姥以寄意。首言求仙难必,遇主或易,故'我欲因之梦吴越,一夜飞度镜湖月'。言欲乘风而至君门也。'身登青云梯,半壁见海日'以下,言金銮召见,置身云霄,醉草殿廷,侍从亲近也。'忽魂悸魄动'以下,言一旦被放,君门万里,故云'惟觉时之枕席,失向来之烟霞'也。'世间万事东流水','安能摧眉事权贵'云云,所谓'平生不识高将军,手污吾足乃敢嗔'也。题曰留别,盖寄去国离都之思,非徒酬赠握手之什。"②天姥山是天台山脉的重要山峰,李白将其作为失志去朝、远游消愁的栖居地,可见天台山在李白心目中具有精神家园般的崇高地位。

天宝六载(747)夏秋之间,李白再次来到越中漫游,再次登上天台山华顶,并赋《同友人舟行游台越作》,宣泄"空持钓鳌心"却无奈"谢魏阙"的苦闷,表达"华顶窥绝冥,蓬壶望超忽""炼真骨"的学仙修道之志③。如果说开元十四年(726)首次登华顶写《天台晓望》云"服药炼金骨""千春卧蓬阙",还是青年李白涉世未深的浪漫想象,那么二十一年后再次登华顶云"愿言弄倒景,从此炼真骨",则是中年李白失志去朝后安顿身心的无奈选择。青年时的浪漫想象与中年时的无奈选择,交汇于天台山,可见李白与此山的不解情缘。此番越中漫游,李白还写了《越中秋怀》,云"何必探禹穴,逝将归蓬丘。不然

①李阳冰《唐李翰林草堂集序》,周绍良主编《全唐文新编》卷四三七,第5095页。
②陈沆《诗比兴笺》,中华书局,1959年,第159页。
③李白《同友人舟行游台越作》,郁贤皓校注《李太白全集校注》卷一七,第2432页。

五湖上，亦可乘扁舟”①，抒发“归蓬丘”“乘扁舟”的隐逸愿望。越中山水，无疑是学仙修道、隐逸悠游的绝佳之处，李白到越中的经历，正可为其注脚。

天宝十三载（754），李白在扬州与远道来访的魏万相识，同游金陵，别时李白赠诗《送王屋山人魏万还王屋》，序云：“王屋山人魏万，云自嵩、宋沿吴相访，数千里不遇。乘兴游台越，经永嘉，观谢公石门。后于广陵相见。美其爱文好古，浪迹方外，因述其行而赠是诗。”诗歌详述魏万游踪，其中叙其游天台山云：“天台连四明，日入向国清。五峰转月色，百里行松声。灵溪恣沿越，华顶殊超忽。石梁横青天，侧足履半月。眷然思永嘉，不惮海路赊。挂席历海峤，回瞻赤城霞。赤城渐微没，孤屿前峣兀。水续万古流，亭空千霜月。”②写得如此生动贴切，不仅是魏万登览天台游踪的呈现，亦是李白游历天台场景的回放，于此可见李白对天台山的熟悉和喜爱。

实际上，李白诗中涉及天台山的篇什除了上述《别储邕之剡中》《天台晓望》《早望海霞边》《梦游天姥吟留别》《同友人舟行游台越作》《送王屋山人魏万还王屋》之外，还有《同族弟金城尉叔卿烛照山水壁画歌》《当涂赵炎少府粉图山水歌》《赠僧崖公》《赠王判官时余归隐居庐山屏风叠》《留别西河刘少府》《送友人寻越中山水》《送杨山水归天台》《金陵送张十一再游东吴》《送纪秀才游越》《江上答崔宣城》《拟古·其十》《翰林读书言怀呈集贤诸学士》《秋夕书怀》《求崔山人百丈崖瀑布图》《莹禅师房观山海图》《普照寺》《咏方广寺》等，粗略统计有20余首。李白有如此多的诗篇或直接歌咏、或间接涉及天台山，相较李白笔下的其他名山，天台山在李白心目中的特殊

①李白《越中秋怀》，郁贤皓校注《李太白全集校注》卷二一，第2999页。

②李白《送王屋山人魏万还王屋》，郁贤皓校注《李太白全集校注》卷一三，第1905—1925页。

地位是无可比拟的。

天台山能获李白的垂青,与此山偏而不僻又有适于道徒服食炼丹之物的自然禀赋密不可分,与此山吸引葛玄、顾欢、陶弘景、徐则、王轨等众多隐士高道驻访所形成的丰厚积淀密不可分,也与初盛唐之际国师司马承祯将此山作为主要栖居地密不可分。司马承祯是道教宗师兼好仙文人群体的思想领袖,李白是"上为王师,下为伯友"①的翰林学士兼旷世诗仙,两人都具有极大的影响力。司马承祯的天台隐居与李白的寻访,两人的浙东情缘,产生了巨大的名人效应。

(二)孟浩然等名士登览与"乐彼长生道"

唐代有众多的诗篇歌咏或涉及天台的人、事、景、物、传说、典故等,天台学者安祖朝先生《天台山唐诗总集》共收唐代 312 位诗人的 1362 首唐诗②。笔者粗略估算,其中百余位诗人应该登览过天台山,大约有三种类型。

一是慕名游览型。盛唐山水田园诗派著名诗人孟浩然仕途失意,将适天台,写下《将适天台留别临安李主簿》,表达"羽人在丹丘,吾亦从此逝"③的意愿;又写下《舟中晚望》,绘出"问我今何去,天台访石桥。坐看烟霞晚,疑是赤城标"④的急切;登临天台,写下"吾友太一子,餐霞卧赤城。欲寻华顶去,不惮恶溪名"⑤寻访高道的决心;宿桐柏观,写下"纷吾远游意,乐彼长生道"⑥的仙道体验。诗圣杜甫

①李华《故翰林学士李君墓志》,周绍良主编《全唐文新编》卷三二一,第 3637 页。

②安祖朝《天台山唐诗总集》,浙江古籍出版社,2018 年。

③孟浩然著,佟培基笺注《孟浩然诗集笺注》卷中《将适天台留别临安李主簿》,湖北教育出版社,2017 年,第 231 页。

④孟浩然著,佟培基笺注《孟浩然诗集笺注》卷上《舟中晚望》,第 58 页。

⑤孟浩然著,佟培基笺注《孟浩然诗集笺注》卷上《寻天台山》,第 48 页。

⑥孟浩然著,佟培基笺注《孟浩然诗集笺注》卷上《宿天台桐柏观》,第 11 页。

青年时曾游吴越，到过天台山脉的天姥峰，其《壮游》诗里有“归帆拂天姥”①的表述。中唐著名诗人顾况有《从剡溪至赤城》，云：“灵溪宿处接灵山，窈映高楼向月闲。夜半鹤声残梦里，犹疑琴曲洞房间。”②中唐诗人徐凝有《天台独夜》，云：“银地秋月色，石梁夜溪声。谁知屐齿尽，为破烟苔行。”③新乐府运动的积极参与者李绅有《华顶》，云：“欲向仙峰炼九丹，独瞻华顶礼仙坛。石标琪树凌空碧，水挂银河映月寒。”④晚唐诗人李频有《越中行》，其中有云：“天台闻不远，终到石桥行。”⑤这些诗篇描绘天台胜景，多有倾慕之意。

二是学道求仙型。中唐道士柳泌由大臣所荐，为唐宪宗炼制长生丹药，其对宪宗云：“天台山神仙所聚，多灵草，臣虽知之，力不能致，诚得为彼长吏，庶几可求。”⑥宪宗信之，任命其为台州刺史以便入天台山采药炼丹。柳泌到天台山采药炼丹时，曾作《琼台》一诗，云：“崖壁盘空天路回，白云行尽见琼台。洞门黯黯阴云闭，金阙曈曈日殿开。”⑦中唐诗人施肩吾晚年学道求仙，有《送端上人游天台》，阐发“来说天台意最真”的入山学道之体悟⑧。晚唐诗人许浑有《早发天台中岩寺度关岭次天姥岑》，点出入山“欲求真诀驻衰颜”的求仙渴盼⑨。另外，上清派南岳天台系中的陈寡言、徐灵府、杜光庭等道

①杜甫《壮游》，萧涤非主编《杜甫全集校注》卷一四，人民文学出版社，2014 年，第 4084 页。
②顾况《从剡溪至赤城》，《全唐诗》（增订本）卷二六七，第 2963 页。
③徐凝《天台独夜》，《全唐诗》（增订本）卷四七四，第 5408 页。
④李绅《华顶》，《全唐诗》（增订本）卷四八三，第 5529 页。
⑤李频《越中行》，《全唐诗》（增订本）卷五八八，第 6881 页。
⑥司马光《资治通鉴》卷二四〇，中华书局，1956 年，第 7754 页。
⑦柳泌《琼台》，《全唐诗》（增订本）卷五〇五，第 5787 页。
⑧施肩吾《送端上人游天台》，《全唐诗》（增订本）卷四九四，第 5629 页。
⑨许浑《早发天台中岩寺度关岭次天姥岑》，《全唐诗》（增订本）卷五三三，第 6136 页。

士隐居天台山修道期间,也都有诗作涉及天台山。

三是遁世隐居型。寒山是从盛唐至中唐(时代跨度)、由咸京至天台(迁徙路线)、由儒道至佛禅(思想历程)的一位隐逸诗人①,隐居天台山长达七十年,现存 313 首诗。其中有"雄雄镇世界,天台名独超""平野水宽阔,丹丘连四明。仙都最高秀,群峰耸翠屏。远远望何极,矶矶势相迎。独标海隅外,处处播嘉名"②等名篇佳句盛赞天台山的嘉名。与寒山同时代的拾得,也是一位隐士,有"故林又斩新,剡源溪上人。天姥峡关岭,通同次海津。湾深曲岛间,淼淼水云云。借问嵩禅客,日轮何处暾",描写天台山周围剡溪、天姥山的美景,还有"闲入天台洞,访人人不知。寒山为伴侣,松下啖灵芝"③的诗句,叙述仙道逸风。晚唐诗人曹唐初为道士,后举进士不第,隐居天台山多年,《天台山方外志》云:"寓天台,以能诗名。后为荆湘从事。赋《桃源》诗,脍炙人口。"④其中所谓《桃源》诗,即曹唐所写刘晨阮肇天台山遇仙的五首组诗。

唐代有如此众多的文人名士、诗坛巨擘钟情于天台山,或慕名游览,或学道求仙,或遁世隐居,其中有一个共同的原因,即孟浩然所云"纷吾远游意,乐彼长生道"⑤,张籍亦有类似的表白"选得天台山下住,一家全作学仙人"⑥。简言之,天台山是求仙长生的佳地、避乱隐居的首选,正如葛洪所云,天台山是"正神在其山中""可以精思合作仙药",又"可以避大兵大难"之处。

①李建军《寒山诗的雅俗跨界与文学史价值》,《杜甫研究学刊》2019 年第 2 期。
②项楚《寒山诗注》,中华书局,2000 年,第 696、691 页。
③项楚《寒山诗注》,第 862、882 页。
④释无尽《天台山方外志》卷一〇,第 232 册第 730 页。
⑤孟浩然著,佟培基笺注《孟浩然诗集笺注》卷上《宿天台桐柏观》,第 11 页。
⑥张籍《送辛少府任乐安》,《全唐诗》(增订本)卷三八六,第 4363 页。

五、诗路成型：游越“向天台”与浙东唐诗之路

除了天台山，唐代还有众多的文人名士、诗坛巨擘钟情于剡溪、会稽山、镜湖、戢山、兰亭、云门山、法华山、宛委山、若耶溪、金庭山、石城山、沃洲山、四明山、雪窦山、括苍山、委羽山等浙东其他名胜，并留下大量诗篇，相关路线被当代学者命名为“浙东唐诗之路”。

“浙东唐诗之路”作为一个学术术语，源于新昌竺岳兵先生。竺先生于1991年5月在南京召开的中国首届唐诗宋词国际学术讨论会上，提交论文《剡溪——唐诗之路》，正式提出“剡溪唐诗之路”的学术论断①。竺先生认为：“唐诗中的浙东范围，指浦阳江流域以东，括苍山脉以北至东海这一地区……浙东的地形，像一个倒放着的‘爪’字，底面（即南面）一撇是括苍山与大盘山，上面自左而右（即自西而东）三撇，依次为会稽山、四明山、天台山……境内的一条剡溪，把镜湖、剡中盆地这两个景区和三大名山，紧密地联结成一个相对独立的有机整体。”竺先生从范围的确定性、形态的多样性、文化的继承性三个方面综合考察，认为唐代剡溪（含浙东运河西段、曹娥江）沿线，是“对唐诗特色的形成，起了载体作用的，具有代表性的一条道路”，于是将其命名为剡溪唐诗之路②。1993年8月，中国唐代文学学会正式发文，“同意原‘剡溪唐诗之路’正式命名为‘浙东唐诗之路’”③。可见中国唐代文学学会认可的浙东唐诗之路的内涵和外延，即竺先生界定的剡溪唐诗之路，指唐代剡溪（含浙东运河西段、曹

①该文收入竺岳兵《唐诗之路综论》，中国文史出版社，2003年，第3—18页。

②竺岳兵《剡溪——唐诗之路》，见《唐诗之路综论》，第3—18页。

③《中国唐代文学学会关于把“剡溪唐诗之路”定名为“浙东唐诗之路”的批复》，见《唐诗之路综论》，第240页。

娥江)沿线,涉及台州、越州(今绍兴)、明州(今宁波)三州之地。

后来浙东唐诗之路的外延有扩展,浙江大学林家骊先生认为:"'浙东唐诗之路'是指唐代诗人穿越浙东七州(越州、明州、台州、温州、处州、婺州、衢州)的山水人文之路,他们大多从钱塘江出发,经古都绍兴,自镜湖向南过曹娥江,溯源而上,入浙江剡溪,过剡中,至天台山石梁飞瀑。以后,这条线路又延伸到温州,再从瓯江回溯至钱塘江。"①将涉及浙东三州(台州、越州、明州)的唐诗之路延展为浙东七州。2019年底,浙江省人民政府发布的《浙江省诗路文化带发展规划》,指出:"浙东唐诗之路主要以曹娥江——剡溪——椒(灵)江为主线,包括宁波(奉化、余姚)——舟山支线,覆盖宁波、绍兴、舟山、台州等部分行政区域。"②将剡溪(含浙东运河西段、曹娥江)沿线延展到了椒(灵)江,并加入宁波(奉化、余姚)——舟山支线。我们可根据范围宽窄,将中国唐代文学学会认可的浙东唐诗之路(即竺先生剡溪唐诗之路)称为狭义,将《浙江省诗路文化带发展规划》的界定称为中义,将林家骊先生《"浙东唐诗之路"上的诗歌创作》的界定称为广义。本文所论"浙东唐诗之路",主要指狭义。

浙东唐诗之路的主体是一条剡溪(含浙东运河西段、曹娥江)串起两处平野(镜湖、剡中盆地)、三大名山(会稽山、四明山、天台山)。三山之中,天台山至关重要。与四明山和会稽山相比,天台山面积最大,范围最广,自然禀赋更优,佛道底蕴更厚。唐代文人进入浙东唐

①林家骊《"浙东唐诗之路"上的诗歌创作》,《光明日报》2019年2月11日。另外,林家骊在《浙东唐诗之路是如何形成的》中指出:"'浙东唐诗之路'主要指从浙江渡江抵越州萧山西陵渡口进入浙东运河,再到达越州——就是今天的绍兴,然后沿越中名水剡溪上溯,经剡中到达佛教天台宗发源地天台山。"(《光明日报》2019年6月3日),前者可谓广义,后者可谓狭义。

②浙江省人民政府《浙江省人民政府关于印发浙江省诗路文化带发展规划的通知》,《浙江省人民政府公报》2019年第25、26期。

诗之路，目的往往是悠游、清修、隐逸，而这些目的又往往与寻佛访道相关联。天台山是第一个中国化的佛教宗派——天台宗的发祥地，智者大师于此山开宗立派，影响无远弗届，使此山更添台宗摇篮之盛名。天台山又是齐备适于道徒服食炼丹之物、具有优越自然禀赋的道教名山，有葛玄、顾欢、陶弘景、徐则、王轨等众多隐士高道驻访所形成的丰厚积淀，更有作为唐代国师司马承祯主要栖居地所赢得的巨大声誉。因此，天台山是佛道资源兼备且都在唐代声名远播的名山，其影响可能超越四明山和会稽山。因此，唐代文人进入浙东唐诗之路，沿着剡溪逆流而上，追溯源头，往往会到达天台山，寻佛访道，悠游清修，甚而遁世隐居。概言之，天台山以其自然禀赋、佛道底蕴成为最能承载浙东唐诗之路特质的名山，成为浙东唐诗之路的主要目的地。孟浩然《舟中晚望》云“问我今何去，天台访石桥”①，李白《送友人寻越中山水》云“此中多逸兴，早晚向天台”②，都点出了越中之游的目的地在天台。孟浩然、李白可谓浙东唐诗之路诗人的杰出代表，他们的诗句可谓游越“向天台”的最好表白。

浙东唐诗之路得以形成，浙东的自然禀赋是基础。古剡溪沿线及附近的天台、新昌、嵊州、余姚、奉化等地，拥有天台山、四明山、天姥山、雪窦山等名山，汇聚剡溪、曹娥江、若耶溪等名川，拥有镜湖、沃洲湖等名湖，出产剡纸、越茶、越绡、越瓷等名物。自然禀赋为浙东唐诗之路的形成提供了资源条件。经济条件是支撑。东晋以来，包括浙东在内的江南庄园经济得到长足发展；安史之乱后，北方人口大量南迁，浙东经济走向繁荣，成为唐朝政府税收重镇。经济繁荣为浙东唐诗之路的形成提供了物质保障。文化积淀是核心。浙东唐诗之路沿线是“以中国山水诗奠基人谢灵运为代表的、山水诗的发祥地”，

①孟浩然著，佟培基笺注《孟浩然诗集笺注》卷上《舟中晚望》，第58页。

②李白《送友人寻越中山水》，郁贤皓校注《李太白全集校注》卷一三，第1930页。

“以般若学‘六家七宗’为代表的、改造外来佛教成中国化佛教时期、佛学修行者的中心地”,“佛教在中国盛行时期的中国第一个佛教宗派天台宗的诞生地”,“以王母为中心的道教巩固充实时期上清派的发源地”,“以王羲之为代表的中国书法艺术的圣地”,“以元嘉年间天姥山山水画为标志的中国山水画的源头”,“以谢安为代表的士族文化的中心地”①。文化灿烂为浙东唐诗之路的形成发挥了核心力量。

浙东唐诗之路得以形成,文化巨擘在浙东的思想创新、文化创造、文学创作则是关键。晋代的王羲之、晋宋之际的谢灵运、陈隋之际的智者大师等思想文化名人在浙东的文化活动及其创造,为唐代众多诗人造访浙东发挥了先导作用。三朝帝师司马承祯隐居天台,为浙东唐诗之路的最终形成发挥了不可替代的作用。

一是司马承祯声震朝野、长栖浙东,让东晋以来名气渐大的浙东在唐代收获更大的声誉,吸引众多的文人名士纷至沓来,寻访浙东,或慕名游览,或学道求仙,或遁世隐居,为浙东唐诗之路成型发挥了重要的引领作用。

二是司马承祯栖身浙东、炼养身心,形塑了浙东唐诗之路安顿身心、清修隐逸的独特品性。唐代文人名士进入浙东,有壮游、宦游、隐游、避乱游、经济考察游和神游等多种类型,其关键词都是“游”,是安顿身心的方外之“游”,不是建功立业的世俗之“进”;有悠游山水的超逸之“乐”,无踥蹀奔竞的风尘之“累”。孟浩然《自洛之越》云“山水寻吴越,风尘厌洛京”②,《宿天台桐柏观》云“纷吾远游意,乐彼长

①《“唐诗之路”首倡者——竺岳兵》中竺先生之语,冯时林《石城日志:党的群众路线教育实践督导纪实》,浙江科学技术出版社,2015 年,第 176 页。

②孟浩然著,佟培基笺注《孟浩然诗集笺注》卷中《自洛之越》,第 220 页。

生道”①，清晰点出了远游越中目的在于厌弃洛京的风尘、寻找山水的慰藉，甚而寻访长生的仙方。孟浩然的表白很大程度上代表了进入浙东唐诗之路的文人心声。简言之，浙东唐诗之路是一条悠游之路、清修之路、隐逸之路，这就使其与奔竞仕途、关涉政坛的两京唐诗之路，开疆拓土、建功立业的陇右唐诗之路等区别开来，形成自己的鲜明特色。司马承祯栖身浙东、炼养身心，开创南岳天台系，吸引众多文人名士“乐彼长生道”，纷入浙东，强化了浙东唐诗之路安顿身心的品性。

三是司马承祯遍寻名山、长隐台岳，为浙东唐诗之路主要目的地（天台山）的形成发挥了关键作用。司马承祯曾遍游名山寻找修真之所，最终选中天台山，一是因其偏而不僻的地理方位和可以制药炼丹的自然禀赋，二是因其汉魏以降已成“神仙之窟宅，罗汉之道场”，积淀了极为丰富的道教底蕴。司马承祯的天台隐修吸引了李白前去寻访。两人的浙东驻访，产生了巨大的名人效应，吸引众多的文人名士寻访浙东，问道天台。司马承祯“入天台”“栖天台”“咏天台”，与其交往的帝王大臣名士诗文“涉天台”，其开出的南岳天台系弟子“守天台”，受其影响的文人如李白等“游天台”“梦天台”，共同奏响一曲“扬天台”的交响乐，飘扬在风尘已倦、渴慕悠游的文人学士耳畔，不断吸引他们“上天台”，为浙东唐诗之路主要目的地（天台山）的形成发挥了关键作用。

（作者单位：台州学院）

①孟浩然著，佟培基笺注《孟浩然诗集笺注》卷上《宿天台桐柏观》，第11页。

论唐代高道司马承祯的文学创作

高　平

司马承祯(647—735),唐代道教上清派第十二代宗师,曾受到武则天、唐睿宗、唐玄宗三代帝王的接见,问及道术与治国之道,是当时著名的宗教家。他除了在道教思想上有创造性贡献外,还在文学、绘画、铸造、养生等领域具有精深造诣。本文拟对学界较为忽视的文学创作作一探讨,以深化对司马承祯的研究。

据中国社科院吴受琚研究员《司马承祯集》,司马承祯现存诗一首①,传文一篇,碑文一篇,经疏一篇,疏文一篇,图赞与铭文七篇,佚文若干以及道教理论著作《坐忘论》《服气精义论》各一篇。诗与传文可视为文学作品,与道教有关的撰述亦有一定的文学审美价值,以下依次探讨之。

一、《答宋之问》:唱和诗中见境界

司马承祯《答宋之问》诗云:

①吴受琚《司马承祯集》收诗二首,一为《答宋之问》,一为《山居洗心》。《山居洗心》存于明清以来的方志中,但在清彭定求等编的《全唐诗》中题为司马退之所撰,著作权存疑,故本文对之不予讨论。本文所引司马承祯诗文皆出自吴受琚《司马承祯集》,社会科学文献出版社,2013 年。

> 时既暮兮节欲春，山林寂兮怀幽人。登奇峰兮望白云，怅缅邈兮象欲纷。白云悠悠去不返，寒风飕飕吹日晚。不见其人谁与言，归坐弹琴思逾远。

考诸史籍，该诗最早出现于宋计有功《唐诗纪事》卷一三，其中“司马承祯”条云：

> 宋之问《吟冬宵引赠承祯》云：“河有冰兮山有雪，北户墐兮行人绝。独坐山中兮对明月，怀美人兮屡盈缺。明月的的寒潭中，青松幽幽吟劲风。此情不向俗人说，爱而不见恨无穷。”承祯答云：“时既暮兮节欲春，山林寂兮怀幽人。登奇峰兮望白云，怅缅邈兮象郁纷。白云悠悠去不返，寒风飕飕吹日晚。不见其人谁与言，归坐弹琴思逾远。”①

宋诗第三句“独山中兮对明月”明刊本《宋之问集》作“独坐山中兮对松月”，王仲镛《唐诗纪事笺注》认为应以明本《宋之问集》为是。然司马承祯答诗通首皆为七言，应是严格按照宋诗格式来回赠的，其第三句为“登奇峰兮望白云”，而明刊本宋之问集则为八言，在整首诗中格格不入，破坏了诗体的整饬感，故应维持《唐诗纪事》本原文之七言句。

吴受琚《司马承祯集》卷一一“司马承祯事迹辑略”宋之问诗题为《吟冬霄引赠承祯》，笔者以为“霄”字似误。东汉许慎《说文解字》曰：“宵，夜也。”②《周礼·秋官》曰：“禁宵行者、夜游者。”③李白《塞

---

①计有功撰，王仲镛校笺《唐诗纪事校笺》第2册，中华书局，2007年，第442页。
②计慎撰，段玉裁注《说文解字注》七篇下，上海古籍出版社，1988年，第340页。
③阮元校刻《十三经注疏》之《周礼注疏》卷三二，中华书局，1980年，上册第885页。

下曲》云:“晓战随金鼓,宵眠抱玉鞍。”①“宵”与“晓”相对,表“夜”意甚明。而霄则为天空、云气之意,如《淮南子·原道训》云:“乘云陵霄。”②这在诗歌中运用非常普遍。“霄”又与“宵”通假,表夜晚,如《吕氏春秋·明理》曰:“有众日并出,有昼盲,有霄见。”③不过这种用法并不普遍,诗歌中更不常用。再与其他版本对勘,宋李昉等编《文苑英华》卷三三一、明高棅编《唐诗拾遗》卷三、清《全唐诗》卷五一、《渊鉴类函》卷一六皆作《冬宵引》,明皇甫汸《皇甫司勋集》卷一〇所收他人之作亦作《冬宵引》,故当以“宵”为是。

《冬宵引》之引,为乐府诗体之名。宋郭茂倩《乐府诗集》卷五七“琴曲歌辞”引梁元帝萧绎《纂要》,称史上著名琴师所奏琴曲“有畅、有操、有引、有弄”。《琴论》释曰:“引者,进德修业,申达之名也。”又曰:“古琴曲有五曲、九引、十二操……九引:一曰《烈女引》,二曰《伯妃引》,三曰《贞女引》,四曰《思归引》,五曰《霹雳引》,六曰《走马引》,七曰《箜篌引》,八曰《琴引》,九曰《楚引》。”④李贺乐府诗《李凭箜篌引》即为描写箜篌的名篇。宋之问还作有《高山引》《绿竹引》,其中《绿竹引》入选《乐府诗集》,《高山引》整篇为楚辞体,“兮”字居于句中,字数分别为九、九、七、七、五、五、六、六、九、九,而《冬宵引》前半为七言楚辞体,后半为七言古体。宋之问赠司马承祯诗题为《吟冬宵引》,意为诗人据琴曲作诗,诗可据谱曲而吟也。承祯答诗末句“归坐弹琴思逾远”,即是对之问吟诗相赠的回应。

有关二人唱和的时间,陶敏认为:“宋之问早年居嵩山,师潘师

①李白著,郁贤皓校注《李太白全集校注》卷四,凤凰出版社,2015 年,第 2 册第 524 页。版本下同。

②刘安著,刘文典集解《淮南鸿烈集解》卷一,云南大学出版社,1998 年,第 8 页。

③吕不韦等撰,陈奇猷校释《吕氏春秋新校释》,上海古籍出版社,2002 年,上册第 363 页。

④郭茂倩编《乐府诗集》卷四九,中华书局,1979 年,第 3 册第 822 页。

正，二人唱和当在高宗末、武后前期。”①“之问师事潘师正，与韩法昭、司马承祯交游即在早年居嵩山时，详情亦无可考，其时当在高宗朝至武后垂拱初。”②徐永恩则认为：“司马承祯师事潘师正乃从唐高宗乾封二年（667）开始，宋之问师事的时间不确定，潘师正仙逝于则天顺圣皇后光宅元年（684）。如果说此诗作于早年嵩山学道阶段，那用不着作诗引赠，如面问候就可以了。”③学界通常认为宋之问出生时间约在唐高宗显庆元年（656），其中进士时间为上元二年（675），时年二十岁左右，此后即踏入仕途，沉溺不返。以其热衷官场的个性来看，其《卧闻嵩山钟》所说的“昔事潘真人，北岑采薇蕨”④当在二十岁之前。那么宋之问赠诗给司马承祯是否在此之前呢？徐永恩意见值得参考，如二人皆在潘师正门下学道，宋之问无须作诗表达“爱而不见恨无穷”的思慕之情。倘细绎诗意，之问居于深山之中，冰雪层积，行人断绝，北风劲吹，端是隆冬景象，而承祯答诗则曰“时既暮兮节欲春”，显在冬春之交时节。时间上答诗比赠诗要晚，这意味着二人空间距离亦较遥远，当不是同在潘师正门下修道之时。之问诗云“此情不向俗人说”，将彼此视为高雅之人，承祯赠诗亦曰“不见其人谁与言，归坐弹琴思逾远”，将之视为同道，情思绵渺。后来之问谄事张易之，为士林所不齿，承祯即使出于同门之谊，亦不会赠诗表达深

①沈佺期、宋之问撰，陶敏、易淑琼校注《沈佺期宋之问集校注》之《宋之问集校注》卷一，中华书局，2001年，下册第366页。

②沈佺期、宋之问撰，陶敏、易淑琼校注《沈佺期宋之问集校注》，下册第782页。徐永恩《司马承祯与天台山》称出自《沈佺期宋之问集校注》下册第400页，误。

③徐永恩《司马承祯与天台山》，上海古籍出版社，2019年，第206页。按，《旧唐书》称潘师正卒于永淳元年（682），陶敏、易淑琼校注《沈佺期宋之问集校注》认为其卒于垂拱元年（685）。

④沈佺期、宋之问撰，陶敏、易淑琼校注《沈佺期宋之问集校注》之《宋之问集校注》卷四，第583页。

切怀念之想。再从诗歌艺术上来看,宋诗第三句若独立出来审视,“独山中兮对明月”不如明刊本《宋之问集》“独坐山中兮对松月”之畅达,但整首诗皆为七言,此处应为“独山中兮对明月”。然而“独山中”之表达几不成语,显示出之问此时诗艺尚未纯熟。之问最为脍炙人口的韵事,莫过于圣历元年(697)春武后游洛南龙门,诏从臣赋诗,而之问夺锦袍之事。故笔者系二人赠答时间为上元二年至圣历元年之间(675—697)。据胡旭、徐永恩等人的研究,司马承祯隐居天台的时间始于垂拱年间(685—688),则司马承祯答诗很有可能是作于隐居天台山之后。依据以上推理,承祯答诗时间很有可能是在垂拱元年至圣历元年之间(685—697)。

正如与司马承祯同时的张若虚仅凭《春江花月夜》就可“孤篇横绝,竟为大家”①,有些作家虽然存诗作品少,但从仅存的作品我们亦可窥见其艺术成就。这对司马承祯也适用。这首答诗在艺术表现上非常高超,下面我们略加分析。

通常来说,酬赠诗中答诗要比赠诗更难作,因为它是在前者划定的范围内进行,题材主题须相合,思想情感须呼应,艺术形式须一致,故而更能见出答者之文学素养。如苏轼《水龙吟》(次韵章质夫《杨花词》),被王国维先生评为“东坡《杨花词》,和均而似元唱;质夫词,元唱而似和均”②。这是回赠次韵之作超过原作的佳例。宋之问是当时公认的诗坛骄子,开创一代诗风的中心人物。司马承祯作诗回赠,无异与之过招。其结果如何呢?

据唐刘肃《大唐新语》卷八所载,宰相张说曾称宋之问“如良金

①王闿运《论唐诗诸家源流答陈完夫问》,陈兆奎辑,见王闿运撰,马积高主编《湘绮楼诗文集》之《王志》卷二,岳麓书社,1996年,第2册第37页。

②王国维著,彭玉平疏证《人间词话疏证》卷上,中华书局,2011年,第170页。

美玉,无施不可"①,认为其擅长多种题材、体式与风格的写作。《新唐书》本传则曰:"魏建安后迄江左,诗律屡变,至沈约、庾信以音韵相婉附,属对精密。及之问、沈佺期,又加靡丽,回忌声病,约句准篇,如锦绣成文。学者宗之,号为'沈、宋',语曰'苏、李居前,沈、宋比肩',谓苏武、李陵也。"②高度评价之问后期在律诗上的重大贡献。如前所述,宋之问赠司马承祯诗是用七言古体夹杂楚辞体写成,除了表示骚人雅韵之外,也有可能是其前期作品,其最擅长的体式律诗尚未成熟,故采取这种混搭的形式。其诗八句,分为四组:第一组写景,第二组抒情,第三组又写景,第四组再次抒情。玩其章法,可发现第一、三组为写景,二、四组为抒情,第二组中"独山中"与"怀美人"对应,"对明月"与"屡盈缺"对应,而第五句又与第三句皆写"明月"。将司马承祯和诗与之对照,可发现二者章法完全一致,就连第五句、第三句也都是写同样的事物"白云"。从句法来说,宋诗第三组"明月的的"与"青松幽幽"词性、叠词皆对应,和诗"白云悠悠"与"寒风飕飕"亦然,而彼此第七句"此情不向俗人说"与"不见其人谁与言"亦桴鼓相应,正可谓"同声相应,同气相求"也。更重要的是司马承祯的答诗读来亲切自然,丝毫不见斧凿痕,若去掉题目,脱离之问诗背景,我们几乎看不出这是一首和诗。亦步亦趋而宛若天成,和诗锤炼到如此境地,真是苦心孤诣,非能手不办矣!

以上形式技巧的分析,尚不足以一较司马承祯与宋之问诗歌艺术境界之高下。笔者拟从意象角度作一探究。宋之问以明月之盈缺不定、映照寒潭来表达思友不见的遗憾,明月并无深刻意蕴,与后来寒山诗"我心如明月,寒潭清皎洁"之表达佛家本心尚有区别。白云在道教中则有着特殊的含义。《庄子·天地》称上古圣人"千岁厌

①刘肃《大唐新语》,中华书局,1984年,第130页。

②欧阳修、宋祁《新唐书》卷二〇二,中华书局,1975年,第18册第5751页。

世,去而上仙,乘彼白云,至于帝乡”①。帝乡即虚无之上、逍遥之境。道教上清派茅山宗大师陶弘景虽游走于政治、仙道之间,有山中宰相之称,但却追求思想与人格的独立与自由,曾答帝王诏问曰:“山中何所有? 岭上多白云。只可自怡悦,不堪持寄君。”②司马承祯对师祖陶弘景非常崇敬,在《茅山贞白先生碑阴记》中称之为“百代之名师”,自身行事亦以弘景为榜样。唐李绰《尚书故实》甚至如此记载道:“司马天师名承祯,字紫微,形状类陶隐居。玄宗谓人曰:‘承祯,弘景后身也。’”③承祯答之问诗,以白云传达悠远高洁的情思,未尝不受弘景诗之影响。承祯所望之白云郁郁纷纷,风姿多变,但终于悠悠一去不复返,象征着友人离我远去,再难相见,颇有《庄子·山木》“送君者皆自崖而反,君自此远矣”④的意境。司马承祯以白云喻友人,又自号“白云子”,可见其对白云有着极深的情结。如此看来,诗中运用白云意象,又似将二人情谊融入其中,创造出深情绵渺而又气象高远的意境。以艺术境界而言,司马承祯答诗似比宋之问赠诗更高一筹。承祯以自家极为喜爱的白云喻指之问,也充分说明该诗应作于之问尚未劣迹显露之时,二人此时正是意气相投,惺惺相惜。

二、《素琴传》:为假传道夫先路

司马承祯的《素琴传》是一篇奇文,文体为传记,传主却不是人,而是一张素朴的琴。这种传主为物而非人的传记被称为“假传”。中

①陈鼓应注译《庄子今注今译》外篇《天地》,中华书局,1983 年,中册第 306 页。版本下同。

②沈德潜选《古诗源》卷一三,中华书局,1963 年,第 321 页。

③李绰《尚书故实》,见罗宁点校《大唐传载》(附:张固《幽闲鼓吹》、李濬《松窗杂录》、李绰《尚书故实》),中华书局,2019 年,第 122 页。

④陈鼓应注译《庄子今注今译》外篇《山木》,第 502 页。

国文学史上公认的假传开山之作是中唐韩愈的《毛颖传》,同时又有柳宗元的《蝜蝂传》,此后历代有之,蔚为大观,成为一种重要的文学现象①。奇怪的是,承祯《素琴传》亦为假传,却并未引起学者应有的重视,故很有探究的必要②。

琴在中国古代文化史上地位崇高,其制作可上溯到远古时期。汉扬雄《琴清英》曰:“昔者神农造琴,以定神、禁淫嬖、去邪,欲反其真者也。舜弹五弦之琴而天下治,尧加二弦,以合君臣之恩也。”③桓谭《琴道》云:“昔神农氏继伏羲而王天下,上观法于天,下取法于地,近取诸身,远取诸物,于是始削桐为琴,绳丝为弦,以通神明之德,合天地之和焉。”④正如嵇康《琴赋》所言:“众器之中,琴德最优。”⑤后世文人以琴为写作对象,或诗或赋,或论或赞,或独立成篇,或融入他体,成为必不可少的文学素材,梳理下来,直可构建一部中国琴文学史。而在此名物文学史中,司马承祯《素琴传》又有着特殊的地位。它融汇了传记、寓言、志怪、论赞等多种文体因素,呈现出以传记引领,又融合他体的样貌,可视作韩愈假传《毛颖传》的前驱之作。

---

①俞樟华、娄欣星等《古代假传和类传研究》(黑龙江人民出版社,2015 年)对假传文体论之甚详,可参看。

②朱迎平《唐宋传体文流变论略》从破体角度,将“变体之传”分为五类:自传(如陶渊明《五柳先生传》)、讽喻传(如柳宗元《种树郭橐驼传》)、拟人传(如韩愈《毛颖传》)、传物(如司马承祯《素琴传》)、传奇(如陈鸿《长恨歌传》),认为“将物体比拟成人,为其取名并按传记体例为其作传,可称之为拟人传”,但论“传物”时又说“拟人传的实质是传物,另有直接为物立传的”,然则“传物”应属于“拟人传”,并无独立之必要,朱氏分类有些随意。朱迎平《唐宋传体文流变论略》,《学术研究》2010 年第 5 期。

③严可均辑《全上古三代秦汉三国六朝文》之《全汉文》卷一四,中华书局,1958 年,第 1 册第 421 页。版本下同。

④严可均辑《全上古三代秦汉三国六朝文》之《全汉文》卷一五,第 1 册第 552 页。

⑤嵇康著,戴明扬校注《嵇康集校注》卷二,中华书局,2015 年,第 126 页。版本下同。

传文可分四部分。第一部分记述琴的原材料梧桐的生长环境、伏羲氏以桐制琴以及琴禁邪存正、修身反真的功能。传文以“桐琴，字清素，临海桐柏山灵墟之木也”起首，显然是对正史列传的模仿。班固《汉书·陈胜项籍传》云：“陈胜，字涉，阳城人也。”①韩愈《毛颖传》云：“毛颖者，中山人也。”②三者对照，《素琴传》介绍桐琴为临海灵墟之木，既不像正史那样称传主为某地人，也不像《毛颖传》那样隐去传主原形，说明《素琴传》尚处于正史列传向文学假传过渡的时期，转捩之迹甚明。在介绍桐琴生地后，作者接着叙述天地开辟之初的“昭生厚土，挺出崇岳”，后“经亿万岁，人莫之识，唯凤从之游，以栖荫焉。神茂灵嗣，子孙弥远”，梧桐一族可谓绵长。因《尚书·禹贡》有云“峄阳孤桐”③，《周礼·春官》亦云“云和之琴瑟”④、“空桑之琴瑟”⑤，故传文曰：“承先胄之乔者，聚于鲁郡峄山之阳。分株徙植，略遍诸岳，即因地受气，亦殊体异材。云和空桑，冬夏异奏。”生长地从峄阳扩散到云和、空桑诸地。要注意的是，对梧桐生长地的记述，也是人、物混合，既称“先胄”(先代世系)，又曰“分株徙植”，说明传文参考了正史传记中记述家族开枝散叶的叙事模式，但又没有脱离梧桐的植物本性泛泛而谈，散发出神话与志怪小说的光色。

第二部分介绍琴之形制及与之相关的历史典故，表达“以琴道致和平”“以琴声感通”“以琴理和神”“以琴声导人之志”“以琴声显人之情”等功用，所用素材基本来自前代各类文献。如为了说明琴艺精湛者可以琴声感通，作者连用师旷奏琴玄鹤降舞、瓠巴鼓琴潜鱼出

①班固《汉书》卷三一，中华书局，1975年，第7册第1785页。

②韩愈著，刘真伦、岳珍校注《韩愈文集汇校笺注》卷二六，中华书局，2010年，第6册第2717页。

③阮元校刻《十三经注疏》之《尚书正义》卷六，中华书局，1980年，上册第148页。

④阮元校刻《十三经注疏》之《周礼注疏》卷二二，上册第789页。

⑤阮元校刻《十三经注疏》之《周礼注疏》卷二二，上册第790页。

跃、师文叩弦露降泉涌的灵异事件,以表琴具有沟通物我的功能。从叙述方式来看,作者是以列举典型事件的方式交代琴之功能。这被韩愈《毛颖传》所继承,该传以散文体表述显得更加生动,且具有强烈的戏剧性,寥寥数笔就使形象跃然纸上。试看这两句:“居东郭者曰䨲,狡而善走,与韩卢争能,卢不及。卢怒,与宋鹊谋而杀之,醢其家。”其出处有三:一是刘向《新序·杂事》五,“昔者齐有良兔曰东郭䨲,盖一旦而走五百里;于是齐有良狗曰韩庐,亦一旦而走五百里。使之遥见而指属,则虽韩庐不及众兔之尘;若蹑迹而纵绁,则虽东郭䨲亦不能离”①。二是《战国策·齐策》三,“齐欲伐魏,淳于髡谓齐王曰:‘韩子卢者,天下之疾犬也,东郭逡(䨲)者,海内之狡兔也。韩子庐逐东郭逡,环山者三,腾山者五,兔极于前,犬废于后,犬兔俱罢,各死其处。’”②三是郑玄注《礼记·少仪》,“守犬、田犬问名,畜养者当呼之名,谓若韩卢、宋鹊之属”③。韩愈为了说明狡兔善走而难逃被猎杀的命运,将三则材料有机结合,编成一个惊险的谋杀故事,体现了以文为戏的文体特征。相比之下,司马承祯的叙述还只是铺叙史实,故事是作为论据出现的,生动性不足,这符合假传草创期尚未突破论述文藩篱的实际情况。

第三部分是叙述斫琴奏琴,向我们展示了一个古琴大师的风采。语句上骈散结合,整句如贯珠,散句若行云,读来自然古雅,如听琴声铮铮而鸣。琴的形制,是“上为人颈人肩,取其发声之位也;中为凤翅,取其来仪之音也;末为龙断,取其幽吟之感也”,为了完备“尚象之义”,故斫时“圆其首,曲其翅,方其肩,短其足”。这里形容词用作动

①刘向著,石光英校释,陈新整理《新序校释》卷五,中华书局,2009 年,中册第 748—750 页。

②刘向集录,范祥雍笺证《战国策笺证》之《齐策》卷一〇,上海古籍出版社,2018 年,第 2 册第 612 页。

③阮元校刻《十三经注疏》之《礼记正义》卷三五,下册第 1514 页。

词,生动诙谐,妙趣横生。琴制成之后,作者"游灵溪,登华峰,坐皓月,凌清飙",弹奏自度的琴曲。四个动作自下而上,由实及虚,颇有仙风道骨的气度。弹奏时,则是:"其木声也,则琅琅锵锵,若球琳之并振焉;诸弦合附,则采采粲粲,若云雪之轻飞焉;众音谐也,则喈喈噰噰,若鸾凤之清歌焉。"这里借鉴了赋的铺陈之法,句式整饬,皆由四、五、七言构成,兼以叠词"琅琅锵锵""采采粲粲""喈喈噰噰"阶段性出现,读来如旋律回环往复,极富音乐之美。作者充分吸收了先贤诗赋的语汇,如"采采粲粲"即出自嵇康《琴赋》之"英声发越,采采粲粲"①,"喈喈"②、"噰噰"③分别出自宋玉的《高唐赋》《九辩》,而中唐颜真卿《和政公主神道碑》"凤凰于飞,梧桐是依。噰噰喈喈,福禄攸归"④,显然又源于《素琴传》。本部分的句法和用字都受到了辞赋的深刻影响。这种做法在后来的假传中并不多见。

第四部分为论赞,重申以桐为琴的原因,表达以琴为友的志趣,抒情色彩浓烈。对琴德的讴歌,对隐居之地天台山的喜爱,洋溢于字里行间。因为本文还不是严格按照正史列传的体例来写,故结尾并无"太史公曰"等类似表述。

综上所述,我们可以看出司马承祯的《素琴传》是一篇文采斐然的美文。它是司马承祯为自己所斫之琴而写的一篇传记。它并非严格意义上的正史传记,而是融入志怪、寓言、神话、辞赋等多种文体因素,客观上成为假传的试验性作品。我们可以说这是一个艺术感觉敏锐的作家的预见,也是文学上的大胆尝试。虽然从韩愈开创的假

①嵇康著,戴明扬校注《嵇康集校注》卷二,中华书局,2015 年,第 129 页。

②萧统编,李善、吕延济等注《日本足利学校藏宋刊明州本六臣注文选》卷一九,人民文学出版社,2008 年,第 286 页。

③萧统编,李善、吕延济等注《日本足利学校藏宋刊明州本六臣注文选》卷三三,人民文学出版社,2008 年,第 515 页。

④董诰等编《全唐文》卷三四四,中华书局,1983 年,第 4 册第 3493 页。

传创作主流来看，这篇传记也只有第一部分比较符合假传的拟人特性，后面都是将主人公作为物来记述，但它毕竟是以物作为传记之名。产地、生物特性、名物的德与用、与之相关的历史典故等后来假传的文体要素，都能融入作品中，诚为难能可贵。《素琴传》在传记文学史，尤其是假传文学史上应有其导夫先路的先驱地位。

三、颂论文：道教宗师的论说风范

司马承祯作为道教上清派茅山宗的宗师，如何在道教理论上推陈出新、自成一家固然重要，如何言说布道，影响信众，垂范后世，也非常重要。所谓言之无文，行而不远，如果道教理论著作写得晦涩难懂，读来味同嚼蜡，显然不会吸引更多的人去阅读甚至信仰。司马承祯深知论说方式的重要性，故而在增强说服力、引人入胜上下了很多功夫。这主要体现在论说文的逻辑性与形象性上。

从论说的逻辑性来说，司马承祯的《坐忘论》可谓典范之作。司马承祯以“坐忘”为修道成仙路径。“坐忘”一词出自《庄子·大宗师》：“堕肢体，黜聪明，离形去智，同于大通，此谓坐忘。”司马承祯释曰：“夫坐忘者，何所不忘哉？内不觉其一身，外不知乎宇宙，与道冥一，万虑皆遗。”①那么如何才能达到“与道冥一，万虑皆遗”的境界呢？他从“敬信”“断缘”“收心”“简事”“真观”“泰定”“得道”七个层次阐述了修道成仙的具体过程，环环相扣，依次而进，终成正果。“信者道之根，敬者德之蒂”，“敬信”是修道的首要条件，不敬不信不能修道。确立敬信之后，就必须“断缘”，斩断一切尘缘俗事，所谓“弃事则形不劳，无为则心自安”，“迹弥远俗，心弥近道，至神至圣，孰不由此乎？”不为外界所惑，主动远离显德露能、遗问庆吊等无益之

①张松辉译《新译坐忘论》，三民书局，2019 年，第 9 页。

事。断缘的同时还要“收心”,因为“心者,一身之主,百神之帅,静则生慧”,“收心离境,住无所有,不着一物,自入虚无,心乃合道”,收心才能合道,心若流浪无依,则不能与道冥合。这与孟子的“求其放心”也相切合。接着就是“简事”,“断简事物,知其闲要,较量轻重,识其去取,非要非重,皆应绝之”。无益之事、非重要之事,皆应摒除。收心简事之后,“日损有为,体静心闲,方能观见真理”。这就是“真观”,坐忘中的关键一步。“泰定”则是进入“形如槁木,心若死灰,无感无求,寂泊之至,无心于定而无所不定”的状态,静则生慧,慧而不用,德而不恃,方能证得常道。以上六个阶段都通过后,就是“得道”了。从上可知,七个层次不止是修炼的阶梯,也具有论说的逻辑,循序渐进,步步深入,令人信服。

从形象性来说,布道之文具有启发民智、唤起信仰的作用,所以必须深入浅出,通俗形象,无论贤愚皆能理解。寓言故事、比喻拟人等各种修辞术的巧妙运用可以增强论说的效果。如其论“真观”之途,打比方道:“又如勇士逢贼,无所畏惧,挥剑当前,群寇皆溃,功勋一立,荣禄终身。今有贫病恼害我者,则寇贼也;我有正心,则勇士也;用智观察,则挥剑也;恼累消除,则战胜也;湛然常乐,则荣禄也。凡有苦事来迫,我心不作此观而生忧恼者,如人逢贼,不立功勋,弃甲背军以受逃亡之罪,去乐就苦,何可愍焉?”以勇士战斗来譬喻正心用智,从正反两方论证,令人警醒。又如:“今以随侯之珠,弹千仞之雀,人犹笑之。况弃道德,忽性命,而从非要以自促伐者乎!”比喻中有比较,后者更甚于前者,论证断缘简事之重要。

司马承祯的《太上升玄消灾护命妙经颂并序》也值得关注。他以五言偈颂的方式阐释经文,其中运用了大量的比喻,兼以韵律优美,似其琴声之“琅琅锵锵”,读来颇有艺术享受。如其为“宛转世间,轮回生死。漂浪爱河,流吹欲海。沉滞声色,迷惑有无”作颂道:“生灭何时灭,相因浩劫来。似环蝼蚁转,如毂碾尘埃。谁言河海阔?深浅尚能知。爱欲情无底，何年有出时？水鸟及风林，咸归一法音。如何颠倒性，自起万般心？虚无含有象，有象复归无。心若无明了，知权呼有无。”将生死轮回比作蝼蚁转环、毂碾尘埃，令人的渺小无奈立即呈现于眼前。“谁言河海阔？深浅尚能知。爱欲情无底，何年有出时？”譬喻更进一层，写出爱欲痴贪无极之不可救药。李白《北风行》之“黄河捧土尚可塞，北风雨雪恨难裁”①，与之异曲同工。

文学史上常有作家某一方面才能被其他方面更杰出的才能掩盖的事例，如宋人说“曾子固不能诗”，对此钱钟书先生《宋诗选注》评曾巩诗道：“就八家（唐宋八大家）而论，曾巩的诗虽然比不上韩愈、柳宗元、欧阳修、苏轼，但是远比苏洵、苏辙父子的诗好，其七言绝句更有王安石的风致。”②其实这对司马承祯同样适用，他是一代道教宗师，也是一位值得研究的作家，但其文名几乎完全为道学所掩，学界至今看不到系统探讨其诗文创作的论著，这不能不说是件遗憾的事。他的《答宋之问》绝不输于之问原作，甚至从思想意境来说更胜一筹；其《素琴传》乃文学史上第一篇假传，为韩愈等人的假传创作作出了可贵的探索；论说文富有逻辑，形象性强，富有论辩技巧。司马承祯在文学史上应该有其一席之地。

（作者单位：台州学院）

①李白著，郁贤皓校注《李太白全集校注》卷二，凤凰出版社，2015 年，第 1 册第 348 页。

②钱钟书选注《宋诗选注》，生活 · 读书 · 新知三联书店，2002 年，第 63 页。

刘禹锡与唐诗之路

肖瑞峰

国内学术界对刘禹锡的研究肇始于20世纪50年代，而以卞孝萱先生的《刘禹锡年谱》（中华书局上海编辑所1963）为发轫标志。其后，先后刊行的传世著作有吴汝煜的《刘禹锡传论》（陕西人民出版社1988）、卞孝萱等的《刘禹锡评传》（南京大学出版社1996）、瞿蜕园的《刘禹锡集笺证》（上海古籍出版社1989）、陶敏等的《刘禹锡全集编年校注》。拙著《刘禹锡诗论》《刘禹锡诗传》《刘禹锡新论》（浙江大学出版社2013、2014、2020）也在前贤时彦的研究基础上有所开拓与提升。至若研究论文，包括硕、博士学位论文，近年来随着学术的繁荣，呈现出数量不断飙升之势，总数已达300余篇。但迄今尚无一篇将刘禹锡与唐诗之路联系起来加以考察。这不仅因为唐诗之路是新近产生并渐成热点的学术概念，而且因为在既往的刘禹锡研究中，还存在视野不够宏阔、视角不够多元的缺憾。有鉴于此，本文拟作一次拓展视野和转换视角的尝试。

一、唐诗之路：由“浙东”向华夏全域的拓展

自从新昌学者竺岳兵先生率先提出“唐诗之路”的概念并予以梳理和阐释后，“唐诗之路”逐渐成为进入众多学者研究视野的学术命题。诚然，竺岳兵先生起初是径直将“剡溪”指称为“唐诗之路”的，

但后来随着学术境界的提升，他不断丰富与调适自己的理论思考与学术认知，而不再将“浙东唐诗之路”与“唐诗之路”这两个涵盖面不同的概念混为一谈。

事实上，唐诗之路涉及的地域应当涵盖大唐帝国的全部疆域，而不仅仅是浙东以剡溪为中心的这一段，尽管这一段以其秀丽的山水胜景和众多人文遗迹吸引了更多的唐代诗人前来寻幽览胜并流连忘返。举凡唐代诗人足迹所涉之处，均可称为唐诗之路。循此加以审视，那么，宽泛意义上的唐诗之路至少应该包括京洛唐诗之路、沅湘唐诗之路、关陇唐诗之路、巴蜀唐诗之路、岭南唐诗之路、浙西唐诗之路以及由于竺岳兵先生的阐扬而最先受到关注的浙东唐诗之路。它们共同构成了色彩斑斓的唐诗之路，而一颗颗璀璨夺目的唐诗明珠就镶嵌于其间，泽被百代，光耀千秋。

惟其如此，我们一方面要持续发力，将发轫于 20 世纪 90 年代的浙东唐诗之路研究推向纵深；另一方面要扩大视野，由浙东唐诗之路辐射开去，对覆盖面更广、包容性更强、文化底蕴更为丰厚的整条唐诗之路展开研究，不仅从文学地理学的视角考察唐诗之路各个区段的地理环境、诗人行踪及创作指向，而且综合运用各种新老研究方法，对遍布天涯海角的唐诗之路进行全面观照和总体把握。

其实，包括浙东唐诗之路在内，唐诗之路的主要区段都有丰饶的学术含量，值得我们去深入探索与发掘。研究价值大多可与浙东唐诗之路相比并。从唐代诗人的活动踪迹看，除了个别隐逸终老的诗人外，绝大多数诗人的活动半径都不限于一地，有的以“读万卷书，行万里路”为人生志趣，渴望漫游天下；有的为了谋求政治出路而入幕、出塞、辗转于天南海北；还有的在政治纷争中落败，被流放到远离京都与故土的穷乡僻壤。即便是以湖北襄阳为主要栖居地的隐逸诗人孟浩然，也曾为释褐而远赴长安，途经唐诗之路的多条分支，至少在京洛唐诗之路上可以摭拾到他的履痕。所以，我们似不宜将唐诗之路的各个区段相割裂,作相对封闭的静态研究。既可以从空间上考察不同诗人在同一区段内的生活轨迹,也可以从时间上探寻同一诗人在不同区段中的创作流程。

前者已在先期启动的浙东唐诗之路研究中得以实施,并取得了可喜的成果。而竺岳兵先生有筚路蓝缕、开启山林之功。后者则尚待开展——不是简单地勾勒出他们在唐诗之路各区段的踪迹,而是要从深层次上揭示他们与这条蕴含着多种政治元素和文化基因的道路之间的交涉与互动。通过史料勾稽、文本解读、实地踏勘,一方面透视这条道路的山川风物以及历史遗存如何给他们提供思想启迪、精神支撑和文学养料,另一方面厘清他们又是如何为这条道路增光添彩:不仅留下为民造福的政声,树立起一座座口碑,而且用生花妙笔将其自然景观和人文景观描绘得淋漓尽致,从而使之声名远播,经由文学世界进入人们的审美视域。

从某种意义上说,唐诗之路与唐代诗人是相互依托、相互成就、相互辉映的:没有了唐诗之路,唐代诗人就无从立足、无从远适、无从仗剑行吟;反之,没有了唐代诗人,唐诗之路就只是一条藉藉无名的路径,既与唐诗无涉,也匮乏文化底蕴,等同于寻常巷陌,失去其炫人眼目的标签。因此,研究唐诗之路,应该“路”“人”并举,而把“人”作为重点。

在唐诗之路形成与固化的过程中,中唐诗人刘禹锡(772—842)是功不可没者之一。他与唐诗之路的主要区段都有交涉。尽管在他的人生经历中没有过李白那样的壮浪纵恣的“漫游”时期,也没有像李白那样宣称“一生好入名山游”,但他一生命途多舛、历尽坎坷,二十余年在僻远小郡辗转流徙,因屡遭迁谪而与唐诗之路结缘殊深。结束谪藉,境遇得到改善后,他又被外放为苏州、汝州及同州刺史,频繁跋涉于旅途风尘中。或许可以说,他是唐代诗人中辗转旅途时间最长、亦即与唐诗之路关涉最多的诗人之一。唐诗之路的各区段或以秀极丽绝的阳春烟景，或以积淀丰厚的文化遗存，或以雄奇险峻的山形地貌，激发起他的家国兴亡之感、仕途偃蹇之慨和江山风物之思，使他诗兴遄飞，灵感如“万斛泉源，不择地而出”，于是一篇篇华章便伴随着他的脚步适时而生，又反向滋润着、辉映着这条道路，赋予其文学史及文化史意义。

二、刘禹锡与沅湘唐诗之路

永贞革新失败后，刘禹锡贬谪生涯的第一站是朗州（今湖南常德）。这使他得以涉足沅湘唐诗之路，踏勘其间，吟咏其间。肇始之作或可认定为《韩十八侍御见示岳阳楼别窦司直诗，因令属和重以自述，故足成六十二韵》。从唐诗发展史的视角看，这是刘禹锡与韩愈现存的唯一的一首唱和诗，不失为研究这两位中唐文学名家色彩斑驳的交谊的重要文献；从刘禹锡个人创作史的角度看，这首诗标志着他在历史舞台上的重心开始悄然从政坛向诗坛转移。而归结到既定的话题上，将它纳入唐诗之路研究的视阈中，它则是刘禹锡描摹沅湘唐诗之路的最早篇章。

诗歌的发端部分以穷形尽相的艺术笔触对洞庭湖这一沅湘唐诗之路上的标志性景观进行全方位的显影。诗人凭栏远眺，不断变换视角和调整焦距，将洞庭湖水天空阔、烟波浩渺的景象尽现于字里行间。先在时空交错中描摹洞庭湖的总体风貌与四季风光，用笔错落有致而又流转自如。接着凸显洞庭湖的地形之要和地位之隆，既刻划了其风和景明、湖光潋滟的常态，又展示了其西风漫卷、惊涛拍岸的异象。这种笔法直接开启了后代范仲淹的《岳阳楼记》。值得注意的是，在诗人描绘的画面上，还嵌入了“鲛人”“贝阙”“珠蛤”“文鳐”等富于联想功能的意象，将读者欣赏的触角牵引到画面之外无垠的空域，在调动读者想象力的同时，彰显了洞庭湖水下世界之华美和物产种类之丰富。惟其如此,后人要体味以洞庭湖为主要载体之一的沅湘唐诗之路,把握丰富的物理形态和深刻的文化内涵,刘禹锡这首诗或不失为最佳导读①。

刘禹锡贬居朗州(今湖南常德)十年之久,而朗州境内的"桃源"也是沅湘唐诗之路上的一个富于人文底蕴的重要景观,相传因陶渊明的《桃花源诗并记》而得名。刘禹锡的《桃源行》一诗便致力于对桃源的艺术再现:

> 渔舟何招招,浮在武陵水。拖纶掷饵信流去,误入桃源行数里。清源寻尽花绵绵,踏花觅径至洞前。洞门苍黑烟雾生,暗行数步逢虚明。俗人毛骨惊仙子,争来致词何至此。须臾皆破冰雪颜,笑言委曲问人间。因嗟隐身来种玉,不知人世如风烛。筵羞石髓劝客餐,灯爇松脂留客宿。鸡声犬声遥相闻,晓色葱茏开五云。渔人振衣起出户,满庭无路花纷纷。翻然恐失乡县处,一息不肯桃源住。桃花满溪水似镜,尘心如垢洗不去。仙家一出寻无踪,至今流水山重重。②

前于刘禹锡,王维已赋写了同题之作,且深获后人好评,甚至有目为"绝唱"者。但他基于"出世"之想,竭力把桃源渲染成脱略人间烟火气的"仙境",而且全部依据陶渊明诗文所描述的本事,以匪夷所思的想象之笔进行演绎。事实上,他也没有亲临桃源的实感,于沅湘唐诗之路上的这一节点相当陌生。稍后于刘禹锡,韩愈也作有《桃源图》一诗。诗由"桃源图"引申开去,力辟神仙之说,虽多议论,却也

①参见拙作《论刘禹锡与韩愈的唱和诗》,《云梦学刊》2020 年第 2 期。

②本文所引刘禹锡诗歌均出自瞿蜕园《刘禹锡集笺证》,上海古籍出版社,1989 年。后文不再出注。

不乏对桃源故实的铺叙和桃源景观的描绘，如“种桃处处惟开花，川原近远烝红霞”①等。没有史料证实韩愈曾游历桃源，所以，此诗应当也是虚拟之作，但这无妨它和王维的《桃源行》一样成为我们今天研究沅湘唐诗之路的历史材料。

刘禹锡则不然。桃源为朗州辖地，他曾多次实地考察与游览，所以诗中所记皆为其亲见亲闻、亲历亲感，尽管也不无驰骋想象的笔墨。除了此诗外，他另有《游桃源一百韵》，以更细致入微的笔触和情景交融的笔法，把现实中的桃源展示给世人。刘禹锡笔下的桃源虽然风俗淳厚，景色宜人，却有别于陶渊明所虚构的那个乌托邦式的世外仙境。它一方面以清丽、淡雅、和谐的画面诱使诗人向往隐逸生活，另一方面又无法使诗人栖心其中、撇却红尘。“桃花满蹊”二句意谓，桃花溪水纵有荡污涤垢的神奇效用，也无法洗去诗人深植于心底的尘念。畅游桃源之际，他也曾在出世与入世之间面临选择的困惑，一面喟叹人世如烛、人命如草，试图从仕途偃蹇、动辄得咎的苦难现实中逃逸出去，一面又理想未泯、心志未灰，仍然希冀挣脱困境、建功立业，所以不愿彻底斩断与苦难现实的情丝万缕。这就与王维的《桃源行》迥异其趣了。简言之，王诗以出世为旨，刘诗则徘徊于入世与出世的十字路口，而最终以入世为归。后者似乎更能引导读者本着对现实人生的热爱，执着于积极用世一路。

贬居朗州期间，刘禹锡不仅将星罗棋布于沅湘唐诗之路上的自然与人文胜景一一摭拾到笔下加以表现，创作了《武陵观火诗》《阳山庙观赛神》《经伏波神祠》《登司马错古城》《善卷坛下作》《汉寿城春望》《龙阳县歌》《梁国祠》等作品，极大地充实与丰富了沅湘唐诗之路的内涵，而且还“瞰于野，惟稼穑艰难是知；俯于逵，惟行旅呕吟

①方世举撰，郝润华、丁俊丽整理《韩昌黎诗集编年笺注》，中华书局，2012年，第366页。

是采”（《武陵北亭纪》），开始了民歌体乐府诗的创作尝试。这些作品不只是具有艺术上的探索意义，还记录了沅湘唐诗之路上特殊的风俗人情，为我们今天认知沅湘唐诗之路的丰富性和多样性提供了珍贵的样本。如《采菱行》：

> 白马湖平秋日光，紫菱如锦彩鸾翔。荡舟游女满中央，采菱不顾马上郎。争多逐胜纷相向，时转兰桡破轻浪。长鬟弱袂动参差，钗影钏文浮荡漾。笑语哇咬顾晚晖，蓼花绿岸扣舷归。归来共到市桥步，野蔓系船萍满衣。家家竹楼临广陌，下有连樯多估客。携觞荐芰夜经过，醉踏大堤相应歌。屈平祠下沅江水，月照寒波白烟起。一曲南音此地闻，长安北望三千里。

对朗州的风光景物和当地百姓的生活习俗，刘禹锡不惟了如指掌，而且随着时间的推移，日渐浸润其中，不期然而然地产生了一种由衷的赞赏之情。他以浓墨重彩绘就的这幅“湘女采菱图”，就是饱蘸着欣羡与赞许之情的，尽管他不可能融入其中，成为那欢快的劳动场面的参与者。但画面上秋光融融，碧波粼粼，欢歌偕轻舟共发，笑语与彩鸳齐飞，却凸显了当地的风土人情，成为风景画与风俗画的完美结合，也成为沅湘唐诗之路上的一个亮点。

约略作于同时的《竞渡曲》也是我们考察沅湘唐诗之路时不可忽略的作品：

> 沅江五月平堤流，邑人相将浮彩舟。灵均何年歌已矣，哀谣振楫从此起。杨桴击节雷阗阗，乱流齐进声轰然。蛟龙得雨鬐鬣动，螮蝀饮河形影联。刺史临流褰翠帏，揭竿命爵分雄雌。先鸣余勇争鼓舞，未至衔枚颜色沮。百胜本自有前期，一飞由来无定所。风俗如狂重此时，纵观云委江之湄。彩旃夹岸照蛟室，罗

袜凌波呈水嬉。曲终人散空愁暮，招屈亭前水东注。

彩舟竞渡，是起源于朗州的一种纪念屈原的方式。舟子奋力划桨时，用土语齐声高呼“何在”“何在”，这正是由古代沿袭下来的“招屈”民俗之一。这首诗真实而又生动地描写了彩舟竞渡的情景，乡土气息扑面而来，地方色彩也分外夺目，为我们展现了沅湘唐诗之路上的一道美丽风景线。

三、刘禹锡与岭南唐诗之路

刘禹锡度过朗州十年的谪居生活奉召回京后，又因赋诗忤怒执政而再贬为连州（今属广东）刺史。于是，他又与岭南结缘，成为岭南唐诗之路上的跋涉者与书写者。谪守连州期间，他一如既往地用如椽诗笔为当地的风物名胜传神写照，创作了《度桂岭歌》《沓潮歌》，以及包括《吏隐亭》《切云亭》《云英潭》《玄览亭》《裴溪》《飞练瀑》《蒙池》《棼丝瀑》《双溪》《月窟》在内的《海阳十咏》，使它们的历史面容得以在诗歌文化的载体中留存并保鲜。而尤为令人瞩目的是，他以更充沛的热情和更贴近的身姿，持续关注岭南独具特色的风景、风物与风情，乃至将士大夫通常视而不见的春种秋收劳动也作为乐于走笔的题材，在同时代的贬谪诗人中另辟蹊径。

《插田歌》是最引人瞩目的作品，可以从多个维度对它进行考察与寻绎——

冈头花草齐，燕子东西飞。田塍望如线，白水光参差。农妇白纻裙，农父绿蓑衣。齐唱郢中歌，嘤伫如竹枝。但闻怨响音，不辨俚语词。时时一大笑，此必相嘲嗤。水平苗漠漠，烟火生墟落。黄犬往复还，赤鸡鸣且啄。路旁谁家郎，乌帽衫袖长。自言

> 上计吏,年幼离帝乡。田夫语计吏,君家侬定谙。一来长安道,眼大不相参。计吏笑致辞,长安真大处。省门高轲峨,侬入无度数。昨来补卫士,唯用筒竹布。君看二三年,我作官人去。

一幅春光明媚、色泽绚丽的画面,由远及近,渐次被推送到读者眉睫之前,引发其浓烈的观赏意趣。画面上密切配合的农家夫妇,虽然从事着繁重的插秧劳动,偶亦不免发出怨嗟之声,但总体上却是达观的、乐天的、安于本分的。诗人独出机杼地将他们不时迸发出的歌声、笑声及相互嘲嗤声,处理为旋律繁复的画外音,使他们真实而又自然的音容笑貌再现在字里行间。这就不仅跳出了传统的山水田园诗的窠臼,而且也在涉笔岭南唐诗之路的作品中独具风貌。

岭南在唐代一向被视为交通不便、经济落后的蛮乡瘴地,用以流放罪臣。因而诞生于岭南唐诗之路上的作品大多情调悲苦、旋律哀婉。宋之问《度大庾岭》一诗写道:"度岭方辞国,停轺一望家。魂随南翥鸟,泪尽北枝花。山雨初含霁,江云欲变霞。但令归有日,不敢怨长沙。"①凄婉欲绝,令人不忍卒读。即便是宣称"欲为圣明除弊事,肯将衰朽惜残年"②的韩愈,贬往潮州途中,也向远道而来相见的侄孙韩湘倾吐了"好收吾骨瘴江边"的不良预期,视岭南为畏地。谪守潮州期间,未见其创作刘禹锡《海阳十咏》那样的聚焦于当地风物的作品,似于岭南唐诗之路无所增益。《韶州留别张端公使君》作于岭南,但地域色彩并不明显:"来往再逢梅柳新,别离一醉绮罗春。久钦江总文才妙,自叹虞翻骨相屯。鸣笛急吹争落日,清歌缓送款行

①沈佺期、宋之问撰,陶敏、易淑琼校注《沈佺期宋之问集校注》,中华书局,2001年,第428页。

②方世举撰,郝润华、丁俊丽整理《韩昌黎诗集编年笺注》,中华书局,2012年,第573页。

人。已知奏课当征拜,那复淹留咏白苹?"①这当然不是足以匡补岭南唐诗之路的典型作品。他的《潮州祭神文》和《祭鳄鱼文》倒是关乎岭南,但因其体裁是散文,又与唐诗之路无涉了。

相形之下,刘禹锡的连州诗作就很接地气了,不仅频繁落笔于岭南的风景风情,而且不作流落蛮乡瘴地的感喟与叹惋,一洗同侪作品的灰暗色调,从而使五色斑斓的岭南唐诗之路在他出神入化的诗笔下徐徐展现。特别难得的是,他还将世代生息于岭南的少数民族——莫徭族与众不同的生活状态和精神风貌攫入笔端作为题材,纤毫毕现地加以描状。《连州腊日观莫徭猎西山》一诗展示了当地瑶族冬日狩猎的盛大场面:

> 海天杀气薄,蛮军部伍嚣。林红叶尽变,原黑草初烧。围合繁钲息,禽兴大旆摇。张罗依道口,嗾犬上山腰。猜鹰屡奋迅,惊麏时跼跳。瘴云四面起,腊雪半空销。箭头余鹄血,鞍傍见雉翘。日暮还城邑,金笳发丽谯。

"莫徭",即今日之瑶族。在国势日蹙的中唐之际,为了弥补空虚的国库和捉襟见肘的财政,朝廷不断加大对各州郡的诛求力度,州郡长官亦相应采取竭泽而渔、不恤民生的做法,以至底层民众在苛政猛于虎的势态下连温饱也难以维持,不得不铤而走险、奋起反抗。岭南少数民族也曾揭竿而起,作困兽之斗。刘禹锡从惨痛的历史和严酷的现实中汲取教训,采用宽政、缓刑、减税的治郡方略,尽最大可能为莫徭族创造休养生息的条件。由此他也成为莫徭人心目中难得的爱民如子的父母官。尽管他不可能真正融入莫徭人的生活世界和感情

①方世举撰,郝润华、丁俊丽整理《韩昌黎诗集编年笺注》,中华书局,2012 年,第 617 页。

世界,却刻意跨越身份的鸿沟,对莫徭人作近距离的审美观照。这首观猎诗便以细腻的笔触和赞赏的笔调,全程追踪与摄录莫徭人的一次声势浩大的狩猎活动。称之为“蛮军”,既是依循当时的文化习惯,又烘托出一种亲切感。诗中所逐一渲染的“林红叶尽变”的风物特征、“海天杀气薄”的猎场氛围、“张罗依道口,嗾犬上山腰”的狩猎技巧,以及“箭头余鹄血,鞍傍见雉翘”的围猎成果,无不浸润着诗人对莫徭猎民骁勇彪悍的性格和娴熟多变的捕猎能力的称赏之情。这种称赏之情是由衷的,不加掩饰,也略无矫饰的。此类镜像是此前鲜为人知,也几乎无人涉笔的。而岭南唐诗之路如果缺少了这一奇特景观,显然会逊色不少①。

与此相映成趣,《莫徭歌》则对莫徭人的生活习俗(包括起居、婚姻等)进行艺术显影,推出岭南唐诗之路上的另一幅罕见的风俗画:

> 莫徭自生长,名字无符籍。市易杂鲛人,婚姻通木客。星居占泉眼,火种开山脊。夜渡千仞溪,含沙不能射。

画面鲜活而又逼真。在更为闭塞的环境里安身立命,较之汉族生民,莫徭人的生活比汉族生民还要艰辛得多。虽已脱离“刀耕火种”的蒙昧状态,但贫瘠的土地无法使他们仅靠农耕便能自给自足,还必须以“渔猎”作为生活的另一支撑。但闭塞却不失自由,艰辛却未绝欢乐。诗人用一幅幅特写画面,传写出勤劳、朴素、勇敢的莫徭人的生存状态,通过对一系列生活实景的生动描写,揭示了莫徭人善良、朴素、勤劳、勇敢的性格特征。从某种意义上说,幸赖有这类作品的存在,岭南唐诗之路才拓宽了内涵,增添了生气。联系刘禹锡此前写于朗州的

①参见拙作《论刘禹锡谪守连州期间的诗歌创作》,《浙江师范大学学报》2013年第5期。

《采菱行》《竞渡曲》和此后写于夔州的《畬田作》《竹枝词》《踏歌词》，或许可以说，刘禹锡对唐诗之路形成的最大贡献就是通过风景画、风俗画与风情画的勾勒与融合，赋予了这条诗路横亘千古的生气，使它变得鲜活起来、明媚起来、生动起来，而这恰恰是其他诗人用力不足的。

四、刘禹锡与巴蜀唐诗之路

刘禹锡的贬谪生涯长达20余年，其迁谪的踪迹由沅湘的朗州至岭南的连州，再至巴蜀的夔州（今重庆奉节）。担任夔州刺史的近三年时间里，他对巴蜀唐诗之路的拓展亦功不可没。蜀先帝刘备立国于此，诸多历史遗存为穿梭往来的唐代诗人提供了讽咏的题材，也为巴蜀唐诗之路的形成注入了丰饶的文化基因。“蜀先主庙”就位于夔州境内，而诸葛亮的“八阵图”遗址，史载有三处，其中一处也在夔州。这当然会成为刘禹锡驰骋才思的对象。他的《蜀先主庙》和《观八阵图》等诗都将眼前景物与历史传说熔于一炉，使之相互生发、相互激荡，并在其中寄寓深沉的现实感慨。

夔州又是“竹枝词”的故乡，其地歌风较朗、连二州尤甚。刘禹锡《踏歌词》纪其民俗说：“自从雪里唱新曲，直到三春花尽时。”一直致力于融合文人诗与民歌的刘禹锡，得其天时地利人和之便，成功地创作出以《竹枝词》《踏歌词》《浪淘沙词》为代表的一组又一组朗朗上口而又意蕴丰厚的民歌体乐府诗。这些作品不是简单地将民歌与文人诗相嫁接，而是努力促致夔州民歌的感情特质及表现手法与文人诗的写作技巧深层融合，从而或多或少地达到了“风景画与风俗画的融合、人情美与物态美的融合、诗意与哲理的融合、雅声与俚歌的融合”①，通过诸多

①参见拙作《论刘禹锡谪守夔州期间的诗歌创作》，《宁波大学学报》2014年第6期。

跨门类的艺术元素的相互映衬与激发,蔚为风采独具的大观。如今令人神往的巴蜀唐诗之路,如果缺席了刘禹锡的这两类作品,即便不至于黯然失色,也会有损其完美。

一个有趣的现象是,巴蜀唐诗之路上的一些深具历史内涵的景观曾为许多唐代诗人所同题共咏,巫山神女庙便是如此。将刘禹锡的《巫山神女庙》与同时代其他诗人的作品加以比照并观,可以更深一层地透见刘禹锡如何为巴蜀唐诗之路增色添彩。

自从宋玉的《高唐赋》描写楚怀王在巫山梦见神女自荐枕席后,巫山神女庙便吸引着众多的骚人墨客前来寻踪访胜,并成为他们竞相展示才艺的吟咏对象。唐代诗人在铺展笔墨时,比较偏爱乐府旧题《巫山高》,多以之为艺术载体,却总自觉不自觉地皈依宋玉《高唐赋》设定的情境,在"朝云暮雨"间或巧妙或拙劣地回旋。中唐名家李贺的《巫山高》亦复如此,技巧或不失高超,风格也不失鲜明,但可堪咀嚼者寥矣。

正如"蜀先主庙"及"诸葛八阵图"那样,巫山神女庙是刘禹锡谪守夔州期间不时踏访的景点。前贤题刻于庙中的数以千计的诗歌,他曾一一品鉴,而最为欣赏沈佺期、王无竞、皇甫冉和李端四人的《巫山高》。就中,沈佺期所作为:"巫山峰十二,合沓隐昭回。俯眺琵琶峡,平看云雨台。古槎天外倚,瀑水日边来。何忍猿啼夜,荆王枕席开。"①李端所作为:"巫山十二峰,皆在碧虚中。回合云藏月,霏微雨带风。猿声寒过涧,树色暮连空。愁向高唐望,清秋见楚宫。"②这两首诗的优长是,虽未能跳出宋玉《高唐赋》的窠臼,依然围绕楚怀王与神女的本事加以联想,却没有粘着于艳遇本身,而将主要笔墨放在刻

①沈佺期、宋之问撰,陶敏、易淑琼校注《沈佺期宋之问集校注》,中华书局,2001年,第239页。

②彭定求等编《全唐诗》(增订本)第5册,中华书局,1999年,第3239页。

划景物和渲染环境氛围上，既始终高度绾合楚怀王巧遇巫山神女的历史佳话，又与即目所见的独特风光丝丝入扣。这就是所谓“不即不离”“不粘不脱”。刘禹锡推许其为“绝唱”，原因或出于此。

反复揣摩、把玩前人题咏巫山神女庙的作品，刘禹锡于感慨之际，萌生出与其一较短长的意愿，便也将这一题材攫入笔底，巧运才思，务欲争胜。他没有沿用《巫山高》这一旧题，而径直命名为《巫山神女庙》：

> 巫山十二郁苍苍，片石亭亭号女郎。晓雾乍开疑卷幔，山花欲谢似残妆。星河好夜闻清佩，云雨归时带异香。何事神仙九天上，人间来就楚襄王？

开篇即着笔于巫山神女的形象描写，这是入题的需要，无法与前人取不同轨辙。但接下来诗人完全撇开了对有关巫山神女的风流韵事的铺陈，而纯以勾魂摄魄的想象之笔，展示神女的绰约风姿和迷幻影像，这就与前贤时彦判若两途了。在诗人笔下，巫山神女是介乎“人”与“神”之间的一种不可模仿、更不可复制的独特存在，既具有神的空灵缥缈，又带有人的柔曼明丽，从艺术技巧上说做到了虚实相生，从艺术效果上说达到了雅俗共赏。其实，诗人们结撰这类以历史传说为依凭而加以发挥的作品时，都在驰骋想象上比试高低。相形之下，刘禹锡的想象力是冠乎时彦和超越前贤的，而其表现力亦与想象力桴鼓相应。诗人的想象由酷似神女的“片石”循序展开，以多个令人拍案叫绝的比喻，从不同视角为女主人公传神写照。如果说“星河”二句还多少融合了杜甫《咏怀古迹五首》其三中“画图省识春风面，环佩空归月夜魂”的构思的话，那么“晓雾”二句则是灵光独运、略无依傍的艺术创造了。跃入诗人眼帘的景物被一一人格化，有序奔涌到时空杂糅的舞台上，环绕在高蹈出尘而又未弃人间烟火的女主角身边,恪尽烘云托月的职守。值得注意的是,诗人并没有落入俗套地渲染神女的“美艳不可方物”,而在若隐若现中突出其形象的清极秀绝。篇末嵌入楚襄王的典故,明知故问,语含戏谑,使作品平添了悬疑的色彩,留给读者更大的想象与回味空间。在灿若繁星的巫山神女诗中,刘禹锡的这首诗自有其格外璀璨夺目之处。而比较此类对巴蜀唐诗之路上的著名景点的同题吟咏,对我们把握巴蜀唐诗之路的丰富层次和多元构成是不无裨益的。

五、刘禹锡与京洛唐诗之路

从“巴山”到“楚水”,在贬地流徙二十多年后,刘禹锡终得脱离“谪籍”,重回朝廷,先后任职于东都洛阳和西京长安。处境虽有改善,却依旧仕途偃蹇,壮志难酬。而这一遭际,又使他成为往返于京洛唐诗之路的观察者和抒写者,为后人留下许多反映京洛唐诗之路的优秀诗篇。《为郎分司寄上都同舍》一诗有云:

> 籍通金马门,家在铜驼陌。省闼昼无尘,宫树朝凝碧。荒街浅深辙,古渡潺湲石。唯有嵩丘云,堪夸早朝客。

“金马门”为汉代宫门,唐代诗人习以金马门指代朝廷。诗人在“金马门”前精心修饰以“籍通”二字,用心是显而易见的:自己只不过是在“金马门”占得一个名籍而已,并没有掌握任何实质性权力,即“有其名而无其实”,或曰“口惠而实不至”,全无英雄用武之地。接着说“家在铜驼陌”,慨叹投闲置散之意就更为显豁。“铜驼陌”,指东都洛阳的铜驼街。安家落户于“铜驼陌”,再清楚不过地交代了自己仅仅享有朝廷命官的虚名,距离布政施策、安邦定国的朝廷绝非咫尺之遥。全诗将京洛绾结在一起,身在洛阳而心期长安,令人想见其奔波往返于京洛唐诗之路的艰辛与无奈。

刘禹锡构思并结撰于京洛唐诗之路上的作品大多采用情景交融的笔法，糅入怀才不遇、报国无门的慨叹。《初至长安》一诗写道：

> 左迁凡二纪，重见帝城春。老大归朝客，平安出岭人。每行经旧处，却想似前身。不改南山色，其余事事新。

每当“行经旧处”时，往事历历，俱上心头。尾联感叹只有“南山”的春色依然如故，此外的一切事物都已为他所难以辨识。“其余事事新”，当然不是赞赏朝政革故鼎新后呈现出的可喜变化，而是对耳闻目睹的种种陌生景象表示惊诧。这显然是出乎他原先意料之外的，或者说与他的预期距离很大。如此用笔，寄慨遥深。此前写于由洛阳赴京途中的《途次华州陪钱大夫登城北楼春望因睹李崔令狐》一则云：

> 城楼四望出风尘，见尽关西渭北春。百二山河雄上国，一双旌旆委名臣。壁中今日题诗处，天上同时草诏人。莫怪老郎呈滥吹，宦途虽别旧情亲。

与《初至长安》一诗相比，可知诗人在抵达京城之前还是满怀憧憬的，跋涉于京洛山程水驿之间的他情绪尚不失昂扬，至少在与故交一同登楼时是意兴勃发的。“百二”一联虽是称美盛情款待自己的“钱大夫”，也未尝没有顾盼自雄、蓄势待发之意。把盏话旧，感慨虽不可免，却没有溺于感伤，反倒隐隐约约地见出无法遮掩的欣幸。字里行间，闪现的是一位雄视河山的抒情主人公形象。两诗创作的时间间隔并不长，但抒情基调的差异却十分明显，即由前诗的亢奋一变而为后诗的低沉。这表明初至长安后的闻见让他大失所望，而这几乎是奔竞于京洛唐诗之路上的所有怀才不遇者的宿命。

刘禹锡赋闲洛阳期间,经常应邀参加东都留守裴度主导的诗歌唱和活动,不期然而然地成为活跃于诗坛的“刘白诗人群”的骨干成员,而他们大量创作的唱和诗当然也是映现京洛唐诗之路的一个重要艺术窗口。始返洛阳时,刘禹锡便以《自左冯归洛下酬乐天兼呈裴令公》一诗呼应裴度及白居易的热忱:

新恩通籍在龙楼,分务神都近旧丘。自有园公紫芝侣,仍追少傅赤松游。华林霜叶红霞晚,伊水晴光碧玉秋。更接东山文酒会,始知江左未风流。

诗人自道目前的处境是籍在朝堂而身近故闾,如果撇开政治诉求,其实倒是体面而又实惠的隐退方式。而眼下的生活内容又极为丰富,就中最让他心驰神往的就是足以碾压“江左风流”的“东山文酒会”。刘禹锡就这样被簇拥在裴度身边的东都诗人群所欣然接纳。这个诗歌唱和群体以裴度为龙头,而以刘、白为中心。文学史上习惯称之为“刘白诗人群”。他们的唱和作品尽管艺术上乏善可陈,却为我们描摹了京洛唐诗之路上的种种胜概,留下令人眼花缭乱的历史剪影。且看刘禹锡的《三月三日与乐天及河南李尹奉陪裴令公泛洛禊饮各赋十二韵》:

洛下今修禊,群贤胜会稽。盛筵陪玉铉,通籍尽金闺。波上神仙妓,岸傍桃李蹊。水嬉如鹭振,歌响杂莺啼。历览风光好,沿洄意思迷。棹歌能俪曲,墨客竞分题。翠幄连云起,香车向道齐。人夸绫步障,马惜锦障泥。尘暗宫墙外,霞明苑树西。舟形随鹢转,桥影与虹低。川色晴犹远,乌声暮欲栖。唯余踏青伴,待月魏王堤。

以今日之“洛下修禊”与昔日之“会稽宴集”相比照，扬此而抑彼，褒今而贬昔，意在炫示裴度主导的文酒之会的空前绝后，因而其笔触是不无夸饰的，从多个视角淋漓尽致地描写了这次文酒之会。在这样的氛围里，尊卑之序、穷达之别、荣辱之分，甚至恩仇之界，暂时都被泯灭，至少都被模糊，大家唯一的身份是诗坛中人，唯一的兴趣是以诗会友。此后，他们又不间断地以“杏园联句”等方式举办唱和活动，为京洛唐诗之路增加了别一种样态、别一种色彩①。

六、刘禹锡与浙西唐诗之路

刘禹锡与浙西唐诗之路也有着不解之缘。诚然，“浙西”是一个内涵不断演变的历史概念。这里所谓“浙西”，指唐代江南道浙西观察使辖地。刘禹锡出生于浙西的嘉兴，还在垂髫之年，他便开始了以嘉兴为中心，辗转于苏州各县的负笈时期，先后拜一代文宗权德舆和诗僧皎然、灵澈为师。拜师访学的步履，自然都刻印在浙西唐诗之路上。他也外出寻芳揽胜，到画山秀水中去舒展自己因长时间伏案攻读而有些疲惫的身心：“垂钩钓得王余鱼，踏芳共登苏小墓。”（《送裴处士应制》）。不过，少年时代他对浙西唐诗之路的踏访还只是以嘉兴为中心，半径未逾苏州地界。入仕后，他曾应淮南节度使杜佑的征辟，入其幕府任掌书记，在扬州生活了将近两年时间。但其时所作诗歌不多，涉笔扬州风物的作品可讽诵者仅有《晚步扬子游南塘望沙尾》和《谢寺双桧》二首。前诗云：

> 淮海多夏雨，晓来天始晴。萧条长风至，千里孤云生。卑湿久喧浊，搴开偶虚清。客游广陵郡，晚出临江城。郊外绿杨阴，

①参见拙作《刘禹锡与洛阳“文酒之会”》，《社会科学战线》2015 年第 7 期。

江中沙屿明。归帆翳尽日,去棹闻遗声。乡国殊渺漫,羁心目悬旌。悠然京华意,怅望怀远程。薄暮大山上,翩翩双鸟征。

这是一首清新自然的五言古诗。它所展示的不是诗人们乐于着笔的歌吹沸天、珠围翠绕的声色场面,而是被沉湎于都市繁华的凡夫俗子所忽略的长风卷云、绿杨成阴的江渚气象。这已不同于寻常。而更能见出其特异之处的是,身居这世人皆欲销魂其间的名都扬州,他一无征管逐弦、老死温柔乡中的绮念,始终萦绕在他心头的是"悠然京华意"。这意味着,他对眼下的幕僚生活并不感到满足,他盼望着能尽快为朝廷所擢用而大展其宏图远志。"怅望怀远程",这所谓"远程",显然是指赴京的漫漫长途。后诗云:

双桧苍然古貌奇,含烟吐雾郁参差。晚依禅客当金殿,初对将军映画旗。龙象界中成宝盖,鸳鸯瓦上出高枝。长明灯是前朝焰,曾照青青年少时。

"谢寺",即扬州法云寺,寺内有两株古桧,相传为东晋谢安亲手所植,至中唐时已有四百多年历史,因而颇能吸引远近游人。禹锡此诗即为游览法云寺时所作。诗中带有几分禅意,这或许与他当年学诗于诗僧皎然、灵澈有关。中间两联,不仅形象鲜明,气韵生动,而且展示了双桧卓然挺立的精神风貌——这正是青年刘禹锡的胸襟与抱负的自然外现。

考察刘禹锡与浙西唐诗之路的交集时,最值得关注的作品是刘禹锡罢和州后途经扬州时写下的《酬乐天扬州初逢席上见赠》:

巴山楚水凄凉地,二十三年弃置身。怀旧空吟闻笛赋,到乡翻似烂柯人。沉舟侧畔千帆过,病树前头万木春。①

气韵沉雄,寄慨遥深,且能从进化论的高旷视角看待一己困厄,闪烁着辩证法思想的火花。尽管这首诗并未直接描写扬州的自然与人文胜景,但它诞生于扬州,这本身就为浙西唐诗之路平添了一道风景,或者说,为洒落在浙西诗路上的缤纷花雨植入了一朵带有慧光的奇葩。而更重要的是,以这首诗为契机,刘、白二人开启了携手同游同咏、一生唱和不辍的帷幕。其后,刘禹锡与因病罢苏州刺史的白居易结伴返回洛阳,一路诗酒酬唱,以诸多佳作,丰富了浙西唐诗之路的诗情画意,焕发了浙西唐诗之路的诗性光辉。

至于最早进入学界视野的浙东唐诗之路,刘禹锡虽从未踏足,却在《送霄韵上人游天台》《浙东元相公书叹梅雨郁蒸之候因寄七言》《月夜忆乐天兼寄微之》等诗作中有所涉及,并对其风光节物无限神往。对此,拙作《浙东唐诗之路的学术逻辑与学术空间》(《绍兴文理学院学报》2018 年第 6 期)已作探析,兹不赘及。

要言之,唐诗之路是诗歌文化与地域文化相融合而形成的一种独特的历史景观,是无数跋涉于其间的诗人用其饱含生命潜能的步履和深蕴艺术活力的诗心,共同缔造的一种兼涉物质与精神层面的文化遗产。这其中也融入了享有"诗豪"之誉的刘禹锡的一份耕耘、一份贡献。

(作者单位:浙江工业大学)

①刘禹锡著,瞿蜕园笺证《刘禹锡集笺证》,上海古籍出版社,1989 年,第 1047 页。

宋之问与浙东唐诗之路

俞　沁

宋之问是初唐著名诗人，其诗上承六朝铺排华美的诗歌风格，下启盛唐近体诗歌形式，与沈佺期并称“沈宋”。《新唐书》本传云：“魏建安后汔江左，诗律屡变，至沈约、庾信，以音韵相婉附，属对精密。及之问、沈佺期，又加靡丽，回忌声病，约句准篇，如锦绣成文。学者宗之，号为‘沈、宋’。”①他的诗歌主要分为宫廷应制诗歌与贬谪中的山水诗歌两类。虽然应制诗往往因其先天的题材限制被批判浮浅，但宋之问的应制诗歌也因风格清丽、对仗精巧而颇受肯定。而宋之问的贬谪诗、山水诗更因曲折的人生经历增加了其文学性与思想厚度。宋之问一生曾三次遭受贬谪。第一次是神龙元年（705）因张易之事件被贬为泷州参军，次年遇赦北归，迁为考功郎。第二次是景龙三年（709）因太平公主举报被贬为越州长史，在长史任上，适逢睿宗即位，又因武三思、张易之事被流放钦州。因越州为浙江东道治所，又是浙东唐诗之路的重要节点，所以无论是宋之问在越州长史任上的创作，还是他奔赴越州途中的作品，都与浙东唐诗之路直接关联。

①欧阳修、宋祁《新唐书》卷二〇二，中华书局，1975年，第5751页。

一、宋之问越州行迹初探

宋之问在越州长史任上创作丰富，史载他在越州期间“穷历剡溪山，置酒赋诗，流布京师，人人传讽”①，不惟数量甚多，亦颇有佳制。如果纵观诗人景龙三年（709）秋到任之后至景云元年（710）六月流徙钦州之前所创作的登览诗歌，则可以大致勾勒出诗人越州长史任上的游览路线。

景龙三年（709）秋，宋之问由考功员外郎贬越州长史，自洛阳赴越州任途中，有一系列诗作，这些作品勾勒出诗人行进的路线，而距离越州最近的《题杭州天竺寺壁》诗“门听浙江潮”“桂子月中下”“霜岸花更发，冰溪叶未凋”句，所云“观潮”“桂子”“霜岸”等皆为秋景，可见宋之问于景龙三年（709）深秋抵越州长史任。

宋之问有《谒禹庙》诗云：“夏王乘四载，兹地发金符。峻命终不易，报功畴敢逾。先驱总昌会，后至伏灵诛。玉帛空天下，衣冠照海隅。旋闻厌黄屋，更道出苍梧。林表祠转茂，山阿井讵枯。舟迁龙负壑，田变鸟耘芜。旧物森如在，天威肃未殊。玄夷届瑶席，玉女侍清都。奕奕闺闼邃，轩轩仗卫趋。气清连曙海，云白洗春湖。猿啸有时答，禽言常自呼。灵歆异蒸糈，至乐匪笙竽。茅殿今文袭，梅梁古制无。运逢日崇丽，业盛答昭苏。伊昔力云尽，而今功尚敷。揆材非箭美，精享愧生蒭。郡职昧为理，邦空宁自诬。下车霰已积，摄事露行濡。人隐冀多佑，曷难沾薄躯。”②禹庙在越州会稽，即诗人任所。

①欧阳修、宋祁《新唐书》卷二〇二，第5750页。

②陶敏等校注《沈佺期宋之问集校注》下册《宋之问集校注》卷三，中华书局，2001年，第507页。文中引宋诗颇多，文本皆据此本。为行文简洁，后引宋诗不再一一标注。

《嘉泰会稽志》卷六“大禹陵”:“禹巡守江南,上苗山,会计诸侯,死而葬焉……苗山自禹葬后更名会稽。是山之东有陇隐若剑脊,西向而下,下有窆石……窆石之左,是为禹庙,背湖而南向。然则古之宫庙,固有依丘陇而立者。”①《舆地纪胜》卷一〇“绍兴府”:“禹庙在会稽东南十二里。”②大禹陵集禹庙、禹陵、禹祠为一体,多有文人墨客造访,留下为数不少的文学作品,禹陵已不惟是一个历史遗迹,更成为越州地区一个著名的文化景观。诗歌末尾“郡职昧为理,邦空宁自诬。下车霰已积,摄事露行濡”数句暗示诗人下车伊始即前往拜祭。这是一首五言排律,诗人拜祭禹庙,抚今忆昔,有感而作。诗歌的第一部分罗列、歌颂了夏禹的功绩,到“旋闻厌黄屋,更道出苍梧”句,暗示了大禹的逝世。这一部分的主体是对大禹的书写,是诗人身在禹庙,自然而然会想象的斯人事迹与风采。“林表祠转茂”至“业盛答昭苏”,是诗歌的第二部分,关注点转移到了眼前的禹庙上,但诗歌的描写不是完全的写实,仍然存在相当一部分的想象,着重表现的是禹庙从过去至于当下的历史变迁,配合一系列自然景物的描写,突出了禹庙历史悠久、环境清幽、生机勃勃的特点。“伊昔力云尽”以下,诗人的注意力则又从物转移到了人身上,从大禹的功绩、禹庙的昭盛联想到在此地担任郡职的自己,自谦虽然材质非美、忝为摄事,但是也愿意为了当地的生民贡献自己的微薄力量。诗歌大量使用对仗来写景、颂功,用词精巧,语言清丽,显示出诗人高超的技法。用典故书写禹庙的历史,用对仗书写会稽山水,在结尾处则含蓄地抒发了内心再次被贬谪的些微无奈和对越州之地的喜爱,对未来越州生活的向往。

之问又有《祭禹庙文》云:“维大唐景龙三年岁次己酉月日,越州

①沈作宾等修,施宿等纂《嘉泰会稽志》卷六,《宋元浙江方志集成》第4册,杭州出版社,2009年,第1742页。

②王象之编,赵一生点校《舆地纪胜》卷一〇,浙江古籍出版社,2012年,第395页。

长史宋之问，谨以清酌之奠，敢昭告于夏后之灵：昔者巨浸横流，下民交丧，惟后得流星贯昴之梦，受括地理水之符，底定九州岛，弼成五服。遂类上帝，乃延群公，自有生灵，树之司牧。大灾莫踰于尧日，勤人不越于夏君。向微随山奠川之功，苍生为鱼，至今二千九百年矣。肇为父子，始生君臣，兴用天之道，广分地之利者，呜呼，皆后之功也。之问移班会府，出佐计乡，遂得载践遗尘，远探名穴。朝玉帛于斯地，声存而处亡；留精灵于此山，至诚而响发。悲夫！井家相连，于今几年？当其葬也，上不通臭，下不及泉，棺绞葛兮坟收壤，鸟耘荒兮象耕田。先王为心，享是明德，后之从政，忌斯奸慝。酌镜水而励清，援竹箭以自直，谒上帝之休佑，期下人之苏息。日之吉，神之歆，激楚舞，奏越吟，芳俎溢，醇罍深，遗羞厌于鱼鸟，余沥醉于山林，忽云摇兮风举，空寿堂兮阴阴。"记文作于景龙三年（709），与《谒禹庙》当属同时之作。

宋之问又有《游禹穴回出若耶》诗云："禹穴今朝到，邪溪此路通。著书闻太史，炼药有仙翁。鹤往笼犹挂，龙飞剑已空。石帆摇海上，天镜落湖中。水底寒云白，山边坠叶红。归舟何虑晚，日暮使樵风。"若耶溪，据《嘉泰会稽志》卷一〇"会稽县"："若耶溪在县南二十五里，溪北流，与镜湖合。"①禹陵在会稽东南，诗人在拜祭完禹庙之后，便沿若耶溪顺流北上，直至镜湖。诗题与首联确指是诗为本年祭禹庙后顺流游若耶溪之作，诗中"水底寒云白，山边坠叶红"描写的是晚秋景致，可见此次游玩正在宋之问抵任不久。"著书""鹤往"两联化用此地典故，"石帆""水底"两联则实写眼前之景。尾联用"樵风"之典，言不虑归舟日晚，安然返回，可以想见诗人轻松写意的心境。

综合来看，当是宋之问景龙三年（709）深秋抵任之后不久即进行

①沈作宾等修，施宿等纂《嘉泰会稽志》卷一〇，《宋元浙江方志集成》第4册，第1846页。

了一次游览,先祭禹庙,创作了祭文与《谒禹庙》诗;而后走水路从禹穴顺流进入若耶溪、镜湖,回到城中。他抵任不久即以“越州长史”的身份拜祭禹庙,可见诗人对为官此郡有所期待,并不因再次被贬谪而意志消沉;又久闻名浙东山水,迫不及待地前往游赏,诗文间只见对秀丽山水的赞叹,而不再感叹身世之沉痛。

到冬季,宋之问又有镜湖、若耶之游。景龙三年(709)冬,有《泛镜湖南溪》诗云:“乘兴入幽栖,舟行日向低。岩花候冬发,谷鸟作春啼。沓嶂开天小,丛篁夹路迷。犹闻可怜处,更在若邪溪。”镜湖,《嘉泰会稽志》卷一〇“会稽县”:“镜湖在县东二里,故南湖也。一名长湖,又名大湖。《通典》云:‘东汉永和五年,太守马臻始筑塘立湖,周三百十里,溉田九千余顷,人获其利。’王逸少有云:‘山阴路上行,如在镜中游。’镜湖之得名以此。”[①]诗有“岩花候冬发”语,又“乘兴”句当即化用王子猷“雪夜访戴”之典,因此诗作于冬季。宋之问为官越州仅至景云元年(710)六月,不及冬季,故此诗只可能作于景龙三年(709)冬。这首五律结构工整,首联引入主题,颔联、颈联描写沿途所见景致,对仗工稳,尾联抒情。整体来说,这是一首比较纯粹的记游诗,没有非常深邃的思想内涵,对沿途风景的体味是诗歌的主体内容。诗人泛舟水上,岩花、谷鸟、沓嶂、丛篁,皆是沿途所见,书于笔下,优美动人。

到景龙四年(710),宋之问趁春色出游,这一次的游览路线更长,所经之处与所作诗作也更多。有《早春泛镜湖》诗两首,其一云:“漾舟喜湖广,湖广趣非一。愉目野载芜,清心山更出。孤烟昼藏火,薄暮朝开日。但爱春光迟,不觉舟行疾。归雁空间尽,流莺花际失。”其二云:“远情自此多,景霁风物和。芦人收晚钓,棹女弄春歌。野外寒

①沈作宾等修,施宿等纂《嘉泰会稽志》卷一〇,《宋元浙江方志集成》第 4 册,第 1857 页。

事少，湖间芳意多。杂花同烂漫，暄柳日逶迤。为客顿逢此，于思奈若何？”题云“早春”，即景龙四年早春之作，因宋之问去年秋抵越州任所，今年六月又贬钦州长史，仅有本年春日在越州。与《泛镜湖南溪》诗相似，本诗主旨仍是写景，诗歌写来，节奏更为明快，表现镜湖春景较之秋冬，更多几分生机盎然。

又有《春湖古意》诗，其一云：“院梅发向尺，园鸟复成曲。落日游南湖，果掷颜如玉。含情不得语，转盼知所属。惆怅未可归，宁关须采箓。”其二云：“碧水春逶迤，荡舟桃李枝。珠绮不相袭，铅华各自宜。好合花日晖，耐使春风吹。调笑路傍子，蹀躞黄金羁。”其三云：“妾住若耶溪，溪深夜难越。妍袂湿香露，春歌溯明月。风新渚蒲暖，气渐江蓠发。喧玩日更多，愁心安可伐。”与前诗《早春泛镜湖》应为同时所作，而与之不相似的是，在此诗中被书以浓墨的不再是湖景，而是妇女的春心。在诗人眼中，女性美丽的身影与她们热烈又含蓄的情感，都是春季的镜湖边动人的风景。进一步说，诗人不止欣赏山水景致，同时也喜爱此地风土人情。

又宋之问《西施浣纱篇》诗云：“西施旧石在，苔藓日于滋。几处沾妆污，何年灭履綦？岸花羞慢脸，波月敩嚬眉。君将花月好，来比浣纱时。”诗云“西施旧石”，西施石在若耶溪。《舆地纪胜》卷一〇：“若耶溪，去会稽东二十五里。”①“浣纱石，在会稽若耶溪，一名西施石。”②这是一首咏古诗。诗人游览至西施浣纱石，遥想西施容止，有感而发，创作是诗。

与此同时期，宋之问还游览了法华寺，亦有创作。《游法华寺》诗云：“高岫拟耆阇，真乘引妙车。空中结楼殿，意表出云霞。后果缠三足，前因感六牙。宴林熏宝树，水溜滴金沙。寒谷梅犹浅，温庭橘未

①王象之编，赵一生点校《舆地纪胜》卷一〇，第383页。
②王象之编，赵一生点校《舆地纪胜》卷一〇，第385页。

华。台香红药乱，塔影绿篁遮。果渐轮王族，缘超梵帝家。晨行踏忍草，夜诵得灵花。江郡将何匹，天都亦未加。朝来沿泛所，应是逐仙槎。”法华寺，《嘉泰会稽志》卷七“山阴县”：“天衣寺在县南三十里。晋义熙十三年高僧昙翼结庵，诵法华经，多灵异，内史孟觊请置法华寺。”①李邕有《秦望山法华寺碑》云：“法华者，晋义熙十二年释昙翼法师之所建也……与沙门昙学俱游会稽，觏秦望西北山。”②天衣寺（法华寺）在秦望山西北山麓一个狭长山谷中，但是旧寺今已不存。诗有“寒谷梅犹浅”语，应是早春梅花初发时作。诗人巧妙地将眼前之景与佛法相结合，创造出精美又空灵的诗歌意境，必得既有对佛法的深刻领悟又有对山寺景物的独特审美才能做到。诗歌末尾“朝来沿泛所”句暗示了诗人是经水路泛舟到达法华寺的，也就是沿着若耶溪南行至此。另一首《游法华寺》诗云：“薄游京都日，遥羡稽山名。分刺江海郡，朅来征素情。松露洗心眷，象筵敷念诚。薄云界青嶂，皎日骞朱甍。苔涧深不测，竹房闲且清。感真六象见，垂兆二鸟鸣。古今信灵迹，中州莫与京。林巘永栖业，岂伊佐一生。浮悟虽已久，事试去来成。观念幸相续，庶几最后明。”这首诗与前诗的构建角度很不相同，开头以诗人官场生活及自己对浙东山水长期的向往引入，在描写了晨起欣赏到法华寺清幽缥缈的景象之后，得出万事浮云，不如栖居山林的结论。抒发了诗人感受到心灵的净化，生出隐逸之思的情感。

与游法华寺时间接近，诗人还曾至云门寺一游。云门寺，《嘉泰会稽志》卷九“会稽县”：“云门山在县南三十里。旧经云：‘晋义熙二

①沈作宾等修，施宿等纂《嘉泰会稽志》卷七，《宋元浙江方志集成》第 4 册，第 1783 页。

②周绍良主编《全唐文新编》第 2 部第 1 册卷二六二，吉林文史出版社，2000 年，第 2963 页。

年，中书令王子敬居北，有五色祥云见，诏建寺，号云门。'"①云门寺与法华寺相距不远，且同在秦望山麓，不过前者在秦望山东南，而法华寺在山西北。两寺都始建于晋义熙年间，是当时颇为繁荣的名胜古迹，故诗人在出游时会同时造访两地。《游云门寺》诗云："维舟探静域，作礼事尊经。投迹一萧散，为心自杳冥。龛依大禹穴，楼倚少微星。沓嶂围兰若，回溪抱竹庭。觉花涂砌白，甘露洗山青。雁塔骞金地，虹桥转翠屏。人天宵现景，神鬼昼潜形。理胜常虚寂，缘空自感灵。入禅从鸽绕，说法有龙听。劫累终期灭，尘躬且未宁。摇摇不安寐，待月咏岩扃。"因诗人身处佛寺，故在诗歌中大量引用佛教典故以应景。眼前之景与佛语相结合的创作手法，与前文《游法华寺》接近，可能作于同一时间。

又《宿云门寺》诗云："云门若邪里，泛鹢路才通。夤缘绿筱岸，遂得青莲宫。天香众壑满，夜梵前山空。漾漾潭际月，飗飗杉上风。兹焉多嘉遁，数子今莫同。凤归慨处士，鹿化闻仙公。樵路郑州北，举井阿岩东。永夜岂云寐，曙华忽葱茏。谷鸟啭尚涩，源桃惊未红。再咏期春暮，当造林端穷。庶几踪谢客，开山投剡中。"后诗有"再咏期春暮"语，是作于春日，故系于景云元年（710）春。举井、阿岩，陶敏《沈佺期宋之问集校注》云"未详"②，疑此井当为"何公井"。《嘉泰会稽志》卷九"会稽县"："云门山……山有谢敷宅、何公井、好泉亭、王子敬山亭、永禅师临书阁。"③何公当为何胤，《南史》本传："胤以会稽山多灵异，往游焉，居若邪山云门寺。"④按此若邪山微误，云

①沈作宾等修，施宿等纂《嘉泰会稽志》卷九，《宋元浙江方志集成》第4册，第1821页。

②陶敏等校注《沈佺期宋之问集校注》下册《宋之问集校注》卷三，第524页。

③沈作宾等修，施宿等纂《嘉泰会稽志》卷九，《宋元浙江方志集成》第4册，第1821—1822页。

④李延寿等《南史》卷三〇，中华书局，1975年，第790页。

门寺位于云门山,近秦望山、若耶溪、樵风泾。若耶山,据《嘉泰会稽志》卷九“会稽县”:“若耶山,在县东南四十四里。”①与前数地距离稍远,亦无佛寺。又《南史》本传云:“胤以若邪处势迫隘,不容学徒,乃迁秦望山……胤初迁将筑室,忽见二人着玄冠,容貌甚伟,问胤曰:‘君欲居此邪?’乃指一处云:‘此中殊吉。’忽不复见。胤依言而卜焉,寻而山发洪水,树石皆倒拔,唯胤所居室岿然独存。”②此事《嘉泰会稽志》亦记云:“宋何胤居若耶山,山发洪水,树石漂拔,其室独存。”③综上所录,疑《南史》误倒两地,何胤先居秦望(云门)山,后迁至若耶山。云门寺位于秦望山东南一狭长山谷中,所谓“处势迫隘”或指此地。又此联《嘉泰会稽志》有异文,卷一一“山阴县”:“何公井,在云门山西,梁何胤所居也。宋之问诗云:樵泾谢村北,学井何岩东。”④《会稽掇英总集》同⑤。何、阿形近,此异文亦可作何公井之旁证。虽同作于云门寺,但此诗咏谢敷、葛玄、何胤、谢灵运等隐逸之士,佛教相关内容却不多,主旨与前诗已大不相同。末更云“庶几踪谢客,开山投剡中”,直接表达超尘脱俗、入山隐居的意愿,与诗人前期在朝中攀附求进的态度不同。结合诗人后期遭遇,不但再未复起,甚至最终被赐死桂州,可能诗人此时已经感受到政治斗争失败的不幸,对归隐山林、闲云野鹤的生活有所向往。宋之问对云门寺颇有深情,被贬钦州之后,还有《忆云门》诗:“树闲烟不破,溪静鹭忘飞。更

①沈作宾等修,施宿等纂《嘉泰会稽志》卷九,《宋元浙江方志集成》第 4 册,第 1820 页。

②李延寿等《南史》卷三〇,第 792 页。

③沈作宾等修,施宿等纂《嘉泰会稽志》卷九,《宋元浙江方志集成》第 4 册,第 1820 页。

④沈作宾等修,施宿等纂《嘉泰会稽志》卷一一,《宋元浙江方志集成》第 4 册,第 1883 页。

⑤孔延之编《会稽掇英总集》卷七,《宋元浙江方志集成》第 14 册,杭州出版社,2009 年,第 6417 页。

爱幽奇处，斜阳艳翠微。”描写的景色秀丽而静谧，透露出类似世外桃源的美好，这是诗人对云门风景的独特记忆，也流露出诗人对隐逸生活的向往之情。

景龙四年(710)，诗人春游越州，将周边主要的景点都囊括其中，先游镜湖，在湖中泛舟进入若耶溪，见到溪中西施浣纱之处，又继续溯流而上进入秦望山区域，先后拜访了两所著名的佛寺法华寺和云门寺。其间诗人神采飞扬诗兴大发，留下了许多诗作，或沉浸于清幽的山水景色，或神往古人的事迹，或感受佛教熏染，或憧憬隐士的风流潇洒，诗人的笔触是清新优美的，心情是愉悦享受的，诗歌当中很少见到被贬谪的苦闷，而多是对清幽山水的品味与欣赏，可以说，是越州的山水治愈了诗人的心灵。

此外，宋之问还曾到过称心寺，这应当是诗人在任越州期间所到最远的景点。称心寺，《嘉泰会稽志》卷七“会稽县”：“称心资德寺在县东北四十五里。梁大同三年建，会昌中废。大中五年，观察使李褒奏重建。‘称心’在唐为名山，与云门、天衣埒。宋考功之问守会稽时，有《游称心寺》诗曰：‘步陟招提宫……明发坐盈叹。’考功诗名冠冕一代，李适以为自康乐以后推为绝唱。此诗尤高绝，信乎其似康乐也。又有唐律二篇，见集中。云门、天衣至今游会稽山水者必至焉，惟称心在海隅，独以僻远，寺又芜茀，故诗人骚客有终不一到者，名亦晦而不彰，岂独人才有不遇哉！”①不同于上文的名胜，称心寺是一处位于越州北部的景点，且较为孤立，不如云门、法华寺等可以连续起来游玩，所以在当时已经较为冷门了。不能得知其是否为诗人春日之游同时造访，难以加入宋之问游览浙东的路线之中，因此单独指出。

①沈作宾等修，施宿等纂《嘉泰会稽志》卷七，《宋元浙江方志集成》第 4 册，第 1782—1783 页。

宋之问有《游称心寺》诗二首,其一云:“释事怀三隐,清襟谒四禅。江鸣潮未落,林晓日初悬。宝叶交香雨,金沙吐细泉。望谐舟客趣,思发海人烟。顾枥仍留马,乘杯久弃船。未忧龟负岳,且识鸟耘田。理契都无象,心冥不寄筌。安期庶可揖,天地得齐年。”其二云:“步陟招提宫,北极山海观。千岩递萦绕,万壑殊悠漫。乔木傅夕阳,文轩划清涣。泄云多表里,惊潮每昏旦。问予金门客,何事沧洲畔。谬以三署资,来刺百城半。人隐尚未弭,岁华岂兼玩。东山芝桂芳,明发坐盈叹。”其中第二首,《宋之问集》诸本均未收,最早见于《嘉泰会稽志》卷七①。《全唐诗》卷五三收入,题作《称心寺》②。陶敏《沈佺期宋之问集校注》卷三收入。这两首诗都从佛事着笔,写景场面宏大开阔,而最终落脚到归隐上,可见诗人对长居山林的隐士生活有所向往。

宋之问还有《称心寺》诗云:“征帆恣远寻,逶迤过称心。凝滞蘅茝岸,沿洄楂柚林。穿溆不厌曲,舣潭惟爱深。为乐凡几许,听取舟中琴。”这首诗表现了诗人在此地山水间的美好体验,传达出恣意、闲适的情境,引人入胜。此诗《宋之问集》诸本均未收,最早见于《瀛奎律髓》卷四七。陶敏《沈佺期宋之问集校注》卷三收入,并注云:“诗景龙三年至四年越州作。《全唐诗》卷八七③收此诗为骆宾王诗。陈熙晋《骆临海集笺注》卷五按云:‘此诗见《宋之问集》,今据《全唐诗》补入。’今所见宋集无此诗,未知陈氏所见为何本,但诗非骆集原有无疑。此诗亦见《诗渊》三八二六页,所据为宋之问原集,故当为宋作。”④

---

①沈作宾等修,施宿等纂《嘉泰会稽志》卷七,《宋元浙江方志集成》第 4 册,第 1782 页。

②彭定求等编《全唐诗》卷五三,中华书局,1960 年,第 657 页。

③按陶注此处误,当作卷七八。

④陶敏等校注《沈佺期宋之问集校注》下册《宋之问集校注》卷三,第 537 页。

《景龙四年春祠海》诗描写的是诗人作为越州分刺长官参与祀海之事。诗云:“肃事祠春溟,宵斋洗蒙虑。鸡鸣见日出,鹭下惊涛骛。地阔八荒近,天回百川注。筵端接空曲,目外唯雰雾。暖气物象来,周游晦明互。致牲匪玄享,禋涤期灵煦。的的波际禽,沄沄岛间树。安期今何在,方丈蔑寻路。仙事与世隔,冥搜徒已屡。四明北群山,遗老莫辨处。抚中良自慨,弱龄忝恩遇。三入文史林,两拜神仙署。虽叹出关远,始知临海趣。赏来空自多,理胜孰能喻?留楫意何待,徙倚忽云暮。”陶敏《沈佺期宋之问集校注》注云:“海:指东海。隋制,祀四海,各于近海处立祠,东海祠于会稽县界。唐武德、贞观之制,四海年别一祭,各以五郊迎气日祭之。见《通典》卷四六。故当于正月立春之日祠东海。”①虽云祠海,其实诗歌内容并非是对仪式过程的记叙。首联说明“祠海”的事件,作为话题引入,“鸡鸣见日出”以下至“沄沄岛间树”句,便是诗人对清晨的大海的书写。海天辽阔不见边际,隐约的薄雾、海岛和翱翔的水鸟点缀其间,既有宏大开阔的气势,又兼有缥缈出尘的氛围。“安期今何在”至“遗老莫辨处”写的则是诗人面向东海,联想到神仙隐士的典故。“抚中”以下,则是诗人宦游经历的自叙,虽然从政治中心被贬谪到了偏僻海隅,却也找到了在此地的乐趣,回想以往在官场的执着其实也是虚无的。这首诗写景境界开阔,写事温和理性,没有仅仅停留于对“祠海”事件的简单记叙,而是落脚到了对人生的思索与探究上。

除了公务之外,宋之问在越州期间也有诗歌描写他的私人生活。今见有两首关于郡宅生活的诗歌,让我们得以了解诗人的日常生活状态。《郡宅中斋》诗云:“郡宅枕层岭,春湖绕芳甸。云甍出万家,卧览皆已遍。渔商汗成雨,廨邑明若练。越俗镜中行,夏祠云表见。兹都信盘郁,英远常栖眄。王子事黄老,独乐恣游衍。谢公念苍生,

①陶敏等校注《沈佺期宋之问集校注》下册《宋之问集校注》卷三,第517页。

同忧感推荐。灵越多秀士,运阔无由面。神理翳青山,风流满黄卷。揆予谬承奖,自昔从缨弁。瑶水执仙羁,金闺负时选。晨趋博望苑,夜直明光殿。一朝罢台阁,万里违乡县。风土足慰心,况悦年芳变。淮廪伫滋实,沂歌非所羡。讼寝归四明,龄颓亲九转。微尚本江海,少留岂交战。唯余后凋色,窃比东南箭。"诗云"春湖绕芳甸",可见是景龙四年(710)春日宋之问在郡斋中作。这首诗与《景龙四年春祠海》类似,谋篇角度都是较为内省的,并不是把题目所指对象展开具体叙述的体制。虽然题作《郡宅中斋》,但是真正描写郡宅的诗句仅开头一联,之后诗人的视角便从宅邸往外拓展,描写越州地区的社会繁荣、风景秀美,然后由实入虚,写此地仙人隐士的传说。最后,诗人从隐者的事迹联想到自己生平仕宦经历,被贬谪的不甘与遗憾已被此地风土化解,他甚至产生了归隐山林的想法。"微尚本江海,少留岂交战"道出了诗人在留任与隐居的选择中徘徊不定的内心情绪。

又《玩郡斋海榴》诗云:"泽国韶气早,开帘延霁天。野禽宵未啭,山蜚昼仍眠。目兹海榴发,列映岩楹前。熠爚御风静,葳蕤含景鲜。清晨绿堪佩,亭午丹欲然。昔忝金闺籍,尝见玉池莲。未若宗族地,更逢荣耀全。南金虽自贵,贺赏讵能迁。抚躬万里绝,岂染一朝妍。徒缘滞遐郡,常是惜流年。越俗鄙章甫,扪心空自怜。"此诗借物抒情,以海榴自喻,材质虽美却身处偏遐,不得重用;且流光易逝,更增添了内心空茫。这首诗传达出来的感情,与前诗有了较大的反转。因石榴夏日开花,故诗为夏日所作。宋之问景云元年(710)六月被贬钦州,因此此诗只可能作于景龙四年(710)初夏。诗人景龙三年(709)秋来到越州,至今已将近一年时间。贬至远地不被召回,一开始诗人还能沉浸于此地美景,甚至以隐者事迹自慰,但是内心对功名荣耀的渴望并未消失,而是随着时间的推移更加强烈,到此时只觉得流年匆匆,迫切希望复起,"归隐山林"的做法已经无法安慰焦虑的诗人了。

除此之外，宋之问在日常生活中还填词有《江南曲》一首。诗云：“妾住越城南，离居不自堪。采花惊曙鸟，摘叶喂春蚕。懒结茱萸带，愁安玳瑁簪。侍君消瘦尽，日暮碧江潭。”诗有“妾住越城南”语，为宋之问在越州所作可能性较大。诗歌表面上写辛勤劳作却又抑郁失落的越女，实际是以越女的遭遇自比，隐喻被放逐远地的诗人自己，尾联“侍君消瘦尽，日暮碧江潭”更是抒发出一种难以消解的惆怅与痛苦。

研究宋之问在越州期间的日常创作，可以发现诗人在此期间的心灵是极度内化的，无论是什么题材的诗歌，最终都会落脚到内心的审视或感受。

总体来说，在任越州长史期间，宋之问陶醉于浙东山水，频频出游，诗歌当中也得见其歆羡向往之意，甚至屡屡提及此地的仙人隐者，流露出归隐山林的意愿，可见清幽的山水景色给予了诗人沉溺其中的极致审美体验。

二、宋之问越州酬唱考论

宋之问在浙东境内的总时间其实不长，从景龙三年(709)秋冬至景云元年(710)六月，不到一年时间。但是诗人在其他地区时，也因与浙东友人酬唱，而创作了一些与浙东有关的诗歌。这些作品既涉及了诗人对浙东山水的感受，又体现了与友人酬赠的情谊。

宋之问早年问道嵩山，与司马承祯定交，两人多有往还。司马承祯后居天台，所以两人的赠答诗歌，也与浙东发生关系。宋之问有《送司马道士游天台》诗云：“羽客笙歌此地违，离筵数处白云飞。蓬莱阙下长相忆，桐柏山头去不归。”诗中“桐柏”，应该就是天台山上的桐柏观，《嘉定赤城志》卷三〇“宫观”：“天台，桐柏崇道观在县西北二十五里。旧名桐柏，唐景云二年，为司马承祯建。回环有九峰

(玉女、卧龙、紫霄、翠微、玉泉、莲华、华琳、香琳、玉霄)。自福圣观北盘折而上,至洞门,长松夹道,孙绰赋所谓'荫落落之长松'是也。吴赤乌二年葛元即此炼丹,今有朝斗坛。洎承祯建堂,有云五色,因禁封内四十里毋得采樵。又传承祯所居,黄云常覆其上,故有黄云堂、元晨坛、炼形堂、凤轸台、朝真龙章阁,又有众妙台。"①此云景云二年(711)建,微误,当是早有旧观,景云二年(711)重修。唐睿宗有《复建桐柏观敕》云:"敕:台州始丰县界天台山废桐柏观一所,自吴赤乌二年葛仙翁已来,至于国初,学道坛宇,连接者十余所。闻始丰县人毁坏坛场,斫伐松竹,耕种及作坟墓,于此触犯,家口死亡,不敢居住,于是出卖。宜令州县准地数亩酬价,仍置一小观,还其旧额。更于当州取道士三五人,选择精进行业者,并听将侍者供养。仍令州县与司马炼师相知,于天台山中辟封内四十里,为禽兽草木长生之福庭,禁断采捕者。"②《天台山志》亦载其敕在景云二年(711)。可见司马承祯的确居住于此。司马承祯前往天台之事见载于《旧唐书》本传:"承祯尝遍游名山,乃止于天台山。则天闻其名,召至都,降手敕以赞美之。及将还,敕麟台监李峤饯之于洛桥之东。"③应是当时一盛事,据《旧唐书·则天皇后纪》载"(圣历元年)冬十月……麟台少监李峤并同凤阁鸾台平章事"④,则此事当在圣历元年(698)十月前。今日仍能见到宋之问、李峤、薛曜送行诗。李峤《送司马先生》诗云:"蓬阁桃源两处分,人间海上不相闻。一朝琴里悲黄鹤,何日山头望白

①黄罃等修,陈耆卿纂《嘉定赤城志》卷二九,《宋元浙江方志集成》第11册,杭州出版社,2009年,第5404页。

②李希泌主编《唐大诏令集补编》卷三〇,上海古籍出版社,2003年,第1364—1365页。

③刘昫等《旧唐书》卷一九二,中华书局,1975年,第5127页。

④刘昫等《旧唐书》卷六,第128页。

云。”[①]薛曜《送道士入天台》诗云：“洛阳陌上多离别，蓬莱山下足波潮。碧海桑田何处在，笙歌一听一遥遥。”[②]三首都是七绝诗，可见是同时所作。

司马承祯还天台后，宋之问又有《寄天台司马道士》诗云：“卧来生白发，览镜忽成丝。远愧餐霞子，童颜且自持。旧游惜疏旷，微尚日磷缁。不寄西山药，何由东海期。”因为张说、沈如筠有同题诗，崔湜也有《寄天台司马先生》诗，题名近似，似乎是同时创作。张说诗云：“世上求真客，天台去不还。传闻有仙要，梦寐在兹山。朱阙青霞断，瑶堂紫月闲。何时枉飞鹤，笙吹接人间。”[③]沈如筠诗云：“河洲花艳爚，庭树光彩蒨。白云天台山，可思不可见。”[④]崔湜诗云：“闻有三元客，祈仙九转成。人间白云返，天上赤龙迎。尚惜金芝晚，仍攀琪树荣。何年缑岭上，一谢洛阳城。”[⑤]可见在当时诗人眼中，天台山因其有高道隐居，的确是一个仙气飘飘的地方。作者张说、崔湜声名昭彰，沈如筠事迹较为隐晦。据《新唐书·艺文志》四《包融诗》下注：“融与储光羲皆延陵人；曲阿有余杭尉丁仙芝、缑氏主簿蔡隐丘、监察御史蔡希周、渭南尉蔡希寂、处士张彦雄、张潮、校书郎张晕、吏部常选周瑀、长洲尉谈戭、句容有忠王府仓曹参军殷遥、硖石主簿樊光、横阳主簿沈如筠，江宁有右拾遗孙处玄、处士徐延寿，丹徒有江都主簿马挺、武进尉申堂构，十八人皆有诗名。殷璠汇次其诗，为《丹阳集》者。”[⑥]《吟窗杂录》“沈如筠”条：“殷璠曰：如筠早岁驰声，白首一

①彭定求等编《全唐诗》卷六一，第729页。
②彭定求等编《全唐诗》卷八〇，第870页。
③彭定求等编《全唐诗》卷八七，第955页。
④彭定求等编《全唐诗》卷一一四，第1164页。
⑤彭定求等编《全唐诗》卷五四，第664页。
⑥欧阳修、宋祁《新唐书》卷六〇，第1609—1610页。

尉。”①沈如筠是吴越地区诗人,诗作入选殷璠《丹阳集》,曾任衡阳主簿,诗名颇显而官运不亨。

关于这组诗的创作时间,熊飞《张说集校注》卷七注云:“《陈谱》不系此诗作年。按:《天台前集·别编》收有沈如筠同题作,《英华》收宋之问同题作及崔湜《寄天台司马先生》,崔作虽略有出入,但作时似应相同。崔湜开元元年(713)赐死,据《旧唐书·司马承祯传》及《李适传》,睿宗景云二年(711),天台道士司马承祯被征至京师,及还,李适赠诗序,朝廷之士无不属和,凡三百余人,徐彦伯编而叙之,谓之《白云记》。此诗应为司马承祯还山后不久作。”②推测在景云二年(711)之后作。这应当是不可能的。景云元年(709)六月,宋之问被贬钦州,从越州长史卸任南下,至景云二年(711)已到桂州,其间一直身处桂州,直至先天元年(712)秋冬之际,被赐死于桂州驿。同时期,张说则身在东都洛阳。景云二年(711)十月,《旧唐书·张说传》:“俄而太平公主引萧至忠、崔湜等为宰相,以说为不附己,转为尚书左丞,罢知政事,仍令往东都留司。”③崔湜在开元元年(713)七月被赐死前都在京师。先天元年(712)崔湜为中书侍郎,据敦煌遗书S. 2423《瑜伽法镜经题记》,太极元年(712)四月,银青光禄大夫、行中书侍郎、昭文馆学士、兼太子右庶子崔湜。又见S. 2926《佛说校量数珠功德经题记》。据《资治通鉴·唐纪》,崔湜开元元年(713)七月,与窦怀贞等人谋废立,又于赤箭粉中置毒进于上④,又《旧唐书·崔湜传》,开元元年(713),“时新兴王晋亦连坐伏诛,临刑叹曰:‘本

①陈应行编,王秀梅整理《吟窗杂录》卷二五,中华书局,1997年,第738页。

②张说著,熊飞校注《张说集校注》卷七,中华书局,2013年,第347页。

③刘昫等《旧唐书》卷九七,第3051页。

④司马光编著,胡三省音注,“标点资治通鉴小组”校点《资治通鉴》卷二一〇《唐纪》,中华书局,1956年,第6683—6684页。

谋此事，出自崔湜，今我就死而湜得生，何冤滥也！’俄而所司奏宫人元氏款称与湜曾密谋进鸩，乃追湜赐死”①。则崔湜卒于开元元年（713）七月。虽然此期间沈如筠事迹不明，但是显然宋之问、张说、崔湜都不在一地，不可能同时作诗寄赠司马承祯。司马承祯多次被召入京师，此次征还之后不久，宋之问、崔湜便身死，因此这组诗更可能在此前由李峤等送司马承祯还天台之后集体创作，即圣历元年（698）前后。

此外，宋之问还有《冬宵引赠司马承祯》诗云：“河有冰兮山有雪，北户墐兮行人绝。独坐山中兮对松月，怀美人兮屡盈缺。明月的的寒潭中，青松幽幽吟劲风。此情不向俗人说，爱而不见恨无穷。”陶敏《宋之问集校注》卷一注云：“司马承祯，潘师正弟子……宋之问早年居嵩山，师潘师正，二人唱和当在高宗末、武后前期。”②司马承祯有《答宋之问》诗云：“时既暮兮节欲春，山林寂兮怀幽人。登奇峰兮望白云，怅缅邈兮象郁纷。白云悠悠去不返，寒风飕飕吹日晚。不见其人谁与言，归坐弹琴思逾远。”③应该就是赠答此诗而作。宋、马交往的真挚感情，在这组赠答诗中可见一斑，诗中的情感抒发是世俗化、私人化的，没有丝毫信徒和高道对宗教的探讨，只有友人之间深切的思念。但是两诗的创作时间不很清楚，是否为司马承祯在天台时作、是否与浙东地区相关，难遽定论。

又景龙二、三年（708—709）间，宋之问有《浣纱篇赠陆上人》诗云：“越女颜如花，越王闻浣纱。国微不自宠，献作吴宫娃。山薮半潜匿，苎萝更蒙遮。一行霸句践，再笑倾夫差。艳色夺人目，斅嚬亦相夸。一朝还旧都，靓妆寻若耶。鸟惊入松网，鱼畏沉荷花。始觉冶容

①刘昫等《旧唐书》卷七四，第2623页。

②陶敏等校注《沈佺期宋之问集校注》下册《宋之问集校注》卷一，第366页。

③陶敏等校注《沈佺期宋之问集校注》下册《宋之问集校注》卷一，第367页。

妄,方悟群心邪。钦子秉幽意,世人共称嗟。愿言托君怀,倘类蓬生麻。家住雷门曲,高阁凌飞霞。淋漓翠羽帐,旖旎采云车。春风艳楚舞,秋月缠胡笳。自昔专娇爱,袭玩唯矜奢。达本知空寂,弃彼犹泥沙。永割偏执性,自长熏修芽。携妾不障道,来止妾西家。"也是一首填词之作。陶敏《沈佺期宋之问集校注》卷二注云:"《西溪丛语》卷上录此诗首十六句,云:'因观《唐景龙文馆记》宋之问《分题得浣纱篇》云。'知此诗为与之问同任修文馆学士之武平一载入其所著《景龙文馆记》,乃与同时学士分题所咏,当作于景龙二年五月至三年秋间。"①这首诗是与同时学士分题所咏,虽然此时宋之问尚未前往越州,但是因"浣纱"是西施的典故,所以诗中仍然大篇幅地提及了浙东风土。

在宋之问任官越州期间,与僧鉴来往密切,此僧鉴生平事迹不详,应是越州僧人。今所见宋之问与其相关的诗作有四首。《湖中别鉴上人》诗云:"愿与道林近,在意逍遥篇。自有灵佳寺,何用沃洲禅。"诗中将僧鉴比作晋代高僧支遁,全诗都用支遁的事迹隐喻鉴上人,表达的是对僧人隐居在越州镜湖的赞同,认为他也有"逍遥"的境界。《题鉴上人房二首》诗,其一云:"落花双树积,芳草一庭春。玩之堪兴尽,何必见幽人。"描写寺院的花草幽美,景色宜人,虽然未得见僧人,但是诗人兴尽而返,不求必要相见,有六朝名士的洒脱风度。其二云:"晚入应真理,经行尚未回。房中无俗物,林下有青苔。""俗物"与"青苔"的对比,反映僧鉴交往的朋友都是高尚风雅之人,生活是充满诗意的,表明诗人的欣赏之意。同时,诗歌也透露出诗人时常前去拜访僧人,并且乐于与其探究佛理的信息。又有《见南山夕阳召鉴师不至》诗云:"夕阳黯晴碧,山翠互明灭。此中意无限,要与开士说。徒郁仲举思,讵回道林辙。孤兴欲待谁,待此湖上月。"诗有"孤

①陶敏等校注《沈佺期宋之问集校注》下册《宋之问集校注》卷二,第490页。

兴欲待谁,待此湖上月”,推测僧鉴居住在镜湖。“此中意无限,要与开士说”则表明诗人与僧鉴的交流也已经上升到心灵的沟通。诗人自比陈蕃,有下榻之心而未等到僧人,抒发了相召不见的失落和对僧鉴的思念之情。

三、宋之问越州贬事钩沉

景龙三年(709)秋,宋之问由考功员外郎被贬越州长史。《旧唐书》本传:“景龙中,再转考功员外郎……寻转越州长史。”[①]《新唐书》本传近同[②]。值得一提的是,本年初秋,宋之问前往长安附近的普耀寺参观,有《秋晚游普耀寺》。诗云:“薄暮曲江头,仁祠暂可留。山形无隐霁,野色遍呈秋。荷覆香泉密,藤缘宝树幽。平生厌尘事,过此忽悠悠。”诗歌内容与佛教关系不大,主要是写秋景,尾联“平生厌尘事,过此忽悠悠”直抒胸臆,苦涩难明,陶敏推测是贬越州长史之前作[③],可见诗人对即将到来的贬谪是有所预料的,也因此心情极为失落不甘。宋之问南赴贬所,主要是沿水路前行,途中诗歌尚存 8 首,标识出诗人一路南行的 5 个节点,连缀起来,便能勾勒出诗人的赴任轨迹。

宋之问《初宿淮口》诗云:“孤舟汴河水,去国情无已。晚泊投楚乡,明月清淮里。汴河东泻路穷兹,洛阳西顾日增悲。夜闻楚歌思欲断,况值淮南木落时。”即赴任越州长史途经淮口之作。谭优学《宋之问行年考》“中宗景龙三年己酉”云:“本年冬,之问外出为越州长史,

①刘昫等《旧唐书》卷一九〇中,第 5025 页。

②欧阳修、宋祁《新唐书》卷二〇二,第 5750 页。

③陶敏等校注《沈佺期宋之问集校注》下册《宋之问集校注》卷三,第 493 页。

系沿汴水前往。”①陶敏《沈佺期宋之问集校注》注云:“淮口:据诗,当指汴水(通济渠)入淮河处,在今江苏盱眙。”②这是目前赴任沿途创作诗歌中所见最北之处,因此淮口可谓是诗人南下旅途的第一个节点,而此诗体现的也是诗人较为早期的赴越心境。诗云“孤舟汴河水”证明宋之问沿汴河南下,“淮南木落”说明作于秋日。诗以萧瑟之景写萧瑟之情,将去国思乡之情更添一层悲戚色彩。

扬州,是宋之问赴越途中的第二个节点。韦述有《广陵送别宋员外佐越郑舍人还京》诗云:“朱绂临秦望,皇华赴洛桥。文章南渡越,书奏北归朝。树入江云尽,城衔海月遥。秋风将客思,川上晚萧萧。”③诗中描绘的仍是秋景,是时宋之问已到达扬州。此诗便是韦述在扬州相送,诗云“文章南渡越”,盛赞了宋之问的文学才能。宋之问在扬州也有诗作。《伤王七秘书监寄呈扬州陆长史通简府僚广陵以广好事》诗云:“王氏贵先宗,衡门栖道风。传心晤有物,秉化游无穷。学奥九流异,机玄三语同。书乃墨场绝,文称词伯雄。白屋藩魏主,苍生期谢公。一祇贤良诏,遂谒承明宫。补衮望奚塞,尊儒位未充。罢官七门里,归老一丘中。尝忝长者辙,微言私谓通。我行会稽郡,路出广陵东。物在人已矣,都疑淮海空。”王七,岑仲勉《唐人行第录》以为王珣,字伯玉,王方翼子。王珣官终秘书监,长安二年(702)卒。实误。陶敏《全唐诗人名汇考》考证严密,与诗意契合,今从之:“王七,王绍宗。《旧唐书》本传:‘扬州江都人也……少力学,遍览经史,尤工草隶……则天驿召赴东都……擢拜太子文学,累转秘书少监……张易之兄弟亦加厚礼。易之伏诛,绍宗坐以交往见废,卒于乡里。’诗云王七‘书乃墨场绝,文称词伯雄……一祇贤良诏,遂谒承明

①谭优学《唐诗人行年考续编》,巴蜀书社,1987年,第23页。

②陶敏等校注《沈佺期宋之问集校注》下册《宋之问集校注》卷三,第494页。

③彭定求等编《全唐诗》卷一〇八,第1119页。

宫……罢官七门里，归老一丘中。’与传合。绍宗行七。《金石萃编》卷六〇《大唐中岳隐居太和先生琅琊王征君口授铭》：‘伊垂拱二岁孟夏四月……吾六兄……先诰其第七弟绍宗曰……’，‘季弟正议大夫、行秘书少监、东宫侍读兼侍书绍宗甄录并书。’诗云‘我行会稽郡’，盖景龙三年作，宋之问时赴越州长史任，路经扬州。”①扬州为王绍宗归老之地，宋之问触目伤情，而扬州陆长史曾为王七同僚，故而路经扬州时作诗寄赠。这首诗大部分篇幅都在叙述、称赞王绍宗的生平经历，结尾说明自己的行迹，并感叹斯人已逝的空茫。王绍宗因结交张易之等被废逐，诗人自己也是因为受到政治牵连而远谪僻地，更在贬途中见此情境，王七的遭遇好像在预示诗人的结局。细玩诗味，实有芝焚蕙叹之感的隐约流露。

诗人在润州有 3 首相关诗歌，其中丹徒是润州属县。《酬李（或作季）丹徒见赠之作》诗云：“镇吴称奥里，试剧仰通才。近挹人披雾，遥闻境震雷。一朝逢解榻，累日共衔杯。连辔登山尽，浮舟望海回。以予惭拙宦，期子遇良媒。赠曲南凫断，征途北雁催。更怜江上月，还入镜中开。”末句“镜中”即指镜湖，显然是作于赴越州途中。又《陪润州薛司空（功）丹徒桂明府游招隐寺》诗云：“共寻招隐寺，初识戴颙家。还依旧泉壑，应改昔云霞。绿竹寒天笋，红蕉腊月花。金绳倘留客，为系日光斜。”诗一作骆宾王诗，误。《嘉定镇江志》卷一六、《瀛奎律髓》卷四七皆作宋诗。比照前一首诗题中之“李（或作季）丹徒”，与此诗中之“丹徒桂明府”可能实为一人。这两首诗展现出诗人与“桂明府”等友人宴饮游玩的情况，《游招隐寺》诗写诗人喜爱寺中美景，诗末还使用“长绳系日”的典故表达流连之意。《酬李（或作季）丹徒见赠之作》诗，前半篇写与友人游处的深情厚谊、美好经历，后半篇写两人即将分离的惜别之意。又《登北固山》：“京镇周

①陶敏《全唐诗人名汇考》，辽海出版社，2006 年，第 65 页。

天险,东南作北关。埭横江曲路,戍入海中山。望越心初切,思秦鬓已斑。空怜上林雁,朝夕待春还。”两诗“更怜江上月,还入镜中开”“望越心初切”语,隐隐透露出对任所的期待,这是诗人在贬途中首次流露出对贬地的正面情绪。

离开润州,宋之问南下至苏州,有《过史正议宅》诗云:“旧交此零落,雨泣访遗尘。剑几传好事,池台伤故人。国香兰已歇,里树橘犹新。不见吴中隐,空余江海滨。”史正议为史德义,陶敏《全唐诗人名汇考》云:“《过史正议宅》,‘议’当作‘谏’。史正谏,史德义。《旧唐书》本传:‘苏州昆山人也……天授初……周兴表荐之,则天征赴都……后周兴伏诛,德义坐为所荐免官,以朝散大夫放归丘壑。’……龙朔二年改谏议大夫为正谏大夫,神龙元年复旧。故以‘正谏’为是。”①此诗是宋之问赴越州时途经苏州之证。诗歌触景生情,感伤物是人非,令人动容。又诗末“不见吴中隐,空余江海滨”在悼念古人的同时也表达出诗人对隐者的欣赏态度。

此后宋之问进入杭州,这也是他此次行程的最后一个节点。《天台前集》卷上载宋之问《题杭州天竺寺壁》诗云:“鹫岭郁岧峣,龙宫隐寂寥。楼观沧海日,门听浙江潮。桂子月中下,天香云外飘。扪萝登塔远,刳木取泉遥。霜岸花更发,冰溪叶未凋。夙龄尚遐逸,搜对涤烦嚣。会入天台里,看予度石桥。”此诗孟棨《本事诗》云篇中警句“楼观沧海日,门听浙江潮”②是骆宾王赠句,情节奇异,近小说家言,已有学者提出质疑,如谭优学《宋之问行年考》详析六个疑点③,陶敏《沈佺期宋之问集校注》卷三注中也直言不可信④。此诗描写山寺景

①陶敏《全唐诗人名汇考》,第69页。

②参见孟棨等撰,李学颖标点《本事诗》,上海古籍出版社,1991年,第21页。

③参见谭优学《唐诗人行年考续编》,第25—26页。

④参见陶敏等校注《沈佺期宋之问集校注》下册《宋之问集校注》卷三,第506页。

致，风格遒丽，不止“楼观沧海日”句，“桂子月中下，天香云外飘”“霜岸花更发，冰溪叶未凋”等句都脍炙人口。诗人正因“尚遐逸”的个人偏好而多有登览之作，此诗中不见诗人被贬谪的沉郁，而只有对绝美景致的沉醉。在杭州，诗人尚有《钱江晓寄十三弟》诗云：“晓泊钱塘渚，开帘远望通。海云张野暗，山火彻江红。客泪常思北，边愁欲尽东。从来梦兄弟，未似昨宵中。”这是一首家诗，因此思乡的意味是比较浓厚的。

宋之问景龙三年（709）秋贬越州长史，一路南行赴任所，留下的诗作既勾勒出他行进的路线，又保存了他路程中当时的心境。梳理这些诗作可以发现，虽然初发时，如《初宿淮口》等诗传达出来诗人的心情是比较低落的，但是随着前进，被贬谪的痛苦逐渐平复，诗人开始激发“尚遐逸”的天性，一路有所登览，为江南的独特美景而惊艳，也对贬地越州山水产生了向往之情。当然，一路南行距离家乡越来越远，诗人的思乡之情是萦绕始终的。

宋之问的两次贬谪都与浙东发生关系，一次是由考功员外郎贬为越州长史，从洛阳前往越州任所，诗人一路有所创作，对越州山水的期待是渐次增加的。二是由越州长史贬为钦州长史，《旧唐书》本传云：“睿宗即位，以之问尝附张易之、武三思，配徙钦州。”①《旧唐书·睿宗纪》：“景龙四年夏六月……甲辰……少帝逊于别宫，是日即皇帝位。”②可知宋之问被贬钦州长史的时间是在景龙四年（710）六月。宋之问再次被贬钦州，从越州出发再次南下。不过，诗人并未能到达钦州，在先天元年（712）玄宗即位之后被赐死于桂州驿。从越州到桂州沿途，诗人也有一些创作。宋之问离开越州之后，经由苏州的水路南下。《渡吴江别王长史》：“倚棹望兹川，销魂独黯然。乡连江

①刘昫等《旧唐书》卷一九〇中，第5025页。
②刘昫等《旧唐书》卷七，第153—154页。

北树,云断日南天。剑别龙初没,书成雁不传。离舟意无限,催渡复催年。”又《夜渡吴松江怀古》:“宿帆震泽口,晓渡松江濆。棹发鱼龙气,舟冲鸿雁群。寒潮顿觉满,暗浦稍将分。气赤海生日,光清湖起云。水乡尽天卫,叹息为吴君。谋士伏剑死,至今悲所闻。”吴江即松江,一名笠泽,在苏州,之问自越州赴钦州经此。两首诗的情绪都是比较低落的,再次被贬,眼前秋景,送别友人,韶华流逝,都使诗人难掩满腹惆怅。此后诗人渐行渐远,后续诗作与浙东关系已不大,总体皆是忧愁的基调。

其实出任越州长史,不是宋之问第一次被贬。诗人首次贬谪是在中宗神龙元年(705):“及易之等败,左迁泷州参军。”①今见泷州贬途诗作8首,是诗人从蕲州到泷州沿途的创作。最北的地点是属蕲州的黄梅县,诗人在此地与崔融等人有唱和之作。宋之问诗《途中寒食题黄梅临江驿寄崔融》云:“马上逢寒食,愁中属暮春。可怜江浦望,不见洛阳人。北极怀明主,南溟作逐臣。故园肠断处,日夜柳条新。”崔融和诗《和宋之问寒食题黄梅临江驿》有云:“明主阍难叫,孤臣逐未堪。”胡皓有《和宋之问寒食题临江驿》云:“丹心终不改,白发为谁新。”此时崔融贬袁州刺史②,胡皓事迹阙载,当都在贬中,共同的身世遭遇结合眼前滔滔江水,更恰逢寒食节日,三人因凄凉惆怅的情绪产生了强烈共鸣。离开黄梅县之后,宋之问继续南下至洪府。在此地作有《自洪府舟行直书其事》,这首长诗较为原本地叙述了诗人遭遇贬谪的事情经过与心路历程,并为自己辩解,认为是被污蔑而遭致贬谪。这次政治失意与诗人之前的得意是形成剧烈落差的,表现在贬途作品中,便充满了强烈的不甘和卷土重来、重获重用的渴

①刘昫等《旧唐书》卷一九〇中,第5025页。

②《旧唐书》本传载“及易之伏诛,融左授袁州刺史”。参见刘昫等《旧唐书》卷九四,第3000页。

望,前诗《途中寒食题黄梅临江驿寄崔融》中“北极怀明主,南溟作逐臣”也是如此。其实,此次贬途的每一首作品都或多或少地传达出这样或怨明珠蒙尘,或盼回政治中心的想法。诗云“越淮乘楚嶂,造江泛吴汜”,交代了此次赴任所走的线路,是经淮河、楚地、长江以及“吴汜”前往泷州。因诗在洪府作,可以推知此“吴汜”应当是赣江。诗人溯流而上,到达大庾岭,以此为题留下三首相关作品,《题大庾岭北驿》《度大庾岭》与《早发大庾岭》,诗歌仍然流露出内心的憾恨不甘,如“我行殊未已,何日复归来”(《题大庾岭北驿》)、“但令归有日,不敢恨长沙”(《度大庾岭》)、“生还倘非远,誓拟酬恩德”(《早发大庾岭》)。离开大庾岭后,诗人经韶州始兴县、端州,入泷州江,最终到达任所。途中有《早发始兴江口至虚氏村作》《至端州驿见杜五审言沈三佺期阎五朝隐王二无竞题壁慨然成咏》《入泷州江》三诗,诗歌基调仍然是忧郁难堪的。

综合来看,宋之问此次贬途作品,情绪主调都是较为消极的,被贬蛮荒僻地的强烈不甘、回归中央政治舞台的强烈渴望,是诗人一路南行都无法释怀的执念。与此相呼应的,诗中便多见对贬所岭南地区的万分不满。如云“百越去魂断,九疑望心死”(《自洪府舟行直书其事》)、“处处山川同瘴疠,自怜能得几人归”(《至端州驿见杜五审言沈三佺期阎五朝隐王二无竞题壁慨然成咏》)、“适蛮悲疾首”(《早发大庾岭》)、“泣向文身国,悲看凿齿氓”(《入泷州江》)等。不仅有对岭南地理位置、山水景貌的不喜,还有对此地风俗文化的不认同。同为贬所,相比于诗人对浙东地区的态度可谓是大相径庭。

对比三次贬谪经历,可以说宋之问赴任越州长史期间的心境是尤为特别的。贬谪诗的主题,决定了其感情基调必然是沉闷消极的,宋之问贬泷州、钦州途中的作品,也比较符合这一点。但是往越州途中的诗歌,却不完全一致。虽然首途之时,如《初宿淮口》的情感,还是烦闷抑郁的,但随着诗人的脚步前进,诗歌中的负面情感却渐渐消弭,同时逐渐流露出对越州地区的向往。这份期待与向往,与诗人在越州长史任上丰富的游览作品,也可以相互映证。可以说,是浙东地区奇异秀丽的山水,治愈了诗人屡遭贬谪的心灵。

四、结语

宋之问是初唐时期大诗人,他的诗作主要产生于宫廷之中,而其越州的行迹与生活是他一生中的重要经历,也是诗歌创作与诗风形成的转折点。因此,他与浙东唐诗之路的关系,是非常值得研究的重要课题。

宋之问今见的与浙东相关的诗歌,数量和内容都是相当丰富的。越州作为浙东治所,也是浙东唐诗之路的一个重要节点,诗人因为官此地而有了丰富创作,作品也颇为时人所咏。这些作品以诗人记录游览此地山水风光的游记诗为主,同时也有一些表现诗人日常生活状况以及与僧人交往的诗歌。而身在浙东地区以外的时间段中,诗人也因与居住天台的道士司马承祯诗歌酬唱,而创作了与浙东山水发生关系的作品。此外,诗人贬谪越州的路途之中,也多有创作,连带提及越州,因而也与浙东发生联系,这些作品的心境表现是由悲切渐趋平和以至期待的,因此也可与诗人在任越州期间的行迹和创作相互映证。

(作者单位:浙江大学)

宋之问越州诗事研究及其他

朱红霞

唐代是一个诗歌的朝代，葛晓音先生曾深情地称之为“诗国”①。在这个诗歌的国度，位于浙东的越州又是一个风景独好的地区。据考证，唐代有 450 多位诗人到此游览过，并写下 1500 余首诗篇②。其中，初唐诗人宋之问可以说是唐代最早和最重要到达越州、并大量创作越州题材诗歌的诗人之一。他的越州诗，风靡京师，一度形成人人争相传阅的盛况。“改越州长史。颇自力为政。穷历剡溪山，置酒赋诗，流布京师，人人传讽”③。

宋之问对诗歌题材的扩大居功至伟。闻一多先生曾对四杰诗歌扩大题材的贡献有如下评价：

> 正如宫体诗在卢骆手里由宫廷走到市井，五律到王杨的时代是从台阁移至江山与塞漠。台阁上只有仪式的应制，有“絺句绘章，揣合低卬”。到了江山与塞漠，才有低徊与怅惘，严肃与激昂……④

①葛晓音《诗国高潮与盛唐文化》自序，北京大学出版社，1998 年。

②《浙东唐诗之路是如何形成的》，载《光明日报》2019 年 6 月 3 日。

③欧阳修、宋祁《新唐书》卷二〇二《宋之问传》，中华书局，1975 年，第 5750 页。

④闻一多《唐诗杂论》，上海古籍出版社，1998 年，第 25 页。

四杰对唐代诗歌题材的扩大的确贡献巨大,但巧合的是,这个扩大却几乎忽略了浙东,即使生为婺州义乌人的骆宾王,与越州山川同域,日月同天,地缘相近,人文相亲,而且还曾经做过临海丞。但通读其文集,写浙东的诗文很少,大概只有《久客临海有怀》和《早发诸暨》诗两首和《与亲情书》文一篇。再细读其诗文,如《与亲情书》:"某初至乡间,言寻旧友,耆年者化为异物,少壮者咸为老翁。山川不改旧时,丘陇多为陈迹,感今怀古,抚存悼亡,不觉涕之无从也。"①则可见骆宾王此次还乡也正如贺知章《回乡偶书》所谓"离别家乡岁月多,近来人事半消磨"②了。

尽管骆宾王越州题材的诗歌不多,但是,其对陇右唐诗之路的开拓之功则非常重大,是最早经行陇右的唐代诗人,因此,也被看作是陇右唐诗之路第一人③。

相比之下,作为骆宾王好友的宋之问则对唐诗越州题材具有开拓之功,对浙东唐诗之路的形成,起了非常重要的作用。

一、宋之问与越州

众所周知,宋之问是初唐武后、中宗朝诗坛非常耀眼的人物,曾经数次参加宫廷诗赛并且夺魁,另外,其与同时代人沈佺期并称"沈宋",被认为是唐代律诗的定型者。但他在宫廷任职期间,也是大量创作"仪式的应制"诗,及至被贬谪,才开始"向外发现了自然,向内发现了自己的深情"④。

---

①骆宾王著,谌东飚校点《骆宾王集》卷三,岳麓书社,2001 年,第 65 页。
②陶元藻辑《全浙诗话(外一种)》第 1 册,浙江古籍出版社,2015 年,第 60 页。
③雷恩海《陇右唐诗之路》,载《光明日报》2019 年 10 月 28 日。
④宗白华《美学散步》,上海人民出版社,2005 年,第 368 页。

(一)越州长史的经历

宋之问被贬越州长史,旧、新《唐书》均有记载。

> 景龙中,再转考功员外郎。时中宗增置修文馆学士,择朝中文学之士,之问与薛稷、杜审言等首膺其选,当时荣之。及典举,引拔后进,多知名者。寻转越州长史。①

> 景龙中,迁考功员外郎,谄事太平公主,故见用,及安乐公主权盛,复往谐结,故太平深疾之。中宗将用为中书舍人,太平发其知贡举时赇饷狼藉,下迁汴州长史,未行,改越州长史。颇自力为政。②

《旧唐书》的本传载其“寻转越州长史”。《新唐书》本传则云:“下迁汴州长史,未行,改越州长史。”

宋之问曾在武后、中宗两朝扈从游宴,应制赋诗,且屡胜诗赛,非常风光。他也曾热衷仕途,求为北门学士。但是,在经历过武后与中宗政权交替之际的政治斗争,被贬过泷州,余悸尚在。此次迁越州长史是他政治生涯的第二次挫折。越州风景绝佳,东晋以来王谢家族留下很多流风遗韵,此地远离宫廷权力斗争漩涡,所以,宋之问在越州长史任,“颇自力为政”。

(二)个人的隐逸气质

除了远离政权斗争漩涡且风景绝佳之外,越州也契合他的家庭

①刘昫等《旧唐书》卷一九○中《宋之问传》,中华书局,1975 年,第 5025 页。

②欧阳修、宋祁《新唐书》卷二○二《宋之问传》,中华书局,1975 年,第 5750 页。

环境和个性。在嵩山旧居陆浑山庄所写的诗歌《陆浑南桃花汤》中,宋之问有云:

> 氛氲桃花汤,去都三百里。远峰益稠沓,具物尽奇诡。借问采药人,冥奥从此始。汩吾尚清净,荤血久誓止。览彼□□鲜,自谓形骸滓。重敦永劫愿,无负神泉水。坐驰意屡惬,身践心益死。长妹梵筵众,拙妻道门子。提携游二山,岁暮此已矣。①

由这首诗可知,宋之问旧居陆浑山庄距离东都三百里,非常冥奥,且其长妹和妻子都是佛道中人,非常虔诚。后来宋之问被赐死贬所后,其妻甚至捐出家产,舍宅为观。

《古今图书集成·方舆汇编》卷一四○三桂林府部古迹考:"宋之问故宅在府城南二里,即元山观,后改名真山观。按宋柳开《元山观记》以为之问左迁,爱其清致,卜为轩榭。之问殁,夫人孙氏以为观。后五十余年,夫人族弟仓部郎中孙成来为御史(此疑有脱文),命(此字疑衍)开作记,大略如此。"②

除了旧居陆浑山庄地处偏远和出世的佛道环境外,宋之问后来在长安城南蓝田县所营建的辋川别墅,也同样清净幽偏。故《蓝田山庄》诗云:"宦游非吏隐,心事好幽偏。"③甚至在赴越途中经杭州天竺寺,所作的那首著名的《题杭州天竺寺》诗中,诗人也再一次表明自己

---

①沈佺期、宋之问撰,陶敏、易淑琼校注《沈佺期宋之问集校注》下册,卷四,中华书局,2001年,第585页。

②傅璇琮主编,陶敏、傅璇琮著《唐五代文学编年史·初盛唐卷》,辽海出版社,1998年,第492页。

③沈佺期、宋之问撰,陶敏、易淑琼校注《沈佺期宋之问集校注》下册,卷一,中华书局,2001年,第377页。

“夙龄尚遐异，搜对涤烦嚣”①的性格。

越州自然风光幽静秀丽，道观佛寺云集。如道士司马承祯所居之天台桐柏观，佛教名寺法华寺、云门寺、称心寺等。宋之问在越州长史任上时几乎遍游这些风景名胜、道观佛寺，并且有诗纪行，表达逸隐之趣。

（三）本人的佛道交游

除家庭环境和个性原因外，宋之问本人也有深厚的佛道渊源，故他的很多诗歌中充满佛理禅趣。也因为宋之问与当时很多隐逸高人往来，如师事潘师正真人，结交田游岩、赵贞固等隐士。

如田游岩，高宗朝隐士。高宗营建奉天宫时，田游岩宅在其左，高宗命令不拆之，并且自书榜其门“隐士田游岩宅”②，可见礼遇如此。据《新唐书·田游岩传》，中宗时，“裴炎死，坐素厚善，放还山。蚕衣耕食，不交当世，惟与韩法昭、宋之问为方外友云”③。

再如天台山道士司马承祯，也是宋之问的好友。其远游天台时，宋之问有诗相送，甚至多年以后，仍有诗寄赠司马承祯，表达相思之意。

所以，综合来看，无论是仕途的“寻转”，还是“下迁”，无论是家庭和本人的渊源还是个人交游，越州长史任都是宋之问比较适合的职位。主客观的因素使他发现了越州之美，成就了他大量优美的越州诗作。而宋之问，也成就了诗化的越州。在他之后，更多的大诗人踏上越州，留下了大量的越州诗事，使越州成为唐诗国度非

①沈佺期、宋之问撰，陶敏、易淑琼校注《沈佺期宋之问集校注》下册，卷三，中华书局，2001 年，第 505 页。

②刘昫等《旧唐书》卷一九二《田游岩传》，中华书局，1975 年，第 5117 页。

③欧阳修、宋祁《新唐书》卷一九六《田游岩传》，中华书局，1975 年，第 5599 页。

常灿烂的诗乡。

二、宋之问的越州诗事

前面提到,宋之问在送司马承祯赴天台时已经有诗涉及越州,所以其与越州的关系可以说尚未到越州前就已开始。及至转任越州长史,他立即马不停蹄奔赴越州,在途中就已有作品表达向往之情。身在越州后,更是投身山水,徜徉其中,陶醉其中,写作了很多优秀的诗篇。而当离开越州后,又创作了不少对越州深深思念的诗歌。

下面我们谨以未到越州、身在越州、离开越州三个时期的涉越诗来分析宋之问对越州的热爱。

(一)未到越州:向往

未到越州之时,宋之问已经有写过越州题材的诗歌。

比如,《送司马道士游天台》:

> 羽客笙歌此地违,离筵数处白云飞。蓬莱阙下长相忆,桐柏山头去不归。①

司马承祯和宋之问均师事嵩山潘师正,两人还有诗歌唱和,如宋之问有《冬宵引赠司马承祯》诗。这首诗作于武后圣历元年(698),司马承祯应武后征召至都,后还天台,宋之问等当时很多诗人为之饯行,以诗相送。桐柏山在天台,天台在越州。越州,原本对宋之问来说,是陌生的,但是,因为好朋友的缘故,变得亲切起来,变成了思念

①沈佺期、宋之问撰,陶敏、易淑琼校注《沈佺期宋之问集校注》下册,卷一,中华书局,2001 年,第 400 页。

的地方。

未到越州之前，宋之问还有一篇以越州美女西施为咏叹对象的诗歌《浣纱篇赠陆上人》：

越女颜如花，越王闻浣纱。国微不自宠，献作吴宫娃。山薮半潜匿，苎罗更蒙遮。一行霸勾践，再顾倾夫差。颜色夺常人，效颦亦相夸。一朝还旧都，靓粧寻若耶。鸟惊入松网，鱼畏沉荷花。始觉冶容妄，方悟群心邪。钦子秉幽意，世人共称嗟。愿言托君怀，倘类蓬生麻。家住雷门曲，高阁凌飞霞。淋漓翠羽帐，旖旎采云车。春风艳楚舞，秋月缠胡笳。自昔专娇爱，袭玩唯矜奢。达本知空寂，弃彼如泥沙。永割偏执性，自长薰修牙。携妾不障道，来止妾西家。①

这首诗当在景龙二年（708）五月至三年（709）秋之间②。据《景龙文馆记》，宋之问分题得《浣纱篇》，应该是当时景龙文馆学士的分题吟咏之作。陆上人，不知何人。这首诗歌先写西施的美貌，随后话锋一转，写美貌的虚妄，决意弃之“如泥沙”，而愿身如“蓬生麻”，以“达本”和“薰修”。应该是有所比拟，但这首诗重点在写西施的美貌，颇有山水有清音、人杰而地灵的韵味③。

景龙三年（709）秋，在赴越州的途中，宋之问更是创作了一系列诗歌表达对越州的期待、向往，甚至“归心似箭”。

①沈佺期、宋之问撰，陶敏、易淑琼校注《沈佺期宋之问集校注》下册，卷二，中华书局，2001 年，第 488—489 页。

②沈佺期、宋之问撰，陶敏、易淑琼校注《沈佺期宋之问集校注》下册，卷二，中华书局，2001 年，第 490 页。此据该卷陶敏先生的考析。

③宋之问的西施题材在唐代诗歌史上是很早的，之后，西施成为唐人经常吟咏的对象，李白、杜甫和王维等等，都有咏怀西施的作品，主题基本是咏史怀古。

我们先看他途经扬州、镇江、杭州的诗歌。

如《伤王七秘书监寄呈扬州陆长史通简府僚广陵好事》(节选):

尝忝长者辙,微言私谓通。我行会稽郡,路出广陵东。物在人已矣,都疑淮海空。①

此诗作于景龙三年(709)秋途经扬州时。"我行会稽郡,路出广陵东",伤感的是物在而故人非,不是对自身处境的嗟叹。

再如《酬李丹徒见赠之作》:

镇吴称奥里,试剧仰通才。近挹人披雾,遥闻境震雷。一朝逢解榻,累日共衔杯。连辔登山尽,浮舟望海回。以予惭拙宦,期子遇良媒。赠曲南凫断,征途北雁摧。更怜江上月,还入镜中开。②

此为行至镇江时的酬赠诗。诗中写被北来的大雁催征,而一直赶路,但看到头顶上的圆月,诗人想的是,如果在越州的镜湖看它,会更加地可爱吧。字里行间充满对越州的期待。

再看《登北固山》:

京镇周天险,东南作北关。埭横江曲路,戍入海中山。望越

①沈佺期、宋之问撰,陶敏、易淑琼校注《沈佺期宋之问集校注》下册,卷三,中华书局,2001 年,第 495 页。

②沈佺期、宋之问撰,陶敏、易淑琼校注《沈佺期宋之问集校注》下册,卷三,中华书局,2001 年,第 498—499 页。

心初切，思秦鬓已斑。空怜上林雁，朝夕待春还。①

这首诗更明确表达了他奔赴越州的急切心情。虽然诗人提到思秦的惆怅，但相比赴越，似乎淡了许多。

《题杭州天竺寺》：

鹫岭郁岧峣，龙宫锁寂寥。楼观沧海日，门听浙江潮。桂子月中落，天香云外飘。扪萝登塔远，刳木取泉遥。霜薄花更发，冰轻叶互凋。夙龄尚遐异，搜对涤烦嚣。待入天台路，看予度石桥。②

此诗是宋之问途经杭州天竺寺所作③。最后一句，同样可以看出诗人对早日走上天台石桥的急切心情。更可以据此想象，走上了石桥后，诗人的轻松和惬意。

以上我们根据宋之问分别作于赴越途中经过扬州、镇江、镇江北固山、杭州的诗歌可以看出，宋之问几乎是踏上越途即有诗，而且充满期待和迫不及待的心情。他的赴越之路，就是一条诗歌之路。

①沈佺期、宋之问撰，陶敏、易淑琼校注《沈佺期宋之问集校注》下册，卷三，中华书局，2001年，第501页。

②沈佺期、宋之问撰，陶敏、易淑琼校注《沈佺期宋之问集校注》下册，卷三，中华书局，2001年，第505页。

③关于这首诗还有一段本事。据《本事诗·征异》，此为宋之问贬越，在灵隐寺作。晚上宋之问月下吟哦，当吟至第二联时，终不如意，正在苦思冥想，身后传来僧人接下一联“楼观沧海日，门对浙江潮”，之问惊讶其所对，思路打通并接续完篇。第二日打听得知，僧人是骆宾王。这段记载很显然是小说家言，宋之问和骆宾王是相识且有诗歌往还。另外，《封氏闻见记》甚至记此诗即是骆宾王所作，非。

(二)身在越州:享受

到达越州后,宋之问立刻投入到越州山水和人文的游赏之中。我们根据《宋之问集》所辑诗歌顺序和数量,可以看到,他先后拜谒大禹庙、游大禹穴、泛舟镜湖南溪、游法华寺、主持景龙四年春的祠海活动、游览并住宿云门寺、拜访禅师鉴上人、在郡斋书所见及玩郡斋海榴、游览称心寺等等,写作有约30首诗歌。"薄游京都日,遥羡稽山名。分刺江海郡,朅来征素情。"(《游法华寺》)①"再咏期春暮,当造林端穷。庶几踪谢客,开山投剡中。"(《宿云门寺》)②可见,宋之问在一年左右的时间里,公务之余造访幽奇,完全沉浸在越州山水的享受之中。

如《游禹穴回出若耶》诗:

> 禹穴今朝到,耶溪此路通。著书闻太史,炼药有仙翁。鹤往笼犹挂,龙飞剑已空。石帆遥海上,天镜落湖中。水底寒云白,山边坠叶红。归舟何虑晚,日暮有樵风。③

这首诗是游览禹穴后续游若耶溪所作。诗中有史迹、有传说、有自然,其中"水底寒云白,山边坠叶红"中的颜色对比,写秋天美景非常形象,让人不由想到杜甫的"越女天下白,鉴湖五月凉"④,想到王

①沈佺期、宋之问撰,陶敏、易淑琼校注《沈佺期宋之问集校注》下册,卷三,中华书局,2001年,第515页。

②沈佺期、宋之问撰,陶敏、易淑琼校注《沈佺期宋之问集校注》下册,卷三,中华书局,2001年,第522页。

③沈佺期、宋之问撰,陶敏、易淑琼校注《沈佺期宋之问集校注》下册,卷三,中华书局,2001年,第511页。

④杜甫《杜工部集》卷七,玉钩草堂本,第142页。

维的“日落江湖白，潮来天地青”①。

再如《早春泛镜湖》：

> 漾舟喜湖广，湖广趣非一。愉木野载芜，清心山更出。孤烟昼藏火，薄暮朝开日。但爱春光迟，不觉舟行疾。归雁空间尽，流莺花际失。远情自此多，景霁风物和。芦人收晚钓，棹女弄春歌。野外寒事少，湖间芳意多。杂花同烂熳，喧柳日逶迤。为客顿逢此，于思奈若何。②

镜湖风光是宋之问还在赴越路上的镇江诗中，就已经出现了的。“更怜江上月，还入镜中开”。此番终于身在镜湖，泛舟镜湖，喜爱之情更是随处可见，如“喜”“清”“爱”“运情”“芳意”等等，虽结局仍不免于“哀而不怨、怨而不伤”的温柔敦厚，但那份优游镜湖的心情还是溢于言表的。

偶尔，宋之问也会回忆起在长安洛阳的生活，虽惆怅，但惆怅之后，仍然是对越州一如既往的欣慰和欢喜。

如《景龙四年春祠海》：

> 肃事祠春溟，宵斋洗蒙虑。鸡鸣见日出，鹭下惊涛骛。地阔八荒近，天回百川注。筵端接空曲，目外唯雰雾。暖气物象来，周游晦明互。致性匪玄享，禋涤期灵煦。的的波际禽，沄沄岛间树。安期今何在，方丈蔑寻路。仙事与世隔，冥搜徒已屡。四明

①王维撰，刘辰翁评点《须溪先生校本唐王右丞集》卷五，景上海涵芬楼藏元刊本，第90页。

②沈佺期、宋之问撰，陶敏、易淑琼校注《沈佺期宋之问集校注》下册，卷三，中华书局，2001年，第519页。

> 北群山,遗老莫辨处。抚中良自慨,弱龄忝恩遇。三入文史林,两拜神仙署。虽叹出关远,始知临海趣。赏来空自多,理胜孰能喻? 留楫意何待,徒倚忽云暮。①

此诗诗题明确言诗作于“景龙四年春”,时宋之问仍在越州长史任上。诗人安居之后,冷静下来回顾自己此前的经历,感慨“弱龄忝恩遇。三入文史林,两拜神仙署”。的确,宋之问年少及第,并且曾经在天授元年(690)为习艺馆学士,圣历中为珠英学士,又在景龙年间为修文馆学士,又曾在景龙中分别任过户部、考功员外郎,可以说三为学士,两拜衙署。对被贬越州,“虽叹出关远,始知临海趣”,偏安浙东,有大自然的慰藉,实在是对诗人最好的安排!

在越州郡宅,诗人也游目骋怀,思接千载,对越州古往今来的传说和历史以及与自己的因缘际会作了一次总结和回顾。如《郡宅中斋》:

> 郡宅枕层岭,春湖绕芳甸。云甍出万家,卧览皆已偏。渔商汗成雨,廨邑明若练。越俗镜中行,夏祠云表见。兹都信盘郁,英远常棲眄。王子事黄老,独乐事游衍。谢公念苍生,同忧感推荐。灵越多秀士,运阔无由面。神理翳青山,风流满黄卷。揆予谬承奖,自昔从缨弁。瑶水执仙羁,金闺负时选。晨趋博望苑,夜直明光殿。一朝罢台阁,万里违乡县。风土足慰心,况悦年光变。淮廪伫兹实,沂歌非所羡。讼寝归四明,颓龄亲九转。微尚

①沈佺期、宋之问撰,陶敏、易淑琼校注《沈佺期宋之问集校注》下册,卷三,中华书局,2001年,第517页。

本江海，少留岂交战。唯余后凋色，窃比东南箭。①

诗中先描绘了越州的风景和传说，然后联想到这块土地上生活过的王导、谢安等曾经的风流高蹈，最后反躬自悼自己的经历，包括曾经在京城所享受的荣耀与如今的被贬，最后，宋之问仍然觉得足以欣慰，“风土足慰心，况悦年光变”。

在越州，除了游览自然风光，宋之问也大量游览了当地的佛教寺庙。前已说过，因为家庭和个人的因素，宋之问的佛教题材的诗歌总有很多禅意和禅理。如《见南山夕阳召鉴师不至》：

夕阳黯晴碧，山翠互明灭。此中意无限，要与开士说。徒郁仲举思，讵回道林辙。孤兴欲待谁，待此湖上月。②

夕阳已西下，此中意无限。鉴师久候不至，意兴独对湖月。此种意境像极了孟浩然的《宿业师山房待丁大不至》、王昌龄的《同从弟南斋玩月忆山阴崔少府》、贾岛的《寻隐者不遇》以及丘为的《寻隐者不遇》，甚至宋代赵师秀的《约客》。不过等待中，孟浩然有琴抚，赵师秀有棋敲，贾岛、丘为悟到“何必见戴”，王昌龄认为“千里共如何”，而远在他们之前的宋之问，则将此中意兴说与清风明月，达到人与自然的相通对话。相同的题材，不同的情怀，皆非常巧妙。

宋之问的游法华寺、云门寺、称心寺等佛教寺院所写的诗歌也都充满了自然和禅理的趣味。如果说继承了宋之问辋川别墅的诗

①沈佺期、宋之问撰，陶敏、易淑琼校注《沈佺期宋之问集校注》下册，卷三，中华书局，2001 年，第 528 页。

②沈佺期、宋之问撰，陶敏、易淑琼校注《沈佺期宋之问集校注》下册，卷三，中华书局，2001 年，第 524 页。

人王维,其所作禅理诗被认为“诗中有佛”的话,那么其别墅的前任主人则早已“诗中有佛”了,而越州正是催生宋之问一系列佛理诗的佳处。

再看宋之问的一首越州咏物诗《玩郡斋海榴》:

泽国韶气早,开簾延霁天。野禽宵未啭,山蜚昼仍眠。目兹海榴发,列映岩楹前。熠爚御风静,葳蕤含景鲜。清晨绿堪佩,亭午丹欲燃。昔忝金闺籍,尝见玉池莲。未若宗族地,更逢荣耀全。南金虽自贵,贺赏讵能迁。抚躬万里绝,岂染一朝妍。徒缘滞遐郡,常是惜流年。越俗鄙章甫,扪心空自怜。①

此诗由所见的海榴联想到皇家禁地的莲花,也由自己现在的处境想到曾经在皇家禁地的经历。处地不同,境遇不同,颇有左思《咏史》诗所谓的“地势使之然,由来非一朝”②之感慨,咏物让人不禁咏怀。

再看《西施浣纱篇》:

西施旧石在,苔藓日于滋。几处沾粧污,何年灭履綦。岸花羞慢脸,波月敩嚬眉。君将花月好,来比浣溪时。③

没来过越州时,宋之问已有《浣纱篇赠陆上人》诗咏过西施事迹,

①沈佺期、宋之问撰,陶敏、易淑琼校注《沈佺期宋之问集校注》下册,卷三,中华书局,2001年,第532—533页。

②昭明太子撰,李善并五臣注《六臣注文选》卷二一,景上海涵芬楼藏宋刊本,第772页。

③沈佺期、宋之问撰,陶敏、易淑琼校注《沈佺期宋之问集校注》下册,卷三,中华书局,2001年,第538页。

如今任官越州，亲临西施故里。“西施旧石在，苔藓日于滋”，亲临所见，但主题不变，仍然是对西施美貌的赞美。

从以上在越州长史任上所作的越州诗，可以看到，诗人怀着迫切的心情饱览越州自然风光、人文景观、佛门圣地，偶尔也有在郡斋中静下心来回忆和反思。此地秀丽的山水，是对他曾经“伴君如伴虎”的宫廷生活的一种慰藉，所以他非常安适于其中，所写诗歌也是清丽秀雅。而且对比此前和此后的诗作可见，在越州，宋之问除了有与鉴上人的诗歌，不见与其他人的诗歌酬赠，他完全陶醉在自己的诗乡里。

诗乡是美好的，宋之问的越州诗感情基调是愉悦的，也是美好的，所以唐人也是喜欢的，因而形成京师“人人传讽”的盛况。

（三）离开越州：怀念

据《资治通鉴》卷二〇九：景云元年（710）六月戊申，“越州长史宋之问，饶州长史冉祖雍，坐谄附韦、武，皆流岭表”①。越州岁月不到一年，又被贬岭南，于是，宋之问又凄凄惶惶继续走上了人生的下坡路。越州的岁月，成了他心中美好的回忆。

《渡吴江别王长史》：

> 倚棹望兹川，销魂独黯然。乡连江北树，云断日南天。剑别龙初没，书成雁不传。离舟意无限，催渡复催年。②

---

①司马光编著，胡三省音注，“标点资治通鉴小组”校点《资治通鉴》卷二〇九，中华书局，1956年，第6651页。

②沈佺期、宋之问撰，陶敏、易淑琼校注《沈佺期宋之问集校注》下册，卷三，中华书局，2001年，第539页。

此诗是离开越州时所作,诗中的字眼已经完全变了。“销魂”“黯然”“离舟”“催年”,非常悲伤。一个“催”字,让人感觉到在政局的变幻下无能为力的伤感。相比之下,孟浩然“白发催年老,青阳逼岁除”①似乎就不及离舟催渡更让人“黯然销魂”。倒是徐志摩《沪杭道中》:“催催催!是车轮还是光阴?催老了秋容,催老了人生!”②差可近矣。

到达贬所,惊魂甫定后,宋之问又开始陷入了回忆,在《桂林三月三日》中:

> 载笔儒林多岁月,襆被文昌佐吴越。越中山海高且深,兴来无处不登临。永和九年刺海郡,暮春三月醉山阴。愚谓嬉游长似昔,不言流寓欻成今。始安繁华旧风俗,帐饮倾城沸江曲。③

在这首诗里,他在自己曾经的“光辉岁月”里,又加上了“佐吴越”“刺海郡”的经历。这段经历里,自己如同谢灵运,“无处不登临”;亦如王羲之,“醉山阴”……真希望欢乐永存,所以这首诗充分表现了宋之问对越州岁月念念不忘。

对比此前的被贬泷州,之后的被贬钦州,越州不仅是地理上不可同日而语,心境上更是天壤之别。如初贬泷州时,他说:“百越去魂断,九疑望心死。”④再贬钦州时,他说:“五岭恓惶客,三湘憔悴颜。

①孟浩然《孟浩然集》卷三,明刊本,第26页。

②徐志摩《志摩的诗》,中国青年出版社,2011年,第18页。

③沈佺期、宋之问撰,陶敏、易淑琼校注《沈佺期宋之问集校注》下册,卷三,中华书局,2001年,第560页。

④沈佺期、宋之问撰,陶敏、易淑琼校注《沈佺期宋之问集校注》下册,卷二,《自洪府舟行直书其事》,中华书局,2001年,第424页。

况复秋雨霁,表里见衡山。”①“魂断”“心死”“凄惶”“憔悴”,这些字眼可见宋之问两次被贬岭南时心情甚为凄凉乃至绝望。

三、诗乡越州之形成

从以上对宋之问赴越州前、在越州时和去越州后的一系列有关越州的诗歌可以看出,越州是宋之问诗歌中非常重要的题材,也是他真情实感的佳作。宋之问用自己的游历和创作,使越州和越州诗闻名京师。在他之后,唐代的很多的文人墨客也纷至沓来,有宦游,有经游,也有漫游甚至梦游。整个浙东一带,如“从山阴道上行,山川自相映发,使人应接不暇”②。这些诗人在优美的风景中,也都留下了优美的诗篇,“宋公放逐曾题壁,物色分留与老夫”③,使这一带成为名副其实的“诗乡”。

如李白曾经客游会稽,《旧唐书》李白本传:“天宝初,客游会稽,与道士吴筠隐于剡中。既而玄宗诏筠赴京师,筠荐之于朝,遣使召之,与筠俱待诏翰林。”④长安三载后,李白再次漫游吴越前,曾梦游天姥,并借对天姥风光的赞美表达傲岸的风骨。

再如孟浩然在科举考试无望后,在还乡途中开始了经由吴越的漫游。在《自洛之越》中写道:“山水寻吴越,风尘厌洛京。扁舟泛湖海,长揖谢公卿。”⑤只有与世无争的山水可以理解和安慰遭遇京洛风尘的诗人。

①沈佺期、宋之问撰,陶敏、易淑琼校注《沈佺期宋之问集校注》下册,卷三,《晚泊湘江》,中华书局,2001 年,第 546 页。

②刘义庆撰,徐震堮校笺《世说新语校笺 · 言语》,中华书局,1984 年,第 82 页。

③杜甫《杜工部集》,卷八,玉钩草堂本,第 166 页。

④刘昫等《旧唐书》卷一九〇下《李白传》,中华书局,1975 年,第 5053 页。

⑤孟浩然《孟浩然集》卷三,明刊本,第 35 页。

让越州声名和诗名更加扩大的大概要属中唐时期元稹、白居易以及刘禹锡。

《旧唐书》元稹传:“在郡二年,改授越州刺史、兼御史大夫、浙东观察使。会稽山水奇秀,稹所辟幕职,皆当时文士,而镜湖、秦望之游,月三四焉。而讽咏诗什,动盈卷帙。副使窦巩,海内诗名,与稹酬唱最多,至今称兰亭绝唱。稹既放意娱游,稍不修边幅,以渎货闻于时。凡在越八年。”①

元稹在山水奇秀的越州,每月三四次的出游,都有诗什,与副使的酬唱,甚至被称为兰亭绝唱,可见在当时的轰动。

白居易在越州、杭州同样如此,经常在跟朋友的书信中谈政治、写诗谈文学等等,据《旧唐书》白居易本传:

> 居易累上疏论其事,天子不能用,乃求外任。七月,除杭州刺史。俄而元稹罢相,自冯翊转浙东观察使。交契素深,杭、越邻境,篇咏往来,不间旬浃。尝会于境上,数日而别。②

而《旧唐书》刘禹锡传:

> (白居易)尝戏微之云:“仆与足下二十年来为文友诗敌,幸也,亦不幸也。吟咏情性,播扬名声,其适遗形,其乐忘老,幸也。然江南士女语才子者,多云元、白,以子之故,使仆不得独步于吴、越间,此亦不幸也。今垂老复遇梦得,非重不幸耶?”③

①刘昫等《旧唐书》卷一六六《元稹传》,中华书局,1975 年,第 4336 页。
②刘昫等《旧唐书》卷一六六《白居易传》,中华书局,1975 年,第 4353 页。
③刘昫等《旧唐书》卷一六〇《刘禹锡传》,中华书局,1975 年,第 4212—4213 页。

吟唱在吴越间的元、白，均被江南士女们称为才子。及刘禹锡佐吴，与白居易又有很多吴越酬唱，另外，刘禹锡在六朝古都的怀古诗，《西塞怀古》《乌衣巷》《金陵五题》等诗，也被江南文士称为佳作。故白居易戏称使其不得独步江南，是为不幸，实际上，这对吴越是多么地幸运！

可见，越州，再到吴越及至整个江南，因着这些诗人的讽咏、唱和而声名远播，成为唐代诗国非常耀眼的天空。

而且，从历史上来看，不仅唐代如此，前有东晋南朝，后有宋代一直延续至明清，吴越及整个江南，都是文化的重镇。从题材和体裁上来看，不仅有诗歌，在词、曲、南戏、小说、散文小品甚至学术上，江南也都是非常醒目的存在。

浙东唐诗之路作为唐代文学与地理结合非常密切的领域，近年来越来越得到学术界的关注和重视，也取得了很多研究成果。随着研究的深入，人们也越来越形成一个共识，即这一领域并不仅仅是由几个具体的地方而连成的线性的路，它更像是一片区域，而且，这片区域随着诗人的行踪，越来越大，包括了整个吴越甚至江南地区。我们由宋之问的越州诗事，到王、孟、李、杜等的漫游吴越以及元、白、刘等的宦游吴越，这些经历和诗歌都可以看到，吴越在唐人的文化心理中是一体的。越州、吴越以及吴越所在的江南都属于同一片诗歌的天空。

最后，我想起启功先生曾经为浙东唐诗之路写过的一首七绝：

> 浙东自昔称诗国，间气尤钟古沃洲。一路山川谐雅韵，千岩万壑胜丝绸。①

---

①竺岳兵《唐诗之路综论》，中国文史出版社，2003 年，第 223 页。

启功先生对浙东评价也很高,不称诗路,也不称诗乡,而称诗国。的确,我们从前面的分析已经可以看到,这个诗国也不止浙东,它包孕吴越,涵泳江南。

(作者单位:东华大学人文学院)

别业、两京道与岑参早年的诗歌之路

胡永杰

唐代长安、洛阳之间的两京道应该说是诗人们奔走经行最为频繁的一条道路，几乎所有重要诗人的人生都和这条道路密切相关。岑参早年主要在洛阳、长安两京生活、活动，是较为典型的两京诗人。他在两京主要居住在城外的别业，如洛阳一带的嵩山少室别业、王屋青萝旧斋、缑山西峰草堂、陆浑别业，长安的终南山高冠草堂等。这些别业显然都是为兼顾都城内活动和山林隐居生活而建。在别业和都城之间往返，自然也是岑参当时生活的主要内容之一，他经常奔走在两京道上，留下了丰富的诗歌。以岑参为例，或可对唐代两京道作为诗歌之路的内涵、面貌及其形成兴盛的原因，窥知一二。

一、两京、别业与岑参早年的活动空间

岑参幼年当随父亲岑植在仙州（其地在今洛阳之东南叶县一带）、晋州（今山西临汾市一带）等地居住过①。十五岁志学的年龄来到东都洛阳附近，隐居嵩山，二十岁考进士的年龄，开始出入两京。

①岑参《题平阳郡汾桥边柳树》题下注云："参曾居此郡八九年。"见陈铁民、侯忠义校注《岑参集校注》卷一及书后附《岑参年谱》"开元十年"，上海古籍出版社，2019 年，第 71、589 页。

如《感旧赋》云:“五岁读书,九岁属文,十五隐于嵩阳,二十献书阙下。”“志学集其荼蓼,弱冠干于王侯。荷仁兄之教导,方励己以增修。无负郭之数亩,有嵩阳之一丘。幸逢时主之好文,不学沧浪之垂钩。我从东山,献书西周,出入二郡,蹉跎十秋。”①之后,开元末期移居长安终南山②,天宝三载(744)进士及第③,三十岁释褐入仕④,天宝八载(749)始赴安西高仙芝幕府任职⑤。可见,他从十五岁隐居嵩山,至三十余岁首次赴西域,其间除开元末年有过一次到河朔的短暂漫游外,其他时间一直没有远离过两京地区。

岑参早年在两京,人生追求主要是求仕和隐居读书两个方面。为了满足这样的追求,他在都城附近的山林之地营建了多处别业居住。前引《感旧赋》云:“十五隐于嵩阳,二十献书阙下。”“志学集其荼蓼,弱冠干于王侯……幸逢时主之好文,不学沧浪之垂钩。我从东山,献书西周,出入二郡,蹉跎十秋。”即道出了他的这一追求和行迹。

①陈铁民、侯忠义校注《岑参集校注》卷五,上海古籍出版社,2019年,第523、525页。

②陈铁民、侯忠义校注《岑参集校注》附《岑参年谱》,系岑参十五岁移居嵩山少室在开元十九年(731),“二十献书阙下”在开元二十四年(736),隐居长安终南山则疑在开元二十九年(741),上海古籍出版社,2019年,第589、592、598页。廖立笺注《岑嘉州诗笺注》附《岑参年谱》系岑参十五岁迁居太室山下在开元十七年(729),开元二十年(732)十八岁时迁居少室,“二十献书阙下”在开元二十二年(734),中华书局,2004年,第869、871、873页。傅璇琮、陶敏《新编唐五代文学编年史》(初盛唐卷)则以为,开元十七年(729)岑参十五岁丁家艰,隐于嵩阳;开元二十一年(733)十九岁始献书长安,此后出入二郡,蹉跎十秋;开元二十六年(738)或稍前,卜居终南山双峰草堂,辽海出版社,2012年,第453、480、507页。

③杜确《岑嘉州集序》:“天宝三载,进士高第。”见董诰等编《全唐文》卷四五九,中华书局,1983年影印本,第4692页。

④岑参《初授官题高冠草堂》:“三十始一命。”陈铁民、侯忠义校注《岑参集校注》附《岑参年谱》系此事于天宝五载(746),第605页。

⑤参看陈铁民、侯忠义校注《岑参集校注》附《岑参年谱》,第605页。

十五岁居住嵩山当是其进入两京地区、着力于这一追求的开端。《南池夜宿思王屋青萝旧斋》诗云："早年家王屋，五别青萝春。"①《缑山西峰草堂作》诗云："结庐对中岳，青翠常在门。"②又在《巴南舟中思陆浑别业》诗中提及陆浑别业③。这些别业当是他居住于嵩山少室别业时前后所建，都在洛阳附近。岑参由于经济条件所限，似没有在城内营置宅第，都城附近这些别业的置建乃为了满足隐居和"出入二郡"的需要，则显然可见。

岑参于开元后期在长安的终南山营建了草堂，迁移至此。如《冀州客舍酒酣贻王绮寄题南楼》诗云："吾庐终南下。"④这首诗是岑参游河朔时所作，闻一多《岑嘉州系年考证》系游河朔事于开元二十九年(741)⑤，陈铁民、侯忠义《岑参集校注》所附《岑参年谱》系于开元二十七年(739)⑥，傅璇琮、陶敏《新编唐五代文学编年史》(初盛唐卷)系于开元二十六年(738)或稍前⑦。时间虽略有差别，但可以断定岑参于开元末期已移居长安终南山。

正是早年这样的人生追求、居住形态，以及唐代政治文化双中心的两京形态，驱动着他不断地奔走于两京之间，辗转于别业和都市两端，形成了他的人生追求之旅。就如前引《感旧赋》所云："我从东山，献书西周，出入二郡，蹉跎十秋。"又如《戏题关门》诗所云："来亦

---

①陈铁民、侯忠义校注《岑参集校注》卷三，第312—313页。

②陈铁民、侯忠义校注《岑参集校注》卷一，第9页。

③陈铁民、侯忠义校注《岑参集校注》卷四，第463页。

④陈铁民、侯忠义校注《岑参集校注》卷一，第27页。

⑤见闻一多《唐诗杂论》，上海古籍出版社，1998年，第104页。

⑥陈铁民、侯忠义校注《岑参集校注》附《岑参年谱》，第593—597页。

⑦傅璇琮、陶敏《新编唐五代文学编年史》(初盛唐卷)，辽海出版社，2012年，第507页。

一布衣,去亦一布衣。羞见关城吏,还从旧路归。”①当然这也是当时大量文人所共有的现象。

二、两京之旅与岑参诗歌之路的形成

作为诗人,仕宦游历的旅途显然也是其诗歌产生的空间之一。唐代重要诗人基本都有奔走于两京道的经历,产生的诗歌颇为不少。如薛能《长安道》诗云:“汲汲复营营,东西连两京。关繻古若在,山岳累应成。各自有身事,不相知姓名。交驰兼众类,分散入重城。此去应无尽,万方人旋生。空余片言苦,来往觅刘桢。”②张泌《长安道中早行》诗云:“客离孤馆一灯残,牢落星河欲曙天。鸡唱未沉函谷月,雁声新度灞陵烟。浮生已悟庄周蝶,壮志仍输祖逖鞭。何事悠悠策羸马,此中辛苦过流年。”③这都是在两京道上产生的诗作,也可以说是两京道对于诗歌的独特玉成。

前引岑参《戏题关门》诗云:“来亦一布衣,去亦一布衣。羞见关城吏,还从旧路归。”和上述诗歌相似,是同一种风调。这方面还可从岑参诗中举出两例:

> 暮春别乡树,晚景低津楼。伯夷在首阳,欲往无轻舟。遂登关城望,下见洪河流。自从巨灵开,流血千万秋。行行潘生赋,赫赫曹公谋。川上多往事,凄凉满空洲。(《东归晚次潼关怀古》)④

①陈铁民、侯忠义校注《岑参集校注》卷一,注云:“出入二郡期间所作。”第13—14页。

②彭定求等编《全唐诗》卷五六〇,中华书局,1960年,第6507页。

③彭定求等编《全唐诗》卷七四二,中华书局,1960年,第8450页。

④陈铁民、侯忠义校注《岑参集校注》卷一,注云:“出入二郡期间所作。”“东归:指从长安东行归嵩山少室。”第11—12页。

春流急不浅，归枻去何迟。愁客叶舟里，夕阳花水时。云晴开蝃蝀，棹发起鸬鹚。莫道东山远，衡门在梦思。(《还东山洛上作》)①

这两首诗云“东归”“还东山”，显然是从长安还嵩山别业或缑氏山别业时，在途中所作。行走在两京道上，求仕之途的奔波酸辛，仕和隐人生两重追求的冲突纠结就会格外凸显，勃勃而来，发之于诗。这类诗歌是两京道诗歌的最突出内涵和特征。

不过，由于两京和两京道的重要地位及优越的地理位置，文人们在此中的行事、感受要更为丰富，远非如此单调惆怅。因为，两京周边分布着大量的州县、文人化官吏、文人别业、寺观，这些都会对行旅中的诗人们产生吸引力，使他们驻足游览寻访。所以，作为人生追求之路和诗歌促成之路，其中产生的诗歌，内涵显然也比一般道路丰富多姿得多。此可从岑参的经历和诗歌窥其一斑。

岑参“出入二郡”期间，在两京道上的盘豆城一带有过一组诗：

盈盈一水隔，寂寂二更初。波上思罗袜，鱼边忆素书。月如眉已画，云似鬟新梳。春物知人意，桃花笑索居。(《夜过磐豆隔河望永乐寄闺中效齐梁体》)

暂诣高僧话，来寻野寺孤。岸花藏水碓，溪水映风炉。顶上巢新鹊，衣中带旧珠。谈禅未得去，辍棹且踟蹰。(《晚过盘石寺礼郑和尚》)

①陈铁民、侯忠义校注《岑参集校注》卷一，注云：“作者二十岁至约三十岁时‘出入二郡’(《感旧赋》序)，往返于京洛间，诗即作于此时。”第10—11页。

> 大河南郭外,终日气昏昏。白鸟下公府,青山当县门。故人是邑尉,过客驻征轩。不惮烟波阔,思君一笑言。(《题永乐韦少府厅壁》)①

陈铁民、侯忠义《岑参集校注》以为皆是“出入二郡”时所作。其《夜过磐豆隔河望永乐寄闺中效齐梁体》诗下注:“磐豆,即盘豆,城名,《读史方舆纪要》卷四八:‘盘豆城,在(阌乡)县西南二十里。’即今河南灵宝市西南盘豆镇,位于黄河南岸,与北岸永乐相对。”三首诗当是同一次行旅途中所作。可以看到,他在旅途中有客舍夜宿的经历和对家人的牵念,有对附近僧人的拜访,还曾拐到黄河北岸的永乐县,顺便寻访在此任县尉的韦少府,“过客驻征轩”“思君一笑言”。这样的旅途生活显然不是“羞见关城吏,还从旧路归”的那种寥落和枯燥所能涵盖。

岑参天宝初年曾从长安回过颍阳少室别业一次。这一趟更是以游访为主,奔赴滑台、大梁,拜访故友,内容更为丰富。他行至函谷关附近,有《宿关西客舍寄东山严许二山人时天宝初七月初三日在内学见有高道举征》一诗:

> 云送关西雨,风传渭北秋。孤灯然客梦,寒杵捣乡愁。滩上思严子,山中忆许由。苍生今有望,飞诏下林丘。②

清秋凄雨,夜宿客舍,油生客梦乡愁,这是旅途中之情事。他还有一

①三诗皆见陈铁民、侯忠义校注《岑参集校注》卷一,第15、16—17、17—18页。《晚过盘石寺礼郑和尚》诗注云:“盘石,疑当作‘盘豆’,上篇‘盘豆’各本多误为‘盘石’,此同。”(第16页)

②陈铁民、侯忠义校注《岑参集校注》卷一,注云:“天宝元年(742)七月,自长安东行途中作。”第45页。

首《宿华阴东郭客舍忆阎防》诗：

> 次舍山郭近，解鞍鸣钟时。主人炊新粒，行子充夜饥。关月生首阳，照见华阴祠。苍茫秋山晦，萧瑟寒松悲。久从园庐别，遂与朋知辞。旧壑兰杜晚，归轩今已迟。①

陈铁民、侯忠义《岑参集校注》注云："约作于开元末或天宝初。"不知是否为此行途中所作。但诗云"久从园庐别，遂与朋知辞。旧壑兰杜晚，归轩今已迟"，显然也是从长安东归途中所作，与此行的心态很相似。不过，此行他并没有先回到洛阳之南的颍阳故居，而是过洛城赴匡城游访。《醉题匡城周少府厅壁》诗云：

> 妇姑城南风雨秋，妇姑城中人独愁。愁云遮却望乡处，数日不上西南楼。故人薄暮公事闲，玉壶美酒琥珀殷。颍阳秋草今黄尽，醉卧君家犹未还。②

匡城县属滑州，在今河南长垣县西南。岑参到匡城是为寻访在此任县尉的故人周少府。"玉壶美酒""醉卧君家"则是其目的。随后又有《至大梁却寄匡城主人》诗：

> 一从弃鱼钓，十载干明王。无由谒天阶，却欲归沧浪。仲秋至东郡，遂见天雨霜。昨日梦故山，蕙草色已黄。平明辞铁丘，薄暮游大梁。仲秋萧条景，拔剌飞鹅鸧。四郊阴气闭，万里无晶

①陈铁民、侯忠义校注《岑参集校注》卷一，第52页。

②陈铁民、侯忠义校注《岑参集校注》卷一，注云："天宝元年（742）八月东行抵匡城时作。"第47页。

> 光。长风吹白茅,野火烧枯桑。故人南燕吏,籍籍名更香。聊以玉壶赠,置之君子堂。①

这首诗道出了他此次东行的目的和心态。乃是由于多年求仕无成,心意寥落,欲归颍阳故居隐居②。因为是从长安返回洛阳,心情相对轻松,所以游访的目的也就较为浓郁。经过匡城、大梁的一圈游访,岑参始往回走奔赴颍阳,途中又和韩樽一道拜访晖上人,有《偃师东与韩樽同诣景云晖上人即事》一诗:

> 山阴老僧解楞伽,颍阳归客远相过。烟深草湿昨夜雨,雨后秋风渡漕河。空山终日尘事少,平郊远见行人小。尚书碛上黄昏钟,别驾渡头一归鸟。③

行至洛城郊外,又有《郊行寄杜位》诗,表达欲归的心态和对故友的思念:

---

①陈铁民、侯忠义校注《岑参集校注》卷一,第48页。

②按,岑参此行也可能有寻求入仕之助的目的。因为天宝元年前后,著名的前辈文人李邕正在滑州刺史任上,对洛阳一带文人影响很大(参看郁贤皓《唐刺史考全编》第五编卷五七"河南道·滑州[灵昌郡]",安徽大学出版社,2000年,第789页)。如王季友当时所作赠李邕之子李岐的《酬李十六岐》诗云:"出谷迷行洛阳道,乘流醉卧滑台城……于何车马日憧憧,李膺门馆争登龙。千宾揖对若流水,五经发难如叩钟。下笔新诗行满壁,立谈古人坐在席。"(《全唐诗》卷二五九,第2890页)高适《鹘赋序》也云:"天宝初,有自滑台奉太守李公《鹘赋》以垂示。适越在草野,才无能为,尚怀知音,遂作《鹘赋》。"(见孙钦善校注《高适集校注》,上海古籍出版社,1984年,第279页)

③陈铁民、侯忠义校注《岑参集校注》卷一,注云:"天宝元年秋,由大梁归颍阳途中作。"第50页。

> 峭崪空城烟，凄清寒山景。秋风引归梦，昨夜到汝颍。近寺闻钟声，映陂见树影。所思何由见，东北徒引领。①

可见，天宝元年(742)岑参这次东归，处处都有诗作，完整记载了他一路的行踪和活动，可以说是一次难得的行迹历历可见的诗路之旅。一路活动的多姿多彩，实在是两京道上的独特产物。别的道路上显然无法给他提供这么多故人高士，激发出这么密集而高涨的诗酒雅兴。

三、两京道作为诗歌之路的内涵及特征

在以上考论的基础上，我们可尝试对岑参早年诗歌与两京道的关系作一些总结。何为两京道?《唐会要》记载："其年(贞元二年)十二月敕节文：从上都至汴州为大路驿，从上都至荆南为次路驿。"②大路驿中长安至洛阳一段相当于两京道，它是连接京师长安和东都洛阳的陆路要道。此为地理学意义和行政建制意义上的两京道。在文人人生和心态意义上，它其实是连接别业(或故里)与都城市朝的人生之路，进一层而言，乃是连接文人们人生追求之两端即仕宦追求和栖隐追求的心态情感之路。两京道对于唐代文人人生及生态的独特影响，才是它能够成为诗歌之路的关键。也就是说，在文人人生和心态这样的层面上，它才具有文学意义。此从上述岑参早年的经历大致可见。

---

①陈铁民、侯忠义校注《岑参集校注》卷一，注云："玩诗意，疑亦天宝元年秋归颍阳途中作。"第51页。

②王溥《唐会要》卷六一《御史台中·馆驿使》，上海古籍出版社，2006年，第1250页。又可参看严耕望《唐代交通图考》第1卷篇二《长安洛阳驿道》，上海古籍出版社，2007年，第1册第17页。

(一)唐代两京双政治文化中心的都城形态和岑参京郊别业的居住形态,是他的生活及诗歌创作与两京道密切相关的关键原因。从岑参十五岁至三十多岁之间的经历可见,正是在求仕和隐居这两重动力的驱动下,他在洛阳、长安附近营建了多处别业。别业本是主要承载文人们的世外栖隐生活之所,但它处于都城附近,和都城不即不离,则带有了关涉仕和隐的双重意义。岑参在洛阳、长安一带都居住于别业,有无力在城内营建宅第的原因,如他《感旧赋》所云:"无负郭之数亩,有嵩阳之一丘。"但从唐代两京文人一般都在终南山、嵩山、颍阳、陆浑山、王屋山等长安、洛阳附近山林田园之地建有别业、并有在其中居住经历的整体形势看,岑参居住于别业主要还是对栖隐生活的追求使然。两京之间的距离以及别业与都城内之间的距离,则造成了岑参在别业与都城之间、两京之间奔走往返的生活轨迹。

(二)都城和别业之间的关系其实代表着文人的仕和隐这两种基本人生追求之间的关系,这决定了文人们在两京道上的心态和诗歌内涵以仕与隐之关系的思考、纠结、感受为主。而且,相对于它所连接两端的都城和别业,两京道有其独特的位置,即它和都城内的仕宦追求生活和别业内的栖隐生活既紧密相关,又稍有距离;加之文人奔走在两京道上多为独自行旅,易于沉思和感触。所以,文人们在两京道时,会有暂时置身其外的状态和心态,从而对于仕途追求的感触、别业隐居生活的眷恋、仕隐之关系的思考等思绪情兴,往往格外浓郁深沉。这造就了其诗歌独特的内涵和风貌。

(三)在岑参这样的文人生活中,长安和洛阳之间的关系其实也主要代表着一种都城和别业之间的关系。唐代长安和洛阳两京虽然都具有政治中心的地位,但长安毕竟是首都,是较为纯粹的求仕、仕宦之地;洛阳对于很多文人而言则更具有栖隐地的意味,因为这里不仅是大量文人的别业所在地,而且开元二十四年(736)十月之后朝廷不再巡幸东都，它的政治色彩大大弱化。岑参早年居住在洛阳一带，到长安纯粹是为求仕，所以他往返两京之间即抱着求仕和归隐两种目的和心态。即便后来隐居到了长安终南山，返回洛阳时依旧有归隐的心态。如前引天宝元年(742)(当时已移居终南山)从长安赴东都时所作的《至大梁却寄匡城主人》诗即云"一从弃鱼钓，十载干明王。无由谒天阶，却欲归沧浪"。

(四)由于两京道上州县较多，在其地为官、聚集的文人也较多，所以诗人在两京道上的游访活动也颇多，形成了这一诗歌之路的另一重风貌。这方面除上述岑参赴永乐、匡城、大梁的游访经历外，天宝三载(744)李白赐金还山东归时，在梁宋之地和杜甫、高适的游历则是更为突出的例子。值得注意的是，它们多是发生在诗人们从长安东行，旅程较为宽松、心态较为轻松的情况之下。

总之，对于包括岑参在内的大量唐代文人而言，长安、洛阳之间的两京道，和都城与别业、仕宦与栖隐几乎是一种互为表里的关系。两京道诗歌之所以兴盛，和文人们与都城及别业之间的紧密关系有关；两京道诗歌之所以形成独特的内涵、风貌，或者说两京道之所以成为一条独特的诗歌之路，则和文人们对仕、隐两端的追求、感受密不可分。

(作者单位：西安外国语大学中国语言文学学院)

新见唐代文学家李华墓志考疏

杨　琼

李华是唐代著名散文家，早期古文运动的前驱和领袖人物，生平事迹主要见于两《唐书》与独孤及《检校尚书吏部员外郎赵郡李公中集序》（以下简称《李公中集序》）①，然其中记载多有疏略与抵牾之处，故长期以来，尽管学术界探讨李华生平事迹的成果频出，仍有诸多无法辨明的问题。

2019 年 8 月，笔者在洛阳实地考察，于汉唐志斋见到两方李华墓志②，志文详细记载李华的生卒年、家世婚姻、生平事迹、文学创作、宗教信仰，结合近年来陆续公布的李华父亲《李虚已墓志》③、弟弟《李苕墓志》④、长兄《李万墓志》⑤，可校订史籍相关记载，为研究李华其人其事提供新的线索。

---

①独孤及《毘陵集》卷一三，《四部丛刊初编》第 112 册，上海书店，1989 年，第 1—8 页。下文所引《李公中集序》文字出于此者，不再一一注明。

②墓志已收入胡可先、杨琼《唐代诗人墓志汇编（出土文献卷）》，上海古籍出版社，2021 年，第 224—226 页。

③萧颖士《唐故蒲州安邑县令李府君墓志》，《书法丛刊》2014 年第 6 期。下文所引《李虚已墓志》文字均出此，不再一一注明。

④赵振华《唐李苕墓志与徐珙书法》，《四川文物》2004 年第 3 期。下文所引《李苕墓志》文字均出此，不再一一注明。

⑤卢纵《燕故莱州司仓参军李府君墓志铭并述》，浙江大学图书馆藏，编号 LY1—047。下文所引《李万墓志》文字均出此，不再一一注明。

一、墓志录文

面世的两方李华墓志分别为刘迺所撰李华权葬墓志、薛放所撰李华与夫人范阳卢氏合葬墓志。为方便讨论,兹据拓片分别录文如下:

唐故吏部员外郎李府君墓志铭并序

检校仓部员外郎兼侍御史刘迺述

吏部员外郎李公,赵郡赞皇人,讳华,字遐叔。其先出自段干木,栖迟于魏,惟德动邻,秦兵不加。高大父孝威,隋尚书左丞。曾大父太冲,我祠部郎中。大父嗣业,同州司户参军。显考虚己,蒲州安邑县令。世滋丰懿,有干木之遗风焉。公即安邑府君第三子,志气薄于清穹,孝悌通于神明,艺文之美,郁郁难名。无紫色,无郑声,垂度照世,灿如恒星,所纂文凡数百篇。河南独孤及,河东柳识,渤海高参,分为三集,各冠之以序。其历官次第、沦胥幽遁之迹,独孤言之最详。冰夷从掇其遗事,著铭于穴尔。

公生五岁,丁太夫人忧,啼嚎之音,七日不衰,终三年皇皇焉。未常戏弄,此至性萌于自然也。年十岁,常侍安邑府君读书,府君授予《魏志》,公开卷流涕,手不供目,遂跪陈汉鼎轻重之惭,曹氏移夺之将,凡所于明,超出旧史,于以见王佐之风成也。

公为绣衣使者,出巡汧陇,与李、郭二公定交于[甲]胄之中,乃上章称其材,社稷是依也。二公果能,张大六师,横扫氛秽,瀌瀌雨雪,消为清和。公高朗之鉴,拔乎群萃矣。初禄山以幽州叛,公劫在贼营,丸艾自烧,阴养间谋。时洛中有刺客,能言鸿宝苑秘之书者,力若貙虎。公与义士皇甫复歃盟结之,促行博狼沙之事,虽不及窃发,然其忠勇百夫之雄,于晚岁衮司上闻,宠光骤至。公深嘉范粲之节,不忍复践文明之延回,闭门自锢,委和待尽。季弟莒适宰丹徒,公爰居官舍,春秋六十有一,以大历九年,青龙甲寅,正月辛亥,终于正寝。刘冰夷闻之出涕曰:“天之既丧元龟也,吾无与为善矣!”是月丁卯,权窆于朱方北原,速也。

传曰:圣人不出,其间必有命世者。公包元精之醇德,蹈夷皓之逸轨,正辞端委,有补于朝,岂近是乎?将殁之夕,有黄鹤山义琳禅师叩关遽谒。公曰:“师来何迟也?请问心生灭之法。”往复数百言,归于痴爱扶疏,而自性明脱。公稽首曰:“法尽于此乎。”逝将去师,期亿劫不能忘,此又象外之说,非黮闇之所及。

悲夫噫!丹徒,悌弟也。其孤羔、启,纯孝之士也。欧血嗷咷,告哀于冰夷。池綍将行,而文友皆远,以冰夷词朴且近,俾铭诸旒旍。冰夷执简忸怩,愧文之辱,其辞曰:

公生不辰,逢世荡倾,云物浊乱,夏寒日青。天子西狩,百官霣零,惴惴遐叔,网罗是婴。结客图敌,裂帛表诚,迹虽沉泥,行实鲜清。朝即昌矣,戢翼辞荣,浮云无蒂,幼士寓形。四大吾家,神翔八溟,稽首琳公,谁灭谁生。来应期运,去随化并,德辉不泯,永世作程。

唐故吏部员外郎赠礼部侍郎赵郡李府君及范阳卢氏合葬墓志铭并序

正议大夫、尚书兵部侍郎、充集殿学士、上柱国、河东县开国子、食邑五百户、赐紫金鱼袋薛放撰

有唐文章宗师、故尚书、吏部员外郎赵郡李公,讳华,字遐叔。昔以大历九年终于润州。遂因权窆,故兵部侍郎刘迺为志焉。后廿二年,夫人范阳卢氏,从祔于其侧,今太子右庶子王仲周为志焉。蓍蔡不叶,寓而即安,凡卌九年于今矣。

府君以宪宗朝追赠中书舍人,今上即位,加赠礼部侍郎,皆

以子佶故左散骑常侍致仕，时在朝列，推恩而及，是亦彰府君之文德也。

常侍无子，夫人范阳卢氏，当所天之丧，循顾托之重，竭家有无，泣血匍匐，自朱方奉舅姑之裳帷，归于成周。旧乡枳棘，瞻望不及，以长庆二年壬寅岁二月廿八日合葬于洛阳谷水之北原，从变礼也。其官族世德，二志存焉。今但记其所新卜迁祔之时岁而已。

常侍夫人，于放外姑也。奉命为志，辞不得已，故谨述之，铭曰：

齐封反葬为世经，龟筮即从斯可营。常侍无子承德馨，哀哀孝妇志切诚。远奉裳帷归洛京，鲁人之祔于以成。眷言乡井沦贼庭，呜呼此地永以宁。

三从侄孙，乡贡进士幼复谨奉命护葬并书

从合葬墓志记述来看，一同出土的应当还有李华夫人范阳卢氏权葬墓志，撰者为王仲周，惜未得以寓目。

就所见的两方墓志，大致可梳理出李华夫妇的卒地、葬地以及迁葬情况：李华大历九年(774)卒于润州丹徒，并在当地权葬。李华夫人卢氏在丈夫去世22年后，即贞元十二年(796)去世，并与之合葬。据合葬志中“所天之丧”“奉舅姑之裳帷”的表述，知是李华的儿媳范阳卢氏在丈夫去世之后主持了公婆的迁葬事宜，将遗骸以及权葬墓志从润州迁至洛阳重新安葬，此时距离李华去世已有四十九年之久，即墓志所记迁祔时间——长庆二年(822)。

二、李华生卒年与家世婚姻

关于李华的生卒年和家族世系，传世文献记载较为简略，故歧误纷纭，新出墓志可补阙订误，起到正本清源之效。

1. 生卒年补订

李华生年未见诸史籍记载,关于其卒年,传世文献记载不一。《新唐书·李华传》仅言"大历初,卒"①。《文苑英华》《全唐文》所收梁肃《为常州独孤使君祭李员外文》系其卒年为大历元年(766)②。《唐文粹》亦收此文,作大历九年(774)③。闻一多《唐诗大系》从大历元年之说,然未提供依据④。近人黄天朋《李华生卒考》提出李华生卒年约为开元初(715)至大历九年(774)⑤。岑仲勉《唐集质疑·中唐四李观》转引黄文,认同此说⑥。杨承祖《李华系年考证》就李华诗文作系年考证,略定其生年为玄宗开元五年(717)左右,卒于代宗大历九年或稍前⑦。此后,尹仲文、汪晚香、陈铁民、谢力、姜光斗诸先生皆认为"元年"当为"九年"之误⑧。日本学者河内昭圆《李华年谱稿》系李华卒于大历九年,享年五十八⑨。今据墓志可知,李华去世的确切时间为大历九年(774)正月十二日,享年六十一,反推得其生年为开元二年(714)。

---

①欧阳修、宋祁《新唐书》卷二〇三,中华书局,1975 年,第 5776 页。

②李昉等编《文苑英华》卷九八二,中华书局,1966 年,第 5166 页。董诰等编《全唐文》卷五二二,上海古籍出版社,1990 年,第 2349 页。

③姚铉《唐文粹》卷三三,《四部丛刊初编》第 318 册,第 8 页。

④王立信《闻一多文集·唐诗大系》,海南国际新闻出版中心,1997 年,第 169 页。

⑤黄天朋《李华生卒考》,民国二十六年(1937)六月南京《中央日报》"文史"版第 28—29 期。

⑥岑仲勉《唐人行第录(外三种)》,上海古籍出版社,1962 年,第 378 页。

⑦杨承祖《杨承祖文录》,华东师范大学出版社,2017 年,第 264 页。

⑧尹仲文《李华卒年考辨》,《河北大学学报》(哲学社会科学版)1979 年第 2 期。汪晚香《李华卒年考》,《湖北师范学院学报》(哲学社会科学版)1989 年第 2 期。陈铁民《李华事迹考》,《文献》1990 年第 4 期。谢力《李华生平考略》,《唐代文学研究》1990 年,第 105—133 页。姜光斗《李华卒年补证》,《文学遗产》1991 年第 1 期。

⑨河内昭圆《李华年谱稿》,《真宗综合研究所研究纪要》第 14 号,第 30 页。

2. 家世婚姻考索

李华出身赵郡李氏。《李公中集序》曰："公名华，字遐叔，赵郡人。"《旧唐书》本传云："李华，字遐叔，赵郡人。"①《新唐书》云："李华，字遐叔，赵郡皇赞人。"②墓志与诸史籍记载相同。

李华之先世，墓志说是"段干木"，即干木大夫李宗，陇西李氏与赵郡李氏皆出于此③。以李华《送观往吴中序》④所叙先世，结合赵超的考证，可知李华为赵郡李氏东祖房高平宣公李顺的后裔。自顺以下，分别为七世祖濮阳侯李式，六世祖文静公李宪，五世祖豫州刺史李希礼⑤。谢力《李华生平考略》⑥亦作过详细考证，可一并参考。

自希礼以下世系，《新唐书·宰相世系表》记李华高祖为隋大理少卿孝威，曾祖雍王友太冲，祖同州司功参军嗣业，父典设郎恕己以及子隋、肇。

而笔者搜集到的新出土李华家族墓志三方，分别记载家世如下：

①《李虚己墓志》："濮阳文侯希礼，生遂州总管孝威……遂州生我祠部郎中太冲，祠部生同州司户参军嗣业……府君盖司户之元子。"

②《李苕墓志》："公名苕，字季茂，赵郡赞皇人也……隋尚书左丞孝威，其高祖也。皇尚书祠部郎中太冲，其曾祖也。同州司户参军嗣业，其大父也。公即安邑府君虚己之幼子、尚书吏部

①刘昫等《旧唐书》卷一九〇，中华书局，1975 年，第 5047 页。

②欧阳修、宋祁《新唐书》卷二〇三，第 5775 页。

③邓名世《古今姓氏书辩证》卷二一，《景印文渊阁四库全书》第 922 册，台湾商务印书馆，1986 年，第 212 页。

④见于李昉等编《文苑英华》卷七二〇，第 3727 页。

⑤赵超《新唐书宰相世系表集校》，中华书局，2018 年，第 270 页。

⑥谢力《李华生平考略》，《唐代文学研究》1990 年，第 105—133 页。

郎华之季弟。"

③《李万墓志》:"公讳万,字伯盈,赵郡赞皇人也……公□父太冲,有唐祠部郎中。烈祖嗣业,同州司户。皇考虚己,蒲州安邑令……有子二人,曰美,曰虞。"

三志内容与李华墓志相佐证,可以纠正《新表》所载李华世系的若干错处:

一是李华先祖的职官问题。《新唐书·宰相世系表》载高祖孝威为隋大理少卿,当为尚书左丞;曾祖太冲,《新唐书·宰相世系表》未载官职,从墓志可知终官祠部郎中;祖父嗣业,官同州司户参军,而非《新唐书·宰相世系表》所记司功参军。

二是李华父亲与诸兄弟的姓名问题。《新唐书·宰相世系表》载李华父为典设郎恕己,这与《李公中集序》所载"安邑令府君第三子"抵牾,今据墓志可知,李华父亲确为虚己。《新唐书·宰相世系表》载李虚己有三子:万、韶、莒,亦误。《李虚己墓志》:"府君中子华,字叔文……华之兄曰万、曰歆;华之弟曰韵、曰莒。"①《李万墓志》记载兄弟诸人云:"有弟曰歆,曰华,曰莒。"未见李韵。然从《李华墓志》"公即安邑府君第三子……季弟莒适宰丹徒"以及《李莒墓志》称志主"安邑府君虚己之幼子、尚书吏部郎华之季弟"来看,李虚己确有五子,李华排行第三。值得注意的是李华有《与弟莒书》②,文中自称"三兄",现据墓志,可以确定"莒"为"莒"之形误,李华《与弟莒书》当作《与弟莒书》。

三是李华子嗣问题。《新表》载李华有二子"隲""肇",墓志则言:"其孤羔、启,纯孝之士也。"即二子名"羔"和"启"。独孤及《李公中集序》亦有:"公长男羔,字宗绪。"与墓志所载相合,当以墓志为

①萧颖士《唐故蒲州安邑县令李府君墓志》,《书法丛刊》2014 年第 6 期。

②见于李昉等编《文苑英华》卷六八七,第 3537 页。

准。又,合葬志称李华在宪宗朝被追赠中书舍人;穆宗朝加赠礼部侍郎,“皆以子佶故左散骑常侍致仕,时在朝列,推恩而及,是亦彰府君之文德也”,则李华尚有一子李佶,未见载于史籍和李华权葬志。宪宗、穆宗朝确有过几次大规模的赠官活动,如宪宗改元元和赦、宪宗元和二年(807)南郊大赦、穆宗即位赦、穆宗长庆元年(821)正月南郊改元赦等。从墓志所载李佶官职来看,他是以左散骑常侍致仕。有研究显示,“中唐晚唐阶段,散骑常侍虽升为正三品,但中央官迁散骑常侍除太子宾客稍多之外,其余途径甚不固定,凡四品以上官都可入迁。大体散骑职位愈闲散,已成为四品以上官回翔之地。至于外官迁入的则以观察使为多”①。则李佶迁入左散骑常侍前为四品以上京官或诸道节度、观察、经略等使,符合为父李华追赠官职的标准。

结合李华本人文章和新出墓志,还可以对李华家族的婚姻状况略作分析。前文述及李华与夫人迁葬一事由儿媳范阳卢氏操办。《李苕墓志》记载其弟的婚姻状况云:“夫人范阳卢氏,盛门懿德,光配于公,嫠嫠之痛,哀可知矣。”又李华有《李夫人传》②,是其为外祖母赵郡李氏所作传记,记载李氏十三岁归于范阳卢善观,生一女,归于安邑令赵郡李公,有遗孤检校吏部员外华。由此可知李华父亲李虚己、李华本人、弟弟李苕与儿子李佶皆娶范阳卢氏为妻。此外,李华《与外孙崔氏二孩书》③,记载有一女嫁崔氏,三位姑姑分别嫁予裴氏、郑氏、崔氏,皆为当时的高门著姓。可见李华家族作为山东旧族,在士族力量不断削弱的情况下,依然顽固坚守门第婚姻的状况。

综合上述内容,我们可以梳理出李华家族的世系表如下:

①孙国栋《唐代中央重要文官迁转途径研究》,上海古籍出版社,2009年,第35—37页。

②见于李昉等编《文苑英华》卷七九六,第4213页。

③见于姚铉《唐文粹》卷九〇,《四部丛刊初编》第319册,第8页。

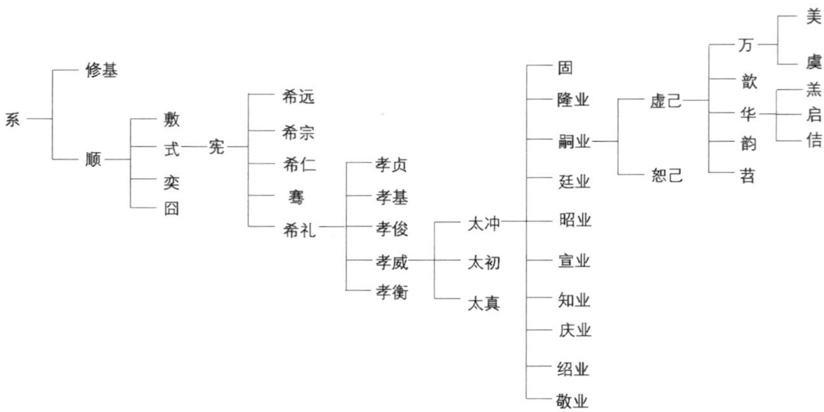

三、墓志所见李华生平证补

从独孤及所撰《李公中集序》、李华权葬志、合葬志的内容来看,三者存在互文关系。权葬志云:"河南独孤及,河东柳识,渤海高参,分为三集,各冠之以序。其历官次第、沦胥幽遁之迹,独孤言之最详。冰夷从掇其遗事,著铭于穴尔。"可见刘迺为李华撰志时,尚有三篇集序文,其中独孤及所撰《李公中集序》记载李华事迹最为详细,故墓志未对李华生平仕宦加以铺陈,而是对生平经历的几大事件以及临终场景做出补充。薛放所作合葬志则在权葬志基础上补充了李华身后追赠以及迁葬事宜,由此形成了一个较为完整的李华传记体系。关于李华生平事迹,杨承祖①、陈铁民②、谢力③等都作过较为详细的考证,故笔者此处不对李华生平一一加以考述,主要通过墓志对李华生平事迹略作证补。

①杨承祖《杨承祖文录》,华东师范大学出版社,2017 年,第 264—279 页。
②陈铁民《李华事迹考》,《文献》1990 年第 4 期。
③谢力《李华生平考略》,《唐代文学研究》1990 年,第 105—133 页。

1. 出使朔方，定交李郭

志云："公为绣衣使者，出巡汧陇，与李、郭二公定交于甲胄之中，乃上章称其材，社稷是依也。"盖指其担任监察御史期间出使朔方一事。独孤及《李公中集序》云："（天宝）十一载，拜监察御史。"汧陇即汧水、陇山一带，往北可至朔陲，李、郭二公指李光弼与郭子仪。《旧唐书·李光弼传》记载李光弼天宝十一载（752）拜单于副使都护，天宝十三载（754）由朔方节度使安思顺奏为节度副使，不久辞官，随后在哥舒翰帮助下还于京师①。《旧唐书·郭子仪传》载郭子仪于天宝八载（749）任横塞军使、安北副都护，十三载（754），横塞军改天德军，郭子仪任天德军使，兼九原太守、朔方节度右兵马使②。故李华与郭、李定交一事发生于三人皆在朔方期间，即天宝十一载至十三载。

此事李华本人在诗文中曾多次涉及，如《韩公庙碑铭并序》："天宝季岁，华奉使朔方，展敬祠下。"③又《二孝赞并序》："灵武二孝……华奉使朔陲，欲亲往吊焉……冬十一月，浮冰塞津，吾将吊之。"④都提到天宝年间奉使朔方的经历。又《卧疾舟中相里范二侍御先行赠别序》云："天宝中，奉诏廉军政，北至朔陲，驻车山阴，辱司徒公、太尉公一盼之恩。"⑤司徒公、太尉公即分指郭子仪、李光弼。据《资治通鉴》卷二二〇与二二一，郭于至德二年（757）加司徒，李于上元元年（761）加太尉，故称。另《奉使朔方赠郭都护》⑥，郭都护亦为郭子仪。正史与《李公中集序》记载了李华出使朔方的经历，但未涉及与郭、李

①刘昫等《旧唐书》卷一一〇，第3303页。

②刘昫等《旧唐书》卷一二〇，第3449页。

③见于姚铉《唐文粹》卷五二，《四部丛刊初编》第319册，第8页。

④见于姚铉《唐文粹》卷二四，《四部丛刊初编》第319册，第2页。

⑤见于李昉等编《文苑英华》卷七三四，第3823页。

⑥见于李昉等编《文苑英华》卷三〇〇，第1531页。

二公定交一事,墓志交代了三人交往关系,特别提到李华曾上章称赞郭、李二人之才,可与李华诗文相印证并补充史书之阙载。

2. 身陷贼营,暗谋博浪

安史之乱爆发,李华为护继母避逃不及,被叛军俘虏并授以伪职,此事独孤及《李公中集序》记载甚详:"时继太夫人在邺。初,潼关败书闻,或劝公走蜀,诣行在所。公曰:'奈方寸何,不若间行问安否,然后辇母安舆而逃。'谋未果,为盗所获。"又《旧唐书》本传云:"禄山陷京师,玄宗出幸,华扈从不及,陷贼,伪署为凤阁舍人。"①新传同。李华《寄赵七侍御》诗:"世故坠横流,与君哀路穷。"自注曰:"逆胡陷两京,华与赵受辱贼中。"②记载了与赵骅陷贼受辱的经历。近年新出土的三方李华所撰墓志《唐吉居士墓志铭》③、《燕故魏州刺史司马公(垂)墓志铭》④与《故殿中侍御史姚府君(闢)墓志铭并序》⑤,志主都葬于圣武二年(757),撰者皆署"中书舍人李华",为李华陷贼任伪官时所作。

至德二载(757),唐军收复东京,李华被贬杭州司功参军。《旧唐书》本传:"收城后,三司类例减等,从轻贬官,遂废于家,卒。"《新唐书》本传:"贼平,贬杭州司户参军。"⑥而据独孤及《李公中集序》,李华被贬杭州司功参军后,不久又重获任用:"诏复授左补阙,又加尚书司封员外郎……故相国梁公岘之领选江南也,表为从事,加检校吏

①刘昫等《旧唐书》卷一九〇,第5048页。

②见于姚铉《唐文粹》卷一五下,《四部丛刊初编》第317册,第5页。

③李华《唐吉居士墓志铭》,《书法丛刊》2014年第6期。

④见于陈尚君、余扶危主编《全唐文补编》,中华书局,2005年,第2281页。

⑤见于毛阳光《洛阳流散唐代墓志汇编》,国家图书馆出版社,2013年,第392页。

⑥按,据独孤及《李公中集序》"二京既复,坐谪杭州司功参军"以及李华《云母泉诗序》"乾元初……华贬杭州司功",知《新唐书》记载李华被贬官职有误,当为杭州司功参军。

部郎中。”对于从轻贬官并在不久后又重获任用的原因，正史并未记载。从李华《寄刘左丞文》自述来看，乃是得益于房琯、刘秩和李岘的提携：“房公介然，明华于朝，兄志提挈，出泥登霄。言于宰司，大启学徒，陈沉泊华，可备师儒。”①“房公”为房琯，“兄”即刘秩，“宰司”与《李公中集序》中的“相国梁公岘”皆指李岘②。李华墓志又提供了一个新的视角，盖与其陷贼期间暗谋博浪之计以反抗叛军有关：“初禄山以幽州叛，公劫在贼营，丸艾自烧，阴养间谋。时洛中有刺客，能言鸿宝苑秘之书者，力若貙虎。公与义士皇甫复歃盟结之，促行博狼沙之事，虽不及窃发，然其忠勇百夫之雄，于晚岁衮司上闻，宠光骤至。”此事史籍无载，皇甫复其人亦无从考证。“博狼沙”即“博浪沙”，运用张良博浪沙锥秦王的典故。唐代文人对于张良颇有追慕之情，如李白《送张秀才谒高中丞》：“壮士挥金槌，报仇六国闻。智勇冠终古，萧陈难与群。”③《经下邳圯桥怀张子房》：“子房未虎啸，破产不为家。沧海得壮士，椎秦博浪沙。报韩虽不成，天地皆振动。”④皆在赞颂张良博浪沙椎杀秦始皇的勇气与谋略。刘迺撰写墓志时，运用这一典故，一方面刻画李华坚守气节、智勇双全的谋臣形象，与志文所述“府君授予《魏志》，公开卷流涕，手不供目，遂跪陈汉鼎轻重之惭，曹氏移夺之将，凡所于明，超出旧史，于以见王佐之风成也”相呼应，另一方面也为李华在安史之乱平定后被从轻处罚提供了一个合理合

①见于李昉等编《文苑英华》卷九八〇，第5159页。

②杨承祖《李华江南服官考》曰：“杭州地非远恶，可谓轻贬。而当时三司问狱，与御史中丞崔器守文刻深，岘力持平恕，论者美之。并详岘《旧传》与《通鉴》卷二二〇……盖岘既持宽恕，又素知华立身本末，减等轻谪，实在情理之中；但以岘既为主司，转不便昌言感恩也。”（《杨承祖文录》，第285页）

③李白撰，安旗、薛天纬、阎琦、房日晰笺注《李白全集编年笺注》卷一三，中华书局，2015年，第1310页。

④李白撰，安旗、薛天纬、阎琦、房日晰笺注《李白全集编年笺注》卷三，第306页。

法的理由。对于陷贼伪官的判处,《资治通鉴》记载曰:“以六等定罪,重者刑之于市,次赐自尽,次重杖一百,次三等流、贬。”①其中以弃市、自尽最重,主要处罚主动投降安禄山的官员;对于被胁迫任伪官的则以贬官居多;若在叛军中仍心系朝廷,或设法逃离,或暗中与朝廷联络的,则能被免于处罚,如王维被俘后,“服药取痢,伪称瘖病”来逃避伪职,又作“万户伤心生野烟”一诗表明心志,故只被降职太子中允②。从李华仅被贬杭州司功来看,墓志记载他暗谋博浪沙之计不单纯是出于美饰和避讳的考量,应该有一定的事实依据,至于未被记入史籍,盖因此事“不及窃发”,也与后世对于出任伪官的否定立场有关。

3. 晚居丹徒,临终问禅

李华的晚年经历,墓志以“公深嘉范粲之节,不忍复践文明之延回,闭门自锢,委和待尽”作简单的总结。就其晚年所居以及卒地而言,《李公中集序》载:“明年,遇风痹,徙家于楚州。”《新唐书·李华传》:“苦风痹,去官客隐山阳。”③故学者此前多认为李华卒于楚州,如河内昭圆《李华年谱稿》就记载李华卒地为楚州山阳县的寓所。今从墓志可知,李华晚年隐居楚州后,又迁居丹徒,最后卒于季弟李莒之官舍,权葬于丹徒北原。从志文所叙“丹徒,悌弟也。其孤羔、启,纯孝之士也。欧血嗷咷,告哀于冰夷”,可见李华的身后事由弟弟李莒主持办理。《李莒墓志》言其“禄廪之奉,冬裘夏絺,束薪筥米,以赒亲戚,以煦孤贫”④大抵可相印证。

除了所居之地与身后安排,墓志还花了较大篇幅记述李华临终

①司马光《资治通鉴》卷二二〇,中华书局,2011年,第7049页。

②刘昫等《旧唐书》卷一九〇,第5052页。

③欧阳修、宋祁《新唐书》卷二〇三,第5776页。

④赵振华《唐李莒墓志与徐珙书法》,《四川文物》2004年第3期。

前与禅师的对话，从中可见李华与佛教信仰之关系。墓志提及的“黄鹤山义琳禅师”，史籍未见。《太平寰宇记》“润州·丹徒县”下有：“黄鹤山，在县西南三里……常有黄鹤飞舞，因名黄鹤山，改竹林寺为鹤林寺。”①李华曾为玄素禅师作《润州鹤林寺故径山大师碑铭》②，自称闻道于径山，李华与义琳禅师的渊源或出于鹤林寺。李华笃信佛教，《旧唐书》本传曰：“乃为《祭古战场文》，熏污之如故物，置于佛书之阁。华与颖士因阅佛书得之。”③可见其早年已研习佛法。又《新唐书》本传云：“晚事浮图法。”④独孤及《李公中集序》曰：“雅好修无生法。”《云母泉诗序》自陈：“支离多病，年甫始衰。愿药饵扶寿，以究无生之学。”⑤可见安史之乱后，政治上的“失节”与晚年的贫病交加，使李华更醉心佛法，以期从中获得心灵慰藉。墓志对李华与义琳禅师探讨“心生灭之法”的记载，正是对“涅槃”真谛的终极探索，亦体现李华临终心态，对于佛教的心灵依赖，希望通过佛教摆脱生死之苦。

四、文集编纂情况

李华的文学成就，墓志记述十分简略：“无紫色，无郑声，垂度照世，灿如恒星，所纂文凡数百篇。河南独孤及，河东柳识，渤海高参，分为三集，各冠之以序。”《旧唐书·李华传》载“有文集十卷，行于时”⑥，

①乐史撰、王文楚等点校《太平寰宇记》卷八九，中华书局，2007年，第1761—1762页。

②见于姚铉《唐文粹》卷九六，《四部丛刊初编》第319册，第13页。

③刘昫等《旧唐书》卷一九〇，第5048页。

④欧阳修、宋祁《新唐书》卷二〇三，第5776页。

⑤见于李昉等编《文苑英华》卷七一六，第3699页。

⑥刘昫等《旧唐书》卷一九〇，第5048页。

《新唐书·艺文志》则称有"《前集》十卷,《中集》二十卷"[①],三者差异明显。《新书》所据当为独孤及《李公中集序》,但现存《李公中集序》,不同版本异文颇多。集本曰:"少时所著者多散落人间,名存而篇亡。自监察御史已后所作……凡一百四十三篇,公长子羔,字宗绪,编为二十卷,号《中集》。"仅记李华任监察御史以后有著述二十卷为《中集》。《文苑英华》所收《李公中集序》则记录了前、中、后三集的情况:"自志学至校书郎已前八卷并《常山公主志》……并因乱而失之。断自监察御史已前十卷,号为《前集》;其后二十卷颂、赋、诗、碑、表、叙、论、志、记、赞、祭文凡一百四十四篇,为《中集》……他日继于此而作者,当为《后集》。"[②]《唐文粹》同[③]。今据墓志可知,李华文集最终确实形成了前、中、后三集,《英华》与《唐文粹》所收《李公中集序》更接近李华文集的最终状态。

从墓志来看,为李华文集各分集作序者分别为独孤及、柳识与高参,不仅补充了李华文集其他两篇集序的作者,也提供了李华文学交往关系之一隅。

独孤及是唐代重要散文家,与李华、萧颖士等人一起倡导古文运动,生平事迹见于《新唐书》卷一六二、梁肃《常州刺史独孤及行状》[④]与崔祐甫《故常州刺史独孤公(及)神道碑并序》[⑤]。梁肃《为常州独孤使君祭李员外文》自述与李华的关系云:"某以蒙蔽,夙承眷惠。义均伯仲,合若符契。博约乎文章之间,优游乎性命之际。"[⑥]《李公中

①欧阳修、宋祁《新唐书》卷六〇,第1603页。

②李昉等编《文苑英华》卷七〇二,第3619页。

③姚铉《唐文粹》卷九二,《四部丛刊初编》第319册,第13页。

④见于李昉等编《文苑英华》卷九七二,第5115—5117页。

⑤见于董诰等编《全唐文》卷四〇九,第1857页。

⑥见于李昉等编《文苑英华》卷九八二,第5167页。

集序》亦有:“及常游公之藩也久。”①可以说是李华的门人,两人长期保持亦师亦友的关系。柳识,字方明,代宗朝官左拾遗,与兄柳浑皆有才名。《旧唐书》卷一二五、《新唐书》卷一四二《柳浑传》后附有小传。据《新唐书·元德秀传》,柳识为元德秀门人,而李华兄事德秀②,李华《三贤论》亦载:“河东柳识方明遐旷而才,是皆慕于元者也。”③两《唐书·权德舆传》还记载了柳识兄弟与李华皆仰慕权皋之德行而友善之④。基于这层关系,李华对柳识也颇多奖掖:“华爱奖士类,名随以重,若独孤及、韩云卿、韩会、李纾、柳识……后至执政显官。”⑤高参,建中年间任中书舍人,两《唐书》无传,从梁肃《独孤及行状》来看,高参为独孤及门人:“若艺文之士遭公发扬盛名,比肩于朝廷,则有故中书舍人吴郡朱巨川、中书舍人渤海高参……其章章者也。”⑥可见李华文集的三位作序者与他本人交游密切,这也符合中唐时期文集序撰写的普遍状况,即由亲属或门生整理文集,请当时交游圈中的名家来撰写序文,如独孤及《毘陵集》便是门生梁肃所编并撰写《后序》。

五、墓志撰者考察

权葬志撰者刘迺,《旧唐书》卷一五三有传:“刘迺,字永夷,洺州

①见于李昉等编《文苑英华》卷七〇二,第3619页。
②欧阳修、宋祁《新唐书》卷一九四,第5564—5565页。
③见于李昉等编《文苑英华》卷七四四,第3887页。
④刘昫等《旧唐书》卷一四八,第4001—4002页。欧阳修、宋祁《新唐书》卷一九四,第5567页。
⑤欧阳修、宋祁《新唐书》卷二〇三,第5776页。
⑥见于李昉等编《文苑英华》卷九七二,第5117页。

广平人。"①《太平御览》卷五九三引《唐书》曰:"刘迺,字氷夷,为司门员外。"②关于刘迺的字,因"氷""永"二字形近,不同文献记载存在出入。《李华墓志》中刘迺多次以字自称"氷夷从掇其遗事……刘氷夷闻之出涕……告哀于氷夷……以氷夷词朴且近,俾铭诸旐旍,氷夷执简忸怩,愧文之辱",可知刘迺,字冰夷,《太平御览》记载不误。从墓志可以看出,刘迺为李华撰志是因二人的"文友"之谊。翻检传世文献,可推测二人的交往与刘晏颇有关联。李华《卧疾舟中相里范二侍御先行赠别序》曰:"先时为伊阙尉,忝相公尚书约子孙之契。不幸孤负所知,亏顿受污,流落江湖,于今六年……天下衣冠谓华为相府故人,诏书屡下,促华赴职。"③此处"相公尚书"当指刘晏。李华在安史之乱后再次被征召,与刘晏提携亦颇有关系。而据《旧唐书·刘迺传》,刘迺大历年间亦曾见用于刘晏,且深得刘晏赞赏和信任:"转运使刘晏奏令巡覆江西,多所蠲免。改殿中侍御史、检校仓部员外、民部郎中,并充浙西留后。佐晏征赋,颇有裨益,晏甚任之。"④刘迺撰李华墓志时署"检校仓部员外郎兼侍御史刘迺述",知其任殿中侍御史、检校仓部员外的时间在大历九年(774)前后。关于刘迺的文学创作,《旧唐书》本传云:"迺少聪颖志学,暗记《六经》,日数千言。及长,文章清雅,为当时推重。"⑤《全唐文》存其《册郭子仪尚父文》《与宋昱论铨事书》二文,《李华墓志》为刘迺佚文。从墓志撰写来看,作者在简练的篇幅、严谨的结构中融入了生动的叙事乃至对话内容,相比一般唐人墓志更具艺术特色,可见刘迺作文水平之一斑。

---

①刘昫等《旧唐书》卷一五三,第4083页。
②李昉等《太平御览》卷五九三,中华书局,1960年,第2671页。
③见于李昉等编《文苑英华》卷七三四,第3823页。
④刘昫等《旧唐书》卷一五三,第4084页。
⑤刘昫等《旧唐书》卷一五三,第4083页。

合葬志撰者薛放，《旧唐书》卷一五五、《新唐书》卷一六四有传①，与其兄薛戎俱有才名，穆宗为太子时，任侍读，深得穆宗信任。据墓志记载，薛放作此墓志乃是受其“外姑”即岳母范阳卢氏所托，则薛放之妻为李华孙女，由此可见李氏、卢氏、薛氏家族的姻亲关系。墓志题署“正议大夫、尚书兵部侍郎、充集殿学士”，知长庆二年（822）前后薛放在兵部侍郎任。

李华夫人范阳卢氏权葬墓志，一并出土，据合葬志所言，为王仲周撰写。王仲周，两《唐书》无传。《原武县令京兆王公墓志铭并序》称：“祖讳仲周，进士及第，任利、明、台三州刺史，国子祭酒，□□□刺史。”②《旧唐书·王徽传》记载王仲周祖父为王易从，易从与弟择从，从弟明从、言从皆以进士擢第，开元年间三至凤阁舍人，时号“凤阁王家”③。权德舆《王定神道碑》亦载：“长子逢以进士宏词甲科……幼子仲周亦以进士甲科。”④知其出身科举世家“凤阁王家”，以进士甲科登第，文学才能非同一般。王仲周的作品，现存十三篇，主要以奏状、表为主。近年来新出土的墓志中，有《李象古墓志铭》⑤、《王绾墓志》⑥，皆署王仲周撰。王周仲与当时文人士大夫颇有交游，武元衡有《夏日寄陆三达陆四逢并王廿八仲周》诗⑦，知王仲周排行二十八。又岑仲勉《唐人行第录》：“王十八仲周，武元衡《酬王十八见招》，又

①刘昫等《旧唐书》卷一五五，第4127页。欧阳修、宋祁《新唐书》卷一六四，第5047—5048页。
②见于陈尚君《全唐文补编》卷一〇〇，第1244页。
③刘昫等《旧唐书》卷一七八，第4639页。
④见于李昉等编《文苑英华》卷八九四，第4705页。
⑤见于周绍良《唐代墓志汇编》长庆005，上海古籍出版社，1992年，第2061页。
⑥见于吴钢《全唐文补遗·千唐志斋新藏专辑》，三秦出版社，2006年，第280页。
⑦见于彭定求等编《全唐诗》卷三〇七，第3575页。

《闻王仲周所居牡丹花发因戏赠》,两诗相应,当即其人。”[①]诗题“王十八”或为“王二十八”之误,盖即王仲周。

综上,新见的李华墓志为长久以来争议不断的李华生卒年考证画上句号;又可订正传世文献对于李华家族世系和婚姻状况记载的疏误,补充李华交游关系和生平事迹,尤其为安史之乱中李华的表现以及他晚年徙居经历提供了新材料。李华作为唐代著名古文家,其作品大多散佚,今见《李遐叔文集》四卷为后人取《文苑英华》《唐文粹》所载李华诗文编纂而成,讹误甚多,通过李华墓志,可以明确其文集在当时的最终定型状态,对于重新认识和整理李华文集也有一定的意义和价值。

(作者单位:浙江大学文学院)

①岑仲勉《唐人行第录(外三种)》,上海古籍出版社,1982年,第15页。

诗路地域文化与综合思考

《状江南》组诗江南书写文化意义探究

戴伟华

讨论江南文化成为当下文化建设的热点，而大历年间浙东唱和尚未得到应有关注和探究。《状江南》这组诗改写了对江南的叙述方式，具有重要的诗史意义和认识价值。在文化视野中考察唐诗，可以发现诗歌解读与文化建构的多元结构。安史之乱发生后，文化中心南移，江南一旦与《忆长安》比照而进入唐诗时，就会出现色泽鲜明的别样图景。以《状江南》为例可以挖掘这组诗在唐诗之路中的重大意义。

一

如从诗歌史角度看，南北朝民歌已经呈现出南北不同的风格，但其内容大致围着爱情转，风物只是陪衬，如南朝民歌《读曲歌》"柳树得春风，一低复一昂"①、《西洲曲》"采莲南塘秋，莲花过人头"②，写南方风物，全诗重点还是落在爱情上。

东晋南朝文学作品，对南方的表现是有局限的，和《状江南》写作地点相同的诗较多，如王籍《入若耶溪》："艅艎何泛泛，空水共悠悠。

①郭茂倩编《乐府诗集》卷四六，中华书局，1979 年，第 672 页。
②郭茂倩编《乐府诗集》卷七二，中华书局，1979 年，第 1027 页。

阴霞生远岫,阳景逐回流。蝉噪林逾静,鸟鸣山更幽。此地动归念,长年悲倦游。”[①]若耶溪,在今浙江绍兴市南。名句“蝉噪林逾静,鸟鸣山更幽”动静之妙为人赞赏,而诗中景物的地域性特征不明显。

以江南背景而形成的山水诗,表现南方山水的灵秀和俊美,谢灵运和谢朓的诗歌对后世影响较大,谢灵运《登池上楼》“池塘生春草,园柳变鸣禽”[②],谢朓《晚登三山还望京邑》“喧鸟覆春洲,杂英满芳甸”[③],前者应是初春,后者应是仲春或季春。

南朝有不少写江南山川之美的作品,如陶弘景《答谢中书书》:“山川之美,古来共谈。高峰入云,清流见底。两岸石壁,五色交晖。青林翠竹,四时俱备。晓雾将歇,猿鸟乱鸣;夕日欲颓,沉鳞竞跃。”[④]丘迟《与陈伯之书》:“暮春三月,江南草长,杂花生树,群莺乱飞。”[⑤]吴均《与朱元思书》:“自富阳至桐庐,一百许里,奇山异水,天下独绝。”[⑥]这些作品大致表现出江南同质的山水样貌。

如果从南北分论角度看,唐代可与以唐太宗为代表的帝京系列大制作相对应的是《春江花月夜》。张若虚写江南风物、婉丽情感,承六朝吴声西曲而来。“春江”即指长江,诗的格调和风物皆指南方。分从春、江、花、月、夜写南方景物及人物活动,与其说是宫体诗的自赎,不如说以南方民歌为底色,婉转声情,再现南方的美丽灵动,在以帝京为代表的北方文化之外,展现南方文化的魅力。王

①沈德潜选《古诗源》卷一三,中华书局,1963年,第319—320页。

②谢灵运著,黄节注《谢康乐诗注》卷二,中华书局,2008年,第61页。

③谢朓撰,曹融南校注《谢朓集校注》卷三,中华书局,2019年,第276页。

④严可均辑《全上古三代秦汉三国六朝文·全梁文》卷四六,中华书局,1958年,第6430—6431页。

⑤严可均辑《全上古三代秦汉三国六朝文·全梁文》卷五六,中华书局,1958年,第6567页。

⑥严可均辑《全上古三代秦汉三国六朝文·全梁文》卷六〇,中华书局,1958年,第6610页。

闿运评《春江花月夜》称："用《西洲》格调，孤篇横绝"①，《西洲》格调，正是江南文化的体现。无论是东晋以来的山水描写，还是大历以前的春江月夜，都是一种文化范型的存在和展示。真正突破，要等待《状江南》的到来。

二

前代诗人从来未像大历诗人那样深扎江南，触摸江南。大历诗人之前的描写，大致是江南山水和人文。大历《状江南》唱和改变了对江南的呈现方式，开拓了江南风物描写的新境。

《状江南》之"状"，是"比"义，而且"每句须一物形状"。这一具体写作规则，已将对江南的表达和传统诗作区分开。如写江南春天："江南孟春天，荇叶大如钱。白雪装梅树，青袍似葑田。""江南仲春天，细雨色如烟。丝为武昌柳，布作石门泉。"②"江南季春天，莼叶细如弦。池边草作径，湖上叶如船。"③显然，这里主要写江南风物之美、物产之丰，在此前诗歌中较少描写。如诗中出现细如弦的莼叶，"茆与荇叶相似……南人谓之莼菜"④。张翰在北方做官，见秋风起，乃思莼羹鲈脍，刘长卿《早春赠别赵居士还江左》："归路随枫林，还乡念莼菜。"⑤以莼菜表达乡思。大历诗人唱和中对莼菜的描写，只是作为江南自然物象，而没有传统的人文内涵。"池边草作径"也没有谢灵运"池塘生春草"的情感注入。

①王闿运撰，马积高主编《湘绮楼诗文集》卷一，岳麓书社，2008年，第124页。

②彭定求等编《全唐诗》卷三〇七，中华书局，1960年，第3484—3485页。

③彭定求等编《全唐诗》卷二六三，中华书局，1960年，第2925页。

④陆玑《毛诗草木鸟兽虫鱼疏》卷上，《丛书集成初编》，商务印书馆，1936年，第1346册，第7页。

⑤储仲君《刘长卿诗编年笺注》，中华书局，1996年，第41页。

此外,《状江南》唱和,应还有不见文字的规则,从诗作中可以归纳,如每首诗第二句第四字都是用“如”。他们在唱和时都会尽量遵守规则,只是由于每位诗人写作能力不同而不能完全做到。比如写夏天,贾弇《孟夏》:“江南孟夏天,慈竹笋如编。蜃气为楼阁,蛙声作管弦。”①樊珣《仲夏》:“江南仲夏天,时雨下如川。卢橘垂金弹,甘蕉吐白莲。”②范憕《季夏》:“江南季夏天,身热汗如泉。蚊蚋成雷泽,袈裟作水田。”③首句交待时间,余下三句,都在以一物比喻“一物形状”。贾弇诗中每句一物分别为慈竹笋、蜃气、蛙声,而“一物形状”是通过比喻来完成的,慈竹笋老少相依如编排成一般;蜃气幻化为楼阁;蛙声如管弦奏乐。如严格审查,很难都合格。范憕诗“蚊蚋成雷泽,袈裟作水田”,前句说中一片蚊虫声如雷声轰鸣,而“袈裟作水田”则不易理解,据焦竑《焦氏笔乘》解释:“王少伯诗‘手巾花氎净,香帔稻畦成’,王右丞诗‘乞食从香积,裁衣学水田’,稻畦帔,水田衣,即袈裟也。内典:袈裟字作毠毟,盖西域以毛为之。一名逍遥服,又名无尘衣。”④因此,“袈裟”句是为了押韵而互换位置了,“水田作袈裟”则更符合要求。如此咏物改变了以往对江南描写侧重山川人文的模式,而且这些写作规定,使一诗咏三物,如加上比喻的喻体,差不多是一诗六物“形状”。

三

除写作手法外,《状江南》还采用月令组诗方式和以往江南诗区

①彭定求等编《全唐诗》卷三〇七,第3483页。
②彭定求等编《全唐诗》卷三〇七,第3490页。
③彭定求等编《全唐诗》卷三〇七,第3489页。
④焦竑《焦氏笔录》续集卷四,中华书局,2008年,第361页。

分开来。《状江南》一题为《状江南十二咏》，十二咏即用比喻而择物咏唱十二月不同时令特点。一个季节分孟、仲、季三个月，如秋季则分为孟秋、仲秋和季秋。月令诗在初唐已有李峤的作品，但李峤诗比较宽泛，其表达手法是传统的。而《状江南》则不同，以咏物为主，这就意味着每首诗的后三句必须写当月的景物。李峤写岁时景物是大手笔，概括某月时令物候，包括北方和南方，尽量写出当月的物候景致及人物活动，且在区分相邻月份特点和体物上下了功夫。像咏物诗、月令诗都以写物、物候为要，工整是第一位的，工整又能有生意更好。李峤这类诗中有些作品还是生意盎然的。其实，比照《大衍历》的相关内容，敦煌《咏廿四气诗》也是开元、天宝间作品。以敦煌二十四节气歌中的惊蛰、春分、清明、谷雨、立夏为例，和《开元大衍历》相应内容对比，可发现敦煌《咏廿四气诗》与《魏书 · 律历志》异，而与《开元大衍历》同。

《状江南》异于《十二月奉教》和《咏廿四气诗》。《状江南》十二首是月令诗和咏物诗的综合体，是咏物的月令诗，也是月令的咏物诗。大历诗人《状江南》唱和似乎有意规避了此前文人如李峤诗、民间如《咏廿四气诗》的写作模式和写作侧重点。李峤《十二月奉教》比较文人化、贵族化，敦煌《咏廿四气诗》比较民间化，而《状江南》则处于二者之间，兼文人化和民间化。无论是李峤十二月奉教诗，还是敦煌《廿四节气诗》，都直接写人物活动，而《状江南》十二首几乎没有写个体的行为，与之有了区别。《状江南》之前，咏物诗大致是一首咏一物。这和以前的十二月令诗有了区别①。

①以上参见戴伟华《〈状江南〉的艺术创新及其诗史意义——兼论敦煌〈咏廿四气诗〉的性质与写作时间》，《文学评论》2020 年第 3 期。

四

结合《柏梁体状云门山物》序,可概括《状江南》的写作规则:状,比也;每一句写出一物形状,构成比喻关系,有比体和喻体;第一句写时间,第二句用“如”字句。因是月令诗,故所写之物与月令相关。从大历诗人写江南的横向比较也可以看到,浙东唱和有对江南人文、山水描写,《经兰亭故池联句》《征镜湖故事》即是。在人文与山川的融汇中写古越人物、故事、胜迹等,具体而详赡,但《状江南》与之迥然不同。

如《经兰亭故池联句》:“曲水邀欢处,遗芳尚宛然。名从右军出,山在古人前。芜没成廛迹,规模得大贤。湖心舟已并,村步骑仍连。赏是文辞会,欢同癸丑年。茂林无旧径,修竹起新烟。宛是崇山下,仍依古道边。院开新地胜,门占旧畬田。荒阪披兰筑,枯池带墨穿。序成应唱道,杯作每推先。空见云生岫,时闻鹤唳天。滑苔封石磴,密篠碍飞泉。事感人寰变,归惭府服牵。寓时仍睹叶,叹逝更临川。野兴攀藤坐,幽情枕石眠。玩奇聊倚策,寻异稍移船。草露犹沾服,松风尚入弦。山游称绝调,今古有多篇。”①和《兰亭集序》并读,可见这次联句只是演绎兰亭雅集的基本内容,其着眼点亦在此,自诩“赏是文辞会,欢同癸丑年”,模仿前人“序成应唱道,杯得每推先”,感慨“山游颇同调,今古有多篇”,当然也有人事的悲叹:“事感人寰变”“叹逝更临川”。可以说,如在这样的文化传统中唱和,重复古老的故事,就不可能有创新。

为什么大历诗人能表现以绍兴为代表的江南风物丰饶?也许答案为:他们生活于此。这看似确切的理由,其实并不是最重要的,因

①陈尚君辑校《全唐诗补编》,中华书局,1992年,第368页。

为大历以前生活在南方的文学家很多，东晋南朝的作家都生活在南方。

更为可喜的是，一些新的意象进入诗中，比如郑概诗："江南孟秋天，稻花白如毡。素腕惭新藕，残妆妒晚莲。"①稻花入诗较晚，刘长卿《送李侍御贬鄱阳》诗有"暮天江色里，田鹤稻花中"②，因比喻的要求，郑诗更丰满形象。将一片一片稻花比喻成白色毛毡，稻花与白毡、新藕与素腕、晚莲与残妆，这样的组合意象是对江南创造性的表现。其后白居易《忆江南》有"日出江花红胜火，春来江水绿如蓝""山寺月中寻桂子，郡亭枕上看潮头"，尽管这些词句常为人们所引用，表达对江南山水的赞美，但都没有着眼于物产丰饶，从诗歌史角度看，则又回复到传统一路。

总之，《状江南》组诗对江南风物系统而直观的展示，在江南文化史的建构中具有特别重要的文化意义和不可替代的认识价值。

（作者单位：广州大学）

①彭定求等编《全唐诗》卷三〇七，中华书局，1960 年，第 3487 页。

②储仲君《刘长卿诗编年笺注》，中华书局，1996 年，第 141 页。

“唐诗之路”断想

薛天纬

自竺岳兵先生20世纪80年代中期提出“唐诗之路”的概念，并于1991年在南京师范大学召开的“唐宋诗词国际学术讨论会”上发表《剡溪——唐诗之路》一文，至今过去了三十多年。1993年，中国唐代文学学会以文件形式确认“浙东唐诗之路”，使“唐诗之路”成为了当代“唐诗学”的一个专有名词。2019年11月，“中国唐代文学学会唐诗之路研究会”宣告成立，在唐诗研究界更是掀动了一场唐诗之路热。一年过后，当研究会的首届年会即将举行之际，我觉得，对于“唐诗之路”这个相对晚出的概念的内涵与外延似仍有进一步研讨的必要。

一、唐诗之路研究的学术意义

我在思考这样一个问题：着眼于唐诗整体，作为后世的研究者，我们可以从不同角度对其进行分类。比如，着眼于语言形式，可以分为古体诗与格律诗两大类；着眼于内容及写作手段，可以区分为写景诗、抒情诗、叙事诗、议论诗等。罗宗强先生在《中国古代文学发展史》的“结束语”中说：“回顾一部中国文学发展史，我们可以看到两种不同的创作趋向：关怀社会与张扬自我。”①那么，唐诗当然也可以

①罗宗强、陈洪主编《中国古代文学发展史》，南开大学出版社，2003年，第465页。

"创作趋向"的不同区分为关怀社会与张扬自我两个类别(当然是从积极的思想意义着眼来谈论诗歌的创作趋向)。当下,受唐诗之路研究的启示,我们似乎可以尝试提出一个新的分类角度:诗的写作过程及诗的内容有没有确定的或比较确定的"时空(地)背景"。这里包含了两个要点,一是写作过程,一是诗的内容。有些诗,是在一定的时间和空间(地点)写成,写作的时空因素、时空背景会在诗中反映出来或被研究者考证出来,或者诗的内容指向特定的时间及空间。试举名篇为例,比如,李白的《清平调词三首》,是天宝二年(743)春写于长安的兴庆宫,诗写玄宗皇帝携杨贵妃在兴庆宫的一次游春活动。《梦游天姥吟留别东鲁诸公》,是天宝五载(746)秋冬之际作于东鲁,诗人此前已有游历天姥山的经历,这一实际经历是他"梦游天姥"的前提。杜甫的《自京赴奉先县咏怀五百字》,是天宝十四载(755)十一月作于奉先家中,诗写他天宝十四载冬自长安赴奉先县途中见闻及到家后的遭遇感怀。《秋兴八首》是大历元年(766)作于夔州,抒写晚年的故国之思。后世读者欲准确解读这些诗歌,必须了解其写作及反映的时空背景。另外一些诗,诗中不包含明确的时空因素,研究者也不能精确判定其写作的时空(地)背景。比如,李白的《将进酒》《古风·大雅久不作》;又比如杜甫的《戏为六绝句》,《杜甫诗选注》虽编其于"漂泊西南时期",但未进一步具体指出写作时、地①。

有确定"时空(地)背景"的诗,在诗歌写作的当时,"时"与"地"两个因素是并存的。然而,时间不停流逝,诗歌写成后,"时"的因素就消失了,"此一时"的一切场景都消失了(或曰以每秒30万公里的光速在宇宙间传播)。但"地"的因素、诗歌写成时的"空间",或者诗中反映的"空间",依然存在。这个空间的实体风物会发生变化,所谓

①萧涤非选注,萧光乾、萧海川辑补《杜甫诗选注》,人民文学出版社,2017年,第184页。

“节物风光不相待”。但有些“文物”会留存下来,一直留存至今。比如,天宝十一载(752)秋杜甫、岑参、高适、储光羲、薛据一同登上的长安慈恩寺塔,即西安的大雁塔,屹立至今,都允许游人登塔。我们今天登临大雁塔,可以身临其境地想象杜甫他们1300年前登塔写诗的情景。只是能够留存至今的大雁塔这样的唐代建筑实在太稀缺。然而,只要那个相对明确的空间存在,后人就可以在物质实体上或艺术想象中一定程度地“复原”当年的一切。比如李白奉诏写作《清平调词》的长安兴庆宫,当年的建筑物虽然早已不存,但这个宫殿群的地理位置是确定的,20世纪五六十年代以来在兴庆宫原址建了公园,园内有沉香亭、花萼相辉楼等建筑,开掘了龙池,种植了牡丹花。这样一来,今人游览兴庆宫公园,就可以站在沉香亭上想象1300年前李白写作《清平调词》的情景,自然对诗意会有更深切的感受和理解。又如唐诗写征人出关的两首著名七绝:王维《送元二使安西》,“渭城”送客是诗人亲历的场景,诗中的“阳关”诗人并未到;王之涣《凉州词》,诗中的“玉门关”诗人也未到。但“阳关”和“玉门关”的汉代遗址至今尚在,人们只要到此地一游,便能大大增强对诗中氛围及情绪的感受。

我们说唐诗之路,涉及的诗篇其实就是这些有“时空背景”的诗;所谓“路”,就是诗歌写作或诗中反映的空间(地点)。从接受者的角度来说,重走唐诗之路,亲历诗人写作诗歌的、或诗中涉及的空间(地点),有利于比较准确深入地理解诗意、开掘诗歌的思想感情内涵。仍举杜甫诗的例子——《羌村三首》,是“安史之乱”中的至德二载(757)秋,时任左拾遗的杜甫回羌村探望家小时作。羌村在鄜县(今名富县),是陕北黄土高原上山沟中的一个小村庄。我的家乡宜川县,与鄜县相邻,地理山川形势相同,乡村的景象也相同,所以以前读杜甫这组诗,能够比较真切地感受诗中的风物人情。但是,直到2019年10月,我才得到一个实地考察羌村的机会,同行的有内蒙古大学高建新、米彦青及天水师范学院霍志军三位教授。当下都是高速公路,汽车从西安向北,走完渭北平原,过了铜川,就进入了沟壑纵横的陕北黄土高原。以前汽车在高原上要翻山越岭,上山又下山,现在的高速公路打通了隧道,汽车只在山沟间取直道穿行,路途缩短了许多,但山川形势是不会改变的。我们的汽车下了高速公路,即进入“县级公路”,路面虽然铺了沥青,但很窄。从“县级公路”再上分岔的乡间公路,汽车就钻进了山沟,打个比方,如果说高速路是大动脉,通往羌村的路就是毛细血管。羌村深隐在沟壑之间,毛细血管一样的路到这里似乎便是尽头。杜甫在《三川观水涨二十韵》中写道:“我从华原来,不复见平陆。北上唯土山,连天走穷谷。”三川县属鄜州,位于羌村之南,杜甫先经过三川,继续北上,行到“深山更深处”,最终把家眷安置在羌村。诗句实写了一家人奔走在“土山”“穷谷”间的状况。现存的杜甫故居窑洞,虽然不是唐朝旧物,但羌村的地形及民居状况应与当年无大差别。此地民居,是一家占一块平地,高高下下地散布在山坡上,其特点:一是各家不相邻,都是独院;二是就地取材用片石砌成的院墙都高不过人。所以,诗中写道:“邻人满墙头,感叹亦嘘唏(歔欷)。”1300年前的情景虽然不能重现,但站在“杜甫故居”窑洞前默念《羌村三首》的诗句,对诗境诗情仍会有真切的感受。

前些时读到刘跃进教授《我研读〈文选〉的体会》一文,文中写道:“注意时间与空间的维度,将精神层面的文学,落实到历史场景中,这是我研究秦汉文学可能略有新意的地方。”①我们寻找和研究唐诗之路,应该就是努力找回这种“历史场景”。这即是我所认识的唐诗之路研究的学术意义。今天在写这篇会议小文的过程中,又从微信中读到王兆鹏教授《回到古诗词的“历史现场”》的访谈录,“历

①刘跃进《〈文选〉学丛稿》,中国社会科学出版社,2021年,第430页。

史现场”与“历史场景”含义应相同。

二、只有一人行走的唐诗之路

上节所讲杜甫在“安史之乱”中携家逃难,从奉先县向北,经白水县(“白水见舅氏”),走“彭衙道”“白水山”(“夜深彭衙道,月照白水山”)、“同家洼”(“少留同家洼”)、三川县,落脚在羌村,诗人一路走来,脚下自然是一条唐诗之路。杜甫是这条唐诗之路上唯一的行走者。

类似的只有一位诗人行走的唐诗之路,还可举出一个十分典型的例子,就是天山唐诗之路。唐诗中的“天山路”,实有广义与狭义两种理解。广义的“天山路”,指西域(大体等于今新疆)地区的“天山路”。据电子版《全唐诗》统计,“天山”出现了60余次。但多数写“天山”的诗人并未到过天山,唐代诗人踏上过西域这块土地、亲历天山的,实际只有两个半人:一个是骆宾王,一个是岑参,半个是李白。我们先说李白。根据相关文献记载的推断,李白于公元701年出生于中亚碎叶(在今吉尔吉斯斯坦境内),5岁时随家人回到蜀中。由此判断,童年李白在由碎叶回蜀途中肯定经过了天山,天山会在他幼小的心灵中留下记忆。正因为如此,李白诗中屡次写到天山,著名的诗句如“五月天山雪,无花只有寒。笛中闻折柳,春色未曾看”“洗兵条支海上波,放马天山雪中草”“明月出天山,苍茫云海间。长风几万里,吹度玉门关”,因为李白是童年时代经过天山,所以我把他算成“半个”。再说骆宾王。据胡可先教授近年发表的论文,骆宾王是于唐高宗调露元年(679)随吏部侍郎裴行俭征讨西突厥来到西域。他不但到了蒲类津(今名巴里坤湖),而且到了交河,甚至到了碎叶。他写有《晚度天山有怀京邑》:“忽上天山路,依然想物华。云疑上苑叶,雪似御沟花。”诗中出现了“天山路”这个词。在《军中行路难》诗中又写道:"阵云朝结晦天山,寒沙夕涨迷疏勒。"以上属于我所说的广义天山唐诗之路。与天山唐诗之路关系最密切的诗人,是大家所熟悉的岑参。岑参曾两次从军西域:第一次是天宝八载(749)至十载(751),在安西四镇节度使高仙芝幕府任职,他曾从银山道翻越天山,到达今库车;第二次是天宝十三载(754)至至德元载(756),在北庭都护、伊西北庭节度使封常清幕中先后任判官及支度副使。北庭军中的生活经历,是岑参军旅生涯的峰巅,也是他边塞诗创作大丰收的时期。这里我们要特别关注的是,岑参使用了"天山路"与"轮台路"两个词。前者见《白雪歌送武判官归京》:"轮台东门送君去,去时雪满天山路。山回路转不见君,雪上空留马行处。"后者见《天山雪歌送萧治(沼)归京》:"交河城边飞鸟绝,轮台路上马蹄滑。"岑参诗中的"天山路""轮台路",是我所说的狭义天山唐诗之路,特指翻越天山、连接北庭与西州的交通要道"他地道",又名"金岭道"。岑参有一首题为《使交河郡郡在火山脚其地酷热无雨雪献封大夫》的诗,开首写道:"奉使按胡俗,平明发轮台。暮投交河城,火山赤崔嵬。"骑马翻越"他地道",恰是一天路程。西州为汉车师前王国地,庭州为汉车师后王国地,所以,他地道又叫"车师古道"。为了促进旅游业发展,听说地方政府有开发这条古道的计划。我们可以这样设计"天山路"之旅:从北庭故城遗址(即岑参诗中的"轮台")东门起始,南行至他地道北口的头道桥,体验岑参诗"轮台东门送君去,去时雪满天山路。山回路转不见君,雪上空留马行处"的诗意——如果在冬季的雪后体验,诗意感受一定更为浓烈;然后开始不乏"探险"性的"天山路"徒步旅游,登临终年冰封的金沙岭,下山进入"火洲"吐鲁番盆地。翻越天山的路程约 50 公里,行人须在山间停宿一晚。这对富有冒险精神及猎奇心理的旅游者无疑极有吸引力。

杜甫携家北上逃难所走的唐诗之路与岑参所走的天山唐诗之路,共同点是只有一位诗人走过。这类只有一人行走的唐诗之路,与四百多位诗人曾经游历的浙东唐诗之路相较,差别十分明显。这正显示了全国范围内唐诗之路的多姿多彩,内涵丰富,有巨大的研究及开发空间。

三、皖南唐诗之路——一条具有学术研究与旅游开发双重意义的重要唐诗之路

我们今天聚焦于唐诗之路这样一个话题,从宏观角度看,具有两重现实意义,一是学术研究,一是旅游开发(以及旅游开发带动的地方文化建设)。浙东唐诗之路当然是两重意义兼备。上节所论杜甫北上逃难的唐诗之路,大概只有学术研究意义而基本不具有旅游开发的价值和前景。岑参经行的天山唐诗之路地道,学术研究与旅游开发两重意义均有,尤其旅游开发尚待大力推进。

从学术研究及旅游开发双重意义着眼,我们可以再来讨论一个例子,即皖南唐诗之路。仅从李白的行迹着眼,皖南唐诗之路以马鞍山(唐之当涂)为东端起点,溯江西上,大体包括了宣城、芜湖、泾县、南陵、铜陵、贵池等地以及九华山、黄山。杜牧等诗人与这条唐诗之路也有密切关系。以学术研究而言,与皖南唐诗之路相关的许多诗篇,比如李白的秋浦诗,尚待结合地理形势,做进一步讨论。当年林东海先生和松浦友久先生都曾实地考察,获得丰硕成果,留下了宝贵的学术遗产。我常常想起松浦友久先生对李白《秋浦歌》(白发三千丈)的独到解释,他认为诗中的"明镜"并不是镜子,而是秋浦河水。我极欣赏、赞同这种解释,在自己的著作中曾经引用。松浦友久先生若不到秋浦,断不会有这样精妙的读诗体会。皖南当地学者如李子龙先生、丁育民先生早些年关于皖南唐诗之路也有重要研究成果——尽管当时并没有唐诗之路的概念。近年,占籍铜陵的复旦大学查屏球教授对皖南唐诗之路多所关注,取得不少成果;池州的吴世

民先生做了大量考察研究工作，其成果亦值得学界重视。

皖南唐诗之路风景佳胜，在展开学术研究的同时，旅游开发极有优势。近年桃花潭景区的开发，是一个生动而成功的例证。安徽泾县的桃花潭，因万口传诵的李白《赠汪伦》诗而天下知名。然而作为旅游景区，却是进入21世纪以来才逐步得到开发。近些年，在一位极有眼光的开发商的经营下，景区基础设施已臻完善，就连自然山水也好像变得更美了。2017年我曾两度游览桃花潭，游人如织，盈耳多吴语，此地俨然已是江南的一个旅游热点。

桃花潭的唐诗之路从学术研究来说，亦有深入的余地。比如，李白有《早过漆林渡寄万巨》诗：“西经大蓝山，南来漆林渡。水色倒空青，林烟横积素。漏流昔吞翕，沓浪竞奔注。潭落天上星，龙开水中雾。峣岩注公栅，突兀陈焦墓。岭峭纷上干，川明屡回顾。因思万夫子，解渴同琼树。何日睹清光，相欢联佳句。”由于缺乏对当地地理的了解，这首诗早先并未引起我的特别关注。2017年春，安徽著名媒体人马广全先生执导一部关于桃花潭的电视风光片，我与几位中国李白研究会同仁受邀前往桃花潭顾问其事，因而结识了马先生，并读到他撰写的《李白与桃花潭之辨考》一文。读马文可知，漆林渡在泾县县城西三十公里的大蓝山下、青弋江（唐时称泾溪、泾川）西岸，江中有落星潭。李白诗云“西经大蓝山，南来漆林渡”“潭落天上星”，所写均为真实地名。诗末“因思万夫子，解渴同琼树。何日睹清光，相欢联佳句”数句，抒写对万巨的思慕之情，急切期待相见。而万巨正是桃花潭当地人物，马文引清嘉庆版《泾县志》卷二〇：“唐万巨，晏五世孙，世居震山，天宝间以材荐，不就。”《宁国府志》有相同记载。震山即桃花潭所在地。今桃花潭镇有万村，马广全先生2013年曾访问该村一万姓居民，其家藏有完整的《万氏家谱》，该家族贞观五年（631）曾受朝廷旌表。由此可知，李白游桃花潭，是来寻访万巨。传说所谓“万家酒店”，亦有其缘由。马文对于了解李白的桃花潭之行有重要学术价值,我所著《李白诗解》①广引诸家对李白诗的解读成果,因时间差而未能吸收马广全先生高见,兹简述如上,以表达亡羊补牢之意。

四、浙东唐诗之路的唯一性

竺岳兵先生在早年发表的《剡溪——唐诗之路》一文中提出构成唐诗之路的三要素,第一要素是"在一个相对独立的地区内,有大量的风望甚高而格调多样的唐代诗人游弋歌咏于此"②。回过头来看,"三要素"其实是竺先生在"剡溪——唐诗之路"业已成立的前提下,为其量身定做。当下,唐诗之路已从浙东走向全国,如果"教条"地执着于竺先生的"三要素",则许多地方的唐诗之路恐怕很难成立。如上文所述,杜甫的北上逃难之路和岑参骑马翻越的天山唐诗之路都只有一位诗人行走,显然不符合"大量"的要求。所以,当唐诗之路的外延向全国铺展开来时,我们必须承认其存在形式的多样性,以使我们的认识符合客观实际。

然而,这也恰好反过来证明了浙东唐诗之路的唯一性。浙东唐诗之路深厚而丰富的内涵,源于浙东得天独厚的地理环境和人文传统,国内其他地方很难具备这样的资源优势。竺岳兵先生的历史性贡献,在于他发现并首倡浙东唐诗之路,打开了这个"宝盒"。浙江省的领导们心领神会,顺势而上,把本省这份资源可以说是最大限度地利用起来,并以当家人的眼光把一条唐诗之路在省内扩大为四条,形成了大格局、大气候。今天,唐诗之路在浙江成为全省社会文化发展的重大战略,前不久"浙江省诗路文化带建设暨浙东唐诗之路启动大

①薛天纬《李白诗解》,中国社会科学出版社,2017 年。

②竺岳兵《唐诗之路综论》,中国文史出版社,2003 年,第 3 页。

会”在天台召开,如此盛事在国内实属创举。要而言之,我们在寻找、开发全国的唐诗之路的同时,不能淡化了浙东唐诗之路的特殊价值。浙东唐诗之路在学术研究及旅游开发两个方面都具有巨大潜力,前景未可估量。我们甚至可以断言,浙东唐诗之路不仅是全国范围内唐诗之路研究与开发的先行者及成功样板,而且居于未来唐诗之路研究与开发的中心地位,这个地位是不可替代的。

五、余论

前些天在微信上看到一条消息,大意是唐诗之路在浙江搞得如此红火,陕西、西安该怎么办?长安是唐代的国都,唐诗资源当然十分丰富(东都洛阳亦然)。然而,长安和洛阳都是一座城,而不是一条“路”。我们是不是要搞“唐诗之城”“唐诗之都”?我的想法,有一个唐诗之路就够了,“城”与“都”都可以归到唐诗之路的“大概念”中。余恕诚先生当年发表过论文《李白与长江》①,曾获得《文学评论》(1997—2002)的“优秀论文奖”。长江与唐诗关联密切,唐诗多有写长江的名篇,所以,长江也是一条唐诗之路。随着唐诗之路在全国范围铺展开来,必将促进以“唐诗”为主题词的学术研究与旅游开发,使传统文化的精华为当今时代的人民大众享用,这正是古代文学研究的终极目的。

(作者单位:新疆师范大学)

①余恕诚《李白与长江》,《文学评论》2002 年第 1 期。

想象与回响

——浙东唐诗之路上的临海书写

王宏芹

1991年，竺岳兵先生在南京师范大学举办的“中国首届唐宋诗词国际学术研讨会”上宣读了他的论文《剡溪——唐诗之路》。竺岳兵先生认为唐诗之路主要有三个构成要素，一是范围的确定性，二是形态的多样性，三是文化的继承性，并从这三个方面具体论述了浙东诗人如林的盛况，以及唐代诗人畅游剡溪三山等地的旅行方式、审美方式，浙东地区丰富的自然与文化遗产等内容①。竺岳兵先生的论文引起与会学者的注意，后经中国唐代文学学会正式命名为浙东唐诗之路。

浙东唐诗之路的研究，迄今已有近三十年的历史，举凡浙东唐诗之路学术概念的阐释、诗歌整理、诗人漫游行迹考索、诗路形成原因探查、诗路沿线古迹保护与旅游开发等问题，都得到众多学者的关注。而临海作为台州州治，风景秀美、人文荟萃，是浙东唐诗之路的重要枢纽，却较少见到在浙东唐诗之路研究中对临海意义的探讨。本文正是从临海的个案入手，考察唐代诗人对临海的认识，分析他们的临海书写产生原因，以及他们的书写所形成的文本记忆，以期对浙东唐诗之路上的枢纽临海进行探讨，进而深化“浙东唐诗之路”的相

①竺岳兵《剡溪——唐诗之路》，《唐代文学研究》1996年第9期。

关研究。

一、台州地阔海冥冥:杜甫的临海想象

郑虔(691—759),郑州荥阳人,有史才,曾著史书,但因被告发,坐此事被贬十年。再还京师后,玄宗爱其才华,特为置广文馆,郑虔也因此被称为“郑广文”。郑虔安史之乱后被贬台州,任司户参军。在台州期间,郑虔开馆授徒,开台州尚学风气,被誉为台州文教之祖。《新唐书》言其:“天宝初,为协律郎,集掇当世事,著书八十余篇。有窥其稿者,上书告虔私撰国史,虔苍黄焚之,坐谪十年。还京师,玄宗爱其才,欲置左右,以不事事,更为置广文馆,以虔为博士。虔闻命,不知广文曹司何在,诉宰相,宰相曰:‘上增国学,置广文馆,以居贤者,令后世言广文博士自君始,不亦美乎?’虔乃就职。”①郑虔能受此优待,是因他有“三绝”,“虔善图山水,好书……尝自写其诗并画以献,帝大署其尾曰:‘郑虔三绝。’”②郑虔擅诗、书、画,遂被玄宗称为“郑虔三绝”。杜甫《八哀诗》亦言:“荥阳冠众儒,早闻名公赏。地崇士大夫,况乃气精爽……三绝自御题,四方尤所仰。嗜酒益疏放,弹琴视天壤。形骸实土木,亲近惟几杖。未曾寄官曹,突兀倚书幌。”③郑虔才华横溢,荟萃众长,更以诗、书、画三绝称名,为世人所仰。郑虔其人却并不汲汲于功名,读书、饮酒、弹琴,为人疏放旷达,不以富贵名达为念。

安史之乱起,郑虔被劫掠至东都洛阳,授伪职水部郎中,郑虔称

①欧阳修、宋祁《新唐书》,中华书局,1975 年,第 5766 页。

②欧阳修、宋祁《新唐书》,中华书局,1975 年,第 5766 页。

③杜甫著,仇兆鳌注《杜诗详注》,中华书局,1979 年,第 1409—1411 页。

风疾,求摄市令,秘密与肃宗通信,安史之乱后,被贬为台州司户参军①。郑虔被贬台州之后,杜甫有多首诗述及此事,至德二载(757),郑虔前往台州,杜甫作有《送郑十八虔贬台州司户,伤其临老陷贼之故,阙为面别,情见于诗》:

> 郑公樗散鬓成丝,酒后常称老画师。万里伤心严谴日,百年垂死中兴时。苍惶已就长途往,邂逅无端出饯迟。便与先生应永诀,九重泉路尽交期。②

郑虔六十余岁高龄被贬,故言其"鬓成丝""垂死",又因其才高难为用,故曰"樗散",爱酒善画,乃称其为"老画师"。长安距台州万里之遥,至交分别,如何不伤心。关于"严谴",《新唐书》有一段记载可与此照应,王维与郑虔同被安禄山叛军俘获,郑虔被贬台州司户参军,"维止下迁"。据郑虔墓志,郑虔在安史政权中历任兵部郎中、国子司业③,比本传中所言官职要高,可见正史中有所讳饰。在安史之乱平定的前后,唐朝廷中在如何处置安史逆臣的问题上有"一系列繁琐的甄别程序",且运作有效,结果也非常细致准确。甚至当时整个朝廷对"贰臣"的态度是以同情宽容为主的④。《太平广记》卷二一二引《明皇杂录》言:"安禄山之陷两京,王维、郑虔、张通皆处于贼庭。洎克服,俱囚于杨国忠旧宅。崔相国圆因召于私第,令画名画数壁。当时皆以圆勋贵莫二,望其救解,故运思精深,颇极能事,故皆获宽典。

①欧阳修、宋祁《新唐书》,中华书局,1975年,第5766页。

②杜甫著,仇兆鳌注《杜诗详注》,中华书局,1979年,第425页。

③陈尚君《贞石诠唐》,复旦大学出版社,2016年,第208页。

④仇鹿鸣《长安与河北之间——中晚唐的政治与文化》,北京师范大学出版社,2018年,第33—72页。

至于贬降,亦获善地。”[①]郑虔被贬台州,在当时被认为是“善地”,杜甫所谓的“严谴”明显是情感上的难以接受,而非当时的普遍看法。下阙写自己阙为面别,以诗寄情之意。郑虔以高龄被贬台州,此时的分别或许是永诀了。

杜甫与郑虔情谊深厚,写有《陪郑广文游何将军山林十首》《戏简郑广文兼呈苏司业》等诗作,特别是《醉时歌》写自身与郑虔同病相怜,道尊才高却不为世所用,诗言:“先生有道出羲皇,先生有才过屈宋。德尊一代常坎轲,名垂万古知何用。杜陵野客人更嗤,被褐短窄鬓如丝。日籴太仓五升米,时赴郑老同襟期。得钱即相觅,沽酒不复疑。忘形到尔汝,痛饮真吾师。清夜沉沉动春酌,灯前细雨檐花落。但觉高歌有鬼神,焉知饿死填沟壑。”[②]郑虔德尊一代、才过屈宋却官冷食缺,一生坎坷。杜甫渴望致君尧舜,但衣短命穷,始终郁郁不得志,杜甫与郑虔同病相怜,放旷绝俗的郑虔是杜甫敬佩的对象,也是杜甫自我形象的写照。得钱相觅,饮酒高歌,不分你我。歌中有鬼神,人世间的愁苦也可以暂时抛却。与郑虔的交往,是旅食京华的杜甫所能得到的不多的安慰。在郑虔去世之后,杜甫《哭台州郑司户苏少监》曾言:“故旧谁怜我,平生郑与苏。”[③]郑即郑虔,苏为苏源明,杜甫与郑虔之间的感情不可谓不深厚。

乾元元年(758),杜甫忆郑虔故居作《题郑十八著作丈故居》言:“台州地阔海冥冥,云水长和岛屿青。乱后故人双别泪,春深逐客一浮萍。酒酣懒舞谁相拽,诗罢能吟不复听。第五桥东流恨水,皇陂岸

①李昉等编《太平广记》,《景印文渊阁四库全书》1176册,台湾商务印书馆,1986年,第398页。

②杜甫著,仇兆鳌注《杜诗详注》,中华书局,1979年,第174—176页。

③杜甫著,仇兆鳌注《杜诗详注》,中华书局,1979年,第1190页。

北结愁亭。”①台州是郑虔所赴之贬所,在杜甫的想象中,那里地阔海冥冥,有着无晨暮的云水风浪。乱后的故人,聚而骤散,犹如浮萍一般,飘浮不定。酒酣懒舞,“诗罢能吟无人听”呼应《醉时歌》中所言“但觉高歌有鬼神”,第五桥与皇陂岸,亦是当初同游之地。往日相聚之乐与今日不复相见之悲形成深刻对比。

杜甫又有《有怀台州郑十八司户》言:

> 天台隔三江,风浪无晨暮。郑公纵得归,老病不识路。昔如水上鸥,今为罝中兔。性命由他人,悲辛但狂顾。山鬼独一脚,蝮蛇长如树。呼号傍孤城,岁月谁与度。从来御魑魅,多为才名误。夫子嵇阮流,更被时俗恶。海隅微小吏,眼暗发垂素。鸠杖近青袍,非供折腰具。平生一杯酒,见我故人遇。相望无所成,乾坤莽回互。②

天台即天台山,代指郑虔所在的台州,三江指长江、浙江、曹娥江。首四句叙郑虔以老病之身被贬台州,归期无日。中间八句写想象中的台州景象,边地孤城中满是山鬼、腹蛇,担心郑虔为人所害、为物所伤。后又叙述郑虔来台始末,台州地处海隅,被贬此地的郑虔也是“眼暗发垂素”,想象中郑虔孤立危急的遭遇读来令人感叹。

郑虔被贬台州在杜甫笔下还有类似的描写,杜甫《所思》言:“为农山涧曲,卧病海云边。”③广德二年(764),郑虔卒于台州贬所,杜甫《哭台州郑司户苏少监》言:“羁游万里阔,凶问一年俱。白首中原

①杜甫著,仇兆鳌注《杜诗详注》,中华书局,1979年,第470页。
②杜甫著,仇兆鳌注《杜诗详注》,中华书局,1979年,第559—561页。
③杜甫著,仇兆鳌注《杜诗详注》,中华书局,1979年,第666页。

上,清秋大海隅。"①《八哀诗》其七悼念郑虔言:"老蒙台州掾,遐泛浙江桨。履穿四明雪,饥拾楢溪橡。空闻紫芝歌,不见杏坛丈。天长眺东南,秋色余魍魉。"②台州位于大海隅,距离首都长安万余里,郑虔从长安到台州要越过浙江、穿过四明山,楢溪在天台县东,孙绰《游天台山赋》言:"济楢溪而直进,落五界而迅征。"③杜甫想象郑虔"履穿""食橡"的经历,是对朋友的担心。《紫芝歌》是商山四皓为避秦乱隐居时所唱歌谣,此指郑虔所住即是埋迹深山,杏坛本是孔子聚众讲学之所,不见杏坛指郑虔久离讲席。"东南"即台州所在之地,"魍魉"亦出自《游天台山赋》,指山中精怪。

总结杜甫对郑虔贬所台州的描述,是远离政治中心长安的东南海隅,地广人稀,间有野兽出没,风浪无晨暮,被贬至此地的郑虔"为农山涧曲,卧病海云边",甚而至于"履穿""食橡"。这是杜甫笔下的台州、杜甫思念的友人郑虔,但这却多是杜甫想象中的景象,甚至是杜甫从前人文本中获得的阅读经验,并不是实际。

杜甫二十岁时曾有漫游浙东的经历,那时的他意气风发,对浙东充满向往,他在晚年的《壮游》诗中言:"东下姑苏台,已具浮海航。到今有遗恨,不得穷扶桑。王谢风流远,阖闾丘墓荒。剑池石壁仄,长洲芰荷香。嵯峨阊门北,清庙映回塘。每趋吴太伯,抚事泪浪浪。蒸鱼闻匕首,除道哂要章。枕戈忆勾践,渡浙想秦皇。越女天下白,鉴湖五月凉。剡溪蕴秀异,欲罢不能忘。归帆拂天姥,中岁贡旧乡。"④吴越之地的历史与游历所见之景象,是居蜀期间的杜甫仍难

①杜甫著,仇兆鳌注《杜诗详注》,中华书局,1979 年,第 1190 页。

②杜甫著,仇兆鳌注《杜诗详注》,中华书局,1979 年,第 1411—1412 页。

③萧统编,李善注《文选》,上海古籍出版社,1986 年,第 496 页。

④杜甫著,仇兆鳌注《杜诗详注》,中华书局,1979 年,第 1439、1441 页。

以忘怀的,“厌蜀交游冷,思吴胜事繁”(《春日梓州登楼》其二)①。杜甫是否登天台山难以确知,陈贻焮在《杜甫评传》中以为“他既已到此,近处诸般名山胜概想都观赏过”②。年少时期的壮游是杜甫一生的回想与追忆,浙东是杜甫阅读过的文本,是同时代人的诗章,是年少时的意气风发。对台州的书写充满了清冷寂寞,这并不是唯一的真实,情感在其中的作用要远多于事实的根据。正因为郑虔的被贬,杜甫自伤同类,才将台州刻画成一个风浪无晨暮、满是魍魉与蝮蛇之处。而郑虔在台州开馆授徒,为台州文教之祖,已是重登杏坛了。

“台州地阔海冥冥,云水长和岛屿青”是杜甫对台州的想象,诗中的境界虽比较冷清,但有一种阔大的气象,这一想象台州的论述成为了后世诗人的语典,诗意也产生了变化。宋代陈知柔《次海上长亭村》言:“行到山穷处,微茫岛屿青。百年多逆旅,万事一长亭。风雨晚潮急,鱼虾晓市腥。平生诵佳句,今见海冥冥。”③长亭村今难以确知其地,由诗意可见是在东南海隅,所以他在诗中用杜甫《题郑十八著作虔》中诗语与诗意,即诗中所言之“佳句”。在陈知柔的笔下,长亭村仍不免偏远,却已经有了怡然自得之意,这不是对他乡的夸张想象,而是自身亲历后的验证与超然。曾几《送曾宏甫守天台》言:“莫作阳关堕泪声,丹丘胜事要君听。兴公赋里云霞赤,子美诗中岛屿青。”④曾宏甫是曾巩侄孙,曾几送别曾宏甫守天台,诗中充满劝慰之言,显然此次的调官并不如意,但曾几用孙绰《天台山赋》与杜甫诗来安慰,杜甫本来的带有恐吓的描写此时已经成为令人向往的书写。

①杜甫著,仇兆鳌注《杜诗详注》,中华书局,1979 年,第 970 页。
②陈贻焮《杜甫评传》,上海古籍出版社,1982 年,第 52 页。
③《全宋诗》,北京大学出版社,1998 年,第 22988 页。
④《全宋诗》,北京大学出版社,1998 年,第 18557 页。

戴复古《焦山》更是以杜甫的语典来书写焦山，并以为乃是仙境，"江接海冥冥，山连岛树青。似非人境界，宜有佛宫庭"①。开头两句明显是借用杜甫诗句，紧接着称赞镇江焦山之境非人境，焦山是东汉焦广的隐居之地，历来诗人多有吟咏，戴复古以杜甫书写台州的诗句刻画焦山，已与杜甫的诗意完全不同了。

二、任翻题得清新字：任翻巾山三诗与回响

任翻，唐末诗人，国史无传，仅知其为江东人，家贫，曾至长安参加科举，但不幸落第，遂归江湖，专尚声调，苦吟成篇。《唐才子传》言："蕃，会昌间人，家江东，多游会稽苕、霅间，初亦举进士之京，不第，榜罢，进谒主司曰：'仆本寒乡之人，不远万里，手遮赤日，步来长安，取一第、荣父母不得，侍郎岂不闻江东一任蕃，家贫吟苦，忍令其去如来日也？敢从此辞，弹琴自娱，学道自乐耳。'主司惭，欲留不可得，归江湖，专尚声调。"②刘克庄在《后村诗话》将任翻归入朱庆余门下，认为其诗歌成就可与司空图比肩。

《唐才子传》记其有诗七十七首，今仅存十余首。任翻曾登台州巾山，题诗壁间，即《宿巾子山禅寺》一首。"去游天台巾子峰，题寺壁间云：'绝顶新秋生夜凉，鹤翻松露滴衣裳。前峰月照一江水，僧在翠微开竹房。'既去百余里，欲回改作'半江水'，行至题处，他人已改矣。后复有题诗者，亡其姓名，曰：'任蕃题后无人继，寂寞空山二百年。'才名类是。"③任翻题诗巾山，既去之后欲将"一江水"改为"半江水"，行至题处，已被他人改过。宋陆佃撰、明牛衷增辑《增修埤雅

①《全宋诗》，北京大学出版社，1998 年，第 33551 页。

②傅璇琮主编《唐才子传校笺》，中华书局，2000 年，第 346—347 页。

③傅璇琮主编《唐才子传校笺》，中华书局，2000 年，第 348 页。

广要》记此事言:“唐诗人夜宿峰顶寺,题壁曰:‘绝顶松楸生夜凉,鹤翻清露滴衣裳。前村月照一江水,僧在翠微开竹房。’书毕,既下,忽忆月照一江水之时开竹房,月方就中,恐太早。返而易‘一’为‘半’字,则僧已易之矣。”①月照一江时,月方就中,月半时分,僧人不可能此时开竹房进行晨课,只能是月亮西斜照半江时,天将明,僧人开竹房才有可能。任翻改“一江水”为“半江水”或许是出于客观科学的考量,但亦未必如此。

任翻题诗巾山,又欲改“一江水”为“半江水”的故事,至清代,甚至有诗话以为是高适任两浙观察使时过杭之清风岭所作,后意欲改“一江水”为“半江水”,却已为骆宾王所改。此论之荒诞不经显而易见,高适与骆宾王并非同时代人,高适也未曾担任过两浙观察使的职位。这样明显的错误之所以出现,原因在于《宿巾子山禅寺》一诗脍炙人口流传广远。骆宾王曾被贬临海县丞,或许也是此诗产生张冠李戴现象的原因之一。

其实,任翻写有三首巾山诗,并在后代引起持续的回响与吟唱,成为吟咏巾山的经典文本。

三首诗依次为:

绝顶新秋生夜凉,鹤翻松露滴衣裳。前峰月映半江水,僧在翠微开竹房。(《宿巾子山禅寺》)

灵江江上帻峰寺,三十年来两度登。野鹤尚巢松树遍,竹房不见旧时僧。(《再游巾子山寺》)

①陆佃《增修埤雅广要》,《续修四库全书》第1271册,上海古籍出版社,2006年,第534页。

清秋绝顶竹房开，松鹤何年去不回。惟有前峰明月在，夜深犹过半江来。（《三游巾子山述感》）①

三首诗一脉相连，读来有无穷感慨。初至巾山，新秋夜凉，月下，仙鹤在松林中飞舞，灵江水中倒映着月影，有僧人在山中修行。诗意清空一气，幽静淡泊，是典型的晚唐诗风。再至巾山，野鹤尚巢松枝，但竹房已不见旧日僧人。三至巾山，野鹤亦不在，唯有多情的峰前明月，仍旧照耀着巾山，映照在灵江之上。时间的流逝，人世的感慨，在这三首诗中表现殆尽，又因为诗语清新，遂成为后世诗人书写巾山的语典。

淳熙八年（1181），朱熹提举浙东常平茶盐公事，曾在台州地区讲学，《巾子山志》记有朱熹四诗，题为《题巾帻精舍分咏任翻宿帢帻诗》，下有黄瑞云按语云："朱子巾峰精舍四诗，□辰长洲吴康叔书于学阁，不知何时摹泐木板，惜年与名无从查考也。"②四诗朱熹集中不载，清宋世荦《巾山双塔歌》言："任翻三至曾题诗，紫阳四章照岩壑。"③清洪坤煊《巾子山双塔歌》言："塔底飘飘起烟雾，尚忆任公题宿句。月明自照竹房空，鹤唳还惊松顶露。后来继者朱文公，怀古徐徐留遗风。"④都直接将朱熹四诗与任翻三诗并提，题名为朱熹之作的巾山吟咏在台州地区流传颇广。虽难以确知四诗是否为朱熹所作，但仍从一个侧面反映出任翻三诗的影响，以及巾山吟咏在后世的传播。

南宋薛师石《巾山》言："两峰争起入云层，半属虚空半属僧。斜

①彭定求等编《全唐诗》，中华书局，1979 年，第 8335 页。
②项士元纂，丁伋整理《巾子山志》，中国文史出版社，2005 年，第 41 页。
③项士元纂，丁伋整理《巾子山志》，中国文史出版社，2005 年，第 163 页。
④项士元纂，丁伋整理《巾子山志》，中国文史出版社，2005 年，第 164 页。

日满山人到少,任蕃去后我来登。”①“两峰”即巾山两峰,“半属虚空半属僧”,可以想见巾山画境仙都一般的景象,“斜日满山人到少”,任翻去后胜迹仍在,登巾山成为一种雅事、胜事。戴栩《仙都祭薛瓜庐文》特意拈出薛师石咏巾山的句子,并与任翻进行比较,“侧闻杖屦,赤城之麓,题句巾山,任蕃赧缩”②。所谓“题句巾山”,即指薛师石《巾山》一诗,戴栩认为薛师石的诗句反在任翻之上。戴栩在祭文中特意提出巾山吟咏之事,正可见后人对巾山咏唱的重视。

具体来说,任翻巾山吟咏的影响主要可以分为以下几个方面。

首先是次韵作品。宋代诗人叶茵《次台州巾子山任翻韵》言:“天留胜处占清凉,山挟波光薄我裳。看遍尘寰兴废事,竹阴千古一禅房。”③叶诗次韵任翻《宿巾子山禅寺》,“胜处”即巾山,“看遍尘寰兴废事”,也是承接任翻三诗的诗意,写人事兴废,而竹阴下的禅房却如不动心一般,看山青水涌,岿然无碍。清代洪宗翰《登翠微阁》次韵任翻三诗,第三首言:“杏花阁外为谁开,此地仙人去不回。只有布帆无恙在,年年犹带海潮来。”④仙人飞升而去,此地只剩巾山,潮水无情,年年如期而至,人事却代谢不断,往来已成古今,诗意亦与任翻诗相似。

其次是分题赋咏任翻《宿巾子山禅寺》,除朱熹四诗是这种形式外,清代项嗣吕亦有《咏巾子山以任翻先生诗首章分题四绝》,第一首咏“绝顶新秋生夜凉”言:“披萝拾级翠微颠,金井梧桐月半圆。银汉迢迢星错落,高峰拂槛露华鲜。”四句诗演绎“绝顶新秋生夜凉”一

①《全宋诗》,北京大学出版社,1998 年,第 34818 页。

②戴栩《浣川集》,《景印文渊阁四库全书》第 1176 册,台湾商务印书馆,1986 年,第 759 页。

③《全宋诗》,北京大学出版社,1998 年,第 38239 页。

④项士元纂,丁伋整理《巾子山志》,中国文史出版社,2005 年,第 119 页。

句，但任翻诗中的静寂被繁华富丽取代，少了绝顶的夜凉，多了一份人间天上的华美。第二首咏“鹤翻松露滴衣裳”言：“虬枝绝顶夜光寒，厌浥罗衣湿袂端。遗巾旧有仙人露，何必金茎掌上盘。”①诗中用典颇多，“遗巾”指传说皇华真人飞升时落帻于此，“金茎”指用来承接露盘的铜柱，但诗中将任翻句中最重要的“鹤”字抹去，实在是较大的遗憾。正因有“鹤”，才映照出山之幽深、人之高洁，项嗣吕诗虽是对任翻诗意的题咏，实际上已是抒发自我感受了。明王宗沐《读任翻初到巾峰寺诗分咏得四绝句》也是此类作品，如第二首咏“鹤翻松露滴衣裳”言：“皎洁衣裳月半轻，露寒华表梦初醒。胡群聊作松间唳，多少闲人引领听。”诗中有“松”有“鹤”有“月”，尾联言“多少闲人”，不言自己，实际上已把自身包含在内。最难得是一“闲”字，景闲淡人闲静。第三首咏“前村月照半江水”言：“不尽寒流落浅沙，倒悬飞塔影双斜。初铺月色江才半，一棹渔舟出荻花。”②巾山脚下即是灵江，寒流浅沙即写此，月下塔影倒映江面，月亮渐渐升起，尾联以景结，渔舟划破了江面的寂静，将“落”“飞”“铺”所营造而未发的生机直接显现出来。王宗沐的咏唱是对任翻诗意的书写，但又造就了新的空明境界。

第三种是对任翻诗语诗意的借鉴。宋代赵师秀《巾子山作》言：“城郭经寒近佛生，偶来高顶作山行。竹房冷落无僧在，独倚栏杆听晓莺。”③巾子山上有佛寺，故言“近佛生”，“竹房冷落无僧在”直承“竹房不见旧时僧”而来，但最后一句言“听晓莺”，转变了任翻诗中空寂的境界，“无僧在”的清冷被打破，而增添了生机。赵师秀为“四灵”之一，写诗崇尚晚唐贾岛、姚合，与任翻的诗歌风格本有相似之

①项士元纂，丁伋整理《巾子山志》，中国文史出版社，2005 年，第 19 页。
②项士元纂，丁伋整理《巾子山志》，中国文史出版社，2005 年，第 42 页。
③《全宋诗》，北京大学出版社，1998 年，第 33859 页。

处,《巾子山作》一诗也不失为佳作。宋代舒岳祥《戏述任翻诗句酬储梅癯见和之作》言:“我爱巾山去复回,城中平地起崔嵬。前村清景何人占,绝顶新凉几夜来。鹤起露翻松磴响,僧吟月上竹房开。任翻炼得清新字,想见斯人百念灰。”①舒诗中诗语多借鉴任翻三诗,几乎是将任翻三诗融合在一首诗中。尾联言“百念灰”,是对古今代谢的感慨。王宗沐《明庆寺》尾联言:“苦吟一去任松子,松鹤年年月自圆。”②任松子即任翻,苦吟为诗,松、鹤、月都是任翻诗中的意象,人已逝,月自圆。民国时期孙纶襄《巾峰寺小饮》之二言:“任翻三度后,胜事著巾峰。逸韵思玄鹤,高标仰古松。愁无泉洗耳,喜有酒浇胸。不觉留连久,虚堂动晚钟。”③任翻三登巾山,造就一段诗歌史上的佳话,成为后代吟咏巾山的语典,其诗中所言之松、鹤、月、僧,以及时间的流逝与人事的代谢也成为后代士人吟咏巾山时不断重复的意境。

结　语

临海是台州州治,浙东唐诗之路上的临海书写不仅包括杜甫的想象创作与任翻的巾山吟咏及回响,但杜甫对台州州治临海的书写影响甚大,任翻的巾山吟咏成为后世巾山咏唱的经典,所以文章主要选取这两个方面概述浙东唐诗之路上的临海书写。郑虔因安史之乱受伪职而被贬台州司户参军,杜甫与郑虔情谊深厚,对郑虔的被贬充满了同情与不舍,有着自伤其类的感慨,所以在多首有关郑虔的诗歌中涉及临海书写。由于杜甫感于郑虔临老陷贼,又被贬东南海隅,因

①《全宋诗》,北京大学出版社,1998 年,第 40980 页。
②项士元纂,丁伋整理《巾子山志》,中国文史出版社,2005 年,第 42 页。
③项士元纂,丁伋整理《巾子山志》,中国文史出版社,2005 年,第 49 页。

而不自觉地夸大了台州的恶劣环境与郑虔的凄凉处境。杜甫壮年时期的浙东漫游是一生的回忆,浙东的游历是他晚年心心念念的经历,他无疑对浙东有着深厚的感情。但他的临海书写则多是来源于想象与《天台山赋》的文本阅读体验,并非实际。“台州地阔海冥冥,云水长和岛屿青”,本身是对台州恶劣环境的想象书写,但在后代诗人的语境中也成为台州的胜境之一,这正是文本产生之后在不断流转中发生转变的状况。

任翻是晚唐诗人,苦吟为诗,史载其为江东人,曾三登巾子山,写有三诗,三首诗一脉相承,写时间的流转、人事的代谢,诗语清新自然,读来令人产生无穷的感叹,因而成为后代诗人吟咏巾山的经典,不断被借鉴模仿。朱熹曾任浙东常平茶盐公事,传亦有四诗分咏任翻诗境。具体来说,后代诗人对任翻三诗的借鉴主要包括三个方面,首先是次韵书写,其次是分题咏唱,第三是对任翻诗语与诗境的借鉴。按照诗歌创作的类型可以分为这三个部分,实际所有的回响创作都有诗语或诗境的借鉴。又,巾山上有“翠微阁”“三至阁”与“半江亭”,亦是取任翻诗中语。任翻的巾山吟咏,是巾山之盛事,是后代诗人书写巾山难以回避的经典。

临海作为台州州治,在浙东唐诗之路上有着较为重要的枢纽地位,杜甫的吟咏与任翻的题唱不仅本身具有较高的成就,且都在诗歌史上留下了持续的影响与回响,值得我们的关注。

（作者单位:台州学院。文章原刊《台州学院学报》
2020 年第 1 期,修改后收入本论文集）

诗路问题考辨与析疑

为何台温诗路唐音稀?

胡正武

综览浙东唐诗之路全局诗人诗作的分布情况,可以清楚地看到它的疏密浓淡、高低起伏,反映当时诗人游踪的真实性与区域因素对诗人吸引力的大小。但在看似真实的表象下,其实也存在例外的情况。这就是本文所要论述的话题:为何台州到温州段唐朝诗人诗作竟会出现断崖式下降?究竟是什么原因导致出现这种趋势?它对浙东唐诗之路台温段诗人诗作的存续有何影响?

我在阅读唐朝诗人所作浙东唐诗之路诗歌时,发现从越州钱塘江南岸萧山起,到台州天台山之南台州州城临海为止(大致以灵江为界),诗人众多,诗作密集,名家巨子,身影络绎,行踪复迭。但从临海以下水陆两路:走灵江水路从临海到台州湾,再南游到永嘉(郡名,含永嘉县,然非止永嘉县,相当于今温州);走陆路从灵江三江口经黄岩(含今温岭)、乐成(今乐清)到永嘉的诗歌极其罕见,可以说出现"断崖式下降",写作此段行旅诗歌者只有孟浩然、张子容①、李白、魏万、顾况等极少数人,而且其诗多概括笼统,即使写到此段行程,也往往语焉不详,远没有像写天台山、天姥山、剡溪、耶溪、云门、镜湖那样明

①张子容是被贬官到乐成任县尉,其上任之路线较大可能是从婺州、处州到温州,故虽作有浙东诗路之诗,而未必经过台温线,更未必经历台温海航线。以此逸出本文讨论范围,故不展开。

细具体。职此之故，向来有关研究浙东诗路、诗人行迹多少有些迷茫，留下不少空白，甚至于误读误解之处。

作为浙东唐诗之路样本和典范路线，唐朝诗人从中原远行南游越州到天台之后，继续前游者就从天台南下，向台州州城临海，可以很方便地乘坐长船（一种适合台州、温州、处州以及金衢诸地溪江的木帆船）沿始丰溪——灵江（唐朝还可能叫作临海江）顺流而下，到达临海，再沿江而抵达临海黄岩交界的三江口（是灵江、澄江、椒江交汇处），面临选择的分歧点：一是继续"泛舟行"，顺流而下到达章安（今椒江区章安街道）、海门（今台州市椒江区），换乘海船，沿海边航道南向温州，到瓯江（当时还叫作永嘉江）登岸；一是登岸走陆路，沿如今黄岩——温岭——乐成——永嘉（温州治）而游永嘉山水。这条路线便是此后鉴真和尚第四次规划东渡日本时设定的路线，只是他行至黄岩禅林寺（今台州市路桥区香严寺），就被官府派人追踪寻找抓回去了①。就两条路线比较而言，前者江行路段较平稳安全而舒适，海行路段则风浪颠簸乃至有较大风险，这从日本真人元开《唐大和上东征传》中所载大和上鉴真第四次东渡日本时，船行遇浪而破：

①鉴真前三次东渡不成，感于日本僧人荣睿、普照等苦志坚请，"乃遣僧法进及二近事，将轻货往福州买船，具办粮用。大和上率诸门徒祥彦、荣睿、普照、思托等三十余人，辞礼育王塔"，至台州宁海县，入唐兴县国清寺，大和上巡礼圣迹，出始丰县，入临海县，遂至黄岩县，"便取永嘉郡路，到禅林寺宿。明朝早食，发，欲向温州。忽有采访使牒来追"，原来是其弟子灵佑告发，江东道采访使下牒诸州，寻踪至禅林寺，捉得大和上，差使押送，防护十重围绕，送至采访使所。第四次东渡半途而废。时在天宝三载（744）。见李尚全《鉴真大和上评传》附录《唐大和上东征传》，社会科学文献出版社，2012年，第244页。唐兴县是安史之乱后才改，此时当作始丰县，吴平等《鉴真年谱》作"入始丰县，日暮至国清寺"，见第138页。又《鉴真年谱》引朱江《鉴真和尚东渡所经州县地名考释》称鉴真一行返回扬州所经行的路线，应当是从当时的驿路而返，即由黄岩、临海、唐兴县经越州、杭州、湖州、苏州、常州、润州，回到扬州。朱文刊于《扬州师院学报》1963年第17期。见《年谱》第141页。

“冬寒，风急，甚太辛苦”①；船行到长江口和舟山群岛海面时，两度被海浪礁石撞破落水，幸而游到荒岛上被人搭救生还，就是鲜活事例，且其生活时间（688—763）与李白（701—761）大致同时，又都来自钱塘江以北，他来浙东的行踪可以构成有力而有趣的对照。但沿东海边航线再向南段，即台温段，当时已经不是很危险的路线，至少没有鉴真从长江口到舟山段那么危险。我们从李白《送王屋山人魏万还王屋》诗中可以看得很清楚，唐朝诗人魏万经行台温段海上诗路是以“泛舟行”为乐事：“眷然思永嘉，不惮海路赊。挂席历海峤，回瞻赤城霞。赤城渐微没，孤屿前峣兀。水续万古流，亭空千霜月。”②魏万《酬翰林谪仙子》诗云：“雪上天台山，春逢翰林伯。”③可见魏万从天台山走水路到永嘉，灼然可辨。由此联想到同样从台州到永嘉访问少年同窗好友张子容（当时担任乐城县尉之职）的孟浩然，他选择的也是走水路：“卧闻海潮至，起视江月斜。借问同舟客，何时到永嘉？”（《宿永嘉江寄山阴崔少府国辅》）④这是乘船初到永嘉江口尚未上岸更未见到好友张子容时的诗作，诗人那种难以止遏的迫切心情跃然纸上：“云海泛瓯闽，风潮泊岛滨。何知岁除夜，得见故乡亲。”（《除夜乐城逢张少府作》）⑤这是大年三十晚上到达乐城县衙，见到分别多年的好友，心情大慰之作。而且回程也是从原路返回，《永嘉别张子容》：“旧国余归楚，新年子北征。挂帆愁海路，分手恋朋情。日夜故园意，汀洲春草生。何时一杯酒，重与季鹰倾？”⑥这些诗人诗作对

①［日］真人元开著，汪向荣校注《唐大和上东征传》，中华书局，2000年，第51页。
②李白著，王琦注《李太白全集》卷一六，中华书局，1977年，第755页。
③《李太白全集》卷一六，第761页。
④孟浩然著，佟培基笺注《孟浩然诗集笺注》卷上，上海古籍出版社，2000年，第129页。
⑤《孟浩然诗集笺注》卷中，第212页。
⑥《孟浩然诗集笺注》卷中，第256页。

从临海到永嘉沿海边航线都写得概括含蓄,令人有些将信将疑,因此我们还可以参考高僧鉴真东渡日本,他也是从东海边沿海南下台州,打着到天台山“送功德”的旗号前行,其航行路线可以作为很好的参照,其随从也是鉴真的弟子道航说:“今送功德往天台山国清寺,陆行过岭辛苦,造舟从海路去耳。”①可见当时的客籍著名诗人偏向于选择水路到达永嘉,是没有问题的。而本土人士则多陆行,如宋朝乐清人王十朋《送表叔贾元范赴省试》序:“贾公西赴大试,乡人于其行也,咸祝之曰:‘公昔不远千里,徒步京师,游太学,战艺术之场,登贤能之书矣,不幸见黜于礼部。今日之行,焚舟之举也。’”②王十朋又有《乙丑冬罢会呈诸友》《江上遇风》《宿黄岩妙智院》《过黄岩》《宿庆善寺》《过天台》《过新昌》《观石佛》《戴溪亭》《曹娥庙》《宿驿奥》《题灵峰三绝》《出雁山》《关岭遇雪》《过鉴湖》《月夜独酌》《太学寄梦龄昌龄弟》《丁卯秋赴鹿鸣宴次太守赵殿撰韵》《赴省治装有感》《再过雁山三绝》等诗③,原来是王十朋从家乡乐清经相邻的黄岩县赴杭州参加省试的一路纪实之作,其中庆善寺“在(黄岩)县东南五十步,旧名安宁,晋永和二年建”④。可为一佐证。又,黄岩妙智院在黄岩县城南三十里⑤,在今路桥区辖内,正好处于温岭泽国到路桥中间,是历史上台温官道驿站,旅客投宿之所,传说王羲之赴永嘉时即投宿于此“涤砚”,故院中留有王羲之墨池⑥。陆路安全性当然高得多,但要翻山越岭,远不及水路舒适。台州州城临海“东至海一百八

①[日]真人元开著,汪向荣校注《唐大和上东征传》,第45页。

②王十朋《王十朋全集》卷二,上海古籍出版社,2012年,第17页。

③俱见《王十朋全集》卷三,第41—46页。

④台州市黄岩区方志办《万历黄岩县志》(标注本)卷七《外志·丛祠》,中国文史出版社,2012年,第247页。

⑤陈耆卿《嘉定赤城志》卷二八,上海古籍出版社,2016年,下册第851页。

⑥《万历黄岩县志》卷之七《古迹》,第243页。

十里……南至温州府乐清县界一百十里”[①]。台州与温州相邻的太平县(今温岭市)："东至海四十里，西至温州府乐清县界三十五里，南至海三十三里……东南至海五十里，西南至海七十里。"[②]尤其是温岭与乐清之间有"温岭在太平县西十里，一名中峤山，亦名峤岭。有东西两峰，东大西小，俗名大岭小岭"[③]，峤岭即温峤，即历史上的临海峤。还有一座大岭"湖雾岭，在太平县西北三十三里，屹立湖侧，西通雁荡，北接唐岭，常有海气升腾如雾，因名。路出乐清县"[④]。此路当时亦非险恶之途，早在刘宋时就成为官道，由谢灵运率领家丁开辟而成。唐朝鉴真和尚去日本时，即从天台县(当时叫始丰县)到临海县再到黄岩县，前往永嘉的："和上巡礼圣迹，出始丰县，入临海县，导于白峰寻江，遂至黄岩县，便取永嘉郡路，到禅林寺宿。"[⑤]在禅林寺被江东道采访使派人"寻踪至禅林寺，捉得大和上，差使押送，防护十重围绕，送至采访使所"[⑥]。禅林寺在黄岩县南四十里，建于唐开元元年(713)，宋朝祥符四年(1011)改名"香严寺"[⑦]，正处于黄岩到乐清的官道上，与上述王十朋所过的妙智寺相距十里。另一位温州平阳诗人林景熙从故乡到越州、杭州也是走陆路，像《宿台州城外》："荒驿丹丘路，秋高酒易醒。霜增孤月白，江截乱峰青。旅雁如曾识，哀猿不可听。到家追此夕，三十五邮亭。"以前因为此段路途所留诗人诗作甚少，影响微茫，极少为学者所注意，乃至被忽视，像孟浩然、

①《大清一统志》卷二二九《台州府》，《四库全书》第479册，上海古籍出版社，1985年，第268页。

②《大清一统志》卷二二九《台州府》，第270页。

③《大清一统志》卷二二九《台州府》，第275页。

④《大清一统志》卷二二九《台州府》，第275—276页。

⑤《唐大和上东征传》，第60页。寻江疑灵江之讹，因临海到黄岩唯有一条灵江。

⑥《唐大和上东征传》，第60页。

⑦《万历黄岩县志》卷七，第245页。

魏万等诗人南游都走水路(海路),就更易掩盖从此路取道往游永嘉的实际存在。而在当时就诗人的意愿来说,自然会首选水路出行,既舒适省力,又可一路观光,引发诗兴。对此,孟浩然就是一个有代表性的诗人,孟浩然《早发渔浦潭》:"舟行自无闷,况值晴景豁。"①《经七里滩》:"为多山水乐,频作泛舟行。"②便是其内心写照。这恐怕也是当时诗人有条件走水路者共同的心声。

以我的解读,造成这种"断崖式下降"的因素主要有两大方面:即自然条件的限制和人为事件的影响。下面分别简述:

一、自然条件的限制

浙东的山水从交通的角度来说难得好评,向来以险恶著称,与太行、孟门齐名,称为"天下至险",见诸唐人材料。若从观光旅游的角度看,又是另一种印象,就如"蜀道之难,难于上青天,"却是旅游的绝好资源。浙东台温段的自然条件也有几分类似。它的交通路径有二:一是水路,从台州州城临海沿灵江东下,出台州湾沿海边航道到永嘉江(今称瓯江)登陆温州州城;二是陆路,从临海沿灵江到三江口登陆黄岩,沿官驿向乐成(今乐清)、永嘉县方向到达温州州城。两条线路各有特点。就唐朝史实看,确实是这一段线路的特殊性形成了浙东诗路的断崖式下降。这种特殊的条件加之唐朝来浙东诗路的诗人的特点,可以看到:

(一)唐朝来游浙东的诗人多是客籍

现在研究浙东唐诗之路的成果之一便是将唐朝诗人当中写到过

①《孟浩然诗集笺注》卷上,第1页。又见《全唐诗》卷一五九,第372页。
②《孟浩然诗集笺注》卷中,第215页。

或亲身到过浙东的传世诗文收集得较有成绩，有好多位研究者已经出版了此类选本，甚至冠以“总集”之名等等。据此，大致上可以看到唐朝诗人来到浙东以及写到浙东的轮廓。可以对这一诗人群体的地域分布作一归类：因为唐朝浙东本土诗人数量很少，以越州为例，最有名者为贺知章，其他有贺朝、万齐融、徐浩、严维、崔国辅等，或行辈相近，或时代不远，然总体上为数不多；越州之外，诗人亦鲜见高标特立者，如台州项斯、罗虬、孙郃等，为数寥寥，屈指可数；婺州则有骆宾王、贯休两位，算是唐朝诗人中较为出色的了。由此可知浙东唐诗之路上的诗作主体是客籍人士，而且绝大多数来自于钱塘江以北地域，像新昌。竺岳兵先生统计上述两部分诗人的数量是 451 人，1500 多首诗作；天台安祖潮先生统计天台山唐诗 1362 首，诗人 312 家，详见其《天台山唐诗总集》余云安序及前言等①。此处姑且不论其选择标准是否得当与可靠，可知这些诗作绝大多数都是客籍诗人所为。这些客籍诗人能够到达交通十分不便的浙东，都有一个共同特点，就是家境较为殷实，足以支付其游历所需的盘缠。不必说消费水平最高的李白，即使孟浩然、王屋山人魏万等都是这一类型。其他诗人也可一斑窥豹，此不展开。

（二）客籍诗人体验航海冲动高

上文述及客籍诗人多是从钱塘江以北地域而来，对浙东的山水风光和人文胜迹“久闻大名”，即早在私塾、书院或者县学、州（郡、府）学中读书时，即已经通过《文选》熟读孙绰《游天台山赋》和谢灵运《山居赋》等作品而熟悉浙东，尤其是这座号称“海上仙山”的天台山，更是令人为之神往。此外，道教神话传说中的海上三仙山——方丈、蓬莱、瀛洲，唐朝以前有关正史中还有倭奴、朝鲜、琉球（流求）、夷

---

①安祖潮《天台山唐诗总集》上册，浙江古籍出版社，2018 年。

州等殊方异域地理记载,都进一步凝聚成众多的未知待解之谜,引发诗人的想象与联想。浙东沿海的航线自然充满魅力,对于这些以往只闻其名、未见大海之“面”的诗人来说,更是充满无限神奇,不到东海满足不了他们的好奇心。李白诗中说“空持钓鳌心”①,而台州临海就很容易出海,他们真想亲眼目睹“涉海则有方丈蓬莱”的仙境,体验藏有仙境三仙山的大海的魅力,他们怎么抵挡得住这样的诱惑呢?这与浙东沿海本土诗人有所不同,也是后者不可比拟的迫切好奇心情。孟浩然《渡浙江问舟中人》:“时时引领望天末,何处青山是越中?”②《宿永嘉江寄山阴崔少府国辅》:“借问同舟客,何时到永嘉?”③我们都明显感觉到诗人那种热切盼望的心情。现在当他们面临既可走一条慕名已久而到达访问老友的目的地,又可乘便一遂夙愿,亲身体验有传说中三仙山的大海味道的路,自然是何乐而不为的事情。因为唐朝浙东台州、温州本土诗人很少,找不到温州诗人从温台沿海往返的诗作,也未找到其他文体中有关的记载,而到宋朝则找到明确的温州诗人如王十朋、林景熙等从陆路来往温台之间的诗作。这应当符合“贵远贱近”的普遍心理,也应当是人的普遍的旅游心理。

(三)客籍诗人雇得起海船

浙东本土诗人少,即使到宋朝,浙东本土诗人群体逐渐形成,仍然以陆路来往于台温之间,这大致可以反映本土诗人并不热衷于选择海边航线,原因大致有二:一是较之陆路存在较高危险性,不如陆路安全平稳;二是乘坐海船往返需要昂贵得多的费用,而浙东本土诗人一般付不起如此高昂的费用。以明朝人文地理学家王士性的观点

①《李太白全集》卷二〇,第929页。
②《孟浩然诗集笺注》卷中,第219页。
③《孟浩然诗集笺注》卷上,第129页。

来说，浙东的台温属于“山海之民”，由于土地贫瘠而不甚富，又由于有海可渔而不甚贫。总之是土地稀缺，积累不了多少财富，与内地土地广阔之处可以出现富家大族者形成明显反差。由此反证外来诗人游历浙东台温段选择从海上走，就是身上不缺盘缠，完全付得起这笔费用；另外也有喜欢猎奇的旅游心理的影响，还有怕翻山越岭过于劳累辛苦的心理作用。这其中为其三千里追星者王屋山人魏万的赤诚追逐所深深感动的李白，作《送王屋山人魏万还王屋》长诗，算得上是李白送人的最长的一首名作，诗中将魏万从嵩宋（今登封、商丘）到浙东，又乘兴游览浙东一圈后返回钱塘江以北，到广陵（今扬州）终于追上李白，相见甚欢，偕游金陵（今南京）的过程作了详细的叙述与描绘，有的文学史家解读为此诗是魏万的三千里追星并乘兴游浙东，激发起李白回忆当年自己游踪的豪迈情感，故能如此详尽地描绘魏万的行踪。不仅李白自己写得如此详尽，非有亲身经历者难以落笔，而且还有其同时代诗人任华的追星与旁证，可以推测李白游览浙东婺州（今金华）诗路。任华《寄李白》：“平生傲岸，其志不可测，数十年为客，未尝一日低颜色。八咏楼中坦腹眠，五侯门下无心忆。繁花越台上，细柳吴宫侧。绿水青山知有君，白云明月偏相识。”①《全唐诗》诗人小传：“任华，李杜同时人，初为桂州刺史参佐。”②八咏楼是金华城里最有名的人文胜迹，可见魏万之所经行，殆遍于浙东诸州（唯未到衢州）。

话说至此，可能有人会问：照上述意思来说，有一位出身于钱塘江以北，又有盘缠，又亲身游历台温两地的诗人顾况，他为何没有选择走海路，乘海船到永嘉？这是一个十分恰当的比较案例。顾况本是浙西苏州海盐（今隶浙江嘉兴海盐县）人，其家乡在海盐横山禅寂

①《李太白全集》卷三二，第1492页。

②《全唐诗》卷二六一，第651页。

寺旁(此地今属海宁),当时亦属滨海之地,顾况从小对大海应当较之内地诗人有所了解;安史之乱中肃宗至德二载(757)参加唐政府在苏州举行的科举考试,得中进士,随后进入仕途,成为朝廷官吏之一员,当他面临岗位选择时,他选择了地处僻远的台州临海新亭监(即为"韩晋公节度判官"),就是征集、管理盐民晒的海盐,由朝廷集中管理,国家专营,征收盐税,以支付朝廷镇压安史叛乱的浩大费用,所以成为国家极其重要的行业。别人不理解他为什么会选择这样偏僻的地方,顾况说"吾欲貌(即描绘之描)海中山耳",为职半年,然后作画"落笔有奇趣"①。事实上顾况随后调到温州当盐监,继续从事征收盐税的工作,在台州期间写下《从剡溪到赤城》《江村乱后》《临海所居》三首,如:"此去灵溪不是遥,楼中望见赤城标。不知叠嶂重霞里,更有何人度石桥?"②温州期间写下《永嘉》"东瓯传旧俗,风日江边好。何处乐神声,夷歌出烟岛?"③以及散文《仙游记》,赋《莽墟赋》等。顾况的出身及其入仕后从事的职业,都显示他对海洋和海边航道的情况很熟悉,因此顾况诗中没有从临海到永嘉走海路的诗歌,虽然不能排除走海路的可能,但更可能的是顾况深知走海路的风险,就未从海路走,而是从陆路到永嘉,这也可以提供一个很好的旁证。

(四)为何走海路到永嘉作诗少而简略

其中最大的原因是这些诗人都是内地人,属于"旱鸭子",不习水性,尤其是不适应海路行船的颠簸,一遇风浪就惊慌失措,六神无主,一到海上就昏天黑地,吐得个七荤八素,半死不活了,哪里还有心情

①清《佩文斋书画谱》卷四七:"顾况尝攻小笔,求知新亭监。人诘之,曰:'余要貌海中山耳。'仍辟画省王默为副。任职半年,落笔有奇趣。"《四库全书》卷四七,第24页。"画省"疑为"画者"之误。

②《全唐诗》卷二六七,第664页。

③《全唐诗》卷二六七,第663页。

顾得了风景与过程？等到被船老大叫醒登岸，或者被抬上岸，整个行程已经结束。这时候“骚人”心里又是庆幸又是懊恼，庆幸的是自己还没有喂鱼，懊恼的是自己的表现实在不好意思写出来给人看，再说也不知道一路上是怎么到的永嘉，又怎么写？写什么？写一上船就头晕，就恶心、呕吐？都不宜啊。所以就出现了要么省略过程，不写，像魏万《酬翰林谪仙子》“五两挂淮月，扁舟随海风。南游吴、越遍，高揖二千石。雪上天台山，春逢翰林伯”①；要么只好事后写点笼统概略之言，如孟浩然《岁暮海上作》“仲尼既云殁，余亦浮于海。昏见斗柄回，方知岁星改”②，《宿永嘉江寄山阴崔少府国辅》“我行穷水国，君使入京华。相去日千里，孤帆天一涯。卧闻海潮至，起视江月斜。借问同舟客，何时到永嘉？”③《永嘉别张子容》“挂帆愁海路，分手恋朋情”④，《永嘉上浦馆逢张八子容》“廨宇邻鲛室，人烟接岛夷”⑤等。要么发挥想象，写点悬拟凌空之言，如李白《送王屋山人魏万还王屋》“眷然思永嘉，不惮海路赊。挂席历海峤，回瞻赤城霞。赤城渐微没，孤屿前峣兀。水续万古流，亭空千霜月”⑥。总之是其过程，海景如何实在无法写。

二、人为因素的影响

台温段诗路出现断崖式下降的另一重要因素是人为的，而且是

①《李太白全集》卷一六，第 761 页。

②《孟浩然诗集笺注》卷中，第 193 页。

③《孟浩然诗集笺注》卷上，第 129 页。

④《孟浩然诗集笺注》卷中，第 256 页。

⑤《全唐诗》卷一五〇，第 352 页。《孟浩然诗集笺注》卷中题作《永嘉上浦馆送张子容》，第 195 页。

⑥《李太白全集》卷一六，第 755 页。

造成孟、魏之后鲜见诗人续行台温海路的重要根源。这就是浙东诗路一带多次发生动乱事件,阻断诗路,诗人唯恐不及逃之夭夭,哪里还有心思冒着生命危险逍遥林泉高致呢?

(一)浙东海贼劫掠之祸

浙东沿海岛屿众多,自古以来是海贼从事杀人越货勾当、逃避惩罚的天然藏身之所。我们如果了解唐朝盛世就有海贼横行于浙东沿海,不禁从心底里产生对这几位决定选择水路赴温州诗人的崇敬之情。据《唐大和上东征传》载在鉴真和尚打着往天台山供养众僧的旗号、取道浙东沿海航道赴台州时,“当时海贼大动繁多,台州、温州、明州海边,并被其害。海路塞,公私断行”①。这种情况下鉴真和上还决定要到日本去,是冒着很大风险的,有一种“明知山有虎,偏向虎山行”的精神。从此路上选择水路(海路)的诗人何尝不是如此?若是把眼光往后观照,那么元朝方国珍赵义、明朝的倭寇之祸、清朝的浙东海盗(绿壳)之所以如此猖獗,都是因为有沿海岛屿提供基地立足。由此观之,浙东诗路台温段之所以出现这种“断崖式下降”,实在是诗人不得已啊,他们冒着风险过,有时是冒着风险也过不了,即使过了也要为性命操心,还怎么游山玩水,怎么作诗?

从盛唐到中唐有记载诗歌写到过台温段诗路者就是上述孟浩然、张子容、李白、魏万、顾况等人,当然其他诗人还有一些,但知名者就这么几位。除了张子容和顾况未从台州乘海船赴温州,其他孟、魏都是选择水路航行到温州。那么是否此后诗人就不走了呢?当然不是,从台州到温州有官驿,官员往返、上任卸任、入京上计等等都要行走,但之后现有史料记载中再也没有有名的诗人步其海路后尘,却是

①《唐大和上东征传》,第43页。汪向荣注以为当指吴令光抄掠台州、明州一带之事。

事实。即以吉光片羽吟咏雁荡山的著名诗僧贯休和尚“雁荡经行云漠漠，龙湫宴坐雨蒙蒙”①也是如此。贯休偏偏是钦慕谢灵运的逍遥山水而到达永嘉者，有其《常思谢康乐》诗为证：“常思谢康乐，文章有神力。是何清风清？凛然似相识。一种为顽嚚，得作翻经石。一种为枯槁，得作登山屐。永嘉为郡后，山水添鲜碧。何当学羽翰，一去观遗迹。”②他正是向往谢康乐在永嘉太守任上遍游山水，发为歌诗，风传京城，为山水增光添彩，永留高名，恨不得身生羽翼，飞到永嘉去观赏谢康乐遗留的踪迹。即使如此，也难以找出乘海船到温州之根据，实际上贯休修禅于诸暨五泄、受具足戒于洪州（今南昌）开元寺，到永嘉均无需走海路。但总不至于大家都不经过台州到温州吧？

（二）袁晁聚众暴动之害

以常理而论，唐朝诗人之所以游历天台山之后继续南行入永嘉，大都是因为追踪我国山水诗鼻祖谢灵运，追踪谢诗中所吟山水风光，兼追人文胜迹，如李白《送王屋山人魏万还王屋》诗中“路创李北海，岩开谢康乐”③，即其例。谢康乐当年由始宁（古县名，治今嵊州三界，谢灵运有始宁墅在此）经临海赴永嘉上任时，是一路开山搭桥前行的，到达临海城下时，临海太守王琇以为山贼而如临大敌，后查明是谢灵运到永嘉上任，才放下心来④，留下一个开辟浙东官驿的史实。可见这条官员上任所行之路，是从谢灵运赴永嘉任太守时开拓出来，后来是官员上任、商贸往来的大路，是刘宋以降官驿的基础。到唐朝仍如晋宋，温州最有名的山水景区雁荡山尚未为人所知。唐

①《全唐诗》卷八三七，第 2050 页。

②《全唐诗》卷八二六，第 2024 页。

③《李太白全集》卷一六，第 755 页。

④沈约《宋书》卷六七《谢灵运传》，上海古籍出版社、上海书店，1982 年，第 202—203 页。

诗人追星追到永嘉,或走陆路,翻山越岭,步谢康乐之芳躅,但较辛苦劳累;或择水路(海边航道),无需辛苦(但要经受上文所述的种种磨难,终也受苦)。尤其是孟浩然、魏万等人的经行之后,尝够了乘坐海船的滋味,虽不好意思写在诗里,但在实际生活的交际中,则有较大的可能向别人说明海行的真相实情,这一消息传开去,其他的“旱鸭子”诗人便闻而变色,裹足不前,只得望洋兴叹了。但造成更大后果、产生更加深远影响的是袁晁“起义”事件。

在安史之乱之后,浙东台州也暴发了一次规模不小的“袁晁起义”,据《旧唐书·代宗纪》载:“宝应元年(762)八月……台州贼袁晁陷台州,连陷浙东州县。”“宝应二年三月……丁未,袁傪破袁晁之众于浙东……(四月)庚辰,河南副元帅李光弼奏生擒袁晁,浙东州县尽平。”①宝应元年袁晁攻陷台州之时,即李白去世之年。宝应二年即广德元年(763),到李光弼向朝廷报告生擒袁晁,为时九个月。但其余部仍残存到广德二年,兹特征引《太平广记》卷三九《慈心仙人》条:

> 唐广德二年,临海县贼袁晁寇永嘉。其船遇风,东漂数千里,遥望一山青翠,森然有城壁,五色照曜。回舵就泊,见精舍,琉璃为瓦,玳瑁为墙。既入房廊,寂不见人。房中唯有胡猣子二十余枚,器物悉是黄金,无诸杂类。又有衾茵,亦甚炳焕,多是异蜀重锦。又有金城一所,余碎金成堆,不可胜数。贼等观不见人,乃竟取物。忽见妇人,从金城出,可长六尺,身衣锦绣,上服紫绡裙。谓贼曰:“汝非袁晁党耶,何得至此?此器物须尔,何与辄敢取之?向见猣子,汝谓此为狗乎?非也。是龙耳。汝等所将之物,吾诚不惜,但恐诸龙蓄怒,前引汝船,死在须臾耳。宜速

①刘昫等《旧唐书》卷一一,第39页。

> 还之。”贼等列拜，各送物归本处。因问：“此是何处？”妇人曰：“此是镜湖山慈湖仙人修道处。汝等无故与袁晁作贼，不出十日，当有大祸，宜深慎之。”贼党因乞便风还海岸，妇人回头处分，寻而风起，群贼拜别，因便扬帆，数日至临海，船上沙涂，不得下，为官军格死，唯妇人六七人获存。浙东押衙谢诠之配得一婢，名曲叶，亲说其事。①

袁晁聚集的农军达到二十万人之众，《旧唐书》卷一五二《王栖曜》：“广德中，草贼袁晁起乱台州，连结郡县，积众二十万，尽有浙江之地。”②其势力席卷浙东，兵锋抵达信州（今江西上饶），加以浙东沿海之人习于舟楫，故部分袁晁“水军”漂泊海上，一直到广德二年（764）还在干剽掠的营生，而因慈心仙人之劝说返回临海，船只搁浅，终于全部被官军格杀。经此暴乱，水陆两路，浙东诗路诗人游历行程全部破坏，原来想游此路的诗人各自作鸟兽散，社会秩序大乱，民生涂炭，事后在浙东台州临海任盐监的诗人顾况目睹这场大乱造成的深远影响：“此是昔年征战处，曾经永日绝人行。千家寂寂对流水，唯有汀洲春草生。”③（《临海所居》三首之一）便是乱后社会状况的写照。顾况到温州后还记录到温州人李庭等于大历六年（771）入山斫树迷路，误入一处与世隔绝的村落，其中人还在问“袁晁贼平未？”④可见这些村民都是当年像《桃花源记》中“避秦”的村民一般逃避袁晁暴乱的。综上所述，不难推知经袁晁起事之后，浙东唐诗之路台温段便顿告断绝，无论海路陆路，都不再有诗人寻幽访胜，吟风弄月。

①李昉等编《太平广记》卷三九，上海古籍出版社，1990 年，第 204 页。

②刘昫等《旧唐书》卷一五二，第 491 页。

③顾况《临海所居》三首之一，《全唐诗》卷二六七，第 664 页。

④顾况《游仙记》，载宋王象之《舆地碑记目》卷一《温州碑记》，《全唐文》卷五二九，第 2378 页。

从这里可以看到,自盛唐诗人取道台温沿海航线从临海到永嘉,嗣后即"遂无问津者"的重要原因。其后果真是难以估量。

同时,也应该看到,随着官军剿灭袁晁,暴乱平息,社会秩序逐渐恢复,国家治理职能重新正常化,与诗路有关的诗人来往并没有断绝。像前文所及顾况从台州临海新亭监调到温州盐监,还有诗歌留传下来;又如诗僧贯休慕名往游永嘉,不仅"常思谢康乐",还"常思李太白",应当都是在永嘉时所作。

(三)裘甫暴动之祸

除了台州暴发如此较大规模的袁晁暴动外,晚唐宣宗大中十三年(859)十二月到翌年六月,在越州剡县境内还暴发了一次较大的裘甫暴动事件,裘甫农军占领象山县,击败官军,建立"罗平"政权,一度发展到三万众,占领浙东多个州县,形成较大声势。唐朝廷派出大将王式率部前来镇压,事情虽然较快被平息下去,但是这类事件所掀起的社会波澜,并不会很快复原,需要时间平复创伤。实际上后来形成更大声势的黄巢起义,并最终推翻李唐王朝的统治,可见裘甫暴动所引发的后果。这对于浙东唐诗之路来说,都是足以破坏诗路的延续的事件。

如上所述,谨作如下小结:

唐朝浙东唐诗之路台温段诗人诗作与临海以北相比,出现"断崖式"下降,与此段地理条件较为恶劣、交通不便有紧密关联;与安史之乱后出现"袁晁起义""裘甫暴动"造成社会大动荡、秩序大动乱、生产大破坏有紧密关联。只有盛唐时期数位有坚韧意志、有强烈向往、有强力支持的诗人选择海路到达永嘉,并有李白"粉丝"魏万等人继续沿瓯江(永嘉江)上溯,沿金华江顺流下游,经富春江到达钱塘江重返北方,为浙东唐诗之路形成完整的路线导夫先路,为连接两浙唐诗之路开了范例。这些是开拓浙东唐诗之路和两浙诗路文旅融合线路的经典，值得重视保护、研究和合理开发利用。同时，也为进一步研究开发浙东文化对外交流，探索浙东海上唐诗之路作了可贵的探索，为建设新时期浙东海上诗路作了铺垫。

（作者单位：台州学院）

东山何处

俞志慧

东山，在汉语中是一个很有表现力的词，与南山、泰山、北斗、桃源等一样有着深厚的内涵，并且有着丰富的语义层次，由此而衍生出“东山之志”“高卧东山”“厉操东山”等成语典故，特别是成语“东山再起”，因为谢安的传奇人生，成为了感召和引领许多士人的寓言和愿景，也因而家喻户晓。但是，关于东山的地理位置目前学界仍有不同意见，特别是“东山”细微的语义层次也存在着被遮蔽的现象，本文尝试通过呈现历时性文献的方式来揭示围绕着“东山”的若干词语和典故的语义层次。

一、谢安“东山”非一

成语“东山再起”之东山，目前所指为上虞市上浦镇境内的一座山丘，南距上虞城区约13千米，东晋名士谢安出仕前曾长期隐居此山，出山后大济天下，《现代汉语词典》是这样解释的：“东晋谢安退职后在东山做隐士，后来又出任要职。比喻失势之后，重新恢复地位。”而关于“东山”的地理位置，1989年版《辞海》解释得更具体：“东晋时，谢安尝辞官隐居会稽东山，后来又出山做了大官。见《晋书·谢安传》。后因称失势后复起为‘东山再起’。”在这里，谢安(320—385)隐居的东山，明确指向了会稽。两种工具书的解释虽然未必是学术界的权威观点，但与公众的认知相契合，有着广泛的代表性。细究起来，这种认知其实存在着某种偏差，今试为之说。

前述理解大抵基于《世说新语》与《晋书》的相关记载，譬如《世说新语》云：

1. 谢太傅盘桓东山时，与孙兴公诸人泛海戏。风起浪涌，孙、王诸人色并遽，便唱使还。太傅神情方王，吟啸不言。舟人以公貌闲意说，犹去不止。既风转急，浪猛，诸人皆喧动不坐。公徐云："如此将无归？"众人即承响而回。（《雅量》）①

2. 谢公作宣武司马，属门生数十人于田曹中郎赵悦子。悦子以告宣武，宣武云："且为用半。"赵俄而悉用之，曰："昔安石在东山，搢绅敦逼，恐不豫人事。况今自乡选，反违之邪？"（《赏誉》）②

3. 谢公在东山，朝命屡降而不动。后出为桓宣武司马，将发新亭，朝士咸出瞻送。高灵时为中丞，亦往相祖，先时多少饮酒，因倚如醉，戏曰："卿屡违朝旨，高卧东山，诸人每相与言：'安石不肯出，将如苍生何！'今亦苍生将如卿何？"谢笑而不答。（《排调》）③

4. 初，谢安在东山居布衣时，兄弟已有富贵者，翕集家门，倾动人物。刘夫人戏谓安曰："大丈夫不当如此乎？"谢乃捉鼻曰："但恐不免耳。"（《排调》）④

①徐震堮《世说新语校笺》，中华书局，1984 年，第 206 页。下文凡引《世说新语》之文皆同此本。

②《世说新语校笺》，第 260 页。

③《世说新语校笺》，第 429 页。

④《世说新语校笺》，第 429—430 页。

上揭各条文献材料并见于《晋书·谢安传》,唯文字略有差异。细味上述几处"东山",其地域指向并不具排他性,如第一则所指,当在海滨,与今天的上虞东山容有交集;而第三则"屡违朝旨,高卧东山",刘孝标(463—521)注谓"太傅在东山二十余年",又《赏誉》刘注引《续晋阳秋》曰:"初,安家于会稽上虞县,优游山林,六七年间,征召不至。"①则其所居未必为一地,如《晋书》谢安本传称其"栖迟东土,尝往临安山中,坐石室,临浚谷,悠然叹曰:'此去伯夷何远!'"②临安地处浙西山区,无海可泛。

不仅如此,《晋书》谢安本传还载:"(谢安)及登台辅……又于土山营墅,楼馆林竹甚盛,每携中外子侄往来游集。"③此处谢安登台辅时营建别墅的土山在京师建业一带,结合前揭《世说新语》与《晋书》记载,则是谢安东山至少有三种可能的去处:上虞东山、临安山、建业土山。

成书于1201年的《嘉泰会稽志》即云"东山因太傅而名者三,一在临安山中",并引苏轼《游东西岩》诗"谢公含雅量,世运属艰难。独携缥缈人,来上东西山"为证,谓"今临安县东西岩石室存焉"④;"一在金陵",谓上述《晋书》所载者是⑤,《嘉泰会稽志》复引《建康志》云:"谢安故居会稽东山,后入朝,乃于此(建康)营筑以儗之,山无岩石,故名'土山'。"但最后认为前二者"虽太傅平生之所游历,非故居之东山也,惟始宁东山乃其故居"⑥,编者援《世说新语》刘注引檀道鸾《续晋阳秋》曰:"安石家于会稽上虞县,优游山林,六七年间

①《世说新语校笺》,第255页。

②房玄龄等《晋书》,中华书局,1996年,第2073页。

③《晋书》,第2075—2076页。

④施宿《嘉泰会稽志》卷九,1936年影印嘉庆十三年刊本,第39页。

⑤《嘉泰会稽志》卷九,第39页。

⑥《嘉泰会稽志》卷九,第40页。

征召不至。虽弹奏相属，继以禁锢，晏然不屑也。”最后得出结论道：“自咸康初辟召不起，高卧历年，所以放情丘壑，正在此山……《阳秋》所载得其实矣。”①其中所引《建康志》之“会稽东山”未必是一座具体的山丘（详下），檀道鸾谓谢氏在会稽上虞优游山林，也并没有确指哪一座山，更没提到一座具体的东山，到了《嘉泰会稽志》，却解读成了“正在此山”，显然，这样的论断是不周延的。

二、“东山”指向高蹈隐逸的生活方式

《嘉泰会稽志》之说忽略了以下两个事实：一、上虞东山，位于旧时始宁县（汉永建四年，129 年置；隋开皇九年，589 年废）治的正北面，何所据而唤作“东山”？二、在《世说新语》及共时文献中，隐居东山者并不仅仅是一个谢安，相关人物有的甚至可以确知早于谢安，譬如：

> 1. 刘真长为丹阳尹，许玄度出都，就刘宿。床帷新丽，饮食丰甘。许曰：“若保全此处，殊胜东山。”刘曰：“卿若知吉凶由人，吾安得不保此！”王逸少在坐，曰：“令巢、许遇稷、契，当无此言。”二人并有愧色。（《言语》）②

许玄度，即名士许询，生平略早于谢安，未闻有过隐居哪一座东山的经历，其在丹阳尹刘真长（惔）处，当在公元 347 年之后一段不长的时期内，前述檀道鸾谓谢安“咸康初（335—342）辟召不起，高卧历年，所以放情丘壑，正在此山”，则许玄度在刘真长处略晚于谢安之上

①《嘉泰会稽志》卷九，第 40 页。
②《世说新语校笺》，第 71 页。

虞东山,而与谢氏临安和建业之东山大致同时。“床帷新丽,饮食丰甘”,系与东山平行叙述,则东山似指另一种生活方式,即巢父、许由辈的山野隐居生涯,而非特定的山丘。

2. 王修龄尝在东山,甚贫乏。陶胡奴为乌程令,送一船米遗之。却不肯取,直答语:“王修龄若饥,自当就谢仁祖(《言语》刘注:谢鲲子,仕至镇西将军,豫州刺史)索食,不须陶胡奴米。”(《方正》)①

陶胡奴,即陶范,陶侃(259—334)第十子(或云第九子),此“东山”在乌程,今属浙江湖州,与谢安及一般人所理解的东山再起的“东山”皆不相关,但为山居野处的隐逸生活则同,故义涵与上则相近。本则话头发生时间无考,但从陶范与谢仁祖二位父辈的卒年推算,王修龄在东山当略早于谢安隐居东山。

3. 阮光禄在东山,萧然无事,常内足于怀。有人以问王右军,右军曰:“此君近不惊宠辱,虽古之沉冥,何以过此!”(《栖逸》)②

阮光禄,阮裕(300—362),字思旷,一个“在东山久之”(《晋书》本传语)的名士,所居之“东山”在今浙江嵊州、新昌一带,本条刘注即云:“《阮裕别传》曰:‘裕居会稽剡山,志存肥遁。’”③同书《德行篇》复载其在剡事:“阮光禄在剡,曾有好车,借者无不皆给。有人葬

①《世说新语校笺》,第187页。
②《世说新语校笺》,第357页。
③《世说新语校笺》,第357页。

母，意欲借而不敢言，阮后闻之，叹曰：‘吾有车，而使人不敢借，何以车为？’遂焚之。”刘注：“裕淹通有理识，累迁侍中。以疾，筑室会稽剡山。”①因此可知其地望不在今天的上虞；而所谓“萧然无事”，所指正是无案牍劳形之肥遁生活。

此处阮裕在“东山”的时间，当在谢安之前，盖其年资皆高于谢安，如《世说新语·文学篇》所载：“谢安年少时，请阮光禄道《白马论》，为论以示谢。于时谢不即解阮语，重相咨尽。阮乃叹曰：‘非但能言人不可得，正索解人亦不可得！’”②阅读有关阮裕的文献，满眼皆是“去职还家”“固辞不就”“不就”“少时去职”“以疾辞”“不就”“疾去”，给人的印象是此公一直在归隐的路上，在一个崇尚“居官无官官之事，处事无事事之心”（孙绰所撰刘惔诔文）的时代，他当时在隐逸方面的名望甚至盖过了谢安，同书《方正篇》载：“刘尹（惔）时为〈索〉会稽，乃叹曰：‘我入，当泊安石渚下耳，不敢复近思旷傍。’”③是其证。

由本条及前一条可知，谢安隐居或上虞、或临安、或南京之土山之前，“东山”一词已被赋予了隐逸之地的含义。

> 4. 贫道野逸东山，与世异荣，菜蔬长阜，漱流清壑，繿缕毕世，绝窥皇阶。（《支遁辞晋哀帝书》，收入《高僧传》卷四“义解”一）④

①《世说新语校笺》，第 20 页。

②《世说新语校笺》，第 117 页。

③《世说新语校笺》，第 187 页。“我入，当泊安石渚下耳”一语，《晋书·阮裕传》、嘉定《剡录》卷三、《嘉泰会稽志》卷一四皆作“我入东，正当泊安石渚下耳”，徐震堮据《晋书》谓当从补，于义无殊。

④慧皎撰，汤用彤校注，汤一玄整理《高僧传》，中华书局，1992 年，第 162 页。

支遁(314—366)是略早于谢安的高僧,写作这篇请求放还的奏章时则已在暮年,在谢安上虞东山之后,或与后者临安东山、建业东山相先后。此间东山泛指与朝堂相对的山野,综观支遁一生游历所及,虽然包括了建康和会稽,但未见与前述谢安三处东山之交集;“诏既许焉”以后,《高僧传》载其“既而收迹剡山,毕命林泽”,剡山、林泽即前文东山之具体而微,但并不专指剡山。

> 5. 戴安道既厉操东山,而其兄欲建式遏之功。谢太傅曰:“卿兄弟志业,何其太殊?”戴曰:“下官不堪其忧,家弟不改其乐。”(《栖逸》)①

该条刘注:“《续晋阳秋》曰:‘逵不乐当世,以琴书自娱,隐会稽剡山。国子博士征,不就。’”②由此可知戴逵(326—396)东山亦在今浙江嵊州、新昌一带,与谢安之“东山”无涉;且与“式遏之功”相对,又可知与前四则隐逸之旨正合。戴氏厉操东山的时间,大约也在谢安上虞东山之后,或与后者临安东山、建业东山相先后。

> 6. 道壹道人好整饰音辞,从都下还东山,经吴中。已而会雪下,未甚寒,诸道人问在道所经。壹公曰:“风霜固所不论,乃先集其惨淡;郊邑正自飘瞥,林岫便已皓然。”(《言语》)③

道壹道人,即高僧竺道壹,足迹遍及京师瓦官寺、苏州虎丘山、会

①《世说新语校笺》,第360页。
②《世说新语校笺》,第360页。
③《世说新语校笺》,第82页。

稽若耶溪、嘉祥寺①等处,与高僧帛道猷相往还,但未闻及于今上虞或者临安之东山,而其语境则是郊邑、林岫,与前述巢、许之风同。道壹晚于谢安十年左右②,又略晚于戴逵,但都与“东山”有交集,可见在那个时代,“东山”是许多士人的共同愿景。

> 7. 杜栖,字孟山……善清言,能弹琴饮酒,名儒贵游多敬待之……时何胤、谢朏并隐东山,遗书敦譬,诫以毁灭。(《南齐书·孝义传》)③

关于何胤隐居之“东山”,《梁书》卷五一《处士》有比较具体的记载:

> 胤虽显贵,常怀止足。建武初,已筑〈室〉郊外,号曰小山,恒

①同事张炎兴教授据以下材料断嘉祥寺在今绍兴越城之西:梁代释慧皎《高僧传》卷五“义解二”“道壹、帛道猷、道宝”条下载:“(会稽)郡守琅琊王荟于邑西起嘉祥寺,以壹之风德高远,请居僧首。”同书卷七“义解四”“宋山阴灵嘉寺释超进、昙机、道凭”中又云:“时有昙机法师,游观山水,至于稽邑。善《法华》《毗昙》。时世宗奉,与(超)进相次。郡守琅琊王琨请居邑西嘉祥寺。寺本琨祖荟所创也。”其说可从。

②本则刘注引《名德沙门题目》曰:“道壹文锋富赡。孙绰为之赞曰:‘驰骋游说,言固不虚。唯兹壹公,绰然有余。譬若春圃,载芬载誉。条柯猗蔚,枝干扶疏。’”慧皎《高僧传》卷五“义解二”《晋吴虎丘东山寺道壹》亦载:“(道壹)晋隆安中遇疾而卒,即葬于(虎丘)山南,春秋七十有一矣。孙绰为之赞曰:‘驰辞说言,因缘不虚。惟兹壹公,绰然有余。譬若春圃,载芬载誉。条被猗蔚,枝干森疏。’”其中称小自己十五岁左右的道壹为公,可疑,道壹卒于晋隆安年间(397—401),其时孙绰已离世三十年左右了,颇疑因为孙绰的盛名,那一段时间许多铭赞都归到了他的名下,如道壹的师傅竺法汰去世于晋太元十二年(387),《高僧传》卷五“义解二”《晋京师瓦官寺竺法汰》亦云“孙绰为之赞”,亦伪,刘注与《高僧传》俱失考。

③萧子显《南齐书》,中华书局,点校本二十四史修订本,2017年,第1068页。

> 与学徒游处其内。至是,遂卖园宅,欲入东山,未及发,闻谢朏罢吴兴郡不还,胤恐后之,乃拜表辞职,不待报辄去。明帝大怒,使御史中丞袁昂奏收胤,寻有诏许之。胤以会稽山多灵异,往游焉,居若邪山云门寺……永元中,征太常、太子詹事,并不就。高祖霸府建,引胤为军谋祭酒……胤不至。高祖践阼,诏为特进、右光禄大夫……有敕给白衣尚书禄,胤固辞。又敕山阴库钱月给五万,胤又不受。于是遣何子朗、孔寿等六人于东山受学。太守衡阳王元简深加礼敬,月中常命驾式闾,谈论终日。胤以若邪处势迫隘,不容生徒,乃迁秦望山……及元简去郡,入山与胤别,送至都赐埭,去郡三里。①

以上记载何胤行状涉及几个明确的地点:建业郊外、会稽若邪(今书作"若耶")山云门寺、秦望山、都赐埭,其中云门寺、秦望山皆属山阴县,故有"敕山阴库钱月给五万"之事;都赐埭,今讹作都泗门,地在绍兴越城东部。《嘉靖山阴县志》卷二《山川志》载:"何山,去县西南四里,上有塔,已毁。今下有何山庵,旧传梁何胤隐居于此,故名。"②今山已无存,地名"何山"亦讹作"河山"。《万历会稽县志》卷一五"古迹"复指"何胤宅在秦望山下",则是在绍兴南部,若耶溪上游。上文先有"欲入东山",后有"拜表辞职""往游焉"等文字,则"东山"正是辞职后归隐的生活。再后来,何子朗、孔寿等六人受学之"东山",明确在若耶山云门寺,而绍兴城南若耶溪一带和城西何(河)山附近从古到今皆未闻有名为东山的山丘,因而可以断定该"东山"就是隐逸之地的代称。

---

①姚思廉《梁书》,中华书局,点校本二十四史修订本,2020年,第815—818页。

②许东望修,张天复、柳文纂《嘉靖山阴县志》卷二,嘉靖三十年(1551)刻本,第4页。

关于上述《南齐书》谓谢朏所隐之东山，《梁书·谢朏传》有相应文字，云："建武四年，诏征为侍中、中书令，遂抗表不应召，遣诸子还京师，独与母留，筑室郡之西郭。"①此郡即谢氏任太守之吴兴郡，在此，隐居之西郭也被称作"东山"，甚至其地未必有山——城西唯一的山丘西塞山并不在郭内，则此"东山"之义无从可知矣，而位于始宁县治正北的小山丘当然也无妨称为谢安东山。

综合上述，《世说新语》与《晋书》《南齐书》《高僧传》《梁书》等所载阮裕、许询、支遁、王修龄、谢安、戴逵、道壹、何胤、谢朏等语境中的"东山"，并不一定指一座具体的山丘，而是一种与京师与朝堂保持距离的生活方式，即高蹈隐逸的生活方式。

唯其指向一种高蹈隐逸的生活方式，"东山"遂获得了借代林泉之胜的功能，如：

> （刘）勔高尚其意，托造园宅，名为"东山"，颇忽时务。（《南史·齐本纪上》）②

> （王裕之）所居舍亭山林涧环周，备登临之美，故时人谓之王东山。（《南史·王裕之传》）③

正因为"东山"指代一种不事王侯、高尚其事、逍遥林泉的生活方式，故《世说新语》又有"东山之志""东山志立"等语，如：

> 谢公始有东山之志，后严命屡臻，势不获已，始就桓公司马。

①《梁书》，第293页。
②李延寿《南史》，中华书局，2011年，第100页。
③《南史》，第650页。

> 于时人有饷桓公药草,中有远志。公取以问谢:"此药又名小草,何一物而有二称?"谢未即答。时郝隆在坐,应声答曰:"此甚易解。处则为远志,出则为小草。"谢甚有愧色。桓公目谢而笑曰:"郝参军此过乃不恶,亦极有会。"(《排调》)①

幽默的郝隆谓"处则为远志,出则为小草",见时人以处为高,出仕次之,谢安"甚有愧色",以此。

> 王右军语刘尹:"故当共推安石。"刘尹曰:"若安石东山志立,当与天下共推之。"(《赏誉》)②

因为东山已然被赋予了高蹈隐逸的内涵,"东山志"亦即高蹈隐逸之志的代名词。本则刘注云:"《续晋阳秋》曰:'初,安家于会稽上虞县,优游山林,六七年间,征召不至。'"③其中"优游山林"正是指的"东山志"的内涵,《续晋阳秋》所说的会稽上虞为谢安"东山志"的空间指向,但是,《晋书》所载临安山、建业土山亦当在其中,道壹隐居的苏州虎丘山、会稽若耶溪,阮裕、戴逵隐居的会稽剡山,何胤的云门寺、秦望山,谢朏的吴兴西郭,甚至文献中并没有指为东山的许询隐居的永兴岩穴,竺道潜、支道林的沃洲山等皆可在"东山"的外延之内。

三、隐逸义"东山"之出典:左思《招隐诗》

接下来的问题是,"东山"一词何以能成为高蹈避世的生活方式

①《世说新语校笺》,第430—431页。徐震堮云:"过,《御览》九八九作'通',是。通,阐述也。'此通'犹言'此论'。"

②《世说新语校笺》,第255页。

③《世说新语校笺》,第255页。

的代名词？

同是在《世说新语》中，《言语篇》有云："孙绰赋《遂初》，筑室畎川，自言见止足之分。"刘注云："《遂初赋叙》曰：余少慕老、庄之道，仰其风流久矣。却感于陵贤妻之言，怅然悟之，乃经始东山，建五亩之宅，带长阜，倚茂林，孰与坐华幕、击钟鼓者同年而语其乐哉！"①孙绰生活年代略早于谢安，但稍晚于阮裕，《遂初赋叙》之东山，其语境为"五亩之宅，带长阜，倚茂林"，颇类帛道猷《招道壹归隐》、陶渊明《归园田居》的景致，与前述巢、许之风若合符契，知在早于谢安的孙绰笔下，"东山"一词已被赋予了高蹈避世之义。

继续往前回溯，就会发现，早于孙绰，也早于阮裕，左思（约250—305）的《招隐诗》中有"经始东山"一语：

> 杖策招隐士，荒途横古今。岩穴无结构，丘中有鸣琴……非必丝与竹，山水有清音。何事待啸歌？灌木自悲吟……经始东山庐，果下自成榛。前有寒泉井，聊可莹心神。②

《文选》李善注云："王隐《晋书》曰：左思徙居洛城东，著《经始东山庐诗》，《毛诗》曰：'经始灵台。'"③吕向注云："经始，经营之始。东山，思所居之东山也。"④回溯到左思这里，东山，才是所居的山丘，位于洛阳城东。

因为左思洛阳纸贵般的影响，其《招隐诗》在其后东晋南朝士人中广为传播，有文为证：

---

①《世说新语校笺》，第79页。

②萧统编，李善注《文选》，中华书局，1977年，第309—310页。

③《文选》，第310页。

④萧统编，李善等注《六臣注文选》，《四部丛刊初编》本，卷二二，商务印书馆，1922年，第2页。

> 王子猷居山阴,夜大雪,眠觉,开室命酌酒,四望皎然。因起仿偟,咏左思《招隐诗》。(《世说新语·任诞》)①

> (昭明太子)性爱山水,于玄圃穿筑,更立亭馆,与朝士名素者游其中。尝泛舟后池,番禺侯轨盛称"此中宜奏女乐",太子不答,咏左思《招隐诗》曰:"何必诗与竹,山水有清音。"侯惭而止。(《梁书·昭明太子传》)②

王子猷(338—386)与昭明太子萧统(501—531)对《招隐诗》都能出口成诵,可见其熟悉程度;同时二人又都是所在时代引领风气的人物,可以想见左思的《招隐诗》在东晋南朝的风靡程度,"东山"一词活跃在士人的言说中也就是题中应有之义。因为左思的明星效应,其所居之"东山"不仅成为文人士大夫们向往的林泉之胜的代名词,藉与隐士的组合,也获得了高蹈隐逸之所的内涵;"东山之志"也即避世隐逸之志,"厉操东山"也就是在归隐林泉的过程中砥砺精神,陶冶情操,所谓"不事王侯,高尚其事"是也。在这样的风气中,东山、东山志也成为了刘义庆及其笔下人物如阮裕、许询、支遁、孙绰、王修龄、戴逵、道壹等人习用的典故,其后,释慧皎(456—536)《高僧传》、陶弘景(497—554)《真诰》也在这个意义上反复使用。

四、"东山"意蕴的几次嬗变

作为一种语言现象,从长时段看,围绕"东山"这一意象,因为几个重要人物的出现,其意蕴发生了几次明显的转换:

①《世说新语校笺》,第408页。

②姚思廉《梁书》,中华书局,2011年,第168页。

在《诗经·豳风·东山》中,传达的是征人行役之苦,曹操《苦寒行》“悲彼《东山》诗,悠悠使我哀”,王粲《从军诗五首(其二)》“哀彼东山人,喟然感鹳鸣”,即用其意。

迨西晋左思《招隐诗》,化用《诗经·大雅·灵台》“经始灵台”句作“经始东山庐”,将所居洛阳城东的山丘与隐士生活结合起来,赋予东山以林泉之胜与高蹈避世的意义,使东山这一故典翻出新义,《世说新语》和整个东晋南朝的“东山之志”基本定格在这一层含义内。

东晋孙绰,化用左思“经始东山庐”作“乃经始东山,建五亩之宅,带长阜,倚茂林……”丰富了这一新典的林泉之胜义,并明确与华幕钟鼓等世俗繁华相对。孙绰之后,人们使用这一新典已不见袭用“经始”而径作“东山”,如“高卧东山”“厉操东山”“东山志立”等等。

谢安,这是一位给“东山”这一新典再次赋义并获得大力传播的人物,除了众所周知的传奇般的人生,他还是一个能引领风气的人物,《世说新语·雅量篇》载谢氏在意欲加害于他的桓温面前“望阶趋席,方作洛生咏,讽‘浩浩洪流’”,“桓惮其旷远,乃趣解兵”,刘注云:“宋明帝《文章志》曰:‘安能作洛下书生咏,而少有鼻疾,语音浊。后名流多敩其咏,弗能及,手掩鼻而吟焉。’”①这么一个连鼻炎都能成为卖点的人物,其语默出处必然成为公众关注的焦点。特别是他出山以后的大用与大成,使得“东山”的外延不再局限于山水清音、茂林修竹,更重要的是追加了一个“再起”的意象,这对于那些失势者、失意者和自命为潜龙者,是一个极富暗示性和号召力的符号,换言之,其意义不在渊潜而在龙飞。这是“东山”意象的一次革命性转换。当然,对于某些已经龙飞在天的文人士大夫而言,谢安东山依然有着特殊的感召力,那就是“携妓”,《世说新语·识鉴》曰:“谢公在东山畜妓。”刘注引宋明帝《文章志》曰:“(谢)安纵心事外,疏略常节,每

①《世说新语校笺》,第206页。

畜女妓,携持游肆也。”①

到了唐代,诗人们援东山入诗蔚成风气,以初盛唐诗人诗作为例,其中陈子昂(659—700),见于《陈伯玉集》二次;张说(667—731),见于《张燕公集》四次;李颀(690—751),见于《全唐诗》四次;王维(701—761),见于《王右臣集笺注》九次;李白(701—762),见于《李太白集》二十一次。

陈子昂《秋日题汝阳潭壁》:“岁暮归去来,东山余宿昔。”张说《题居延古城赠乔十二知之》:“东山宿昔意,北征非我心。”此皆用《豳风·东山》征夫行役之义。

张说《凤楼寻胜地》:“西掖持醇酒,东山就白云。”《送崔二长史知赴潞州》:“东山怀卧理,南省怅悲翁。”《别灉湖》:“南郡延恩渥,东山恋宿心。”此用林泉隐逸义。

李颀《寄万齐融》:“把菊东山秋,对酒池云满。”《赠苏明府》:“一往东山东,不复有家室。”《崔五宅送刘跂入京》:“生事东山远,田园芳秽阑。”《塞下曲》:“何时可为乐,梦里东山人。”除第一例为林泉隐逸义外,其余三例皆征夫行役义。

王维《赠辜穆十八》:“不向东山去,日令春草深。”《戏赠张五弟諲》:“吾弟东山时,心尚一何远。”《送张五归山》:“东山有茅屋,先为扫荆扉。”《送别》(一作《送綦毋潜落第还乡》):“遂令东山客,不得顾采薇。”《送韦大夫东京留守》:“拂衣东山岑,给事黄门省。”《崔录事》:“遁迹东山下,因家沧海隅。”《辋川别业》:“不到东山向一年,归来才及种春田。”《赠韦穆十八》:“不向东山去,日令春草深。”《冬夜寓直麟阁》:“东山白云意,兹夕寄琴樽。”皆为林泉隐逸义。

李白,《梁园吟》:“东山高卧时起来,欲济苍生未应晚。”如果只是前一句,那可以理解成林泉隐逸义,但有了下一句“济苍生”限定,

①《世说新语校笺》,第223页。

只能与谢安发生排他性联系了。《东山吟》:“携妓东土山,怅然悲谢安。”《永王东巡歌》:“但用东山谢安石,为君谈笑静胡沙。”《书情题蔡舍人雄》:“尝高谢太傅,携妓东山门。”《赠常侍御》:“安石在东山,无心济天下。”以上明确与谢安相关。《忆旧游寄谯郡元参军》:“北阙青云不可期,东山白首还归去。”《留别西河刘少府》:“东山春酒绿,归隐谢浮名。”此二例用林泉隐逸义。《送侄良携二妓赴会稽戏有此赠》:“携妓东山去,春光半道催。”《送韩侍御之广德令》:“暂就东山赊月色,酣歌一夜送泉明。”《送赵判官赴黔府中丞叔幕》:“却欲还东山,君为鲁曾子。”此二例或用林泉隐逸义。《送梁四归东平》:“莫学东山卧,参差老谢安。”《宣城送刘副使入秦》:“君携东山妓,我咏北门诗。”《携妓登梁王栖霞山孟氏桃园中》:“谢公自有东山妓,金屏笑坐如花人。”《登金陵冶城西北谢安墩》:“想像东山姿,缅怀右军言。”《忆东山二首》:“不向东山久,蔷薇几度花。”“我今携谢妓,长啸绝人群。欲报东山客,开关扫白云。”有后一例,可知前一例也关乎谢安。《春滞沅湘有怀山中》:“所愿归东山,寸心于此足。”《题元丹丘山居》:“故人栖东山,自爱丘壑美。”此二例亦取林泉隐逸之义。《示金陵子》:“谢公正要东山妓,携手林泉处处行。”《出妓金陵子呈卢六四首》:“安石东山三十春,傲然携妓出风尘。”“南国新丰酒,东山小妓歌。”李阳冰在《草堂集序》中称其“歌咏之际,屡称东山”,诚是。与前述陈子昂、王维诸公不同的是,李白用东山入诗,二十一例中,凡十六例用谢安故事,义兼取于携妓与济苍生。

通过上述分析,征夫行役义——林泉隐逸义——谢安携妓与东山再起的变迁理路已大体呈现:谢安以后,即使是唐人,也仍有人使用《豳风·东山》的征夫行役之义,但已不是主流;较多的还是取左思《招隐诗》中的林泉隐逸义,从慧皎《高僧传》、陶弘景《真诰》到王维诗歌,这条线索清晰可见;到了李白,因其个人的浪漫情怀及兼济苍生的远大抱负在谢安身上找到了合适的投射,将东山与谢安做了必然性的关联,因为谢安东山已涵盖了林泉隐逸义,加之李白的个人魅力及其诗歌作品的巨大影响力,谢安东山的意象遮蔽了《诗经·豳风·东山》、左思的《招隐诗》、孙绰的《遂初赋》中的东山,以致人们一提起东山,联想到的多半是谢安,甚至只有谢安。也因为谢安与李白的盛名,本来指向高蹈隐逸生活方式的东山最终定格成了一座具体的山丘,至于今天的东山在曾经的始宁县治之北,上虞县治之南,或者唐代长庆二年(822)以后上虞县旧治丰惠镇之西南,那就不重要了。宋元以后,“东山”一词,也曾见文人学者们使用其曾经的征夫行役义、林泉隐逸义,但比起谢安东山再起义来,就显得比较小众。这也就是本文开头所引工具书把谢安与东山的关系当成常识进行传播的原因吧。

余论

揭出“东山”内涵的层次性与丰富性,希望对类似的语言与意象的解读有所启发,或许也有助于相关文献的释义,譬如谢灵运《还旧园作见颜范二中书》有云:“偶与张邴合,久欲还东山。”李善注:“东山,谓会稽始宁也。”①吕向注云:“言我辞满不谓多禄,谢病不待老年,偶然与二贤合意,辄自免官归会稽山也。”②其实,东山在这里只是袭用左思以来的故典,还东山,避世隐居而已,并非必然指向某一座山丘,《宋书·谢灵运传》云:“灵运父祖并葬始宁县,并有故宅及墅,遂移籍会稽,修营别业,傍山带江,尽幽居之美。与隐士王弘之、孔淳之等纵放为娱,有终焉之志。”③这“傍山带江,尽幽居之美”的始

①《文选》,第364页。

②《六臣注文选》,《四部丛刊初编》本,卷二五,第33页。

③沈约《宋书》,中华书局,点校本二十四史修订本,2018年,第1918页。

宁别墅不是今天的上虞东山所能涵盖的。还是这位谢灵运,其《酬从弟惠连》有云:“分离别西川,回景归东山。”吕向注云:“东山,灵运所居也,言回别之光景归于东山也。”①注谓“灵运所居”虽无大错,但诗人向往之林泉与其实际居住之所毕竟不是同一概念,故也难谓周延。

(作者单位:绍兴文理学院)

①《六臣注文选》,《四部丛刊初编》本,卷二五,第 37 页。

涉浙唐诗名篇误读举隅

尚佐文

近年来,浙江省着力打造“四条诗路”文化带,这是浙江大花园建设的重要举措,也是中华传统文化创造性转化、创新性发展的生动实践,令传统诗词研究者、爱好者深受鼓舞。历代诗人与诗作,是诗路建设的根与源。诗词文本的整理,作为一项极为重要的基础性工作,是当地传统诗词资源研究、普及、应用的原点。四条诗路中,浙东唐诗之路起步早,基础工作扎实;大运河诗路、钱塘江诗路、瓯江山水诗路的诗词文本整理也在抓紧进行,取得不少成果。但在整理应用过程中,存在一些误读前人作品的情况,包括误收、误系、误释,值得关注。尤其是唐代诗歌,沉淀久、品牌效应强,是诗路建设的宝贵资源,同时数量较后世为少、脉络相对清晰,更应注意正本清源,求精求善。兹就浏览所及,略举唐诗名篇误读数例,以求正于方家。

一、宋之问《登越王台》:

江上越王台,登高望几回。南溟天外合,北户日边开。地湿烟尝起,山晴雨半来。冬花采卢橘,夏果摘杨梅。迹类虞翻枉,人非贾谊才。归心不可见,白发重相催。

《湘湖古诗五百首》收录此诗[①]，当系误收。按广州、萧山都有“越王台”，宋之问诗所写为广州越王台。从诗中所写地理及物产特色看，也是岭南而非江南。广州越王台又作“粤王台”。收入此诗的古代选本，或作“越王台”，或作“粤王台”。如《文苑英华》作“越王台”[②]，《全唐诗》作“粤王台”[③]。字面偶同，遂成张冠李戴。

二、王维《青溪》（一作《过青溪水作》）：

> 言入黄花川，每逐青溪水。随山将万转，趣途无百里。声喧乱石中，色静深松里。漾漾泛菱荇，澄澄映葭苇。我心素已闲，清川澹如此。请留盘石上，垂钓将已矣。[④]

此诗被蘅塘退士收入《唐诗三百首》，可谓家喻户晓。历来注家均以此诗为王维居陕西时作，诗题“青溪”在今陕西勉县之东，诗中“黄花川”在今陕西凤县东北黄花镇附近。光绪《严州府志·艺文》误收此诗，盖因淳安县旧名“青溪”，或谓新安江流经淳安段之名。此亦为字面所误导，辨析不难，但当地或许是想借重王维的名气，今日宣传读本仍沿其误。

三、李白《横江词》其四：

> 海神来过恶风回，浪打天门石壁开。浙江八月何如此？涛似连山喷雪来。

①杜永毅选编《湘湖古诗五百首》，浙江人民出版社，2006年，第4页。
②李昉等编《文苑英华》，中华书局，1966年，第1610页。
③彭定求等编《全唐诗》，上海古籍出版社，1986年，第161页。
④彭定求等编《全唐诗》，上海古籍出版社，1986年，第287页。

李白写过六首《横江词》[①],此为其四。横江为古长江渡口,在今安徽和县;“浙江八月何如此”,意思是八月钱江潮也比不上横江潮,借钱江潮衬托横江潮的雄壮。“涛似连山喷雪来”,是正面描写横江潮。而一些钱塘江诗词读本选入此诗,有些普及文章更是绘声绘色地叙述李白游杭州住在樟亭驿,见到壮观的钱江潮,深感惊奇,写下这首观潮诗。这是完全不顾诗题与正文,凭空生发了。

四、杜甫《赠高式颜》:

> 昔别是何处,相逢皆老夫。故人还寂寞,削迹共艰虞。自失论文友,空知卖酒垆。平生飞动意,见尔不能无。

《处州历代诗词选》收录此诗[②],诗题为《送高式颜之括州》,其所据当为清人金学超编《丽水志稿》卷四收杜甫《送高式颜之括州》[③]。杜诗各版本以及《全唐诗》等总集、选本,诗题均作《赠高式颜》,《送高式颜之括州》当为丽水旧志编纂者所擅改。何以将此诗收入丽水志书,可能是因为高适有《宋中送族侄式颜》诗,注云:“时张大夫(守珪)贬括州,使人召式颜,遂有此作。”[④]高式颜是高适的族侄,高适有送高式颜诗,杜甫恰巧也有赠高式颜诗,旧志编纂者就自作主张替杜诗改了个标题。其实张守珪贬括州在开元二十七年(739),而杜甫此诗写作时间,《杜诗详注》谓:“此诗黄鹤编在天宝十五载,单复编在夔州诗内。今按诗云‘削迹共艰虞’,当是乾元初出为华州司功时,相

①彭定求等编《全唐诗》,上海古籍出版社,1986年,第392页。
②李蒙惠编注《处州历代诗词选》,浙江古籍出版社,2010年,第10页。
③张铣、金学超编纂《道光〈丽水县志〉和〈丽水志稿〉合刊点校本》,方志出版社,2010年,第386页。
④彭定求等编《全唐诗》,上海古籍出版社,1986年,第496页。

逢应在华州东都之间。”①无论是仇氏考订的乾元(758—760)初,还是黄鹤的天宝十五载(756)说、单复的夔州时期(766—768)说,都与开元二十七年相隔甚远。

五、李赤《谢公宅》:

青山日将暝,寂寞谢公宅。竹里无人声,池中虚月白。荒庭衰草遍,废井苍苔积。唯有清风闻,时时起泉石。

据《全唐诗》,此为李赤组诗《姑熟杂咏》(一作李白《姑孰十咏》)中的一篇②。诗咏姑熟(今安徽当涂)十处名胜古迹,题中“谢公宅”指谢朓故宅。《太平寰宇记》:“谢公山,在县东三十五里。齐宣城太守谢朓筑室及池于山南,其宅阶址见存,路南砖井二口。天宝十二年改为谢公山。”③《江南通志》:“谢朓宅,在太平府东南青山之椒,南齐谢朓守宣城时建别宅于此,今为保和庵。路旁有井,名谢公井。”《浙东唐诗之路》收入此诗④,谓谢公宅为谢安故宅,在今浙江上虞东山下,未知何据。当涂组诗中的一首,被单独抽出移置浙东唐诗之列,令人疑惑。

六、刘禹锡《西山兰若试茶歌》:

山僧后檐茶数丛,春来映竹抽新茸。宛然为客振衣起,自傍芳丛摘鹰觜。斯须炒成满室香,便酌砌下金沙水。骤雨松声入鼎来,白云满碗花徘徊。悠扬喷鼻宿酲散,清峭彻骨烦襟开。阳

①仇兆鳌辑注《杜诗详注》,浙江大学出版社,2016年,第701页。
②彭定求等编《全唐诗》,上海古籍出版社,1986年,第423、1194页。
③乐史撰,王文楚等点校《太平寰宇记》,中华书局,2007年,第2082页。
④邹志方《浙东唐诗之路》,浙江古籍出版社,2019年,第263页。

崖阴岭各殊气,未若竹下莓苔地。炎帝虽尝未解煎,桐君有箓那知味。新芽连拳半未舒,自摘至煎俄顷余。木兰沾露香微似,瑶草临波色不如。僧言灵味宜幽寂,采采翘英为嘉客。不辞缄封寄郡斋,砖井铜炉损标格。何况蒙山顾渚春,白泥赤印走风尘。欲知花乳清泠味,须是眠云跂石人。①

这是刘禹锡咏茶名篇,其中“炎帝虽尝未解煎,桐君有箓那知味”中的“桐君”,是浙江桐庐重要的历史传说人物,因而这两句特别受到当地专家的关注。《神农本草经》:“神农尝百草,日遇七十二毒,得荼(茶)而解之。”故陆羽《茶经》中说“茶之为饮,发乎神农氏”。桐君相传是“黄帝时臣”,著有《采药录》(录一作“箓”),当为后人托名(有学者认为成书下限不晚于秦汉,但在先秦《神农本草经》后)。书已佚,据后世典籍中所引佚文,《采药录》有关于茶的记载。从字面上看,刘禹锡这两句诗不难理解:炎帝虽然嚼过茶叶,但不懂得煎煮;桐君虽然将茶写进《采药录》,但他哪里懂得茶的韵味?“那知味”与“未解煎”对举,是用问句表达否定,意思是“不知味”,以此衬托当时采茶煎茶的新法。而当地专家是这样解读这两句诗的:“诗的意思是说,炎帝神农氏虽然咬嚼初尝发现了茶叶,但他还不懂得煎煮。桐君不仅开始煎煮茶叶,而且还在采药箓里记录了茶叶的味性与功效。从咬嚼初尝到煎煮品尝,对茶叶的使用享用几乎有了革命性的突破。茶叶与水的结合是桐君的首创。茶汤的问世,使茶从最早的药用走向了日常的饮用。由此可见,如果说炎帝神农氏是茶祖,那么,桐君便是茶文化之始祖。”②且不论《采药录》系后人伪托,所载煮茶法只能说明成书时已有此事,并不能证明“桐君”“首创”;仅就诗论诗,诗

①彭定求等编《全唐诗》,上海古籍出版社,1986年,第886页。
②董利荣《一瓢细酌邀桐君》,载《今日桐庐》2018年3月2日。

意甚明,哪能强诗人之所无?这种增字为训、过度解读的现象,在地方文化整理普及方面较为普遍,举此一例,以见一斑。

七、徐凝《题缙云山鼎池二首》其一:

黄帝旌旗去不回,空余片石碧崔嵬。有时风卷鼎湖浪,散作晴天雨点来。①

此诗是历代吟咏仙都鼎湖峰诗作中的名篇。徐凝所作《题缙云山鼎池二首》,其二云:"天地茫茫成古今,仙都凡有几人寻。到来唯见山高下,只是不知湖浅深。"这两首诗作者为徐凝,本来无庸置疑。但当地诗词选本将其一系于白居易名下,仙都景区更是大肆宣扬此诗为白居易名篇,还邀请某散文名家创作游记,绘声绘色演绎出白居易担任杭州刺史期间外出游玩,到仙都写下此诗的故事,不仅于史无据,也违背相关常识。始作俑者,当为元人陈性定。陈性定是至正年间仙都山道士,编集《仙都志》,该书"题咏"类收录唐宋诗人吟咏仙都之作六十余首,大多不录诗题,于体例已极不规范;起首将徐凝《题缙云山鼎池二首》一拆为二,系"其一"于白居易名下,并未交代有何版本依据,从白居易的作品流传、生平经历等方面也找不到其他佐证②。此后明万历《括苍汇纪》、清《缙云县志》均沿其误。由于白居易名气大,后人或许出于"傍名人"的心态,不辨是非,纷纷采此误说。徐凝为缙云仙都留下令后人搁笔的佳作(《唐诗纪事》引《郡阁雅谈》说徐凝题此诗,"自后无敢题者"),当地人却用剥夺其署名权的方式予以回报,这对徐凝来说是很不公平的。

①彭定求等编《全唐诗》,上海古籍出版社,1986 年,第 1200 页。

②陈性定编集《仙都志》卷下第 10 页,载《道藏》洞玄部记传类,文物出版社等,1986 年。

从事文献整理和学术研究,难免会遇到疑难,有些问题甚至永远无解;但前举数例并不复杂,严格讲尚不属学术探讨范畴,却在地方文化整理普及工作中具有一定的代表性。这提醒我们,在诗路文化带建设中,要关注一些基础性的问题。首先,在弘扬地方文化时要有正确的心态。爱乡有道,不掠美,不虚饰,实事求是,守住基本的学术底线,才是敬前贤、爱家乡的正道,也才是真正的“文化自信”。其次,要审慎对待历代地方文献。如各地志书,由于选编者水平不一,质量参差不齐,加上有“爱乡心切”的干扰,无关诗文滥入的情况时有发生,字词讹误更为普遍,有些内容从学术层面看完全属“无效证据”。在整理、引用这些资料时,要根据其他文献资料及学界研究成果比对辨析,不可照单全收,甚至心知其非却乐传其讹,从而丧失宣传地方文化的严肃性。第三,要重视对文本内容的研读。“浙江八月何如此”“桐君有录那知味”,这些诗句本身,就是最有力的“证词”,岂能视而不见,作出与此完全相反的判断?认真研读作品,从中获取有用信息,为传统诗词文化的传播和应用提供支撑,这是题中应有之义,也是亟待加强的工作。

(作者工作单位:杭州出版社)

《金庭观晋右军书楼墨池记》考释

袁伯初

唐代，李唐王朝尊奉道教，道教成为国教。唐太宗喜爱王羲之的书法，不仅网罗了王羲之的书法作品，还亲笔为王羲之写列传，王羲之受到特别尊重。唐代的诗人大都信奉道教，李白也是“茅山宗”的传人。李白等一大批文人墨客，“入剡寻王许”，去剡中寻仙问道。唐元和二年(807)三月，大和时的国子祭酒裴通与二三道友游览右军旧宅，在金庭观宿了两夜后，又去沃洲。写了一篇类似今天考察报告《金庭观晋右军书楼墨池记》：

> 越中山水之奇丽者，剡为之最。剡中山水之奇丽者，金庭洞天为之最。其洞在县之东南，循山趾而右去，凡七十里。得小香炉峰，其峰即洞天之北门也。谷抱山斗，云重烟峦，回互万变，清和一气，花光照夜而常昼，水色含空而无底。此地何事，尝闻异香，有时值人，从古不死，真天下之绝境也。有晋代六龙失驭，五马渡江，中朝衣冠，尽寄南国。是以琅琊王羲之领右军将军，而家于此山。其书楼墨池，旧制犹在。至南齐永泰九年。道士褚伯玉，仍思幽绝，勤求上元，遂启高宗明皇帝，又于此山，置金庭观，正当右军之家。故书楼在观之西北维，一间而四徘徊，高可二丈已下。墨池在尊殿之东北维，方而斜，广轮可五十尺已下。池楼相去东西羡值，才可五十余步。虽形状卑小，不足以壮其瞻

> 玩;而恭俭有守,斯可以示于将来。况乎处所遐深,风景秀异。契逍遥之至理,阅鸾鹤之参差。其金庭洞天,即道门所谓赤城丹霞第六洞天者也。案《上清经》,其洞天在天台桐柏山中,辟方四十里。其北门在此小香炉峰顶,人莫得而见之。有山樵夫往往见之者,或志之以奇花异草,还报乡里,与乡里同往,则失其所志也。过此峰东南三十余里,有石窦呀为洞门,即洞天之便门也。人或入之者,必赢粮秉烛,结侣而往,约行一百里二百里,多为流水淤泥所阻而返,则莫臻其极也。通以元和二年三月,二三道友,裹足而游。登书楼,临墨池,但见其山水之异也,其险如崩,其耸如腾,其引如肱,其多如朋。不三四层,而谓天可升,经再宿而还。以书楼缺坏,墨池荒毁,话之于邑宰王公。王公瞿然,征王氏子孙之在者,理荒补缺,使其不朽。即事题兹,实录而已。①

详实地记叙了晋王右军书楼墨池、右军旧宅之所在。由于金庭洞天标志性建筑金庭观在嵊县(今嵊州)侨置,时移物换,裴通记叙的书楼墨池及右军旧宅,逐渐被人遗忘,险遭湮没。为了让更多的人了解王右军书楼墨池及右军旧宅的史实,作《金庭观晋王右军书楼墨池》考释如下。

一、书楼墨池与剡城的方位

“越中山水之奇丽者,剡为之最;剡中山水之奇丽者,金庭洞天为之最。其洞在县之东南,循山趾而右去,凡七十里。得小香炉峰,其峰即洞天之北门也。”现在的浙江绍兴,唐代称越州,剡县是越州的一个县,包括现在的嵊州和新昌,唐代的剡县城是今嵊州市老城区。裴

①董诰等编《全唐文》,中华书局,1983年,第7520页。

通："通，字文元，士淹子。元和中尝游越。后任户部员外郎、金部郎中。长庆初为少府监，出使回鹘。宝历中任汝州刺史。文宗时自国子祭酒改詹事，著《易书》一百五十卷。诗一首。"①裴通他们一行是从剡城出发，顺着四明山主峰金钟山南的谷地向东，再向南，经过小香炉峰，一共走了七十里，到达了金庭洞天的地方。途中看到的小香炉峰，称金庭洞天的北门。小香炉峰位于今嵊州金庭观和济渡村之间，鸟头山西南的一座小山，距嵊州市中心约 50 里。现在嵊州市的金庭观在小香炉峰北面，显然不是裴通考察过的金庭观。《剡录》载：

> 去观东十五里有大湖山，峰势入天，上有赤水丹池。（池可丈许余，深不可测。其水色赤，勺之则其清如镜，祷雨甚灵。）旧为右军宅。东庑设右军像，有书楼、墨池、鹅池。②

《剡录》是嵊州（嵊县）现存最早的一部县志，为宋代学者高似孙著，成书于宋嘉定七年（1214），因嵊县、新昌古属剡县而命名。这里"去观东"的观，是高似孙看到的，南宋侨置的嵊县东金庭观。距宋 300 多年前，裴通考察的金庭观、书楼墨池、右军旧宅，在大湖山上。唐代路应撰写的《王右军祠堂碑文》有："（王右军）创金庭道院于厂（同罕）岭。"③何谓"罕岭"？《剡录》有载："去观二里，曰再渡村。（世传右军渡此，见山岭崇峻，以为罕有，故谓之'罕岭'。）"④《剡录》说的金庭观与现在嵊州金庭观是同一位置，去观二里的"再渡"村，现在唤"济渡"村。这些史料清晰地记载着，裴通考察的金庭观、右军旧宅、

①陈尚君辑校《全唐诗补编》，中华书局，1992 年，第 1058 页。

②高似孙《剡录》，浙江省嵊县县志编纂委员会办公室，1985 年，第 148 页。

③民国新昌《琅琊王氏宗谱》卷一，第 16—18 页。

④高似孙《剡录》，浙江省嵊县县志编纂委员会办公室，1985 年，第 148 页。

右军书楼墨池在剡东七十里大湖山上的王罕岭。梁开平二年(908)钱镠王析剡东南十三乡置新昌县后,王罕岭属新昌县,现在新昌县沙溪镇。

二、积翠缥缈的金庭洞天

“其金庭洞天,即道门所谓赤城丹霞第六洞天者也。”洞天,道家称神仙居住的地方,有十大洞天和三十六小洞天。《云笈七签》记:“第二十七金庭山洞。周回三百里,名曰金庭崇妙天,在越州剡县,属赵仙伯治之。”①《剡录》载:“《名山洞天》:‘二十七洞天曰金庭,周围三百里,名金庭崇妙之天,在剡县。’”《云笈七签》记:“第六赤城山洞。周回三百里,名曰上清玉平之洞天,在台州唐兴县,属玄洲仙伯治之。”②可以理解:三十六小洞天的第二十七金庭洞天与十大洞天的第六赤城丹霞洞天同属仙伯治之。

“案《上清经》,其洞天在天台桐柏山中,辟方四十里。其北门在此小香炉峰顶,人莫得而见之……过此峰东南三十余里,有石窦呀为洞门,即洞天之便门也。人或入之者,必赢粮秉烛,结侣而往,约行一百里二百里,多为流水淤泥所阻而返,则莫臻其极也。”此《上清经》的内容是南朝陶弘景《真诰》的记载:

> 桐柏山,高万八千丈,其山八重,周回八百余里,四面视之如一。在会稽东海际,一头亚在海中,金庭有不死之乡,在桐柏之中,方圆四十里,上有黄云覆之,树则苏玡、琳碧,泉则石髓金精,其山尽五色金也。经丹水南行,有洞交会,从中过行三十余里

①张房君编,李永晟点校《云笈七签》,中华书局,2003年,第616页。
②张房君编,李永晟点校《云笈七签》,中华书局,2003年,第610页。

则得。

紫薇夫人言

右一条某书①

古代天台山也称桐柏山。“南岳真人曰:‘越有金庭桐柏,与四明、天台相连,神仙之宫也。’”②舆地家分天台桐柏山为东、中、西三处桐柏,宁海的桐柏为东桐柏,唐兴县(今天台县)的桐柏为中桐柏,金庭桐柏为西桐柏。在解读《金庭观晋王右军书楼墨池记》时,许多人会把剡县金庭桐柏张冠李戴到唐兴县(今天台县)桐柏,这是不应该的。金庭洞天的北门为小香炉峰,金庭洞天的便门在小香炉峰东南三十余里的石窦呀。石窦呀其实是鼋鼍岩,因岩石形状如鼋鼍,栩栩如生而名,在今新昌县沃洲镇水帘村。鼋鼍岩之阳有一洞,叫海门洞,海门洞又称碧桃洞、仙居洞。清康熙年间编纂的新昌地方志《东岇志略》有记载:

> 有岩曰鼋鼍,其阳则海门洞也,洞高五尺许,中辟石衕,曲折盘行,窅莫可测。传说有秉烛而入者,径达海,惧而返。诗曰:石窦藏云海气森,探幽曲折听潮音;个中觉路浑如夜,秉烛何人仔细寻。③

而丹水在新昌县沙溪镇王罕岭的眠牛湾。1979 年建成了一个蓄水75 万方的眠牛湾水库,库水蔚蓝。可是每当启闸放水,看到涵洞口

①[日]吉川忠夫、麦谷邦夫编,朱越利译《真诰校注》,中国社会科学出版社,2006 年,第 465 页。

②高似孙《剡录》,浙江省嵊县县志编纂委员会办公室,1985 年,第 35 页。

③闻性道缉,梁一圭录《东岇志略》,新昌县志办公室,1984 年,第 14 页。

流出的水鲜红如血。眠牛湾水库南三十余里的洞,就是海门洞。如果你去实地考察一下,那么你一定会佩服古人把小香炉峰、丹水与海门洞的方位记得如此确切。

金庭洞天在金庭山,金庭山即嵊州、新昌、奉化交界的大湖山。嵊州济渡小香炉峰为金庭洞天的北门,新昌县沃洲镇水帘海门洞为金庭洞天的便门。

三、书楼墨池形制及所在地形

2007 年,一位 80 多岁的羲之后裔翼中先生陪我们去王罕岭眠牛山龙潭岗,找到了书楼墨池的遗址。听其说:儿时随叔叔走亲戚时,路过眠牛山龙潭岗,其叔告诉他,这里是祖先羲之公的书楼墨池,墨池旁有一间挂着“丹池”扁额的小小丹池殿。对于丹池,《剡录》有载:

> 县东七十二里旧桐柏山,唐天宝六载改为丹池。道经曰:“上有桐柏合生,下有赤水丹池。”①

古金庭观的遗址在王罕岭里湾自然村,书楼墨池遗址在眠牛山的山巅龙潭岗。我们观察到,书楼墨池遗址在古金庭观遗址西北,墨池在丹池殿遗址的东北,书楼遗址在墨池西,他们之间的相对位置与裴通记叙相一致。

眠牛山的山体很像人的手臂自东北向西南伸展,两旁十分陡峭。在书楼遗址可以观望到天台山主峰华顶山、天姥山最高峰拔云尖、会稽山脉和四明山主峰金钟山,视野极广。真如裴通所述:“况乎处所

①高似孙《剡录》,浙江省嵊县县志编纂委员会办公室,1985 年,第 149 页。

遐深，风景秀异。契逍遥之至理，阅鸾鹤之参差……但见其山水之异也，其险如崩，其耸如腾，其引如肱，其多如朋。不三四层，而谓天可升。”

书楼墨池在山巅，宋代淮南马并诗可证：

> 右军学业隐林邱，世隔年余景尚幽。苔锁一泓残墨沼，云遮三级旧书楼。欣逢羽客开金阙，快睹仙童侍玉旒。自怪今朝脱凡骨，飞身得向洞天游。①

在眠牛山的山巅建书楼，许多人是不可思议的，也许只有王羲之这样超迈脱俗之人，才能和这天地造化融为一体并且清心自守吧！

四、金庭观正当右军之家

《剡录》载：“右军舍宅为观，初名金真馆，又名金真宫。宋齐间，储伯玉居此山。（伯玉居此山三十余年，后游南岳霍山，复归，谓弟子曰：‘吾从此去，十旬当逝。’及期而终，年八十六……）沈约有《金庭馆碑》。唐先天间，遣女道士投简金庭观，见许丞瓢，遂持以进。”②对于金庭观，裴通记为：“至南齐永泰九年，道士褚伯玉仍思幽绝，勤求上元，遂启高宗明皇帝，又于此山置金庭观，正当右军之家。”历史上并无“南齐永泰九年”年号。高宗明皇帝萧鸾在位时间：494—498，储伯玉已于南齐建元元年（479）去世，究其错记原因是误引南朝沈约《桐柏山金庭馆碑》：“高宗明皇帝以上圣之德，结宗玄之念，忘其菲

①高似孙《剡录》，浙江省嵊县县志编纂委员会办公室，1985 年，第 149 页。
②高似孙《剡录》，浙江省嵊县县志编纂委员会办公室，1985 年，第 148 页。

薄,曲赐提引……永泰元年,方遂初愿,遂远出天台,定居兹岭。”①“永泰九年”为“永泰元年”的笔误或刊误。

裴通住宿的金庭观“正当右军之家”,当意为“面对”,即金庭观正对着右军的家。金庭观遗址在现新昌沙溪镇王罕岭里湾自然村,无疑现新昌沙溪镇王罕岭里湾自然村为右军旧宅。

“有晋代六龙失驭,五马渡江,中朝衣冠,尽寄南国。是以琅琊王羲之领右军将军,而家于此山。其书楼墨池,旧址犹在。”西晋末年,朝政失控,永嘉五年(311),匈奴贵族刘聪发动战争,攻破晋都洛阳,俘虏晋帝,西晋灭亡。琅琊王司马睿等五王南渡长江后,中原的士大夫,全都寄居南方,所以王羲之任右军将军后,就把家安在金庭山。对于王羲之把家安在金庭山的原因,唐刘言史《右军墨池》:

> 永嘉人事尽归空,逸少遗居蔓草中;至今池水涵余墨,犹共诸泉色不同。②

诗意是:永嘉之乱,西晋灭亡,中原士大夫,尽寄南国。逸少(右军)的书楼淹没在草丛中。至今池水蓄积并保持着墨色。与许多泉水的颜色不同。

裴通临墨池,登书楼,宿金庭,作《金庭观晋右军书楼墨池》,和了一首《王右军宅》:

> 寂寂金庭洞,清香发桂枝。鱼吞左慈钓,鹅踏右军池。此地常无事,冲天自有期。向来逢道士,多欲驾文螭。③

①严可均辑《全上古三代秦汉三国六朝文》,中华书局,1958 年,第 3129—3130 页。
②彭定求等编《全唐诗》,中华书局,1960 年,第 5328 页。
③陈尚君辑校《全唐诗补编》,中华书局,1992 年,第 1058 页。

金庭山是王氏世祖王子乔的道场,此地有神真限卫,“兵病不往,洪波不登”①。或许用金庭山道教典故,才能把裴通这难懂的诗解读得合理些。

(作者单位:新昌浙东唐诗之路研究社)

①[日]吉川忠夫、麦谷邦夫编,朱越利译《真诰校注》,中国社会科学出版社,2006年,第349页。

杜甫作《江南逢李龟年》补证

——兼论此诗之情感内涵

吴怀东

《江南逢李龟年》是著名的唐诗经典,被认为代表着杜甫七绝创作的最高水平。此诗普遍被认为表达了悲哀的感情,虽非绝句正格,却赢得学者们的普遍赞誉,如清人就认为"少陵七绝,此为压卷"(孙洙《唐诗三百首》评)、"虽青莲、摩诘亦应俯首"(吴瞻泰《杜诗提要》评)、"千古绝调"(《唐宋诗醇》评)、"子美七绝,此为压卷"(邵长蘅语,《杜诗镜铨》卷二引),黄生甚至说:"见风韵于行间,寓感慨于字里,即使龙标、供奉操笔,亦无以过。"(《杜诗说》卷一〇)其实,此诗"著作权"及其感情内涵,学界还存在很大的争议①。宋代胡仔、明代胡震亨先后质疑此诗乃杜甫作,当代学者李汝伦、吴企明以及日本学

①关于此诗还有其他问题,如创作时间、地点问题,有潭州、荆南以及吴越三说。黄鹤编在大历三年荆南诗内(《黄氏补千家集注杜工部诗史》卷三四),而赵次公认为作于大历四年潭州(林继中《杜诗赵次公先后解辑校》己帙卷之四,上海古籍出版社,1994 年),而现代学者洪业根据"江南"这个词语判断,此诗作于杜甫早年前往吴越漫游途中(曾祥波译《杜甫:中国最伟大的诗人》,上海古籍出版社,2011 年,第 242 页)。萧涤非先生主编,张忠纲师终审统稿《杜甫全集校注》认为大历五年暮春作于潭州(卷二〇,人民文学出版社,2014 年),可从。另外,此诗词句虽没有异文,但是在不同版本杜集中原注的表述及其在原诗中位置稍有不同,不过,并不影响本文所讨论的两个问题。

者后藤秋正等认同胡仔、胡震亨的观点和理由①。归纳他们质疑之理由，主要是两点：第一，此诗所涉及之史实。他们认为，岐王、崔九以及李龟年与杜甫交游的过程、时、地（包括“江南”所指地域）不符合已知之事实。第二，由于杜甫自编诗集早就散佚②，而杜甫作《江南逢李龟年》出自唐代笔记小说，他们认为此诗亦属于“小说家言”，不可信。然而，对前述两个质疑，古代学者如钱谦益以及当代学者吴明贤教授其实已基本解决③，在此毋庸复述，文章则试图从另一个角度论定此诗为杜甫所作，即从此诗呈现的人物活动及心理反应的逻辑④，具体来说就是讨论此诗“落花时节”⑤的审美情感反应方式、旧

①李汝伦《〈江南逢李龟年〉非杜诗辨》，载其著《杜诗论稿》，广东人民出版社，1983 年，第 40—49 页。吴企明《杜甫诗辨伪札记》，载其著《唐音质疑录》，上海古籍出版社，1985 年，第 27—29 页。后藤秋正《杜甫诗的真伪》，载日本杜甫学会编《杜甫研究年报》第 2 号，2019 年。按，李汝伦否定此诗为杜甫作品，进而认为此诗“内容空洞，感情平淡”，他对此诗评价很低。

②陈尚君《杜诗早期流传考》，载《中国古典文学丛考》第 1 辑，复旦大学出版社，1985 年。

③钱谦益解决了“江南”所指问题，参见《钱注杜诗》卷一七，上海古籍出版社，1979 年。吴明贤《杜甫〈江南逢李龟年〉著作权不容否定》（《杜甫研究学刊》2005 年第 4 期）有详论，近年柏红秀《乐人身份与〈江南逢李龟年〉作者之争》（《江海学刊》2014 年第 6 期）从唐代音乐制度的角度又有补证。王辉斌认为此诗乃李白作品，其说证据不足。赵海菱《〈江南逢李龟年〉作者发疑》（《社会科学辑刊》2014 年第 5 期）认为此诗为王维之作，其主要论证思路是根据最新出土文献否定此诗“原注”记载的可靠性。赵文思路新颖，不过，其所质疑所涉问题甚大，其论证尚需完善。因此，本文仍然尊重流行的理解，即这些“原注”都是杜甫自注，具有历史真实性。

④前述吴明贤先生论证此诗为杜甫所作也关注诗风证据，注意到杜甫诗歌的整体性，“诗的意旨及风格与杜甫此时期诗歌的内容及总体风格一致”，只是所论简略。

⑤美国学者宇文所安为此写了一本专书《追忆》（上海古籍出版社，1991 年），讨论此诗追忆的心理内涵。

友相见的心理感受之于杜甫的可能性、可靠性，实亦涉及对此诗感情内涵的理解问题。

一、“落花”意象与杜诗

此诗最突出的意象就是落花，“正是江南好风景，落花时节又逢君”，所谓“落花时节”也就是暮春时节，作者的立场很明确：暮春花落，是人间最好、最美的风景。“落花”意象在诗歌史即审美感觉史上流变的阶段性特点，有助于证实此诗出自杜甫之手①。

人类是自然界生命循环的一个部分、一个环节，与外在的自然界不仅存在物质层面的互动关系，而且还存在精神与情感的联系。作为人类物质与精神生活环境的各种自然现象，早就与人类的特定情感反应模式（或悲或喜）发生关联，这也是《诗经》比兴手法的基础。《论语》所谓“岁寒，然后知松柏之后凋也”②，是以松树“比德”人格；楚辞《橘颂》，实借歌颂橘树经冬犹绿赞美不畏困难的人格操守，而宋玉《九辩》开千古悲秋传统。花，既孕育了人类赖以生存的各种植物

①关于中国文学中的“落花”意象，日本学者较早展开研究，近年来国内学者有更深入推进，研究对象除了宋词中的落花意象和明清落花诗之外，集中于中古诗歌中的落花意象，代表性的论文有唐婉祺《文化诗学视野下的中日“落花”意象比较》（四川师大文学院硕士论文，2009 年）、傅艳华《白居易诗歌意象研究》（陕西理工学院文学院硕士论文，2011 年）、张晓青《中国古典诗歌中的季节表现——以中古诗歌为中心》（中国社会科学院研究生院博士论文，2012 年）、周正悦《中国古代文学中的落花意象和题材研究》（南京师大文学院硕士论文，2016 年）等；而雷田甜《唐诗中的“落花”》（西北大学文学院硕士论文，2017 年）尤其着力于唐诗中“落花”意象研究，其对唐诗进行了全面梳理、统计，认为唐诗中落花涉及 55 种（花草树木），涉及作者 480 余人，诗例近 2800 句。不过，现有研究较少强调落花意象所包含内涵发展的阶段性和作家个体的差异性，而这点正是本文所要补足和强调之处。

②朱熹《论语集注》，齐鲁书社，1992 年，第 92 页。

性自然食物,也是大千世界中色彩最丰富、造型最奇特的物象,很早就进入了人类的审美视野。不过,花儿从含苞待放到盛开再到萧条败落呈现出不同的阶段性,因而人类对花之美的发现与感受也呈现出一定的阶段性特点。

从文学史上看,虽然《诗经·小雅·苕之华》咏叹"苕之华,芸其黄矣。心之忧矣,维其伤矣"①,《离骚》也记载"惟草木之零落兮,恐美人之迟暮""朝饮木兰之坠露兮,夕餐秋菊之落英"②,但是,落花成为广泛的审美对象却相对较晚,今存魏晋诗歌里尚未见,只有到南朝齐梁时代才大量出现,且具有特定的情感内涵。诗例如:"新条日向抽,落花纷已委。"(谢朓《往敬亭路中》)③"鱼戏新荷动,鸟散余花落。"(谢朓《游东田》)"桂台清露拂,铜陛落花沾。"(何子朗《学谢体诗》)"落花浮浦出,飞稚渡洲还。"(刘孝绰《遥见邻舟主人投一物众姬争之有客请余为咏》)"含桃落花日,黄鸟营飞时。"(《子夜四时歌》)"洛阳梨花落如雪,河边细草细如茵。"(萧子显《燕歌行》)"落花徒入户,何解妾床空。"(萧子范《春望古意》)"游丝暖如网,落花雰似雾。"(沈约《八咏诗·会圃临春风》)"点缀映媚,似落花依草。"(钟嵘《诗品》评丘迟诗)"梦笑开娇靥,眠鬟压落花。"(萧纲《咏内人昼眠》)"画梁朝日尽,芳树落花辞。"(阴铿《和樊晋陵伤妾诗》)"落花犹未卷,时鸟故余声。春芳空悦目,游客反伤情。"(何逊《春暮喜晴酬袁户曹苦雨诗》)"落花纷入膝,浸淫水上风。"(何逊《刘博士江丞朱从事同顾不值作诗云尔》)"团扇承落花,复持掩余笑。"(何逊《苑中见美人诗》)"落花还井上,春机当户前。"(徐陵《中妇织流

①程俊英译注《诗经译注》,上海古籍出版社,1985年,第483页。

②朱熹集注《楚辞集注》,上海古籍出版社,1979年,卷第一第4页、第7—8页。

③本文引唐诗,俱出自逯钦立辑校《先秦汉魏晋南北朝诗》,中华书局,1983年。不另出注。

黄》)“纳凉高树下,直坐落花中。”(徐陵《内园逐凉》)“落花承步履,流涧写行衣。”(徐陵《春日诗》)“落花与芝盖齐飞,杨柳共春旗一色。”(庾信《三月三日华林园马射赋并序》)“落花催斗酒,栖乌送一弦。”(庾信《和灵法师游昆明池诗》)“落花承舞席,春衫拭酒杯。”(庾信《咏画屏风诗》)“落花何假拂,风吹会并来。”(庾信《春望诗》)“只疑落花慢去,复道春风不还。”(庾信《舞媚娘》)这些诗例表明南朝诗人开始关注落花之美。当代学人田晓菲较早注意到南朝时期出现了落花与悲哀情绪的关联,并有细腻的分析,所论甚详:“时至今日,落花已经是中国诗歌中至为常见的意象和主题,任何读者都会立刻把落花与春晚、时光流逝以及青春短暂联系起来。从唐代诗人杜甫的‘一片花飞减却春’(《曲江》二首其一),到《红楼梦》里的黛玉葬花,落花的意象具有悠久的传统和丰富的文本回声。春天的落花被视为大自然对人类珍惜时光、及时行乐的催促。然而,是不是‘一直’都是如此呢?”“只要我们稍微留心一下中国的文学传统,我们就会发现实际并非如此。在早期中国文学中,花朵总是只有在秋天才凋谢,而且,除了菊花之外,这些文学中的花朵几乎从来不坠落。事实上,只有到了南朝,春花才开始飘零……在诗歌传统中,对落花的最早描写直到五世纪才开始出现,谢灵运、沈约、谢朓都写过落花。”“春花的坠落是中国文学史上一个重要时刻。在最简单的层次上,它宣告了春与秋、盛与衰两极对立修辞结构的结束,给作为文化符号的‘春天’增添了新的意义。在一个生命最旺盛的季节,春日落花暗示了死亡与衰朽的存在,提醒人们大自然对人类的感情和欲望在根本上的漠然。同时,对凋谢的春花感到哀伤,虽然不是一种新的情感,但是描写这种情感却构成了一种前所未有的新的话语。在萧纲的作品(指《序愁赋》)中,它和我们称之为‘惆怅’的情绪相互契合。”“在后代,这种情绪被称为‘闲愁’。它是一个敏感多思的人,在外界一切事物皆和谐自足的状态下,对‘生命’本身感到疑问和不满的表象。

萧纲是第一个描写这份情绪的作家。但是,因为这份情绪没有'实际'的原因,在一个重视实际与实用、把'哀民生之多艰'视为最高理想的文化价值系统中,属于一个令人不安的多余的空间。"①尽管如此,我们认为,从落花引起的感情来说,也并不一律就是悲伤,田晓菲所强调的萧纲《序愁赋》只是个例②,还不具有普遍性,并不代表落花与悲哀的情感之间形成了固定的反应模式。实际情况甚至是相反:落花被认为是最美的景象,人们看到落花普遍的反应毋宁说是兴高采烈的。

初、盛唐承接了南朝的传统,诗人仍然习惯将落花作为春天最好的景致加以欣赏、描写,感情也不尽是悲哀③。诗例如:"雨霁虹桥晚,花落凤台春。"④(上官仪《安德山池宴集》)"人歌小岁酒,花舞大唐春。"(卢照邻《元日述怀》)"落花泛泛浮灵沼,垂柳长长拂御沟。"(骆宾王《代女道士王灵妃赠道士李荣》)最有名的是王勃《落花落》,精心地刻画了落花纷纷扬扬之美:"落花落,落花纷漠漠。绿叶青跗映丹萼,与君裴回上金阁。影拂妆阶玳瑁筵,香飘舞馆茱萸幕。落花飞,撩乱入中帷。落花春正满,春人归不归。落花度,氛氲绕高树。落花春已繁,春人春不顾。绮阁青台静且闲,罗袂红巾复往还。盛年

①田晓菲《烽火与流星——萧梁王朝的文学与文化》,中华书局,2010 年,第 143—146 页。

②雷田甜认为萧子范《落花》是第一首描写落花的诗(见前引其硕士学位论文《唐诗中的"落花"》)。其实,现有文献无法帮助确认具体两篇作品创作的准确时间,我们自然无法判断孰先孰后,不过,萧子范(486—550)、萧纲(503—551)差不多生活于同一时代,且都属于贵族,他们彼此有交流与相互影响关系,这恰恰说明对落花的关注开始成为(社会上层审美和创作)普遍风尚。

③[日]青山宏著,程郁缀译《唐宋词研究》附论"中国诗歌中的落花与伤春惜春的关系",北京大学出版社,1995 年。

④本文引唐人诗(除了杜甫诗)俱出自清编《全唐诗》,中华书局,1960 年。不另出注。

不再得,高枝难重攀。试复旦游落花里,暮宿落花间。与君落花院,台上起双鬟。"其他诗人的诗例还有:"洛阳儿女好颜色,坐见落花长叹息。今年花落颜色改,明年花开复谁在?"(刘希夷《代悲白头翁》)"落花双树积,芳草一庭春。"(宋之问《题鉴上人房》)"风光新柳报,宴赏落花催。"(杜审言《宿羽亭侍宴应制》)"昨夜闲潭梦落花。"(张若虚《春江花月夜》)盛唐仍然延续了这个审美习惯,如:"清歌芳树下,妙舞落花中。"(张说《侍宴武三思山第应制赋得风字》)"夜来风雨声,花落知多少。"①(孟浩然《春晓》)"落花啼鸟纷纷乱,涧户山窗寂寂闲。"(王维《寄崇梵僧》)"兴阑啼鸟缓,坐久落花多。"(王维《从岐王过杨氏别业应教》)"花落家童未扫,莺啼山客犹眠。"(王维《田园乐七首》之六)"人闲桂花落,夜静春山空。"(王维《鸟鸣涧》)"始知人老不如花,可惜落花君莫归。"(岑参《韦员外家花树歌》)"灞头落花没马蹄,昨夜微雨花成泥。"(岑参《青门歌,送东台张判官》)李白对花情有独钟,其著名的《春夜宴从弟桃李园序》云:"夫天地者,万物之逆旅也;光阴者,百代之过客也。而浮生若梦,为欢几何?古人秉烛夜游,良有以也。况阳春召我以烟景,大块假我以文章。会桃花之芳园,序天伦之乐事。群季俊秀,皆为惠连;吾人咏歌,独惭康乐。幽赏未已,高谈转清。开琼筵以坐花,飞羽觞而醉月。不有佳咏,何伸雅怀?如诗不成,罚依金谷酒数。"虽然李白赞美过牡丹"一枝秾艳露凝香"(《清平调三首》之二),但在他富有奇情异想的浪漫主义诗歌中也有对落花之美的描写:"昔日红粉照流水,今日青苔覆

①孟浩然《春晓》历来被认为是赞美春天有声有色、生机勃勃的最佳例证,其实,"夜来风雨声,花落知多少"还包含淡淡的惜春之言外之意,而这种惜春之意固然与"无可奈何花落去"有关,还与当时人那种特定的审美习惯有关——当时人认为最美的风景是落花,诗人因为自己在酣睡而错过了最美的风景而可惜。详论参见吴怀东《落花有意——孟浩然〈春晓〉情感内涵再议》,载《名作欣赏》2019年第25期。

落花。”(《送祝八之江东赋得浣纱石》)“瑶台雪花数千点,片片吹落春风香。”(《酬殷明佐见赠五云裘歌》)“好鸟吟清风,落花散如锦。”(《月下独酌四首》其三)“落花踏尽游何处,笑入胡姬酒肆中。”(《少年行二首》其一)“细雨春风花落时,挥鞭直就胡姬饮。”(《白鼻騧》)储光羲《山中贻崔六琪华》有诗句:“忧随落花散,目送归云飞。”有意思的是储光羲看到落花之美,诗人内心的忧愁反而消失了,如同花落去一样消失①。

值得注意的是,中唐以来赏花(包括落花)的态度出现了明显的改变。韩愈的名作《早春呈水部张十八员外二首》(其一)云:“天街小雨润如酥,草色遥看近却无。最是一年春好处,绝胜烟柳满皇都。”“草色遥看近却无”是早春的景象,“烟柳满皇都”是仲春的盛景,他显然注意到“烟柳满皇都”的巨大魅力。白居易、刘禹锡都有和元稹《春深》诗二十首,诗写不同社会阶层对花的爱好,特别突出各种鲜花盛开的景象。中唐人沉湎于花的欣赏,“春风得意马蹄疾,一日看尽长安花”(孟郊《登科后》),新晋进士所采的是大红大紫的牡丹。中唐人还欣赏盛开的桃花,刘禹锡《元和十年自朗州至京戏赠看花诸君子》就说“紫陌红尘拂面来,无人不道看花回”。值得注意的是,人们更欣赏鲜花盛开的景象,对落花反而不太像以前那么重视,而且,落

①陈植锷说:“‘落花’与‘暮春’、‘风雨’、‘流水’,自古以来就是人们在诗歌中用来表现年轻女子相思中的烦恼和对即将逝去的青春的惋惜的特定意象。”“它给人的印象是对美的留恋,它激起的情绪是惆怅和忧伤,它使人想起春天的消失、流水的无情和风雨的摧残等等这样一些人类社会和自然界永恒存在的情感和现象。由此出发,可以进一步想到‘落花’在这些诗篇中所具有的同一象喻意义:美貌但是伤感的年轻女郎。”(《诗歌意象论——微观诗史初探》,中国社会科学出版社,1990年,第3—5页)陈植锷强调了“落花”(及其类似诗歌意象)内涵跨时空的普遍性和相对稳定性,却忽略了其生成过程及其演变性、个别性,另外,他强调“落花”意象象喻“美貌但是伤感的年轻女郎”,似乎证据不足。

花引发的感情开始普遍趋向于悲伤。白居易《惜落花》:“夜来风雨急,无复旧花林。枝上三分落,园中二寸深。日斜啼鸟思,春尽老人心。莫怪添杯饮,情多酒不禁。”进入晚唐五代,“落花”意象在诗歌中涌现,如杜牧《惜春》诗云:“怅望送春杯,殷勤扫花帚。”李商隐《落花》诗云:“高阁客竟去,小园花乱飞……肠断未忍扫,眼穿仍欲归。”《残花》诗句:“残花啼露莫留春,尖发谁非怨别人?”《无题》诗句:“相见时难别亦难,东风无力百花残。”词体文学中,落花意象尤为突出,如:“薄晚春寒、无奈落花风。”(冯延巳《虞美人》)“花落春残。”(冯延巳《采桑子》)“流水落花春去也,天上人间。”(李煜《浪淘沙令》)“林花谢了春红、太匆匆。”(李煜《乌夜啼》)此后,落花描写及其感伤情绪几乎是宋词的“标配”,名句如“无可奈何花落去”(晏殊《浣溪沙》)、“花落狂风,小院残红满”(苏轼《蝶恋花》)、“惜春长怕花开早,何况落红无数”(辛弃疾《摸鱼儿》)等①。

综上所述,从主流的诗歌来看,对落花的态度呈现鲜明的阶段性:从六朝到盛唐,人们对暮春的喜爱超过了对初春、盛春的喜爱,尤其喜爱暮春的落花之美,同时,人们看见落花,并不必然产生悲哀的情绪,但是,从中唐开始,情况发生了巨大的转变,人们喜爱万紫千红的盛春超过落花的暮春,而且,落花引发了普遍的悲哀情绪反应。

杜甫正处在从盛唐到中唐这个转折关头。在现存杜诗中,流落荆湘之前创作涉及落花的诗例也不少,可见杜甫对落花的关注和敏感,不过,落花并没有与特定情绪关联②。如:

---

①[日]青山宏著,程郁缀译《唐宋词研究》,北京大学出版社,1995年。附论“中国诗歌中的落花与伤春惜春的关系”。

②关于全面讨论杜甫对春天感知方式,可参吴怀东《杜甫的“伤春”心理及其诗史意义》(《江淮论坛》2020年第2期)而本文只关注杜甫暮春“落花”的感知方式与情感及与《江南逢李龟年》的联系。

落絮游丝亦有情,随风照日宜轻举。(《白丝行》)[1]

桃花细逐杨花落,黄鸟时兼白鸟飞。(《曲江对酒》)

落花游丝白日静,鸣鸠乳燕青春深。(《题省中院壁》)

花径不曾缘客扫,蓬门今始为君开。(《客至》)

寒食江村路,风花高下飞。(《寒食》)

一径野花落,孤村春水生。(《遣意》)

风吹花片片,春动水茫茫。(《城上》)

唯见林花落,莺啼送客闻。(《别房太尉墓》)

《江畔独步寻花七绝句》最为生动:

江上被花恼不彻,无处告诉只颠狂。走觅南邻爱酒伴,经旬出饮独空床。

稠花乱蕊畏江滨,行步欹危实怕春。诗酒尚堪驱使在,未须料理白头人。

①本文引杜甫诗,俱出自杨伦笺注《杜诗镜铨》(上海古籍出版社,1980年)。不另出注。

江深竹静两三家,多事红花映白花。报答春光知有处,应须美酒送生涯。

东望少城花满烟,百花高楼更可怜。谁能载酒开金盏,唤取佳人舞绣筵。

黄师塔前江水东,春光懒困倚微风。桃花一簇开无主,可爱深红爱浅红。

黄四娘家花满蹊,千朵万朵压枝低。留连戏蝶时时舞,自在娇莺恰恰啼。

不是爱花即肯死,只恐花尽老相催。繁枝容易纷纷落,嫩蕊商量细细开。

落花是春光烂漫的象征,杜甫的爱花之情溢于言表。杜甫有的诗依旧将落花作为人间最美的风景进行描写,心情也是轻松愉快的,同时,杜诗中也出现了将落花与悲哀的感情联系在一起的用例,是由花落甚至花开所代表的时间流逝而引发他的情绪反应,如"花飞有底急,老去愿春迟"(《可惜》),不过,这些悲哀的情绪更与特定事件相关联。比如以下两例:

感时花溅泪,恨别鸟惊心。(《春望》)

这是写花开。《春望》作于杜甫陷贼于长安时,"国破山河在,城春草木深",诗人前一年(756)八月被安史叛军抓到长安,次年(757)

春天创作此诗。他是由春天花开想到叛军占据长安又一年①,花开美丽本是令人快乐的景象,如今时局如此,触景生情,诗人产生了悲哀的情绪。换言之,不是一般的“对花落泪”,而是“感时”——有感于时局而落泪②。

花近高楼伤客心,万方多难此登临。(《登楼》)

这也是写花开。《登楼》这首七律是杜甫于唐代宗广德二年(764)寄寓成都时创作的。明代学者邵傅说:“花近高楼,登临反伤心者,万方多难故也。”(《杜律集解》卷六)后面的六句就是清晰的说明:“锦江春色来天地,玉垒浮云变古今。北极朝廷终不改,西山寇盗莫相侵。可怜后主还祠庙,日暮聊为《梁甫吟》。”③

花开如此,而落花当然更引发杜甫悲哀的情绪反应,最有代表性的诗例就是复京后重回长安为官时创作的《曲江二首》:

一片花飞减却春,风飘万点正愁人。且看欲尽花经眼,莫厌

①关于“连三月”,或曰连续三个月,或曰从去年三月至今年三月实指一年,我们认为后说可从:“自禄山乱起,至此已一年余。”(浦起龙《读杜心解》卷三)“至今已连逢两个三月也。”(赵星海《杜解传薪摘抄》卷三)

②对这种景观与感情不对应的哀乐悲喜互转现象,古代学者从艺术效果的角度已有所讨论,如《杜诗言志》(卷三):“写春望离乱,偏用花溅鸟鸣字面,使其情更悲,而其气仍壮。”这其实是王夫之“以乐景写哀,以哀景写乐,一倍增其哀乐”(《姜斋诗话》卷三)观点的具体应用。

③李文炜云:“此公登楼眺望,而多难伤心,因景感事而赋此诗。”(转引自《杜甫全集校注》,人民文学出版社,2014年,第3162页)其实,此诗发想于建安文学家王粲《登楼赋》,与中古登高兴悲创作惯例与审美传统相关,“登高望山海,满目悲古昔”(李白《宣州九日闻崔四侍御与宇文太守游敬亭余时登响山不同此赏醉后寄崔侍御二首》其一)。

伤多酒入唇。江上小堂巢翡翠,花边高冢卧麒麟。细推物理须行乐,何用浮名绊此身。

朝回日日典春衣,每日江头尽醉归。酒债寻常行处有,人生七十古来稀。穿花蛱蝶深深见,点水蜻蜓款款飞。传语风光共流转,暂时相赏莫相违。

《曲江二首》创作时间与背景很清楚,此诗作于唐肃宗乾元元年(758)春天,时杜甫任左拾遗。之前因上疏救房琯而被肃宗疏远,被打发回鄜州探亲,安史叛军被逐出关中,唐肃宗回到长安后,杜甫才重新回到长安任职。因为唐玄宗与唐肃宗新老皇帝之间斗争激烈,杜甫被视为唐玄宗一派而即将被贬(很快被贬到华州任司功参军),杜甫因此满怀牢愁。曲江水光草色,花红柳绿,本来是长安的春游胜地,“三月三日天气新,长安水边多丽人”(《丽人行》),但诗人下班后再已无心欣赏这里美丽的风景,他从花落联想到美好时光的消失(他或许联想到很快要被贬官,留在京城的时间不多),情不自禁悲哀起来。

上述诗中见花而产生的负面情绪,都是针对具体事件或情境的个别反应。花落甚至花开引发杜甫的消极情绪,是因为他当时在社会人事方面不快的遭遇。虽然杜甫诗中所写花与负面情绪有了一定关联,但是,尚没有形成一种固定的心理定式和审美惯性,换言之,他赏花时的兴高采烈和世俗大众、和其他诗人并无二致,而看花引发负面情绪还只是他个人经历中特定时间、特定事件引发的个别性、偶然性的情绪反应。在诗人的感知系统中,花是美丽的,是美好的象征,可是,因为特定的意外事件导致诗人没有心情欣赏花开之美,这种花开之美丽、美好反而刺激了他产生悲哀的情绪。当然,需要强调的是,心情不佳,并不意味着杜甫不欣赏或不能感知花之美丽,更不意味着花不美丽,即使残花也还是一种美丽。除了这三首诗,杜甫看到落花依然兴高采烈,在杜甫那个时代,落花还不一定就意味着萧条衰败,代表着春天最美的景致反而是普遍、流行的理解。

"落花"确实"正是江南好风景",这符合杜甫的情感反应模式和审美习惯,也符合杜甫所处时代对落花之美的共同爱好、无意识的心理习惯,这也从另外一个角度证明杜甫创作《江南逢李龟年》之可靠性。

二、旧友相见的氛围与感受

既然"落花"并不如后代流行的心理感觉——萧条和悲哀,那么,"落花时节"重见李龟年,杜甫内心的反应并不如后代之理解,即必然是悲伤的情绪。我们应结合杜甫流落于荆、湘时期全部创作所呈现的春天感知特点来审视《江南逢李龟年》的情感内涵。

现存宋代学者注解此诗大多引用唐人笔记小说《明皇杂录》《云溪友议》的记载以说明诗之本事,并没有具体、明确阐发诗歌的情感内涵。赵次公注稍详,云:"见之于落花时节,则春尽矣。"并辨析了此诗创作的时间、地点,"公死于衡州之耒阳,而《唐志》:潭州、衡州,皆江南西道也。则逢之于潭、衡间矣"①。宋以后,明确认为此诗表达了悲哀的感情的观点极为盛行,如清人黄生(1622—?)认为:

> 此诗与《剑器行》同意。今昔盛衰之感,言外黯然欲绝,见风韵于行间,寓感慨于字里,即使龙标、供奉操笔,亦无以过。乃知

①杜甫著,赵次公注,林继中辑校《杜诗赵次公先后解辑校》,上海古籍出版社,1994 年,第 1410 页。

公于此体,非不能为正声,直不屑耳……有目公七言绝句为别调者,亦可持此解嘲矣。(《杜诗说》卷一〇)

一、二总藏一“歌”字。“江南”字见地,“落花时节”,见时;四字将“好风景”三字衬润一层。“正是”字,“又”字,紧醒前二句,明岐宅、崔堂听歌之时,无非好风景之时也;今风景不殊,而回思天宝之盛,已如隔世。流离异地,旧人相见,亦复何堪!无限深情俱藏于数虚字之内。杜有此七言绝,而选者多忽之,信识真者之少也。(《唐诗摘钞》)

仇兆鳌说:

此诗抚今思昔,世境之离乱,人情之聚散,皆寓于其中。(《杜诗详注》卷二三)

清高宗弘历说:

言情在笔墨之外,悄然数语,可抵白氏一篇《琵琶行》矣。“休唱贞元供奉曲,当时朝士已无多”,刘禹锡之婉情;“钿蝉金雁皆零落,一曲伊州泪万行”,温庭筠之哀调。以彼方此,何其超妙!此千秋绝调也。(《唐宋诗醇》卷一八)

何焯说:

四句浑浑说去,而世运之盛衰,年华之迟暮,两人之流落,俱在言表。(《义门读书记》)

孙洙说：

> 世运之治乱，年华之盛衰，彼此之凄凉流落，俱在其中。（《唐诗三百首》）

当今学者刘学锴、余恕诚两位先生的分析更为细腻、生动：

> “好风景”三字，像是顺手拈来，随口道出，却使人自然联想起“风景不殊，正自有山河之异”的过江东晋士大夫的时代沧桑之慨；“落花时节”，像是即景书写，又像是别有寓托，寄兴在有意无意之间。熟悉时代和杜甫身世的读者会从这四个字上头联想起世运的衰颓、社会的动乱和诗人的衰病漂泊，却又丝毫不觉得诗人是在刻意设喻，显得特别混成无迹。①

归纳上述阐释就是：杜甫由李龟年和其自身遭遇联想到盛世的消失，而这种悲哀的社会印象和萧条的落花场景对应，正所谓“情景结合”。

然而，后代也有不同的声音，明清之际学者唐元竑甚至认为：

> 解者亦失其意，咸谓感旧耳。不知与“此曲只应天上有，人间哪得几回闻”正相反，龟年盛时供奉御前，首承宠遇，人欲一望见不可得，及其流落依人自活，人亦不复重之。“寻常见”“几度闻”“又逢君”，皆调笑意也。（《杜诗攟》卷四）

---

①萧涤非等《唐诗鉴赏辞典》，上海辞书出版社，1983年，第600页。

著名杜诗学者王嗣奭认为《江南逢李龟年》作于荆州,并且说:

落花乃伤春时节,又得逢君,便是江南一好风景矣。言其歌之妙,能令愁者欢,闷者解,春之已去者复回也。(《杜臆》卷九)

现代学者洪业认为,此诗作于杜甫漫游吴越的早年,依据正是此诗中的地理及其乐观的感情基调①。

此诗表达的一定是悲哀的感情吗?关于《江南逢李龟年》诗本事,最早出自晚唐的两部小说——郑处诲《明皇杂录》和范摅《云溪友议》。从宋代以来诸家对此诗的解读都来自这两部笔记小说记载之史料。问题是,最早有关此诗本事的记载是否真实?是否包含了这个意思或理解呢?

《明皇杂录》记载原文如下:

唐开元中,乐工李龟年、彭年、鹤年兄弟三人皆有才学盛名。彭年善舞,鹤年、龟年能歌,尤妙制《渭川》。特承顾遇,于东都大起第宅,僭侈之制,逾于公侯。宅在东都通远里,中堂制度甲于都下。(今裴晋公移于定鼎门外别墅,号绿野堂。)其后龟年流落江南,每遇良辰胜景,为人歌数阕,座中闻之,莫不掩泣罢酒。则

①洪业提出,如果此诗确实作于湖南,则诗中的"江南"应该做"湖南",但如果不存在文字传抄错误,则此诗作于杜甫早年漫游吴越之时。见洪业《杜甫:中国最伟大的诗人》,第242页。十年后,洪业撰写《我怎样写杜甫》,更进一步论证说:"当初我受前人影响,仍放此诗于湖南诗内;且疑'江南'或是'湖南'之误,更沉静思维,则觉不但'江南'不误,而且此诗之容态俏生,气韵飘扬,不似杜甫湖南时诗之多悲哀沉郁,而可合于杜甫二十三岁左右'越女天下白,鉴湖五月凉'之环境。"(《杜甫:中国最伟大的诗人》附录,第362页)他甚至认为此诗是杜甫现存的创作时间最早的诗。当然,洪业先生的观点缺少文献史的支撑,学术界尚未接受。

杜甫尝赠诗所谓:"岐王宅里寻常见,崔九堂前几度闻。正值江南好风景,落花时节又逢君。"崔九堂,殿中监涤、中书令湜之第也。①

《云溪友议》记载原文如下:

明皇幸岷山,百官皆窜辱,积尸满中原,士族随车驾也。伶官:张野狐觱栗,雷海清琵琶,李龟年唱歌,公孙大娘舞剑。初,上自击羯鼓,而不好弹琴,言其不俊也。又宁王吹箫,薛王弹琵琶,皆至精妙,共为乐焉。唯李龟年奔迫江潭,杜甫以诗赠之曰:"岐王宅里寻常见,崔九堂前几度闻。正值江南好风景,落花时节又逢君。"龟年曾于湘中采访使筵上唱:"红豆生南国,秋来发几枝。赠君多采撷,此物最相思。"又:"清风朗月苦相思,荡子从戎十载余。征人去日殷勤嘱,归雁来时数附书。"此词皆王右丞所制,至今梨园唱焉。歌阕,合座莫不望行幸而惨然。龟年唱罢,忽闷绝仆地,以左耳微暖,妻子未忍殡殓。经四日乃苏。②

众所周知,《明皇杂录》《云溪友议》并非原创的小说集,这两条记载可能有更早的来源,这个事实表明类似理解比较流行。我们不必怀疑此事记载的真实性,但是,将普通士人交往活动关联到时代的变迁,可能是中唐人出于对盛世的追怀而产生的解读习惯,影

①《唐五代笔记小说大观》,上海古籍出版社,2000年,第962页。
②《唐五代笔记小说大观》,上海古籍出版社,2000年,第1290页。

响至于今①。李龟年虽然是盛唐著名的音乐家,但流传至今的其活动的确切记载却很少,李端(743—782)有一首诗《赠李龟年》,云:“青春事汉主,白首入秦城。遍识才人字,多知旧曲名。风流随故事,语笑合新声。独有垂杨树,偏伤日暮情。”所以,仅凭类似小说材料以及李端、杜甫等人诗歌作品很难了解李龟年的经历情况②,也很难直接判断杜甫与李龟年会面时的氛围和参与者的心情。值得注意的是,虽然“龟年流落江南,每遇良辰胜景,为人歌数阕,座中闻之,莫不掩泣罢酒”,虽然李端的诗也感慨大唐的命运与李龟年人生命运的密切关联,李龟年流落湖南,遭遇确实比较惨淡,但是,涉及杜诗的这两条小说史料本身却没有明确说明杜甫此诗的感情内涵,其叙事的主人公是李龟年,小说的作者强调了著名歌唱家李龟年因安史之乱而导致的人生盛衰的巨大落差,而杜甫这首诗只是从他个人经历的角

①程毅中先生研究指出,中唐贞元、元和年间,单篇传奇小说兴起,“又反过来带动了小说集的繁荣”(《唐代小说史》,人民文学出版社,2003 年,第 225 页)。中晚唐出现了大量志怪、轶事小说集,这些小说本身具有鲜明的创作性、虚构性和娱乐性,用其作为史料必须慎重,“(《云溪友议》)作为唐诗的研究资料是不大可靠的,引用时必须谨慎加以考证核实”(第 293 页)。安史之乱终结了盛唐,杜甫的创作中就开始怀念开元时代(如《忆昔》),生活在藩镇割据、宦官专权、党争激烈时代的中唐人不断总结历史,也更加怀念盛唐,此时出现了不少以盛唐社会生活,尤其是唐明皇为歌咏的诗歌(如白居易《长恨歌》等)和小说创作,见王仁裕等撰,丁如明辑校《开元天宝遗事十种》(上海古籍出版社,1985 年)。因此,对于《明皇杂录》《云溪友议》等笔记小说中有关盛唐人事以及盛唐诗歌叙事之真伪,我们亦必须考虑其小说性,参见郑珂、刘炜评《论中晚唐笔记小说中明皇叙事的文化心态研究》(《人文杂志》2015 年第 6 期)。对盛唐人事的记载,被中唐人有意无意从盛世消失的角度加以描述,这种追述中潜在的情感立场值得我们注意。

②学术界专门讨论李龟年的论文不多,也不完善、不准确,如沈端民《唐代著名乐师李龟年》(《湘潭大学学报》1993 年第 4 期)。现存有关李龟年的材料都有小说化的倾向,由于史料有缺,确实难以定谳。

度叙述了与李龟年的交往，至少杜甫在字面上并没有表达出悲哀的情感。

既然《明皇杂录》《云溪友议》没有提示杜甫这首诗是抒发了悲哀的感受，那么，我们可以从杜甫荆湘时期心理习惯、诗歌惯例角度来考察《江南逢李龟年》旧友相逢、追忆往事以及对落花的感受。

以大历三年（768）春从白帝城放船出瞿塘峡（《大历三年春，从白帝城放船出瞿塘峡，久居夔府，将适江陵，漂泊有诗，凡四十韵》）为起始，到大历五年（770）秋冬之际去世，杜甫在荆湘一共度过了三个春天，从其一百五十多首荆湘诗可以观察杜甫生活、心理的一般状况及其春天里面对花开花落的情感反应特点①。

杜甫离开夔州、出峡之后，北归无望，流落荆湘，心头笼罩着浓重的漂泊之感："吾徒自漂泊，世事各艰难。"（《宴王使君宅题二首》之一）"亲朋无一字，老病有孤舟。"（《登岳阳楼》）"遭乱实漂泊。"（《湖南送敬十使君适广陵》）"偷生常避地，适远更沾襟。"（《南征》）"垂老见飘零。"（《衡州送李大夫七丈赴广州》）此时朝政日乱，联想到自己功业无成，老来漂泊，生活艰难，身体多病，杜甫心情十分抑郁："听歌泪满衣。"（《巫山县汾州唐使君十八弟宴别兼诸公携酒乐相送，率题小诗，留于屋壁》）"自古幽人泣，流年壮士悲。"（《移居公安敬赠卫大郎钧》）"泊舟楚宫岸，恋阙浩酸辛。"（《敬寄族弟唐十八使君》）"萍漂忍流涕。"（《乘雨入行军六弟宅》）"人情老易悲。"（《暮春江陵送马大卿公恩命追赴阙下》）"去国哀王粲，伤时哭贾生。"（《久客》）"古往今来皆涕泪。"（《公安送韦二少府匡赞》）"此身飘泊苦西东，右臂偏枯耳半聋。寂寂系舟双下泪，悠悠伏枕左书空。"（《清明二首》

①樊维纲《南客潇湘外江湖行路难——杜甫在湖南的行踪、境遇》，《湖南师院学报》（哲学社会科学版）1981 年第 1 期。对杜甫在湖南的行踪、遭遇以及心态做了比较详细的研究。

之二)“老来多涕泪。”(《哭韦大夫之晋》)“偷生常避地,远适更沾襟。老病南征日,君恩北望心。百年歌自苦,未见有知音。”(《南征》)“白云山青万余里,愁看直北是长安。”(《小寒食舟中作》)“白首独余哀。”(《千秋节有感二首》之一)“岁暮有余悲。”(《幽人》)“转蓬忧悄悄,行药病涔涔。”(《风疾舟中伏枕书怀三十六韵奉呈湖南亲友》)等。在这种生活处境和心情之下,杜甫格外喜欢怀旧,“诗忆伤心处”(《酬寇十侍御锡见寄四韵复寄寇》),见到故交更容易引发伤感情绪,如大历五年(766)正月二十一日,杜甫“开文书帙中,检所遗忘”,发现在成都时高适赠诗“柳条弄色不忍见,梅花满枝空断肠”(高适《人日寄杜二拾遗》),情不自禁作《追酬故高蜀州人日见寄》,其诗序即云:“老病怀旧,生意可知。”

与此同时,从中原漂泊至荆湘的杜甫对时间、对季节更替、对春秋景象、对异地的物候异常敏感,美好的春景确实为他所喜爱,却也往往触动他的伤感情绪。《行次古城店泛江作,不揆鄙拙,奉呈江陵幕府诸公》:“老年常道路,迟日复山川。白屋花开里,孤城麦秀边。济江元自阔,下水不劳牵。风蝶勤依桨,春鸥懒避船。王门高德业,幕府盛才贤。行色兼多病,苍茫泛爱前。”类似诗句所在多有,如:“仲宣楼头春色深。”(《短歌行赠王郎司直》)“沙村白雪仍含冻,江县红梅已放春。”(《留别公安大易沙门》)“雪岸丛梅发,春泥百草生。”(《陪裴使君登岳阳楼》)“春岸桃花水,云帆枫树林。”(《南征》)“驿边沙旧白,湖外草新青。万象皆春气,孤槎自客星。”(《宿白沙驿》)“山鬼迷春竹,湘娥倚暮花。”(《祠南夕望》)“孤舟乱春华,暮齿依蒲柳。”(《上水遣怀》)“春水满南国,朱崖云日高。”(《遣遇》)“野树侵江阔,春蒲长雪消。”(《野望》)“残年傍水国,落日对春华。”(《入乔口》)“不夜楚帆落,避风湘渚间。水耕先浸草,春火更烧山。”(《铜官渚守风》)“春去春来洞庭阔,白蘋愁杀白头翁。”(《清明二首》之一)“夜醉长沙酒,晓行湘水春。”(《发潭州》)“卧病江湖春复生。”(《酬郭十五受判官》）“洞庭秋欲雪，鸿雁将安归?”（《北风》）“春水船如天上坐，老年花似雾中看。”（《小寒食舟中作》）“湖南为客动经春，燕子衔泥两度新。”（《燕子来舟中作》）等。无边春色也是时光流逝的象征，“物色生态能几时?”（《晓发公安》）“洞庭春色悲公子，鰕菜忘归范蠡船。”（《赠韦七赞善》）“卧病却愁春。”（《送赵十七明府之县》）“生涯相汩没，时物正萧森。”（《风疾舟中伏枕书怀三十六韵奉呈湖南亲友》）诗人总是触景生情，由眼前景不禁联想到个人当下的遭遇和艰难，更常常联想到朝政与时局的晦暗，情绪陷入悲哀，如《次晚洲》：

> 参错云石稠，坡陀风涛壮。晚洲适知名，秀色固异状。棹经垂猿把，身在度鸟上。摆浪散帙妨，危沙折花当。羁离暂愉悦，羸老反惆怅。中原未解兵，吾得终疏放。

然而，我们也要注意到，春天毕竟是一年中最美丽的季节，桃红柳绿、莺歌燕舞等美丽的景象，确能引发诗人的大好诗兴，杜甫看到春光烂漫，有时也是兴高采烈的，如其诗曰：“自喜遂生理，花时甘缊袍。”（《遣遇》）“久为谢客寻幽惯，细学周颙免兴孤。一重一掩吾肺腑，山鸟山花吾友于。宋公放逐曾题壁，物色分留与老夫。”（《岳麓山道林二寺行》）“朝来新火起新烟，湖色春光净客船。”（《清明二首》之一）“药裹关心诗总废，花枝照眼句还成。”（《酬郭十五受判官》）“仲春江山丽。”（《宿凿石浦》）“和风引桂楫，春日涨云岑。”（《过津口》）“青春犹无私，白日亦偏照。”（《次空灵岸》）杜甫对自然物象的观察尤其细致，如“树蜜早蜂乱，江泥轻燕斜”（《入乔口》），可见漂泊中的杜甫仍然保持着热烈的生活情趣。

通过上述杜诗中有关春天、花开花落感情反应情况的讨论，我们努力揭示出一个在既往研究中被忽视的基本事实：在春天里，面对花开、花落,尽管表达悲伤感情的诗例比较多,但是,杜甫有时也兴高采烈,换言之,这恰恰表明杜甫并非是被模式化、平面化、政治化的抽象个体,而有着和世俗人相同的日常性,具有生命感受的丰富性、复杂性。正是循此逻辑,我们根据诗歌的环境描写以及人物活动情节判断《江南逢李龟年》所表达的感情并不一定就是悲哀的,而是相反——喜悦。

《江南逢李龟年》所述核心情节是旧友相见:杜甫与李龟年于落花时节相见于江南,杜甫情不自禁"追忆"起往昔欣赏李龟年歌唱的场景。流行的理解如美国著名汉学家、哈佛大学教授宇文所安之所述:"如果我们知道这首诗是杜甫的《江南逢李龟年》,知道它作于770年,我们就会由此想到杜甫一生的流离颠沛,想到安禄山之乱和中原遭受的蹂躏,想到失去的安乐繁华,它们在玄宗开元年间和天宝早期似乎还存在,对作此诗时的杜甫来说,却也成了过眼云烟。我们想到,这是一首杜甫作于晚年的诗,这位游子此时终于认识到,他再也回不了家乡,回不了京城。与此同时,我们也记起在我们头脑中李龟年是什么样的形象,他是安史之乱以前京城最有名的歌手,是最得玄宗宠幸的乐工之一。乐工在安史之乱中四散逃亡,李龟年的声望和特权也随着丧失了。这时,他已年入暮龄,流落到江南,靠在宴会上演唱为生。"①宇文所安所述正是后代读者极为共鸣的今昔对比和触景生情。然而,旧友相见是否必然是哀伤呢?未必然!杜甫进入夔州以后,由于远离京城,远离政治中心,难以获知最新的朝政动态,心情难免孤寂烦躁,渐趋衰年的他如同任何老人一样喜欢追忆往事,更加"老病怀旧",如《忆昔行》,杜甫在荆湘时偶遇来自长安的官场同僚、亲朋旧友,确实习惯于回忆往事,尤其是旅途中与旧友的分别,

①[美]宇文所安著,郑学勤译《追忆:中国古典文学中的往事再现》,生活·读书·新知三联书店,2004年,第5页。

“相见各头白”（《湖南送敬十使君适广陵》），更容易引发他心头的无限哀伤，“古往今来皆涕泪，断肠分手各风烟”（《公安送韦二少府匡赞》），“当杯对客忍流涕，不觉老夫神内伤”（《惜别行送刘仆射判官》）。而旧友的离世，更引发杜甫的哀伤，如在荆州哭别李之芳，杜甫连写多首诗倾诉哀伤之情：“儿童相识尽”（《重题》）、“此间别黄泉”（《哭李尚书》）、“将老失知音”（《哭李常侍峄二首》之一）。尽管如此，在荆州以及偏僻的湖湘，“艰危作远客”（《早发》）、“少逢旧亲友”（《上水遣怀》）、“羁旅知交态，淹留见俗情。衰颜聊自哂，小吏最相轻”（《久客》），杜甫一旦遇到亲朋旧友，并不必然尽是泪眼婆娑，如《醉歌行赠公安颜少府，请顾八题壁》诗云：“酒酣耳热忘头白，感君意气无所惜，一为歌行歌主客！”《奉赠卢五丈参谋琚》诗云：“说诗能累夜，醉酒或连朝。”《奉赠李八丈判官》：“讨论实解颐”“高兴激荆衡”。《别董颋》也说：“飘荡兵甲际，几时怀抱宽”，“素闻赵公节，兼尽宾主欢”。《湘江宴饯裴二端公赴道州》诗句曰“会合苦不久，哀乐本相缠”，可见相会之时有哀伤，也有欢乐。

其实，安史之乱发生后，流落到夔州的杜甫，写到与自己心仪的艺术家相逢经历的诗，另有一首，篇幅更长，就是创作于夔州的《观公孙大娘弟子舞剑器行并序》①，心情确实比较伤感：

大历二年十月十九日，夔府别驾元持宅，见临颍李十二娘舞

①实际上，唐代艺术活动也极其繁荣，诗人写歌舞及书画艺术家的艺术、写与艺术家相遇的诗所在多有，比如白居易的名作《琵琶行》以及李绅《悲善才》，日本学者入谷仙介就认为白居易《琵琶行》受到杜甫《观公孙大娘弟子舞剑器行》的启发（参入谷仙介《关于〈琵琶行〉的创作——重点研究与杜甫的关系》，载《唐代文学研究》第5辑，广西师范大学出版社，1994年）。他还认为安史之乱后直到白居易时代，从京城逃难到江南的艺人不在少数，如杜甫所谓“梨园弟子散如烟”，所以，引发了白居易、李绅等相关题材的创作。

《剑器》,壮其蔚跂,问其所师?曰:“余公孙大娘弟子也。”开元五载,余尚童稚,记于郾城观公孙氏,舞《剑器浑脱》,浏漓顿挫,独出冠时,自高头宜春梨园二伎坊内人洎外供奉,晓是舞者,圣文神武皇帝初,公孙一人而已。玉貌锦衣,况余白首,今兹弟子,亦非盛颜。既辩其由来,知波澜莫二,抚事慷慨,聊为《剑器行》。昔者吴人张旭善草书帖,数常于邺县见公孙大娘舞《西河剑器》,自此草书长进,豪荡感激,即公孙可知矣。

昔有佳人公孙氏,一舞剑器动四方。观者如山色沮丧,天地为之久低昂。㸌如羿射九日落,矫如群帝骖龙翔。来如雷霆收震怒,罢如江海凝清光。绛唇珠袖两寂寞,况有弟子传芬芳。临颍美人在白帝,妙舞此曲神扬扬。与余问答既有以,感时抚事增惋伤。先帝侍女八千人,公孙剑器初第一。五十年间似反掌,风尘澒动昏王室。梨园弟子散如烟,女乐余姿映寒日。金粟堆南木已拱,瞿唐石城草萧瑟。玳筵急管曲复终,乐极哀来月东出。老夫不知其所往,足茧荒山转愁疾。

杜甫在此诗中明确说到因为见到公孙大娘弟子而“感时抚事增惋伤”。杜甫看见公孙大娘的弟子,而公孙大娘早已去世,所以,他回忆往昔,情不自禁而“感时抚事增惋伤”。然而,杜甫在湖南,历经动乱却还能见到自己心仪的艺术家李龟年本人,又是在落英缤纷的江南,杜甫难道没有喜悦吗?一定只表达了今昔盛衰之伤感吗?李龟年毕竟还健在,这和杜甫在夔州遇到的公孙大娘弟子毕竟不同。回忆往昔与这样一位被视作时代偶像音乐家的交往,杜甫的内心不仅是高兴的,甚至是自豪的:第一,“岐王宅里寻常见,崔九堂前几度闻”,互文见义,表明当年自己经常在达官贵人府中欣赏李龟年精彩的演唱;第二,“正是江南好风景,落花时节又逢君”,事过多年,经过安史之乱,异地他乡,风景正好,竟然还能再见到这位老艺术家,杜甫的心头应该是高兴的，因为杜甫刻意突出了环境、氛围的美好愉快（“正是”“好风景”）。“落花”不一定意味着衰败，也可以意味着美好和愉快。巧合的是在荆湘诗中，杜甫也写到落花，并突出了落花之美，如“暗暗春籍满，轻轻花絮飞”（《宴胡侍御书堂（李尚书之芳、郑秘监审同集归字韵）》），用落花飞扬营造了朋友小聚的愉快氛围；“岸花飞送客，樯燕语留人”（《发潭州》），用拟人的手法表现了落花的美丽可人，表达了对潭州的留恋和对远行的忧虑。《风雨看舟前落花，戏为新句》更突出：

> 江上人家桃树枝，春寒细雨出疏篱。影遭碧水潜勾引，风妒红花却倒吹。吹花困癫傍舟楫，水光风力俱相怯。赤憎轻薄遮入怀，珍重分明不来接。湿久飞迟半欲高，萦沙惹草细于毛。蜜蜂蝴蝶生情性，偷眼蜻蜓避伯劳。

因春雨中行舟，飘落的桃花与翻飞的蝴蝶等给诗人孤寂的舟上生活带来安慰，诗歌把落花拟人化，表现了诗人的生活情趣。李汝伦先生说：“按照诗人（指杜甫）的思想、诗风的特点，如果他真的在数十年前就与李相识，数十年后突然在异地飘零中相遇，这位极易动情的诗人，即使不老泪滂沱，也会大发一番感慨，有一番回忆和一番描写，兴衰、治乱、际遇等等都会不能自已地进入笔下。”①他正是根据此诗缺少杜甫一贯的沉郁悲哀而判断非杜甫作，进而贬低此诗的价值。我们认为，这首诗只是表现了杜甫在落英缤纷的美好环境里再见李龟年的高兴，其并无政治感慨，是杜甫难得的放松之作，虽然因此会改变既有对此诗思想性和艺术性方面“崇高性”的认识。

每一首诗都有其写作、产生的具体现场，我们不必要把类似的作

①李汝伦《杜诗论稿》，广东人民出版社，1983年，第47页。

品都按照一种简单的模式进行片面的解读,更不必都关联到政治和时局。盛唐前期宰相张说将名不见经传的诗人王湾的诗句“海日生残夜,江春入旧年”(《次北固山下》)、“手题政事堂,每示能文,令为楷式”(《河岳英灵集》),以作为政治改革和文学改革的宣示①,其实王湾本意不过是写其在北固山下所看到的自然景象而已,同样,著名唐诗《登鹳雀楼》“欲穷千里目,更上一层楼”,不过是为了显示矗立黄河岸边的鹳雀楼之高耸,却被后代学者解读为代表了盛唐人登高望远、高瞻远瞩的理想主义精神。如果我们摆脱类似审美偏好思维(落花必然意味着悲哀的情绪,见到李龟年必须联想到盛世的飘零),重新审视《江南逢李龟年》,我们认为,此诗再现了杜甫在江南大好的春光里,在世乱年老的背景下,再次见到老艺术家的那个场面和过程,是一首表现“喜相逢”之温暖的作品。

此诗虽然没有关涉政治,何尝不是杜甫一贯热烈的人间情怀具体而生动的体现?在江南,在美丽的落花时节,穷老衰病、潦倒不堪的诗人,意外地见到自己年轻时的偶像艺术家,甚至再次聆听了这位老艺术家响遏流云的精彩演唱,诗人孤寂的内心在异地他乡漂泊的岁月里获得了一场意外的温暖,诗人暂时放弃一下沉重的忧国忧民的习惯而享受一下这片刻人间朴素的慰藉和幸福,何尝不可?这样的诗,当然也是人间好诗。

(作者单位:安徽大学文学院)

①戴伟华《王湾〈次北固山下〉诗学史意义的确立——兼论“海日生残夜,江春入旧年”之政治寓意》,《中山大学学报》2020年第2期。

诗路诗歌艺术研究

浙东唐诗的空间想象

——以安放心灵为中心的考察①

房瑞丽

19 世纪,地理环境决定论学者,德国的 F. 拉采尔认为,地理因素,特别是气候和空间位置,是人们的体质和心理差异、意识和文化不同的直接原因,并决定着各个国家的社会组织、经济发展和历史命运。英国历史学家巴克尔的历史学基本框架是:地理、气候条件影响人的生理,生理差异导致人的不同精神和气质,从而有不同的历史进程。虽然二者的说法因为走向极端而受到批评,但也都表明了地理空间环境影响着人们的认识。因而从某种程度上说,特定的地理空间会形成特定的文化心理则是必然的。就唐诗来说,如果说塞外风光为唐诗提供了豪迈的气势,巴蜀之地为唐诗提供了奇险之美,楚湘之地为唐诗提供了哀婉绝唱的萧瑟之风,金陵古道为唐诗提供了悠悠怀古之情,两京关中为唐诗提供了积极进取的壮志情怀,那么,浙东,这片风光旖旎的佳山秀水之地,很显然为唐诗提供了清流婉转的丽风雅尚。

浙东地理景观或者说佳山秀水的自然条件是诗意空间建构的前提,其作为山水模范由来已久。如果只有这样的自然条件,没有东晋

①教育部人文社科基金规划项目"'浙东唐诗之路'诗歌研究"(19YJA751010)的阶段性研究成果。

名士的活动,没有南朝文人的发现,那么这些自然山水仅仅是一个客观的存在。在这片自然山水经过东晋南朝文人的活动渲染和主观加工后,成为诗意的审美空间,上升为具有超自然地理的审美观照对象。《嘉泰会稽志》卷一《风俗》载:"自汉、晋,奇伟光明硕大之士固已继出。东晋都建康,一时名胜,自王、谢诸人在会稽者为多,以会稽诸山为东山,以渡涛江而东为入东,居会稽为在东,去而复归为还东,文物可谓盛矣。"①《晋书》卷八〇《王羲之传》载:"羲之雅好服食养性,不乐在京师,初渡浙江,便有终焉之志。会稽有佳山水,名士多居之,谢安未仕时亦居焉。孙绰、李充、许询、支遁等皆以文义冠世,并筑室东土,与羲之同好。"②这里是魏晋名士畅游遁迹之地。《世说新语》"言语"记载:"王子敬曰:'从山阴道上行,山川自相映发,使人应接不暇。若秋冬之际,尤难为怀。'"③刘孝标作注引《会稽郡记》云:"会稽境特多名山水,峰崿隆峻,吐纳云雾。松栝枫柏,擢干竦条,潭壑镜澈,清流泻注。王子敬见之曰:'山水之美,使人应接不暇。'"④这是让行走于其间的人们难以忘怀的留恋之地。唐越州刺史李逊在《游妙喜寺记》云:"越州好山水,峰岭重叠,迤逦皆见。鉴湖平浅,微风有波。山转远转高,水转深转清。故谢安与许询、支道林、王羲之常为越中山水游侣。"⑤奇山秀水的地理环境和魏晋名士游旅畅怀的人文空间是浙东特有的空间地理感觉。赵汀阳在《历史·山水·渔

①浙江省地方志编纂委员会编著《宋元浙江方志集成》第 4 册,杭州出版社,2009 年,第 1626 页。

②房玄龄等《晋书》卷八〇,中华书局,1974 年,第 2098—2099 页。

③刘义庆著,刘孝标注,余嘉锡笺疏《世说新语笺疏》,上海古籍出版社,1993 年,第 145 页。

④刘义庆著,刘孝标注,余嘉锡笺疏《世说新语笺疏》,上海古籍出版社,1993 年,第 145 页。

⑤董诰等编《全唐文》卷五四六,中华书局,1983 年,第 5537 页。

樵》一书中说："在青史之外的青山没有意义，只因无人在场，无人提问，自然也就没有被赋予任何精神附加值。"①反言之，被人进行审美观照，被赋予人的情感的青山就是有意义的，特别是这里的"人"是一个特殊的群体，是唐人仰慕钦羡的有着共同心理记忆的群体。因而这里的青山就更加具有"精神价值"了。他们用诗歌的语言表达对浙东的想象。当然，他们在诗中的描绘和想象绝不仅仅是因为兴趣，还有更重要的是寻求心灵的慰藉，给自己的心灵建构一个适意的空间。也就是说，历时的文化底蕴和共时的山水风物共同建构起唐代诗人对浙东空间的想象，或者说空间记忆，使得只要与此地发生联想或者置身其中的诗人，都满足了自己的心理诉求或者说完成了心灵的建构。

张伟然在《中古文学的地理意象》一书中提出"感觉文化区"的概念，即"从历史文化地理角度来说，一个具有确定空间范围、能获得广泛认同的区域，其实也就是一个感觉文化区（或曰乡土文化区）。因为这些区域不可能是凭空而来的，其背后必然有着自然山川、历史文化以及社会心理等多方面的支撑"②。那么浙东作为一个唐人安放心灵的诗意空间，这样的一个感觉文化区具体表现在哪些方面呢？具有儒家理想的诗人在事功的追求受到挫折后，由于向外寻求政治理想之道不通，而将目光转向外寻求心灵的安放之所。心灵的建构是一个内心深处的小空间，浙东是一个地理范围内的大空间，唐代诗人的浙东诗歌中是如何处置这外在客观的大空间与内在主观的小空间的呢？有着儒家理想的诗人，在面对不同的人生境况时，需要的心灵诉求是不同的，并且诗人的敏感和士人的体验，又使得他们对于心灵深处的空间与周围环境的融合度有较高的要求，这时，给心灵找到

①赵汀阳《历史·山水·渔樵》，生活·读书·新知三联书店，2019年，第29页。
②张伟然《中古文学的地理意象》，中华书局，2014年，第1—2页。

可以“憺忘归”的安放空间就非常重要了。

一、“山水寻吴越”:失意慰藉之所

浙东山水的发现以谢灵运的山水诗为代表。谢灵运的《石壁精舍还湖中作》:“昏旦变气候,山水含清晖。清晖能娱人,游子憺忘归。”①这就是“清晖”的氤氲氛围。在这样的氛围中,名士们“履借山水,以化其郁结”②。再进一步说,虽然东晋南朝文人发现了浙东山水,并进行了文学创作,如果唐代诗人不关注他们笔下描绘了什么样的山水、那些名士们活动的地方和自己有什么关系,可能也不能在唐诗中形成广泛的影响。也就是说,因为唐人的关注和重视,东晋名士的活动和南朝文人的创作在唐代诗人中的传播,对唐代诗人产生了重大的影响,也就是我们现在所说的产生了名人效应,于是他们在诗歌中仰慕曾经作为历史存在的那批名士的风范,对他们生活的山水以及那片山水所孕育的文化产生了浓厚的兴趣。正如蒋寅先生论述浙东自然对于谢灵运的意义时所说,这里的山水是“逃避官场和世俗,寻求精神安宁的场”③。

孟浩然《自洛之越》:“遑遑三十载,书剑两无成。山水寻吴越,风尘厌洛京。扁舟泛湖海,长揖谢公卿。且乐杯中物,谁论世上名。”④洛京是政治的中心,是权力的角逐场,与吴越不仅在距离和地理方位上是西北与东南的相对,更重要的是两个“感觉文化区”所具有的文化气场和氛围截然不同。吴越以“山水”为主,洛京则是“风

①逯钦立辑校《先秦汉魏晋南北朝诗》,中华书局,1983 年,第 1165 页。
②严可均辑《全上古三代秦汉三国六朝文》,中华书局,1958 年,第 1808 页。
③蒋寅《超越之场:山水对于谢灵运的意义》,《文学评论》2010 年第 2 期。
④孟浩然著,佟培基笺注《孟浩然诗集笺注》(增订本),上海古籍出版社,2013 年,第 275 页。

尘”之场,风尘的背后是政治,而“山水”作为中国诗歌的特有意象,除了象征着适意和自由以外,还有“山水意象一经成为自觉意识,就有着一种普遍的精神传染力”①。也就是前面所说的形成了一种气场,一种感觉文化区。浙东的山水成了诗人挥毫泼墨书写自己情志的自带底色的诗意空间。如果说“巴山楚水”让人想到凄凉地,而“稽山镜水”就是栖息地。同样有山有水,因为地理位置不同,因为曾经在各自的空间里上演的故事不同,而具有了不同的文化记忆底蕴。所以,想要逃离长安洛阳政治中心,想要从消磨人世的京洛风尘中解脱出来,最好的选择就是来东南形胜的吴越之地。“山水寻吴越,风尘厌洛京”。这里可以“扁舟泛湖海,长揖谢公卿”。有山水,有文化,有记忆,“且乐杯中物,谁论世上名”,足以托此生。可见这个巨大的“感觉文化区”,可以涤荡三十年求取功名而不遇的失意,人生因此获得感悟和升华。即由对南朝的文化记忆而上升为对整个地区的想象,从而使这一地区符号化了,代表着一种游离于社会政治体制之外的舒适自由空间。

又如《越中逢天台太一子》:“问余涉风水,何处远行迈。登陆寻天台,顺流下吴会。兹山夙所尚,安得问灵怪。上通青天高,俯临沧海大。”②在一问一答中,我们就看到了这一场域从天台到吴会,也就是整个浙东,都是自己所要追寻的山水之所,是自己所要游历的目的地。“兹山夙所尚”,可知对浙东山水的印象由来已久,有关浙东的记忆和想象早已内化为一种情感、一种情结。“上通青天高,俯临沧海大”。天之青色就是天的真正颜色,《庄子》“天子苍苍,其正色邪?

①赵汀阳《历史·山水·渔樵》,生活·读书·新知三联书店,2019年,第80页。

②孟浩然著,佟培基笺注《孟浩然诗集笺注》(增订本),上海古籍出版社,2013年,第259页。

其远而无所至极邪?”①苍色就是青色,这里能够看到天的真正颜色,这里没有浮云蔽日,远离是非之场。俯仰天地间,浙东临海是地缘所在,而“沧海”所代表的是孔子“道不行,乘桴浮于海”的对自由的追求,是庄子的欲展翅九万里高空的大鹏所能够凭借的奋飞之所。所以,“青天”“沧海”本身就代表着自由,代表着对世俗的超脱,而孟浩然的越中之行就是寻找天地间可以超脱的自由之所,是可以托付终身的“永比从之游,何当济所届”。虽然最后孟浩然并没有在此托身,也并没有真想在此托身,相比较而言,他还是更热爱家乡襄阳,但至少在置身于中的时刻,他被周围的山水所形成的文化记忆的氛围笼罩着,同化了此时的身心。可见,浙东作为一个超脱之所的空间想象在诗人的意识中是非常强烈的。这里,与山水景观、与名士风流、与佛道仙源等所形成的空间记忆有关,整个浙东实际上作为一个超脱之境的符号化意象是非常鲜明的。

二、“越水洗尘机”:禅意栖息之居

顾云在《在会稽与京邑游好诗序》中云:“造化之功,东南之胜,独会稽知名。前代词人才子谢公之伦,多所吟赏。湖山清秀,超绝上国。群峰接连,万水都会。”②权德舆《送灵澈上人庐山回归沃洲序》云:“会稽山水,自古绝胜,东晋逸民,多遗身世于此。夏五月,上人自炉峰言旋,复于是邦。予知夫拂方袍,坐轻舟,泝沿镜中,静得佳句。然后深入空寂,万虑洗然,则向之境物,又其稊稗也。”③“群峰接连,

①郭庆藩撰,王孝鱼点校《庄子集释》,《新编诸子集成》第1辑,中华书局,1961年,第4页。

②董诰等编《全唐文》卷八一五,中华书局,1983年,第8586页。

③董诰等编《全唐文》卷四九三,中华书局,1983年,第5027页。

万水都会"的越中能够引人"深入空寂,万虑洗然",自支遁"遣使求买岇山之侧沃洲小岭,欲为幽栖之处"①,谢灵运"移籍会稽,修营别业,傍山带江,尽幽居之美。与隐士王弘之、孔淳之等纵放为娱,有终焉之志"②,这里就成为了文人向往的禅意栖息之地。

刘禹锡《送元简上人适越》:"孤云出岫本无依,胜境名山即是归。久向吴门游好寺,还思越水洗尘机。浙江涛惊师子吼,稽岭峰疑灵鹫飞。更入天台石桥路,垂珠璀璨拂三衣。"③"孤云出岫本无依"的"孤云"在文人笔下本就是漂浮无定、孤独无依的自我形象,一个"本"字界定了自己此刻的状态。而"胜境名山即是归"的"胜境名山",不仅仅是身体的暂息之所,更是心灵的安放之地。"孤云无依"是佛家本性,而无依之"归"更见胜境名山的巨大吸引力。葛兆光先生在《禅宗与中国文化》中说:"中国士大夫追求的是内心宁静、清静恬淡、超尘脱俗的生活,这种以追求自我精神解脱为核心的适意人生哲学使中国士大夫的审美情趣趋向于清、幽、寒、静……在暮色如烟、翠竹似墨的幽境中,士大夫面对着这静谧的自然、空寂的宇宙抒发着内心淡淡的情思,又在对宇宙、自然的静静的观照中,领略到人生的哲理,把它熔化到心灵深处。"④越中的胜景名山是符号化了的空间勾勒。"久向吴门游好寺,还思越水洗尘机。"这里的"吴门好寺"实际上也是越中好寺,是互文的修辞手法,"越水洗尘机","尘机"是世俗的尘念和心机,与佛教的"空无"与超脱是一对相反概念,"万水都会"的越中是佛教圣地,这样的空间场域都足以实现佛教所追求的"现世的内心自我解脱"⑤。

---

①慧皎《四朝高僧传》第1册《高僧传》,中国书店,2018年,第58页。
②沈约《宋书》卷六七,中华书局,1974年,第1754页。
③刘禹锡撰,卞孝萱校订《刘禹锡集》,中华书局,1990年,第404页。
④葛兆光《禅宗与中国文化》,上海人民出版社,1986年,第122页。
⑤葛兆光《禅宗与中国文化》,上海人民出版社,1986年,第122页。

“永嘉之乱后,剡县、始宁一带成为过江高僧的重要修行之地”①。《续高僧传》卷一七《释智顗传》载:“会稽之天台山也,圣贤之所托矣。昔僧光、道猷、法兰、昙密,晋、宋英达,无不栖焉。”②因而智顗将石城山作为“处所既好,宜最后用心”的佛教中心地。这些远离人间热闹地的山林深处的那一座座佛寺庙宇,正是厌倦或饱受世俗不公的诗人为心灵找到的寄寓之所。鲍溶《送僧择栖游天台二首》:“师问寄禅何处所?浙东青翠沃洲山。”③齐己《默坐》:“灯引飞蛾拂焰迷,露淋栖鹤压枝低。冥心坐满蒲团稳,梦到天台过剡溪。”④方干《游竹林寺》:“得路到深寺,幽虚曾识名。藓浓阴砌古,烟起暮香生。曙月落松翠,石泉流梵声。闻僧说真理,烦恼自然轻。”⑤德圆《云门寺》:“若耶溪边寺,幽胜绝尘嚣。”⑥刘长卿《赠微上人》:“禅师来往翠微间,万里千峰到剡山。何时共到天台里,身与浮云处处闲。”⑦孟浩然《腊八日于剡县石城寺礼拜》:“石壁开金像,香山倚铁围。下生弥勒见,回向一心归。竹柏禅庭古,楼台世界稀。夕岚增气色,余照发光辉。讲席邀谈柄,泉堂施浴衣。愿从功德水,从此濯尘机。”⑧都表明了这里是佛教圣地,是可以绝尘养心之所居。

浙东也是道家仙踪。天台赤城山,在司马承祯《天地宫府图》中位列第六大洞天,葛玄曾在此修道。陶弘景《吴太极左仙公葛公之

---

①严耕望《魏晋南北朝佛教地理稿》,转引自魏斌《“山中”的六朝史》,生活·读书·新知三联书店,2019 年,第 164—165 页。

②道宣《四朝高僧传》第 2 册《续高僧传》卷一七,中国书店,2018 年,第 282 页。

③彭定求等编《全唐诗》卷四八七,中华书局,1960 年,第 5027 页。

④彭定求等编《全唐诗》卷八四七,中华书局,1960 年,第 9592 页。

⑤彭定求等编《全唐诗》卷六四九,中华书局,1960 年,第 7457 页。

⑥王重民等辑录《全唐诗外编》,中华书局,1982 年,第 695 页。

⑦储仲君《刘长卿诗编年笺注》,中华书局,2017 年,第 393 页。

⑧孟浩然著,佟培基笺注《孟浩然诗集笺注》(增订本),上海古籍出版社,2013 年,第 96 页。

碑》提到:“公驰涉川岳,龙虎卫从。长山盖竹,尤多去来;天台兰风,是焉游憩。”①由天台而赤城到石桥,则是进入神仙洞府之途径,可以“寻不死之福庭”②。卢象《紫阳真人歌》中云:“镜湖之水含杳冥,会稽仙洞多精灵。”③许浑《早发天台中岩寺度关岭次天姥岑》:“来往天台天姥间,欲求真诀驻衰颜。”④张籍《送施肩吾东归》:“世业偏临七里濑,仙游多在四明山。”⑤刘沧《赠道者》:“真趣淡然居物外,忘机多是隐天台。”⑥都是把这里当作仙游忘机求真诀之所居。

三、“官适莫羡侯”:吏隐官适之场

如果说孟浩然诗歌所建构的浙东空间使得失意文人寻求慰藉,安放心灵,李嘉祐《送越州辛法曹之任》“但能一官适,莫羡五侯尊。山色垂趋府,潮声自到门。缘塘剡溪路,映竹五湖村。王谢登临处,依依今尚存”⑦,则把浙东想象成了在官场同样能够适意的理想空间。在人们的记忆中,为官要么像陶渊明那样不为五斗米折腰,要么像李白那样“安能摧眉折腰事权贵”,否则只能像岑参“自怜无旧业,不敢耻微官”,只能“只缘五斗米,辜负一鱼竿”⑧。想要在官场上适意,哪怕只是想象,可能也只有存在于浙东了,如果辛法曹所任之地是京洛之政治中心,即使再是好友的祝愿,恐怕也不会起“官适”之

①陶弘景著,王京州校注《陶弘景集校注》,上海古籍出版社,2009年,第164页。
②严可均辑《全上古三代秦汉三国六朝文》,中华书局,1958年,第1806页。
③邹志芳点校《会稽掇英总集》,人民出版社,2006年,第35页。
④彭定求等编《全唐诗》卷五三三,中华书局,1960年,第6090—6091页。
⑤彭定求等编《全唐诗》卷三八五,中华书局,1960年,第4339页。
⑥彭定求等编《全唐诗》卷五八六,中华书局,1960年,第6793页。
⑦彭定求等编《全唐诗》卷二〇五,中华书局,1960年,第2152页。
⑧彭定求等编《全唐诗》卷二〇〇,中华书局,1960年,第2089页。

意。在诗人李嘉祐看来,越州是能够“官适”之地。对于能够追求适意而又能满足自己的日常生活来说,能够“官适”之地当然是最佳的选择。对于理想中的儒家知识分子来说,能够“官适”的追求自由,其人生意义是大于“五侯尊”的。为什么越州能够成为“官适”之地呢?接下来诗中所描绘的适意空间结构,就为这一问题的回答提供了支持。“山色垂趋府,潮声自到门”,是诗人对友人所往之越州府郡地理环境的想象和认识。“山色”“潮声”不仅是动静的结合,更是不同于他处的所独有之景。谢灵运在《游名山志序》说:“山水性分之所适。”①远离社会,接近于自然属性,有利于社会中的人实现和追求与自然相似或相一致的人性。山水则是人可以造访居留之所,因而人更容易在那里遇“道”,所以在提出“官适”之后的山水描绘中,就蕴含着这里本身就是接近自然的“保留地”的内涵。而“垂”和“自”两个关键词的选取,也是为“官适”之所服务的。“垂趋府”“自到门”,本身都是带有非人为的自然状态,非刻意为之,这种自然而然,就是能够“官适”的前提和空间氛围。如果说这里是大处着笔的话,接下来“缘塘剡溪路,映竹五湖村”则是近距离的具体描绘,使得一开始的“官适”落到了实处,非亲身到过此地的人不能有如此细致的描绘。在展示了自然的空间之后,既然是为官之所,岂能没有文化内涵作支撑呢?“王谢登临处,依依今尚存”,这里是东晋名士大族王谢昔日优游之所,这里有六朝的文化底蕴,名士文化的遗韵依依尚存。山水与文化、大背景与小环境都构成了浙东“官适”之所的理想空间。也正如蒋寅先生所说:“大历诗人思想上的矛盾:他们有体恤百姓之心,愿尽忠职守为民谋福,但同时厌烦俗务,希求一种逍遥闲适的生活。”②

韩翃的《送山阴姚丞携妓之任兼寄山阴苏少府》:“山阴政简甚

①严可均辑《全上古三代秦汉三国六朝文》,中华书局,1958年,第2616页。
②蒋寅《大历诗风》,凤凰出版社,2009年,第94页。

从容，到罢唯求物外踪。落日花边剡溪水，晴烟竹里会稽峰。才子风流苏伯玉，同官晓暮应相逐。加餐共爱鲈鱼肥，醒酒仍怜甘蔗熟。知君炼思本清新，季子如今德有邻。他日如寻始宁墅，题诗早晚寄西人。"①大历时期的诗人，他们理想中的为官状态就是逍遥为官，在仕宦中实现"吏隐"，韩翃的这首送姚丞之诗，"山阴政简甚从容"就是当时文人对在浙东为官的普遍认识，这里政简，这里可以从容为官，这里可以携妓优游，可以说是理想的官宦之所。这与盛唐诗人对于浙东的情感是不一样的，盛唐诗人，他们来此疗伤，来自漫游，来此访禅寻仙都是暂时的，在心灵得到暂时的栖息之后，他们还是心向魏阙，政治中心洛阳长安才是他们实现理想的地方，才是他们追求官宦生涯的最高目标之所。但是到了大历时期，这样的理想被压缩，收回到了关注自己内心的体验，因而心中的那份理想也由西北转向了东南，远离长安而又生活环境相对安逸的浙东就成了理想的为官之所，这也是安史之乱以后，浙东在文人心目中地位的转向，由单纯的到此一游的漫兴或疗伤成为了适合避难和为官的场所。"到罢唯求物外踪"，"物外踪"是道家的那份逍遥与自我，"唯求"二字就消解了杜甫们的"再使风俗淳"的高尚道德理想。"落日花边剡溪水，晴烟竹里会稽峰"，状物描绘对仗工整。"剡溪水""会稽峰"不是实见，而是想象与印象，"唯其如此，所以更具有选择性和特征性"②。他们对于浙东的想象就体现在这一山一水之中，这是浙东山水的见证，是浙东历史人文的见证，也是浙东整个场域氛围的构建。"才子风流苏伯玉，同官晓暮应相逐"，这里不是孤独寂寞的，这里有一批志趣相投的友人，"独乐乐不如众乐乐"，如此内外环境，再加上"加餐共爱鲈鱼肥，醒酒仍怜甘蔗熟"，大历年间政府财政极度窘迫，这里肥鱼美酒的物

①彭定求等编《全唐诗》卷二四三，中华书局，1960 年，第 2728 页。

②蒋寅《大历诗风》，凤凰出版社，2009 年，第 102 页。

质生活图景的描绘,让许多“俸薄不自给”的清廉士大夫免遭“家人愁斗储”的窘况。这里还有精神的指引,仰慕已久的东晋名士谢灵运的“始宁墅”可供追寻,如此理想的官宦生涯和精神追求合一的理想境地,就是大历诗人对于浙东这片土地的描绘,这里有他们对于京城长安的失望,是他们寻求内心寄托的希望所在。这里能够将他们留恋官场和归隐山林所导致的矛盾双重人格得以消解,这也是浙东提供给唐诗的空间场域,让在窘迫的长安官场生存的士大夫有了一片心中的安闲之所,可以在这个狭小的空间里,将诗情才思转化为内心的细腻描摹,提供“素以为绚”的底色。这也可以说是浙东地域对于唐诗的贡献之一吧。

刘长卿《送荀八过山阴旧任兼寄剡中诸官》“剡溪多隐吏,君去道相思”,在这里,他们追逐官场的疲倦心灵暂时得到安歇,或者是暂时地放缓一下脚步,稍作修整,为下一次的征程做好准备。积极昂扬的奋进和儒家的兼济天下的价值观是唐代文人心底的终极追求,但在追求的过程中,他们会遇到瓶颈,也会经受到现实的残酷打击,这时受伤的心灵就需要被抚慰,而浙地优异的自然风光提供的不同于关中地区的审美感受,有助于将他们从烦扰的争扰中解救出来,而浙地所具有的独特的六朝名士风流底蕴又使得尚古的诗人们找到了心灵的知己。这里的佛道气场,又具有涤荡他们烦扰的心灵的作用,从而使得他们从心理上接受了自己暂时的解脱,能够坦然允许自己暂时地放纵自我灵魂和疏离社会政治,为心灵找到一片净土,实际上也可以看作是对自我的拯救。但当他们调整好以后,又会重新整装待发,政治上的追求永远是受儒家传统观念影响的社会主流。“他们是在尽忠职守的前提下寻求安宁适意的生活,作为对颠沛转徙、羁旅辛勤的宦游生涯的调剂和补充”①。

①蒋寅《大历诗风》,凤凰出版社,2009年,第99页。

闻一多先生在《唐诗杂论》中说："当巢由时向往着伊皋，当了伊皋，又不能忘怀于巢由，这是行为与感情间的矛盾。在这双重矛盾的夹缠中打转，是当时一般的现象，反正用诗一发泄，任何矛盾都注销了。诗是唐人排解感情纠葛的特效剂，说不定他们正因有诗作保障，才敢于放心大胆的制造矛盾。因而那时代的矛盾人格才特别多。"①闻一多先生所谈唐代诗人的这种矛盾人格，也许可以作为唐代诗人浙东"吏隐"的另一种注解。

四、"此中多逸兴"：乘兴恣意之地

王徽之，字子猷，王羲之的第五个儿子。《世说新语》中记载了王子猷在山阴时，雪夜访戴逵的故事，"王子猷居山阴，夜大雪，眠觉，开室，命酌酒，四望皎然。因起彷徨，咏左思《招隐诗》。忽忆戴安道。时戴在剡，即便夜乘小舟就之。经宿方至，造门不前而返。人问其故，王曰：'吾本乘兴而行，兴尽而返，何必见戴？'"②王子猷的这种但凭兴之所至的任诞放浪、不拘形迹的行为，给世人的既有观念带来极大的冲击，特别是这句"吾本乘兴而行，兴尽而返，何必见戴"，潇洒率真的个性，也反映了东晋士族知识分子任性放达的精神风貌。它是一种潇洒的人生态度，展示了名士潇洒自适的真性情。也成为唐代诗人所追慕的"魏晋风韵"。唐诗中的访戴、忆戴、思戴、寻戴、觅戴、戴家、寻剡客、访剡溪、山阴道、子猷溪、子猷船、王氏船、徽之棹、剡溪船、剡溪棹、乘兴船、乘兴舟、雪舟、雪下船、子猷兴、山阴兴、剡溪兴、回舟兴、雪中兴、乘兴、剡溪雪、山阴雪、子猷归、子猷去，等等，都是这

①闻一多《唐诗杂论》，安徽人民出版社，2013 年，第 33 页。

②刘义庆著，刘孝标注，余嘉锡笺疏《世说新语笺疏》，上海古籍出版社，1993 年，第 759 页。

一典故的化用。在诗里,诗人们写朋友思念、见访,或写洒脱任诞,随兴会所至,或写山阴风光,睹景思人,这种子猷访戴相类的情趣及雪夜景色成为了唐诗中特有的意象,而尽兴优游此地也成了诗人们普遍的游历心态。

李白《送友人寻越中山水》:"闻道稽山去,偏宜谢客才。千岩泉洒落,万壑树萦回。东海横秦望,西陵绕越台。湖清霜镜晓,涛白雪山来。八月枚乘笔,三吴张翰杯。此中多逸兴,早晚向天台。"①一个"寻"字,意趣尽在其中。"此中多逸兴",正是在此地敞开心灵,与自然与自我热情拥抱。醉在逸兴中,将山水与文化融合在了一起。"早晚向天台",不仅仅是空间距离,而是心的方向,舒展自我内心的追求,一以贯之。

罗隐《寄崔庆孙》:"还拟山阴一乘兴,雪寒难得渡江船。"②诗人也想像王子猷一样,潇洒乘兴随访老友,但一句"雪寒难得渡江船",道出了多少的现实的无奈。还有《送裴饶归会稽》:"笑杀山阴雪中客,等闲乘兴又须回。"③武元衡《中春亭雪夜寄西邻韩李二舍人》:"却笑山阴乘兴夜,何如今日戴家邻。"④姚合《咏雪》:"其那知音不相见,剡溪乘兴为君来。"⑤这些都是山阴美景与雪夜访戴相结合,表达朋友之间的交往与思念,因为王子猷,因为戴逵,这里成为了乘兴恣游之地。

五、"此处是家林":避难安居之寓

安史之乱爆发,士人多避难南迁,浙东也成为了诗人们理想的避

①李白撰,安旗等笺注《李白全集编年笺注》卷一六,中华书局,2015年,第1604页。
②彭定求等编《全唐诗》卷六六三,中华书局,1960年,第7597页。
③彭定求等编《全唐诗》卷六六三,中华书局,1960年,第7596页。
④彭定求等编《全唐诗》卷三一七,中华书局,1960年,第3574页。
⑤彭定求等编《全唐诗》卷四九八,中华书局,1960年,第5669页。

难之地。唐代穆员《鲍防碑》："自中原多故，贤士大夫以三江五湖为家，登会稽者如鳞介之集渊薮。"①《旧唐书·权德舆传》："两京蹂于胡骑，士君子多以家渡江东。"②皇甫冉《送陆鸿渐赴越诗序》："夫越地称山水之乡，辕门当节钺之重，进可以自荐求试，退可以闲居保和。"③独孤及"属中原兵乱，避地于越"④。皎然在《诗式》中，概括了这样一个避难浙东的诗人群体，"大历中，词人多在江外，皇甫冉、严维、张继素、刘长卿、李嘉祐、朱放，窃占青山白云、春风芳草，以为己有"⑤。"吴中诗派"和以鲍防为首的浙东联唱集团都是这一群体诗人的代表。他们"一方面改变了初盛唐大致以京都为中心的文学格局；一方面也使文学创作集体活动具有了鲜明的地方区域文化的特点"⑥。关于这一问题，胡可先先生在《唐代重大历史事件与文学》一书第二章《安史之乱与唐代文学转型》⑦中有较为详细的考述，可参阅。

方干《镜中别业二首》其一："寒山压镜心，此处是家林。梁燕窥春醉，岩猿学夜吟。云连平地起，月向白波沉。犹自闻钟角，栖身可在深。"⑧"寒山压镜心"之"寒"是对人事的体验而物着我色，"镜心"表明自己内心的平静，原因在于自己所处之地是"家林"，家园总是给人温馨之感。中间四句细致描摹家林周身的环境，动静结合，更显幽境。"栖身可在深"呼应首联的"家林"，都表明自己托身镜湖中，以

①周绍良主编《全唐文新编》第2册，吉林文史出版社，2000年，第9335页。
②刘昫等《旧唐书》卷一四八，中华书局，1975年，第4002页。
③彭定求等编《全唐诗》卷二五〇，中华书局，1960年，第2820页。
④周绍良主编《全唐文新编》第3册，吉林文史出版社，2000年，第4801页。
⑤皎然著，周维德校注《诗式校注》，浙江古籍出版社，1993年，第88页。
⑥戴伟华《唐代使府与文学研究》，广西师范大学出版社，1998年，第154页。
⑦胡可先《唐代重大历史事件与文学研究》，浙江大学出版社，2007年。
⑧彭定求等编《全唐诗》卷六四八，中华书局，1960年，第7443页。

此为家的志向。这不仅仅是寄身的容与之所,也是安心的归属之地。其二:"世人如不容,吾自纵天慵。落叶凭风扫,香粳倩水舂。花朝连郭雾,雪夜隔湖钟。身外无能事,头宜白此峰。"也是首尾呼应,开头直接表明自己不容世人,索性"纵天慵"。"头宜白此峰",一个"宜"字是仕途无门、退而求其次的上佳选择。中间四句亦是对于周遭环境的细致刻画,格局不大,但足以安放内心。《鉴戒录》云:"方干处士号缺唇先生,有司以唇缺,不可与科名,遂隐居鉴湖,作《闲居》诗。"①即以上二首。以越中为家,成为了安史之乱后避难和不得志文人的选择。

傅璇琮《唐才子传校笺》卷三《陆羽传》:"至德元载(756),乱军入据关中,关中士大夫纷纷渡江南下,陆羽亦随之避乱,辗转至越中,于上元元年(760)隐居于吴兴苕溪之旁。故《自传》又云:'上元初,结庐于苕溪之滨,闭关读书,不杂非类。名僧高士,谈宴永日。'"②卷五《朱放传》:"初,居临汉水,遭岁歉,南来卜隐剡溪、镜湖间,排青紫之念,结庐云卧,钓水樵山。"③又云:"时江浙名士如林,风流儒雅,俱从高义。如皇甫兄弟,皎、彻上人,皆山人良友也。"④《唐才子传》称:秦系"天宝末,避乱剡溪,自称东海钓客"⑤。贾晋华云这批诗人,"从盛世回忆中得出的不是中兴帝国的责任感,而是无可奈何的感伤哀婉,结果只能是充耳不闻北方中原的喧喧鼓鼙,把注意力转向眼前的相对平静的江南美景,以此麻醉自己"⑥。

①陶元藻辑《全浙诗话(外一种)》第1册,浙江古籍出版社,2015年,第123页。
②傅璇琮主编《唐才子传校笺》第1册,中华书局,1989年,第625页。
③傅璇琮主编《唐才子传校笺》第2册,中华书局,1989年,第343页。
④傅璇琮主编《唐才子传校笺》第2册,中华书局,1989年,第345页。
⑤傅璇琮主编《唐才子传校笺》第1册,中华书局,1989年,第592页。
⑥贾晋华《〈大历年浙东联唱集〉考述》,载《文学遗产》编辑部编《文学遗产增刊》第18辑,山西人民出版社,1989年,第104页。

综上,本文从五个方面,或者五个角度分析了浙东在唐诗中作为一个记忆空间,是如何建构着安放诗人们心灵的适意空间。其中,在此空间中寻求"失意慰藉"和"乘兴恣意"是从"游"的角度来说的,其他三方面是从"居"的角度来说的,无论是"游"是"居",或者说是"行"是"止",以上五方面关于浙东空间的建构,满足了不同的身份或者抱着不同目的来到浙东之地的诗人的心灵需求。但行游和寓居于此地的不同目的所呈现出来的诗歌空间维度是不一样的。游历其中的诗人的精神是外向的,是带着欣喜的眼光与发现或者发掘这里的山水的,所以所呈现的心灵维度是发散型的。而寓居其中的群体则多是安史之乱后受到打击或者被动避乱的选择,所以诗人观察空间的心灵维度是内敛型的。他们精神的指引方向是向内收缩的,是呈现自我保护状态的。所以选择的观照对象往往是一山一水、一草一木,反映出来的就是狭小空间,就是诗人宇宙观的缩小。因为他们是时代之殇,所以他们从内心里把自己收缩和限定在一个最小的空间里,只有这样,他们才能感觉到能够掌控自己的命运,自己才是安全的。而游历于此的诗人,由于从未考虑过安全的问题,所以他们是来放松自我,或者寻求自然环境对自己心灵支持的,所以他们是积极向外探索的,架构起来的空间结构是宏大的。疗伤和避难的心理诉求是不同的,疗伤游历山水慰藉心灵后,拍拍身上的尘土,继续追求那现世的理想。而避难则是拖着疲惫的心灵,试图寻求能够容身的稳定寓所。所以一个是向外的,一个是向内的;一个是探索扩张型的,一个是内敛保护型的。面对同样的山水,两种不同的心态,所建构起来的空间必然也是不同的。

(作者单位:中国计量大学人文与外语学院。
本文发表于《中原文化研究》2021 年第 5 期)

论浙东唐诗之路诗歌中的寺观园林书写

仲秋融

一、引言

“浙东唐诗之路”之名由竺岳兵先生倡始，这条诗路不仅是山川秀丽之路，也是人文荟萃之路，其主线从今杭州萧山始，沿运河至会稽，溯曹娥江、剡溪而上，经剡中天姥山，后到台州天台山。唐代文士以诗歌为纽带款曲互通，在浙东恣意徜徉，穿梭来去，沿途经过众多闻名的寺观，千载而下，寺与诗相互成就，多传佳话。据《全唐诗》等载，浙东唐诗之路诗歌中包含大量或曲径通幽、或群山环抱的寺庙道观园林形态之书写，这些诗作不仅生趣盎然地描摹了寺观山水景致，流露了诗人们行旅拜谒的真挚情感，还呈现了古代寺观的诗意形态，反映出唐代浙东寺观园林走向山林的时代性特征，具有重要的文史及园林美学价值。

寺观园林是中国传统园林之一，属于唐代重要的公共活动场域，涵盖了佛寺、道观以及祠庙等园林类型。本文拟结合《全唐诗》及相关补编收集的浙东唐诗之路诗歌，以其中浙东山林型佛寺园林为考察中心，兼及道观等，大致涉及浙东绍兴、宁波、台州等地将近十座寺观，考索诗中呈现的基本造园特征，并以孟浩然浙东诗歌寺观（桐柏观、石城寺、云门寺等）书写的个案考察切入，重点审视浙东唐诗之路诗歌中寺观园林书写实践与机制，以期进一步挖掘浙东诗路文化之丰富宝藏。

二、浙东诗路寺观书写之特征呈现

唐代是佛道两教发展的鼎盛时期，寺庙观宇在建筑规模及数量上远超前代，并朝园林化转变。可以说，唐代寺观不再是与世隔绝的修佛求道场所，亦兼公共游憩园林之功能，每逢元宵、上巳、重阳等赏花赏景之时或各类宗教仪式活动之际，香客游人往来如织。与此同时，浙江宗教文化底蕴深厚，唐代浙江地区，尤其是浙东唐诗之路沿线有较多著名的寺观园林，如绍兴的石城、云门、大禹诸寺，宁波的雪窦寺、阿育王寺，以及台州的国清寺、桐柏观等，这些浙东寺观为往来信众文士提供参拜游憩的空间场所，并经文人墨客题咏书写，留下众多寺观园林诗文。传统的寺观园林一般是以建筑为主体，植物为陪衬，包含山石、水池、匾额、楹联、石刻等园林置景要素，深刻融入当地文化，从而形成重要的文化资源。浙东唐诗之路诗歌中的寺观园林书写大多以寺庙道观为游踪背景，并不作为直接的描写对象，然而其中表现出的园林化特征值得关注，主要涉及寺观建筑（国清寺、桐柏观）、泉石林台（石桥、琼台），以及道岭仙峰（天台山、赤城山）等重要景观元素，并从中反映出浙东寺观选址布局、植物造景等方面的地域特征。

其一，浙东唐诗之路诗歌反映出浙东寺观园林在选址布局方面的特点。在整体选址上，浙东寺观园林山环水绕，具有不避幽僻高远的特征。相较于北方寺观，浙东唐诗之路诗歌中描摩的寺观得山水地势之利，或处群山，或居水泽，多为山林型。浙江境内有雁荡、四明、会稽等一众名山，优越的山川地貌为佛寺选址提供了理想基址，如杭州灵隐寺周遭“扪萝登塔远，刳木取泉遥”[①]，坐落于传说中仙灵所隐之武林山，地处西湖以西，其地背阴，水源丰富，背靠北高峰，面朝飞来峰，贾岛云：“峰前峰后寺新秋，绝顶高窗见沃洲。”[②]登高可极目新昌沃洲山，宜于清修，白居易任杭州刺史期间，作《冷泉亭记》，隆推灵隐区域为“东南第一山”[③]。浙东诗路沿线寺观普遍依山而建、傍水而立，唐代诗客往来浙东寺观拜谒游访期间多有题咏，他们笔下的宁波雪窦寺、阿育王寺同享“高”“遥”之世外芬芳，有诗谓：“遥知松径望”[④]、“绝顶空王宅”“地高春色晚”“遥峰拥翠波”[⑤]；台州国清寺、桐柏观共见“深”“远”之宗门意境，有诗曰：“古寺杉松深暮猿”[⑥]、“深山桐柏观”[⑦]、“鹤归高树静”[⑧]、“高钟疑到月，远烧欲连星”[⑨]；绍兴云门古寺“深”“幽”独立：“深木鸣驺驭，晴山曜武贲”[⑩]、“竹翠烟深锁，松声雨点和”[⑪]、“若耶溪边寺，幽胜绝尘嚣”[⑫]。不同于很多功能性极强的城市型寺观园林，浙江山水明秀，多深山藏古寺，名山和名寺相互辉映，堪称“相地合宜，构园得体”[⑬]。如天台山国清寺、秦望山云门寺等，皆择吉祥宝地占山建寺、开宗立派，山水掩映间的山林型寺观带有宗教的神秘色彩，再加上诗人们的生花妙笔，

①彭定求等编《全唐诗》，中华书局，1960 年，第 653—654 页。
②彭定求等编《全唐诗》，中华书局，1960 年，第 6683 页。
③白居易撰，谢思炜校注《白居易文集校注》，中华书局，2011 年，第 286 页。
④陈尚君辑校《全唐诗补编》，中华书局，1992 年，第 169 页。
⑤陈尚君辑校《全唐诗补编》，中华书局，1992 年，第 1187 页。
⑥彭定求等编《全唐诗》，中华书局，1960 年，第 1570 页。
⑦陈尚君辑校《全唐诗补编》，中华书局，1992 年，第 414 页。
⑧彭定求等编《全唐诗》，中华书局，1960 年，第 8333 页。
⑨彭定求等编《全唐诗》，中华书局，1960 年，第 8646 页。
⑩彭定求等编《全唐诗》，中华书局，1960 年，第 2918 页。
⑪彭定求等编《全唐诗》，中华书局，1960 年，第 2915 页。
⑫陈尚君辑校《全唐诗补编》，中华书局，1992 年，第 529 页。
⑬计成《园冶》，江苏凤凰文艺出版社，2015 年，第 26 页。

反复摹写其高远深幽，更显高蹈出世。

在水源布局上，诗路寺观园林书写强调对自然水景的充分利用，表现出临近江、海、湖、溪等水体类型的特点。浙江之水是浙人生活或澎湃或悠闲的底色，唐人云："楼观沧海日，门对浙江潮"①、"谁教冷泉水，送我下山来"②。浙东水乡，河道交错，水依山而流，山以水为脉。同时，诗人亦藉山登高吟啸，借水为墨挥毫，如法华山寺院之泉池、瀑涧，与寺观融合无间："殿涌全身塔，池开半月泉。十峰排碧落，双涧合清涟。"③有丰富的动态之美："远处泉从青壁来"④、"龙喷水声连击罄"⑤、"警梵千溪中""寒泉耸毛发"⑥、"湖上碧山重""水照千花界"⑦，泉、瀑实为连寺双璧，成为自然赋予的点睛之笔。云门山云门禅寺边的湖泉"炎氛临水尽"⑧、"湖边归鹤唳寥泬"⑨、"乱泉相聒不相闻"⑩，为周遭增加了神秘宛曲、空明秀丽之氛围；台州国清寺桐柏宫等寺观："半夜楢溪水声急"⑪、"灵江江上帻峰寺"⑫、"萤过小池光"⑬、"岩深水落寒侵骨"⑭，也同样因水景书写而更具画面感。唐代诗人们对浙东自然水景进行多角度勾勒，借助诗化的语

①周祖谟主编《旧唐书文苑传笺证》，凤凰出版社，2012年，第136页。
②谢思炜《白居易诗集校注》，中华书局，2006年，第1827页。
③彭定求等编《全唐诗》，中华书局，1960年，第5481页。
④陈尚君辑校《全唐诗补编》，中华书局，1992年，第833页。
⑤陈尚君辑校《全唐诗补编》，中华书局，1992年，第1084页。
⑥陈尚君辑校《全唐诗补编》，中华书局，1992年，第1048页。
⑦彭定求等编《全唐诗》，中华书局，1960年，第9175页。
⑧彭定求等编《全唐诗》，中华书局，1960年，第2632页。
⑨陈尚君辑校《全唐诗补编》，中华书局，1992年，第985页。
⑩陈尚君辑校《全唐诗补编》，中华书局，1992年，第1186页。
⑪彭定求等编《全唐诗》，中华书局，1960年，第7214页。
⑫彭定求等编《全唐诗》，中华书局，1960年，第8335页。
⑬彭定求等编《全唐诗》，中华书局，1960年，第8333页。
⑭彭定求等编《全唐诗》，中华书局，1960年，第7703页。

言以水体来构景组景,既有溪水:“一径穿缘应就郭,千花掩映似无溪。”①“系马清溪树,禅门春气浓。”②又有泉水:“看引秋泉灌藕花。”③多呈现出环寺的山间溪泉这一水体形态,它既满足了僧侣日常用水所需,又给诸寺平添了盎然之生机,泠泠溪泉,源源不竭,富有幽邃而不可穷尽的视觉效果及信仰力量。浙东寺观择址往往与丰富多变的各类水体相伴,唐代诗人以诗笔抒之,更显水体景观环境为寺观平添了生趣盎然的朝气与意境。可以说,这类环境布局书写巧妙地突显了近水源地的清静和生机勃勃之利、流动且曲折层叠之巧。

其二,诗路诗歌往往含有浓郁吴越地方和宗教文化色彩的植物书写,反映出浙东寺观植物造景之和谐多姿与深厚底蕴。

桂之香。浙江地区植桂历史悠久,古时西湖满觉陇一带寺僧曾大量种植桂花,遂有“满陇桂雨”之景。每逢农历八月,花雨如期而至,香气沁脾,文人墨客流连驻足于此,唐代诗客频赞:“桂子月中落,天香云外飘。”④古来骚人墨客或赋“三秋桂子,十里荷花”⑤之词,或忆“山寺月中”“郡亭枕上”⑥之乐。桂花是杭城之花,也是浙东诗路中流传千载的“天香”。

莲之净。莲花乃佛教五树六花之一,佛国亦称“莲界”,诗路之吟中“莲宫”则为寺庙的代称:“山为莲宫作画屏”⑦、“畚缘绿筱岸,遂

①彭定求等编《全唐诗》,中华书局,1960 年,第 7469 页。
②彭定求等编《全唐诗》,中华书局,1960 年,第 1189 页。
③彭定求等编《全唐诗》,中华书局,1960 年,第 7969 页。
④彭定求等编《全唐诗》,中华书局,1960 年,第 653 页。
⑤柳永撰,薛瑞生校注《乐章集校注》,中华书局,2012 年,第 322 页。
⑥谢思炜《白居易诗集校注》,中华书局,2006 年,第 2599 页。
⑦谢思炜《白居易诗集校注》,中华书局,2006 年,第 2912 页。

得青莲宫”①、“霜月步莲宫”②。莲花开落见佛性,洞照一切:“幻身观火宅,昏眼照青莲。”③而佛寺与莲宫、释门真谛与净心之莲相得益彰:“看取莲花净,应知不染心。”④

翠竹通幽。翠竹贯通幽径禅房与宗教哲思,体现君子之风雅、立身之端直,竹意象与禅诗每每相伴,高度融合:“竹房闲且清”⑤、“竹影思挂冠”⑥、“孤灯寒竹自荧荧”⑦、“孤灯寒竹自青荧”⑧、“竹柏禅庭古”⑨、“讲坐竹间逢”⑩、“依阴生径竹”⑪、“禅房开竹扉”⑫、“竹树依积润”⑬、“俱向竹林归”⑭、“竹翠烟深锁”⑮、“竹使羞殷荐”⑯、“林栖居士竹”⑰、“竹柏禅庭古”⑱、“竹闭窗里日”⑲、“竹房不见旧时僧”⑳、

①彭定求等编《全唐诗》,中华书局,1960 年,第 622 页。
②陈尚君辑校《全唐诗补编》,中华书局,1992 年,第 169 页。
③彭定求等编《全唐诗》,中华书局,1960 年,第 5481 页。
④孟浩然撰,李景白校注《孟浩然诗集校注》,中华书局,2018 年,第 257 页。
⑤彭定求等编《全唐诗》,中华书局,1960 年,第 622 页。
⑥陈尚君辑校《全唐诗补编》,中华书局,1992 年,第 905 页。
⑦陈尚君辑校《全唐诗补编》,中华书局,1992 年,第 1407 页。
⑧彭定求等编《全唐诗》,中华书局,1960 年,第 9184 页。
⑨孟浩然撰,李景白校注《孟浩然诗集校注》,中华书局,2018 年,第 164 页。
⑩彭定求等编《全唐诗》,中华书局,1960 年,第 1189 页。
⑪陈尚君辑校《全唐诗补编》,中华书局,1992 年,第 529 页。
⑫陈尚君辑校《全唐诗补编》,中华书局,1992 年,第 895 页。
⑬陈尚君辑校《全唐诗补编》,中华书局,1992 年,第 1011 页。
⑭彭定求等编《全唐诗》,中华书局,1960 年,第 9231 页。
⑮彭定求等编《全唐诗》,中华书局,1960 年,第 2915 页。
⑯彭定求等编《全唐诗》,中华书局,1960 年,第 2921 页。
⑰孟浩然撰,李景白校注《孟浩然诗集校注》,中华书局,2018 年,第 283 页。
⑱孟浩然撰,李景白校注《孟浩然诗集校注》,中华书局,2018 年,第 164 页。
⑲孟浩然撰,李景白校注《孟浩然诗集校注》,中华书局,2018 年,第 197 页。
⑳彭定求等编《全唐诗》,中华书局,1960 年,第 8335 页。

“清秋绝顶竹房开”[①]、“僧在翠微开竹房”[②]。竹是佛祖生前传道之标识,无论是观音之紫竹林,还是释迦摩尼之竹林精舍,青竹即法身,竹文化与中国佛教具有天然机缘,诗路禅诗掩映着浙东寺观之竹影古佛,散播着千年禅思。

松柏茸翠。苍松翠柏象征着傲然霜雪的凌云气概与不屈节操,常对植于山门之侧迎客,或群生于山林之中布阵,寺观因其而更显古朴,松柏植寺而更显神武,故禅林梵刹常环抱松柏,或以松引路:“松祏古仍留”[③]、“十里松门国清路”[④]、“杉松引直路,出谷临前湖”[⑤]、“松下山前一径通,烛迎千骑满山红”[⑥];或以松衬景:“睡倚松根日色斜”[⑦]、“松间石上定僧寒”[⑧]、“琼葩被修蔓,柏实满寒条”[⑨];或渲染宗教气氛:“凝阴向杉松,界法齐天地”[⑩]、“结交指松柏,问法寻兰若”[⑪]、“玄功余玉帛,茂实结松楸”[⑫];或点染禅境妙趣:“林下眠禅看松雪”[⑬]、“松下无人空有雪”[⑭]、“入松穿竹路难分”[⑮]、“遥知松径

①彭定求等编《全唐诗》,中华书局,1960 年,第 8335 页。
②彭定求等编《全唐诗》,中华书局,1960 年,第 8335 页。
③彭定求等编《全唐诗》,中华书局,1960 年,第 2247 页。
④彭定求等编《全唐诗》,中华书局,1960 年,第 7099 页。
⑤彭定求等编《全唐诗》,中华书局,1960 年,第 1454 页。
⑥彭定求等编《全唐诗》,中华书局,1960 年,第 6353 页。
⑦彭定求等编《全唐诗》,中华书局,1960 年,第 7969 页。
⑧彭定求等编《全唐诗》,中华书局,1960 年,第 7214 页。
⑨彭定求等编《全唐诗》,中华书局,1960 年,第 9202 页。
⑩陈尚君辑校《全唐诗补编》,中华书局,1992 年,第 1048 页。
⑪孟浩然撰,李景白校注《孟浩然诗集校注》,中华书局,2018 年,第 4 页。
⑫陈尚君辑校《全唐诗补编》,中华书局,1992 年,第 1010 页。
⑬彭定求等编《全唐诗》,中华书局,1960 年,第 9210 页。
⑭陈尚君辑校《全唐诗补编》,中华书局,1992 年,第 985 页。
⑮陈尚君辑校《全唐诗补编》,中华书局,1992 年,第 1186 页。

望”[①];或与猿鹤相伴、动静相宜:“铺松鹤羽摧”[②]、“古寺杉松深暮猿”[③]、“野鹤尚巢松树遍”[④]。松柏葺翠之景是浙东唐诗之路诗歌中反映最多的植物景观特征,作为宗教园林代表树种,松柏与寺观相融无间,如成景于唐代的钱塘“九里云松”即代表着吴越寺观松树群植的典型景观,而且松柏与寺观既有美学的关系,又带有宗教的象征意味,如罗汉松之果形似坐禅罗汉,象征佛祖,而其优美稳健的树型契合庄严肃穆的寺观环境,松柏常青之性与宗教教义本就有相通之处。此外,诗路上还有国清寺的菩提树:“饭猿台上菩提树。”[⑤]法华寺的七叶树:“水照千花界,云开七叶峰。”[⑥]育王寺的棠叶:“棠叶满山红。”[⑦]这些带有宗教内涵的植物意象与造景,营造了自然空明的佛寺风景,使得植物与园林空间、地理环境巧妙配合,给诗歌增添了强烈的宗教气氛,带给读者直观的宗教体验。

浙东唐诗之路是山水人文之路,包括山石、水池、花木、建筑、匾额、楹联、石刻等都是诗路寺观园林的有机构景要素,相关诗歌更是藉浙东山川之机巧妙呈现当地寺观园林在选址布局、植物造景等方面的基本造园特征,其中无论是山环水绕、不避高险的整体选址布局,还是对自然水景的毗邻巧借,抑或是桂、松等带有浓郁吴越地方和宗教文化色彩的植物书写,浙东诗路寺观造园特征在诗歌中一览无余,成为代代传承的文化景观,对新时代浙江文化景观建设富有借鉴价值。

---

①陈尚君辑校《全唐诗补编》,中华书局,1992 年,第 169 页。
②彭定求等编《全唐诗》,中华书局,1960 年,第 5481 页。
③彭定求等编《全唐诗》,中华书局,1960 年,第 1570 页。
④彭定求等编《全唐诗》,中华书局,1960 年,第 8335 页。
⑤彭定求等编《全唐诗》,中华书局,1960 年,第 7099 页。
⑥彭定求等编《全唐诗》,中华书局,1960 年,第 9175 页。
⑦陈尚君辑校《全唐诗补编》,中华书局,1992 年,第 169 页。

三、孟浩然浙东寺观园林诗歌书写机制

前述选址布局、植物造景等内涵乃浙东诗路寺观园林书写的普遍性特征,生动折射了其时的造园特点及寺观园林走向山林的时代性转变,流露出诗人们行旅拜谒途中的真挚情感,带有丰富的文学想象与独特的浙东印记。本文复以个案切入,选取有多次浙东漫游经历的唐代大诗人孟浩然浙东诗歌及所涉寺观书写,重点审视以孟诗为代表的浙东寺观园林诗歌之内在书写机制。

众多唐代诗人曾漫游过吴越山水,往来于浙东寺观,孟浩然便是其中颇具代表性的一位,他不仅创作了很多与僧侣隐士相关的交游诗,而且热衷倾诉道情禅意于行旅诗①,笔者试基于浙东客观环境所对应的孟诗地理空间及其承继前代文化历史所延展的诗性空间等展开论述,即从具体的文本环境描摹,到历史传承、典故化用等文化符号的形成,再到诗人绾合时空搭建起的并置空间等角度,分析以孟诗为代表的浙东寺观诗歌书写机制。

一方面,孟浩然浙东诗歌的寺观书写是基于浙东客观地理环境而构建的空间。襄阳与越中②为孟浩然的主要涉道之地,通过孟诗可发现,诗人漫游吴越时期到过的浙东寺观有天台之桐柏观、剡县之

①参见仲秋融《孟浩然浙东行旅诗歌的景观意涵及其治疗意义》,邱高兴、房瑞丽编《唐诗之路研究(第一辑)——中国唐诗之路研究会成立大会暨第一次学术研讨会论文集》,中华书局,2020 年,第 416—431 页。

②据统计,孟浩然涉道诗歌大致有 14 首,分别是《宿天台桐柏观》《越中逢天台太一子》《山中逢道士云公》《寻天台山作》《寄天台道士》《与王昌龄宴王道士房》《梅道士水亭》《游精思观回王白云在后》《游精思题观主山房》《寻梅道士》《赠道士参寥》《送元公之鄂渚寻观主张骖鸾》《清明日宴梅道士房》《伤岘山云表观主》。

大佛寺、云门寺等，诗人将来到浙东寺观后所观察到的秀美山水与朝圣心绪的起伏变化等托付于诗笔，其寺观园林书写，抓住了浙东地理环境与人文历史等基本特征，譬如世外仙山的空间地理环境，仙山藏寺观，孟浩然笔下的云门寺仙气缭绕，坐落于越州秦望山，即云门山，今绍兴南部山区，地处峡谷，三山环抱，桐柏观和石城寺虽分属道观和寺庙，而其所处的皆是天台山区域，据唐人崔尚所记，两者实为一释一道，一山两名。桐柏观占据了浙东天台玉霄峰这一钟灵毓秀之所在，神秘幽深而自带仙气。又，石城寺属于天台山支脉，横连天姥山系，寺名出于石城山，即古之剡山。孟浩然描写上述一观二寺的空静宁谧空间地理环境，桐柏观清幽避世，仙凡交融，谓："鸡鸣见日出，每与仙人会。"①其周遭景致也非同一般："上逼青天高，俯临沧海大。"②诗人在此流连忘返，手揽长萝，足踩软苔，停船到天台山观赏探讨，在桐柏观中稍作休息，采摘山中灵芝仙草："扪萝亦践苔，辍棹恣探讨。息阴憩桐柏，采秀弄芝草。"③面对着如此幽僻静谧的所在，诗人十分自然地透露出对神仙的喜好，这其中包括对仙物之爱，如其诗歌中出现的植物意象芝草："息阴憩桐柏，采秀弄芝草。"④芝草即瑞草，古人认为食芝可长寿成仙。芝，又称灵芝，可使人起死回生、长生不老，芝草因此被慕道诗人频频引用。仙人所处之地不在喧闹的市井街巷，而是幽闭静谧的山林郊野，往往伴生着的是苔藓蕨类植物，故其诗言及"扪萝亦践苔"⑤，苔类生长于潮湿阴暗之处，这类特殊植物也更易触发诗人的羁旅愁情。腊八日在农历十二月初八，为礼拜弥勒佛之日，孟浩然适逢其会，并为此创作了礼佛诗，诗人书写

①孟浩然撰，李景白校注《孟浩然诗集校注》，中华书局，2018 年，第 64 页。
②孟浩然撰，李景白校注《孟浩然诗集校注》，中华书局，2018 年，第 64 页。
③孟浩然撰，李景白校注《孟浩然诗集校注》，中华书局，2018 年，第 7 页。
④孟浩然撰，李景白校注《孟浩然诗集校注》，中华书局，2018 年，第 7 页。
⑤孟浩然撰，李景白校注《孟浩然诗集校注》，中华书局，2018 年，第 7 页。

石城寺的地理环境:“石壁开金像,香山绕铁围。下生弥勒见,回向一心归。竹柏禅庭古,楼台世界稀。”①石城古刹幽深庄严,四周群山怀抱,古木参差,烘托了寺之幽寂。同时,云门寺在深山中,地势高峻:“我行适诸越,梦寐怀所欢。久负独往愿,今来恣游盘。”②诗人围绕云门寺之游,循着缭绕的林间梵音,沿着蜿蜒的山间小道,来到了名僧林立的云门禅寺,其间溪水潺潺,竹岸夹道,“台岭践磴石,耶溪泝林湍”③,继而“舍舟入香界,登阁憩旃檀”④,一派世外仙山之境。

另一方面,孟浩然浙东唐诗之路诗歌寺观书写承继前代文化历史与折射诗人内心世界所延展的丰富诗性空间。南朝齐梁时期,谢朓谓:“既欢怀禄情,复协沧洲趣。”⑤其时名士多于山水林园间游憩,“他们挥洒性情,张扬个性,在无拘无束中求得生命的解放;他们从对大自然的审美出发,在人与自然的融合中体悟生命之美”⑥。谢朓即在诗中认为得朝廷赏识而起欢喜之情,远比不上遁迹远地而生山水之趣。其中的“沧洲”,即为传说中隐者所居之洲,孟山人《宿天台桐柏观》中“缅寻沧洲趣”⑦之句,同样使用了沧洲意象,以此表达诗人如六朝文士般的潇洒心境。孟浩然诗路寺观园林书写对历史文化的沿用,强化了相应浙东寺观文化符号的形成,如运用“汗漫期”“松子”等带有神话色彩的存在,一下子将我们带入了世外仙山,尤其多次出现天台桐柏观意象,表达修道炼丹情怀,丰富了桐柏观的山水人

①孟浩然撰,李景白校注《孟浩然诗集校注》,中华书局,2018 年,第 164 页。
②孟浩然撰,李景白校注《孟浩然诗集校注》,中华书局,2018 年,第 55 页。
③孟浩然撰,李景白校注《孟浩然诗集校注》,中华书局,2018 年,第 55 页。
④孟浩然撰,李景白校注《孟浩然诗集校注》,中华书局,2018 年,第 55 页。
⑤逯钦立辑校《先秦汉魏晋南北朝诗》,中华书局,1983 年,第 1429 页。
⑥仲秋融《世说新语》之休闲启示,《赤峰学院学报》(汉文哲学社会科学版)2010 年第 7 期。
⑦孟浩然撰,李景白校注《孟浩然诗集校注》,中华书局,2018 年,第 7 页。

文内涵。值得注意的是,孟诗有很多与宗教有关的词汇的反复运用,譬如“禅”“空”“鹤”等,孟浩然在石城寺礼拜大佛活动时,先写石城寺的地理环境,表达了欲引导自己入禅的愿望:“竹柏禅庭古,楼台世界稀……愿承功德水,从此濯尘机。”①诗人想借助八德功水清洗尘俗的机心,去除心上浊垢,时刻流露出对佛祖的崇敬,并追踪前人足迹,漫游云门,与好友薛八乘兴前往云门寺附近的符公住所,并赋诗寄情佛理,描写了兰若寺沿途之幽绝环境,“愿承甘露润,喜得惠风洒。依止此山门,谁能效丘也”②等刻画了竹林清泉边的寺庙与其间主人符公的禅寂真趣,诗中还提及了“四禅合真如,一切是虚假”③,乃是对佛家禅境的解读,据说达到佛教之四禅定、四念处和五神通三境后,人的心态会转变,看透生死差异,得解脱尘俗之大智慧。孟浩然《大禹寺义公禅》带有对义公禅房周围山水风光的书写和对禅空之境的顿悟:“义公习禅处,结构依空林。户外一峰秀,阶前群壑深。夕阳照雨足,空翠落庭阴。看取莲花净,应知不染心。”④唐代佛教向“禅”转向,浙东山林寺庙僧舍往往以禅寺、禅院、禅房等称之,佛教徒坐禅入定称为禅寂,高僧义公诵读《莲花经》,习禅修行,其宅周遭环境清幽,如诗中“依空林”句描写,禅房选址足见义公的清净眼界与不染胸襟。无独有偶,浙东唐诗之路诗歌中也多有“空”之书写:“松下无人空有雪”⑤、“鱼梵空山静”⑥、“心与空林共杳冥”⑦、“精魅搦来

①孟浩然撰,李景白校注《孟浩然诗集校注》,中华书局,2018 年,第 164 页。
②孟浩然撰,李景白校注《孟浩然诗集校注》,中华书局,2018 年,第 4 页。
③孟浩然撰,李景白校注《孟浩然诗集校注》,中华书局,2018 年,第 4 页。
④孟浩然撰,李景白校注《孟浩然诗集校注》,中华书局,2018 年,第 257 页。
⑤陈尚君辑校《全唐诗补编》,中华书局,1992 年,第 985 页。
⑥彭定求等编《全唐诗》,中华书局,1960 年,第 2918 页。
⑦陈尚君辑校《全唐诗补编》,中华书局,1992 年,第 1407 页。

双眼空”“东边画了空西边”“交加器械满虚空”①。此外,在这些有关宗教意象的文化符号中,鹤是极富道教文化色彩且本身带有诗意想象的符号,并为诗人捕捉书写,孟诗《宿天台桐柏观》云:“鹤唳清露垂。”②诗人描写了更深露重的夜晚听闻鹤鸣叫的声音,鹤是道教文化图腾,古人常把仙鹤与松柏绘在一处,成为福禄长寿的象征,道家将鹤视为神仙的化身,据传道教鼻祖张道陵于鹤鸣山学道,可任意乘鹤遨游。仙鹤是仙家坐骑良伴,也与道家仙学紧密联系,“三乔乘鹤”“丁令威化鹤”等仙话流传至今,古今诗文中亦频见“仙羽”“仙客”等语汇。至唐代,鹤文化发展到了高潮时期,鹤既是自然界的灵禽,也是宗教文化的符号,崔颢《黄鹤楼》脍炙人口,浙东诗路多仙山古道,其间涉道诗歌也频频致意这一仙禽,并使其与翠柏、清露、高树、祥云等相伴而生:“鹤归高树静”③、“鹤从高处破烟飞”④,鹤踪飘渺,常随仙隐,仙鹤意象本身就是道教仙境的代表符号。可见,这些诗歌以浙东山水地理环境为基础,从而延展出丰富多彩的诗性空间。

此外,孟诗往往将广阔游历经验与山林寺观幽关空间结合,在现实游踪与佛道企慕、内心矛盾辗转与南北时空交错中营造诗歌的叙事、抒情空间,如《题终南翠微寺空上人房》,诗人先着墨于翠微寺雨后夕照之美景,点明出游时地。继而登眺赞誉上人幽美之居,遂悟禅静之妙:“瞑还高窗眠,时见远山烧。缅怀赤城标,更忆临海峤。”⑤尤诗末“风泉有清音,何必苏门啸”⑥句,诗人身处终南翠微幽胜之境,耳闻山间风吹流泉所发清泠声韵,心神澄清,尘念一洗,故而不必效

①彭定求等编《全唐诗》,中华书局,1960年,第8639页。
②孟浩然撰,李景白校注《孟浩然诗集校注》,中华书局,2018年,第7页。
③彭定求等编《全唐诗》,中华书局,1960年,第8333页。
④彭定求等编《全唐诗》,中华书局,1960年,第7703页。
⑤孟浩然撰,李景白校注《孟浩然诗集校注》,中华书局,2018年,第11页。
⑥孟浩然撰,李景白校注《孟浩然诗集校注》,中华书局,2018年,第11页。

仿阮籍向孙登学栖神导气之术而发苏门之长啸了，这是对翠微寺幽静隐秘之境的渲染和赞叹，也是对山行之景与独善心境的进一步描写。孟浩然仕途坎坷，身处终南山，忆及天台山，南北时空交错并置在诗歌中，云林趣甚，静者妙甚，名山胜景佛寺即在一念之间，诗人内心南北、仕隐等的辗转遂由此搭建起并置空间。值得注意的是，孟浩然浙东寺观园林诗歌多以与僧友的交游活动将宗教的神圣性烘托出来，围合成潜在寺观园林空间，并形成自然的游踪线索，如太一子在诗人心目中是仙界理想的真人化身，山人在朝圣天台、寻访道友时曾作《寄天台道士》等诗，通过这些诗歌，孟浩然将道教名山天台山周遭幽关避世的寺庙园林环境进行了刻画，于地点腾挪转移中勾画了游踪线索，同时展现了美丽浙东山高海阔背景下，天台石桥、石梁飞瀑、幽径、恶溪、华顶等景观元素。可以说，浙东唐诗之路上的寺观园林既是孟浩然真实游历的场所，也掺杂了诗人丰富的宗教想象，孟浩然书写这些自然人文景观时融入了自我的知识经验和文化建构，其脑海中的先验知识不断闪现，使行途中的寺庙观宇及园林景观构成了诗歌的背景或符号，折射出诗人对于浙东及宗教的微妙情感。

四、结语

浙东寺观园林是园林建筑，也是真实的自然体，在滚滚历史长河中有些因故荒颓湮灭，有些因缘臻于完善，而以诗歌绵延的历史却是无限漫长的，唐代诗人们借诗笔将其定格于卷册，成为永恒的文化记忆。这些纸上园林、诗中寺观呈现出唐代浙东寺观整体走向山林的时代性转变，以及富有特色的造园特征，如选址布局上山环水绕、不避高远幽僻，植物造景上融入浓郁的吴越地方和宗教文化色彩等。这些书写展现了丰富的文学艺术想象与独特的浙东人文印记，以孟浩然浙东诗歌为例，其寺观园林诗歌以浙东山水地理环境为基础，从具体的文本环境描摹出发,到历史传承、典故化用等文化符号的形成,再到诗人绾合时空搭建起的并置空间,这类基于浙东客观环境所对应的诗歌地理空间与承继前代文化历史所延展的诗性空间的构成机制,也是浙东唐诗之路寺观园林诗歌书写机制之一,引导读者千载之下犹忆浙东诗路上的山水风景、宗教修行与游子深情。

(作者单位:中国计量大学人文与外语学院中文系。
本文发表于《赤峰学院学报》2021 年第 8 期)

论浙东唐诗的创作范式与时代价值

娄欣星

“唐诗之路”由浙江新昌地方学者竺岳兵①首次提出，后经中国唐代文学学会正式发文命名为“浙东唐诗之路”②。这一概念的提出，不仅充分肯定了浙东在唐诗发展史上的地位，而且也吸引了众多国内外知名学者的目光。从唐诗发展角度而言，除了浙东，关陇、两京、西蜀及西域等地作为唐代重要的发展中心，不仅诗人云集，诗歌创作也是非常兴盛，不乏经典之作，但为何唯独浙东唐诗之路异军突起，成为学界关注的焦点。这与浙东独特的地域环境密切相关。浙东唐诗之路是唐代诗人漫游浙东的一条山水人文之路，以杭州西兴渡口为起点，沿着浙东运河到达越州，向东入曹娥江，再上溯至剡溪，最后到达天台山，而这条主线基本是与唐代浙东发达的水路交通网络相吻合。晋代前，诗路沿线就已经是人文荟萃之地，到了唐代，更是成为当时隐逸文化、宗教文化的发展中心。因此，浙东在自然山水与人文底蕴两方面成功塑造了一条与唐诗有着整体渊源关系的唐诗之路。正因为浙东山水的美名以及谢安、谢灵运、王羲之等诸多先贤的伐山开道，才使得唐代诗人纷纷慕名而来，逐渐形成了这条集风

①竺岳兵《剡溪——唐诗之路》，《唐代文学研究》1996 年辑刊，第 864—865 页。

②肖瑞峰《“浙东唐诗之路”研究的学术逻辑与学术空间》，《绍兴文理学院学报》2018 年第 6 期。

雅、清修、隐逸为特质的浙东唐诗之路。

一、“世间禊事风流处,镜里云山若画屏”[①]:对浙东景观的吟咏

刘勰《文心雕龙》有言:“岁有其物,物有其容;情以物迁,辞以情发。”[②]浙东唐诗的主要内容之一就是模山范水——对于浙东山水形貌的刻画。孟浩然诗云:“山水寻吴越,风尘厌洛京。”[③]相比世俗纷扰的洛阳,吴越素以山水闻名。而浙东之山水,尤以越州镜湖、若耶溪、剡溪,台州天台山、赤城山、石桥、华顶最为世人称道。其原因不只是自然山水之美,更重要的是浙东山水所蕴含的浓厚人文色彩,赋予了浙东地域独特的历史底蕴。

李白曾四次到过浙东,其《送王屋山人魏万还王屋》虽是一首送别诗,但李白却用了一半篇幅记录魏万游历江南的过程,而这一内容与其说是魏万的旅程,还不如说是李白对于自己多次越中之游的总结。

> 遥闻会稽美,且度耶溪水。万壑与千岩,峥嵘镜湖里。秀色不可名,清辉满江城。人游月边去,舟在空中行。此中久延伫,入剡寻王许。笑读曹娥碑,沉吟黄绢语。天台连四明,日入向国清。五峰转月色,百里行松声。灵溪咨沿越,华顶殊超忽。石梁横青天,侧足履半月。[④]

①彭定求等编《全唐诗》卷四八七,中华书局,1999 年,第 5571 页。
②刘勰著,范文澜注《文心雕龙》,人民文学出版社,1962 年,第 693 页。
③彭定求等编《全唐诗》卷一六〇,中华书局,1999 年,第 1655 页。
④彭定求等编《全唐诗》卷一七五,中华书局,1999 年,第 1794 页。

李白的浙东记忆，不仅有会稽若耶溪、镜湖的秀色风光，王羲之、许迈、曹娥等人的历史逸事；更有天台山国清寺的松声、华顶的超忽、石梁的奇景等。“人游月边去”“五峰转月色”两句将自己最爱的“月”与镜湖、天台山之山水美景联系在一起。在皎洁的月光下，人与月亮交相呼应，呈现出自由浪漫之情。《梦游天姥吟留别》中也说道：“我欲因之梦吴越，一夜飞度镜湖月。湖月照我影，送我至剡溪。”①可见明净澄澈的镜湖在李白浙东记忆中的独特地位。

杜甫也曾壮游浙东，“越女天下白，鉴湖五月凉。剡溪蕴秀异，欲罢不能忘。归帆拂天姥，中岁贡旧乡”（《壮游》）②。相比李白注重表现浙东山水美景的烂漫新奇以及对人文遗迹的感慨，杜甫选取了越女、鉴湖、剡溪、天姥作为浙东之美的代表，仅以“欲罢不能忘”五字表达自己当时的审美感受，字简情深。

崔颢在长达二十年的漫游生活中，曾由南向北游览浙东山水，《舟行入剡》云：“鸣棹下东阳，回舟入剡乡。青山行不尽，绿水去何长。地气秋仍湿，江风晚渐凉。山梅犹作雨，溪橘未知霜。”③诗人先是南下东阳，再“回舟”北上，上溯剡溪至剡县。剡溪“行不尽”“去何长”的青山绿水与初秋湿润渐凉的气候是诗人此行的深刻记忆。《入若耶溪》：“轻舟去何疾，已到云林境。起坐鱼鸟间，动摇山水影。岩中响自答，溪里言弥静。事事令人幽，停桡向余景。”④崔颢将入若耶溪喻为“已到云林境”，不仅可以感受到起坐之间的幽景：“起坐鱼鸟间，动摇山水影。”以鱼鸟之灵动，衬托山水之秀美；幽静：“岩中响自答，溪里言弥静。”岩石拍水之声愈响，若耶溪愈静；幽情：“事事令人

①彭定求等编《全唐诗》卷一七四，中华书局，1999 年，第 1785 页。
②彭定求等编《全唐诗》卷二二二，中华书局，1999 年，第 2363 页。
③彭定求等编《全唐诗》卷一三〇，中华书局，1999 年，第 1330 页。
④彭定求等编《全唐诗》卷一三〇，中华书局，1999 年，第 1323 页。

幽,停桡向余景。"末尾"向"字生动表现出诗人对于眼前之景的欣赏以及对后续美景的期待,言有尽而意无穷。

云门寺始建于东晋义熙三年(407),"自晋唐以来名天下。父老言昔盛时,缭山并溪,楼塔重覆,依岩跨壑,金碧飞踊,居之者忘老,寓之者忘归。游观者累日乃遍,往往迷不得出。虽寺中人或旬月不得觌也"①,有"越山千万云门绝"(皎然《寄题云门寺梵月无侧房》)②之美誉,是唐代文人雅士漫游浙东的必经之地。"沓嶂围兰若,回溪抱竹庭。觉花涂砌白,甘露洗山青。"(宋之问《游云门寺》)③"竹翠烟深锁,松声雨点和。"(严维《同韩员外宿云门寺》)④"溪云乍敛幽岩雨,晓气初高大旆风。"(赵嘏《浙东陪元相公游云门寺》)⑤云门寺外山雾围绕,翠竹、兰若丛生,溪水潺潺,雨声与树叶声相互应和,呈现出一种虚空寂静的氛围。尤其在入秋后,寺前更有"烛迎千骑满山红"(赵嘏《浙东陪元相公游云门寺》)⑥之景。这些不仅仅是对云门寺周围自然之景的描绘,更是当下作者心境的反映。

以谢灵运与王羲之为代表的魏晋风流在越中的活动是浙东唐诗之路的先导⑦。谢灵运作为中国古代山水诗的开创者,不仅把自然美景引进诗中,使山水成为独立的审美对象,而且也开启了南朝一代新的诗歌面貌,影响了唐诗整体风格的形成。谢灵运鲜丽清新的山水诗风格,正是在他游历浙东、赴任永嘉太守的过程中逐步形成的。

---

①陆游《渭南文集·云门寿圣院记》,上海书店,1989年,第255页。

②彭定求等编《全唐诗》卷八一七,中华书局,1999年,第9293页。

③彭定求等编《全唐诗》卷五三,中华书局,1999年,第655页。

④彭定求等编《全唐诗》卷二六三,中华书局,1999年,第2909页。

⑤彭定求等编《全唐诗》卷五四九,中华书局,1999年,第6406页。

⑥彭定求等编《全唐诗》卷五四九,中华书局,1999年,第6406页。

⑦胡正武《魏晋风流对唐诗之路的先导作用简说》,《台州学院学报》2004年第1期。

由此为了追慕先贤，唐代诗人纷至沓来。“扁舟泛湖海，长揖谢公卿”（孟浩然《自洛之越》）①、“王谢登临处，依依今尚存”（李嘉祐《送越州辛法曹之任》）②、“迢迢始宁墅，芜没谢公宅”（皇甫冉《曾东游以诗寄之》）③、“闻道稽山去，偏宜谢客才”（李白《送友人寻越中山水》）④、“庶几踪谢客，开山投剡中”（宋之问《宿云门寺》）⑤、“谢客文逾盛，林公未可忘”（崔颢《舟行入剡》）⑥，“谢公”“谢客”成为浙东唐诗中频繁出现的重要词汇。

时任会稽内史的王羲之曾在自家园林兰亭与友人饮酒赋诗，写下了“天下第一行书”——《兰亭集序》。曲水流觞、兰亭雅集所象征的中国士人所追求的生命情感的最高境界，一直被后人所推崇。元稹《送王协律游杭越十韵》：“浣渚逢新艳，兰亭识旧题。”⑦刘长卿《无锡东郭送友人游越》：“碑缺曹娥宅，林荒逸少居。”⑧鲍溶《上巳日寄樊瓘、樊宗宪，兼呈上浙东孟中丞简》：“今日会稽王内史，好将宾客醉兰亭。”⑨孙逖《登越州城》：“赠言王逸少，已见曲池平。”⑩纯粹的自然之景会日渐消失，但经典的文学与历史会流传千古，这就是王羲之等人赋予兰亭的重要意义。

在唐代诗人的吟咏中，浙东之景往往蕴含了深厚的、不可替代的文化积淀，这不仅是浙东唐诗之路形成的原因，更是浙东唐诗之路的

---

①彭定求等编《全唐诗》卷一六〇，中华书局，1999年，第1655页。
②彭定求等编《全唐诗》卷二〇六，中华书局，1999年，第2153页。
③彭定求等编《全唐诗》卷二四九，中华书局，1999年，第2797页。
④彭定求等编《全唐诗》卷一七五，中华书局，1999年，第1795页。
⑤彭定求等编《全唐诗》卷五三，中华书局，1999年，第655页。
⑥彭定求等编《全唐诗》卷一三〇，中华书局，1999年，第1330页。
⑦彭定求等编《全唐诗》卷四〇六，中华书局，1999年，第4538页。
⑧彭定求等编《全唐诗》卷一四九，中华书局，1999年，第1530页。
⑨彭定求等编《全唐诗》卷四八七，中华书局，1999年，第5571页。
⑩彭定求等编《全唐诗》卷一一八，中华书局，1999年，第1197页。

重要特质之一。在这条诗路上,诗人常以组合的形式吟咏浙东之景,例如越州的若耶溪、镜湖、秦望山与云门寺。据《康熙会稽县志》记载,秦望山在县东南四十里,云门山在县南三十里秦望南;云门寺位于云门山中,背靠秦望山,前临若耶溪;若耶溪在县东南三十五里,溪北流入镜湖;镜湖位于会稽山北麓①。孟浩然有诗云:"台岭践磴石,耶溪溯林湍。舍舟入香界,登阁憩旃檀。晴山秦望近,春水镜湖宽。"②(《题云门山,寄越府包户曹、徐起居》)记录其游踪:泛舟若耶溪——上云门寺——观秦望山、镜湖。在这一组合附近,还有大禹陵、越王台、嘉祥寺(佛教三论宗祖庭)、天衣寺(法华寺)、王献之山亭遗址、王勃仿兰亭之"曲水流觞"遗址等著名历史遗迹。这些景色构成了唐代诗人笔下代表浙东地域文化的诗歌,这些诗歌在传播过程中又增添了浙东之景的风雅。

山水之美,在于其独立与自然,蕴含了超脱的审美情趣,这是诗人发现与塑造独立人格的基础,也是诗人体悟宇宙人生的精神寄托。浙东山水的风雅与清修使文人墨客暂时忘掉俗尘往事,有充分的时间与心境来审视自我,以独立个体的姿态体悟独特的生命精神。因而才有了李白的《梦游天姥吟留别》中"世间行乐亦如此"的喟叹。而当仙境破碎,诗人惊悸之下,发现自己只是困于泥淖之中的凡人,羽化登仙于他而言如此遥远,"古来万事东流水",纵往古今,失望与消极之意袭来。"且放白鹿青崖间,须行即骑访名山",此时此刻的诗人认为访寻名山,才是人生乐事。历经这一系列跌宕起伏的心境变化,从山水走进仙境,又从仙境堕回凡尘,是诗人在山水间心灵涤荡的过程。这一过程促使诗人发现自我,完成了独立人格的觉醒,才成

①王元臣修,董钦德、金炯纂《康熙会稽县志·山川志》,康熙二十二年刻本。

②彭定求等编《全唐诗》卷一五九,中华书局,1999年,第1624页。

就了最后流传千古的名句:“安能摧眉折腰事权贵,使我不得开心颜。”①

二、“仙源佛窟有天台,今古嘉名遍九垓”②:对佛道文化的感悟

佛教自东汉传入中国以来,逐渐与中国本土文化相结合。道教作为中国本土宗教,在唐时更被奉为国教。两大宗教的发展都与浙东有着密切关系,浙东仙山云集,拥有远离俗世尘缨的自然山水,更富道教之洞天福地和佛教之著名寺院。以“仙源佛窟”著称的天台山,是佛教的“天台宗”和道教“南宗”的祖庭,有着千年古刹的国清讲寺以及人间仙境的琼台仙谷;剡中是东晋大乘般岩学的荟萃之地;道教十大洞天,台州就占三个:黄岩委羽山洞,仙居括苍山洞以及天台赤城山洞。如果说,越中山水的特色是温润明秀,天台山风光则胜在幽深雄奇,故士人乐于到此寻幽探胜、修道传教,甚至将其视为神仙居住的洞天福地,赋予其神秘的宗教文化涵义③。诗人们将宗教情趣融入山水意境之中,诗歌充满了神秘的宗教色彩以及超然淡泊的归隐之风。例如许浑《赠僧》:

> 心法本无住,流沙归复来。锡随山鸟动,经附海船回。洗足柳遮寺,坐禅花委苔。唯将一童子,又欲上天台。④

---

①彭定求等编《全唐诗》卷一七四,中华书局,1999年,第1785页。

②彭定求等编《全唐诗》卷八五一,中华书局,1999年,第9694页。

③项义华《从山越之地到神异之境——天台山文化早期的历史建构》,《浙江学刊》2016年第1期。

④彭定求等编《全唐诗》卷五二九,中华书局,1999年,第6097页。

寻闲避世是许浑诗歌的主要思想风格,求佛问道的经历使得其诗歌将避世与禅趣相结合,自然流露出隐士之风。本诗以“心法本无住,流沙归复来”总起全诗,打破了以往诗作以景入情的惯例,将“心法”无常与流沙的反复相联系,新颖别致且富有禅意。接着将带有仙话色彩的意象——“山鸟”和“海船”引入诗中,为高僧修炼于“柳遮寺”和“花委台”营造了超然世外的环境,将小意与大气完美融合,淡泊而又雅致的僧人形象跃然纸上。天台山在诗人心目中有着超凡的地位,他曾在诗作《寄云际寺敬上人》写道:“云冷竹斋禅衲薄,已应飞锡过天台。”①用终南山的阴冷反衬天台山,透露出无限向往。本诗末尾“又欲上天台”,“又”和“欲”,更加突显了诗人对天台山的向往之情,这正是他求仙问道、寻求隐逸闲适生活的写照。字里行间透露着禅趣,诗人长期与仙山灵水作伴,在审视山水与自我之间偶然悟得佛理禅机,避开凡尘俗世所累,寻仙访道,求得心神的超然无累。

天台山素有“佛宗道源”之美誉,自东晋孙绰写下《游天台山赋》后,众多文人慕名而来,“登陆寻天台,顺流下吴会”(孟浩然《越中逢天台太乙子》)②。据《天台山唐诗总集》统计,唐代共有312位诗人,包括孟浩然、李白、杜甫、白居易、元稹等,创作了1362首有关天台山的诗歌,占浙东唐诗总量的3/4左右。可以说,天台山是浙东唐诗之路的顶点。在这些诗歌中,往往渗透了唐代诗人对于佛道文化的理解,突出呈现了宗教在唐代士人心中的特殊地位。

孟浩然多次在诗中提到自己对于天台的向往,如《宿天台桐柏观》:“高步凌四明,玄踪得三老。纷吾远游意,学彼长生道。日夕望三山,云涛空浩浩。”③天台桐柏宫是道教南宗的祖庭,诗中四明、三

①彭定求等编《全唐诗》卷五三八,中华书局,1999年,第6188页。
②彭定求等编《全唐诗》卷一五九,中华书局,1999年,第1632页。
③彭定求等编《全唐诗》卷一五九,中华书局,1999年,第1628页。

老、长生、三山等词都是道教用语。诗人夜宿桐柏观，希望能够抛开世俗的烦恼，接受道教三老的教诲，领悟长生之道。孟郊《送超上人归天台》："天台山最高，动蹑赤城霞。何以静双目，扫山除妄花。何以洁其性，滤泉去泥沙。灵境物皆直，万松无一斜。月中见心近，云外将俗赊。"①在孟郊看来，天台山是一处可以使人"静双目""洁其性""见心近""将俗赊"的"灵境"，只有超然物外才能获得真正的自在自得。皇甫曾《赠沛禅师》："天台积幽梦，早晚当负笈。"②"早晚"一词尤其生动地表现出诗人对于天台山的急迫向往之情。张籍《送辛少府任乐安》："选得天台山下住，一家全作学仙人。"③张祜《游天台山》："但造不死乡，前劳何足数。"④天台山已然成为学仙、不死乡的代名词。

值得注意的是，天台山佛道融合的特质是唐代诗人宗教书写的重要内容。天台山独特的自然环境和人文景观为佛教建立寺庙、宣扬佛法、道教修仙炼丹提供了绝佳场所。例如刘长卿《送台州李使君，兼寄题国清寺》：

> 露冕新承明主恩，山城别是武陵源。花间五马时行县，山外千峰常在门。晴江洲渚带春草，古寺杉松深暮猿。知到应真飞锡处，因君一想已忘言。⑤

此诗重在描绘天台山得天独厚的宗教环境。"武陵源"出自陶渊明《桃花源记》，后以"武陵源"借指避世隐居之地，同时也有喻指刘阮

①彭定求等编《全唐诗》卷三七九，中华书局，1999年，第4264页。
②彭定求等编《全唐诗》卷二一〇，中华书局，1999年，第2186页。
③彭定求等编《全唐诗》卷三八六，中华书局，1999年，第4363页。
④彭定求等编《全唐诗》卷五一〇，中华书局，1999年，第5835页。
⑤彭定求等编《全唐诗》卷一五一，中华书局，1999年，第1571页。

遇仙故事之意。“别是”二字突显了诗人对于台州“山外千峰常在门”“晴江洲渚带春草”仙境的憧憬。“古寺杉松深暮猿”,意在呈现国清寺周围古朴幽静之自然环境。诗末两句,“应真飞锡”乃佛教用语,出自孙绰《游天台山赋》:“王乔控鹤以冲天,应真飞锡以蹑虚。”① 意为真正得道之人,指天台山所具有的得天独厚的道教环境。

白居易《和微之诗二十三首·和送刘道士游天台》以“闻君梦游仙”发端,以送友人游天台为背景,谈论了自己对佛道的感悟。诗人首先选用了轻举、灵旗、天衣、蕊珠、阆宫、钧乐等道教用语来营造友人飞升登仙的过程,所见之人西母、东君、子晋、麻姑皆道教人物,倏忽之间怅然而归,感慨人生如梦。接着,以“既未出三界,犹应在五蕴”为转折,转而谈论佛理。诗人认为佛教典籍宣扬“苦海不能漂,劫火不能焚”,只有“慈光一照烛,奥法相细缊”,接受佛光照耀,体会佛家教义,达到“一性自了了,万缘徒纷纷”②,即五蕴皆空的状态,才能度一切苦厄。

张祜《游天台山》以“崔嵬海西镇,灵迹传万古”来形容天台山的地理位置和人文底蕴,三茅与二室之典故即是灵迹的最佳证明。诗人选取了“矗若城一堵”的四明山、“万仞青壁竖”的石梁、“盘松国清道”的国清寺、“徒步将欲举”的金庭作为天台山的标志性景观,分别勾勒出了四大景观各具特色的奇景,同时也呈现了天台山“佛窟绕杉岚,仙坛半榛莽”③,佛道并行的宗教文化环境。

佛教逐渐本土化、世俗化的发展倾向,与道教思想存在某些相似之处,这为二者的融合建立了内在联系,而天台山幽寂虚幻的自然环境和深厚悠久的历史底蕴为这一融合提供了外在环境,因此才真正

①萧统编,李善等注《六臣注文选》,《四部丛刊初编》,上海书店,1989年,第422页。
②彭定求等编《全唐诗》卷四四五,中华书局,1999年,第5004页。
③彭定求等编《全唐诗》卷五一〇,中华书局,1999年,第5835页。

促成了天台山宗教文化的和合共生，确立了天台山作为“佛宗道源”的独特价值。天台山佛道融合的宗教文化赋予了浙东唐诗之路更加多元的精神内涵和独特的历史地位。正因为唐代士人用诗歌的形式记录了天台山宗教文化的发展以及他们的感悟，才让我们看到了唐代浙东宗教文化的盛行状况，以及天台山在唐代宗教发展史上占据重要地位的原因及具体表现。

三、“未能忘魏阙，空此滞秦稽”①：对隐逸生活的建构

自古以来，仕与隐一直都是中国古代士人面临的两难选择。“邦有道则仕，邦无道则隐”，隐逸作为一种人生选择逐渐演变为一种特殊的文化现象，其最直接的表现就是隐遁山林，追求简单朴素的生活方式与内心平和的精神境界。自西晋开始，仕与隐开始在某种程度上趋于结合。晋代王康琚《反招隐诗》：“小隐隐陵薮，大隐隐朝市。伯夷窜首阳，老聃伏柱史。”②大隐隐于朝，即仕与隐的融合，其“隐”注重的是自我生命价值和精神价值的双重实现，而不再拘泥于外在形式。到了唐代，仕隐关系进一步深化与扩展。浙东以其独特的山水环境以及隐逸传统吸引了无数文人到访，促使了“两浙隐逸群”③的形成，隐逸生活的建构呈现更加复杂的趋势。

浙东历来有隐逸的传统，浙东的山水之间每成逃名之渊薮，避世之窟宅④，在历史上向来是隐士高人栖身隐逸的焦点。越国大夫范

①彭定求等编《全唐诗》卷一六〇，中华书局，1999 年，第 1662 页。

②萧统编，李善等注《六臣注文选》，《四部丛刊初编》，上海书店，1989 年，第 806 页。

③李小兰《中晚唐“两浙隐逸群”的形成和隐士的精神蜕变》，《作家》2010 年第 6 期。

④胡正武《浙东唐诗之路与隐逸文化》，中国社会科学出版社，2006 年，第 46 页。

蠡是浙东最早享有盛名的隐士,被誉为浙东“第一隐士”。东晋以前,士人大多以“去危图安”①为目的,选择远离政治中心的浙东作为隐居地。宋齐之际,是古代文人山水审美意识逐渐走向成熟、山水文化发展的重要时期。山水审美的发展使士人在选择隐居地时增加了审美考虑。浙东山水以天台山、天姥山、括苍山、雁荡山为骨架,众多江水河流为血脉,深幽隐蔽,看似险恶实则蕴含无限乐趣,游离于俗世与桃源之间,对于向往郁秀于内的隐士诗人而言,曲径通幽的浙东山水有着无形的精神吸引。

东晋至南朝时期,谢安、王羲之等人隐居浙东,留下许多风流逸事,成为浙东唐诗的重要内容。如韩翃《送皇甫大夫赴浙东》:“豪贵东山去,风流胜谢安。”②白居易《题谢公东山障子》:“唯有风流谢安石,拂衣携妓入东山。”③皮日休《醉中即席赠润卿博士》:“谢安四十余方起,犹自高闲得数年。”④刘长卿《和袁郎中破贼后军行过剡中山水谨上太尉》:“已闻开阁待,谁许卧东溪。”⑤秦系《将移耶溪旧居留赠严维秘书》:“谢安无个事,忽起为苍生。”⑥路贯《和元常侍除浙东留题》:“谢安致理逾三载,黄霸清声彻九重。犹辍珮环归凤阙,且将仁政到稽峰。”⑦等。对于谢安故事的吟咏,主要有两个倾向:一是“隐”:寓居东山的风流;二是“仕”:东山再起的政绩。在唐代诗人眼中,谢安是仕隐关系趋于融合、以“隐居求志,静己镇躁”⑧为动机的

①范晔撰,李贤等注《后汉书》,中华书局,1965 年,第 2755 页。
②彭定求等编《全唐诗》卷二四四,中华书局,1999 年,第 2739 页。
③彭定求等编《全唐诗》卷四五七,中华书局,1999 年,第 5216 页。
④彭定求等编《全唐诗》卷六一四,中华书局,1999 年,第 7140 页。
⑤彭定求等编《全唐诗》卷一四八,中华书局,1999 年,第 1525 页。
⑥彭定求等编《全唐诗》卷二六〇,中华书局,1999 年,第 2889 页。
⑦彭定求等编《全唐诗》卷五四〇,中华书局,1999 年,第 6370 页。
⑧彭定求等编《全唐诗》卷二四六,中华书局,1999 年,第 2755 页。

典型代表，同时也寄托了他们自身对于隐逸生活的向往与追求。

隋唐时期，浙东佛道文化的浓厚氛围成为吸引士人隐居的重要原因。在仕与隐的矛盾冲突中，唐代诗人不断进行反思与追寻，试图建构一个仕隐兼修的隐逸生活模式。如盛唐诗人孟浩然，虽早年有志用世，曾以漫游、科举求仕，但皆以失败告终。唐开元十七年（729），孟浩然离开长安，客隐浙东，寻遍吴越名山古刹，留下了诸多诗歌作品。一方面表达自己的归隐愿望，如："愿言解缨绂，从此去烦恼。"（《宿天台桐柏观》）[①]流露出对政治生活的疏离以及人生无常的感慨。另一方面，对于仕途仍心存希望，希冀以隐求仕。如《久滞越中，贻谢南池、会稽贺少府》：

> 陈平无产业，尼父倦东西。负郭昔云翳，问津今亦迷。未能忘魏阙，空此滞秦稽。两见夏云起，再闻春鸟啼。怀仙梅福市，访旧若耶溪。圣主贤为宝，君何隐遁栖。[②]

诗人以陈平少时家贫、孔子周游列国不见用的故事来形容自己仕途坎坷的人生经历。虽"负郭昔云翳"隐居于背郭田舍，但心中仍"未能忘魏阙"，对宦途心存念想。"两见夏云起，再闻春鸟啼"二句言自己旧居越中，一方面与标题"久滞"相呼应，突出时间之长。"滞"，既有行动滞留之意，也有思想停滞不前，心情郁积之意；另一方面是对前句"空此滞秦稽"的具体解释。秦稽，指秦望山与会稽山，在这里代指越中。以"空"字形容自己久居越中的境遇，总结自己这一年多的隐逸生活，饱含心酸与遗憾之情。诗末，诗人反问自己，试图探寻内心对于仕隐的真实看法，不仅反映了作者内心的矛盾挣扎，同时也隐

①彭定求等编《全唐诗》卷一五九，中华书局，1999年，第1628页。

②彭定求等编《全唐诗》卷一六〇，中华书局，1999年，第1662页。

含了作者被迫选择归隐的无奈。值得注意的是,孟浩然并没有否定隐逸带来的自我精神价值的实现,“怀仙梅福市,访旧若耶溪”的惬意即是明证。如果能够以入世作为自我生命价值的实现来填补归隐之“空”,达到仕隐兼顾,或许才是最佳的处世方式。

与孟浩然曲线求仕不同的是,一部分诗人来到浙东的目的是为官,包括以骆宾王、沈佺期、宋之问、郑虔为代表的贬谪流放型与以张子容、李嘉祐、元稹、李郢等为代表的上官赴任型。尽管这些诗人到浙东为官的性质有所不同,但在浙东为官期间,他们的诗歌作品大都流露出受当地自然与文化环境影响而显现出仕隐兼修的思想倾向。譬如“江鸥迎共狎,云鹤待将飞”(张子容《送苏倩游天台》)①、“往来固无咎,何忽惮前桴”(沈佺期《夜泊越州逢北使》)②、“竹溪道明水,杉谷古崇岑”(沈佺期《从崇山向越常》)③等,诗中江鸥、云鹤、竹溪、杉谷等词,构建了一个宁静惬意、悠然自适的环境,在给诗人带来审美体验的同时,也可令其忘却官场烦恼,在尘世的喧嚣中,获得心灵的安宁和平静。仕与隐已不再是一种矛盾和冲突,而是相互补充与调和的关系。可以说,仕隐兼修真正代表了唐代士人的隐逸特点,标志了唐代隐逸观的成熟。

四、“逸兴满吴云,飘飖浙江汜”④:对赠答怀人的书写

浙东唐诗之路也是一条友情之路,其独特之处在于以友情为魂,

①彭定求等编《全唐诗》卷一一六,中华书局,1999年,第1177页。
②彭定求等编《全唐诗》卷九五,中华书局,1999年,第1020页。
③彭定求等编《全唐诗》卷九七,中华书局,1999年,第1048页。
④彭定求等编《全唐诗》卷三二三,中华书局,1999年,第1793页。

以地理意识为魄，将对友人深情厚谊的表达与浙东独特的自然人文地理相融合，以诗序结合的方式，赋予了浙东赠答怀人诗新的写作范式。

由于中国古代地域限制、人的交际需求以及唐代漫游风尚的盛行，赠答怀人诗成为文人之间交流互动的重要形式，诗歌以赠答送别、怀人酬赠、怀乡思亲、感悟人生为主要内容。赠答怀人诗在六朝时已经初步具备抒情达意、联络交际、互娱取乐、政治参与等基本功能，确立了两个基本赠答模式：抒情赠答与交际赠答①，并完成了在酬赠唱和中言志抒怀的重要质变。

在唐代诸多赠答怀人诗中，李白《送王屋山人魏万还王屋》堪称经典之作。虽题为送别，"因述其行而赠是诗"②，记录魏万为追寻李白，遍游吴越山水的游历，实乃李白多次游历浙东的经验总结，通过对浙东山水与历史文化的吟咏，表达了与魏万之间的深情厚谊。以讴歌友情为总基调，李白绘制了自己、同时也是诸多唐代诗人的江南文学地图，其中尤以浙东部分的描写最为绝妙。以"逸兴满吴云，飘飖浙江汜"为开头，奠定了浙东唐诗"逸兴"的主题。而后，在杭越樟亭观潮，写巨涛狂浪的汹涌；在会稽耶溪浣纱、镜湖乘舟赏月，写山水秀色之景；在剡中追寻王许、曹娥碑的故事，写人文历史之遗迹；在天台月下漫步，写国清、华顶、石梁的超忽之境；在永嘉孤屿回望历史，追溯历史长河中的前贤；在缙云石门观赏幽险壮观的瀑布、水石相击的七十险滩恶溪；在金华八咏楼登高望远。将浙东之景以点串联成线，以情勾连成篇，将友情的抒发与浙东自然人文地理结合起来，创造了浙东送别诗创作的新范式。

因此，唐代浙东赠答怀人诗中带有明显的浙东地域特色的地理

①韩蓉《论六朝赠答诗对唐人赠答模式的影响》，《兰台世界》2011 年第 1 期。
②彭定求等编《全唐诗》卷三二二，中华书局，1999 年，第 3626 页。

意象,在表情达意过程中起到了不可替代的作用:其一,"山石"在浙东唐诗中出现的频率较高,且多描述为山峰高耸、石径幽僻、山石陡峭。浙东赠答怀人诗中的山,具体有天姥山、天台山、华顶峰、四明山、会稽峰、天竺山、苎罗山、赤城山、玉霄峰、赤松山等。如上官昭容在《游长宁公主流杯池二十五首》中写道"懒步天台路,惟登地肺山。幽岩仙桂满,今日恣情攀"①,目中所看是山岩幽深处遍仙桂,心中所感是恣意尽情,可见爬山攀岩漫步山路给人带来的惬意愉悦。关于石的描写有石城、石楼、石门、石窟、石桥、石泉、石径、石矶、山石、石棱、奇石等,特别是在描写天台的时候出现石桥、石径的次数最为频繁。永嘉的谢公石门和天台的石梁飞瀑、寒山寒岩,都曾是唐代骚人墨客的寻游之地。如丹丘在《奉使过石门观瀑》中写道"千仞泻联珠,一潭喷飞霰"②,描绘了石门岩上悬泉的壮观景象。徐凝送寒山子归寒岩,所言"寒岩风雪夜,又过岩前溪"③,写出了寒山栖息修道之处的清冷幽静。

其二,浙东赠答怀人诗中出现的"水",主要有曹娥江、剡溪、若耶溪、镜湖、钱塘江、兰溪、鄞江等。缘于唐代浙江水网密布,水路交通发达,浙东地区的别离多发生在江畔柳岸,由此涉及严子陵钓台、七里滩、西陵渡口等送别盛地。如朱放《剡溪行却寄新别者》中写到"潺湲寒溪上,自此成离别"④,陈羽在《若耶溪逢陆澧》中写道"溪上春晴聊看竹,谁言驿使此相逢"⑤,孟浩然漫游镜湖感慨"试览镜湖

①彭定求等编《全唐诗》卷三二二,中华书局,1999 年,第 3626 页。
②彭定求等编《全唐诗》卷三〇七,中华书局,1999 年,第 3482 页。
③彭定求等编《全唐诗》卷四七〇,中华书局,1999 年,第 5375 页。
④彭定求等编《全唐诗》卷三二三,中华书局,1999 年,第 3539 页。
⑤彭定求等编《全唐诗》卷三四七,中华书局,1999 年,第 3893 页。

物，中流到底清”①，厉玄面对兰溪怀人道“积雪没兰溪，邻州望不迷”②，许浑在鄞江别友时写道“地穷山尽处，江泛水寒时”③。“湍水”“湍溪”看似只是描写湍急的流水，然而其中隐含了“人欲慢而水愈急”的对比意味，更可以联想到“兰舟催发”下再无耽搁之由的情景，从而侧面烘托出离别之难舍难分，意惹情牵。

与水如影随形的还有舟，包括争舸、画船、渔艇、扁舟、船帆、楫棹、棹歌、游舫等。皎然在《送丘秀才游越》中描写了“夜舸谁相逐，空江月自逢”④，山情烂漫、诗思深茂都融合于这月色照耀下的争舸夜江中。方干《送王侍郎浙东入朝》写道“鱼池菊岛还公署，沙鹤松栽入画船”⑤，池鱼菊花、沙鹤盆栽通通装入画船，可见临行仪仗之大。贯休在《春晚访镜湖方干》中还提到一种较为奇特的渔艇：“蒸花初酿酒，渔艇劣容身。”⑥写出了渔艇空间小、外形迷你的特征。帆作为船最核心部分，常用以借代舟，如崔峒《润州送师弟自江夏往台州》中的“远客乘流去，孤帆向夜开”⑦。楫棹也是重要意象，如陈陶《永嘉赠别》：“临风青桂楫，几日白蘋溪。”⑧刘得仁《送越客归》：“众山离楚上，孤棹宿吴西。”⑨无论是夜舸相逐、雕梁画船，或是渔艇小钓、一叶扁舟，水中行舟作为人们假借的交通工具成为浙东赠答怀人诗中的重要元素。

---

①彭定求等编《全唐诗》卷一六〇，中华书局，1999年，第1662页。
②彭定求等编《全唐诗》卷五一三，中华书局，1999年，第5897页。
③彭定求等编《全唐诗》卷五二四，中华书局，1999年，第6038页。
④彭定求等编《全唐诗》卷八一二，中华书局，1999年，第9229页。
⑤彭定求等编《全唐诗》卷六四七，中华书局，1999年，第7489页。
⑥彭定求等编《全唐诗》卷八二七，中华书局，1999年，第9407页。
⑦彭定求等编《全唐诗》卷二九五，中华书局，1999年，第3346页。
⑧彭定求等编《全唐诗》卷七三六，中华书局，1999年，第8487页。
⑨彭定求等编《全唐诗》卷五四一，中华书局，1999年，第6287页。

其三,基于浙东诸多仙山灵境的自然环境,“流云”意象用于描写云雾缥缈之景,再搭配山间流泉与飞溅雪瀑,营生出行云流水的清幽、飘逸与脱俗之感。如方干送孙百篇游玩天台时写道:“远近常时皆药气,高低无处不泉声。映岩日向床头没,湿烛云从柱底生。”①在离别情境中,云又能发挥别样的烘托作用,可以分为云海、浮云、白云、青云、暮云、重云、黑云、孤云、寒云等等,展现出不同情境下人们的心理状态与情感起伏。灵一在《赠灵澈禅师》中邀请上人“何时共到天台里,身与浮云处处闲”②,共入翠微里,相与漫步山间,而浮云萦绕周身,顿感一种悠闲轻曼的氛围。戴叔伦在《婺州路别录事》中江上别友,仰望是“春云犹伴雪,寒渚未通潮”③,回首是群山渐入晦暗,心里是思君寂寥。张贲在《送浙东德师侍御罢府西归》中写道“孤云独鸟本无依,江海重逢故旧稀”④,孤云与独鸟的形象衬托出当时离人无所依凭的命运与孤寂落寞的心境。杜荀鹤《送项山人归天台》:“龙镇古潭云色黑,露淋秋桧鹤声清。”⑤古潭黑云与秋露鹤鸣都衬托出环境之清幽凄寒,仿佛铺上了一层冷霜。

以文会友,次韵酬唱。浙东唱和的典范当属以元稹、白居易为中心的系列唱和活动。元稹时任浙东观察使兼越州刺史,经常与其幕府寮士游山玩水,遍游越州名胜古迹,如云门寺、天衣寺、龟山寺、禹庙等。如赵嘏《浙东陪元相公游云门寺》:“松下山前一径通,烛迎千骑满山红。”⑥《九日陪越州元相燕龟山寺》:“双影旆摇山雨霁,一声

①彭定求等编《全唐诗》卷六四七,中华书局,1999 年,第 7486 页。
②彭定求等编《全唐诗》卷八〇二,中华书局,1999 年,第 9129 页。
③彭定求等编《全唐诗》卷二七三,中华书局,1999 年,第 3088 页。
④彭定求等编《全唐诗》卷六二六,中华书局,1999 年,第 7237 页。
⑤彭定求等编《全唐诗》卷六八七,中华书局,1999 年,第 7967 页。
⑥彭定求等编《全唐诗》卷五四五,中华书局,1999 年,第 6353 页。

歌动寺云秋。”①元稹还热衷于诗酒宴集、赋诗唱和，如镜湖南亭宴、望海亭宴、新楼北园宴、东武亭宴、赏花宴等。不仅唱和内容多样，唱和形式也是推陈出新，从重和意到重和韵转变。元稹和白居易时常共游杭越山水，并以诗筒唱和，独创“叠韵唱和”的模式。如元稹在《以州宅夸于乐天》中写道“州城迴绕拂云堆，镜水稽山满眼来”②，向白居易夸耀越州宅秀美仙丽，谪居犹如居蓬莱。白居易在《答微之夸越州州宅》中道出此乃刚从风沙地往江南之故，并自夸“知君暗数江南郡，除却余杭尽不如”③。元稹又在《重夸州宅旦暮景色，兼酬前篇末句》中重夸州宅并戏谑杭州潮道“为问西州罗刹岸，涛头冲突近何如”④。白居易最后在《微之重夸州居其落句有西州罗刹之谑因嘲兹石聊以寄怀》和之道“谁知太守心相似，抵滞坚顽两有余”⑤，巧妙回应兼表己心如磐石之意。二人唱和时间之久、数量之多是为历代文坛佳话。

思乡怀人，离别咏叹。“唐人好诗，多是征戍、迁谪、行旅、离别之作”⑥，离别之际往往最能催发情愫，将别之际的离愁别绪、行将就远的虔心祝愿、离散之后的怀人思旧、聚散无常的生命哲思等共同构成了送别怀人诗的深厚意蕴。如方干在《送友及第归浙东》中写道“此地登临惯，摅情一送君”⑦，登临吴山望浙水，送友南归浙东。赵嘏在《婺州宴上留别》中深夜“独自下楼骑瘦马，摇鞭重入乱蝉声”⑧，留别

①彭定求等编《全唐诗》卷五四四，中华书局，1999 年，第 6348 页。
②彭定求等编《全唐诗》卷五四四，中华书局，1999 年，第 6348 页。
③彭定求等编《全唐诗》卷四四四，中华书局，1999 年，第 4999 页。
④彭定求等编《全唐诗》卷四一五，中华书局，1999 年，第 4599 页。
⑤彭定求等编《全唐诗》卷四四四，中华书局，1999 年，第 5000 页。
⑥严羽著，郭绍虞校释《沧浪诗话校释》，人民文学出版社，1961 年，第 198 页。
⑦彭定求等编《全唐诗》卷六四六，中华书局，1999 年，第 7460 页。
⑧彭定求等编《全唐诗》卷五四八，中华书局，1999 年，第 6377 页。

婺州众人,悄然抽身而挥鞭迟拙,其中自有离愁千万重。在浙东送别怀人诗中,多将别之际的离愁别绪描写,孟郊《送淡公》“不忍见别君,哭君他是非”①的忧思绵绵;朱湾“翩翩书记早曾闻,二十年来愿见君”②中的相逢恨晚、痛心惜别。也有行将就远的虔心祝愿,卢纶在《送姨弟裴均尉诸暨》中寄予祝福“东阁谬容止,予心君冀言”③;朱放在《送著公归越》中写到“谁能愁此别,到越会相逢”④,愿友莫学白道士再会有期。久隔经年或离散之后的怀人思旧也十分常见,钱起《寄永嘉王十二》中“愿得回风吹海雁,飞书一宿到君边”⑤的思友心切,刘禹锡《月夜忆乐天兼寄微之》中“展转相忆心,月明千万里”⑥的心心相印。由人之悲欢离合上升到对聚散无常的生命哲思也有不少例子,如白居易、元稹、张籍对深厚友谊的思索。白居易在《和微之诗二十三首·和寄乐天》中感叹宴散景流疾快,常恐重聚无期道“俱是官家身,后期难自必”⑦;元稹在《酬乐天吟张员外诗见寄因思上京每与乐天于居敬兄升平里咏张新诗》中念往昔少年杯酒岁月,感叹挚友离散道“四友一为泉路客,三人两咏浙江诗”⑧;张籍在《酬杭州白使君,兼寄浙东元大夫》中忽然想起好友一别千里已三年,叹人生聚散无常道“人间聚散真难料,莫叹平生信所之”⑨,都表现出三人由友情出发,进而产生对人生离合的深度思考。

浙东唐诗之路风雅、清修、隐逸的特质,最终确立了浙东唐诗的

①彭定求等编《全唐诗》卷三七八,中华书局,1999年,第4253页。
②彭定求等编《全唐诗》卷三〇六,中华书局,1999年,第3478页。
③彭定求等编《全唐诗》卷二七六,中华书局,1999年,第3125页。
④彭定求等编《全唐诗》卷三二三,中华书局,1999年,第3539页。
⑤彭定求等编《全唐诗》卷二三九,中华书局,1999年,第2672页。
⑥彭定求等编《全唐诗》卷三五四,中华书局,1999年,第3985页。
⑦彭定求等编《全唐诗》卷四四三,中华书局,1999年,第4982页。
⑧彭定求等编《全唐诗》卷四一五,中华书局,1999年,第4599页。
⑨彭定求等编《全唐诗》卷三九三,中华书局,1999年,第4341页。

创作范式:“模山范水”与“笔补造化”。“模山范水”,即对于自然山水的描绘,侧重客观景物的精致刻画与生动呈现;“笔补造化”则是在景观描写基础之上,一方面补充历史典故、文人逸事,以增加诗歌内涵;另一方面,融入作者主观感受,包括对自然山水的体悟、对政治生活的疏离、对隐逸世界的建构、对赠答怀人的书写等等,增添了诗歌思想主题的深刻性与复杂性。相比单纯地“模山范水”,“笔补造化”不仅包涵了作者丰富的人生经历和感悟,呈现了他们诗歌创作的纯熟技巧,而且也反映了唐代社会隐逸之风、漫游之风盛行的文化风尚,影响了唐诗情景浑融、语辞丰腴、蕴藉空灵等特色的形成,充分展现了唐代作为中国古代诗歌创作高峰的创作实绩。

文学的真正价值不仅仅是记录和传播作者的审美感受,更重要的是提供反观历史的视角和指导现实的作用。浙东唐诗之路的研究价值,除了记录浙东秀美的自然山水和深厚的人文底蕴,反映唐代诗人的漫游之风,展现唐诗的丰韵之外,还在于生动呈现了唐代的历史面貌,特别是宗教文化的兴盛,浙东佛道共存的关系,隐逸思想对于士人精神世界与现实生活的影响,文学地理意识的兴起等等,这些都为我们认识和了解唐代历史提供了丰富素材。通过还原文学的创作现场,真正了解作家生存的环境,了解特定时代的社会状况,把文学与历史、社会相结合,才能真正达到文学研究的目的。同时,浙东唐诗之路的研究还具有一定的现实指导意义。打造唐诗之路黄金旅游带是现阶段浙江全域旅游推进工程的重点内容,被列为浙江大花园建设的十大标志性工程之首,大力推进浙东唐诗之路的研究正是浙江省积极打造浙东唐诗之路的题中之意。

(作者单位:台州学院)

诗路上的佛道研究

天台宗讲经制度述论

邱高兴

佛教源于印度,创始者为释迦牟尼。佛在世时,自说教法,弟子亲受。佛涅槃后,依法不依人,众弟子结集成经律论三藏,佛法由此远播,传之中土。中土之士,地理远隔,文化殊异,面对佛典更是茫然不知所措。因此前辈大德径开讲经一途,宣讲经论,弘扬佛法,构成了源远流长的中国佛教讲经传统。天台宗继承讲经传统,认为"讲说训徒,乃住持当然之事",形成了一套天台宗的讲经制度。

一、中国佛教讲经两种基本类型:僧讲与俗讲

一般来说,中国佛教讲经从所针对对象上来说分为两类:一类是僧讲,出家人内部的讲经;一类是俗讲,针对在家人的讲经。

> 言讲者,唐士两讲:一俗讲,即年三月就缘修之,只会男女,劝之充造寺资,故言俗讲(僧不集也)云云。二僧讲,安居月传法讲是(不集俗人类也,若集之,僧被官责)。上来两寺事,皆申所司(可经奏外申州也。一日为期)蒙判行之,若不然者,寺被官责云云。①

①[日]圆珍《佛说观普贤菩萨行法经记》卷上,《大正藏》第56卷,第227页下。

宗密在《圆觉经大疏钞》中也说:

> 今乃但见度生等言,便务僧讲俗讲;但闻起行之言,便欲修造供养持经呪等;但闻起作之言,便欲种种施为游世界等;闻照幻之言,便欲深山宴坐观空有等;闻除幻言,便欲厌身故受饥寒等也。但凭此行,欲契圆觉,故云成病。①

(一)僧讲

据《大宋僧史略》,在中土最早讲经的人,僧讲为朱士行、尼讲为道馨:

> 朱士行,颍川人也。志业方正,少怀远悟,脱落尘俗。出家之后,专务经典,常讲《道行般若》,每叹译理未尽。乃于魏甘露五年,发迹长安,度流沙至于阗,得梵书正本九十章……士行曹魏时,讲《道行经》,即僧讲之始也。②

朱士行,河南颍川人,三国魏时高僧。他创造了中国佛教史上的三个第一:首先,他是第一位西行求法的高僧。他在甘露五年(260)从长安出发,抵达于阗,获得佛经九十章,派弟子弗如檀送回中土。其次,他是中国历史上第一位汉族正式受戒出家的僧人。在朱士行之前,虽然有严佛调等汉族人出家,但“未禀归戒,正以剪落殊俗耳。设复斋忏,事法祠祀”。虽说出家,但并未受戒,仅仅是剃掉头发,以示和俗人区别而言。后来昙柯迦罗在魏嘉平年间(249—254)来至洛

①宗密述《圆觉经大疏释义钞》卷一二,《卍新纂续藏经》第9卷,第732页中。
②赞宁《大宋僧史略》卷一,《大正藏》第54卷,第239页中。

阳，翻译了《僧祇戒心》，"更请梵僧立羯磨法受戒，中夏戒律，始自于此"①。朱士行自甘露五年(260)西行，出家当在此年之前，此时昙柯迦罗已经翻译了戒律，并且推广有梵僧主持的受戒仪式，由此推测朱士行为受戒正式出家。加上于阗当时为小乘佛法的流行地，朱士行抵达后还在当地收了弟子弗如檀，也说明他正式僧人的身份。慧叡的《喻疑论》说："昔朱士行既袭真式，以大法为己任。"②暗示朱士行为汉人的受戒出家僧人。日本学者忽滑谷快天在谈到朱士行时指出："颍川人朱士行受戒出家，此为中国沙门之始。"③明确说明了朱士行为受戒出家第一人的身份。吕澂先生也认可这种说法："朱士行，洛阳人，可能是中国第一个正式出家受戒的和尚。在他之前，关于出家受戒的律典还没有传译，到了这时，才有律典和受戒仪式的翻译，所以汉人出家应该是从他开始的。"④第三，朱士行是中国僧讲第一人，是汉人最早开始讲经的法师。他所讲的最早的经典为《道行般若》。此经由竺朔佛在汉灵帝时翻译，但"译人口传，或不领辄抄撮而过，故意义首尾，颇有格碍"。朱士行在讲这部经的过程中，触处难通，最终促成了他西行取经的结果。

与僧讲同属一个类型，但由尼僧任主讲的，最早为道馨。梁宝唱《比丘尼传》载：

> 竺道馨，本姓羊，太山人也。志性专谨，与物无忤。沙弥时常为众使口恒诵经，及年二十诵《法华》《维摩》等经。具戒后，

①慧皎《高僧传》卷一，《大正藏》第50卷，第325页上。

②僧佑《出三藏记集》卷五，《大正藏》第55册，第41页下。

③[日]忽滑谷快天著，朱谦之译《中国禅学思想史》，上海古籍出版社，1994年，第9页。

④吕澂《中国佛学源流略讲》，中华书局，1979年，第34页。

研求理味,蔬食苦节,弥老弥至,住洛阳东寺。雅能清谈,尤善《小品》。贵在理通,不事辞辩。一州道学,所共师宗。比丘尼讲经,馨其始也。①

宋赞宁在《大宋僧史略》中记录了这条资料。

东晋废帝太和三年(368)戊辰岁,洛阳东寺尼道馨,俗姓羊,为沙弥时,诵通《法华》《维摩》二部。受大戒后,研穷理味,一方道学所共师宗。尼之讲说,道馨为始也。②

道馨,俗姓羊,住在洛阳东寺。为比丘尼寺,常诵《法华经》《维摩经》,擅长清谈,其所讲经应为《小品般若经》。其讲经特色为侧重经典意旨,对于辞章的具体释义不太重视。道馨讲经在当时很受信众的欢迎。

(二)俗讲

俗讲是面对普通信众进行的经典宣讲,重视通俗性和故事性。俗讲源于唱导,"唱导者,盖以宣唱法理,开导众心也"。唱导是讲经说法,宣传佛教教义的一种相对通俗易懂的形式。唱导通常在举行法会和斋会时,由通经的法师升座开讲,化导众生。按《高僧传》之说,佛教初传中国时,斋会是聚众比较通行的信仰方式。在聚会中,先宣唱佛名,依经文中出现顺序,引导信众一一致敬。到半夜时分,会众疲乏至极,为了保持大家的兴趣,另外邀请高僧大德升座说法,用一些吸引人的故事或譬喻来讲说佛法,进一步引起大家的注意。

①宝唱《比丘尼传》卷一,《大正藏》第50卷,第936页上—下。

②赞宁《大宋僧史略》卷一,《大正藏》第54卷,第239页中。

后来庐山慧远每次举办斋会时，都亲自升座说法，先讲三世因果报应，然后再讲说本次斋会的目的与意义。这种做法，经历代传授，逐渐成为一种通行的方式。

慧皎认为，作为一名合格的唱导师，有“声”“辩”“才”“博”四种素质的要求。

> 唱导所贵，其事四焉：谓声、辩、才、博。非声则无以警众，非辩则无以适时，非才则言无可采，非博则语无依据。至若响韵钟鼓则四众惊心，声之为用也。辞吐后发，适会无差，辩之为用也。绮制雕华，文藻横逸，声之为用也。商榷经论，采撮书史，博之为用也。①

“声”，声音洪亮，铿锵有力，如同演奏用的钟鼓，一出声就令四众警觉，吸引听众的注意力。“辩”，口齿伶俐，表达清楚，随机应变，少有口误。“才”，口若悬河，文采飞扬，才华横溢。“博”，知识渊博，内外典兼通，说法过程中善于广征博引、经纶史书。这四点构成了一名唱导者所应该具有的四种基本功。

具备了声、辩、才、博四种基本功后，还需要具有因材施教的能力，即根据不同的对象，来区别地采用不同的唱导方式：

> 若能善兹四事，而适以人时。如为出家五众，则须切语无常苦陈忏悔；若为君王长者，则须兼引俗典绮综成辞；若为悠悠凡庶，则须指事造形直谈闻见；若为山民野处，则须近局言辞陈斥罪目。凡此变态，与事而兴，可谓知时知众，又能善说。②

①慧皎《高僧传》卷一三，《大正藏》第50卷，第417页下。
②慧皎《高僧传》卷一三，《大正藏》第50卷，第417页下。

这就是说,针对出家众的宣导,要以一切皆苦、诸行无常、自恣忏悔等佛教经典中的教义为中心;针对帝王长者,则不能局限在佛教典籍,还要适当引用世间的典籍,讲究辞藻,方能引起他们的重视;对于广大的一般信众来讲,讲法则要通俗易懂,以街谈巷议的各种闻见,以发生于身边的各种故事来引导他们;至于那些居住在偏僻之地的山民愚夫,则可以直陈其罪过,促其改正。这些都是唱导师需要具备的能力。当然,这些能力固然重要,更为重要的是能够以真情感人,“故以恳切感人,倾诚动物,此其上也”。这才是最为根本的一点。

在《高僧传》中,慧皎列举了十位著名的唱导师,这些唱导师“则擎炉慷慨,含吐抑扬,辩出不穷,言应无尽。谈无常则令心形战栗,语地狱则使怖泪交零,征昔因则如见往业,核当果则已示来报,谈怡乐则情抱畅悦,叙哀戚则洒泪含酸。于是阖众倾心,举堂恻怆,五体输席,碎首陈哀,各各弹指,人人唱佛。爰及中宵后夜,钟漏将罢,则言星河易转,胜集难留,又使人迫怀抱,载盈恋慕。当尔之时导师之为用也”①。

二、天台宗讲经中的开讲与点读

天台宗认为,讲经说法,是弘扬佛法的重要手段。“此土根性,从声入理,理本无说,理由说彰,五种法师解说为最。法不孤起,理应劝请住持开讲。”②开讲,又称启讲,即每次讲经活动的启动环节,即寺院举行的首次讲经。一般由住持亲任主讲法师。“举忏之日,住持启讲。凡讲说训徒,乃住持当然之事。研几索隐,为学者当须究心”。具体程序如下:

①慧皎《高僧传》卷一三,《大正藏》第50卷,第418页上。

②自庆编述《增修教苑清规》卷二,《卍新纂续藏经》第57卷,第334页上。

(一)住持开讲

开讲的前一天,侍者禀报住持,约定讲经时间及具体章节,并出具正式的标书:“来日方丈开讲某文至某卷某科。”负责寺院杂物的堂司行者贴在僧堂前,挂出开讲牌。如果邀请其他法师开讲,为表恳切,甚至有专门的疏文,《杭州千顷众请净智大师住持开讲疏》云:

> 教将东被,先寄其人。罗什以译梵成华,使言如佛口,智者乃约经敷义,以理尽佛心。一家之八教既扬,二京之百氏息唱。邈哉,大化自此而彰,微言在兹!诚由善继先圆照大师祖承哲匠,仪范真从,惟岁敷扬,待人嗣续。逮乎比首之夕,蘧有东壁之照,神足智公大师幼从落发,长自发蒙。孔鲤虽无于异闻,颜子素称于好学,事多默识,义出生知,加以碧云暮入之声,诗彩笔梦传于丽藻。宜荷乃师之寄,广来求我之蒙。方今王道平平,淳风荡荡,荐扬大教,用祝丕图。谨疏。①

开讲当天,早餐后,侍者再次向住持汇报开讲准备情况。堂司行者在确认信息后,等下堂钟声过后,打静钟三下。此后,开始在讲堂中排列座位,布置讲台。安排完毕后再汇报给住持及通知两序大众,随后鸣廊板及僧堂前钟,之后再敲钟楼大钟十八下。随后,鸣鼓,住持在大厅就坐。第二通鼓声过后,大众诵《法华经·嘱累品》。第三通鼓声过后,住持坐轿来到法堂。如果方丈室距离法堂较远,则安排值日僧在法堂前迎候。住持来到法堂下轿后,鸣引磬两下。大众提起坐具,站立迎接住持。住持进入法堂,上香后入法座。“若初起讲,应设三拜收具问讯”。尔后,“两班同进前插香作礼,次耆旧,次江湖,

①遵式述,慧观重编《天竺别集》卷三,《卍新纂续藏经》第57卷,第44页上。

次堂众,一一如之(班首预率钱市香烛,次年但袖香合炷香亦不必作礼。若新归者仍用行之)"①。

如果开讲时,有他寺住持、西堂、首座及住持友人参加讲经,则应由侍者带领参礼,然后引导就坐于法座左右,讲完后再下座。如果有德高望重者参加,住持应该到香炉前还礼。如果是其他人,则不必还礼。凡是他寺来参加讲经者,皆要请到方丈室用茶点。

天台宗制订的开讲仪式和丛林禅师上堂仪轨颇多类似之处,当为借鉴改订之后形成的适合天台讲经的一套程序。如《敕修百丈清规》载:

> 上堂。凡旦望,侍者隔宿禀住持,云来晨祝圣。上堂次早再禀,分付客头行者,挂上堂牌报众。粥罢,不鸣下堂钟三下,俟铺法座毕。堂司行者覆首座,鸣众寮前板,大众坐堂。方丈行者覆住持,次覆侍者鸣鼓。两序领僧行,至座前问讯,分班对立。侍者请住持出,登座拈香祝寿(详具祝厘章)。趺坐开发学者,激扬此道。若有客并叙序谢,多则具目子。恐有遗忘,侍者提起。或有诸山住持名德西堂,座右设位。官客对座设位(知礼尊法则不坐也),五参上堂。两序至座下,径归班立。住持登座,不拈香(余如前式)。若尊宿相访,特为上堂或引座举扬,施主请升座不拘时也。②

开讲时,住持要升高座。升高座的仪式源自印度,很早就出现在中国的讲经活动中。《世说新语·赞誉下》载:"王、刘听林公讲,王语刘曰:'向高坐者,故是凶物。'复东听,王又曰:'自是钵釪后王、何

①自庆编述《增修教苑清规》卷二,《卍新纂续藏经》第57卷,第330页上。
②德辉重编《敕修百丈清规》卷二,《大正藏》第48卷,第1119页中。

人也。'(《高逸沙门传》曰:'王濛恒寻遁,遇祇洹寺中讲,正在高坐上,每举麈尾,常领数百言,而情理俱畅,预坐百余人,皆结舌注耳。')"①

高坐讲经说法,本出于佛坐师子座讲法的传统。佛教中认为佛为人中狮子,故佛所坐之处(床、地等)称师子座,后来常用来指高僧讲经说法的座位。《大智度论》载:"问曰:'何以名师子座?为佛化作师子,为实师子来,为金银木石作师子耶?又师子非善兽故,佛所不须,亦无因缘故,不应来!'答曰:'是号名师子,非实师子也。佛为人中师子,佛所坐处若床若地,皆名师子座。譬如今者国王坐处,亦名师子座。复次,王呼健人,亦名人师子;人称国王,亦名人师子。又如师子,四足兽中独步无畏,能伏一切;佛亦如是,于九十六种道中一切降伏无畏故,名人师子。'"②

天台宗人十分重视开讲经典。四明知礼多次谆谆教诲弟子章安崇炬,鼓励他讲经:"莫管人多少,须不住开讲,于教着功不拥文义,仍以进行为务,守戒为先。如汝者少,唯望汝流布。"③当弟子回到家乡开讲时,又去信叮嘱:

> 风闻已赴本业景德开讲,僧俗归心。须知城隍不比乡县,又是受业去处,上下难受化,必须降意接物,软语谈真,使闻者皆忻,见者获益。汝之智辩,足可为众。但恐寺众有见汝行止有不廉处,又恐檀信见熟别有诽谤,于教无光。更须护持,则尽善尽美矣。④

①刘义庆著,刘孝标注,余嘉锡笺疏《世说新语笺疏》,中华书局,2011年,第421页。
②鸠摩罗什译《大智度论》卷七,《大正藏》第25卷,第111页上。
③宗晓编《四明尊者教行录》卷五,《大正藏》第46卷,第904页下。
④宗晓编《四明尊者教行录》卷五,《大正藏》第46卷,第905页上。

(二)都讲、头首讲经仪式

都讲是讲经活动中的一个重要角色,其主要承担两种职责,一是负责向讲经者提出疑问。主讲和都讲之间一问一答,如果配合得好,就会十分精彩。如支道林与许洵之间就是一个为讲师,一个为都讲。“支道林、许掾诸人共在会稽王斋头。(简文)支为法师,许为都讲。(曰:‘道林时讲《维摩经》。’)支通一义,四坐莫不厌心;许送一难,众人莫不抃舞。但共嗟咏二家之美,不辩其理之所在”①。二是负责诵经,即背诵出经题及经文,然后由主讲之人来讲解。但后来都讲的角色逐渐淡化,提问辩论的作用逐渐消失,或者仅仅起到背诵经文的提示作用,或者成为住持不能讲经时所委托的代讲人之一。在天台宗中,更将此做法制度化。都讲和头首皆为住持所委托的代讲人。其讲经时的程序和住持讲经略有不同。

都讲或头首讲经前,要提前三五天通知前堂首座,委托他代请都讲或头首讲经,称“方丈和尚拜屈首座讲领众就法堂拜请都讲开讲”。然后再到都讲住处,称“和尚拜请都讲和尚为众开讲”。正式的委托放在住持开讲之后。住持开讲之后,会说“烦首座领众请都讲(或头首)开讲”。随后命行者捧香到首座面前,首座则在住持从讲堂离开后,带领大众在法堂中香炉的左边站立,请都讲立于右边。首座上香问询说:“即日恭惟都讲大法师尊候起居多福,兹奉方丈慈命,拜请为众讲演,伏望尊慈!”都讲回答:“自揣疏谬,何以克当下情。”

正式邀请的两三天后,开始讲座的准备。讲经前一天,堂司行者通知东西两序大众,并挂出通知。都讲或头首讲经当日,早餐后鸣钟四下,方丈先请当日讲经者到方丈寮用茶点。随后堂司行者次第鸣廊板、僧堂前钟及钟楼大钟,至第三通鼓时,住持和都讲或头首坐轿

①刘义庆著,刘孝标注,余嘉锡笺疏《世说新语笺疏》,中华书局,2011 年,第 198 页。

到法堂,住持在左边落座。讲者烧香三礼拜后,再到住持前问询,以表示借座讲法之意。随后,大众从右侧进入法堂落座。首座也从右侧入内,上香问询后,站立右边,等候住持上香问询。在住持落座后,随即入座。之后,东西两序、耆旧、大众等次第上香。都讲或头首正式开始讲经,讲经结束后,下座到香炉前敬香。回到寮房后,即到方丈处拜谢。然后在堂司行者安排下再到各处拜谢。第二天以后仪式略微简化,烧香问询后即等首座说法。

(三)维那点读

天台宗人认为,学习天台教义,首先要从基础的书籍入手,这些书籍被称为"天台四书",即《天台四教仪》《法界次第初门》《菩萨戒义疏》《童蒙止观》。"为学之要,先读四书,四书旨趣深广难穷。"四书的阅读同样需要一个导读,"随于一书撮其英,发其奥,缉以成章,为学者敷演,名曰点读"。也就是说在这四本书中,选择一本,将其大意编辑成章,然后为学者讲解,这个过程就是点读。从形式上看,点读进行的地方和开讲一样,但是"不拜、不登座、不鸣鼓、不鸣椎"。维那不需要升高座,而是在讲座下中间设立一个座位就可以进行。头一天点读时,烧香入座,开始讲解。讲完后礼谢的程序和头首讲经相同。此后,点读时,先入座,然后敲戒尺两下,说:"稽首天台教主佛陇禅师,惟愿他心道眼无碍见闻,冥勋加被。南无旋陀罗尼菩萨!"大众随其念三声,然后开始点读。

开讲和点读并为僧众学习天台教理的重要方法,遵式曾为此制定了严格的请假规则:"开讲、点读,实有缘并有疾,当须亲白知上座、都维那、直日,随阙一人不白,七拜;若俱不白,辄自寝伏者,四七拜。除卒重病者得寄语上下座并告都维那知,如受嘱不告者,准病者罚。"①

①遵式述,慧观重编《天竺别集》卷三,《卍新纂续藏经》,第57卷,第47页中。

首座讲经及维那点读那些经典,也有一些惯例。如南宋时期奉化的虚堂本空法师学习天台教法,住持资教寺,“高座讲唱,辨析精微,使利钝皆有所入。人以是尊慕之”。有一次,他阻止了首座开讲《妙法莲华经玄义》的计划,“夏中,首座将开《妙玄》,师止之曰:‘自有讲席以来,诸老立法,谓首座之职未出世者止讲小部。若已出世,已讲小部者,方可开发大部。事存谦逊,此旧章也。若维那则点读,《四教仪》类集耳。以次而进,无自逞也。’”①《妙玄》,即《妙法莲华经玄义》,和《妙法莲华经文句》《摩诃止观》被称为天台三大部。小部则指智顗大师所撰的《金光明经玄义》2 卷、《金光明经文句》6 卷、《观音玄义》2 卷、《观音义疏》2 卷、《观无量寿佛经疏》1 卷等五部。按照当时习以为常的惯例,首座如果曾住持过寺院,且已经讲过小部,才能讲天台三大部。否则只能讲智者大师的天台五小部内容。至于点读,则只能以《天台四教仪》等为中心了。

三、天台宗讲经之习读与考试

覆讲制度是训练僧徒讲经的方法之一,在唐代时已经普及,日僧圆仁在山东一寺院中已经见到了此类比较成熟的制度。主讲法师讲完之后,“更有覆讲师一人,在高座南,下座便谈讲师昨所讲文。至‘如含义’句,讲师牒文释义了,覆讲亦读,读尽昨所讲文了,讲师即读次文。每日如斯”②。为了培养新的讲师,在讲师下座后,覆讲师便再重复讲师所讲。讲师讲一遍,覆讲也重复一边,读完一段,再进行下一段。每天如此。但至宋代时,覆讲制度已有变化,习读制度包括

①志磐《佛祖统纪》卷一六,《大正藏》第 232 页上。

②[日]圆仁撰,阚承甫、何泉达点校《入唐求法巡礼行记》卷二,上海古籍出版社,1986 年,第 73 页。

了覆讲。“古德讲贯，岁无虚日。今教法衰微，德业浸废，学者见闻既寡，名位皇皇，故夏安居讲次习读以勉励才能，策勋后进”。习读的具体做法如下：

首先，住持令侍者在三五日前将习读的安排告知大众，分成三类：一是覆讲科，由大刹知客、侍者，甲刹维那、久住阇梨参与。二是二开科科，大众诵文后，能自己看读经文者参与。三是诵文科，由初学阇梨、新戒和尚参与。到预定习读那天后，堂司行者挂出习读牌。当日住持讲经结束后，回到方丈室。侍者在住持前将三科做成阄，阄上写明其人，放在三个盒子中密封起来。习读时，先由行者将原先密封好的三科盒子及用来讲说的典籍等放到讲台上。然后命大众展开经卷，先复习一下。而后，侍者与值日僧至住持前问讯，取覆讲抓阄盒，面对住持开封。住持从中抓一阄交给侍者，侍者展开后呈给住持，交给值日僧，高高宣告：“某斋某覆讲。”第二个覆讲者同样如此。覆讲的内容多以住持当日所讲教义为主，要紧扣住持所讲，除了确实有新的见解且符合文义的外，一般不得另立一说，或者穿凿附会。

覆讲结束后，侍者把开科一门的密封盒取过来，抓取开科之人。开科类似于预习，“开科者乃开住持次日所讲之文”。因为是住持未讲之文，因此要先到师长处请教文义、句读以及章节段落等，以免开科时茫然不知。

开科结束后，再选取诵文之人，或者两人或者三人。诵文者双手捧经文到香炉前问讯，再到住持前问讯，将经文置于住持前再问讯，然后到值日僧之位时坐下，开始背诵所习之文。基本要求为“言词精熟，详缓合宜”。诵文表现好的，可赏纸笔等。如所诵经文较长，则住持会挑选其中的段落让诵文者背诵，如果能顺利接续，住持会敲桌子令诵文者停止。诵文者停下来后，起身至住持前问讯，取所诵文回原座位。

诵文结束后，鸣引磬两下。住持先行离开，两班大众到三科人各斋表示祝贺。次日,三科之人到方丈、库司、头首、诸寮各斋表示感谢。

天台宗不仅确立了完善的开讲、点读、习读制度,并且为了检验讲经与学习效果,还设计了考试制度,即锁试之法。

> 古来讲罢之后,行锁试法,勘辨人才,策其未进,如烹金炉鈆水不存,如治玉斧碔砆尽去。①

考试时,先要选定参加考试的人选。一般在考试前四五天由住持命侍者将覆讲和开科之人的名字列出来,他们是参加考试的当然人选。如果有学习出色的,也可主动报名参加考试。考试要选择一个安静之处,搭起幕帏,排列桌椅,安排好座次。在考场中安置佛像。另外还要安排监考和见证人员,“请见职头首全班见职都寺一人,又请名德、西堂首座二人,东序尊宿、耆旧二人,来日就某处证明锁试”。考试当天,堂司行者令考生按照座位名牌入座。考试时,不许携带各种笔记纸条。监寺负责维持秩序,闲杂人等不得进入,不得喧哗。住持抵达后,进前上香并九拜,口称“南无旋陀罗尼菩萨”。尔后侍者拿来纸笔,请住持出题。题目范围一般为讲经文中的疑难之辞和天台祖师各种论著中的疑难之处。比如有如下的题目:“昔四明尊者有绛帏问答三十章,试问四十二章如教行录其略?”或者:“问诸子其词惟要,其旨甚微,俾无或者兴布教之功,令不敏者夺强学之志。”考题拟定之后,侍者将卷子依次交给覆讲者、开科者以及预科者,由他们作答,“须在理当,不尚词长”。考试中间,如有如厕者,一律安排在附近之处。不准以此为借口回到房间询问他人。如果发现抄袭他人,则根据轻重加以处罚。考完后,卷子要密封。统计卷子数目后交给侍者。

①自庆编述《增修教苑清规》卷二,《卍新纂续藏经》第57卷,第335页上。

考试第二日，由住持批阅试卷，给出优劣等级。“若说义纯正深于理致者，则当称赏之，拟擢职事。或言词疏谬，答不称问者，当以诫勖。若他白者，示以弹诃，批判之”。之后，衣钵侍者将试卷全部交给烧香侍者，把住持的评语单独抄写到一个册子上，再请考生一同见证开封，将每个人的名字对应于批语的册子中。最后将卷子交给住持。

上述考试制度仅仅针对覆讲和开科之人，至于诵文之人的考试则另有一套规则，主要有两种形式：一是五天内写出一篇短文，二是回答一些稍难的问题。考试日期也要另选，不和锁试同日。

（作者单位：中国计量大学）

“天竺之路”与“天台之路”：中国佛教的抉择

——兼谈玄奘在中国佛教中地位

陈　坚

引　言

中国历代佛教僧人中截止于今最为有名或者说僧俗两界“通吃”，最具大众知名度的莫过于唐朝高僧玄奘(600—664)，简直就是家喻户晓，妇孺皆知。在中国，玄奘的这种令其他僧人望尘莫及的声望主要的还不是来源于他在佛教上的所作所为，而是来源于一部以他的西行印度求法事迹为故事原型的通俗小说《西游记》以及依之而改编的同名电视剧。此外，复旦大学钱文忠教授在中央电视台“百家讲坛”所作的“玄奘西游记”系列讲座及其相应出版物(书和光盘)的流通，更是“火上浇油”般地让玄奘更加红火，以至于让一般对中国佛教不了解的人产生一种错觉，以为玄奘就是中国佛教中最重要的人物甚至就是中国佛教本身，比如一位美籍华裔宗教社会学教授曾在一次与我的闲聊中说：“唐僧取经，唐僧取经，正是唐僧玄奘到印度去取经，才把佛教从印度带到了中国，才使中国有了佛教。”这既是对玄奘的误解，更是对中国佛教的无知。

毋庸置疑，玄奘确实是一位伟大的僧人，“玄奘法师在古代那样困难的条件下西行求法,以十七年的艰苦旅行,为我国和中亚细亚以及印度次大陆各个国家、各个民族之间建起了一座文化友谊的桥梁;其后又以十九年的辛勤劳动,为我国留下了一份巨大的文化遗产——一千三百三十五卷佛教经典的译本。更重要的是,在他的充实饱满的一生中,他为我们树立了光辉榜样。他那种一往无前、决不后退的顽强意志,刻苦钻研、求深求透的治学精神,认真严肃、不弃寸阴的工作态度,对于祖国学术的无限责任感,对于各国友好的真挚热情,都是永远值得我们钦佩和学习”①。可见,玄奘法师的伟大乃在于他为当时以佛教为核心的中外文化交流所做出的巨大贡献以及他个人在“西行求法”过程中所表现出来的作为一个旅行家和学者的优秀品格,若严格到中国佛教本身来说,若就其对于中国化佛教的贡献而言,那他还远远比不上没有去过印度也不为一般人所知的智顗(538—597)、法藏(643—712)、慧能(638—713)等“土和尚”,这些“土和尚”因为走了一条与玄奘所走不同的佛教道路,所以才创立了中国佛教或中国化佛教,至于玄奘则一踏上“西行求法”的“天竺之路”便开始了远离中国化佛教的行程,虽然他在645年回国时,“到达京师西郊,道俗相迎者数十万,人群拥挤,甚至进不了城”②,但在这纯粹由“看热闹”所造成的表面风光之后,玄奘在当时的佛教界便几乎变成了一个冷冷清清的“孤家寡人”而与中国佛教格格不入,从而使其个人在中国佛教中的地位显得非常尴尬,有佛教杂志如是评价玄奘:

①赵朴初《光辉的足迹——在玄奘法师逝世一千三百周年纪念大会上的讲话》,载张力生《玄奘法师年谱》,宗教文化出版社,2000年,第204页。

②赖永海主编《中国佛教百科全书·教义卷·人物卷》,上海古籍出版社,2000年,第247页。

咱们知道,在中国佛教翻译史上,有四大翻译家,其中以鸠摩罗什法师和玄奘法师最为有名,鸠摩罗什法师是旧译,玄奘法师是新译。在一般的习惯中,如果一个经本既有鸠摩罗什法师的译本又有玄奘法师的译本,几乎全用鸠摩罗什法师的本子,这是因为,说实在的,鸠摩罗什法师的译本确实比玄奘法师的译本上口。咱们知道,鸠摩罗什法师的译场中有许多文士给帮忙——润色,而玄奘法师译场则没有。现在法师们吹牛,说玄奘法师当年的译场有多大多大,这都是瞎吹,玄奘法师的译场可小了,根本没几个人。当时玄奘法师想让朝廷派文士帮忙,可朝廷一直没有,只给派了一个"太子左庶子许敬宗等监译",这是什么?他是"统战干部"!就是说,玄奘法师想让朝廷派些文士帮忙,朝廷不干。朝廷说了:你就在佛教界找些有学问的人吧。玄奘法师的为人说实在的,是比较令人讨厌的,所以人们都不愿帮他。佛教界为什么讨厌他呢?比如说,我本来在佛教界是很有头脸儿的人物,我也是讲经说法的,现在玄奘法师回来后,说我们讲得都不对,而且玄奘法师还拿出梵文原经来,我们是没有话说,因为人家拿出来原经了,可这样我们就很讨厌他了。可以说,如果玄奘法师生活在现在,那也是一个让人敬而远之的人物、令人讨厌的人物,佛教界不会对他很热情的。也就是说,朝廷不帮他,佛教界也不愿帮他(佛教界人帮他译经也是朝廷里房玄龄给找的),所以他的译本就比较拗口。所以,在有鸠摩罗什法师译本的情况下玄奘法师的译本就不流行。还有,玄奘法师我们没见过他的文章,他现在除了翻译的经典之外,只有一些表,看过这些之后,我有一个感觉,觉得他的文章从总体上来说文彩连窥基法师也不如……朝廷不帮,佛教界对玄奘法师也不帮,比如象道宣法师,先时曾在玄奘法师译场中帮过忙,但很快就离开了。①

对玄奘法师的这个评价是漫画式的,虽然有些夸张,不是十分中肯而且还有不恭之嫌,但却并没有言过其实太过离谱,至少比坊间那些不懂中国佛教的人无限美化拔高玄奘从而给他罩上种种光环的评价更为接近玄奘在中国佛教史上的本来面目和应有地位。本文的目的是想让这个漫画式的评价回归写实,通过比较玄奘与智顗这两位中国宗派佛教早期②僧人所走过的不同的佛教道路及其对中国佛教的影响来贞定玄奘在中国佛教史上的地位,聊正视听并求教于方家。

一、玄奘的“天竺之路”

玄奘的生平事迹早已被研究得非常透彻,大白于天下,没有什么秘密可言了,若“欲知其详,于《大唐西域记》外,参照《大慈恩寺三藏法师传》,便能了然”③。纵观玄奘的一生,他聪明好学,始终是一位学者型的和尚,甚至说他颇有点书呆子气也不为过。玄奘13岁出家后,便周游各地学习佛法,“但多年来的游学听闻,使他深感佛教界异说纷纭,难有定说,特别是他所注重的法相之说,摄论学派和地论学派各有所本,讲说互异”④,玄奘的这种感受实际上就是当时中国佛教思想界的真实状况,“我国佛教,自从齐梁以后,逐渐摆脱了方术和玄谈的误解而独立起来,教理的研究已经进入了深入理解和融会发挥的阶段。同时译本愈来愈多,队伍愈来愈大,由于师资不同,传承

①《漫话〈心经〉》,《灵山海会》2009年第3期。

②隋唐是中国宗派佛教产生和发展的时期,而智顗所生活的隋朝和玄奘所生活的初唐属于中国宗派佛教的早期。在中国佛教史上,隋唐是个整体。

③蒋维乔《中国佛教史》,上海古籍出版社,2004年,第142页。

④黄夏年主编《佛教三百题》,上海古籍出版社,2000年,第181页。

各别,因而解释主张也就不能一致,这种情况,在隋代完成国家统一、南北学风汇合之后,日益趋于尖锐。慧立在《慈恩传》里说,当时先贤之所不决、今哲之所共疑的问题,就有一百多条之多,这些问题,有一些是从印度佛教界本身的分歧反映过来的,有一些是中国佛教界掌握的资料不足或见解不同所引起的。具体内容,这里暂且不必多谈。总之,当时我国佛教界义理上的问题是存在着的,是迫切需要解决的……玄奘西行的主观愿望是为佛教界解决问题[①],也就是说,玄奘"西行求法"就是为了解决当时中国佛教界存在并困扰着他的诸多佛学理论问题,比如"要寻回《瑜伽师地论》以解决其时中国佛教在心性等方面面临的疑难"[②]。在玄奘看来,诸如此类的佛学问题和疑难,中国人自己是无能力解决的,唯有到佛教的发源地印度去才能寻找到答案,因此,"玄奘法师西行求法,不仅是为了满足个人信仰上的愿望,如巡礼一番圣迹之类,而是有非常明确的目的"[③],那就是到印度去寻求解决中国佛教问题的答案。在这里,玄奘明显地表现出了"外面的和尚会念经"的思想,怀疑中国人自己能念好中国佛教这部经,怀疑中国人自己能解决中国佛教所面临的问题,正是抱着这种"佛教的月亮也是印度圆"的想法,玄奘"发愿若不至天竺,终不东归一步"[④],九生一死来到印度学习佛法,"春秋寒暑一十七年,耳目见闻百三十国……于彼国所获大小乘三藏梵本等总六百五十七部"[⑤],

①赵朴初《光辉的足迹——在玄奘法师逝世一千三百周年纪念大会上的讲话》,载张力生《玄奘法师年谱》,宗教文化出版社,2000年,第206页。

②方立天、华方田《中国佛教简史》,宗教文化出版社,2004年,第186—187页。

③赵朴初《光辉的足迹——在玄奘法师逝世一千三百周年纪念大会上的讲话》,载张力生《玄奘法师年谱》,宗教文化出版社,2000年,第206页。

④慧立、彦悰《大慈恩寺三藏法师传》,《乾隆大藏经》第125册,全国图书馆缩微复制中心,2002年,第181页上。

⑤慧立、彦悰《大慈恩寺三藏法师传》,《乾隆大藏经》第125册,全国图书馆缩微复制中心,2002年,第171页下。

携以回国,并将其中的七十五部共一千三百三十五卷翻译成汉文。“翻译是玄奘一生活动的突出方面,也是他对我国文化的最大贡献”①,“玄奘的翻译,从数量上来说,占唐代译经总卷数的一半以上,是中国佛教史上其他三大译经师鸠摩罗什、真谛、不空译经总数的一倍多。在质量上,与以外主译者多半不通汉文、助译者多半不懂梵文的情况不同,玄奘精通梵、汉文字,且对佛理有很深的造诣,又亲自主译,加之完备的译场组织,因此,他所译的经典,精确得当,且能矫正旧译的讹谬,在佛经翻译史上开辟了一个新纪元。后人通常将他的翻译称为‘新译’,而称鸠摩罗什以前的翻译为‘古译’,称鸠摩罗什以后玄奘以前的翻译为‘旧译’”②。这里需要附带提一下的是,玄奘不但把大量印度佛经翻译成汉文,而且还把《老子》和汉语版《大乘起信论》翻译成梵文,传入印度③。

玄奘年少出家,及其终老归西,一辈子都在与佛教打交道,是中国佛教史乃至世界佛教史上的旷世名人和伟人,他那丰富的国际化佛教阅历是中国古代其他僧人所无法比拟的,但是,若说到玄奘对中国佛教现实的贡献,那就没有他的名气那么大了——我这样说并非是想标新立异,哗众取宠,而是事情确实如此。

玄奘对中国佛教的贡献主要表现在如下两个方面,一是他从印度取回了许多佛典,并将其中的一部分翻译成汉文从而扩充了中国佛教《大藏经》的容量;二是他将印度的唯识学思想系统地介绍到了

①赵朴初《光辉的足迹——在玄奘法师逝世一千三百周年纪念大会上的讲话》,载张力生《玄奘法师年谱》,宗教文化出版社,2000年,第208页。

②方立天、华方田《中国佛教简史》,宗教文化出版社,2004年,第173页。

③关于《大乘起信论》,学界历来存在着争论,有人认为它是古印度马鸣菩萨所著,不过到玄奘那时就已经找不到梵本了,只有南朝真谛三藏和唐朝实叉难陀的两个汉译本。但也有人认为它是中国人自己的作品,作者马鸣菩萨只是假托而已。

中国,并和弟子窥基(632—682)一起创立了唯识宗①,实际上,这两件事也可以合成一件事来说,那就是玄奘将系统的原汁原味的印度佛教唯识学思想传入了中国,因为玄奘所带回和翻译的佛典主要就是唯识学的经典。虽然在玄奘之前,中国已有唯识学思想的传入,但零星而不系统,人们难知其详,且多有谬解。玄奘到印度去,正好碰上中观学派(即空宗)衰落而唯识学派(即有宗)鼎盛,因而作为"留学僧"的他所学到的就是纯正的成熟的唯识学,而且,玄奘在印度的唯识学学得非常好,就连印度人自己都比不上,比如当时的戒日王曾在"曲女城为玄奘设无遮大会,以玄奘所著《会宗论》《制恶见论》的论点标宗,任人难破。经 18 天大会终了,无人能予以诘难。一时名震五印、受到大小乘佛教徒的一致推崇,被大乘佛教徒尊为'大乘天',被小乘佛教尊为'解脱天'",以至于当玄奘要回国的时候,惹得"五印朝野,多方恳留"②,于此可见,玄奘对唯识学的精通是何等地炉火纯青!连印度人都佩服得五体投地,简直就是打遍印度无敌手,堪称印度唯识学第一人。尽管精通唯识学的玄奘在印度如鱼得水,但一回到国内,其所学的唯识学就有点"屠龙术"的味道了,为什么这么说呢?我们都知道,随着东晋时期鸠摩罗什系统地将大乘空宗中观学派的一系列佛典译介到中国,中国佛教便渐渐地在理论和实践上确立了中观学派的主流地位,而在隋唐之际天台宗的成立则标志着中国特色中观学派的最终形成,也就是说,当玄奘从印度学成归来的时候,他所面对的中国佛教已是不可逆转的中观学的天下了(实际上,他没出国之前也差不多已经是这种情况了),以至于玄奘所带回来的与中观学相左的唯识学很难融入以中观学为底蕴的中国佛教,

①一般认为,"唯识宗由玄奘开宗,但实际创始人是他的弟子窥基",参见方立天、华方田《中国佛教简史》,宗教文化出版社,2004 年,第 187 页。

②黄夏年主编《佛教三百题》,上海古籍出版社,2000 年,第 182 页。

一入国门便被边缘化,即使后来创立了唯识宗也难以帮助唯识学在中国打开局面,难以使唯识学进入中国人实际的佛教生活,因为唯识宗并不是一个中国化的佛教宗派,它只是印度唯识学在中国的宗派化延伸而已,而且唯识宗在玄奘和窥基以后也就"宗已不宗",两代而绝,根本无法与天台宗、禅宗等具有强大生命力的为中国佛教徒所广泛实践因而法脉绵延不绝的中国化佛教宗派相提并论。没有了唯识宗的支撑,唯识学也就只能作为一种佛教学术而在中国佛教界和思想界偶尔被人关注,直到近代佛学家欧阳竟无(1871—1943)提倡唯识学,才使唯识学在经历了漫长的惨淡期后好不容易铁树开花般地有了些许起色。可以这么说,唯识学自传入中国起直到今天,一直都没有被有效地宗教化而进入中国佛教的现实生活,个中原因,大致有三:一是唯识学名相概念异常繁琐,十足一个经院哲学体系,专门研究尚且难解难入,遑论一般佛教徒之能明其教理;二是唯识学"不承认一切众生皆有佛性"①,这直接与中国佛教自东晋竺道生以来一直奉为根本宗旨之一的"一切众生皆有佛性"相悖逆,它"关闭了一部分人的成佛之路,也与'普度众生'的大乘根本宗旨相矛盾,对佛教的传播有消极的影响"②;三是玄奘和窥基在依据唯识学创立唯识宗的时候,始终没有设计出一套简便易行可操作的修行方法,只是提出了作为修行原则的"转识成智"③以及作为修行阶段的"五位"即资粮位、加行位、通达位、修习位和究竟位,这是唯识宗的战略失策,因为,不管你在理论上是多么地深刻,多么地正确,你若在实践上没有给出一套简便易行且行之有效的修行方法,你也吸引不了信徒。总之,由

①[日]镰田茂雄著,关世谦译《中国佛教史》,新文丰出版公司,1982年,第187页。

②方立天、华方田《中国佛教简史》,宗教文化出版社,2004年,第192页。

③"转识成智"也叫"转依","转依"的"依",在唯识家那里通指作为染净根据的精神实体,慈恩宗即指阿赖耶识。他们认为通过宗教修持的"熏习",藏识中的染污种子减弱,清净种子增强,最后转识成"智"。

于唯识学自身的一些缺陷,以及与其说是宗教家还不如说是学者文化人的玄奘没有能力对唯识学作宗教化的运作,其结果自然就造成了唯识学一直在中国佛教中处于边缘化的地位,一直未能在中国人的宗教生活中发挥什么现实的作用。实际上,唯识学在中国佛教中边缘化地位也就是玄奘在中国佛教中边缘化状态的真实写照。玄奘回国后,一直孜孜从事于翻译的工作,直到"他生病倒床的前几天,他还着手开译另外一部非常巨大的经典《大宝积经》,写了几行,气力实在不能支持,才最后辍笔。在我国翻译史上,玄奘是一个真正做至'死而后已'的工作者"①。玄奘虽然在佛经翻译上可歌可泣,功勋卓著,但却一直处于中国佛教的边缘,一直未能像智顗、慧能等祖师那样深入到中国佛教的火热现场以指导众生的佛教修行实践,从这个意义上来说,玄奘从印度回来后,已完全丧失了作为一个宗教家所应具备的传教热情和传教智慧,从而只能转向以佛教学术来作为自己的生命,并最终成了一个兢兢业业、死而后已的佛教学术家,专心于佛经翻译,并在翻译之余给为数不多的同样是搞佛教学术的弟子们讲讲唯识学的道理,就像一位勤奋的病危届死还要坚持研究和讲学的令人尊敬的大学老教授一样。想当初,玄奘远赴印度,本是想寻求中国佛教界存在的一些悬而未决的佛学理论问题的解决之道,因而多少还表现出对中国佛教的关怀,但是他在到达印度后不久,便将这一初衷忘得一干二净,完全沉溺于印度唯识学的学习和玄思中,钻进了"象牙塔",其结果是,近十年的印度留学生涯使得玄奘彻底丧失了对中国佛教的感觉和兴趣,即使是后来回到国内,他也依然还是以印度唯识学的翻译和讲论为务,生活在印度唯识学的语境并陶醉其中,不离不弃,从而最终与中国佛教现实绝缘。

---

①赵朴初《光辉的足迹——在玄奘法师逝世一千三百周年纪念大会上的讲话》,载张力生《玄奘法师年谱》,宗教文化出版社,2000年,第209页。

玄奘踏上西行求法的"天竺之路"而与中国佛教渐行渐远,想必也不是玄奘自己所愿意看到的,只是客观情势使然罢了,因为凭其在当时印度佛教界的学识和巨大威望,玄奘完全可以不回国而在印度做万人敬仰的法师而悠然自得地生活,但他最后还是选择了回国,而玄奘之所以要谢绝印度各方面的挽留而毅然决然地回国,其根本的原因乃是他觉得其在印度所学的唯识学是中国佛教所需要的,是对中国佛教有用的,只是计划没有变化快,此一时,彼一时,毕竟中国不是印度,中国佛教也不是印度佛教(尽管是源于印度佛教),玄奘回国后才恍然发现,他所辛辛苦苦带回国内的印度唯识学,并非是早已站稳脚跟并形成了自己独特风格的中国佛教所需要的。面对中国佛教,玄奘可以说是空有一身唯识学"武艺"而无用武之地,难涉中国佛教之现实,唯有寄情于翻译以安身立命,从这个意义上来说,玄奘临终还执笔翻译,与其说是他勤奋,不如说是他无奈——除了翻译,他在中国佛教中已什么也做不了了。总之,天竺之行,使玄奘从中国佛教曾经意气风发的追梦少年变成了站在中国佛教对面(尽管还不至于是对立面)学贯唯识、冷静沉稳的学者。

二、智顗的"天台之路"

虽然玄奘在佛学尤其是唯识学上知识渊博,但热衷于佛学研究的西方哲学教授张祥龙先生(1949—2022)却对玄奘不以为然,他曾从知识与智慧相分离的角度对玄奘有过如下的评论,曰:

> 进入所谓文明社会乃至有文字记载的历史以来,知识与智慧就开始分离了。有些知识很多的民族乃至文明,比如希腊罗马文明,灭亡了,而促使灭亡的民族当时反倒知识很少。知识很多的个人与家庭,并不一定活得长久和特别有意义,甚至知识很

> 多的思想家,比如玄奘(Hsüan-tsang,569—664),其思想影响力的长久与深刻,也不一定比得上知识少的,比如惠能(Hui-neng,638—713)。①

在张祥龙先生看来,玄奘似乎是一个知识有余智慧不足的"书呆子"或"佛呆子",其在中国佛教史上的影响力还不如不识字因而知识很少然而却有很多智慧的惠能。我基本同意张祥龙先生这一观点。实际上玄奘对中国佛教的影响不但不如惠能,而且也不如中国佛教史上的其他许多没有玄奘那么高舆论和社会知名度的僧人,比如我稍后马上就要讨论的智顗。当然,我们也不能因为玄奘对中国佛教缺乏足够的影响力就将他对中国佛教的贡献一笔抹杀。总的来说,玄奘对中国佛教的主要贡献乃在于学术而非宗教,尽管他在宗教上对中国佛教并非一点贡献也没有,至少他所编译的那本短小精悍仅260个字的《心经》至今还为中国佛教徒所读诵唱念,是他们日常宗教活动中的必备佛经之一。然而,无论《心经》的作用有多大,也难以弥补玄奘没有创立中国化佛教宗派的遗憾。要知道,中国化佛教才是中国佛教的真现实,才是中国佛教得以发展壮大的源动力,才是中国佛教本身。在隋唐时期成立的中国佛教诸宗派中,除了玄奘的唯识宗,其他宗派都是中国化的佛教宗派,其中智顗所创立的天台宗则是中国佛教史上第一个中国化的佛教宗派。下面,我们有意在智顗和玄奘相比较的语境中来探讨智顗及其与中国佛教的关系,这既可以加深对上一节所探讨的玄奘的理解,更可以突出智顗的佛教个性。

作为天台宗的创始人,智顗18岁出家,如果说在这一点上,智顗和13岁出家的玄奘并没有什么本质区别的话(都是少年出家),那

①张祥龙《智慧、无明与时间》,《江苏社会科学》2010年第1期。

么,两人出家后对佛教的诉求就完全不一样了。在出家后的参学阶段,玄奘的主要兴趣在学习佛教义理,而智顗则把精力都放在学习佛教修行上,先是到大贤山修学"法华忏法",后又到大苏山慧思门下修学以"四安乐行"为内容的"法华三昧",这种不同的参学经历最终导致他们在谋划自己的前程时各奔东西,其中玄奘走上了西去印度求法的"天竺之路",而智顗则选择了东去的"天台之路",来到东海之滨的天台山栖隐修行。智顗东行天台山的经过大致是这样的:智顗在慧思的指导下获得"大苏开悟"后,便前往金陵(今南京)瓦宫寺开始其弘法生涯,"停瓦宫八载,讲《大智度论》,说《次第禅门》"①,在当时作为陈朝首都的金陵享有极高的威望,不但"四方衿袖,万里来者,不惜无赀之躯,以希一句之益,伏膺至教,餐和妙道,唯禅唯慧,忘寝忘餐",而且皇帝还曾为了听智顗讲经,竟然"敕一日停朝事,群公毕集"②,让文武百官也都前来听闻佛法,真是国之所重。然而,即使盛名如斯,智顗也还是非常冷静地看到了他的弘法所存在的问题,即"初瓦官,四十人共坐,二十人得法;次年百余人共坐,二十人得法;次年二百人共坐,减十人得法,其后徒众转多,得法转少"③,也就是说,听法的人越来越多而得法的人却越来越少,这是智顗在弘法过程中所遇到的问题,而这个问题实际上也是中国佛教自身的问题,即中国佛教发展到智顗所生活的南北朝时代,表面上已是蔚为大观,佛教徒的数量翻着倍地增加,但真正能"得法"解脱的中国人却寥寥无几,如

---

①灌顶《隋天台智者大师别传》,载石峻等编《中国佛教思想资料选编》第2卷第1册,中华书局,1983年,第158页。

②灌顶《隋天台智者大师别传》,载石峻等编《中国佛教思想资料选编》第2卷第1册,中华书局,1983年,第157页。

③灌顶《隋天台智者大师别传》,载石峻等编《中国佛教思想资料选编》第2卷第1册,中华书局,1983年,第158页。

此“归宗转倍,而据法无几,斯何故耶?”①这显然是一个实践的问题而不是一个理论的问题,那么究竟该如何来解决中国佛教中的这个实践问题呢?我们都知道,玄奘所关心的是中国佛教中诸如心性论方面的理论问题,为了解决这些理论问题,玄奘“法师既遍谒众师,备餐其说,详考其义,各擅宗途;验之圣典,亦隐显有异,莫知适从,乃誓游西方以问所惑”②,最终踏上“天竺之路”去了印度;与此形成鲜明对照的是,智顗所关心的则是中国佛教为何难以让众生解脱的实践问题,为了解决这个问题,智顗没有像玄奘那样去印度寻找答案,而是上了天台山,试图通过自己在那里的隐修实验来获得一套有助于中国人解脱的佛教理论和方法,结果他成功了,他依据自己在天台山的隐修经验创立了中国佛教史上第一个中国化的佛教宗派——天台宗,天台宗所特有的止观方法直到今天都还是中国佛教徒依之而修的有效解脱法门之一。然而,玄奘一到印度便忘了中国佛教,更没有了中国佛教的问题意识,移情别恋于印度唯识学,在印度唯识学上的造诣甚至连印度人自己都达不到,但却始终没有为中国佛教徒创立什么解脱法门,从这个意义上来说,智顗是中国的而玄奘则是印度的。玄奘哪怕享有最高的国际声誉,也难掩他在中国佛教实践上的碌碌无为,而且即便是在个人修行上,玄奘也与中国佛教的实际背道而驰。众所周知,中国的净土信仰自东晋慧远(334—416)以后就一直走弥陀信仰的路线,到玄奘所生活的唐代早已是“家家阿弥陀”的繁荣景象了,但“玄奘于净土则持弥勒净土信仰,愿生兜率天。他在国内时就有此信仰,到天竺后得知无著、世亲都持此愿,更加坚信。

①灌顶《隋天台智者大师别传》,载石峻等编《中国佛教思想资料选编》第2卷第1册,中华书局,1983年,第158页。

②慧立、彦悰《大慈恩寺三藏法师传》,《乾隆大藏经》第125册,全国图书馆缩微复制中心,2002年,第176页上。

临终之前,他默念弥勒佛,并命旁边的人同称:南谟(现译南无)弥勒如来"①,而不是像中国绝大多数佛教徒那样称念"南无阿弥陀佛"。虽然在修行上坚持个性无可厚非,但玄奘坚持弥勒信仰的这种修行个性实在是彻头彻尾的印度性,在中国佛教的语境中显得非常地不协调或太不识中国佛教之时务了。如果玄奘是一个普通的中国佛教徒,那他坚持弥勒信仰也就只有个人的意义,但对于被唐朝政府封为佛教领袖的玄奘来说,坚持弥勒信仰就是公众形象的问题了。从玄奘坚持弥勒信仰这件事上,我们不难看出玄奘对中国佛教现实是多么地漠视。

玄奘去印度的时候还是一个勤奋好学的无名小僧,甚至灰头土脸地出关的,但智顗上天台山的时候却已是名满京城朝野拥戴的高僧了,如此崇高的地位和威望乃是中国历代多少僧人所梦寐以求的(这并不是讽刺僧人),然而智顗却毅然决然地自动放弃,在年届38岁那年,"再次认识到自我修行之重要性,遂辞别众人,率20余人入天台山,于天台山华顶修头陀行,苦练不已","种苣拾橡,安贫无戚",智顗这样做并不比玄奘远涉流沙所要克服的困难少。如果说玄奘去天竺的动力来自于他刨根问底的学术精神,那么智顗上天台的动力则来自于他普度众生的慈悲情怀。智顗在金陵弘法的过程中发现,尽管弘法的场面热闹,但他照本宣科所讲的佛法(如讲《涅槃经》《法华经》)并不能让众生有效地开悟,这是为什么呢?他开始意识到机械地照搬外来的佛法是无济于事的,中国人只有靠中国人自己的佛法才能开悟,而中国人自己的佛法则只有由中国人自己来创造,而且也只有中国人自己能创造,正是抱着创造中国人自己的佛法或中国化佛教的想法和志向,智顗"吾欲从吾志",上天台山苦行隐修去

①赖永海主编《中国佛教百科全书·教义卷·人物卷》,上海古籍出版社,2000年,第251页。

了,他要通过自己脚踏实地的修行实践来找到适合于中国人的佛法。

智顗在天台山修行实践的核心是"华顶修行"。华顶是天台山主峰,位于国清寺的北面,"寺北别峰呼为华顶,登眺不见群山,喧凉永异余处。先师(按:指智顗)舍众独往头陀,忽于后夜大风拔木,雷震动山,魑魅千群,一形百状,或头戴龙虺,或口出星火,形如黑云,声如霹雳,倏忽转变,不可称计,图书所写降魔变等盖少小耳,可畏之相复过于是,而能安心湛然空寂,逼迫之境自然散失。又,作父母师僧之形,乍枕乍抱,悲咽流涕,但深念实相,体达本无,忧苦之相,寻复消灭。强软二缘所不能动"①。华顶山高林密,阴森恐怖,智顗故意独自一人深入其中,让自己经历种种"可畏之相"和"忧苦之相",并就在这种种"可畏之相"和"忧苦之相"中训练"安心湛然空寂"不为所动的定力,后来,他将自己的这种训练经验总结升华为独特的"妄心观"止观修行方法,然后以此一"妄心观"为核心创立一个体系庞大的天台宗,从这个意义上来说,智顗不是通过研究印度佛教经典,而是通过自己的修行实践或者说生命实践来创立天台宗的。如果说,玄奘远赴印度是用自己的生命来换取印度佛法,那么智顗上天台山便是用自己的生命来创立中国佛法。智顗抛弃金陵的荣华富贵前往天台山苦修以寻找适合中国人的佛教法门,实在是释迦牟尼抛弃王位深入密林苦修以寻找解脱之道的中国版,正是在这一点上,中国佛教徒后来将智顗称为"东土小释迦",而智顗无愧于"东土小释迦"这一在中国佛教中显然是至高无上之称号,其中更为实质的内容,则是他也像释迦牟尼那样富于宗教创造性。如果说释迦牟尼通过自己在深山老林六年(一说十二年)的修行实践创立了有别于婆罗门教的佛教解脱法门,那么智顗便是通过自己在天台山近十年的修行实践创

①赖永海主编《中国佛教百科全书·教义卷·人物卷》,上海古籍出版社,2000年,第159页。

立了有别于印度佛教的中国佛教天台宗。综观智顗的一生,讲经说法无数,著作等身,据道宣(596—667)的《大唐内典录》记载,智顗的著作,共有19部117卷,“道宣以后,又不断搜集,续有发现”,结果在宋代的《山家教典志》中又多出了《大唐内典录》中所没有的12部27卷,以上这31部144卷都在宋代被尊式(964—1032)奏请入藏。另外,智顗的著作中还有未入藏的6部33卷以及仅存书目而无文本的17部41卷,几项合计,智顗的著作共有54部218卷(其中有少数被疑为假托)①。在这些由其弟子灌顶(561—632)记录整理的著作中,智顗依据自己的修行经验并适当佐之以中国本土的文化元素,“说己心中所行法门”②,而不是照着印度佛经,创立了第一个中国化的佛教宗派天台宗,“大师的阐述赋予了佛教以新的气象,反映了中国佛教徒为佛教本土化所作的努力”③。再看玄奘,玄奘的作品虽然也数量巨大,但除了在印度写的梵文著作《会宗论》和《制恶见论》以及回国后翻译的许多唯识学著作(翻译的数量在前文已有交代),玄奘亲自撰写的汉语著作也只有游记《大唐西域记》以及表、启、书等一些日常应用文,因而对中国佛教而言谈不上有什么创造性的思想,尽管在不被中国佛教看重的印度唯识学上玄奘也不是完全没有创造,比如“玄奘创造了一个‘真唯识量’,是在戒日王为他举行的无遮大会上提出的”④,但就像在基督教上的创造对佛教毫无意义一样,在印度唯识学上的创造对中国佛教意义不大。另外,智顗和玄奘对佛法还

①这一统计据朱封鳌《中国佛学天台宗发展史》,汉语大词典出版社,1996年,第39—40页。

②智顗《摩诃止观》,载石峻等编《中国佛教思想资料选编》第2卷第1册,中华书局,1983年,第3页。

③沈静如《论智者大师讨论界域的模式》,《觉群》2009年第4期。

④赖永海主编《中国佛教百科全书·教义卷·人物卷》,上海古籍出版社,2000年,第249页。

有一个完全不同的理解,那就是,玄奘认为佛法在佛经中,而智顗则认为佛法在每一个人自己的心中,正因如此,他才明言,他创立天台佛法只是在“说己心中所行法门”而已。

三、中国佛教的抉择

我姓陈,恰巧本文所讨论的两位主人公,其俗姓也都是陈,智顗原名陈德安,玄奘原名陈祎。我们陈家这两位赫赫有名的大和尚乃是中国佛教史上的两大典型,其中,走“天竺之路”的玄奘代表了一批希望照搬印度佛教模式的中国僧人,而走“天台之路”的智顗则代表了一批希望将印度佛教与中国文化相结合而创造中国佛教自身模式即中国化佛教的中国僧人。中国佛教在为自己选择角色和定位的“大浪淘沙”的历史过程中,最终将智顗的“天台之路”确定为自己的发展道路。在智顗之后,一大批中国僧人纷纷创宗立派,创造性地提出中国化的佛教思想和修行方法,比如牛头宗的“法融(594—657)为一位通读老、庄、道书及诸佛典、医书的宏大学者,其提出‘以虚空为道本’即是一个综合道佛的命题,这是一个消融了‘玄学典范’的新禅学发展,单是由此,我们就可以说,牛头禅与东山禅皆是中国佛教原创哲学的建构者,也就是中国式禅宗原创哲学的写作者”①。法融的禅法“确实是以《庄子》及《般若经》结合的唐初创造转化之新禅宗哲学……《景德传灯录》(卷四)第四十三段,则引用《大般若经》。这段语录中,法融答博陵王,共有十三问十三答。在十三段答句中,法融完全运用五言句来回答,显见法融的禅风乃又融合了唐诗的风格。而这种‘唐诗应答的禅风典范’乃注入了南宗五家七系的禅风之中,成为中国禅宗语言哲学的原创性所在……如果没有牛头法融,中

①欧崇敬《禅与21世纪佛教的新心灵信仰形态》,《杭州佛教》2009年第1期。

国的禅风恐怕是很难有如此丰富的语言哲学发展的”①。再比如“赵州和尚(778—897),即从谂,因后在赵州观音院开讲而世称其禅风为‘赵州禅’。本为山东人氏,曾参南泉普愿(748—834),并可说是南泉门下最具创造力的门人。圆寂时百二十岁,是神秀以外少见的百岁以上禅僧。赵州禅在晚唐来说,某种程度上已可说是独立一派”②。无论是法融还是赵州,他们都与智顗所创立的天台宗有些关系。“在《祖堂集》(卷三)第四十一段中,记载了牛头法融曾依《法华经》开示悟入,则又可证明其与天台止观具一定程度的相关性”③。从某种意义上来说,法融的禅法是以“近于天台哲学的止观法门以及《庄子》哲学为其整个禅法的核心”④。至于赵州,则更是亲自参访过天台宗的祖庭天台山国清寺⑤。虽然在中国佛教史上,绝大多数参与中国化佛教创建的僧人没有像法融和赵州那样直接受到天台宗的影响,但无疑都是处于最早由智顗创立天台宗所带动起来的追求佛教中国化的氛围中。可以说,作为第一个中国化佛教宗派的创始人,智顗对中国佛教最终形成有别于印度佛教的中国化佛教模式起到了带头示范的作用。

中国佛教选择智顗而抛弃玄奘,这既是中国佛教史上不可逆转

①欧崇敬《禅与21世纪佛教的新心灵信仰形态》,《杭州佛教》2009年第1期。
②欧崇敬《禅与21世纪佛教的新心灵信仰形态》,《杭州佛教》2009年第1期。
③欧崇敬《禅与21世纪佛教的新心灵信仰形态》,《杭州佛教》2009年第1期。
④欧崇敬《禅与21世纪佛教的新心灵信仰形态》,《杭州佛教》2009年第1期。
⑤《古尊宿语录》卷一四载:师(指赵州)因到天台国清寺见寒山、拾得。师云:“久向寒山、拾得,到来只见两头水牯牛。”寒山、拾得便作牛斗。师云:“叱叱!”寒山、拾得咬齿相看,师便归堂。二人来堂内问师:“适来因缘作么生?”师乃呵呵大笑。一日,二人问师:“什么处去来?”师云:“礼拜五百尊者来。”二人云:“五百头水牯牛聻尊者。”师云:“为什么作五百头水牯牛去?”山云:“苍天,苍天!”师呵呵大笑(类似的记载又见于志南《天台山国清寺三隐集记》和《五灯会元》卷二)。

的历史事实,也是大乘佛教自身发展的必然逻辑结果,因为大乘佛教是主张“到什么山头唱什么歌”的,强调佛教一定要与传播地区的本土文化相结合,比如,就看得见摸得着的佛教建筑而言,“从印度佛教传入汉地始,汉人就没有完全照搬它们的建筑形式,而是以自己对佛教的理解,结合本土建筑文化,对其进行了富有民族特色的加工改造”①。包括智顗、慧能在内的一大批中国化佛教的创立者,正是大乘佛教这种“本土化”观念在中国的具体落实者。有人曾对玄奘和慧能作过这样的比较,曰:“玄奘与禅宗南宗创始人慧能,是中国佛教史上的两位伟大僧人,他们的功绩是:玄奘战胜了印度五天竺大、小乘所有的论敌,标志着中国佛学已经超越了印度;慧能则战胜了佛教各宗派,变印度式的佛教为具有中国特色的佛教。”②说慧能“变印度式的佛教为具有中国特色的佛教”,这是很对的,尽管说他“战胜了佛教各宗派”不是很准确。但说玄奘“标志着中国佛学已经超越了印度”,这就有问题了,因为“玄奘战胜了印度五天竺大、小乘所有的论敌”,并不是基于他创立了一套足以超越印度佛学的中国佛学,而是基于他印度佛学学得比印度人还好。

(作者单位:山东大学佛教研究中心)

①龚道德《佛塔汉化初探》,载吴为山、传义主编《中国佛教艺术》第3辑,南京大学出版社,2009年,第28页。

②弘学《佛学概论》(修订本),四川人民出版社,2007年,第84页。关于慧能,作者在另一个地方又说:“慧能创立南宗之后,战胜了所有佛教的宗派,创立了适合中国文人口味的禅学,彻底变印度式佛教为中国式佛教。”(同上,第95页)

佛教中国化初期演进研究

——以剡东(新昌)为例

马　骏

引　言

古印度是佛教的发源地,追溯至两千年前,佛教初入中国时,一开始并没得到民众的接受,主要是其价值观念与当时民众的价值观念存在出入,在一定时间内还被视为一种道术。不同的意识形态造成初期的佛教传播受到严重影响,中国佛教学者用中华文化发展了佛教思想,佛教与儒学、玄学、道家等思想的不断融合,形成了“六家七宗”不同的学说,民众的心中逐步接受并将佛教视为一种精神的寄托。两晋南北朝至隋唐的数百年间,佛教得到中国化并长期繁荣发展。在这期间,剡东(新昌)一直是闻名江左的佛教圣地,也是佛教中国化的发祥地。经过对新昌天姥山国家级风景名胜区现存的佛教寺院、僧踪和遗址调研,以佛法僧三宝的中国化,试论剡东(新昌)在佛教中国化过程中的重要地位。

一、佛教中国化的概述

佛教创立于公元前6—前5世纪的古印度,创始人是乔达摩·悉达多,佛教初始进入中国时,其思想学说与当时的中国民众思想学说存在较大的差异,并没有得到很好的发展。佛教在发展的过程中,不断调整自己的思想,结合中国的实际情况,融合了中国的政治、文化以及经济等,改变了自己的传播方式、路线。从其长久的发展来看,佛教从两汉传入中国后就开始与儒家以及道家在中国文化主导地位上进行争论,这也是佛教一开始传入我国时存在思想文化差异的主要原因。从现在的发展角度来看,佛教在众多中国传统文化中占据了一席之地,谋得了发展的机会,将自己的思想理论与中国的实际情况进行了结合,修正了佛教义理,改变了修行的方式,统一了政治价值取向,渐使佛教中国化。佛教中国化的过程,对于中国的传统文化产生了极大的影响,一方面与各传统文化之间出现竞争,并淘汰了一些传统文化;另一方面推动着中国传统文化的前进,使得中国的传统文化更加丰富多彩。佛教经历了两晋南北朝的大解放、大发展、大讨论,并在隋唐时期形成了中国化佛教。

二、佛教中国化在剡东(新昌)的演进过程

新昌县境,春秋战国时期属越地,秦时属会稽郡,秦末汉初,会稽郡下置剡县,唐末五代之前,新昌是剡县的一部分,又称剡东,在两晋时期,大批氏族高僧迁徙至剡东(新昌),佛教在僧人、理论以及造像等方面逐渐中国化。

(一)佛教僧人中国化,高僧入剡

剡东(新昌)是江南佛教早期兴建寺院的地区之一,西晋太康十年(289),西域僧人幽闲至剡东(新昌)十九峰下,结茅建寺,号

新建寺①。唐会昌年间(841—846),遭法难寺废,大中元年(847)重建。广明元年(880),赐号兴国禅寺。宋治平三年(1066),改兴善寺,1990年重修,是绍兴市现存寺院中最早的寺院。东晋佛教除庐山、建康之外,另一处佛教重镇就是会稽,而会稽当时佛教风行之地在剡东(新昌)一带②。

据梁·慧皎《高僧传》记载③,东晋南北朝时期入剡高僧多达30多人④,按驻锡隐居地点简介如下:

居东岬者七人:

竺潜,又名竺道潜,字法深,俗姓王,琅琊人。晋丞相王敦之弟。永嘉初,避乱过江,乃隐剡东岬山三十余年(340—374),率众同游,论道说义,高栖皓然,创佛教般若学本无异宗,也是剡东岬山最早的开山者。支遁遣使欲买沃洲小岭,潜答,"未闻巢、由买山而隐"。东晋哀帝时(362—365),曾入京,后还剡东岬山。晋宁康二年(374)卒于山馆,春秋八十有九。

竺法友,竺潜高足,志业强正,博通众典,后立剡县城南台寺,曾助竺法护译《贤劫经》。

竺法蕴,竺潜高足,悟解入玄,尤善《放光般若》,倡佛教般若学心无宗。

康法识,竺潜高足,有议学之功,以草隶著名。

竺法济,竺潜高足,幼有才藻,作《高逸沙门传》。

释道宝,俗姓王,琅琊人,晋丞相王导之弟,弱年信悟,避世辞荣,居岬。

---

①《绍兴佛教志》编纂委员会编《绍兴佛教志》,浙江人民出版社,2003年,第157页。

②莫幸福《东汉六朝时代的浙江佛教》,《浙江学刊》1994年第7期。

③慧皎《高僧传》,中国书店,2018年。以下引用不再重复。

④陈新宇《东晋在剡十八高僧初探》,中国文化艺术出版社,2008年,第88页。

释慧静,俗姓邵,余杭人,刘宋大明间(457—464),居剡之法华台寺。后憩东岬山。宋太始中(465—471)卒,寿五十八。

居沃洲者四人:

白道猷,或作帛道猷,山阴人,性耽丘壑,一吟一咏,有濠上之风。永和年间(345—346)居剡沃洲山,为沃洲山开山之祖。

支遁,字道林,咸康间于沃洲小岭立寺行道,创佛教般若学即色宗。晋哀帝即位(362),征请出都,留京三载,乃还东山,既而收迹剡山,养马、放鹤,尽其性情。晚年移石城山立栖光寺。太和元年(366)闰四月四日终于所在,春秋五十又三。

支法度,或作法虔,支遁同学,精理入神,先遁亡。

竺法仰,以慧解致闻,为王坦之所重。

居石城者十二人:

昙光,或曰帛僧光,晋永和初(345)游于江东,投剡之石城山创隐岳寺,处山五十三载,卒年一百十岁。

竺昙猷,或作法猷,敦煌人,后游江左,止剡之石城山。后居赤城山。

于法兰,十五岁出家,后闻江东山水剡县称奇,乃徐步东瓯,远瞩嶀嵊,居于石城山足,即元化寺。为求圆教,远适西域,至交州遇疾,终于象林。

竺法兴,于法兰弟子,以洽见知名。

支法渊,于法兰弟子,以才华著称。

于法道,于法兰弟子,以义解驰声。

于法开,于法兰弟子,妙通医术,擅讲《放光般若经》及《法华经》,孝宗崩后,还剡续修元化寺,创佛教般若学识含宗。

于道邃,于法兰弟子,敦煌人。高简雅素,有古人风。性好山泽,隐居石城,创佛教般若学缘会宗,随于法兰适西域而卒。

于法威,于法开弟子,清悟有机辩,奉师命出,经山阴,支遁正讲小品，得于法开示语，遂屈支遁。

曾居石城山的高僧还有南北朝齐梁时期先后造石窟弥勒大像的僧护、僧淑、僧祐。

其余居剡或曾至剡者尚有十人：

竺法崇，少入道，以戒节见称，后还剡之葛岘山，茅庵涧饮，东瓯学者竟往凑也，著《法华义疏》四卷云。

竺法义，居始宁，年十三遇深公，从深公学，善《法华》，太元五年卒于都。赐钱十万买冈为墓，起塔三级，卒年七十四。

支昙兰(337—419)，青州人，晋太元中(376—396)游剡，后憩始丰赤城山。晋元熙中(419)卒于山，春秋八十三。

竺道壹，即道一，晋太和中(366—370)出都止瓦官寺，简文帝深所见重。帝崩，壹师竺法汰又亡，东还，住虎丘山。白道猷在若耶，曾遗诗招其入越，郡守王荟创嘉祥寺奉为僧首，创佛教般若学幻化宗。卒年七十一，弟子道宝，俗姓张，吴人。

昙济，宋元嘉间来住孟塘山，作《七宗论》，元徽三年(475)卒。

释法宗，临海人，剡地法华台寺僧，有射孕鹿堕胎而悔悟出家的故事。

昙斐，俗姓王，会稽剡人，少受业慧基法师，居法华台寺，精研《净名》小品，天监十七年(518)卒，春秋七十六。

法藏，以介节见称，居剡南岩寺。

释僧柔，俗姓陶，丹阳人，后入剡白石山灵鹫寺。

杯渡法师，冀州人。生年、姓名均不详。又作杯度。行至松江，乃仰盖于水中乘而度岸。经涉会稽剡县登天台山。数月而返京师。

《浙江通志稿·浙江佛教肇始考》述："然则浙江佛教，究应以何人为始祖乎？历观书传所载，此则允应推竺道潜、支道林、于法兰、于法开、帛僧光(即昙光)、竺昙猷六人，膺斯玄匠之选矣！(六师大抵皆卒于晋孝武宁康、太元之间，即373—396年)。而以道潜、道林、法兰、法开四师为解义(即大乘般若学)之祖;僧光、昙猷为习禅(小乘禅定)之祖。可见浙江佛学自始即‘定慧双弘、禅智并运’,故后来名德犹罕有单轮双翼之失。”这六位祖师,皆出剡东沃洲、石城。

沃洲山,下绕大溪,与天姥山对峙;石城山,又称南明山,或者隐岳山。据《嘉泰会稽志》记载,石城山的开山,是高僧昙光,昙光自小修习禅业,小有所成。在东晋永和初年(345—356)时,在江左一带进行游历,并来到石城山,初到石城山时,见有一石室,进入其中并修禅。随着当地人民的需要,会陆陆续续到石室询问因果,并跟随进行修行,进而演变成了寺庙,被后世称为隐岳寺。《高僧传》详记此事,“帛僧光,或云昙光,未详何许人。少习禅业,晋永和初游于江东,投剡之石城山。山民咸云:‘此中旧有猛兽之灾及山神纵暴,人踪久绝。’光了无惧色,雇人开剪,负杖而前。行入数里,忽大风雨,群虎号鸣。光于山南见一石室,仍止其中,安禅合掌以为栖神之处。至明旦雨息,乃入村乞食,夕复还中。经三日,乃梦见山神,或作虎形,或作蛇身,竞来怖光,光一皆不恐。经三日,又梦见山神自言:‘移往章安县寒石山住,推室以相奉。’尔后,薪采通流,道俗宗事,乐禅来学者,起茅茨于室侧,渐成寺舍,因名隐岳。光每入定,辄七日不起。处山五十三载,春秋一百一十岁。晋太元之末,以衣蒙头安坐而卒。众僧咸谓依常入定,过七日后,怪其不起,乃共看之,颜色如常,唯鼻中无气。神迁虽久,而形骸不朽。至宋孝建二年,郭鸿任剡,入山礼拜。试以如意拨胸,飒然风起,衣服销散,唯白骨在焉。鸿大愧惧,收之于室,以砖叠其外而泥之,画其形像,于今尚存”。昙光创立隐岳寺并居石城山 50 多年,今邑人于 1993 年迁其骨殖,建有昙光尊者舍利塔。

除了昙光来到石城山建寺外,同一时期还来了另一位高僧,是敦煌的昙猷。《高僧传》记载,“竺昙猷,或云法猷,敦煌人。少苦行,习禅定。后游江左,止剡之石城山,乞食坐禅。尝行到一行蛊家乞食,猷咒愿竟,忽有蜈蚣从食中跳出,猷快食无他。后移始丰赤城山石室坐禅。有猛虎数十，蹲在猷前，猷诵经如故。一虎独睡，猷以如意扣虎头，问何不听经？俄而群虎皆去”，昙猷到赤城山的时间是东晋义熙年间（362—364），这个时间和高僧昙光到石城山的时间相接。因此可见，昙猷在石城山坐禅的时间当在362年前后，距昙光开山的时间不远。所以说，昙猷也算是石城山的开山祖师之一，他在石城山的禅行，是敦煌佛教与浙江佛教有机联系的开始，换言之，石城山一开山，或曰浙江佛教之始，就与敦煌有了直接的联系①。

于法兰，晋代高僧，高阳人，生卒年月不详，是《高僧传》中解义的正传大德。当闻知江左山水神秀，剡县更佳，就直奔剡东（新昌），定居石城山，建元化寺，今之千佛禅院。公元357年前后，从石城山出发，走海路去天竺（古印度）取经，于交趾（越南）染病，终于象林。是中国佛教史上最早的求法殉道者之一。居剡少时，欻然叹曰：“大法虽兴，经道多阙。若一闻圆教，夕死可也。”乃远适西域，欲求异闻。至交州遇疾，终于象林。沙门支遁追立像。赞曰：“于氏超世，综体玄旨，嘉遁山泽，驯洽虎兕。”于法兰的其中一名弟子于道邃，敦煌人，他16岁出家，跟随于法兰渡江南来，到浙东后为当地隐士谢敷所尊重，于、谢两人曾一起游历名山。于道邃随于法兰前去天竺取经，死于交趾（越南），年仅31岁。这位年轻的高僧，学业高明，内外该览，善方药，美书札，洞谙殊俗，尤巧谈论，是个博学、通医、善书法和谈吐的僧人，故号称敦煌菩萨的竺法护夸赞他，高简雅素，有古人之风，若不无方，为大法梁栋矣。支遁也曾为之著铭曰：“英英上人，识通理清。朗质玉莹，德音兰馨。”名士孙绰则将其比作“竹林七贤”中的阮咸。

于法开，师从于法兰。擅长《放光般若》和《法华经》，精通医术。《高僧传》记载：“于法开，不知何许人。事兰公为弟子，深思孤发，独见言表，善《放光》及《法华》，又祖述耆婆，妙通医法。尝乞食，投主

①马德《敦煌高僧昙猷与浙江佛教》，《敦煌学辑刊》2005年第2期。

人家。值妇人在草危急,众治不验,举家遑扰。开曰:‘此易治耳。’主人正宰羊,欲为淫祀。开令先取少肉为羹进,竟因气针之。须臾,羊膜里儿而出。晋升平五年,孝宗有疾,开视脉,知不起,不肯复入。康献后令曰:帝小不佳,咋呼于公视脉,但到门不前,种种辞惮,宜收付廷尉。俄而帝崩,获免。还剡石城,续修元华寺。后移白山灵鹫寺。每与支道林争,即色空义,庐江何默,申明开难。高平郗超、宣述林解并传于世。开有弟子法威清,悟有枢辩,故孙绰为之。赞曰:《易》曰:翰白诗美,苹藻斑如,在场芬若,停潦于威明发介。然遐讨有洁其名,无愧怀抱。开尝使威出都,经过山阴,支遁正讲小品。开语威:言道林讲,比汝至当。至某品中,示语攻难数十番,云此中旧难通。威既至郡,正值遁讲,果如开言。往复多番,遁遂屈,因厉声曰:君何足复受人寄载来耶。故东山谚云:深量开思,林谈识记。至哀帝时,累被征诏。乃出京讲放光经,凡旧学抱疑,莫不因之披释。讲竟,辞还。东帝恋德,殷勤嚫钱绢,及步舆并冬夏之服。谢安王文度,悉皆友善,或问法师高明刚简,何以医术经怀。答曰:明六度以除四魔之病,调九候以疗风寒之疾。自利利人,不亦可乎。年六十,卒于山寺。孙绰为之目。曰:才辩纵横,以数术弘教,其在开公乎。”

在石城山新大雄宝殿天井照壁上镶嵌有“支竺遗风”四个大字。“支竺遗风”的匾额代表了特别的意义,“支”事实上代表了支道林高僧,“竺”代表了竺道潜高僧。集高僧和名士双重身份于一身的支道林,俗姓关氏,陈留(今河南开封)人,一说河东林虑(今河南林县)人,二十五岁出家。后至建康(今江苏南京市)讲经,与谢安、王羲之等交游,好谈玄理。支道林在建康期间,每至讲肆,善标宗会,而章句或有所遗。他善于把握经典要义,提出有创见的观点,对于经文的词句却常常脱落遗漏。他的这种作风,被那些喜欢咬文嚼字的经师、论师所看轻,认为狂妄空疏。但谢安听说了这个情况后却大加赞赏,认为支道林对佛理善于抓住精华,略其枝叶,就像古代善于相马的九方皋一样，略其玄黄，取其骏逸。其他名士如王治、刘恢、殷浩、许询、郗超、孙绰、桓彦表、王蒙、王修父子、何充、王文度、谢长遐等，都像谢安那样给予支道林很高的评价，这些一代名流都成为支道林的知交。《高僧传》记载，"俄又投迹剡山。于沃洲小岭立寺行道。僧众百余，常随禀学。晚移石城山，又立栖光寺。宴坐山门，游心禅苑。木餐涧饮，浪志无生。乃注《安般》《四禅》诸经及《即色游玄论》《圣不辩知论》《道行旨归》《学道诫》等。追踪马鸣，蹑影龙树。义应法本，不违实相"。公元344年，支道林离开了建康，于沃洲小岭建寺行道，僧众百余，住在剡东（新昌）的时候，名僧如竺法深、于法开、于道邃、竺法崇、竺法虔等都在那里；名士如王羲之、谢安、孙绰、李充、许询等，也都在本郡（剡县属会稽郡）。名僧名士群集于剡东（新昌），盛极一时，他曾到山阴讲《维摩经》，许询为都讲，采用一问一答的形式层层深入地阐释经义，晋哀帝即位后（361），频遣使者，征请支道林出山。支道林应诏回到建康，安置在东安寺，开讲《般若道行经》，道俗钦崇，朝野悦服。支道林在京城呆了将近三年后，忆念剡东（新昌）山中自由自在的生活，晚年移石城山建栖光寺，卒于废帝太和元年（366），年53岁，并葬于石城山。后来东晋著名美术家、雕塑家戴逵路经其墓，叹曰："德音未远，而拱木已繁，冀神理绵绵，不与气运俱尽耳。"今石城山栖光净院万佛塔广场上，立有支遁大师法塔。

竺道潜，是佛学界高僧和政界名士，活动范围广泛，是丞相武昌郡公王敦之幼弟。王敦与王导一同协助司马睿建立东晋政权，当时权倾朝野，被称为"仲父"，成为"王马共天下"的"王派"中心人物，有这样的王室背景，竺潜在当时朝野中的地位也水涨船高。"竺潜，字法深。姓王，琅琊人……年十八出家，事中州刘元真为师……至年二十四讲《法华》《大品》……常数盈五百。"竺潜十八岁出家，师从中州刘元真，师出名门。二十四岁时就设堂讲《法华经》《放光般若经》等，追随他学法问道者，常达五六百人。晋永嘉初年，竺潜因避难而渡江南来,建武太宁中,竺潜经常穿着木屐至宫殿内,时人都称他为方外之士。《沃洲山禅院记》:“东南山水,越为首,剡为面,沃洲、天姥为眉目。夫有非常之境,然后有非常之人栖焉。晋宋以来,因山洞开,厥初有罗汉僧西天竺人白道猷居焉。次有高僧竺法潜、支道林居焉。次又有干、兴、渊、支、遁、开、威、蕴、崇、实、光、识、裴、藏、济、度、逞、印凡十八僧居焉。高士名人有戴逵、王洽、刘恢、许元度、殷融、郗超、孙绰、桓彦表、王敬仁、何次道、王文度、谢长霞、袁彦伯、王蒙、卫玠、谢万石、蔡叔子、王羲之凡十八人,或游焉,或止焉。”竺潜虽往返朝野,奔波劳碌,而心情不快,乃要求还剡东岬山(即今新昌东岬山),遂其志向。于是逍遥林泉,以尽余年,门下僧侣有竺法友、竺法蕴、康法识、竺法济等人。于晋宁康二年(374)卒于山馆,时年八十九岁,今之水帘洞,尚有潜公台、竺潜山馆等遗址。

这些高僧长期隐居剡东(新昌)一带,是佛教中国化的关键少数,他们对佛教的汉化、解义、传播起到了积极作用,有力地推动了佛教中国化的进程,是佛教中国化的重要代表人物,可知,佛教自传入中国后,西来高僧本人或通过其弟子、好友等在江南弘法的途径,不仅由丝路东来,也有从海路南来,佛教在与玄学、与儒学、与地域文化的交融中不断中国化,在这进程中,剡东(新昌)作为佛教圣地在对外交流上起到了关键作用。

(二)佛教理论中国化:“六家七宗”

绍兴,古称会稽、越州,是杭州通台州、温州、金华、衢州水陆要津,隋唐时是节度使治所所在,自古是江南文化经济重镇。在历史上,会稽也是日韩留学僧访浙东的必经必游之地。华夏史上会稽名寺众多,气宇恢宏,名僧辈出。在中日韩佛教史上有影响的寺院,有云门寺、大善寺、龙兴寺、法华寺、峰山道场、普净寺、剡县石城山石城寺等,这些寺院在历史上曾对中日佛教文化兴盛和诗画浙江的繁荣,有着很大的影响。《全唐诗》中关于越州和剡中的诗词就有 700 余首。李白、刘禹锡、白居易、皎然、孟浩然等都曾在越州留下千古名作。由于历史变迁,会稽寺院多已毁,仅绍兴云门寺、上虞普净寺和剡东(新昌)石城山石城寺等劫后修复,至今仍存。

自汉代黄老之学和儒家经学之后,东汉时期谶纬神学兴起,到魏晋时期玄学成为社会主流,独尊儒术的文化模式被逐步瓦解,文化向着多元化的方向发展,为佛学思想的传播提供了一定的有机沃土。在佛教长达千年的传播过程中,中国化并非一帆风顺,而是在不断地与皇权、儒家、玄学、道家、本土民间宗教信仰等文化意识形态博弈、对抗和融合①,在被政治化、玄学化、儒学化、道教化和民间化的过程中,逐渐找到了适宜在中国文化生态中生存、巩固和发展的自身位置,也影响了儒家和道家的文化体系建设和文化理论基础,形成了儒家为主、佛道为辅的共同文化格局。

当时用以表达中国佛教理论的方法,主要是“格义”。所谓“格义”就是量度(格)经文,正明义理。也就是用中国固有的理论概念、词汇和观点,来解释古印度佛教经典及其思想,由此也就形成了“格义”式的佛教理论,主要表现为佛教为黄老之术,佛法讲求清静无为,讲求灵魂不灭、祸福报应和生死轮回,宣扬仁道的政治伦理观念,宣扬“诸法本无”本体论观念,调和佛教与儒家、道家之间的矛盾。

东晋时期,南北对立,战争连绵,政治混乱。社会大动荡所形成的生命危机感、强烈的生命忧患意识,促使人们从不同角度寻求个体生命存在的意义,正是适应时代的这种需要,佛教形成了第一次信仰高峰,中国佛教思想从禅学极速转向感受宇宙万物本性空寂的般若

①林华、肖立斌《佛教中国化过程中与儒道的互相借鉴与影响》,《江西社会科学》2019 年第 8 期。

学,般若学成为佛教理论研究的一个热点,围绕般若性空思想,一些中国佛教理论家,根据魏晋玄学的思路,纷纷就自己的认识、体会,自由阐发对“空”的理解,提出了“空”的玄学化、中国特色因果报应说、神不灭论、神格化“法身”、佛教伦理纲常以及佛教与儒家等特色内容的理论见解。他们认为,宇宙万事万物都是因缘和合而形成,因而没有实体,是空的。从理论上讲,这是对客观事物有没有真实性、永恒性的看法问题,是对本体和现象的关系的看法问题,是宇宙论和本体论的根本问题。从而形成了“六家七宗”的不同学说,“六家七宗”佛教般若学说的出现具有时代精神的象征意义,这反映了佛教般若理论与中国玄学、道家、儒家和本土民间宗教信仰思潮之间的交融会通。就吸取和改造外来文化的角度说,“六家七宗”属于中国佛教学者独立研究佛学、建立自己佛学体系的初步尝试,其意义不可低估。在鸠摩罗什到中原之前,般若学的发展经历了两个阶段,即“格义”与“六家”,但没有从根本上看出两者在思想和方法上的不同观点,也就是说“六家七宗”佛学派系的成立,并未真正摆脱“格义”佛教的思想方法,可以说“六家七宗”就是“格义”的继续,或者说是“格义”的另一种表达方式。中国佛教有了东晋时期的“六家七宗”,才会有南北朝时期的学派分流,有了南北朝时期的学派分流,才会有隋唐时期的宗派并立。

“六家七宗”的说法则始于南朝刘宋时期昙济的《六家七宗论》,此论文本现已不存,但在梁朝时期,宝唱的《续法论》中曾予以引用。唐代元康作《肇论疏》追述“六家七宗”,梁朝释宝唱《续法论》一百六十卷云:“宋庄严寺释昙济作《六家七宗论》。论有六家,分成七宗:第一,本无宗;第二,本无异宗;第三,即色宗;第四,识含宗;第五,幻化宗;第六,心无宗;第七,缘会宗。本有六家,第一家为二宗,故或七宗也。”另据隋代吉藏《中观论疏》所说:“什师未至,长安本有三家义。”在鸠摩罗什入长安前,般若学主要为三家,第一本无,第二即色,第三心无。

综合上述各家所说,可以认为,“六家七宗”的分类着眼于当时般若学的全貌,而“三宗”的分类则侧重于最有影响的几个般若学派。“六家七宗”及其代表人物是:本无宗(竺法汰),本无异宗(竺潜),即色宗(支道林),识含宗(于法开),幻化宗(竺道壹),心无宗(支愍度、竺法蕴、道恒),缘会宗(于道邃)。“七宗”的“宗”与“六家”的“家”意义相等,都是指一类主张和学说,并非指宗派。

本无家分为本无宗和本无异宗。两宗观点基本一致,即都把宇宙万物的本体规定为“本无”,并根据“本无”来阐发诸法性空原理。“本无”概念与玄学“以无为本”思想有联系,又是佛教“真如”概念的最初译语,表达性空的意思。两宗的区别在于,本无异宗的创立者竺潜认为,“本无”应是“从无出有”,“无在有先,有在无后”,认为“无”是派生万物的本原,与《老子》“有生于无”的命题相似,突出先后次序,是一种宇宙万物生化的理论。而本无宗的创立者道安主张“本无”是“以无为本”,属于理论本体论。

心无宗的创立者是支愍度。东晋成帝年间(325—342),支愍度与康僧渊、康法畅等人由北方过江,来到江左,在渡江前,已创立起心无宗,支愍度欲过江,与一道人为侣,谋曰:“用旧义往江东,恐不办得食。”便共立心无义宗,除了支愍度,主张心无义的还有道恒、竺法蕴等高僧。心无义宗认为万物(色)实有,只因“心正”(心空、心无、心停),才有“色无”的经义。

即色宗的创立者是支遁。《即色论》主张“即色是空,非色灭空”,“一切诸法,无有自性,所以故空”,这就相当于“当色即空”“当体即空”诸法性空思想,所以慧达以为“斯言至矣”。即色宗虽然在“六家七宗”中比较接近于般若学的本来意义,但仍与中观学派有一定距离。由于支遁等人当时还未掌握“有无双遣”的认识方法,所以也未能建立起般若学非有非无的本体论思想体系,而这一任务由僧肇来完成。

幻化宗的创立者是竺道壹。竺道壹"少出家,贞正有学业",后从竺法汰受学,幻化宗认为"世谛之法,皆如幻化",即视世间一切诸法如同幻化,无有实性,故与佛经所说诸法"从本已来,未始有也"一致。这反映了幻化宗对般若"空"义的理解,这种理解有相对正确的意义,但它只说了对"世谛"的看法,而没有表达对"真谛"的认识,显然也不全面。

缘会宗的创立者是于道邃。于道邃系于法兰弟子,缘会宗的基本思想,是将"缘会故有"和"缘散即无"分别名为世谛和第一义谛。所谓"缘会",指因缘和会而起,即缘起。事物由因缘和会而起,表现为"有",这就是世谛。一旦因缘散尽,事物归于其本质的"无",这就是第一义谛。从佛教缘起观上说,上述观点大体可以接受,"缘会即有""缘散即无"表达的正是一种缘起观。

识含宗的创立者是于法开,是于法兰的弟子,识含宗的思想核心是主张"三界都空"。于法开为赢得名士的尊敬,在辩论败落于支遁后,隐遁山林,潜心般若,仔细分析支遁的即色宗,找出对手的命穴,给对手以严厉反击,而支遁在论辩失败后则表现出极度的懊丧。《世说新语·文学篇》:"于法开始与支公争名,后情渐归支,意甚不分,遂遁迹剡下。遣弟子出都,语使过会稽。于时支公正讲《小品》。开戒弟子:'道林讲,比汝至,当在某品中。'因示语攻难数十番,云:'旧此中不可复通。'弟子如言诣支公。正值讲,因谨述开意,往反多时,林公遂屈,厉声曰:'君何足复受人寄载来!'"这一事件,既反映了当时般若学内部矛盾斗争的复杂性,也说明了般若学者的进取精神,般若学本身也就在这样的相互论争过程中不断完善。

般若学的"六家七宗"代表人物从各自不同角度提出看法,对般若"空"观作出自己的理解,由于它们都没有真正摆脱传统文化及其思维方式的影响,所以很难说哪家更正确、更接近般若的原意。但通过般若学"六家七宗"的讨论,不仅提高了佛教理论水平,而且还使固有的文化形态和思想方法得到改造，促进了南北朝时期佛教理论的进一步转变①。

<table>
<tr><th>六家</th><th>七宗</th><th>代表人物</th><th>年代</th><th>师从</th><th>活动地区</th></tr>
<tr><td rowspan="5">本无</td><td rowspan="2">本无异宗</td><td>竺潜</td><td>286—374</td><td>刘元真</td><td rowspan="2">建康、会稽、剡东（新昌）</td></tr>
<tr><td>竺法汰</td><td>320—387</td><td>道安（同学）</td></tr>
<tr><td rowspan="3">本无宗</td><td>道安</td><td>312—385</td><td></td><td rowspan="3">建康</td></tr>
<tr><td>僧睿</td><td>384—414</td><td></td></tr>
<tr><td>慧远</td><td>334—416</td><td></td></tr>
<tr><td>即色</td><td>即色宗</td><td>支道林
郗超</td><td>314—366</td><td></td><td>建康、长安、会稽、剡东（新昌）</td></tr>
<tr><td>识含</td><td>识含宗</td><td>于法开
于法威</td><td>306—365</td><td>于法兰</td><td>会稽、剡东（新昌）</td></tr>
<tr><td>幻化</td><td>幻化宗</td><td>竺道壹</td><td>330—401</td><td>竺法汰</td><td>建康、会稽、剡东（新昌）</td></tr>
<tr><td rowspan="3">心无</td><td rowspan="3">心无义宗</td><td>竺法蕴</td><td></td><td>竺潜</td><td rowspan="3">建康、长安、剡东（新昌）</td></tr>
<tr><td>道恒</td><td>345—417</td><td></td></tr>
<tr><td>支愍度</td><td></td><td></td></tr>
<tr><td>缘会</td><td>缘会宗</td><td>于道邃</td><td>305—335</td><td>于法兰</td><td>剡东（新昌）、始丰</td></tr>
</table>

南北朝时期，是中国自秦汉以后政局分裂持续最长的时期。也是中国佛教的第二个信仰高潮，因为东晋时期翻译出的佛经越来越多，讲席经论之风也越来越顺，不同的经师、论师各立门户，重视师传，形成了不同的佛教学派，并由此产生了教内不同与教外不同的观点争论，东晋以来流行的般若学，宣扬万事万物皆空，教人不要执着，

①潘桂明《般若学六家七宗述论》，《佛学研究》2003 年第 18 期。

强调离开执着是佛教的根本出发点,这种学说与中国固有的儒家与道家根深蒂固的理论思维,并不合拍。在这种情况下,当时的佛教学者就以此建立成佛的主体性,与当时的“夷夏之争”和“神灭神不灭之争”,推动了佛教进一步向中国固有的理论思想、观念的靠拢,宣扬人人都有佛性。通过修持可以求得死后成佛的学说,也更符合深受战乱痛苦的广大人民的迫切愿望①,弥勒信仰也随之在中华大地上遍地开花,江南地区的人民信仰弥勒也一时盛行,在这种情况下,南北朝时期佛教的学风方法和思想的重心都发生了变化,讲席经论的风气代替了东晋时期的清谈,深研经义、自立门户、创建学派成为当时一种佛学界的社会时尚。佛教学者的兴趣转向探求成佛的主体性,这标志着中国佛教理论由探讨宇宙论和本体论,向着探究人类本体和人类本质的历史性转变。

中国化佛教的理论是在隋唐时期得以创造的,该时期的帝王大多数是信佛教的,这也是佛教在中国的盛行时期。佛教的传播也靠佛教典籍的翻译,此时已有很多的佛教典籍被翻译,这是佛教中国化的理论基础②。当时的经济繁荣、政治统一,使中国的传统文化互相渗透、融合,佛教在此期间得到巨大的发展③。

佛教理论中国化在剡东(新昌)发祥,并在这一带佛教中国化影响下诞生了中国化的佛教——天台宗,创始人智顗(智者大师),誉称东土释迦,住在浙江天台山,多次到石城山并圆寂于石城山弥勒石佛前,灌顶撰《隋天台智者大师别传》:“石城是天台西门,大佛是当来灵像,处所既好,宜最后用心。衣钵道具分满两分,一分奉弥勒,一分

①方立天《中国佛教哲学的历史演变》,《历史研究》1992年第3期。

②狄远帆《浅析佛教成功中国化的原因及对马克思主义中国化的借鉴意义》,《文存阅刊》2018年第15期。

③释心悟《天台宗的创立初探》,《法音》2019年第12期。

充羯磨，语已右胁西向而卧，专称弥陀般若观音。”佛教中国化之后，天台宗集合了南北各家义学以及禅观之说，结合古印度传来的思想，重新进行整理，慢慢形成了新的佛教思想体系。以五时八教为总纲，以一心三观、三谛圆融为中心思想①，确立“止观并重，定慧双修”之法，天台宗的创立标志着中国化佛教的诞生。

石城山，是天姥山余脉②，是佛教天台宗的祖庭之一。公元 804 年，佛教天台宗东传日本后，成为日本佛教天台宗。信佛僧徒之多，曾是日本佛教十二宗派之首，有 15000 座寺庙，800 万佛教僧徒，影响深远。1200 多年来，日本僧众不忘佛宗祖地，朝圣剡东（新昌）。当代，自从日本前首相田中角荣首次访华，重开中日佛教界友好交往的大门后，日方僧徒寻根访祖，几乎每年均来新昌礼拜弥勒。其中最突出的有三代高龄座主，先后远道赴新昌朝圣礼祭。

（三）佛教造像中国化：石城弥勒

佛庙和佛像在佛教传入中国后，稍迟一些时间出现，石窟寺是佛庙的一种，它的开凿更应在佛庙、佛像经过一个时期发展后才出现，石窟原是佛教徒所谓的清修禅定（坐禅）之所，是小乘教徒依靠佛力求得解脱的主要功课，禅定的目的是追求超脱生死轮回的涅盘境界，使精神专注一致。依靠坐禅可以达到“谛观像好、人佛合一”的境界，所以专门选山间水边人迹罕至之处设石窟。为方便浅修者修行时思念佛像，就在打坐修行前礼拜佛像、观看佛像，所以就在石窟附近开凿石佛、建立佛庙③。

①李四龙《智顗“三谛圆融”的学术分析》，《宗教学研究》2001 年第 2 期。

②徐跃龙《天姥山考论》，《浙江社会科学》2017 年第 4 期。

③宿白《中国佛教石窟寺遗迹：3 至 8 世纪中国佛教考古学》，文物出版社，2010 年，第 7 页。

石窟佛像的建造与佛教密切相关,佛像虽是实体,但一直被人们视为精神寄托之处,佛像中国化,是佛教中国化的一种真实体现。我国石窟历史,历来的说法是自公元200余年产生的第一座石窟寺——新疆克孜尔千佛洞,至公元366年莫高窟开凿之间,而这被"中断"了一个半世纪的石窟历史由剡东(新昌)来衔接,随后麦积山、炳灵寺、云冈、龙门等渐次建造和发展,中国的山川众多、江河纵横,受所在自然地理和人文社会的影响,中国佛教造像是从线上的两端先发展,即西起新疆克孜尔,次起于东海之滨的剡东(新昌),再由西向东、北上南下发展,是各自相对独立而又前后影响的。

剡东(新昌)石窟,从竺潜在东岇山水帘洞创立本无异宗、昙光在石城山创立隐岳寺面壁习禅,经历了一千六百多年的风风雨雨,特别在南北朝时期石城山建造的元化寺和石城寺两处石窟佛像,保存基本完好。元化寺内的1075尊石佛,秩序井然地排列在石壁上,虽残犹珍,已被收录于《中国百科全书·美术卷》和《世界美术大全·南北朝卷》;石城寺内的石弥勒佛,端坐在窟壁中央,梁代著名文学理论家刘勰《梁建安王造剡山石城寺石像碑》:"鸿姿巨相,兴我皇时,自非君王愿力之至,如来道应之深,岂能成不世之宝,建无等之业哉!"对它作了很高的评价,两处遗迹被国务院列入第七批全国重点文物保护单位,当代人将浙江新昌石城山石窟艺术称为"越国敦煌",是继甘肃敦煌莫高窟、甘肃天水麦积山石窟、山西大同云冈石窟、河南洛阳龙门石窟之后的第五大石窟艺术瑰宝。

南北朝时期,中国境内的佛教造像大体可分为三种风格:敦煌、新疆诸石窟的西域风格,云冈、龙门等为代表的北方风格(中原风格),南京栖霞山、新昌石城寺为代表的南朝风格。总的看来,西域和北方的两种风格比较接近,北方风格明显受到西域风格的影响。而南朝风格与前两者完全不同,是中国化的风格,这种风格的造像,在敦煌石窟一直到隋代才出现。敦煌隋代石窟造像即是头大身短,这一点就足以说明两地佛教文化的关系。南北朝时期，北方佛教重实践，南方佛教重理论。南朝佛教兴造像之风，显然是受到了西域佛教和中国北方佛教的影响，盖西域及北方僧人南行所致。南朝造像坚持本土风格，排斥“胡风”，反过来又影响到中原北方和西域的造像风格。

据剡西《戴氏宗谱》载：“戴逵居剡山，其孙历五世。戴逵生二子：勃、颙。戴颙无子，生一女，适张邵子。长子勃，生一子名朔。朔生贤友、贤初、盛、铣。贤友迁钱唐（今杭州市），盛、铣入仕未归。盛生德，铣生圣。德生仲逊、仲春，圣生仲谋、仲圭，仲春、仲谋居剡山。”位于石城寺的石窟弥勒，由僧护始凿于齐永明四年（486），“削成青壁，疏凿有年，仅成面璞”。僧护和戴颙侄戴朔、侄孙贤初等是同时代人，青少年时代有可能见过戴颙，石窟弥勒开凿头像时，僧护已是晚年，离戴逵去世 90 年，戴颙去世 45 年，相去不远，后僧淑继之，直至梁天监十五年（516），由僧祐告竣。历时 30 年，谓之“三生圣迹”。僧祐在戴颙逝世四年后出生，由邑人始凿，头像汉人化，视感咫尺应身，兼有夹纻妆銮术，可明显感知二戴工艺的存在。我们从剡东（新昌）石窟弥勒佛像的造型中，可以深切地体会到中国化的成果。

弥勒图像源自古印度，在汉译经典中“弥勒”也译为“慈氏”，是梵文 Maitreya 的音译名。现存汉文记载最早的佛教经典《中阿含经》卷一三《说本经》“佛告诸比丘。未来久远人寿八万岁时，当有佛，名弥勒如来”，称弥勒为未来佛，即弥勒是释迦授记的“一生补处菩萨”，将于未来承释迦正统成佛。与弥勒相关的艺术题材有弥勒上生兜率天菩萨，并为天人说法；弥勒兜率天下生阎浮提，出家、修道、悟道、成佛，龙华三会度众生说法，弥勒决疑等。其中弥勒菩萨示现于兜率天说法，常与佛涅盘形成固定的造像组合，是犍陀罗佛教艺术中常规的圣像设计。从形象上看，此时的弥勒菩萨多为面生八字须的男性，佩平项圈、长项链，戴耳饰、手镯等装饰物，可能模仿了当时上层权贵的装扮。动作有半跏思惟形,站立手持净瓶或结跏趺坐,右手屈举于胸前施无畏印,左手置于腿上,手指夹提净瓶,交脚而坐,手作转法轮印①。

佛教传入中国后,如莫高窟第275窟的主像,形象及画法都有很浓的异域色彩。但炳灵寺第169窟第6龛的弥勒菩萨,形象虽为承自犍陀罗的站立手持净瓶,但画法为中国传统的线描平涂色彩技法,体现了佛教遗存的本土化。此外还有出土于武威、敦煌等地的14座北凉石塔,其中12座完整石塔均为七佛一弥勒菩萨造像绕塔分布,表现了敦煌民间基于功利性需求的杂密信仰,希望借造塔供奉得七佛保佑,借弥勒托生净土。除此之外,塔上还刻有道教的八卦,可见佛教传入初期与道教方术的杂糅。捐建石塔的多为平民,其造塔目的大多为报父母之恩,并祈愿自己及亲人成佛,可以说是出于儒家之孝道,完全不同于印度。可见此时弥勒形象代表的弥勒信仰已不全是宗教信仰,还有从功利需求出发的世俗化特点。略早于石城弥勒的北魏云冈石佛,虽按文成帝面相雕刻,甚至把脸上的两个黑痣都点上了,但又不全像汉人,有西国佛像的艺术痕迹。

353年,昙猷在敦煌建了第一个窟(今第489窟),用以修习禅定,但一直没人响应;加上位置可能不太显眼,并没有引起人们的关注,但却作为历史事实记录在案并流传后世;不久,昙猷离开敦煌来到江左,在这里从事他一生的佛教事业。十几年后的366年,乐傅和尚在莫高窟崖面架空凿岩创建佛龛,随之法良禅师步其后尘,崖面上形成了石窟群,所以人们习惯上将乐傅和尚开窟作为莫高窟创建伊始。新昌弥勒大佛造像于486年开建至516年建成,于法兰的弟子于道邃也是敦煌僧人,很可能在一定程度上受到了昙猷及敦煌僧人的影响,大佛的

①高雅婕《浅谈佛教遗存中弥勒形象演变体现的佛教中国化》,《文物鉴定与鉴赏》2019年第5期。

造型和艺术风格，对敦煌隋代石窟造像的影响十分明显。

南北朝弥勒信仰流行，此时除《弥勒下生成佛经》外《弥勒六经》业已翻译完毕，奠定了“上生”“下生”信仰的基础，并推动了造像风潮，“立其像，可在命终时来迎其人，须臾得往生”，利用了信徒对转世到弥勒净土的渴望。考古发现的此时期弥勒形象可分为两大类：一类为菩萨装弥勒，头戴宝冠、项戴璎珞、呈交脚而坐的交脚弥勒像，或以手支颐的半跏思惟像，多见于北朝，如龙门石窟的35尊弥勒像大多为交脚弥勒菩萨，反映了对弥勒“上生”信仰的重视，响应北方重禅修的风尚，希望“往兜率咨弥勒”，求得弥勒菩萨说法决疑；另一类为佛装弥勒，头梳螺髻，多为站姿或结跏趺坐，还新出现了倚坐之姿，如南京栖霞山和新昌石城寺，表现了弥勒“下生”信仰的流行，多见于南朝，反映了人们对弥勒下生成佛后世界安宁的向往。李裕群先生指出倚坐之姿并不见于弥勒经典，作为弥勒特有的坐姿始于何时，是否与法显“持龙华图，首创此制”有关，目前还不确定。除了佛像形态，佛像的服装也由印度式通肩披或右袒式大衣变为中国式的褒衣博带，面容的刻画逐渐趋向本土化，讲求秀骨清相，不再深目高鼻，眉眼更加柔和，也没有了犍陀罗式的八字胡，是佛教中国化在弥勒形象上的体现。

到了公元5、6世纪的南北朝时期，佛教正处于像法时期，江南地区的人民信仰弥勒佛像一时得到盛行①。当时，主要供奉弥勒佛像的龙华寺声名远播，在当时深受人民的爱戴，龙华寺在江南一带也得到很好的发展。与之相应，龙华会亦风靡一时。僧祐著《出三藏记集》就录有周颙撰《宋明皇帝初造龙华誓愿文》《京师诸邑造弥勒像三会记》《齐竟陵文宣王龙华会记》，表明龙华会得到了南朝统治者的推崇，并在民间流行开来。之后龙华寺得到当时南朝统治者的推

①马世长《中国佛教石窟考古概要》，文物出版社，1993年，第100页。

崇,就开始在民间进行流传。相传弥勒佛得到传播主要与东晋的法显有关,郦道元《水经注》卷二五《泗水》条载:彭城“泗水西有龙华寺,是沙门释法显远出西域,浮海东还,持龙华图,首创此制,法流中夏,自法显始也。其所持天竺二石,仍在南陆东基堪中,其石尚光洁可爱”。

沙门释法显手执龙华图远出西域,并流传到当时的中夏,开始在华夏得到传播。龙华图指的是弥勒佛在龙华园龙华树林下得道,并有三会众生的图像。有关弥勒像事迹的记载,南朝所记载的文献多,但是能够真正得以留存下来的实物却不多。如今在江南地区,只有两处有弥勒佛像留下的实物,一是位于剡东(新昌)石城山,二是位于江苏南京栖霞山。相比于江南地区,四川地区的弥勒佛像有比较多的实例。

江南地区信仰弥勒佛是有社会基础的,在南朝时期,曾有面相像弥勒佛的东阳傅大士出现过,这是与当时的社会历史背景相关的。其生平见于《东阳双林傅大士碑》《辩正论》《续高僧传》《善慧大士录》《佛祖统纪》等诸多文献,傅大士以一生补处的弥勒自居。《东阳双林傅大士碑》载,“东阳郡乌伤县双林寺傅大士者,即其县人也……自叙元系,则云:补处菩萨。仰嗣释迦法王真子,是号弥勒。虽三会济济,华林之道未孚;千尺岩岩,穰佉之化犹远。但分身世界,济度群生。机有殊源,应无恒质。自叙因缘,弥勒菩萨亦有五百身在阎浮提,种种示现,利益众生”,“其外人所见者,拳握之内,或吐异香。胸臆之间,乍表金色……法琳《辩正论》卷三亦记:‘梁东阳郡乌伤县双林寺傅大士,常转法轮,绍隆尊位。分身世界,济度群生。或胸臆之间,乍表金色。拳握之内,时吐异香。或现身长丈余,臂过于膝,脚长二尺,指长五寸。两目分明,双瞳照耀。颜貌端严,有大人之相。’”《高僧传》卷一三《僧护法》载:“夜中忽当万字处,色赤而隆起。今像胸万字处,犹不施金镈,而赤色在焉。”如此瑞迹与傅大士“胸臆之间,乍表金色”何其相似也。东阳乌场人慧约仰慕剡东(新昌)一带佛教理论研究及弥勒大像之建造出家,可知当时剡东(新昌)佛事在南北朝时期的影响力很大,《续高僧传》:“彼乃举手东指云:‘剡中佛事甚盛。’因乃不见。方悟神人。至年十二始游于剡。遍礼塔庙,肆意山川。远会素心,多究经典。”

当时傅大士以弥勒自称,并积极进行传法,但一开始并不顺利。当时的太守认为傅大士传法是妖法,是不正当的,并且将其抓回来坐牢。直到傅大士逃出牢房,逃进山林之中,开始悟道。在傅大士成道的当天,据说有当代的释迦到场护法。之后被太守抓住,傅大士因拒不进食,官家只好把他放了,傅大士进山修行后,其佛法与日剧增。经历了牢狱之灾后,傅大士公开以弥勒从兜率宫下生说法的面貌出现,广延信徒。傅大士开始收信徒,信徒拜师时要向傅大士礼拜,傅大士告诉信徒,“汝莫礼我,但礼殿中佛,即我形像”,傅大士明确表示殿中佛像即是他的形像,也就是弥勒下生的形象。在《东阳双林寺傅大士碑》中记载,傅大士身高一丈多,脚长二尺,手指长五寸多,并且双眼可以放出金色的光芒。当世的人对傅大士有一点夸张的说法,但可以看得出来这是当时人们对于弥勒佛像的认识,这与当时石城山的弥勒佛大像具有同样的效果。因此,傅大士很可能利用了石城弥勒大像的灵异效应证明其为弥勒应身,吸引广大信徒。

而后,弥勒诸形象均转变为布袋弥勒,学界一般皆以唐末五代“布袋和尚”契此为依据。弥勒形象转变为布袋弥勒是基于儒、释、道三教合流及世俗文化的发展,其形象及出处还体现了禅宗的影响,代表了佛教的进一步世俗化、中国化,除了见于石窟造像,布袋弥勒形象还广见于民间艺术作品、民间供奉小像、吉祥配饰等。大肚能容,头圆耳垂,布袋表示生活富足,与童子组合甚至还代表了对生育繁衍的重视。这与最初传自印度的弥勒之象征迥然不同,是中国人思想、观念与心理的物化,是佛教中国化、世俗化的体现。

从犍陀罗风的弥勒菩萨示现于兜率天说法,到南北朝自行选择分化菩萨装弥勒与佛装弥勒,再到唐代倚坐弥勒佛的盛行,最后到唐末五代变为世俗化的布袋弥勒,佛教中国化始终是弥勒形象变化的内因,因此,佛教造像的中国化也是佛教中国化的外在表现。

三、总结

总而言之,佛教作为外来的宗教,在传入中国的初期,在传播上遇到了困难。以剡东(新昌)为例可以看出,佛教在中国化过程中,与当时的儒家、玄学、道家等思想及世俗传统文化相互影响、相互融合,僧人、理论及造像等方面发生了标志性变化,影响了中国化佛教的演进,其流风遗韵吸引了大唐三百年间461名诗人留下1500多首诗歌,形成了浙东唐诗之路。可以说,剡东(新昌)是佛教中国化的发祥地。国家主席习近平2014年3月27日在巴黎联合国教科文组织总部发表演讲:“佛教产生于古代印度,但传入中国后,经过长期演化,佛教同中国儒家文化和道家文化融合发展,最终形成了具有中国特色的佛教文化,给中国人的宗教信仰、哲学观念、文学艺术、礼仪习俗等留下了深刻影响……中国人根据中华文化发展了佛教思想,形成了独特的佛教理论,而且使佛教从中国传播到了日本、韩国、东南亚等地。”①1000多年来,佛教的中国化在促进社会和谐、促进文化繁荣、促进人的全面发展中作出了积极贡献,在新时代文化发展的背景下,中国化的佛教思想是我国中华文化发展之大成,有着与中国国情、中华文化、社会主义社会相适宜的宝贵经验,其宏博、慈爱、平等、共富的文化内涵有利于助推社会前进,对不断推进马克思主义的中国化有着重要启示。

(作者单位:中国唐诗之路研究会)

---

①习近平《文明交流互鉴是推动人类文明进步和世界和平发展的重要动力》,《求是》2019年第9期。

诗路学术史

浙东唐诗之路研究状况综述

俞晓军

浙东唐诗之路发展到今天,历经“滋育期”“兴奋期”“社会影响期”①三个阶段,一直受到中国唐代文学学会的关注。1988 年,竺岳兵明确提出“剡溪是一条唐诗之路”,同年举办了浙东旅游资源考察会。1990 年,参加“中国唐代文学学会年会暨国际学术研讨会”的傅璇琮、郁贤皓、周勋初等 23 位海内外学者首倡研究、利用唐诗之路。1993 年夏,中国唐代文学学会对它作了专题论证,并行文命名为“浙东唐诗之路”,成为中国文学研究史上的一个专用名词。

自 1988 年迄今,已过去了 30 余年,在此期间,浙东唐诗之路研究状况怎样? 这是学术界很多人关心的问题。现分基本情况和学术研究成果两部分做粗略汇报,其中学术成果部分共分为八个小节,以飨诸位学者的关心和支持。

一、基本情况

(一)浙东唐诗之路的定义和三要素

1991 年,竺岳兵在“中国首届唐宋诗词暨国际学术讨论会”上宣

①浙江省政协文化文史和学习委员会编《70 年 · 70 人——庆祝中华人民共和国人民政协 70 华诞史料专辑》,浙江人民出版社,2019 年,第 430 页。

读了《剡溪——唐诗之路》论文,其定义是:“所谓‘唐诗之路’,是指对唐诗特色的形成,起了载体作用的,具有代表性的一条道路。”①后来,竺岳兵在许多文章里对唐诗之路的定义作了具体的阐释。他指出唐诗之路有两层含义:

第一层是表层含义。唐诗之路包括干线与支线,干线是从杭州钱塘江开始,经杭州萧山西兴,再过柯桥、绍兴、上虞、嵊州、新昌、天台、临海、温岭、温州,和从上虞经余姚、奉化、宁波到舟山出东海在浙东范围内的全长600公里的唐诗之路。支线是沿永嘉、仙居、丽水、缙云、婺州、建德约400公里的路线。

第二层是深层含义。唐诗之路的“路”,就像我们平常说的“思想路线”“政治路线”“组织路线”那样的“路”,是人脑对客观事物进行归纳、概括和反映过程的“路”。“思想路线”“政治路线”等与唐诗之路同属思路范畴。不同的是,“思想路线”“政治路线”等是抽象思维的“思路”,唐诗之路则是形象思维的“思路”,是诗人凭借浙东山水和人文底蕴,通过想象、联想和幻想,形成审美意象,进行概括和集中,结合诗人自己的思想情感而喷发为诗的过程。这个过程,就是形象思维的过程。形象思维遵循包括抽象思维在内的认识的一般规律,但形象思维又有其特殊规律:必须通过特殊的个体去显现它的一般意蕴,因此形象思维不能脱离具体的形象,不能抛弃事物的形态。

根据这一定义,则这条道路由以下三个要素构成:范围的确定性,形态的多样性,文化的继承性。“三要素”中的任何一项,都不能单独形成或构成唐诗之路。竺岳兵在《剡溪——唐诗之路》一文中对

①南京师范大学中文系编《中国首届唐宋诗词国际学术讨论会论文集》,江苏教育出版社,1994年,第220页。

“三要素”作了详细的阐述，得出“剡溪是一条‘唐诗之路’”的结论①。

（二）文化底蕴

唐诗之路的形成背景，除了秀丽的山水外，主要是东晋以来文士们在浙东一带积累起来的大量文化底蕴。突出的有山水诗的滋生、佛教的中国化、天台宗的诞生、道教上清派的滋生、书法艺术的圣地、山水画的源头、土文化的诞生地。这些文化底蕴，使浙东这一区域的山水富寓哲理而驰名天下，从而吸引了大批诗人来浙东。一言以蔽之，唐诗之路的七大文化底蕴，是唐诗之路形成的最主要的原因。

关于唐诗之路的文化底蕴，中国唐代文学学会在 1993 年写给新昌浙东唐诗之路研究社的贺信中有过精确的论述。贺辞说：“浙东，自晋代起，渐成为人文荟萃之地，源远流长的山水诗在此滋生，与之有联带关系的书法、绘画以及宗教等，也在这一地域达到鼎盛。唐以降，许多‘壮游’的文人、失意的诗人以及‘宦游’的官吏在浙东一带流连忘返，吟咏不绝，使浙东一带再次成为唐诗发展中一个特异的地区。对于这一人文现象，‘唐诗之路’是一个形象、具体而科学的概括和归纳。”这是十分中肯的评语。

从唐诗之路的定义和上面这一提示来看，其有七大文化底蕴：

（1）以中国山水诗奠基人谢灵运为代表的山水诗发祥地。

关于谢灵运世居剡溪的事迹，有金午江、金向银的著作《谢灵运山居赋诗文考释》，作者运用现代科技，结合对谢的诗文释义和交友的情况，对《山居赋》所述的庄园范围，以及房屋、道路、田园、植物、寺院等，作了详备的考证，确定了谢灵运山居之所在，从而为谢灵运山

①南京师范大学中文系编《中国首届唐宋诗词国际学术讨论会论文集》，江苏教育出版社，1994 年，第 233 页。

水诗研究提供了较为坚实的基础。另有郁贤皓《唐代诗人与剡中风光》、胡正武《唐诗之路的人文与自然景观》、周寅宾《论方干的浙江山水诗》、陶敏《唐诗中的"天姥"》、葛晓音《山水诗与盛唐气象》、詹福瑞《李白诗中的"自然"意识》等分别对谢灵运及其山水诗有较为深入的研究。

(2)以佛教般若学"六家七宗"为代表的佛教中国化时期佛学修行者的中心地。

姜光斗《论唐代浙东的僧诗》对十七位浙东诗僧行事、作品内容、作品特色及其形成原因作了全面而深入的论述。这十七位浙东诗僧都是东晋"般若学"盛行时期的主要高僧。

(3)在中国佛教盛行时期,中国第一个佛教宗派天台宗的诞生地。

陈耀东《征引、拟作、赓和寒山子诗"热"考》从多方面考察了浙东诗僧寒山子在我国历史上的地位和影响。

(4)以天姥山(天姥即王母)为中心的道教巩固充实时期的中心地。

竺岳兵的《剡溪——唐诗之路》《新昌三绝·新昌是佛学流行时期的中心地》,都引用佛学权威研究家的学术成果,反复论证唐诗之路在佛学史上的重要地位。"天姥山"的文化内涵与唐代文学研究颇为密切,但何谓天姥,却是众说纷纭。竺岳兵的《天姥山得名考辨》,详征博引,正本清源,得出了"天姥即王母"的结论。这项研究成果,不但解开了李白等许多唐代诗人何以钟情天姥的秘密,也说明浙东曾在道教巩固、充实时期占中心地位。日本加藤国安教授的《李白之天台山·天姥山之诗》(一)、(二)两篇论文,分析宫廷放逐后的李白与唐诗之路"天台山""天姥山"的关系。

(5)以王羲之为代表的中国书法艺术的圣地。

被称为书圣的王羲之中老年居会稽,这是不争的事实。作为中华文化艺术的根基,即书法艺术和书道文化,与唐诗之路更为紧密。罗宗强在《玄学与魏晋士人心态》中有过精辟的描述。

(6)中国山水画的源头。

中国山水画历来说“是起于唐,成于宋,而备于元的”①。然据南朝《宋书·州郡志》记载:刘宋元嘉年间(424—453)朝廷派画师“状天姥于团扇”,它应该是中国第一幅山水画。这方面的专论有李建国、陈建华《中国山水画的缘起与魏晋玄学》。而据唐张彦远《历代名画记》记载,长期隐居剡中的戴逵,作有《吴中溪山邑居图》,这为唐诗之路发掘了新的资料,作出了新的论证。

(7)以谢安为中心的士文化的中心地。

罗宗强的《浙东——士族文化的滋生地》,把士族文化定格在“东晋中期以后,它便存在士文化的传统里,不断地在各个方面表现出来”②。而“东山再起”的谢安,可谓是千百年来知识分子的偶像。这方面的文章还有陈秋强的《浙东唐诗之路的发祥地——上虞》。

此外,论述唐诗之路文化底蕴方面的还有神话传说:吕洪年《情思何所寄,山川一缕魂》《论天姥山得名的神话轨迹》《山水风景的艺术丰碑——论“唐诗之路”新昌境内的山水传说》,详述了浙东山水传说的审美价值和它对唐诗之路的意义。

还有“茶道文化”,徐建成的《浙东唐诗之路与禅茶东传之路的灵魂对接——智慧的墨迹》,探究日本茶道推崇“禅宗墨秽”,为茶席中第一佳物的原因,提出了关于浙东禅茶文化演化、嬗变与精神实质的一些新观点。文中指出,中日两国文化上存在的落差恰恰实现了浙东唐诗之路与禅茶东传之路的灵魂对接。

---

①李庚编《李可染水墨山水写生画集》,人民美术出版社,1959年,第2页。

②竺岳兵《唐诗之路综论》,中国文史出版社,2003年,第25页。

(三)浙东唐诗之路研究社的学术交流

1991年,竺岳兵创建“新昌县唐诗之路研究开发社”,即今新昌浙东唐诗之路研究社,研究社以团结天下仁人志士、弘扬民族文化为宗旨,以浙江东部地区的人文、历史为主要研究对象。研究社的名誉会员,均是来自全国各地高等院校和研究机构的文史学者,在国内外享有相当高的声誉。研究社举办了13次国际国内学术会议,其中会议代表人数最多的一次是有120位学者参加的“中国唐代文学学会第七届年会暨唐代文学国际学术讨论会”,学者最多的一次是有9个国家和港、澳、台学者参加的“‘李白与天姥’国际学术研讨会暨中国李白研究会特别会议”。

正是在浙东唐诗之路研究社的努力下和唐诗之路学术研讨会的宣传之下,罗联添、罗宗涛、杨承祖、李丰楙、林伯谦和王国良、朱国能、蔡瑜、邝健行、王晋光、李锐清和澳门施议对等数十位港澳台学者,松浦友久、寺尾刚、道坂昭光、入谷仙介、西村富美子、芳村弘道、横山弘、市川桃子、喜多佳山、下定雅弘、柳晟俊、金周汉、吴允淑等数十位日韩学者,还有马来西亚、新加坡、德国、加拿大、俄罗斯、美国等国的诸位学者,或撰论文发表,或自费亲履考察浙东唐诗之路,为促进浙东唐诗之路走向世界作出了贡献!

二、学术研究成果

关于唐诗之路的专著,主要出自浙东唐诗之路研究社,其中有竺岳兵的《唐诗之路唐代诗人行迹考》《唐诗之路唐诗总集》《唐诗之路综论》(中国文史出版社2003年)等六部;竺岳兵、李招红编一部,竺岳兵、俞晓军编一部,竺岳兵《浙东唐诗之路》一部,《天姥山研究》〔中国国学出版社(香港)2008年〕一部,另外还有绍兴文理学院邹志方《浙东唐诗之路(诗选)》(浙江古籍出版社 1995 年)一部,台州学院教授胡正武《浙东唐诗之路与隐逸文化》《浙东唐诗之路论集》各一部,安祖朝编注《天台山唐诗总集》(浙江古籍出版社 2018 年),徐永恩《司马承祯与天台山》(上海古籍出版社 2019 年),高利华《越文化与唐宋文学》(人民出版社 2008 年),高利华等《越文学艺术论》(人民出版社 2011 年),相当的章节也是论浙东唐诗之路的。

关于浙东唐诗之路省级以上科研课题,有浙江大学胡可先教授和中国计量大学邱高兴教授领衔的浙江省重大项目。另外,中国计量大学房瑞丽老师有教育部项目。中国计量大学、浙江师范大学、台州学院、绍兴文理学院等院校设有唐诗之路的专门研究机构,新昌有唐诗之路研究社和唐诗之路研究中心。

关于唐诗之路的论文,我们通过多种方法搜集(含网络搜索),所显示结果很不一致,经过逐篇鉴别,共有 300 多篇专论文章,其中国外的约有 20 多篇,其他纸质媒体介绍、报道唐诗之路的文章,有数千篇。

这些专著、课题和论文,从内容上,可以分为以下八类:

(一)文化渊源探讨

探究唐诗之路文化渊源方面的论文,有竺岳兵的《剡溪——唐诗之路》,胡正武的《魏晋风流对唐诗之路的先导作用简说》,钱茂竹《试论"唐诗之路"的历史渊源》,张关卣、周云正《论谢安"东山再起"与"浙东唐诗之路"的历史渊源》,余恕诚《剡溪访戴典故在李白笔下——兼谈盛唐诗人对于魏晋风度的接受》等二十多篇论文,陆晓冬《浙东唐诗之路形成的社会经济动因浅析》、胡正武《唐诗之路与政治因素之关系》、楼劲《六朝浙东人文与"浙东唐诗之路"》,从不同角度,追本溯源地分析了浙东地区的文化现象,通过对浙东唐诗之路的背景研究,探讨论证了浙东唐诗之路形成的诸多渊源,主要包括:浙东区域文化优势——具有河姆渡文化、舜禹传说、越国文化、谢安文化等历史文化底蕴,浙东区域物华天宝,儒释道盛行,风景秀丽异于北方,稳定和平的社会环境和富裕的经济水平、发达的交通条件以及寻访会籍文人集团先贤足迹等,说明形成浙东唐诗之路有其必然的规律。对于唐诗之路的文化渊源,一部分文章证实了竺岳兵所提的七大文化底蕴,另一部分则从新的角度提出了新的看法,通过学界众人的探索和挖掘,已经有了基本的共识。

(二)特色研究

浙东唐诗之路的唐诗特色是什么?这是学术界较为关注的问题。胡正武在台州社科讲堂《隐士道士与浙东唐诗之路》中说:"特别是晋宋以来谢安、王羲之等人的逍遥林泉,致使文人向往浙东山水风光,隐逸风气形成传统,客观上为山水文学发展创造了良好的条件。"

隐士文化是唐诗之路最具特色的文化现象之一,所谓隐士,并不是把自己藏起来不见人,而是如《庄子·缮性》所言:"隐,故不自隐。古之所谓隐士者,非伏其身而弗见也。"唐诗之路上的隐士,包括两类,一类是居住于浙东一隅,耕读自娱的诗人,另一类则是僧道,这类人在魏晋时期称为僧隐。僧人和道士也是隐居不仕的读书人。他们的旨趣和对社会的态度,与通常说的"隐士"是一样的。他们中的很多高僧,都是哲学家。尽管他们所追求的目标与一般意义上的"隐士"有所不同,但都是民族历史上各种思想文化、观念形态的总体表征。

与唐诗之路相关的隐士及隐所,有王维隐居若耶溪、司马承祯隐居桐柏宫、方干隐居镜湖、灵一隐居云门,寒山、拾得隐居天台山,对于隐士与唐诗之路的关系的理解,是(寒山、拾得)对生命本真的探寻、物我灵性的相互生发。

最能说明浙东唐诗之路隐逸文化特色的是李白的《梦游天姥吟留别》。竺岳兵在《〈梦游天姥吟留别〉诗旨新解》中论述这首诗的诗旨时,从《南陵别儿童入京》分析起,写到《翰林院读书言怀》,到大胆地喊出"安能摧眉折腰事权贵,使我不得开心颜"的心路历程,说明隐士文化是有觉悟知识分子在远离宫廷、身处林泉的文化,是与宫廷相对抗的文化。过去论者往往以天姥山的高峻为仙国景象,众人皆慕仙佛而来朝拜天姥山,其实不然,薛天纬的《天姥山的文化高度》,言简意赅:山不在高,而在其文化内涵。在天姥山,李白催生了不事权贵的豪气,这种豪气,一方面是李白本身经历所致,另一方面,也是由于唐诗之路上的众多著名隐士感染了他,前有王羲之和谢安,后有司马承祯和寒山、拾得。

(三)诗人行迹

考证唐代诗人行迹,是研究浙东唐诗之路的重要基础之一。竺岳兵《唐诗之路唐代诗人行迹考》,是考述唐代诗人在唐诗之路上的行迹的一部专著,引用的书共一百多种,考证出451位唐代诗人在浙东的行踪。其中有61位唐代诗人是发前人之未发,是唐诗之路诗人行迹的集大成者。郁贤皓教授在《序》中评论说:"本书最显著的优点是富有发明和创造性。"对于李白在浙东的行踪,有竺岳兵的三入剡中、阎琦的四入剡中、王伯奇的五入剡中;而李招红的《李白终老剡中原因初探》,从李白晚年的心路和对李白诗的释义、交友着手,别开生面地论述李白有终老剡中之志。

这些年来关于这方面的论文有80多篇,取得了较大的成果。朱顺佐、陈荣昌的《骆宾王临海之行》,依诗追踪骆宾王的行迹;胡正武《顾况任新亭监的"新亭"究在何处》,均穷根溯源,拔新领异,显示出当代学者很高的诗学修养。而更多的是散见于其他论文中,论证唐代诗人在浙东的行迹。其实还有很多论述不以“唐诗之路”为题,却也与唐诗之路研究密切相关,甚至可以说就是唐诗之路研究。比如一些诗人一生相当多的时间游历于旅途,他们的大部分诗歌作品,就留在唐诗之路。研究他们的生活道路、创作道路,离不开对他们所游历的唐诗之路的研究。从骆宾王、沈佺期、宋之问、孟浩然、李白、杜甫,到韩愈、柳宗元、刘禹锡、元稹、白居易、李商隐,无不如此。就诗歌题材而言,唐代大量的山水诗、贬谪诗、宦游诗、赠别诗、思乡诗、边塞诗,甚至怀古咏史诗,很多都作于唐诗之路。唐诗之路沿线,各个地方,众多名山胜迹文化遗存,众多历史文化名人和丰厚的历史积淀。各个地方,对唐诗之路沿线地方文献的整理,对名山名水胜迹遗存文化内涵的发掘,对历代文化名人及其事迹的发掘、考证和研究,很多也属于唐诗之路研究。还有其他很多领域,都可以看到唐诗之路研究的成果。

诗人行迹,考查诗人的生平经历,对于研究诗人的思想和诗人作品的思想,均有重大的意义,这些研究,是唐代文学研究的有机组合体,更是对于挖掘地方历史文化、促进地方文化旅游具有重要的意义。

(四)比较研究

浙东是山水诗的滋生地,而作为山水诗鼻祖的谢灵运,也自然地成为研究家们进行纵向比较的对象。周寅宾《论方干的浙江山水诗》,把方干的山水诗与谢灵运的山水诗作比较,认为方诗既继承谢的“声色大开”的传统,而又胜于谢。佟培基的《方干诗考辨》,考订出他人误入方诗者 17 首,方诗误入他人集中 9 首。莫砺锋《论李杜对二谢山水诗的因革》,从李杜推重二谢的原因和二谢异同的分析入手,认为,李杜山水诗之差别自二谢之相异发展而来,又远胜二谢。于景祥的《谢灵运与唐代几个时期的诗人对浙江山水的不同反映》,

详实地阐述了不同的创作主体对同一题材的不同反映。有许多论文用横向比较方法进行研究，肖瑞峰则从日本汉籍中勾稽出大量的咏及剡溪这条唐诗之路的日本汉诗作品，进行多角度、多方位的观照，写就了他的《浙东唐诗之路与日本平安朝汉诗》；如韩国柳晟俊的《朝鲜郑斗卿诗之李白诗风考》，对朝鲜诗人郑斗卿和中国唐代李白的诗风进行了分析比较；陈尚铭教授《李白两咏“天姥”的比较研究》，认为同一个题材，由于诗人心境的不同而使创作的诗境不同，深刻地揭示了诗人的心态。《浙东唐诗之路·历史渊源下的本土文化景观分析——以台州市天台县为例》，从宗教文化景观、唐诗文化景观及和合文化景观三个层面进行分析比较，为本土文化景观资源的可持续发展提供了参照依据。所涉及研究众多，故不一一列举。

（五）跨学科之间的交流与研究

“唐诗之路”，不仅仅是一个文学课题，同时它还涉及了历史、地理、美术等多学科问题。傅璇琮先生在《传统与现实结合之新探索》一文中指出浙东唐诗之路的提出，的确很有意义。它首先是拓展了我们唐代文学研究的领域，并把唐诗与六朝遗风、山水胜景、社会民俗、佛道玄理、园林建筑、书画音乐等交融探索，从而显示浙东文化的特色。陈桥驿教授是著名的历史地理学家，似与唐诗无甚关系，但他在《我与唐诗》一文中，说他很多研究成果得益于唐诗。

唐诗之路构建了与建筑艺术、绘画艺术、书法艺术、戏曲艺术等方面的研究，与旅游、与经济、与茶艺茶道、与人的素质培养等方面的研究紧密地有机联系。如杨杭的《浅论“唐诗之路”诗歌与唐代浙东经济》，稽古博究，多有建树；胡正武《唐诗之路与浙东经济物产》、陆晓冬《浙东唐诗之路形成的社会经济动因浅析》，从经济层面对浙东唐诗之路的影响做了阐发；前述徐建成《浙东唐诗之路与禅茶东传之路的灵魂对接——智慧的墨迹》探究了唐诗之路与茶叶的关系。

近年来,更有学者将唐诗之路与语文教学相结合,开拓了新的思路。而对于改善学术界内"交而不流"的状况,俞晓军《李白〈梦游天姥吟留别〉教材改革的思考》,可谓是开河导流之作。在这方面的论文还有舒义平《研学旅行课程开发的实践省思——以"天姥山唐诗之路"课程为例》、周一贯《"浙东唐诗之路"与"浙派语文"》。

另外还有像《新媒体传播视角下的"浙东唐诗之路"图像传播研究》《遗产廊道视角下的唐诗之路遗产保护》等从新媒体、遗产保护角度对唐诗之路进行了另一角度的探讨。

唐诗之路已经进入了一个频繁的跨学科研究的时代,其内涵和外延正在逐步受到各界人士的重视,其魅力如同醇厚的美酒一样,飘香不断。

(六)唐诗之路路线的辐射

继"浙东唐诗之路"首倡之后迄今,发表有近30篇论文提出延长唐诗之路,1996年,浙江建德朱睦卿发表了《开发浙西"唐诗之路"》,文章说浙西唐诗之路,如果与浙东唐诗之路联手开发,其文化旅游价值恐怕不会亚于丝绸之路和陶瓷之路。接着,陈美荣发表《试论浙西唐诗之路》,还有舟山李国华提出"海上唐诗之路",另有学者提出应该把唐诗之路延伸到唐代的京都长安,李德辉《唐代两京驿道——真正的"唐诗之路"》、胡大浚《唐诗中的"丝路"之旅》,别开生面,提出了丝绸之路上的唐诗之路。日本石原纯生的《中国研修旅行报告·唐诗之旅》,则把唐诗之路扩展到了整个中国。另外还出现了水上唐诗之路、运河唐诗之路、江南唐诗之路等等关于唐诗之路线路不断扩大延展的文章。

2019年7月,由《光明日报》国学版与文学遗产版、甘肃省唐代文学学会、兰州大学文学院、兰州大学国学研究中心联合主办,兰州大学文学院、兰州大学国学研究中心共同承办的"陇右唐诗之路学术研讨会”,从不同侧面反映了唐诗之路对其它区域文化的辐射作用,也是对具有三要素的唐诗之路的影响之大。

(七)唐诗之路与文化旅游

随着旅游市场的日益成熟,文化旅游已步入到大众化发展阶段。文化旅游是以鉴赏异地传统文化、追寻文化名人遗踪或参加当地举办的各种文化活动为目的的旅游。寻求文化享受已成为当前旅游者的一种风尚。文化旅游是旅游产业的重要组成因素之一。因此,唐诗之路一经发现,唐诗之路与旅游之间的关系伴随而生,《光明日报》刊发的《一项文学研究,带起一方产业》的文章,对这一现象作了很好的描述和介绍。对此,傅先生在《浙东唐诗之路——一条极具遗产价值的文化之路》中作了又一次强调:“‘唐诗之路’是一条‘可促进传统文化与现代建设很好的结合’的、文化品位很高的人文旅游和风光旅游游线。”他“希望‘唐诗之路’尽快从学术研究层面转化为现实的人文旅游产品……使国内外游客和广大群众更真切地领受和欣赏唐诗的魅力,使唐诗更接近现实,走向世界”。这是非常肯确而切合事理的。

同时,关于探讨唐诗之路文化旅游也出现了很多,例如邹志方的《浙东唐诗之路(绍兴段)文化遗产的保护与旅游开发》,周少雄的《谈谈浙东唐诗之路的旅游开发》,邱德玉的《浙东“唐诗之路”剡溪山水文化旅游开发探析》,施加勇的《古文化积淀如何转化为旅游产品》,李跃军、汤蓉岚、林荫的《试论浙东唐诗之路文化体验式旅游开发》,翟文茜、李玲洁的《“浙东唐诗之路”旅游文化形象的建构与传播》《大花园建设背景下天姥山旅游文化挖掘及开发路径》等数十篇文章,这些文章指出了浙东唐诗之路旅游线旅游资源丰富、文化积淀厚重、文化景观突出,但旅游开发不尽如人意,从宏观或者微观的角度,从遗产保护、旅游开发、旅游价值和意义等方面探讨了唐诗之路文化旅游的种种可能。

唐诗之路的发现,给唐诗之路沿线地区的文化旅游起到了带动作用。早在 1993 年 7 月,浙东宁波、绍兴、舟山、台州四市地方政府制定区域经济发展和合作规划,明确提出发挥唐诗之路综合优势,促进旅游事业。此后,浙东各地大力开发以唐诗之路为主题的旅游。沿线各地还出现了许多以唐诗之路命名的旅馆、旅行社、茶馆、餐馆、工厂以及工商业产品。2018 年 1 月,浙江省十三届人大一次会议,浙江省省长袁家军在政府工作报告中指出,要抓好大花园建设,积极建设大运河、钱塘江、浙东、瓯江四条诗路文化带。此后,各市县都在做规划,搞开发和建设,各种唐诗之路研究会、智库等如雨后春笋般成立,举办各种研讨会和论坛,诗路文化建设在浙江如火如荼地开展起来。

(八)唐诗之路研究的希望

唐诗之路研究不是一两代人所能完成的,而是一项千秋工程。世事澌涣,自有定则,从它的提出到现在,当年的许多倡议者,现在已是暮年长者,包括竺岳兵在内的不少先行者已经仙逝。然而,有幸的是,唐诗之路,代有传人。2018 年,浙江省政府提出要"积极打造'浙东唐诗之路'",这里我们要搞清浙东文化的特质与内涵,更深刻地领会竺岳兵在《剡溪——唐诗之路》中提出的三要素。2006 年,时任浙江大学人文学院副院长、西泠印社副社长兼秘书长陈振濂就明确指出:"'唐诗之路'是孕育当代浙江精神的重要分母……给浙江文化带来了一种新的视角,这种视角丰富了今天的浙江精神,使其增加了多元化的味道。"①根据竺岳兵的考证,"只有全国 1/750 的浙东,却

①《钱江晚报》2006 年 4 月 25 日,第 2 版。

有唐代全部诗人的1/8来游弋讴歌”①。这些诗人“有特高的知名度”②,他们偏爱剡溪,“佳景殊胜固然是一个原因,但更重要的,是这里有着深厚的,具有不可替代的文化积淀,吸引着他们”③。

另外,唐诗之路往往是许多大学生毕业论文的重要选题,如陈家铭《“浙东唐诗之路”形成之初探》、宋扬《“浙东唐诗之路”的文化学解读》、王永春《论四明山与唐诗之路》、鲁赞《浅论“唐诗之路”中的四明山水诗歌》等等。又如浙江省天台实验小学的课题研究《“唐诗之路”综合实践活动的案例研究》,让唐诗之路走进了学校课堂。另外如《光明日报》曾刊登戴笑笑、叶辉《浙江15名中学生重走“浙东唐诗之路”》……这样的例子是很多的,而且规模大到几百人也是常见的。正如竺佳丽《新昌风骨:浙东唐诗之路上的文化传承之力》所云,这样的传承,正是唐诗之路研究希望之所在。

事实上,从唐诗之路内涵来说,唐诗之路研究,已取得一定成果。但从总体来说,这些方面的研究尚可继续深挖。浙东唐诗之路不只是浙东一地的,更是浙东与其他地域文化之间的互相交流、融合,是在中华文化形成、发展历程中起着重要作用的,也是通向朝鲜、韩国、日本以及东南亚汉文化圈的一条国际文化之路。学术界称誉唐诗之路可与丝绸之路媲美,唐诗之路研究值得继续深挖,在秉承唐诗之路三要素的基础上将其推向新的高峰。

(作者单位:新昌浙东唐诗之路研究社)

①南京师范大学中文系编《中国首届唐宋诗词国际学术讨论会论文集》,江苏教育出版社,1994年,第223页。

②南京师范大学中文系编《中国首届唐宋诗词国际学术讨论会论文集》,江苏教育出版社,1994年,第224页。

③南京师范大学中文系编《中国首届唐宋诗词国际学术讨论会论文集》,江苏教育出版社,1994年,第227页。

诗路拓展

后土祠与唐诗

万德敬

在农业文明占据主导地位的古代中国,后土崇拜具有极大的现实意义。后土祠位于今天山西省运城市万荣县境内。在唐代,围绕后土祠进行诗歌创作的作家有14位,体裁涉及四言、五言与七言,主题涉及祭祀、怀古与送别。学术界对于后土祠题材的唐诗似乎不太关注,本文试做抉发。

一、玄宗亲祀后土祠与王晙等人的祭祀诗

唐玄宗一生两次亲祀后土祠,第一次在开元十一年(723),第二次在开元二十年(732)。第一次祭祀后土的情况是这样的,"(开元十一年正月)壬子,祠后土于汾阴脽上,升坛行事官三品已上加一爵,四品已上加一阶,陪位官赐勋一转。改汾阴为宝鼎县"①。王晙、崔玄童、韩思复、韩休、何鸾、贾曾、蒋挺、刘晃、卢从愿、苏颋、源光裕等重臣在当时各自创作了一首四言祭祀诗②。如下:

王晙《祭汾阴乐章·太和》

①刘昫等《旧唐书》卷八《玄宗本纪》上,中华书局,1975年,第185页。
②刘昫等《旧唐书》卷三〇《音乐志三》,中华书局,1975年,第1116—1117页。

于穆圣皇,六叶重光。太原刻颂,后土疏场。宝鼎呈符,歊云降祥。礼乐备矣,降福穰穰。

崔玄童《祭汾阴乐章·肃和》

聿修严配,展事禋宗。祥符宝鼎,礼备黄琮。祝词以信,明德惟聪。介兹景福,永永无穷。

韩思复《祭汾阴乐章·顺和(林钟宫)》

大乐和畅,殷荐明神。一降通感,八变必臻。有求斯应,无德不亲。降灵醉止,休征万人。

韩休《祭汾阴乐章·南吕羽》

于穆濬哲,维清缉熙。肃事昭配,永言孝思。涤濯静嘉,馨香在兹。神之听之,用受福釐。

何鸾《祭汾阴乐章·舒和》

乐奏云阕,礼章载虔。禋宗于地,昭假于天。惟馨荐矣,既醉歆焉。神之降福,永永万年。

贾曾《祭汾阴乐章·雍和》

蠲我饎饎,洁我膋芗。有豆孔硕,为羞既臧。至诚无昧,精意惟芳。神其醉止,欣欣乐康。

蒋挺《祭汾阴乐章·凯安》

维岁之吉,维辰之良。圣君绂冕,肃事坛场。大礼已备,大乐斯张。神其醉止,降福无疆。

刘晃《祭汾阴乐章·姑洗徵》

大君出震,有事郊禋。斋戒既肃,馨香毕陈。乐和礼备,候暖风春。恭惟降福,实赖明神。

卢从愿《祭汾阴乐章·太簇角》

坤元载物,阳乐发生。播殖资始,品汇咸亨。列俎棋布,方坛砥平。神歆禋祀,后德惟明。

苏颋《祭汾阴乐章·寿和》

礼物斯具，乐章乃陈。谁其作主，皇考圣真。对越在天，圣明佐神。窅然汾上，厚泽如春。

源光裕《祭汾阴乐章·顺和》

方丘既膳，嘉飨载谧。齐敬毕诚，陶匏贵质。秀毕丰荐，芳俎盈实。永永福流，其升如日。

《旧唐书》并没有记载这十一位重臣在后土祠进行诗歌创作的时间，但我们可以据韩思复（652—725）、苏颋（670—727）、贾曾（？—727）三人的卒年来推断，这组祭祀诗的创作时间在开元十一年（723），因为韩思复、苏颋、贾曾三人不可能在开元二十年（732）陪同玄宗祭祀后土祠。

开元十一年祭祀后土的时候，王晙（653—732）拜吏部尚书，兼太原尹①，韩思复（652—725）拜行在巡问赈给大使②。卢从愿（668—737）拜工部尚书，加银青光禄大夫，仍令东都留守③。苏颋（670—727）为礼部尚书④。韩休（673—740）开元间迁礼部侍郎、兼曾知制诰⑤，贾曾（？—727）开元六年拜光禄少卿⑥，蒋挺开元二年为监察御史，源光裕曾为中书舍人、尚书左丞，至于韩休、贾曾、蒋挺、源光裕四人在开元十一年的官职，我们不得而知。崔玄童、何鸾、刘晃三人，不可考，揆之以理，这三人也应该是礼仪文化领域里的重要角色。据此我们可以推断，李隆基在祭祀后土的时候，以上十一位诗人，或者是随銮而行，或者是从附近治所赶来面圣并参加大典。这次大典直接

①刘昫等《旧唐书》卷九三《王晙传》，中华书局，1975年，第2989页。

②欧阳修、宋祁《新唐书》卷一一八《韩思复传》，中华书局，1975年，第4272页。

③刘昫等《旧唐书》卷一〇〇《卢从愿传》，中华书局，1975年，第3124页。

④陈钧《苏颋年谱（五）》，《盐城师专学报》（哲社版）1993年第4期。

⑤刘昫等《旧唐书》卷九八《韩休传》，中华书局，1975年，第3078页。

⑥刘昫等《旧唐书》卷一九〇中《贾曾传》，中华书局，1975年，第5029页。

催生了一组祭祀诗,在这组四言诗中,有四个问题值得我们抽丝剥茧。

第一,称颂玄宗的天纵英才。在玄宗之前有高祖李渊、太宗李世民、高宗李治、中宗李显、睿宗李旦,玄宗是第六代君主,故诗中有“六叶重光”云云。玄宗确为中兴之主,他富有雄才大略,祭祀诗中“圣皇”“大君”这些称呼,对于开元时期的李隆基来讲是当之无愧的。在中国历史上,功业之隆少有与玄宗比肩者。这样看来,当时臣子们的这些称赞应该是发自肺腑的评价,是符合历史实际的,并非虚美之词。

第二,玄宗时代的礼乐文化达到了彬彬之盛的局面。唐代在中宗、睿宗时期,可谓礼崩乐坏。李隆基即位之后非常注重礼乐文化建设,开元十一年(723)距离《大唐开元礼》的颁布虽然还有九年的时间,但从第一次祭祀后土的政治实践中,世人已经看到了礼乐文化复兴的苗头。所以,诗人们说“礼乐备矣”“礼章载虔”“大礼已备”“乐和礼备”,不一而足。这种礼乐文化的复兴,既是玄宗个人意志的体现,也是“开元盛世”在文化层面上的合理要求。参加祭祀后土的臣子们敏锐地抓住了要害,达成了共识,将礼乐文化建设的情况集中地反映在诗歌里面。

第三,祭祀情景在诗中勾勒得较为详尽。在唐代,“凡祭祀之节有六;一曰卜日,二曰斋戒,三曰陈设,四曰省牲器,五曰奠玉帛、宗庙之晨裸,六曰进熟、馈食”①。通过对比,我们可以发现,六个祭祀之节在诗中均能找到对应之处。“维岁之吉,维辰之良”,这是写卜日。“斋戒既肃,馨香毕陈”,这是写斋戒。“列俎棋布,方坛砥平”,这是写陈设。“有豆孔硕,为羞既臧”,这是写省牲器。“礼备黄琮”,这是写奠玉帛。“方丘既膳,嘉飨载谧。齐敬毕诚,陶匏贵质。秀毕丰荐,

①欧阳修、宋祁《新唐书》卷一一《礼乐志一》,中华书局,1975年,第310页。

芳俎盈实”,这是写进熟①。

第四,鼎的发现是祭祀后土的一个重要契机。据正史,玄宗在祭祀后土祠之前,在今天万荣境内挖掘出来宝鼎三枚②,故诗中说“宝鼎呈符”“祥符宝鼎”。宝鼎为什么是祥瑞的标志呢?历史上汉武帝曾得宝鼎于后土祠旁,后来汉武帝五次亲祀后土祠。在玄宗的心目中,汉武帝是他的一个偶像,这一点我们下文还要申说。《旧唐书》没有描写玄宗见到这三枚宝鼎时的心情,但交代了在发现宝鼎之后,玄宗马上部署了祭祀后土的政治活动,并在祭祀之后“诏改汾阴为宝鼎”,可见,玄宗把鼎的出土看得非常重要。

玄宗在开元十年(722),即祭祀后土的前一年,“以国子司业韦縚为礼仪使,以掌五礼”③。可见,玄宗重视礼乐文化建设绝非一时冲动,而是一种战略性的秩秩大猷,开元十一年祭祀后土是他进行礼乐文化建设的一次重要实践,而臣子们的诗歌创作如实地记录了这一政治性的礼仪活动,所以说,这是一份珍贵的礼乐文献,对于后来《大唐开元礼》的修撰具有重要的史料价值。

这次祭祀后土,虽然是国家领域一次非常重要的文化展演,但通过细究,我们可以发现,这并非李隆基从首都长安专程来河东祭祀后土祠,这只是他一系列政治活动中的一个链条。其实,王晙在诗中的“太原刻颂”一句已经点明,玄宗君臣刚刚从北都太原仆仆而来,据正史,“(开元十一年)北都巡狩……改并州为太原府……上亲制《起义堂颂》及书,刻石纪功于太原府之南街”。可见,这组祭祀后土的四言

①玄宗祭祀后土祠的礼仪情景,可参看《大唐开元礼》卷二九。相关研究可参看王博《“一定之规”——论唐代后土祭祀的政治投射》,《世界宗教文化》2018年第4期。

②刘昫等《旧唐书》卷二四《礼仪志四》,中华书局,1975年,第928页。

③欧阳修、宋祁《新唐书》卷一一《礼乐志一》,中华书局,1975年,第309页。

诗具有“证史”的作用。

开元二十年(732)冬十月,李隆基再次来到山西。“十一月庚午,祀后土于脽上”①。这次汾阴之行,李隆基亲自撰写了《祠汾阴后土》碑文,但未见诗歌传世。

二、玄宗激赏前朝李峤的咏史诗

玄宗在晚年两次称赏前朝李峤所作咏史诗《汾阴行》。李峤(645—714),字巨山,赵郡赞皇(今河北赞皇县)人。一生三度拜相。进士出身。武周时期,依附张易之兄弟。中宗年间,依附韦皇后和武三思,官至中书令、特进,封赵国公。睿宗时,贬怀州刺史。玄宗即位,再贬滁州别驾,迁庐州别驾。开元二年(714)病逝于庐州,享年七十岁②。这位人品和气节让人不敢恭维的李峤在文学上却是大手笔,他作有《汾阴行》一诗。

君不见昔日西京全盛时,汾阴后土亲祭祠。斋宫宿寝设储供,撞钟鸣鼓树羽旂。汉家五叶才且雄,宾延万灵朝九戎。柏梁赋诗高宴罢,诏书法驾幸河东。河东太守亲扫除,奉迎至尊导銮舆。五营夹道列容卫,三河纵观空里闾。回旌驻跸降灵场,焚香奠醑邀百祥。金鼎发色正焜煌,灵祇炜烨摅景光。埋玉陈牲礼神毕,举麾上马乘舆出。彼汾之曲嘉可游,木兰为楫桂为舟。棹歌微吟彩鹢浮,箫鼓哀鸣白云秋。欢娱宴洽赐群后,家家复除户牛酒。声明动天乐无有,千秋万岁南山寿。自从天子向秦关,玉辇金车不复还。珠帘羽扇长寂寞,鼎湖龙髯安可攀。千龄人事

①刘昫等《旧唐书》卷八《玄宗本纪》上,中华书局,1975年,第198页。

②欧阳修、宋祁《新唐书》卷一二三《李峤传》,中华书局,1975年,第4367—4371页。

一朝空，四海为家此路穷。豪雄意气今何在，坛场官馆尽蒿蓬。路逢故老长叹息，世事回环不可测。昔时青楼对歌舞，今日黄埃聚荆棘。山川满目泪沾衣，富贵荣华能几时。不见只今汾水上，唯有年年秋雁飞。

《汾阴行》描写了汉武帝刘彻祭祀后土祠的情景，以及刘彻死后后土祠的荒凉。作为咏史诗，它感慨的内容是“昔时青楼对歌舞，今日黄埃聚荆棘”。李峤见到的后土祠是前朝的旧址。根据相关研究，在李隆基之前最近的一位亲祀后土的帝王是前秦苻坚，他在永兴二年(358)六月亲祀后土。可以肯定地说，苻坚在祭祀之前一定有一个重建后土祠的过程。这时下距李峤游历后土祠大约有 350 年的时间，经历这么长的岁月，后土祠绝对破败不堪。李峤说“今日黄埃聚荆棘”，这绝对是写实之笔。李峤在最后得出结论“富贵荣华能几时”，应该说这并无出奇之处。那么，它为什么让文学素养很高的玄宗泪流满面呢？

第一，刘彻是中国历史上第一个祭祀后土的皇帝，李隆基是唐代历史上第一个祭祀后土的皇帝。在李隆基的心目中，刘彻是一个光辉的榜样。

刘彻是汉代名义上的第七代帝王，第一代高祖刘邦，第二代惠帝刘盈，第三代前少帝刘恭，第四代后少帝刘弘，第五代文帝刘恒，第六代景帝刘启。刘恭、刘弘只是傀儡皇帝，当时权力在吕雉手中。虽然司马迁在《史记》中专列《吕太后本纪》，但是他又说：“汉兴五世，隆在建元。”看来，他还是把刘恭、刘弘排除在外了。司马迁认定武帝是汉代第五代帝王，这种看法具有一定的代表性，是能够被后人接受的，故李峤说：“汉家五叶才且雄，宾延万灵朝九戎。”在《史记》中，柏梁赋诗与亲祀后土这两件事并没有时间上的关联性，而李峤诗云：“柏梁赋诗高宴罢，诏书法驾幸河东。”这样两者之间的承接一气呵成,刘彻的文治武功更能形象地凸显出来。法驾,按照蔡邕的说法,“天子有大驾、小驾、法驾。法驾上所乘,曰金根车,驾六马,有五时副车,皆驾四马,侍中参乘,属车三十六乘”(马端临《文献通考》卷一一六),天子的銮驾可谓庄严气派。

有学者研究表明,在中国历史上,共有8位帝王19次亲祀后土①。汉武帝一生共5次亲祠后土,他第一次亲祀后土在元鼎四年(前113),《史记》这样记载:“祠官宽舒等议:‘天地牲角茧栗。今陛下亲祀后土,后土宜于泽中圜丘为五坛,坛一黄犊太牢具,已祠尽瘗,而从祠衣上黄。’于是天子遂东,始立后土祠汾阴脽上。如宽舒等议。上亲望拜,如上帝礼。”关于后土祠较为具体的情况,如淳曰:“河之东岸特堆堀,长四五里,广二里余,高十余丈,汾阴县在脽之上,后土祠在县西。汾在脽之北,西流与河合也。”关于祭祀的过程与场面,史书统统过滤掉了。这种过滤恰恰给了李峤充分的想象空间。李峤借助广博的历史知识,发挥想象,把武帝一生5次亲祀后土一事浓缩为1次来写,极尽渲染之能事,笔力遒健,让人感觉如临其境。李峤描写的这种场面,半个世纪之后李隆基成为表演的主角,没有人比他更熟悉这种场面了。这是唐玄宗听此诗备受感动的一个原因所在。

第二,李隆基当时的年龄和处境或许是我们解读他作为《汾阴行》“第一读者”的关键所在。我们先看《唐诗纪事》中的资料。

> 天宝末,明皇乘春登勤政楼,命梨园弟子歌数阕。有唱歌至“富贵荣华能几时”以下四句,帝春秋衰迈,问谁诗。或对李峤,因凄然涕下,遽起曰:“峤真才子也。”及其年幸蜀,登白卫岭,览眺良久,又歌是词,复曰:“峤诚才子也。”高力士以下挥涕

①陆峰波《历代皇帝祀汾阴后土考》,《史志学刊》2015年第1期。

久之。①

李隆基(685—762)在一年之内两次听到有人演唱李峤的诗歌,但具体的历史环境已大有不同。第一次在“安史之乱”爆发前夕的春天,这时的李隆基并没有意识到国家正处在即将爆发的火山口上。而咏史诗《汾阴行》并没有提出超越前人的观点,《诗经》云:“高岸为谷,深谷为陵。”《左传》云:“社稷无常奉,君臣无常位。”这样的道理对于李隆基来讲应该说是没有新鲜感的。《唐诗纪事》说李隆基当时“春秋衰迈”,这可谓一针见血,显然是李隆基强烈的生命意识在发挥作用。玄宗非常清醒地意识到自己已至暮年,身体的衰老让他感觉权力就要离他而去。这种感觉只有享受过权力快感的人才能体会得到。唐玄宗是唐代帝王中年寿最高的皇帝,享年 78 岁,在天宝十四年(755)的时候,李隆基正好 70 岁。这个年龄给了玄宗哪些感悟呢?从家族的年寿资料来看,第一代高祖李渊享年 70 岁,第二代太宗李世民享年 52 岁,第三代高宗李治享年 56 岁,第四代中宗李显享年 55 岁,第五代睿宗李旦享年 55 岁。当我们把李唐帝王的年寿资料呈现出来的时候,就会惊奇地发现,这是一个让 70 岁的李隆基不得不颤栗的数字,他现在已经达到了祖上最长寿帝王的年限,而李渊虽然享年 70 岁,做太上皇就有 9 年的时间,也就是说李渊早早地就远离了权力。这样看来,贪恋权力的玄宗泫然流涕是可以理解的。除了家族年寿这一视角,还有一个视角能够帮助我们窥见玄宗的内心感受。李隆基心目中的刘彻,乃是千古一帝,但享年也只有 70 岁,所以,70 岁的年龄让李隆基变得非常敏感。虽然大好河山依然展现在眼前,但很快就会不再属于自己,伤如之何!

李隆基第二次听到有人歌唱《汾阴行》是在同年冬天“安史之

①计有功《唐诗纪事》,上海古籍出版社,1987 年,第 145—146 页。

乱”爆发之后,此时的玄宗切实体会到了权力离他而去的滋味。如果说李隆基第一次流泪是有所预感,那现在第二次则是预感变成了现实。李隆基复杂的人生经历被李峤高度地概括到他的诗中,这让李隆基再一次发自肺腑地称赞李峤是真正的才子。

大约与李峤同时,李适有《汾阴后土祠作》,其诗曰:

> 昔予读旧史,遍睹汉世君。武皇实稽古,建兹百代勋。号令垂懋典,旧经备阙文。西巡历九嶷,舳舻被江滨。勒兵十八万,旌旗何纷纷。揭来茂陵下,英声不复闻。我行岁方晏,极望山河分。神光终冥漠,鼎气独氛氲。揽涕步脽上,登高见彼汾。雄图今安在,飞飞有白云。

此李适非德宗,雍州万年人。景龙中,为中书舍人,俄转工部侍郎。睿宗景云二年(711),司马承祯至京,及还,李适赠以歌诗。寻卒,卒年四十九。李适进士出身,曾为猗氏尉。李适游后土祠,应该是在其为猗氏尉时期,猗氏在今天山西省运城市临猗县,与万荣接壤。李适的诗歌也是吟咏汉武帝事,诗中描写了汉武帝的丰功伟绩,但没有描写祭祀后土的情景,也可能因为这个因素,李适的诗歌没有进入玄宗的视野。

余 论

后玄宗时期杨巨源作有送别诗《清明日后土祠送田彻》。诗曰:“清明千万家,处处是年华。榆柳芳辰火,梧桐今日花。祭祠结云绮,游陌拥香车。惆怅田郎去,原回烟树斜。”杨巨源(755—?),河中人,后土祠就在他的家乡。他是贞元五年(789)进士,初为张弘靖从事,长庆四年(824),执政请以为河中少尹。杨巨源的这首诗歌,很能印证《大唐六典》卷四《礼部尚书》祀部郎中条中所云:"汾阴后土祠庙亦四时祭焉。"就是说,在唐代,除了皇帝李隆基亲自祭祀后土之外,天子使臣或地方官员也会于一年之中定期安排祭祀活动。虽则如此,我们仍能看出,在玄宗退出历史舞台之后,后土祠在唐代也渐渐地淡出了人们的视线,后土祠在唐代的政治生活与社会生活中的地位逐渐衰落直至完全消失,这个案例再一次证明了中国古代国家管理中的人治特色。

(作者单位:曲阜师范大学)

中国唐诗之路研究会首届年会综述

杜瑶瑶

中国唐代文学学会唐诗之路研究会于 2019 年 11 月 3 日成立。经过长期的筹备,2020 年 11 月 21 日至 22 日,“中国唐诗之路研究会首届年会暨第二次学术研讨会、浙江诗路文化带高峰论坛”在浙江省天台县隆重召开。来自全国二十多个省、市、自治区的高校、科研院所及各机构的 100 余位专家学者参加了此次盛会。

应邀参加此次会议的学术代表有:国家一级学会中国唐代文学学会会长、唐诗之路研究会顾问委员会主任陈尚君,中国唐诗之路研究会会长卢盛江,唐诗之路研究会顾问委员会顾问薛天纬、钟振振、詹福瑞,中国唐诗之路研究会副会长王兆鹏、李浩、肖瑞峰、邱高兴、林家骊、罗时进、胡可先、戴伟华,以及温州大学特聘教授、中国音乐文献与域外汉籍研究学者王小盾等。

21 世纪初,学界提出了唐诗之路的概念,如今诗路的研究与文化建设已如火如荼地展开。浙东唐诗之路是怎样的一条路?它是怎样形成的?台州为什么会成为目的地?其地位如何?有哪些诗人来过?又有哪些主要作品?有哪些宗教资源?台州的诗路文化建设对浙江省擘画诗路文化带有什么重要意义?本次会议主要围绕以上问题展开。

一、大会发言

台州市政协主席陈伟义代表市委市政府向大会和论坛的成功举办表示诚挚的祝贺。他围绕加强诗路文化建设，发表如下三点意见：一、做精做深诗路文化的大课题。他希望借助出席顶尖专家学者的智慧，多出精品学术成果；希望学界加强唐诗研究与交通、建筑、旅游等学科的交叉融合；也希望台州学院发挥本地高校独特优势，在学术研究上先行一步，在决策参考上持续发力。二、擦亮打响诗路文化的金名片。他希望天台县委、县政府充分发挥主人翁作用，加强浙东唐诗之路主要目的地建设的顶层设计，加强与国内外高校、党校、社科系统、高水平文化研究机构的密切合作。三、精耕细作文旅融合的产业田。他希望天台县委、县政府要充分发挥文化遗产、文化旅游等领域的优势，在文旅融合上精耕细作、做大产业，服务台州经济社会高质量发展、服务诗路文化高水平传承弘扬。

台州学院党委书记崔凤军首先追溯了台州学院的办学源头，介绍了台州学院的师资力量与教学、科研概况，尤其近些年学校坚持走人才强校之路，创造性建立人才和科研“特区”高等研究院。其次，介绍了台州学院的办学定位：地方性、应用性，“将学科专业建在产业上、把人才培养放到车间里、让科研论文写在大地上”。最后重点阐述了台州学院研究唐诗之路具有的优势：浙江省委省政府对台州的唐诗之路建设高度重视；台州是浙东唐诗之路的主要目的地。他表示，中国唐诗之路研究会首届年会在台州隆重召开，专家云集，新秀汇聚，这对台州学院的人文社科队伍建设来说是一个难得的契机，期望在座的各位专家学者帮助招才引智。

唐诗之路研究会会长卢盛江表示，台州是浙东唐诗之路的主要目的地，近年来唐诗之路文化建设在浙江如火如荼开展之际，相关学术研究也取得了新的进展。他指出,做好浙东唐诗之路学术研究,任重而道远;要以中国唐诗之路研究会为平台,通过高层次学术研究,发掘地方文化内涵,提升文化层次,促进地方文化建设和旅游开发;要以大格局立志做系统研究,使浙东唐诗之路研究在学术上站得住脚,在历史上留下足迹;要以唐诗之路研究与个人学术成长、高校学校建设相结合为立足点,促进三方共同发展;要以唐诗之路精神为指引,执着理想,勇于创新,齐心协力,踏实前行,把唐诗之路建设成为大家共同的美丽家园。

浙江省社科联名誉主席蒋承勇指出,唐诗之路是近年来学界热议的话题,具有非常重要的学术意义和文旅价值。浙江非常重视浙东唐诗之路的学术研究和文旅开发,积极推进诗路文化带建设,将其作为大花园建设的标志性工程,要高水平建设诗路文化带,全面展示浙江诗画山水,推进美丽浙江和文化浙江建设。他说,中国唐诗之路研究会大力支持浙江的诗路文化带建设,各级党委、政府和广大社会工作者在诗路文化带建设中积极有为,台州学院作为台州唯一的本科高校,更是在浙东唐诗之路研究和诗路文化带建设中发挥了重要作用;相信通过大家的齐心协力,必将推动唐诗之路的学术研究、文旅开发迈向新台阶。

天台县委书记杨玲玲表示,当前天台正乘着浙江诗路文化带建设的东风,发掘先贤古韵,复兴魅力诗路,深挖名人、名诗、名赋、名文内涵,串起古道、古寺、古迹、古城,加快建设云端唐诗小镇、"唐风宋韵"赭溪历史文化街区、始丰溪百里和合唐诗廊等一批诗路景观项目,重现中华第一高瀑——天台山大瀑布,呈现"处处有诗意、步步入画卷"的美景,再现"一路唐诗到天台"的盛况。

中国唐代文学学会会长、复旦大学资深教授陈尚君在闭幕式上发言。他以初唐著名诗人宋之问题咏灵隐寺的末联"会入天台里,看余渡石桥"为例,勾画出浙东唐诗之路的路线,明确指出天台山是浙东诗路的目的地。国家图书馆原馆长詹福瑞探讨了李白游仙诗中体现出的生命意识，那是一种建立在生命苦短与才不见用的痛苦体验之上，寻求心灵解脱的内在情感。中国韵文学会原会长、南京师范大学教授钟振振认为研究应拓宽视野、打通界限，并提出唐诗之路的概念应总结为以唐诗为代表与典范的中国诗词之路。温州大学教授王小盾以《永嘉证道歌》为例，从文献学、传播学等多重角度辨析了唐诗之路是对唐诗特色形成起到决定性作用的道路，论题以小见大。西北大学原副校长、长江学者李浩指出，对唐诗之路的研究应能拓宽思维，从一到多，从深化阐释唐诗之路的概念、多学科协作推进唐诗之路研究、开拓多轨并进的研究路径等方面继续努力，开创唐诗之路研究的新局面。这些学者的发言为本次唐诗之路研究盛会画上了圆满的句号。

二、唐诗之路综合研究

此类研究包括唐诗之路的年表、域外传播、疆域观念、唐诗选本的考论、唐诗与某地之关系、交通与文学等等，包含了唐诗之路外围研究的诸多方面。

诗路是怎样构成的？路上有哪些诗人？分别什么时间到达？诗路是如何形成的？这是大家对唐诗之路的最大疑问。卢盛江教授发表《浙东唐诗之路年表》，指出关于唐诗之路诗人在浙东的行迹，竺岳兵先生《唐诗之路唐代诗人行迹考》有开创性的考证。卢教授以竺著为基础，全面查考资料，对浙东唐诗之路诗人在浙东的行迹一一重新作了梳理和考证，不少地方提出了新的看法和新的考证依据及资料。他另成考证一书，在此基础上编成本年表，为学人了解诗路概况提供了方便。人民文学出版社编审宋红汇报的主题是李白、杜甫唐诗之路游踪，她使用史料辨析与实地考察相结合的研究方法对诗路遗迹进行考证。苏州大学教授罗时进的发言主题是“干时与游心——南北唐诗之路精神向度的比较”,指出南北唐诗之路的精神向度在信仰追求、生活状态、与社会之间的关系及求奇性审美四个方面存在明显差异。中南民族大学教授王兆鹏指出唐诗之路研究的主要对象为唐代交通路线、诗人行走路线及诗人书写路线等,并以辛弃疾的《菩萨蛮・书江西造口壁》为中心,强调了现场勘查与历史钩沉相结合的研究方法对宋词之路研究的重要意义。孟国栋《由〈世说新语〉看浙东唐诗之路的生成》以志人小说集《世说新语》为对象,指出书中所记载的魏晋风神令很多唐人心驰神往,书中的内容也时时见诸唐人的吟咏,其中涉及浙东的部分对于唐诗之路的形成应该有着某种促进作用。新疆师范大学教授薛天纬提出应进一步探讨唐诗之路概念的内涵与外延,重视“一个人的唐诗之路”“皖南唐诗之路”等论题。此外,解旬灵《关于〈西泠艺丛〉的简介及其与“唐诗之路”研究的关系》、严正道《文人入蜀与蜀道唐诗之路的形成》也分别从不同的角度阐释了诗路形成的影响因子。

诗路与疆域观念、交通状况的关系研究也是近年来研究的热门议题。高建新《“丝绸之路”与唐人的疆域观念及文化胸怀》认为“丝绸之路”的贯通与延伸让唐人由内转外,成就了唐人开放的胸怀,极大地促进了唐王朝的开放,增强了对中华文明的自信。李德辉教授近年在唐代交通的研究上成果卓著,其论文《唐代交通与文学的关系研究》提出了唐代交通与文学研究的五个特点:强调学科互渗和知识交汇;注重文人群体和文人生活;高度留意背景、过程与细节;注意揭示生活和创作的关系;还原性和呈现性。胡正武《为何台温诗路唐音稀》也从交通的角度分析了州城以下到温州段呈“断崖式”下降的原因是交通条件、不适应海航、战乱等方面。

唐诗的域外传播与接受是彰显唐诗魅力的一个重要渠道。方新蓉《唐诗在美国的翻译与传播》勾勒了从唐诗英译到《华夏集》《诗刊》《月报》的发展，留美学生在《月报》这一公共话语空间上积极助力中国文学的译出，唐诗也由此在北美得到了翻译与传播。沈文凡、徐婉琦《司空图隐逸文化的韩国接受》提出，司空图的隐逸文化融合其诗学审美理论，辐射进东亚日韩文人的文学创作、批评理论及文化观念中，形成了司空图隐逸文化东亚传播的独特现象。文艳蓉《白居易诗文东传日本考——以平安时代为中心》等论文论述了唐诗在国外的传播。

此外，石云涛、万德敬等谈到了唐诗与某地之关系研究。其中石云涛在其论著《唐诗镜像中的丝绸之路》的基础上提交的《唐诗中的原州和萧关道》一文，认为原州、萧关和萧关道是唐代诗人喜咏的题材，考察此类诗歌对了解唐代这条道路的利用、唐代前后期这条道路的盛衰和行经此道的唐人心态的变化都具有重要意义，考证精审，分析入理。

三、唐诗之路主要诗人、诗歌与路线研究

唐诗之路的主要诗人、诗歌与路线研究是此次会议的重要部分，提交论文多达30余篇，考索内容广泛，包括诗路的起点、终点、重要地点、重要诗人及其名作等。胡可先《西陵·渔浦：浙东唐诗之路的起点》指出，位于钱塘江上的西陵与渔浦是重要的渡口和驿站，也是浙东唐诗之路的起点：从西陵入浙东者，南向曹娥江溯剡溪经嵊州、新昌、天台、临海，东向余姚、宁波、舟山；从渔浦入浙东者，大多经过浦阳江入诸暨、婺州、衢州以至永嘉，到此的名家留下了众多的名篇佳作。此外，陈引奭《唐诗中的临海——之台州刺史》重点研究了诗路上的重要地点——临海，为打造临海的文化产业提供了新思路。诗人、诗作是唐诗之路研究的重要部分。中国韵文学会会长、浙江工业大学教授肖瑞峰《唐诗之路视域中的刘禹锡》一文从诗路的新视角

重新关照刘禹锡,论证了其对唐诗之路的滋润与丰富,赋予了这条诗路横亘千古的生气,使它变得鲜活、明媚与生动。刘重喜《浙东唐诗之路古代诗歌刻石初探》则从诗歌石刻的角度进行研究,他对"诗刻景观"的考察和研究,揭示出浙东唐诗之路存在着"兰亭"文化和"阳明学"两种文化类型。这对"区域文化"的认知、厘清"区域文化"发展的脉络以及对"文化线路"遗产的保护都将具有重要的启示。对诗歌的详细分析是诗路研究不可缺少的一部分。戴伟华《浙东唐诗江南书写的文化意义新论——以越州〈状江南〉创作为中心》以《状江南》的创作为中心,深入考察了浙东唐诗的江南书写,有助于挖掘这组诗在唐诗之路中的重大意义。任雅芳《中唐"格诗"诗体观念考——以〈中兴间气集〉〈白氏文集〉为中心》追根溯源,通过分析《中兴间气集》《白氏文集》二集中"格诗"的收录情况,列举其平仄变化规律,阐明"格诗"与传统五古、"齐梁格"的区别,进而探究中唐"格诗"体式、体调之特点,并对其远绍陈子昂《感遇》的发展脉络稍作梳理。孙欣欣对《复旦大学藏〈晚山堂选唐诗〉考论》的考证也很精详。黄志超《王维边塞诗浅析——以〈观猎〉〈使至塞上〉为例》、罗宁《由词藻看"直挂云帆济沧海"之诗意——兼论李白离京时的隐居与求仙计划》等皆从不同的角度分析了名篇佳作,改变了人们对唐诗的固有印象。

诗歌的文化意义及情感内涵也是论者关注的焦点。吴怀东《杜甫作〈江南逢李龟年〉补证——兼论此诗之情感内涵》、陶济《找回并且践行自我人生的穷达皆辉煌——李白与天台山唐诗之路及其人生文化》等皆论述了不同诗作的价值与情感。此外,不少学者关注到了浙东诗人之间的交往、行迹等问题,如张海《贯休与浙东人士交游考略》、赵素文《〈寓山志〉及其同源诸书的版本与成书》等都从不同的角度考述了诗路上的作品。

四、唐诗之路沿线文学、艺术、哲学、宗教研究

唐诗之路的文化遗产不只是诗歌,还有艺术、哲学、宗教等丰厚宝藏。马骏的《佛教中国化初期演进研究——以剡东新昌为例》以佛、法、僧三宝的佛教中国化为例,揭示剡东新昌佛教文化重要地位,指出佛教从两千年前初入中国至隋唐期间,得到中国化并长期繁荣发展。在此期间剡东新昌一直是闻名江左的佛教圣地。房瑞丽的《浙东唐诗的空间想象——以安放心灵为中心的考察》从五个方面分析浙东在唐诗中作为一个记忆的空间,是如何安放唐代诗人心灵的,从“游”的角度阐述了“失意慰藉”和“乘兴恣意”,从“居”的角度阐释了“禅意栖息”“吏隐官适”“避难安家”。冯国栋的《曹勋笔下的浙江佛教图景》以曹勋为中心,论述了两宋之际临安佛教寺庙之建设与僧人之生平,为我们了解两宋之交的佛教,特别是南宋初年临安佛教复建的情况提供了珍贵的资料,对理解两宋之际的佛教地理流动也大有裨益。

徐跃龙《屹立在浙东唐诗之路上的人文丰碑以唐白居易〈沃洲山禅院记〉为缘起的诗路金石遗存》以散落在浙东唐诗之路上的金石遗存为研究对象,认为地处唐越州剡中的沃洲山是佛教大乘般若学的兴起地、佛教中国化的发祥地;白居易《沃洲山禅院记》因禅院屡兴屡废,名碑失而复得,得而复失;幸碑失文存,可证史迹,成为永远屹立在浙东唐诗之路上的人文丰碑。杨万里《论南宋初台州外来文人之创作》指出,台州在南宋初曾经是南渡士大夫和官僚们的重要寄居之地,他们在此遍咏台州名胜,组织文学唱和,有力地推进了台州地域文学的繁荣。

此外,还有袁伯初的《〈金庭观晋右军书楼墨池记〉考释》,张弘韬的《有机结合相得益彰——一会五地共举韩愈文化之旗的启示》,

赵豫云的《浙东名胜与陆游诗词——以南宋绍兴府、浙东运河为中心》,吴夏平、吴强的《唐前大庾岭文字书写及其文学价值》,黄成蔚的《天一阁藏姚宗文〈闲居诗〉考论——兼论晚明阉党文献的重要价值》,唐樟荣的《浅论佛教中国化与浙东唐诗之路的关系和影响》,童剑超的《"浙东唐诗之路"嵊州段风景名胜与人文典故》,王利民的《驿路梅花岁月徂——南朱北王在梅关古道上的体验与书写》等论文,皆从不同角度论述了诗路上百花齐放、百家争鸣的繁荣景象。

五、浙江诗路文化带的研究与开发

浙江诗路文化带的研究与开发是学界、政界、商界共同关心的大事。徐永明《学术地图发布平台的诗路资源(题纲)》指出,学术地图发布平台主要由浙江大学"大数据+学术地图创新团队"建设和运营。该团队于 2017 年 4 月成立,隶属于浙江大学社会科学研究院。2017 年 10 月 1 日,浙江大学社会科学研究院与哈佛地理分析中心(The Center for Geographic Analysis)共同签署了合作共建学术地图发布平台的谅解备忘录。2018 年 3 月 19 日,与哈佛大学合作共建"学术地图发布平台"。朱文斌、张恬、丁晓洋的《诗路建设背景下浙东唐诗之路的现实转化路径探讨》勾勒了浙江省从"打造唐诗之路黄金旅游带",到"扎实推进大花园建设"、"浙东唐诗之路研究会"成立的全过程,并就诗路资源的转化优势、困难与不足、路径和思路、具体举措等有条不紊地展开了研讨,有的放矢,分析到位。俞志慧《东山何处》考证了"东山"的本义,指出谢安东山再起的"东山"在当时指的是高蹈者避世的林泉,并不指向一座具体的山丘,更不专属于谢安;东山因为谢氏的"再起"与"携妓"才翻出新义,尤其是其中失势后复起的意象极具积极的暗示性和感召力,遂成为中国文化喜闻乐见的符号。何薇薇、马曙明《独寻台岭闲游去——论台州在"浙东唐诗之路"中的意义》分析了台州在浙东唐诗之路上占据重要地位的原因,包括交通位置、经济环境、文化发展等。刘雨昕《一脉剡溪千秋文——剡溪文化溯源兼对当下传承和发展的思考》、唐佳文《唐人何以恋剡中?——探索唐诗透露的剡中旅游资源简要说明》皆为当下的旅游开发提供了重要的借鉴意义。李泽昕《唐诗与杭州运河诗路初探》从京杭大运河入手,探讨杭州运河诗路的面貌,了解唐诗深远的影响。

也有学者对全国唐诗之路的文旅融合主题进行研讨。张久灵的《连州唐代历史文化遗迹的保护和重塑刍议》就如何保护和重塑连州遗迹展开讨论,指出首要之务是要重造海阳湖,恢复海阳十景,再以山水园林的模式重塑唐代海阳湖的风貌。该文为连州申报国家历史文化名城提供了借鉴。黄贤忠《地方传统文化在渝东北文旅开发中的赋能作用》就如何做好渝东北地区的民俗、名人、诗词文化研究、转化、有机融合问题展开讨论,建议以巴渝唐诗之路为文化IP统摄渝东北的旅游历史景点,鼓励各区县政府与本地高校文化研究机构建立合作。

六、浙东唐诗之路目的地天台山文化研究

天台山是浙东唐诗之路的目的地,全国各地的文人墨客纷至沓来,天台山到底有何吸引力?有三位学者聚焦于唐诗之路灵魂人物司马承祯,浙江大学文学院教授林家骊在报告《道与仙与诗:司马承祯与浙东唐诗之路》中指出,在司马承祯的明星效益下,天台山成为唐代诗人笔下的游仙象征之一,也成为浙东唐诗之路上的必游之地。台州学院唐诗之路研究院执行院长李建军发表长文《司马承祯与浙东唐诗之路》,认为司马承祯为浙东唐诗之路的最终形成发挥了关键作用:一是其声震朝野、长栖浙东,让东晋以来名气渐大的浙东在唐代收获更大的声誉,为浙东唐诗之路成型发挥了重要的引领作用;二

是其栖身浙东、炼养身心,开创南岳天台系,吸引众多文人名士“乐彼长生道”,纷入浙东,形塑了浙东唐诗之路安顿身心、清修隐逸的独特品性;三是其遍寻名山、长隐台岳,为浙东唐诗之路主要目的地(天台山)的形成发挥了关键作用。高平《论司马承祯的文学创作》则认为司马承祯既是一代道教宗师,也是一位值得研究的作家,但其文名几乎完全为道学所掩。其《答宋之问》不输于宋之问原作,从思想意境来说更胜一筹;《素琴传》乃文学史上第一篇假传,为韩愈等人的假传创作作出了可贵的探索。论说文富有逻辑,形象性强,富有论辩技巧。司马承祯在文学史上应该有其一席之地。此外,周琦的《论浙东唐诗之路目的地天台山》《〈题峰顶寺〉唐宋诗考》也旧题新论,拓宽了诗路研究的途径。

天台宗与寒山向来是浙东唐诗之路目的地研究的重点。邱高兴《天台宗讲经制度述论》从中国佛教讲经制度的两种基本类型僧讲与俗讲出发,论述了天台宗讲经中的开讲与点读、习读、锁试等内容,对开讲中住持开讲、都讲开讲、头首开讲以及维那点读等所涉及的仪式与制度进行了梳理,对习读中的覆讲、开科和诵文等具体要求做了讨论。陈坚的《台岭山众,一焉是嘱——智越与天台宗》通过细密的梳理,认为智越法师、幼璋禅师与作者籍贯地临海的关系非常密切,这提醒我们要重视台州其他市县区宗教传统的挖掘。本次盛会有多篇论文专题研讨寒山子。王正《寒山禅诗综论》以文献“外证”和诗歌“内证”,以及内证中的禅学思想、山水意象和诗体形式,再考寒山身世,并深入阐述寒山禅悟的心路历程和所悟禅道,诠释其山水诗境“超逸清绝、虚灵淡远”的审美内涵,并以大数据和海外文献的叠显,还原寒山禅诗域外传播的“经典化”现象。韩焕忠《寒山子诗的老子思想》认为,《寒山子诗集》蕴含着丰富的老子思想,从而使寒山子的诗染上了强烈的佛道融合色彩,揭示了佛道之间既相互吸收又相互排斥的复杂关系。何方形《论寒山山水诗的情愫、境界与时代特质》

围绕寒山山水诗的情感、艺术、创作入手，判定寒山当为中唐时期的作家。

大会还创造性地设置了圆桌会议环节，邀请四位学者就课题申报、地方文化研究等议题进行深入探讨。在大会闭幕式上，浙江大学求是学者、浙江省文史研究馆馆员胡可先教授总结了此次大会的重要意义：有助于推动唐诗之路研究与各项工程建设拓展的承前启后，有助于促进唐诗之路学术研究方面的境界拓展以及多类型、多学科研究的多元交融。会议期间，由台州市委宣传部联合多部门共同主办了“和合文化百场讲坛”，于 11 月 19 日在上海推出“解码台州：浙东唐诗之路目的地的文化魅力”讲坛。22 日在天台推出了“浙江省诗路文化带建设”专题活动，大力推广了诗路文化。中国唐诗之路研究会首届年会的顺利召开，不仅可以更好地实现历史文化的传承，对增强民族自信、振兴地方文旅都大有裨益。

“江山留胜迹，我辈复登临。”为期两天的会议圆满结束后，举办方还组织专家至天台宗祖庭国清寺、道教南宗祖庭桐柏宫以及唐诗之路目的地最著名景观石梁飞瀑、桐柏瀑布等节点进行遗址勘察，现场感受大唐诗人的浪漫情怀与台州文化的无穷魅力。

（作者单位：台州学院人文学院）